KB123506

경상대학교 한문학과 허권수 교수 정년퇴임 기념 논총 **5**

韓國文獻 解題

허권수

보고사

실재서당 고유제 후의 모습(2017.1.23)

고문헌 기증식(2014.8.25)

다례발기 문화재 지정 심의(2014.7.30)

서문

불초는 어려서부터 漢文을 좋아하였는데, 그 가운데서도 특히 선현들의 행적과 남긴 책들에 관심이 많았다. 계속 한문학을 공부하여 박사학위를 받고 한문학을 연구하고 가르치는 교수가 되었는데, 연구 분야도 결국 선현의 학문과 사상 및 그 분들이 남긴 저술들이 되었다.

1983년 慶尙大學校에 부임한 이래로 이제 정년퇴직을 눈앞에 둔 지금까지 1백여 편의 논문과 1백여 권의 저역서, 30여 편의 解題 등이 크게 보면 모두 선현들의 학문과 사상 및 저술에 관한 것들이다.

만34년 동안 아주 좋은 학문 환경 속에서 주동적으로 쓴 글도 적지 않지만, 학회나 연구소 및 학술단체 등의 부탁을 받아 쓴 것이 더 많다. 그러나 큰 주제는 선현들의 학문과 사상 및 저술에서 벗어나지 않는다.

다시 보기 싫은 부끄러운 것도 있지만, 어떤 것은 "그때 시간에 쫓겨서 급하게 썼는데도 그런대로 괜찮게 썼고 해야 할 말은 다 했네"라는 생각이 드는 것도 없지 않다. '鷄肋'이란 말처럼 이 글들을 완전히 버리기는 아깝고, 그렇다고 묶어 논문집으로 내려는 생각을 가끔 했으나, 이도 간행물 홍수시대에 쉽게 착수가 되지 않았다. 어떤 교수는 "자기 논문을 읽던 안 읽던 묶어 독자에게 제공하는 것이 저자의 의무입니다"라고 권유하기도 했다.

미적미적하고 있는 가운데 정년퇴임이 다가왔다. 고맙게도 졸업한 同學 제자들이 나도 못 찾는 자료를 다 찾아내어 편집 정리하여 다섯 권의 방대한 책으로 간행해 주었다. 내 혼자서 정리하여 출간하려면 몇 년의 시간이 걸릴지 모를 일인데, 여러 學人들이 힘을 합하여 큰일을 마쳐 주었다.

불초의 글의 내용에 가치가 있으면 오래 살아남을 것이고, 가치가 없으면 곧 사라져 폐지가 될 것이니, 그 생명력은 나의 글에 달려 있을 따름이다.

그 동안 상당히 장기간에 걸쳐 원고의 수집·편집·정리·교정에 賢勞가 많았던 우리 젊은 同學諸彦들에게 衷心에서 우러난 감사를 드린다.

2017년 2월 28일 許捲洙 序

차례

· 범례 ·

이 책은 實齋 許捲洙 교수가 지난 35년 동안 집필한 연구 논문과 문헌 해제를 모아 출간한 것이다. 집필 기간이 길었던 만큼 각 원고의 서술 형식이 일정하지 않다. 따라서 본문 속 한자 표기, 각주를 단 서식, 각종 기호 등은 저자의 동의를 얻어 게재 원고의 원본을 그대로 실었음을 밝혀둔다.

韓國文獻 解題

『澗松集』 解題

Ⅰ. 緒言

　　『澗松集』은 조선 중기 慶尙道 咸安에서 활약하던 澗松 趙任道(1585-1664)의 詩文集이다.

　　澗松은 南冥 서거 33년 뒤인 1585년(宣祖 18) 남명의 영향력이 큰 함안에서 태어났다. 어릴 때부터 먼저 退溪의 再傳弟子로부터 학문을 배워 江右地域의 대표적 학자로 성장하였다. 남명의 제자 가운데는 退溪의 문하에도 아울러 출입한 제자들이 많이 있듯이, 南冥을 私淑한 後學들 가운데도 退溪學派의 영향을 직·간접으로 받은 학자가 적지 않았는데, 간송은 퇴계학파의 영향을 가장 많이 받은 학자이다. 간송은 구체적인 교육을 주로 퇴계학파의 학자로부터 받았지만, 장성한 뒤로 그가 활동한 지역은 남명학파의 본거지인 慶尙右道였다. 그래서 그의 가장 큰 특징은 남명학파와 퇴계학파의 장점을 자신의 한 몸에 거의 다 흡수하여, 두 학파의 관계를 融和시키려 평생 열심히 노력한 점이다.

　　지금까지 간송에 대해서 학술적으로 연구한 논문은 許捲洙의 「南冥·退溪 兩學派의 融和를 위해 노력한 澗松 趙任道」밖에 없다. 그 글에서는 간송의 생애에 대해 비교적 상세하게 언급하고, 나아가 그의 學統과 師友關係, 學術思想, 退溪學派와 南冥學派의 融和를 위한 노력 등에 대해서 考明하였다.

　　이번에 『간송집』이 南冥學研究所 연구원들의 노력으로 역주되는 것을 계기로 해제를 쓰면서 이미 나와 있는 「南冥·退溪 兩學派의 融和를 위해

노력한 澗松 趙任道」를 대대적으로 참고하고, 『간송집』의 간행 경위와
책의 체제 및 내용에 대해 첨가하여 글을 완성한다.

II. 傳記的 考察

1. 生平

澗松 趙任道는 1585년 咸安郡 劍巖里(지금의 伽倻邑 儉巖里)에서 司藝
寺 僉正인 立巖 趙埴의 아들로 태어났다. 그의 5대조는 生六臣의 한 사람
인 漁溪 趙旅이다. 어계의 조부 琴隱 趙悅이 高麗末期 工曹判書의 관직을
버리고 咸安에 낙향하여, 郡北面 院北 마을 일대에 정착하여 산 뒤로부터
그 자손들은 대대로 咸安에 많이 살게 되었고, 간송의 조부 때 다시 儉巖으
로 옮겨 살았다.

간송은 8세 때 壬辰倭亂을 만나 아버지를 따라 고향을 떠나 陜川에
가서 피난하였다. 14세 때는 丁酉再亂을 만나 아버지를 따라 慶北 靑松으
로 피난 갔다가, 다시 榮州・奉化 등지로 옮겨다녔다. 그때 봉화에서 槃泉
金中淸에게 배웠는데, 金中淸은 月川 趙穆의 제자였다. 월천은 퇴계의
뛰어난 제자였으니, 이때부터 간송은 퇴계의 학통에 닿을 수 있었고, 이때
부터 퇴계를 尊慕하기 시작했다.[1]

15세 때 여름에는 槃泉을 따라 퇴계가 공부하던 淸凉山에 들어가 독서
하였다. 이해 겨울에 다시 義城으로 옮겨가 살았다. 16세 때는 의성에 살던
杜谷 高應陟에게 『大學』을 배웠는데, 두곡 역시 퇴계의 제자로 性理學에
깊은 조예가 있었다.

17세(1601) 때 다시 仁同으로 옮겨가 살았다. 간송의 아버지가 자주
이사를 다닌 이유는 간송으로 하여금 文獻의 고을인 慶尙左道 일대에서

---

1) 『澗松別集』 권2 2장, 「墓碣銘」.

두루 遊學하여 간송의 학문을 폭넓게 만들어 주려는 의도 때문이었다. 이때 간송은 비로소 旅軒 張顯光을 뵙고 스승으로 삼았다. 그때까지 간송의 이름은 幾道였는데, 旅軒이 '幾'자가 적극적이지 못하다고 지적하였으므로 澗松의 아버지는 아주 적극적인 뜻을 가진 '任'자로 바꾸어 지었다. '儒道를 적극적으로 책임진다'는 의미였다.

19세 때 劒巖으로 돌아와 困知齋를 짓고, 시냇가에 두 그루의 소나무를 심고서 '澗松'이라고 自號하였다. 그리고는 "시냇가의 소나무 사랑하나니, 날씨가 추워져도 그 모습 변치 않기 때문이라네.[爲愛澗邊松, 天寒不改容]"라는 시를 지었으니, 소나무의 節操를 본받으려 한 것이었다. 20세 (1604) 때 鄕試에 합격하였고, 어버이의 뜻을 거스르기 어려워 科擧工夫를 계속하였다.

23세 때 함안의 龍華山 아래 배 위에서 寒岡 鄭逑를 뵈었다. 이때 한강은 함안 道興 나루 부근의 물속에 담가두었던 비석 石材를 찾기 위해서 배를 타고 왔다. 洛東江과 南江의 합류 지점인 龍華山 아래서 머물고 있었는데, 인근 고을의 많은 선비들을 찾아가 만났다. 이때 旅軒 張顯光과 忘憂堂 郭再祐 등도 함께 있었으므로, 간송은 부친의 안내로 이 분들에게도 인사를 드렸다.

이해 蘆坡 李屹의 따님에게 장가들었다. 노파는 본래 남명의 제자인 來庵 鄭仁弘의 門人이었는데, 1613년 癸丑獄事로 인하여 정인홍과 노선을 달리하였다. 노파의 다른 사위가 成鑮인데, 성박은 浮査 成汝信의 아들로 내암의 적극적인 지지자였다. 간송도 직·간접적으로 젊은 시절에는 내암과 관계가 적지 않았을 것으로 짐작된다.

27세(1611) 때 정인홍이 퇴계의 文廟從祀를 배척하였는데, 함안 사람 가운데서도 정인홍의 지시를 받아 퇴계를 攻斥하는 상소를 작성하기 위한 疏會를 준비하는 사람이 있었고, 간송에게 참석을 강요하였다. 간송은『孟子』의「逢蒙章」을 인용하여 자신은 참여할 수 없다는 뜻을 밝혔다. 당시 정인홍의 세력이 대단하였으므로, 선비로서 자신의 지조를 잃지 않은 사람이 드물었다. 그런데도 간송은 참여하지 않으니, 당시 사람들이 千仞壁立의 氣像이 있다고 추앙하였다.

32세 때 참된 학문을 하기 위해 과거를 완전히 포기하고 독서에 전념하였다. 34세(1618) 때 廢母論이 일어나 조정의 6품 이상의 관원들의 收議가 있었다. 간송은 臣子로서 大妃를 廢黜해서는 안 된다는 주장을 폈다. 이로 인하여 大北派 勢力들을 피하기 위해 漆原縣의 奈內로 피신하여 翔鳳亭을 짓고 살았다.

43세(1627) 때 丁卯胡亂이 일어나자, 간송은 고을 사람들에 의해 의병장으로 추대되었으나 그 뒤 병으로 사퇴하고 말았다. 47세 때 奉化로 가서 스승 盤谷 金中淸의 장례에 조문하고 돌아왔다. 돌아오는 길에 陶山書院 尙德祠를 참배하였다. 이때 禮安 安東 등지의 퇴계학파 학자들과 結交하여 교유의 폭을 넓혔다.

49세(1633) 때 漆原縣 奈內에서 靈山縣 龍山 마을로 옮겨 살았다. 강 건너 함안의 龍華山 기슭에 合江亭을 지어 독서와 詠詩로 悠悠自適한 생활을 하였다.

50세 때 추천을 받아 恭陵 參奉에 除授되었으나 나아가지 않았다. 이때 여러 선비들의 추대로 金海 新山書院의 원장을 맡았다. 新山書院에 東岡 金宇顒을 配享하려고 旅軒에게 자문을 구하였다.

53세 때 南漢山城을 지키지 못하고 항복했다는 소식을 듣고 북쪽을 바라보며 통곡하였다. 이해 旅軒의 訃音을 듣고 設位하여 통곡하였다. 59세 때 昌原에 우거하고 있던 眉叟 許穆을 방문하였으나 만나지 못 했다. 미수가 일찍이 龍華山 靑松寺로 간송을 방문한 적이 있었다.

70세 때 宜寧縣監으로 있던 童土 尹舜擧가 간송을 방문하였다. 돌아가 간송을 眞儒라 칭송하였다. 75세(1659) 工曹佐郎에 제수되었으나 나아가지 않았다. 78세 때 御史 南九萬이 여러 선비들의 공론을 듣고 간송을 등용할 것을 啓請하였다. 조정에서 특별히 쌀과 콩을 내리자, 간송은 陳謝하는 疏를 올려 規諫의 뜻을 14개조로 개진하였다.

1664년 80세를 一期로 考終하자, 조정에서 米布로 부의를 내렸다. 함안의 鵝湖 先塋의 동쪽에 안장하였다. 1666년 사림의 건의로 司憲府 持平에 追贈되었다. 1721년 사림들이 함안군 松亭里에 松亭書院을 건립하여 간송을 享祀하였다.

간송은 평생 벼슬하지 않고 학문 연구와 유림 활동을 한 순수한 선비로서 일생을 보냈다. 그러나 세상을 등진 潔身·長往의 자세는 아니었고, 憂國憐民의 사상을 늘 확고하게 지니고 적극적으로 현실에 참여한 선비였다. 이런 점은 남명의 일생과 아주 흡사하다고 하겠다.

2. 爲人

澗松은 名利에 초탈하여 林下에서 평생 학문 연구에만 전념한 학자이다. 자기 손으로 自傳을 지어 자신의 기질과 면모를 객관화시켜 표현했다.

　　소탈하고 迂闊하고 뻣뻣하면서도 서툴러 세상과 맞는 것이 적었다. 일찍이 글을 일삼았지만 이름을 이룬 것은 없었다. 어려서부터 특이한 情趣가 있었는데, 번거롭고 시끄러운 것은 좋아하지 않았다. 매양 그윽한 샘물, 기이한 돌, 무성한 수풀, 긴 대나무 등 깊숙하면서 고요한 곳을 만나면 기뻐서 돌아올 줄 몰랐고, 그 속에서 띠풀로 오두막집을 짓고 한평생을 보냈으면 하는 소원이 있었다. 천성적으로 술을 좋아하나 주량이 적어 몇 잔만 마시면 곧 크게 취하여 즐겁게 천진스러운 모습을 드러내어 스스로 노래하고 가슴속 생각을 읊어내었다. 비록 존귀하고 대단한 집안 세력의 불길이 하늘에 닿을 정도라도 아첨하거나 굽히지 않았다. 홀아비나 과부, 자식 없는 늙은이, 부모 없는 아이일지라도 침범하거나 업신여기려 하지 않았다. 세상에 맞추어 알랑거리며 오르락내리락 하는 것은 내가 할 수 없는 것이고, 권력에 기대거나 남을 손아귀에 넣어 마음대로 주무르는 일은 내가 하려고 하지 않는 것이다. 오똑하게 자기 지조를 지켜 구차하게 남과 맞추는 일에 뜻을 끊었고, 사람들에게 사기를 당할까 미리 걱정하지 않았고 믿지 못할까 생각하지 않았다. 그러나 사기라는 것을 깨닫게 되면 죽을 때까지 그런 사람은 상대하지 않았다.

　돌아가신 나의 아버지께서 나를 사랑하면서 걱정하시기를 "우리 애는 기질이 가을 물처럼 맑지만, 세속과 잘 어울리지 못하여 지금 세상에서 화를 면하지 못할까 두려울 따름이다."라고 하셨다. 나 또한 깨끗하게 솔직하게만 살면서 남을 방어하지 않고서 "내 좋은 대로 할 따름이다. 사람들이 좋아하고 좋아하지 않는 것이 나와 무슨 관계가 있겠는가? 스스로 알 따름이다. 세상에서 알아주고 알아주지 않는 것이 나에게 무슨 관계가 있겠는가?"라고 생각했다. 온전하게 하려다가 얻는 비난과 뜻하지 않은 칭찬 등이 때때로 한꺼번에 닥쳐도 나는 그저 웃고 만다. 마음속으로 결단하여 스스로 믿는 어리석음이 이러하였다. 집안이 가난하여 맑고 고달파 거의 유지하지 못할 것 같았으나, 마음은 사실 느긋하여 걱정하는 얼굴빛을 보지 못했다.(중략)

　한가하게 지내면서 애써 하는 일은 없고, 다만 글로써 스스로 즐겼다. 산수에 흥을 붙여 사물 바깥에서 거닐면서 늙음이 장차 다가오고 있다는 것을 알지 못했다.

　이렇게 贊한다. 재주는 성기고 짧고, 천성은 고집스러우며 어리석네. 세상에 나가서는 엎어지고 산에 있으면서 수양하네. 자연 속에는 금하는 것 없으니, 물고기와 새들과 사귄다네. 내 좋아하는 것을 따라 하다 한평생 마치고자 한다네.[2]

　세상에 영합하지 않고 자신의 節操를 지키고, 자연 속에서 자기 천성을 지키면서 살아가는 자신의 모습을 그렸다. 天人合一에 바탕을 둔 自然親和的인 사림과 학자의 인생관이 잘 나타나 있다.

　그 당시 세상은 순박한 기풍이 날로 사라지고 각박해져, 재주 있고 영리하고 교묘하고 아첨 잘하는 사람만이 살 수 있는 세상으로 변해 가고 있었다. 澗松은 인정미가 사라져 가는 이런 세상을 가장 싫어하였다. 이를 풍자하는 글을 한 편 남겼다.

　어떤 사람이 말하기를 "저는 아무개인데, 천성이 못나고 말을 할 줄 몰라

---

2) 『澗松集』 권3 44-45장, 「自傳」.

이 세상에서 살아가기 어렵기에 이 일을 매우 걱정합니다."라고 했다. 내가 웃으면서 "어떻게 이런 사람을 하루 빌려 天理를 붙일 곳으로 삼을 수 있을까?"라고 하자, 좌중의 사람들이 놀라 이상하게 여기며 "무슨 말씀인지요?"라고 했다. 내가 이렇게 말했다. "天理라는 것의 물건 됨은, 교묘한 것을 싫어하고 서투른 것을 좋아하네. 꾀 많은 것을 싫어하고 어리석은 것을 좋아하네. 말 잘하는 것을 싫어하고 말 못하는 것을 좋아하네. 예리한 것을 싫어하고 무딘 것을 좋아하네. 굽은 것을 싫어하고 곧은 것을 좋아하네. 사사로운 것을 싫어하고 공정한 것을 좋아하네. 교활하고 거짓된 것을 싫어하고 성실한 것을 좋아하네. 버릇없이 멋대로 구는 것을 싫어하고, 공손한 것을 좋아하네. 殘暴한 것을 싫어하고 자상한 것을 좋아하네. 쟁탈을 싫어하고 겸손하게 물러나는 것을 좋아하네. 욕심내고 염치없는 것을 싫어하고, 편안하고 고요한 것을 좋아하네. 사치하여 화려한 것을 싫어하고 검소한 것을 좋아하네. 경박한 것을 싫어하고 중후한 것을 좋아하네. 그래서 濂溪께서 말씀하시기를 '천하가 拙樸하게 되면 형벌과 정치가 없어지게 된다'라고 하셨고, 明道께서 말씀하시기를 '재빠르고 영리하고 교묘하고 사나운 것은 道와 거리가 멀다'라고 하셨다. 그러니 서툴고 말 잘 못한다고 무슨 걱정할 것이 있겠는가?" 온 좌중의 사람들이 의혹스럽게 생각하며 내 말의 요지를 알지 못했다.

간송은 재주 있고 잘나고 날쌔고 약삭빠른 사람이 평범한 많은 사람들을 이용해 출세를 도모하는 것을 싫어하면서, 인위적으로 꾸미지 않고 자연스럽게 살아가는 평범한 사람들의 가치를 인정하였다. 참된 인간성의 회복을 부르짖은 것이다.

이 글의 내용은 간송 자신의 언행의 특징을 말했다고 볼 수도 있고, 또 그 자신의 處世指針이라고 볼 수도 있다. 언행이 일치하여 내면적으로 充實한 사람이자 꾸밈없는 순박한 선비를 간송은 지향했던 것이다.

III. 學統과 師友關係

潤松은 비교적 어린 나이에 스승을 찾아 학문의 길로 나섰다. 그의 첫 번째 스승은 槃泉 金中淸이었다. 14세 때부터 15세 때까지 奉化에서 그에게 배웠다. 반천은 月川 趙穆의 문인으로 이때 33세의 젊은 나이었는데, 이미 학문이 깊은 것으로 이름이 나 있었다. 간송에게 원대한 바탕이 있는 것을 보고서 "벗이 멀리서부터 오니 또한 즐겁지 않겠는가? 일년 동안 차가운 자리에서 가슴을 잘 열었다네. 갈림길에 서서 평생 사용할 말을 주나니, 좋은 구슬을 가시 덤불에 버리지 말게나![不亦樂乎朋自遠, 一年寒榻好開襟. 臨岐爲贈平生語, 莫把良珠委棘林]3)"라는 勸勉하는 시를 지어 주었다. 김중청은 그 뒤 문과에 급제하여 正言으로 있으면서 廢母論에 반대하다가 鄭仁弘에 의해 파면당하였다.

두 번째 스승은 義城에 살던 杜谷 高應陟이었다. 16세 때 두곡으로부터 『大學』을 배웠다. 두곡은 간송을 두고 "어린 나이에 실제로 보고 얻은 것이 있다."라고 稱歎하였다.

세 번째 스승은 仁同에 살던 旅軒 張顯光이었다. 여헌은 寒岡 鄭逑의 姪壻였고, 寒岡은 退溪와 南冥 兩門下를 다 출입하였다. 17세 때 처음 만나 53세 때까지 36년 동안 스승으로 모셨다. 23세 때 龍華山 아래 배에서 한강과 함께 왔던 여헌을 다시 뵈었다. 그 뒤 29세 때 여헌을 찾아갔을 때 여헌은 자기 이웃으로 이사오도록 권할 정도로 간송에게 관심을 가졌다. 40세 때 여헌을 찾아가 여러 날 동안 모시고 있으면서 『心經』·『大學衍義』·『讀書錄』 등의 책을 읽다가 의문 나는 점을 물었다.

41세 때 여헌을 찾아갔을 때 여헌은 "致遠(潤松의 舊字)의 말은 天理에서 나온 것으로 매양 그것을 듣고 있노라면 마음이 기울어지지 않은 적이 없다."라고 말하여, 이미 제자인 간송에게 배울 것이 있다고 인정할 정도로

---

3) 『潤松年譜』 권1 2장.

그 학문의 경지가 높아졌다. 이때 간송은 성리학에 침잠하여 爲己之學에 힘쓰던 때였는데, 「感興十絶」을 지어 그 학문의 경지와 학문하는 자세를 읊었다.

50세 때 여헌을 찾아가 東岡 金宇顒을 新山書院에 配享하는 문제로 자문을 구했는데, 여헌은 적극적으로 간송의 주장이 옳다고 하며 지지하였다. 52세 때 여헌을 찾아가 "漢唐의 학문은 記誦이나 詞章의 學에 불과합니다."라고 하며 그 폐단을 지적하자, 여헌이 탄복하며 말하기를 "이 說은 아주 통쾌하여 사람의 정신을 일깨워 준다. 반드시 도움 되는 바가 많을 것이다."라고 간송의 학문을 칭송하였다.

간송이 36년간 여헌 문하를 출입하면서 親炙를 받은 것이 오래되어 觀感이 아주 간절하였다. 평소 여헌의 言行과 出處 및 質疑 答問한 것을 모아 『就正錄』이라는 책을 만들었다. 나중에 이 글은 『旅軒文集』 續集의 부록으로 편입되었다. 스승 『여헌문집』을 편찬할 적에 간송도 참여했는데, 그 아들 張應一에게 '여헌의 主著는 다 간행해야겠지만 詩文은 節要하는 것이 좋겠다'고 자신의 의견을 개진하였다.

간송은 여헌을 桐溪 鄭蘊·愚伏 鄭經世와 함께 그 당시 유림의 영수이자 조정의 으뜸되는 원로로 보고 존경하였다.

시를 부쳐 보내 그 쓸쓸함을 위로하며,	投詩慰寂寞
지금 세상 뛰어난 인물 헤아려 본다네.	歷數當世英
桐溪와 愚伏堂과	桐溪愚伏堂
우리 張先生이라네.	暨我張先生
유림에서 영수로 추앙하고 있고,	儒林望領袖
조정이나 초야에서 원로 되어 있네.4)	朝野稱元龜

간송이 여헌의 학문이나 行身에 대해 추앙하는 정도는 가히 절대적이라

---

4) 『澗松集』, 권1 4장, 「次林樂翁南字」.

할 수 있다.

張夫子를 景仰하나니,　　　　　　　　　　　　　景仰張夫子
높은 이름은 북두성으로 남쪽에선 으뜸.　　　　高名冠斗南
깊고 조화롭기는 너른 바다 같고,　　　　　　　淵沖滄海闊
절벽처럼 우뚝한 건 태산 같구나.5)　　　　　　壁立泰山嚴

澗松은 어린 시절 槃泉 金中淸·杜谷 高應陟 등 퇴계학파의 학자들에
게 수업하였으나, 결국은 가장 오랜 親炙를 받은 여헌의 학덕을 제일로
흠모하여 자기 학문과 行身 및 出處觀의 바탕을 마련하였던 것이다. 여헌
역시 퇴계의 제자인 寒岡의 학통을 이었으므로, 간송은 퇴계학파의 학자
들로부터 학문을 전수 받아 기초를 닦았던 것이다.

간송의 생장지인 咸安에는 大笑軒 趙宗道·竹牖 吳澐·茅村 李瀞·篁
谷 李偁·篁巖 朴齊仁 등 남명의 제자들이 많았으므로 남명의 학문적
영향을 받았을 것으로 짐작해 볼 수 있다.

23세 때 간송은 蘆坡 李屹의 따님에게 장가드는 것을 계기로 해서 남명
학파에 확실하게 가입하게 된다. 노파는 남명의 제자 鄭仁弘의 제자이고,
또 남명을 모신 三嘉 龍巖書院의 원장을 맡아 일했으므로, 남명학파 가운
데서도 매우 중요한 위치에 있는 인물이었다. 간송은 노파를 장인으로서
뿐만 아니라 스승으로 모셨으므로 남명학파의 학문에 접맥될 수 있었다.

간송은 寒岡 鄭逑를 拜見하고 존모하기는 했으나, 이때 한강은 이미
연로하였으므로 執贄하지는 않았다. 篁巖 朴齊仁·忘憂堂 郭再祐·茅谿
文緯·凌虛 朴敏·畏齋 李厚慶·桐溪 鄭蘊·梧峰 申之悌·石潭 李潤雨
등 그 당시 江右地域의 대표적인 학자들은 선배로 모시고 따랐다. 이 가운
데 義城에 살던 오봉은 한강의 문인으로 간송에게는 종자형이 되었는데,
간송이 江左地方의 師友들과 結識하는 데 있어 교량적 역할을 했다.6) 외

---

5) 『澗松集』 권1 15장, 「拜旅軒先生于遠懷堂」.

재 역시 한강의 문인이었는데, 澗松의 妻再從祖가 된다.

无悶堂 朴絪·寒沙 姜大遂·謙齋 河弘度·林谷 林眞怤·東溪 權濤·
匡西 朴震英·疆齋 成好正·益菴 李道輔·修巖 柳袗·眉叟 許穆·聽天
堂 張應一 등은 벗으로서 서로 학문을 강론하였다. 무민당이 편찬한『南冥
年譜』에 간송이 발문을 썼고, 무민당이『山海師友錄』을 편찬할 때도 간송
은 많은 의견을 제시하였다.

그리고 간송은 그 당시 격심하던 黨論에 얽매이지 않았다. 牛溪 成渾의
제자인 童土 尹舜擧가 宜寧縣監으로 부임해 왔을 적에 그와 친밀한 관계
를 맺고 퇴계를 享祀할 德谷書院 건립의 일을 서로 의논하였다. 또 清陰
金尚憲의 제자인 東江 申翊全이 居昌郡守로 부임했을 때 간송은 栗谷의
『聖學輯要』·『石潭遺事』 등을 듣고서 그를 통해 그 책을 구해보려 노력하
기도 하였다.

간송의 師友들은 강우지역에만 국한되지 않고 강좌지역에도 폭넓게 고
루 분포하여, 퇴계학파와 남명학파를 아우른 특징이 있다. 간송은 한 쪽
학파에 속한 인사보다는 폭넓은 교유 관계를 가졌는데, 이는 간송의 학문
적 시야를 넓히는 데 큰 도움이 되었을 것이다.

V. 學術思想

澗松은 退溪學派에 속하는 학자들을 스승으로 모시고 배웠으므로 朱子
學을 학문의 본령으로 삼았다. 주자학을 공부한 학자들은 대부분 성리학
에 관한 학설이 많다. 더욱이 자신이 근 40년 동안 스승으로 모시며 따라
배웠던 旅軒은 성리학에 관한 학설이 대단히 많다. 그러나 간송은 문집의
분량이 原集·別集·續集 합쳐 모두 12권 6책 정도의 적지 않은 분량임에

---

6)『澗松別集』 권1 1장,「就正錄」.

도 성리학에 관한 학설은 전혀 실려 있지 않다. 학문에 관한 내용 가운데도 대부분은 학문을 어떻게 실천에 옮기느냐에 관한 것이다. 이런 점은 퇴계학파에 속하는 학자로서는 아주 특이한 경우인데, 이 점에 있어서는 남명의 학문 정신과 아주 흡사하다.

간송은 학자의 학문하는 방법을 이렇게 제시하였다.

> 옛날의 이른바 학자들은 반드시 躬行 心得으로써 근본을 삼았고, 體를 밝히고 用을 알맞게 하는 것을 要諦로 삼았고, 여러 가지 변화에 대응하는 것을 귀하게 여겼습니다. 그리고 공부하는 절차는 벌벌 떨며 조심조심하고 성나는 것과 욕심을 참고 잘못을 고쳐 착한 데로 옮겨가는 것으로부터 나옵니다.7)

눈으로 보고 귀로 들어 아는 것으로는 진정한 학문이 될 수 없고, 몸소 실천하고 마음으로 터득하여야 한다는 점을 간송은 강조하였다. 사람이 공부를 통해 자기의 잘못을 고쳐서 착한 데로 나가는 데 학문이 도움을 주어야 한다고 주장하였다.

학문하는 과정을 澗松은 이렇게 설정하였다.

> 대저 학문의 길은 반드시 분발하고 단단히 뜻을 세워, 마음을 비우고 뜻을 겸손하게 하여 가르침을 받아들여야 한다. 괴로움을 참고 견디며 功을 쌓아야 하고, 용감하게 앞으로 나가 힘써 행하여 道에 이르러야 하고, 느긋하게 푹 젖어들어 德을 길러야 한다. 조심하고 삼가고 두려워하며 마음을 단속해야 하고, 정확하고 치밀하게 일을 처리해야 한다. 主靜, 存誠, 居敬, 窮理 등의 절차는 그 본령이고 골자다. 마치 수레에 두 바퀴가 있듯이 새에게 두 날개가 있듯이, 하나를 없애고서는 다니거나 날 수가 없는 것이다. 여기에 종사하여 힘써 잘 따라 노력하기를 오래 동안 해나가면, 뜻과 행실이 함께 나아가고 발과 눈이 같이 이르게 된다. 그리하여 하루 아침에 툭 트인 평원을

---

7) 『澗松續集』 권2 2장, 「辭恭陵叅奉疏」.

혼자 훤히 보게 되어, 자기도 모르는 사이에 聖賢·君子·吉人의 경지에 들어가게 된다. 그러나 잠시라도 이 마음이 존재하지 않으면 천리 밖으로 달아나 각기 제 갈 데로 가버릴 것이다. 사람을 미치게 만드는 망령된 생각의 기미는 바로 이런 때에 있다. 두려워하지 않을 수 있겠는가? 조심하지 않을 수 있겠는가? 이런 점이 옛날 성현들이 얇은 얼음을 밟듯 깊은 못에 다다른 듯 두려워하고 조심하여, 德이 이미 성대하지만 스스로 만족하거나 여유를 부리지 않고, 道가 이미 높아도 그것을 잃을까 두려워한 까닭이다. 한 가닥 숨이 붙어 있는 한 이 마음을 잊어서는 안 되고 죽을 때까지 그만두어서는 안 되는 것이다.[8]

학문하는 본령을 主靜, 存誠, 居敬, 窮理에 두었다. 이 가운데서 하나라도 결여되면 학문을 할 수가 없고, 또 간단없이 꾸준히 노력하여 스스로 눈이 트여 깨달음을 얻는 데까지 가야한다고 했다. 글귀나 외우고 단편적인 지식을 습득하는 것이 아니라 학문의 道를 깨치는 것을 진정한 학문으로 보았고, 거기에 도달하기 위해서 자신의 마음을 단단히 붙들고 꾸준히 노력해 나가야 한다고 보았다. 동시에 마음에서 일어나 학문하는 것을 방해하는 망상을 억제해야 한다는 것이다. 간송이 말하는 공부는 지식 습득의 단계가 아니고, 스스로 진리를 터득하는 단계를 말한다.

간송은 학문을 실천 위주로 하여 그 사람됨을 바꾸는 것이라고 정의했다.

　이른바 학문이란 것은 참되게 안 것을 실천하여 그 어떤 사람의 기질을 변화시키는 것으로 순수하여 잡되지 않은 것을 이른다. 글자로 표현하거나 입으로 말하고 귀로 듣는 말단적인 것이 아니다.[9]

귀로 듣고 바로 입으로 말하는 학문은 진정한 학문이 될 수 없고 사이비 학문에 불과하다. 『禮記』에서 "口耳之學으로 다른 사람의 스승 노릇을

---

8) 『澗松集』 권3 49장, 「管窺雜說」.
9) 『澗松集』 권4 5장, 「篔簹先生遺稿序」.

해서는 안 된다."라고 했다. 진정한 학문은 사람을 더 좋은 쪽으로 발전시킬 수 있는 학문을 말하는 것이다. 간송이 일생 동안 추구한 학문이 바로 이런 것이었다.

세상에 갖가지 학문이 존재하고 儒學 가운데도 갈래가 많지만, 誠敬을 주로 하는 程子·朱子의 학문만이 바른 학문이라고 보았다.

儒學 가운데도 갈래가 많지만,	儒術多岐路
程子 朱子만이 어긋남이 없네.	程朱獨不差
정성 간직하여 온갖 거짓 소멸시켰고,	存誠消萬僞
敬을 주로 하여 천 가지 사악함에 맞섰다네.	主敬敵千邪
要約함을 잡아야 능히 博을 베풀 수 있고,	操約能施博
나라 다스림은 집안 바로잡는 것에 말미암네.	爲邦自正家
아름다운 거문고의 줄이 끊어졌기에,	瑤琴絃斷絶
괜히 후세 사람으로 하여금 탄식하게 만드네.10)	空使後人嗟

유학 가운데서도 程朱의 학문을 정통으로 삼아야만 하고, 誠敬을 위주로 하여 博約을 겸비하여야 하고, 한 나라를 다스리는 것은 한 집안을 다스리는 근본적인 것에서 출발해야 함을 강조하였다. 그러나 참된 유학의 전통이 끊어진 당시의 유학은 정상적인 길로 나가지 못하고 있기 때문에 간송이 탄식한 것이다.

학문하는 방법은 옛날 것만 墨守해서는 안되고 앞 시대 학자들이 발견하지 못한 것을 후세의 학자들이 발견할 수도 있으므로 학문의 시대에 따른 진화를 인정했다.

義理는 무궁하고 지식과 견문은 한계가 있다. 이전의 聖人이 발견하지 못한 것을 후대의 성인이 발견할 수도 있고, 이전의 賢者가 말하지 못한

---

10) 『澗松集』 권1 10장, 「儒述」.

것을 후대의 현자가 말할 수도 있는 것이다.[11]

朱子가『大學』을 주석하면서 보완한 「補亡章」을 晦齋 李彦迪은 불필요한 것이라고 그의『大學章句補遺』에서 주장했다. 그러나 退溪는 회재의 주장이 주자와 위배되기 때문에 "한갓 經書를 훼손한 죄만 얻었을 따름이다"라고 하여 인정하지 않았다. 그러나 간송은 퇴계의 주장을 맹종하지 않고 회재의 학문적 공적을 인정하였다. 학문이란 것은 한 사람에 의해 완벽하게 이루어질 수 없기 때문에 후세로 오면서 점점 발전해 가는 것이라고 보았다. 유학자들은 대부분 무조건 復古主義・尙古主義에 사로잡혀 聖賢의 학설에 대해 감히 반대 의견을 내놓지 못했다. 그러나 간송은 그 당시로서는 드물게 주자와 퇴계의 학설에 반대되는 견해를 제시하였으니, 용기 있는 양심적인 학자로서의 자세를 잃지 않았다.

그 당시 학풍은 이미 실천이 따르지 못하면서 말만 번지르하게 하는 분위기가 팽배해 있음을 간송은 이렇게 경고하였다.

세상 선비들이 말하는 학문이란,	世儒所謂學
글을 배워 잘 외워 읽는 것.	學書能誦讀
세상 선비들이 말하는 사업이란,	世儒所謂業
글짓기를 일삼아 爵祿을 따는 것.	業文賭爵祿
마음과 입이 서로 맞지 않고,	心口不相應
말과 행동을 서로 돌아보지 않네.	言行不相顧
비록 만 권의 책을 독파했다 한들,	雖破萬卷書
德行에는 아무런 도움이 되지 않네.	於德竟何補
임금 섬길 때는 신하의 도리 다하고,	事君盡臣節
어버이 받들 때는 자식 노릇 한다면,	奉親供子職
배우지 않았다고 사람들이 말할지라도,	人雖曰未學
나는 반드시 그런 사람을 배웠다 하겠네.	吾必謂之學

---

11) 『澗松集』권3 53장, 「管窺瑣說」.

그대 보게나! 顏子에게 준 孔子의 四勿과,   君看顏四勿
曾子가 날마다 세 가지로 반성하는 것을.   與夫曾子省
어디 말을 숨씨 있게 한 데가 있던가?   何嘗言語工
그 어디 문장이 번지르한 데가 있던가?   亦豈文字炳
이 두 분은 마침내 큰 道를 능히 듣고서,   終能聞大道
체재 갖추어 앞 시대의 聖人을 계승했다네.   具體承前聖
어찌하여 말세로 흘러온 폐단은,   奈何末流弊
한갓 가지와 잎만 숭상하게 되었는지?   枝葉徒崇奬
경박한 분위기가 순박한 근원 흩어버려,   澆風散淳源
크게 소박한 기운이 날로 잃어 가는구나.   大樸日淪喪
앵무새처럼 제멋대로 말만 번지르하게 잘하니,   鸚鵡謾好音
의관 차려 입었지만 마부들에게 부끄러우리라.   簪裾愧廝養
명예와 이욕의 관문 통과한 뒤에라야,   透得名利關
바야흐로 조금 쉴 만한 곳이 된다네.   方是少歇處
上蔡[謝良佐]의 엄한 훈계가 있나니,   上蔡有嚴訓
이 말을 가슴에 새겨 둘지어다.[12]   服膺事史魚

당시 세속적인 선비들은 자신을 수양하여 세상을 敎化하는 선비의 본래 임무를 망각한 채, 입으로 글만 외워 과거에 합격하여 爵祿을 얻고 이름을 얻는 데만 급급하였다. 言行이 일치되지 않으면서 많은 책을 읽어 지식은 풍부하고 문장은 숙달되어 잘 지어내지만, 그 사람 자신의 德行을 함양하는 것과는 아무런 관계가 없었다. 孔子가 말한 爲己之學은 사라지고 爲人之學이 세상을 휩쓸고 있을 때, 간송은 진정한 선비를 그리워하여 이런 탄식을 했던 것이다. 顏子나 曾子의 예에서 볼 수 있듯 문장을 잘한다는 칭송을 들은 적이 없었지만, 聖人의 큰 道를 듣고서 體得하여 후세에 전승시켜 준 업적이야말로 선비가 하는 일 가운데 가장 큰 가치가 있는 것으로 간송은 보았다. 程子의 제자인 上蔡 출신의 謝良佐가 처음에는

---

12) 『澗松集』권1 3, 4장, 「世儒歎」.

記誦을 잘하는 것으로 자부했을 때 程子는 玩物喪志의 우려가 있고 그의 병통은 '자랑[矜]'에 있다고 훈계하였다. 처음에는 사량좌가 수긍하지 않았지만, 나중에는 정자의 가르침의 진정한 의미를 깨닫고 자신도 기송의 문제점을 알았다. 그 이후 자신의 제자들을 가르칠 때 늘 기송의 문제점을 훈계했다.13)

언행이 일치되고 명예와 이욕의 관문을 통과하여 진정한 修己治人의 공부에 전념하는 사람을 일컬어 참된 선비라고 할 수 있다. 간송이 지향하는 학문의 길도 바로 이런 것에 있었다. 이런 학문 경향은 남명의 학문정신과 완전히 일치하는 것이다. 이런 까닭에 그가 초기에 스승으로 삼았던 인물이 대부분 퇴계학파에 속한 사람들이었지만, 간송 자신은 나중에 남명학파 내에서 중심인물로 부각될 수 있었던 것이다.

선비들도 평소에 兵法을 익혀야 한다는 생각을 간송은 가졌는데, 이는 국방의 중요성을 인식하고 제자들에게 병법을 가르쳤던 남명의 사상과 맥이 통하는 것이다.

썩은 선비들 평소에 병법을 이야기하지 않다가,	腐儒平昔不談兵
지금 와서 난리 당하자 뼈 속까지 놀라기만 하네.	臨亂如今但骨驚
달빛 희미한 외로운 성에선 소식 끊어졌는데,	月暈孤城消息斷
대궐로 머리 돌리니 공연히 눈물 범벅이 되누나.14)	北辰回首涕空橫

온 나라의 지식인들이 평소 국가 민생의 현실문제 해결에 아무런 도움이 되지 않는 空理空論的인 학문에만 힘을 쏟다가, 난리를 당하게 되자 아무런 대책 없이 놀라기만 하고 있었다. 간송은 이런 사태에 직면하여 현실적인 학문을 하지 못한 선비의 한계를 절실하게 느꼈던 것이다.

평소에 심신을 잘 거두어 단속하고 名節을 닦으며 正道를 지켜나가던

13) 黃宗羲 『宋元學案』 권24, 「上蔡學案」. 胡安國 『上蔡語錄』 권2 8-17장.
14) 『澗松集』 권2 18장, 「聞南漢受圍慨然有作」.

선비들도 名利의 문제에 당면하게 되면 자기의 본래의 보조를 잃는 경우
가 많았다. 그런 사례를 우리나라의 역사상 많은 인물의 행적에서 볼 수
있다. 出處의 大節을 잘 지켜야만 올바른 선비라고 볼 수 있다고 간송은
생각했다.15)

　楚나라의 은자 長沮와 桀溺 같은 사람은 세상을 구제하려고 다니는
孔子를 비웃는 말을 하였기에 역대로 유가의 비판을 받아왔다. 간송은
그들을 聖人의 도로써 논할 수는 없지만, 道를 가지고서 사람들에게 영합
하고 부귀를 탐내어 나아갈 줄만 알고 물러날 줄을 모르는 사이비 儒者들
은 長沮와 桀溺보다도 못한 사람이니 장저와 걸익을 비난할 자격이 없다
고 보았다.16)

　佛家에서는 불법을 전파하여 궁극적으로는 모든 사람이 불가에 귀의하
기를 희망한다. 간송은 불가의 自家矛盾을 이렇게 지적하였다.

　　천하의 모든 사람이 다 함께 중이 된다면, 누가 임금이 되며 누가 신하가
　　되며, 누가 백성이 되어 관리들을 먹여 살리며, 누가 관리가 되어 백성들을
　　다스리겠는가? 한 사람도 빠짐없이 입산하여 불교를 받들게 된다면, 누가
　　부부가 되며, 누가 부자가 되며, 누가 형제가 되겠는가? 모두가 다 중이 되었
　　을 경우 늙은 사람은 죽고, 젊은 사람은 늙고, 앞에 있던 사람들은 없어지고,
　　뒤에 오는 사람들이 이어가지만, 백년도 안 지나 인류는 다 없어지고 말
　　것이다. 천지 사이에 가득한 것은 나무·돌·새·짐승·벌레·뱀·가시뿐
　　일 것이다. 우리 儒道에 해악을 끼칠 뿐만 아니라 佛道 그 자체도 끊어진다.
　　그때 가서 중이 되어 불교를 받들려고 한들 될 수 있겠느냐?17)

　불가에서는 포교하는 데 많은 정성을 기울여 많은 사람들이 출가하여
승려가 되기를 바란다. 그러나 불가의 희망대로 모든 사람들이 승려가

---

15) 『澗松集』 권3 9장, 「上旅軒先生書」.
16) 『澗松集』 권3 45, 46장, 「沮溺說」.
17) 『澗松集』 권3 52장, 「管窺瑣說」.

된다면, 의식주의 재료는 누가 생산하며 인류는 어떻게 번식·보존하겠는가? 불교 교리는 공격할 필요도 없이 불교 스스로 모순을 지니고 있는데, 이 모순을 간송이 잘 지적해 내었다. 유자로서 불교를 압도할 수 있는 논리를 갖추었다고 하겠다.

간송은 당쟁의 폐단에 대해 누구보다도 심각하게 인식하여, 나라를 멸망시키고 세상에 재앙을 끼치는 鴆毒이라고 간주하였다. 그래서 그 자신은 당파에 얽매이지 않아 공정한 논의를 견지하였다.

당론이 일어난 이후로 공론이 없어졌다. 당파에 속한 사람의 이름 가운데는 온전한 사람이 없게 되었다. 색목이 같지 않으면 좋아하고 싫어하는 것도 다르게 된다. 그 논의가 나와 합치가 되면 줄곧 그를 좋아하여 그의 나쁜 점을 모르게 되어 조그마한 것까지 알리고 추켜세우기를 한량없이 한다. 그 논의가 자기와 어긋나게 되면 줄곧 그를 미워하여 그의 아름다운 점을 모르게 되어 죄에 밀어 넣고 죄를 얽어 만들기를 힘닿는 데까지 한다. 좋아하고 싫어함이 혼란스럽게 되고 시비가 뒤바뀌어, 서로 모함하고 다투는 분위기가 온 세상에 넘쳐흘러, 물과 불의 관계처럼 죽을 때까지 공격한다. 심지어는 부자간에 의견을 달리하는 경우도 있고, 형제간에 당파를 나눈 경우도 있다. 자기와 같은 당파이면 비록 천리를 떨어져 살아도 아교와 옻칠처럼 착 달라붙는데, 자기와 같은 당파가 아니라면 비록 같은 집에서 거처해도 楚나라와 越나라의 관계처럼 원수가 된다. 아래로 각 고을 각 마을에 이르기까지 그렇지 않은 곳이 없다. 국가의 존망은 생각지도 않고 백성들의 苦樂은 걱정하지도 않은 채, 오직 당론에만 급급하니 공론이 어떻게 나타날 수 있겠는가? 온전한 사람을 어느 곳에서 얻을 수 있겠는가? 내가 이 세상을 보건대, '黨'이라는 한 글자는 나라를 망치고 세상에 재앙을 끼치는 짐새의 독이다. 대개 당론은 자기 한 사람의 사사로움에서 나온 것이지 공정한 의리가 나타난 것은 아니기 때문이다. 비록 楊子·墨子·老子·佛敎의 해악이나 홍수와 맹수의 재난의 처참함도 이렇게 참혹한 데는 이르지 않을 것이다.[18]

---

18) 『澗松集』 권3 51, 52장, 「管窺瑣說」.

간송은 당쟁의 해독을 잘 알고 있어 당쟁에 가담하지 않았고, 老論이나 少論에 속하는 인물이라도 마음이 통하면 사귀었다. 이런 정신을 가졌기 때문에 한평생 남명학파와 퇴계학파 두 군데 다 관계하면서 두 학파의 융화를 위해 일생 동안 계속 노력할 수 있었던 것이다.

간송 자신이 한평생의 정신적 이정표로 삼은 澗松이라는 호를 두고, 이렇게 시로써 풀이했다. 그의 학문하는 방법과 정신세계의 방향이 그의 호 속에 내함되어 있다.

나 홀로 시냇가의 소나무 사랑하노니,	獨愛澗邊松
날씨 추워져도 그 모습 변하지 않기에.	天寒不改容
깊은 뿌리는 깎아지른 골짜기에 박혀 있고,	深根盤絶壑
곧은 가지는 높은 봉우리에 치솟았네.	直幹聳危峯
바람이 세차면 그 소리 더욱 웅장하고,	風烈聲逾壯
서리 매서우면 푸르른 빛 더욱 짙다네.	霜嚴翠更濃
그대여 보게나! 봄철이나 여름철에는,	君看春夏節
모든 것들이 다 푸르고 싱싱한 것을.19)	百物共靑葱

간송은 자기 일생의 삶의 방향을 '澗松'이라는 두 글자로 집약하여 표현하였다. 날씨가 추워져도 변하지 않는 그 節操, 깊은 학문적 바탕, 고상하고 강직한 언행을 갖고 살아가겠다는 의지를 강하게 나타내고 있다. 세상의 장애물이 앞을 막으면 자신은 더욱 견결한 자세로 자기의 길을 개척해 나가겠다고 했다. 세속의 炎凉에 따라 부침하는 부류와는 자신을 같이 보아서는 안 된다고 말하고 있다.

宋나라 초기의 정승 范質의 「誡姪兒八百字」라는 시에 "화사한 화원의 꽃은, 일찍 피었다가 먼저 시드네. 더디 자라는 시냇가의 소나무, 울창하여 늦게까지 푸르름 머금고 있네.[灼灼園中花, 早發還先萎. 遲遲澗畔松, 鬱鬱

---

19) 『澗松集』 권1 10장, 「栽松澗邊」.

晩含翠.][20]"라는 구절이 있다. 朱子는 이 시의 교훈적인 가치를 크게 인정
하여『小學』에 수록하였다. '澗松'이라는 호는 바로 이 시에서 따왔다. 울
긋불긋 봄을 장식하는 아름다운 꽃은 날씨가 추워지거나 서리가 내리면
자취를 감추고 만다. 그러나 소나무만은 추운 겨울 눈보라 속에서도 절개
를 지키는 풍모를 그대로 견지하고 있다. 이런 소나무의 정신을 배워 일생
을 살아가겠다는 결심을 하고, 자기 집 앞 시냇가에다 두 그루의 소나무를
심었던 것이다. 간송은 退溪를 攻斥하는 대열에 참여하라는 당시 불길
같은 세력을 가진 大北派의 위협에 조금도 자신의 지조를 굽히지 않았고,
조정에서 몇 차례 벼슬을 내렸지만 나가지 않고 초야에서 학문에만 전념
하였다. 소나무는 단순한 식물이 아니라 바로 간송 자신의 한평생의 정신
적 스승이었던 것이다.

IV. 退溪·南冥 兩學派의 融和

南冥學派의 영향권 안에 속해 있는 咸安地域에서 世居해 온 집안에서
생장하였으면서도 어릴 때부터 퇴계학파에 속한 학자들로부터 학문을 전
수 받은 澗松은, 완전히 퇴계학파로 편중되지 않고 나중에 남명학파에서
적극적으로 활동하면서 철저하게 퇴계학파와 남명학파를 조화롭게 융화
시켜 나갔다. 鄭仁弘의 退溪 辨斥으로 인한 두 학파 간의 불편한 관계를
해소시키는 데도 간송이 큰 역할을 했다.

그는 퇴계와 남명을 거의 똑같은 비중으로 존모하였으며, 두 분의 특징
을 잘 파악하였다. 그의「東賢十八詠」가운데 퇴계와 남명을 읊은 시가
있는데, 먼저 퇴계를 두고 읊은 시를 소개하면 이러하다.

---

20) 北京大學 古文獻研究所,『全宋詩』권3 p.48.

朱子의 책 몹시도 좋아하여 새로운 것으로 발전시켰고,   酷悅朱書便奪胎
오묘한 이치 속에 침잠하여 일찍이 돌아선 적 없었네.   潛心理窟不曾回
陶山書堂의 巖棲軒 玩樂齋에 끼치신 향기 남아 있나니,   巖栖玩樂餘香在
늘그막에 숨은 맑은 氣風 百世에 걸쳐 높고 높으리라.   晚隱淸風百世嵬

南冥을 두고 읊은 시는 이러하다.

태산의 가을 기운이 퇴폐한 세속 물결 누르는데,   泰山秋氣壓頹瀾
敬義의 工程은 오묘하여 관문을 통과했도다.   敬義工程妙透關
道 지니고도 때 만나지 못했으나 어찌 작게 쓰이랴?   道不遇時寧小用
나라를 경륜할 그릇 품고서 시골에 숨어 사셨지.[21]   懷藏國器軸邁間

朱子學에 침잠하여 그 오묘한 이치를 연구하여 밝힌 퇴계의 학문적 성
취와, 泰山 같은 기상을 갖고 敬義의 학문으로 퇴폐한 세상을 바로잡는
데 주력한 남명의 실천 위주의 현실적 학문의 특징을 잘 구별하여 내었다.
   간송은 일생 동안 남명학파와 퇴계학파의 융합을 위해 노력했다. 그의
절친한 벗 无悶堂 朴絪이 『山海師友淵源錄』을 편찬하고 있을 때, 간송은
그 책 속에 퇴계의 행적을 수록할 것을 건의한 적이 있었다. 이는 남명학파
와 퇴계학파의 관계를 좋게 하려는 의도에서였던 것 같다. 그러나 无悶堂
은 주저하며 선뜻 수용하지 않았다. 그래서 수록의 가부에 대해 旅軒에게
자문을 구하여 결정하려고 한 일이 있었다.[22]
   간송은 남명에 대한 존모가 남달랐고, 또 퇴계학파와 남명학파의 융합
을 위하여 여러 가지 방안을 모색하였다. 간송의 만년에 德川書院 내부에
분쟁이 있었는데, 林谷 林眞怤가 德川書院에 관심을 가져달라고 간송에게
서신을 보냈다. 간송이 여기에 대해 이렇게 답하였다.

---

21) 『澗松集』 권2 13장.
22) 『澗松集』 권2 21장, 「與朴伯和」.

　　德川書院에 관심을 가지라고 말씀하셨는데, 이 서원은 士友들이 한 번 빠져들면 헤어나지 못하는 곳이오. 비록 지혜로운 사람이라도 어떻게 할 수가 없소. 형은 어째서 재난을 실어 남에게 주는 일을 반쯤 죽어가는 늙은 것에게 맡기려 하시오. 이 늙은 것이 무슨 기력이 있어 거기에 생각이 미치겠소. 비록 그러나 저는 남명에 대해 존모하는 마음이 얕지 않소. 바야흐로 『南冥粹言』이라는 책 한 권을 편찬하고 있소. 그 가운데는 버리거나 취하거나 해야 할 것이 또한 많소. 「解闢西問答」·「與子精子强書」·「策問題」 등은 빼어버려야 하겠고, 퇴계가 남명에게 보낸 세 통의 서신, 퇴계가 쓴 「遊頭流錄跋」, 徐花潭이 지은 四韻의 시, 李龜巖 先代의 墓碑 등은 수록해야겠소.[23]

　간송이 남명을 존모한 나머지 남명의 시문의 節要 및 관계 자료를 附錄으로 한 『南冥粹言』을 편찬하고 있다는 사실을 밝혔다. 퇴계학파와의 융합을 위해 많은 주의를 하고 있었다는 증거이다. 맨 처음 『南冥集』을 편찬할 때 그 일을 주도한 鄭仁弘의 의도에 의해 편찬된 『남명집』이 반질되자, 거기에 실린 글로 인하여 각지에서 여러 가지 문제가 야기되었다. 이로 인해 남명학파는 더욱 고립될 처지에 놓였으므로, 간송은 남명의 진면목을 바로 알리고 다른 학파와의 관계 개선을 도모할 목적으로 『南冥粹言』의 편찬을 시도했다고 볼 수 있다. 남명학파는 「解闢西問答」으로 인해 晦齋 李彦迪 집안과 관계가 악화되었고, 「與子精子强書」 때문에 龜巖 李楨 집안과 관계가 나빠졌고, 남명의 인상도 나쁘게 만들 우려가 있었다. 「策問題」는 임금의 失政을 노골적으로 비웃는 듯한 내용이 있기 때문일 것이다.

　仁祖反正 이후 가뜩이나 위축된 남명학파가 사방의 공격을 당하는 것으로부터 보호하려는 의도에서 간송은 이 책을 편찬하려고 했을 것이다. 퇴계가 남명에게 보낸 세 통의 서신과 「遊頭流錄跋」을 넣으려는 것은 鄭仁弘으로 인해 악화된 두 학파와의 관계를 개선하려는 것이다. 花潭의

---

23) 『澗松集』 권2 23-24장, 「答林樂翁」.

시를 수록한 것은 花潭의 시에 次韻한 南冥의 시가 經世意識이 더 강렬하
다는 것을 대비해서 보이려는 의도이다. 李龜巖 先世의 墓碑를 수록하려
는 것은, 남명이 이구암과 관계가 괜찮았을 때 남명이 이구암의 요청에
의해서 그 父公의 묘비를 지었다. 만년에 남명은 河洇婦事件으로 이구암
을 의심하여 절교하였다. 퇴계의 제자 노릇하던 구암은 남명에게 절교
당한 뒤 퇴계에게 자기의 사정을 하소연하였고 퇴계는 구암을 위로하였다.
이로 인해 퇴계를 싫어한 鄭仁弘이 구암을 더욱 미워하였다. 나중에 정인
홍이 『南冥集』을 편찬할 적에 이구암 父公의 묘비를 수록해야 한다는 寒
岡 등의 건의를 거절하고 수록하지 않았다. 간송이 볼 적에 남명학파와
구암 집안과의 갈등은 내면적으로 남명학파의 역량의 손실만 가져온다고
판단하여 그 해결 방안으로 『南冥粹言』의 편찬에 착수했던 것 같다.

　南冥은 비록 벼슬에 나가 직책을 맡은 적이 없었지만, 그가 끼친 정신적
인 영향이 후세에 영원히 대단하다는 것을 간송은 이렇게 밝히고 있다.

　　　　남명이 한 일 없다고 말하지 마소서.　　　　　　莫道南冥無事業
　　　　백세의 맑은 바람 우리 동쪽 나라 떨쳤다오.[24]　　清風百世振東韓

孟子가 말한 "聖人의 百世의 스승이다"라는 말이 있는 것처럼, 남명이
우리 민족에게 있어 정신적 지도자로서의 역할을 길이 할 것으로 보았다.
　남명의 일생 동안의 마음가짐을 가장 정확하게 파악하였던 사람은 바로
간송이었다. 그의 「書南冥先生次花潭詩後」라는 글은 이러하다.

　　　曹先生이 花潭의 詩에 次韻한 첫째 聯은 "붉은 마음을 가지고 이 세상을
　　되살리고 파, 누가 밝은 해를 돌려 이네 몸을 비춰줄까?[要把丹心蘇此世,
　　誰回白日照吾身]"라고 되어 있다. 慨然히 세상을 걱정하는 듯이 말 바깥에
　　넘쳐흐른다. 보배를 품고서 세상에서 숨어 지내다가 바위 틈에서 일생을

---

24) 『澗松集』 권2 9장, 「讀南冥集」.

마친 것이 어찌 선생의 본래 마음이겠는가? 어떤 사람은 벼슬하지 않은 것을 가지고 선생의 문제점으로 삼기도 하고, 혹은 한 가지 절개만 가진 사람으로 여기기도 하니, 또한 이상하지 않은가? 宣祖朝의 대신 李鐸이 經筵에서 아뢰기를 "曹某 같은 사람은 지금 세상의 버려진 인재입니다. 그에게 除拜한 벼슬이 별 볼 일 없는 벼슬에 불과했기에 끝내 한 마디 말도 하지 못하고 죽었습니다. 이런 것이 선비들이 전하께서 불러도 오지 않는 까닭입니다."라고 했는데, 이야말로 사실에 근접하는 말이다.[25]

남명은 자기 한 몸만 깨끗하게 간직하기 위해 세상을 잊고 멀리 숨은 사람이 아니었다. 늘 국가민족에게 관심을 갖고 달밤에 눈물을 흘리기까지 했다. 끝까지 벼슬에 나가지 않은 것은 자신에게 내린 벼슬자리가 자신의 經綸을 펼쳐 무슨 일을 할 수 있는 자리가 아니었기 때문이었다. 남명의 그러한 처지를 간송이 가장 잘 이해했던 것이다.

간송은 남명이 만약 때를 만나 자신의 蘊蓄한 바를 펼쳤더라면 그 당대나 다음 세상을 위해 이 정도의 역할은 했을 것이라고 말하고 있다.

남명을 잘 모르는 사람들이 남명의 眞面目을 파악하지 못하고 '氣節만 있는 處士' 정도로 貶下하는 경향이 있었다. 西人 가운데서 老論系列의 인사들 가운데 이런 생각을 가진 사람이 많았는데, 澤堂 李植·淸陰 金尙憲 등이 대표적이다. 이런 고정관념은 사라지지 않아 農巖 金昌協·三淵 金昌翕 등에게 계속 이어져 갔다. 仁祖反正 이후 남명의 제자들이 대부분 정계에서 축출되자, 남명도 정당하게 평가되지 못하는 억울한 경우를 당하게 되었다. 간송은 이 점을 무척 안타깝게 생각하였던 것이다.

경륜을 갖춘 남명 같은 사람이 임금에게 올바른 대우를 받지 못하고 일생을 마친 일은, 후세의 왕들이 山林에 숨은 인재를 불러내는 일을 어렵게 만들었다.

남명이 때를 만나 자기의 경륜을 펼칠 수 있었다면 우리나라 백성들뿐

25) 『澗松集』 권4 12장.

만 아니라 나아가 천하의 사람들을 두루 敎化하여 착한 사람을 만들어 儒敎에서 말하는 이상적인 사회로 만들 수가 있었을 것이다. 혼탁한 세상의 도덕적 보루가 되어 그 功德이 해와 달처럼 빛날 수 있었을 것이니, 오늘날 사람들이 운위하는 정도의 남명에 그치고 말지는 않았을 것이다. 간송은 남명의 현실 정치에서의 능력을 아주 크게 평가하였다.

> 만약 남명이 뜻을 얻어 천하 사람들을 두루 착하게 만들고 평생 쌓은 실력을 펼칠 수 있었다면, 세상 인심을 맑게 하고 天理를 밝히고 世道를 만회하고 혼탁한 세상을 격려하여 우뚝이 世波의 砥柱가 되고 어두운 길에 밝은 해나 별이 될 수 있었을 것이니, 그 공덕과 사업이 어찌 이 정도에서 그치고 말았겠는가? 아아! 애석하도다.26)

간송은 남명에 대한 존숭하는 마음을 포괄하여 이렇게 시로 읊었다.

江河 같은 器局에 泰山 같은 모습,　　　　　　　江河器局泰山容
金玉 같은 풍채에 눈 속의 달빛 같은 마음.　　　金玉儀形雪月衷
바른 기운은 매서운 햇살 아래 가을 서리 스치는 듯, 正氣秋霜橫烈日
곧은 節操는 푸르른 소나무에 기댄 푸른 대 같아.　貞操綠竹倚蒼松
이전의 聖賢에 의지하여 敬義의 功 이루었고,　　功成敬義依前聖
道는 中庸에 합치되어 어린 後生을 깨우쳤도다.　道合中庸啓後蒙
숨어 지낸 것은 애초에 세상일 잊은 것 아니었나니, 遯世初非忘世事
무슨 일 할 수 있는 때 아닌 것 알았기에 자취 감추었지.27)
　　　　　　　　　　　　　　　　　　　　　　　知時不可故藏踪

남명의 큰 氣像, 깨끗한 人品, 우뚝한 學德, 후세의 영향 등 전반에 걸쳐 존모의 뜻을 붙였다. 특히 남명이 은거하게 된 것은 그 당시 시대적으로

---

26) 『澗松集』 권4 15, 15장, 「南冥先生年譜跋」.
27) 『澗松續集』 권1 38장, 「讀南冥集」.

무슨 經綸을 펼칠 수 없어 부득이 세상에 나가지 않은 것으로, 세상을 잊고 은둔을 고집한 사람과는 다르다는 점을 부각시켰다.

간송이 사림의 추대를 받아 新山書院 원장으로 있으면서 스승 旅軒을 찾아가 남명에 대한 평가와 東岡 金宇顒의 新山書院 配享問題를 두고 자문을 구하였다. 두 사람이 주고받은 대화는 이러하다.

여헌선생께서 남명선생의 높은 곳에 대해 언급하시기를 "그 높은 곳은 벼슬과 祿을 사양하고 風節을 세운 것에 있을 뿐만 아니라, 議論이 사람들의 생각보다 훨씬 뛰어나고 識見이 보통 사람보다 몇 단계 앞서고, 資稟과 學力이 아주 뛰어난 것에 있다."라고 하셨다. 任道가 말하기를 "선생의 가르치심은 다행입니다. 어떤 부류의 사람들은 '높다[高]'라는 말에 대해 불만을 갖고 있습니다. 「高風正脈辨」 등의 글이 바로 그런 것입니다."라고 했다. 선생께서는 "'높다'는 뜻은 좋지 않은 것은 아니지만, 다만 '正脈'이란 글자와 비교해 보면 약간 구별이 있는 것 같다. 그래서 논하는 사람들이 그렇게 말하는 것 같다. 그러나 이 어른의 높은 것은 누가 능히 따라갈 수 있겠는가?"라고 말씀하셨다. 임도가 묻기를 "소생이 사림들의 함부로 추대하는 바를 잘못 입어 외람되이 新山書院 山長의 임무를 맡게 되었습니다. 金東岡을 서원에 配享하고 그가 지은 『經筵講義』 등의 책을 간행·반포하여 우리 儒道에 도움이 되게 하고자 하는데, 어떻겠습니까?"라고 하자, "매우 좋지, 매우 좋아!"라고 선생께서 말씀하셨다. 任道가 또 묻기를 "東岡은 남명한테 親炙한 것이 가장 먼저이고 또 장가들어 손서가 되었으니, 그밖에 그저 설렁설렁 남명 문하를 출입한 사람들과는 비교할 바가 아닙니다. 한 祠堂 안에 配享하는 것이 예법에 알맞을 것 같습니다. 다만 申松溪가 聯享의 위치에 있으니, 만약 士論이 '동강은 남명에게 손서가 되고 문인이 되니 배향하는 것이 마땅하지만, 松溪가 東岡에 대해 차분한 마음으로 받아들일 수 있겠소?'라고 한다면 어떻게 해야겠습니까?"라고 했다. 선생께서 말씀하시기를 "이것은 그렇지 않다. 新山書院은 본래 남명을 위해 창설한 것이다. 松溪는 손님일 따름이다. 무슨 방해될 것이 있겠는가? 내 생각으로는 송계의 位牌가 왼쪽에 있다면 동강을 서편 벽 쪽에 위패를 놓으면 되고, 송계가 오른 쪽에 있다면 동강은 동편 벽 쪽에 위패를 놓으면 무방할 것 같다."라고 하셨다.[28]

寒岡이 東岡의 죽음을 애도하는 挽詞에서 "退陶의 바른 맥을 영원토록 그리워하고, 山海의 높은 기풍 특별히 존경했네.[退陶正脈終天慕, 山海高風特地欽]"라는 표현을 썼는데, 이에 대해 鄭仁弘은 「高風正脈辨」을 지어 퇴계에게 正脈을 돌리고 남명에게는 高風이라는 표현을 쓴 것에 대해 불만을 가졌다. 그러나 旅軒은 正脈과 高風은 구별은 있는 것 같지만 南冥의 아주 뛰어난 점을 포괄하여 '高'자로 표현하였으니, 문제될 것이 없다고 하였다. 그리고 新山書院은 본래 남명을 위해 창설된 서원이므로 비록 송계가 聯享되어 있다 해도 親炙를 가장 오래 받은 東岡을 配享하는 것은 지극히 당연한 일이라고 여헌은 간송의 질문에 답했다.

남명의 학덕을 흠모한 유림들이, 남명이 강학하던 山海亭이 있던 金海 神魚山 기슭에 1578년 新山書院을 건립하여 1609년 조정으로부터 賜額을 받았다. 그러나 그 이후 원장 자리가 오래도록 비어 있고 강학의 기능이 해이되자, 1633년 유림에서 간송을 추대하여 원장으로 삼았다. 간송은 몇 번 사양해도 되지 않아 원장을 맡아 서원을 운영해 나갔다.[29] 당시 江右地域에서 澗松의 名望이 대단히 높았다는 것을 알 수 있다.

간송은 남명 못지 않게 퇴계도 똑같이 대단히 존숭했다. 퇴계에게 직접 가르침을 받지는 못했지만, 퇴계가 남긴 책을 읽고 또 그 제자나 제자의 제자에게 가르침을 받아 학문의 길로 접어든 것을 다행으로 생각했다.

> 하물며 나는 어리석어 일찍이 학문의 功을 잃었고 나아가 바로 잡아줄 師友도 없었음에랴? 그래도 다행히 宣城은 退溪의 고향이요 一善은 여러 어진이들이 많이 나온 곳이다. 비록 제자의 예를 차리고 퇴계선생의 곁에서 직접 가르침을 받지는 못했지만, 그 기풍이 남아 있었기에 先賢들의 道를 실은 책을 보고 선배들이 남긴 가르침을 듣고 착한 본래의 마음을 계발할 수가 있었다.[30] 또 孔子・孟子・曾子・子思・堯임금・舜임금・文王・武王

---

28) 『澗松別集』 권1 14, 15장, 「就正錄」.
29) 『澗松別集』 권1 40, 41장, 「遊觀錄」.

의 책을 구해다가 읽은 뒤에야 환히 밝아져 마치 취한 꿈이 깨는 듯, 어두운 밤이 밝아오는 듯, 이 道를 돌이킬 수 있고 本性을 회복할 수 있다는 것을 알았다. 천지가 천지가 된 까닭과 사람과 사물이 사람과 사물이 된 까닭이 이것에서 벗어나지 않았다.

宜寧縣監 尹舜擧가 퇴계의 妻鄕이라 하여 宜寧에 퇴계를 享祀할 德谷書院을 지은 것에 대해 간송은 관심을 보이면서 격려하고 있다. 자기가 사는 함안과 인접 고을인 의령에 퇴계를 奉享하는 書院이 생기게 된 것을 매우 감격할 정도로 기뻐하였다. 이 역시 퇴계에 대한 극도로 존모하는 마음이 발로된 것이라 할 수 있겠다.

또 덕곡서원에 퇴계를 奉安할 때 간송은 그 奉安文을 지었다. 간송이 縣監 尹舜擧와의 친밀한 관계도 있겠지만, 奉安文을 짓게 된 연유는 이 江右地方에서는 퇴계를 정확하게 알고 퇴계학파와 밀접한 관계가 있는 인사로는 澗松만한 사람이 없다는 여론이 모아졌기 때문에 간송에게 請文했을 것으로 생각된다. 간송은 이 奉安文에서 退溪를 海東의 程朱로서 이전 여러 유학자들의 학문을 집대성했다고 극도로 존숭하였다.

아아! 우리 선생이시여,	惟我先生
우리나라의 程子 朱子 같은 분.	海東程朱
여러 학설 절충하시고,	折衷羣言
여러 유학자들 학문 집대성하셨네.	集成諸儒
(중략)	
연세 드신 노인분이 전하는 말에,	故老相傳
先生의 杖屨가 미쳤다 하네.	杖屨攸及
제사를 받드는 것이 예법에 맞기에,	禮合稱祀
영원히 공경하여 본받으리.	永寓矜式
아직까지 祠宇 없었던 것은,	尙闕廟貌

---

30) 『澗松集』 권4 29장, 「困知齋箴」.

그 책임이 후학에게 있다네.31)   責在後學

그리고 퇴계의 발자취가 미친 宜寧에 祠宇가 없다는 것은 이곳에 사는
後學들의 책임이니, 마땅히 享祀를 거행하여 영원히 師表로 삼아야 한다
는 뜻을 밝혔다.

1611년 퇴계의 文廟從祀를 攻斥하는 鄭仁弘의 지시에 의하여 정인홍에
게 붙어 지내던 어떤 사람이 함안에서 퇴계의 文廟從祀를 반대하는 疏章
을 작성할 疏會를 열고 간송에게 참석할 것을 요구하는 서신을 보냈다.
『孟子』「逢蒙章」을 인용하여, 간송은 자기 스승의 스승인 퇴계를 攻斥하
기 위한 疏會에 참석할 수 없다는 입장을 분명히 했다. 당시 정인홍의
세력은 대단하였고, 당시 젊은 간송은 이미 '鄭來庵을 헐뜯고 모독한다'는
비방을 듣고 있었던 터라, 자신의 앞날에 많은 위협적인 요소가 따랐지만
퇴계에 대한 의리를 저버리지 않고 지조를 지켰다.32)

이런 점에서 볼 때 간송 자신은 퇴계학파에 속하는 학자라는 입장을
분명히 한 것이다. 이때 만약 간송이 정인홍 일파의 세력에 눌려 그 疏會에
참석하여 大北政權에 가담했더라면, 의리 없는 사람으로 전락하고 말았을
것이고, 퇴계학파 쪽의 사람들로부터 철저히 배척을 당했을 것이다.

그의 「寓言」이라는 글은 順理에 의하지 않고 힘과 폭력으로 반대파를
내치고 자기들의 목적을 달성하려는 사람들을 풍자한 글이다. 누구라고
구체적으로 거명하지 않았지만, 간송은 당시 정인홍 일파가 文廟從祀되
기로 되어 있던 퇴계를 공척하는 일에 느낀 바가 있어 이 글을 지었던
것이다.33)

1631년 47세 된 간송은 奉化로 가서 어릴 적의 스승 槃泉 金中淸의
大祥에 참석하여 哭하고, 돌아오는 길에 陶山書院에 들러 閑存齋에서 자

31)『澗松集』권5 4장,「擬德谷書院奉安退溪先生文」.
32)『澗松集』권1「年譜」42장.
33)『澗松集』권3 36-37장,「寓言」.

고 尙德祠를 謁見하고 퇴계의 유물을 참관하고 도산서원 안밖을 둘러보았
다. 이때 간송은 "직접 퇴계를 곁에서 모시고 가르침을 듣는 것 같았는데,
시대는 차이가 있지만 사람으로 하여금 느끼는 바가 있게 하였다."라고
자신의 감회를 적었다.[34] 이 遠行에서 禮安·安東·榮州·奉化·義城 등
지를 둘러보고, 溪巖 金坽·梅園 金光繼·六友堂 朴檜茂 등 퇴계학파의
여러 인사들과 結交하고 돌아왔다.

간송은 어려서부터 퇴계학파에 접맥되어 퇴계의 이론을 탐구하고 詩文
창작하기를 즐겨한 퇴계의 태도를 배웠다. 그 바탕 위에 남명학파의 학풍
이 짙은 지역에 살면서 절의를 숭상하고 실천을 중시하는 태도를 결합하
여, 실천을 중시하면서도 詩文 짓기를 좋아하고 著述도 많이 남긴 학자로
성장했다고 볼 수 있다. 이는 여타의 남명학파에 속하는 학자들이 저술이
영성한 것과 다른 점이다. 퇴계학파와 남명학파의 장점을 모두 흡수하여
새로운 자신의 독자적인 人物像과 학문 노선을 형성했다고 볼 수 있다.

그러나 후대로 오면서 간송은 후손들의 의도에 의하여 점점 퇴계학파
쪽으로 더욱 더 접근해 간 것 같다. 간송의 현손 趙弘燁의 요청에 의하여
訥隱 李光庭이 간송의 墓碣銘을 지었는데, 그 내용 가운데 퇴계에 관한
언급만 있고 남명에 관한 언급이 전혀 없다. 그 외 서원 건립을 위한 사림
의 상소문이나, 書院祠宇上樑文·常享祝文 등에서도 퇴계의 학맥을 계승
한 것으로만 되어 있다.

VI. 『澗松集』의 편찬 과정과 내용

1. 편찬 과정

澗松의 詩文은 저자의 현손 趙弘燁이 집안에 전해오던 草稿를 바탕으

---

34)『澗松別集』 권1 34장,「遠行錄」.

로 수집하여 편정하였다. 그 뒤 1744년(영조 20) 겨울 安東의 訥隱 李光庭에게 勘定과 편차를 부탁하고 序文을 청하였다. 간송의 스승 槃泉 金中淸의 외후손인 이광정은 자신의 문인 權萬・權諤 등과 함께 校訂하고 編次하여 8권 4책의 定本을 완성하고 서문을 지었다.

葛庵 李玄逸이 지은 「澗松行狀」[35]의 말미에 "公의 증손 趙橒이 花山의 錦陽里로 나를 찾아와, 公의 嗣子 趙咸払이 찬술한 「家傳行實記」 1통과 龍城 梁天翼이 編次한 『年譜』 1篇을 보여 주며 행장을 청하였다. 내가 감히 담당할 수 없다고 사양했는데, 조군은 갔다가 다시 와서 부탁하기를 매우 애써 하여 내가 끝까지 사양할 수 없었다."라고 했다. 갈암이 錦陽里에 거주할 때가 1702년경이었으니 행장은 이 시기를 전후하여 지어졌고, 이때 이미 梁天翼이 편차한 『간송연보』가 있었음을 알 수 있다.

『간송연보』가 편차된 시기에는 趙咸払 등이 수습한 草稿가 함께 있었을 것이라 추측된다. 그 뒤 李光庭이 지은 묘갈명에는 "현손 趙弘燁이 선생의 남긴 글과 行狀을 가지고 와서 '선조께서 돌아가신 지 80여 년이 지났는데 아직 문집을 간행하지 못하였고, 墓碑도 새기지 못했습니다'라고 하였다."라는 말이 들어 있다. 이때가 1744년이다. 이광정은 묘갈명을 짓고 아울러 文集을 原集 5권과 別集 2권으로 편정하고, 梁天翼이 편차한 『간송연보』 1권을 합쳐 8권 4책으로 만들었다.

이렇게 편정된 原集(別集 포함)은 간행 년도가 명확치 않으나, 정고본이 완성된 뒤 곧이어 저자를 배향한 咸安의 松亭書院에서 간행되었으리라 추측된다. 徐有榘의 『鏤板考』에 의하면 본집의 '板木 4책이 松亭書院에 보관되어 있다'고 하였다. 초간본 『澗松集』은 현재 규장각(奎11650), 성균관대학교 도서관(D3B-8), 연세대학교 중앙도서관, 고려대학교 중앙도서관(D1-A828) 등에 소장되어 있다.

본 문집은 板心題의 권차가 卷首題의 권차와 다르게 원집과 별집을

---

35) 李玄逸, 『葛庵集』 別集 卷6, 21-28장, 「工曹佐郎贈司憲府持平澗松趙公行狀」.

통합하여 총 4권으로 표시되어 있는데, 이는 권수가 아닌 分冊의 표시를 板心에 적은 것이다.

그 뒤 原集에서 누락된 시문들을 후손 趙善秀가 수습하여, 19세기 후반에 四未軒 張福樞에게 編定을 부탁하고 발문을 받았다. 장복추는 續集을 4권으로 편정하고 발문을 지었는데, 그 발문에 "원집이 간행된 지 1백여 년이 지났다."라고 하였다. 이때가 대략 1800년대 후반에 해당한다. 이 속집은 간행되지 못한 채 嗣孫 趙漢珪·6세손 趙光鎬·趙光鍊 등에 의해 보관되어 오다가, 1930년에 이르러 다시 盧相稷의 校訂을 거쳐 後孫 趙昺奎 등이 本孫 및 士林과 함께 附錄 1책을 포함한 5권 2책으로 編定하고 咸安 合江亭에서 活字로 간행하였다.

2. 체재

『澗松集』原集과 別集은 木版本인데 1744년경에 간행된 것으로 보인다. 世系圖·年譜, 原集 5권, 別集 2권 합 4책이다. 한 면은 10行 20字인데, 규격은 세로 21.4센티, 가로 16센티이고, 上下白魚尾이다.

續集은 판심에 『澗松先生續集』으로 되어 있고, 목활자본으로 1930년에 간행되었다. 모두 5권 2책이며 한 면은 10행 20자이다. 규격은 세로 21.1센티, 가로 16.9센티이며 어미는 上下二葉花紋魚尾이다.

民族文化推進會(韓國古典飜譯院)에서 1992년 韓國文集叢刊 제89집에 편입하고 標點 및 影印하여 양장본 1책으로 반포했다.

3) 저본의 구성과 내용

본 문집은 年譜, 原集 5권, 別集 2권, 續集 5권으로 이루어져 있다.

原集은 권두에 1744년 李光庭이 지은 序가 있고, 이어 世系圖·年譜·目錄이 있다. 권1과 권2는 詩이다. 五言古詩·五言絶句·五言律詩·七言古詩·七言絶句·七言律詩·七言排律이 詩體別·年代別로 총214題가

실려 있다.

간송의 시는 평이하면서도 심오한 의미와 간절한 호소력이 있다. 江山風物을 읊은 敍景詩는 자연과 혼연일체가 된 자신의 정감을 은은하게 표현했는데, 묘사가 극도로 섬세하면서도 高雅하다. 시 가운데서 중요한 것을 살펴보면 다음과 같다.

권1의 「世儒歎」은 세상의 많은 유학자가 말만 번지르하고 실천이 따르지 못하는 것을 개탄한 시이다. 「次林樂翁南字」는 지금 세상에서 桐溪 鄭蘊·愚伏 鄭經世·旅軒 張顯光이 유림의 영수이고 조정의 원로라 일컬을 수 있다고 했다. 「桐溪挽」은 동계 정온의 서거를 애도한 시인데, 동계의 光海朝에 강직하게 志節을 지킨 점을 부각시켰다. 「江齋十詠」은 자신의 藏修之地인 合江亭의 대표적인 열 가지 풍경을 읊은 서정성이 풍부한 시이다. 「寄贈許熙和」는 자신을 방문해 준 眉叟 許穆에게 준 시이다. 「儒術」은 程朱의 학문을 표준으로 해서 誠敬과 博約을 기본으로 삼아야 함을 강조한 시이다. 「栽松澗邊」은 1603년(선조 36) 나이 19세 때 澗松이라 自號하고 쓴 시로, 간송의 정신적 지향과 기개를 살필 수 있다. 「尋德川書院」은 1611년 덕천서원을 방문하여 지은 시로, 남쪽 지방의 處士로 南冥과 守愚堂을 들 수 있는데, 세상에 숨어 살지만 세상을 잊지 않고 世敎를 扶植하는 공적을 칭송하였다. 「宿忘憂亭」은 忘憂堂 郭再祐 사후 昌寧 洛東江 가 蒼巖에 있는 그의 정자에서 자며 망우당을 추모하여 지은 시이다. 「拜旅軒先生于遠懷堂」은 旅軒의 학덕을 극도로 흠모하는 심정을 나타낸 시다. 「風樹吟」은 돌아가신 부친을 그리워하는 효심을 나타난 시이다.

권2에 실린 「感興十五首」는 자연과 자신의 생활을 융화시켜 지어낸 걸작이다. 「三綱九絶句」는, 그 당시 대표적인 충신 3인, 효자 3인, 節婦 3인을 기리는 9수의 절구시이다. 1617년에 지었고, 자신의 跋文이 문집 권4에 실려 있다.

「東賢十六詠」은 圃隱 鄭夢周, 一蠹 鄭汝昌, 寒暄堂 金宏弼, 秋江 南孝溫, 靜庵 趙光祖, 花潭 徐敬德, 晦齋 李彥迪, 聽松 成守琛, 大谷 成運, 退溪

李滉, 南冥 曺植, 月川 趙穆, 高峯 奇大升, 西厓 柳成龍, 寒岡 鄭逑, 旅軒 張顯光 등 16명 현인의 학덕을 칭송한 시인데, 자신의 學統을 위주로 인물을 선발하였다. 간송 자신의 간략한 주석이 있어, 우리나라 學術史와 儒學史 연구에 중요한 자료가 된다.

「聞南漢受圍慨然有作二首」는 1636년 겨울 南漢山城이 포위되어 禮義文明의 나라 朝鮮이 변발한 오랑캐 滿洲族의 백성이 된 것을 개탄한 시이다.

「奉呈尹宜寧勸立秋江祠宇」는 宜寧縣監 尹舜擧에게 秋江 南孝溫의 祠宇를 세울 것을 권유한 시이다. 추강의 행적은 자신의 선조 漁溪의 出處와 일맥상통하는 면이 있어 권유한 것으로 보인다.

「聞鄭桐溪昇疾還山」은 남한산성이 함락될 때 자결하려던 桐溪가 상처받은 몸으로 安義 金猿山 속으로 돌아온다는 소식을 듣고 지은 시이다. 동계로 인해 千古의 綱常이 유지됨을 부각시켰다. 「無題」는 자신이 학문에 뜻을 두었으나 머리가 허옇도록 이루지 못한 것을 탄식하는 시이다.

권2의 끝에는 旅軒, 桐溪, 篁巖 朴齊仁, 畏齋 李厚慶, 蘆坡, 茅谿 文緯, 浮查 成汝信, 无悶堂 朴絪, 藤庵 裵尙龍, 復齋 李道孜, 慕亭 裵大維, 仁原君 李休復, 匡西 朴震英, 富寧府使 趙英混, 李道純, 林谷 林眞怤, 釣隱 韓夢參 등의 挽詞를 실어 조선중기 江右地域 유학자들의 생애와 학문의 특징을 알 수 있다.

권3은 疏 1편, 서한 29편, 雜著 11편이 실려 있다. 그 가운데 「謝賜粟疏」는 1662년(현종 3) 간송 78세 때 조정에서 음식을 하사한 것에 대해 사례하고 아울러 기근으로 흉흉해진 민심을 수습하고 널리 인재를 찾아 등용할 것을 청하는 내용인데, 嚴宮禁·親儒臣·設經席·興敎學·修武備·謹闒職·撫軍卒·擇守令·明黜陟·急農務·正風俗·勸節行·養廉恥·崇禮義 등 14조목의 時務策이 들어 있다.

서한 11편 가운데서 중요한 것은 다음과 같다. 스승 旅軒에게 주는 서한이 1622년부터 1631년까지 5통인데, 부친의 묘갈을 지어 달라는 요청과 군자의 出處大節에 대해 논한 것, 寒岡을 奉安할 檜原書院 祠宇 창건을 알리는 내용 등이다.

修巖 柳袗에게 보낸 서한은 2통인데, 1631년 陝川郡守로 있던 수암에게 간송 자신이 「金羅傳信錄」을 편찬 중에 있으니, 西厓가 지은 사종형 「大笑軒傳」을 적어 보내달라 부탁하고 또 龍巖書院에서 만나자는 내용이다. 1632년에 보낸 편지는 西厓의 학문을 이해하고 싶으니, 『西厓文集』을 한 부 보내달라는 내용이다.

桐溪 鄭蘊에게 준 서신은 新山書院에 東岡을 배향하는 문제를 의논하고 있다. 張應一에게 준 서한은 2통인데, 『旅軒集』 편찬에 자신이 기록한 「就正錄」의 내용을 초록해 보내니 살펴서 『旅軒集』에 수록해 줄 것을 건의하고 있다. 无悶堂 朴絪에게 보낸 서한은 『山海師友淵源錄』에 退溪에 관한 사실을 실을 것을 건의하고 있다.

林谷 林眞怤에게 보낸 서한에서는 德川書院 내부의 갈등이 특정인에 의해 야기된다는 사실을 이야기하고, 자신은 남명을 극도로 欽慕하고 있지만 덕천서원의 일에는 관여하고 싶지 않다는 심경을 밝히고 있다.

尹舜擧에게 보낸 서한은 退溪를 享祀할 德谷書院 건립 과정을 논의하고 있는 내용이다. 「移疏會書」는 退溪의 文廟從祀를 반대하는 상소를 위한 집회에 참여할 수 없다는 입장을 밝히는 서한이다.

雜著 가운데 「寓言」은 君子의 處世와 관련한 이치를 논한 글인데, 君子는 陰邪한 사람에게 힘으로 이길 수 없을 뿐만 아니라 굳이 다툴 것도 없으니 이런 사람들이 뜻을 얻었을 경우 군자는 은둔하게 된다는 내용으로 은근히 鄭仁弘 일파의 횡포를 풍자하고 있다.

「自傳」은 天眞한 성품을 지니고 세속에 얽매이지 않고 담박하게 살아가는 간송 자신의 모습을 읊은 글이다. 「記異」는 佛敎 교리의 허구를 논리적으로 지적한 글이다. 「管窺瑣說」 제1則에서는 진정한 학문의 자세를, 제4칙에서는 黨論의 문제점을, 제5칙에서는 불교의 문제점을 지적하였다.

권4에는 序 5편, 記 2편, 題跋 14편, 箴銘 5편, 祭文 16편이 실려 있다.

「金羅傳信錄序」는 咸安 사대부들의 碑銘·墓誌·行狀·祭文 등과 古

今 鄕人들의 작품을 모아 1639년(인조 17)에 엮은「金羅傳信錄」에 대한
서문이다. 咸安의 인물과 문학을 알 수 있는 중요한 글이다.

「喜靜堂李先生文集序」는 南冥 제자이자 간송의 장인 蘆坡 李屹의 문집
서문으로, 간송의 文學論을 알 수 있는 중요한 글이다.

「篁巖先生遺稿序」는 篁巖 朴齊仁의 생애와 학문 및 간송의 學問觀을
알 수 있는 중요한 글이다.

「與賢亭記」는 忘憂堂 郭再祐가 그의 忘憂亭을 李道純이 받게 되어 이
름이 바뀐 경위를 기록하고 있다.

「書圃隱先生集後」는 圃隱 鄭夢周의 효성·忠節·학문·외교능력 등
여러 방면에 뛰어났음을 부각시켜 東方理學之祖로 추앙되는 것은 마땅하
다는 사실을 밝히는 글이다.

「書南冥先生次徐花潭詩後」는 남명이 은둔자가 아니고 救世精神이 투
철한 선비였음을 밝히는 글이다.

「九日登高詩跋」은 그 선조 漁溪 趙旅가 堯舜의 理想世界를 갈구한 정
신을 밝히는 글이다.

「漁溪先生傳後跋」은 成文濬이 지은「漁溪傳」의 입수 경위와 그 내용과
가치를 밝힌 글이다.

「南冥先生年譜跋」은 남명 학문의 요체가 敬義에 있다는 것을 밝히고,
그 학문으로 국왕을 도울 능력이 있었다는 점과 无悶堂 朴絪이『南冥年
譜』를 편찬하게 된 과정과 문제점 등을 밝히고 있다.

「忘憂堂年譜跋」은 忘憂堂의 忠孝大節과 자신과의 관계를 밝힌 글이다.

「困知齋箴」은 간송 자신의 成學過程을 밝히고 있다.

「祭旅軒先生文」은 스승 旅軒 張顯光의 서거를 애도하고 자신이 薰炙를
받은 과정을 서술하는 제문이다.

「祭蘆坡先生文」은 蘆坡 李屹의 별세를 애도하고 자신과의 관계를 밝히
며, 龍巖書院 운영에 관해 밝힌 글이다.

「祭朴伯和文」은 无悶堂 朴絪의 별세를 애도하고, 자신과의 관계를 밝

히며,『南冥年譜』편찬 과정에서 있었던 일을 밝힌 글이다.

권5에는 祝文 19편, 碑誌 3편, 行狀 4편 등이 실려 있다.

「禮林書院奉安迂拙子先生文」은 迂拙子 朴漢柱를 密陽의 禮林書院에 奉安하면서 고한 글인데, 오졸자의 학문과 인품을 흠모한 글이다.

「冠山書院奉安寒岡先生文」은 昌寧 冠山書院에 스승 寒岡 鄭逑를 봉안할 때 고한 글이다. 한강의 學問淵源과 後學에 끼친 영향을 밝혔다.

「漁溪祠春秋享祀祝文」은 漁溪의 節義를 간명하게 정의한 글이다.

「擬檜原書院奉安文昌侯文」은 昌原 檜原書院에 文昌侯 崔致遠을 봉안할 때 고한 글이다. 최치원의 일생과 학문의 특징을 밝힌 글이다. '擬'자가 붙은 것으로 봐서 실제로 쓰이지는 않았음을 알 수 있다.

「擬檜原書院告寒岡先生文」은 檜原書院에 崔致遠을 봉안할 때 이미 享祀되고 있던 寒岡 鄭逑에게 고한 글이다.

「擬德谷書院奉安退溪先生文」은 宜寧 德谷書院에 퇴계선생을 봉안한 글이다. 퇴계의 학문과 후세의 영향, 의령과의 관계 등을 밝힌 글이다.

「擬奉安南秋江文」은 宜寧 闍崛山 아래 秋江 南孝溫의 祠宇를 짓고 추강을 봉안할 때 고한 글이다. 그가 綱常을 扶植한 공적을 부각시킨 글이다.

「迂拙子朴先生閭表碑銘」은 조선전기 忠節臣 迂拙子 朴漢柱의 행적을 기록하고 효성을 부각시킨 글이다.

「喜靜堂行狀」은 蘆坡 李屹의 일생 행적과 학문을 기록한 글이다. 龍巖書院의 운영에 관한 사실이 상당히 밝혀져 있다.

「无悶堂行狀」은 无悶堂 朴絪의 일생 행적과 학문을 기록한 글이다. 무민당과 鄭仁弘과의 관계를 비교적 소상히 밝혀 놓아 참고 자료로서의 가치가 높다.『南冥年譜』와『山海師友淵源錄』의 편찬 과정을 알 수 있는 중요한 자료다.

「嘉善大夫黃海道防禦使朴公行狀」은 匡西 朴震英의 일생과 학문을 기록한 글이다. 壬辰倭亂 창의 과정, 李适의 난의 상황, 국경지방의 경비 상황 등을 알 수 있는 중요한 자료다.

「篁谷行狀」은 退溪・南冥 兩門을 출입한 篁谷 李俌의 일생 행적과 학문을 알 수 있는 중요한 글이다. 임진왜란 때 倡義狀況과 江右地域의 선비들의 동향을 알 수 있는 중요한 자료다.

『澗松集』別集은 두 권이다. 권두에 목록이 있고, 권1에는 序 1편, 說 1편, 錄 6편, 記 1편 등이 실려 있다. 권2는 附錄인데, 李光庭이 지은 저자의 墓碣銘 및 당시 師友, 후학들이 쓴 挽章・祭文・松亭書院上樑文・奉安文・合江亭重建上樑文 등이 실려 있다.

「就正錄」은 旅軒 張顯光의 門下를 출입하면서 薰陶를 받은 내용과 여헌의 언행을 기록한 글이다. 여헌을 연구하거나 여헌과 간송의 관계를 연구하는 데 중요한 자료이다.

「龍華山下同泛錄後序」는 1607년 음력 1월 寒岡 鄭逑가 龍華山 아래 道興에 머물 때 旅軒 張顯光・忘憂堂 郭再祐도 함께 왔는데, 咸安・靈山・昌寧 등의 선비가 모여 학문을 토론하던 상황을 기록하였다. 寒岡學派 제자들의 분포와 활동상을 알 수 있는 중요한 자료이다.

「尋賢錄」은 1626년 음력 7월 釣隱 韓夢參 등과 함께 奈內江舍에서부터 배를 타고 洛東江을 거슬러 올라가 玄風의 道東書院과 仁同의 吳山書院을 둘러보고, 仁同에서 旅軒을 만나 가르침을 받고, 昌寧을 거쳐 돌아온 기행문이다.

「過從錄」은 1629년 음력 3월에, 林谷 林眞怤와 함께 배를 타고 洛東江을 따라 내려가면서 景釀臺・霅浦・忘憂亭 등을 둘러보고 인근의 士友들과 어울려 놀던 기록이다.

「遠行錄」은 1631년 음력 6월 스승 盤泉 金中淸의 喪에 조문하기 위해 河陽・靑松・榮州를 거쳐 奉化에 가서 조문하고, 돌아오는 길에 禮安의 陶山書院과 烏川을 심방하고, 義城・善山을 거쳐 仁同에서 旅軒을 뵙고, 玄風・昌寧・靈山을 거쳐 돌아온 기행문이다.

「遊觀錄」은 1635년 음력 3월 金海 新山書院 원장을 맡아 春享에 參祭하기 위해 士友들과 漆原 奈內에서 배를 타고 金海까지 往還한 기행문이다.

「開津期會錄」은 1643년 음력 3월 藤庵 裵尙龍 등과 함께 高靈의 開津에
서 만나 山水를 유람한 글인데, 끝에는 眉叟 許穆의 跋語가 첨부되어 있다.

續集은 5권이다. 권두에 있는 목록은 상당 부분이 錯簡되어 있다. 권1은
약 200여 題의 詩인데 詩體別로 되어 있다. 南冥의 迎諡 행사, 『南冥集』의
내용을 알 수 있는 중요한 시가 들어 있다. 각 詩體의 끝부분에 挽詞가
따로 모아져 실려 있다. 旅軒 張顯光, 戇菴 姜翼文, 寒沙 姜大遂, 匡西
朴震英, 敬菴 吳汝檼, 慕亭 裵大維, 凌虛 朴敏 등 중요한 인물들의 이력을
알 수 있는 중요한 내용이 들어 있다.

권2에는 疏 3편이 들어 있는데, 恭陵參奉을 사양하는 疏, 大郡師傅를
사양하는 소, 聖學을 면려하는 소 등이다.

권3에는 書 38편, 序 1편이 들어 있다. 서한은 旅軒에게 올리는 것 2통
이외에 여헌 아들 張應一・无悶堂 朴絪・林谷 林眞怤・東溪 權濤 등이
들어 있다. 특히 无悶堂에게 주는 서한에서는 覺齋 河沆의 德川書院 從享
문제, 新山書院 원장 문제, 『山海師友淵源錄』과 『南冥年譜』 편찬 문제에
관한 중요한 논의가 들어 있다. 吳汝檼에게 주는 서한에서는 『金羅傳信
錄』 편찬에 관한 논의를 하고 있다.

권4에는 祝文 10편, 祭文 5편, 墓碣 6편, 傳 1편, 贊 2편이 실려 있다.
祝文 가운데는 吳山書院에 旅軒을 奉安하는 축문, 佔畢齋를 새 사당에
봉안하는 축문, 漁溪를 새 사당에 봉안하는 축문이 들어 있다. 常享告文에
는 三足堂 金大有・篁嵒 朴齊仁・忘憂堂 郭再祐 등을 享祀할 때 쓴 축문
이 들어 있다. 제문 가운데는 旅軒・匡西 朴震英・仁原君 李休復 등에게
제사 지내는 제문이 들어 있다. 贊에는 愼齋 周世鵬・仁原君 李休復 등을
찬미하는 글이 들어 있다.

권5에는 附錄으로 저자에 대한 謙齋 河弘度 등 42인이 지은 挽章과
辛時望 등 26인의 祭文이 들어 있다. 楊時遇가 지은 「翔鳳亭記」, 徐命瑞가
지은 「朝陽樓記」가 실려 있다.

속집 권미에는 四未軒 張福樞・一山 趙昺奎・小訥 盧相稷이 쓴 續集跋

이 실려 있고, 끝에 1930년 5월 속집을 合江亭에서 활자로 간행한다는
刊記가 실려 있다.

VII. 結語

『澗松集』의 저자인 澗松 趙任道는 南冥學派가 영향력을 행사하는 慶尙
右道에 속한 고을인 咸安郡에서 태어났다. 그러나 간송은 어릴 적부터
慶尙左道의 退溪學派에 속하는 인물들을 스승으로 삼아 퇴계학파의 學統
에 먼저 접맥되게 되었다.

간송이 23세 때 蘆坡 李屹의 사위가 되어 노파의 문인이 되었지만, 책을
펴 놓고 직접 가르침을 받지는 않았다. 그러므로 그의 인격과 학문의 형성
에는 퇴계학파의 학자들이 절대적인 영향을 주었고, 그 가운데서도 旅軒
張顯光의 영향이 가장 컸다.

그러나 간송의 활동지역은 남명학파의 본거지인 慶尙右道였으므로 남
명학파 학자들의 영향을 받아 남명학파로 전환되지 않을 수 없었다. 자기
고향인 함안에는 남명의 제자들이 많이 있었고, 자기 妻鄕인 三嘉縣은
남명이 생장하여 講學하던 곳이다. 또 간송의 장인인 노파는 남명을 모신
龍巖書院의 원장으로 활동했다. 그러나 그의 전환은 퇴계학파를 떠나 남
명학파로 이적한 것이 아니고, 퇴계학파로서의 소속을 유지하면서 아울러
남명학파의 소속으로서 활동하였다.

남명학파와 퇴계학파에 모두 교유하여 특수한 위치에 있던 간송은 두
학파간의 융화를 위해 한평생 노력하였다. 그리고 한 쪽 학파에 치우치지
않고 아주 균형감 있게, 두 학파의 장점을 흡수하여 그 사이에서 자기의
위상을 정립하였다.

그는 양 학파의 長點을 잘 吸收하여 자신의 새로운 독자적인 人間像과
학문 노선을 형성하였다. 자신의 志節을 굳게 지켜 불의와 타협하지 않고

권력에 굴하지 않고 자신의 노선을 견지하여 벼슬하지 않고 林下에서 일생을 보낸 것과, 벼슬하지 않으면서도 국가와 民生의 일을 잊지 않고 계속 관심을 갖는 것은 남명학파의 특징이라 할 수 있는데, 澗松은 이런 점을 잘 섭취하였다. 학문을 탐구하여 著述을 많이 하고 詩文을 저술하기를 좋아하는 점 등은 퇴계학파의 특징인데, 이런 점도 간송은 잘 吸收하였다. 퇴계학파의 학자들이 성리학을 깊이 연구하여 그 방면의 저술이 많은 데 간송의 문집에는 性理學에 관한 저술이 하나도 없다. 이 점은 퇴계학파를 배웠으면서도 자기가 좋지 않다고 생각한 것은 남명학파를 따랐음을 알 수 있다.

요약해서 말하자면 澗松 당시로서는 보기 드물게 양심과 용기와 균형감각을 갖고 兩學派에 속하면서 두 학파의 장점을 잘 吸收하여 자신의 세계를 구축하여 활동한 학자이다. 그러나 그를 추종하는 後學이나 후손들은 후대로 내려오면서 점점 남명학파와는 관계를 멀리하고 퇴계학파에 더욱 더 접근하려는 경향을 보였는데, 이는 인조반정 이후 남명학파의 몰락과 관계가 있다. 이런 사실 왜곡은 그 당시 현상을 정확하게 파악하는 데 장애가 될 뿐이다.

『澗松集』은 저술이 적은 南冥學派 내에서 보기 드물게 체재가 갖추어진 내용이 풍부한 문집이다. 『간송집』 속에는 간송의 생애에 학문을 알 수 있는 중요 자료는 물론이고, 南冥의 학문 성향과 南冥學派의 동향, 慶尙右道 일원의 退溪學派 영향, 퇴계학파와 남명학파와의 교류 관계, 寒岡學派의 동향 및 경상우도의 영향, 旅軒의 학문과 澗松과의 관계, 咸安을 중심으로 하는 慶尙右道의 인물과 학문, 漁溪·大笑軒 등 咸安趙氏 一門의 인물과 학문 등을 알 수 있는 중요한 자료가 풍부하게 들어 있다. 경상우도 출신 학자들의 문집 가운데서도 그 가치와 비중이 매우 높은 자료라 하겠다.[36]

---

36) 이 해제의 작성에는 朴憲淳의 「澗松集解題」(韓國古典飜譯院)를 많이 참고하였고, 許捲洙의 「南冥·退溪 兩學派의 融和를 위해 노력한 澗松 趙任道」에서 재인용한 내용이 많다.

『葛坡集』 解題

Ⅰ. 서언(序言)

본래 선비는 공부의 목표를 수기(修己)와 치인(治人)에 두었다. 어려서 공부하는 것은 장성하여 국가 사회를 위해 쓰기 위해서다. 옛날의 공부는 학문 연구와 인격 수양을 함께 이른 것이다. 『대학(大學)』에서 이야기한 격물(格物)·치지(致知)·성의(誠意)·정심(正心)·수신(修身)까지는 수기(修己)의 영역이고, 제가(齊家)·치국(治國)·평천하(平天下)는 치인(治人)의 영역이다.

수기(修己)는 자기 혼자서 노력하면 가능하지만, 치인(治人)은 다른 사람과의 관계에서 이루어지기 때문에 혼자만의 의지대로 되는 것은 아니다. 더구나 치국(治國)과 평천하(平天下)는 시대를 만나야 가능한 것이다. 그래서 대부분의 공부한 선비들이 수기(修己)의 영역에서 머물고 말았다. 공자(孔子) 같은 대성(大聖)도 그 당대에는 치국(治國) 평천하(平天下)의 뜻을 이루지 못하고 말았으니, 그 밖의 많은 선비들은 말할 필요도 없다.

그러나 옳은 선비는 그 당대(當代)에 뜻을 얻지 못하였다고 하여 그냥 포기하지 않고 꾸준히 자신을 수양해 나가면서 자기의 학문(學問)이나 사상(思想)을 담은 저술(著述)을 남겨 다음 세대의 사람들 가운데 자기의 뜻을 알아서 활용할 수 있도록 하고, 또 제자를 길러 그 학문과 사상이 계승·발전되도록 하였다. 우리 조상들이 남긴 많은 문집(文集)이 다 이런 종류의 글이 담긴 책이다. 당대에 입공(立功)을 할 만한 기회를 얻지 못했으므로, 그 차선책(次善策)으로 입언(立言)의 길을 택했던 것이다.

맹자(孟子)는 "성인(聖人)은 백세(百世)의 스승이다."라는 말을 했다. 성인의 훌륭한 말 한 마디가 후세 사람들에게 두고두고 교훈이 된다는 뜻이다. 성인의 말은 물론이지만, 훌륭한 조상이나 선배학자의 말 가운데 는 후세 사람들에게 두고두고 교훈이 되는 말이 많이 있다. 그래서 훌륭한 고전(古典)은 장구(長久)한 생명력을 갖는 것이다.

현대를 살아가는 우리들은 우리 선현들이 남긴 문집을 활간(活看)하여 정신적인 영양으로 삼아 정신문화와 과학기술문명 사이의 조화를 이루도 록 해야 하겠다.

선비들 가운데는 경륜(經綸)이 풍부한 분이 적지 않게 있었으나, 상당수 의 선비들은 글만 알 뿐 현실에 대한 대처능력이 없는 경우가 많았다. 여기 소개하고자 하는『갈파문집(葛坡文集)』의 저자 갈파(葛坡) 김정(金 楨) 같은 분은 문필(文筆)에 능했을 뿐만 아니라 경륜을 갖춘 분이었다. 비록 때를 만나지 못하여 크게 쓰일 기회를 얻지는 못했지만, 산림경제(山 林經濟)를 충실히 이루어 치가(治家)·목족(睦族)·봉사(奉祀)·접빈(接 賓)은 물론이고 향당(鄕黨)의 도덕적(道德的)인 교화(敎化)와 유교(儒敎) 의 진흥(振興)에 진력(盡力)하면서 선비로서의 본분(本分)을 다한 분이다.

이제 갈파(葛坡)의 초윤(肖胤) 호당(浩堂)장이 그 선군자(先君子)의 문 집 간행을 추진하면서 불초에게 해제(解題)를 부탁하기에 그 효성(孝誠) 에 감동하여 수락하고, 갈파(葛坡)의 세계(世系)와 행적(行蹟), 사우관계 (師友關係), 학문(學問)과 사상(思想), 시세계(詩世界) 등에 대해 서술하 고, 문집의 체재(體裁)와 내용(內容)을 소개하고자 한다.

Ⅱ. 세계(世系)와 행적(行蹟)

갈파(葛坡) 김정(金楨)은 1898년(戊戌, 光武 2) 9월 14일 사시(巳時)에 삼가현(三嘉縣) 가호(佳湖; 지금의 陜川郡 佳會面 佳湖里)의 세제(世第)

에서 태어났다. 자(字)는 윤경(允敬)이요, 갈파(葛坡)는 그의 호(號)이다.

　본관(本貫)은 선산(善山)인데, 고려(高麗) 개국공신(開國功臣) 순충공(順忠公) 김선궁(金宣弓)이 그 시조이다. 김선궁(金宣弓)은 김알지(金閼智)의 후예이다.

　여러 대를 내려와 고려(高麗) 말기에 이르러, 김달상(金達祥)은 판밀직부사(判密直府使)를 지내고 화의군(和義君)에 봉해졌다. 포은(圃隱) 정몽주(鄭夢周)·목은(牧隱) 이색(李穡)과 도의지교(道義之交)를 맺었다. 그 아들 김군정(金君鼎)은 좌대언(左代言)을 지냈는데, 홍건적(紅巾賊)의 난에 호종(扈從)하여 일등공신에 책록(策錄)되었다.

　조선시대(朝鮮時代)에 들어와 김가행(金可行)은 충청도(忠淸道) 관찰사(觀察使)를 지내고 이조판서(吏曹判書)에 추증(追贈)되었다. 그 아들 김상기(金尙琦)는 대사간(大司諫)을 지냈다. 그 아들 김수양(金粹讓)은 현감(縣監)을 지냈는데, 연산군(燕山君) 무오사화(戊午士禍; 1498) 때 벼슬을 버리고 거창(居昌)의 조호(棗湖)에 은거(隱居)하여 호를 취수(醉睡)라 하였다.

　그 6대손은 김천일(金千鎰)인데, 동계(桐溪) 정온(鄭蘊)에게 수학(受學)하였고, 효종조(孝宗朝)에 문과(文科)에 급제(及第)하여 승문원(承文院) 판교(判校)를 지냈다. 세상에서 송천선생(松川先生)이라고 일컫고, 거창(居昌)의 효경사(孝敬祠)에 배향(配享)되었다. 이 분은 갈파(葛坡)의 9대조이다.

　송천(松川)의 둘째 손자는 김휴원(金休遠)인데, 영조(英祖) 무신란(戊申亂; 1728)을 피하여 거창(居昌)으로부터 삼가현(三嘉縣) 안기동(安基洞)으로 옮겨와 살며, 호를 둔수재(遯樹齋)라고 하였다.

　그 현손(玄孫)은 김상락(金相洛)인데, 안기(安基)로부터 가호(佳湖)로 이주해서 살았다. 호는 초은(樵隱)인데, 수직(壽職)으로 통정계(通政階)를 받았다. 이 분은 갈파(葛坡)에게 증조(曾祖)가 된다. 왕고(王考)는 김기현(金基鉉)인데, 호는 가호(可湖)이고 인망(人望)이 있었다. 초은(樵隱)·가호(可湖) 양대(兩代)의 시문(詩文)과 제공(諸公)들의 만사(挽詞)·제문(祭文)을 합간(合刊)한 『도천교재록(道川橋梓錄)』이 간행되어 있다.

황고(皇考)는 김종희(金宗禧)인데, 호는 매계(梅溪)였다. 후산(后山) 허유(許愈) 선생의 문하에서 수학(受學)하였고, 문집으로 『매계집(梅溪集)』이 공간(公刊)되어 있다. 모부인(母夫人)은 김령김씨(金寧金氏)인데, 백촌(白村) 김문기(金文起) 선생의 후예이다.

갈파(葛坡)는 어려서부터 용모(容貌)가 영위(英偉)하고 기상(氣像)이 엄정(嚴正)하고 음성이 홍량(洪亮)하여 사람들의 주목을 받았다.

7세 때 매계공(梅溪公)에게 배웠는데, 자성(資性)이 침착하고 재주가 민첩하여 진보가 아주 빨랐다. 약관(弱冠)의 나이에 경서(經書)·사서(史書)는 물론 제자백가(諸子百家)에까지 통달하였다. 그 뒤 겸산(謙山) 문용(文鏞)·정산(靖山) 송호곤(宋鎬坤)에게 나아가 취정(就正)하였는데, 두 분 모두 칭장(稱獎)을 아끼지 않으면서 원대(遠大)한 인물이 될 것으로 기대하였다. 강론(講論)이나 저술(著述)에 있어 동학(同學)들이 미치지 못하는 것으로 생각하였다.

학문(學問)이 이루어지자 이를 실천(實踐)하기에 힘썼다. 부모에게 효도(孝道)를 극진히 했는데, 살아 계실 때는 지체(志體)를 아울러 받들고, 돌아가신 뒤에는 상장(喪葬)의 절차를 고례(古禮)에 어긋나지 않게 하였고, 제사(祭祀)를 모실 때는 마치 살아 계신 듯이 그 정성을 다하였다. 동기간(同氣間)에 우애(友愛)가 지극했다. 막내아우가 부산(釜山)에서 세상을 떠났는데, 집이 좁아 빈소(殯所)를 차리기 곤란하자 아들 내외에게 명하여 따로 집을 사서 빈소를 차려 삼년상(三年喪)을 마치도록 했다.

벽감(壁龕)에 조상들의 신주(神主)를 모셔 두고서 아침마다 참알(參謁)하였다. 집안의 대소사(大小事) 등을 모두 예에 맞추어 치렀다. 옛날의 법도 있는 사대부(士大夫) 집안의 전범(典範)을 그대로 유지하였다.

집안 사람들과도 아주 화목하게 지냈다. 자신의 신후지지(身後之地)로 잡아 둔 곳이 몇 군데 있었는데, 집안 사람들 가운데서 먼저 작고하는 사람이 있으면 그 곳에 안장하도록 허락할 정도로 관인(寬仁)하였다.

가정 경제의 운영에도 능력이 있어 가산(家産)이 빈핍(貧乏)하지 않았고 유림(儒林)의 행사에도 늘 도움을 줄 수 있었다. 원근의 빈객(賓客)들의 발길이 끊이는 날이 없었는데, 정성을 다해 잘 접대하여 보내는 것으로 널리 이름이 났었다.

왜정(倭政) 말기에 왜놈들이 우리의 민족혼(民族魂)을 말살하기 위하여 여러 가지 못된 짓을 자행했는데, 그 가운데서도 가장 악랄한 짓이 창씨개명(創氏改名)과 강제삭발이었다. 우리 민족 고유의 성(姓)를 없애고 우리의 풍속을 일본식으로 바꾸려는 책략이었다. 갈파(葛坡)는 끝까지 저항하면서 창씨개명을 하지 않고 보발(保髮)을 하여 지절(志節)을 지켰다. 당시 대단한 선비들 가운데도 왜놈들의 협박과 회유에 굴복한 경우가 없지 않았는데, 갈파는 남들이 지키기 어려운 지절을 끝까지 지킴으로써 선비로서의 자세를 조금도 잃지 않았다.

1975년(乙卯) 7월 11일 유시(酉時)에 가호(佳湖)의 정침(正寢)에서 고종(考終)하니, 향년(享年) 78세였다.

처음에 가호(佳湖)의 안산(案山) 장등곡(長嶝谷) 선영(先塋) 아래 병좌(丙坐)의 언덕에 안장(安葬)하였다가, 그 뒤 가호 백호등(白虎嶝) 곤좌(坤坐)의 언덕으로 이장(移葬)하였다.

시문(詩文) 유고(遺稿)인『갈파문집(葛坡文集)』4권을 남겼는데, 평생의 지우(知友)인 중재(重齋) 김황(金榥)이 교감(校勘)하고 서문(序文)을 지었다.

Ⅲ. 사우관계(師友關係)

갈파(葛坡)는 황고(皇考) 매계공(梅溪公)으로부터 학문(學問)을 배우기 시작하여 약관(弱冠)에 유가(儒家)의 경서(經書)에서부터 사서(史書),

나아가 제자백가서(諸子百家書)까지 다 통달하였다. 당시 우리나라의 일
반적인 선비들은 경서(經書)와 사서(史書)는 숙독(熟讀)했지만 제자백가
서(諸子百家書)까지 읽는 경우는 드물었는데, 공은 그 학문의 범위가 제자
백가서에까지 미쳤으니 일반적인 선비들보다 학문의 폭이 훨씬 넓었던
것이다.

먼저 정산(靖山) 송호곤(宋鎬坤)의 문하에 나아가 배웠고, 그 뒤 다시
겸산(謙山) 문용(文鏞)의 문하에서 배웠다. 매계(梅溪)·겸산(謙山)·정
산(靖山) 세 분은 모두 후산(后山)과 면우(俛宇) 양문(兩門)에 출입한 학
자로서, 한주(寒洲) 이진상(李震相)에 의해 창발(創發)된 주리(主理)의 학
통(學統)을 계승하였다. 갈파(葛坡) 역시 주리(主理)의 전통(傳統)을 계승
한 위에서 자기 학문을 이루었다고 할 수 있겠다.

겸산(謙山)과 정산(靖山) 이외에도 직접 책을 펴 놓고 배운 것은 아니지
만, 서강(西岡) 유원중(柳遠重)과 매서(梅西) 김극영(金克永)을 스승으로
섬겼다. 회봉(晦峯) 하겸진(河謙鎭)과 오강(吾岡) 문존호(文存浩)는 선배
학자로 모셨고, 희당(希堂) 김수(金銖)·중재(重齋) 김황(金榥)·후암(厚
菴) 허원(許源)·수당(守堂) 허엽(許爗)·술암(述菴) 김학수(金學洙) 등
과는 도의지교(道義之交)를 맺고 절차탁마(切磋琢磨)하였는데, 특히 중
재(重齋)와 절친하여 자주 만나 학문을 토론하고 무슨 일이 있을 때마다
상의하였다.

중재(重齋)가 그 선장(先丈) 매서(梅西)의 문집인『신고당집(信古堂
集)』을 편집할 시기에는 일본(日本) 관헌(官憲)의 감시가 아주 심하였는
데, 갈파(葛坡)는 자기 문중(門中)의 재실(齋室)인 도천재(道川齋)를 편
집 장소로 제공하고, 그 밖의 여러 가지 일을 주선하여 일을 무사히 마칠
수 있도록 했다. 도천재(道川齋)는 갈파의 증조부 초은(樵隱) 김상락(金
相洛)이 창건하였는데, 지금 이미 백여 년을 지나 경상남도(慶尙南道) 문
화재자료(文化財資料) 제259호로 지정되어 보호되고 있다.

선배인 오강(吾岡)의 문집(文集)을 편집할 때는 오강(吾岡)의 아들 문

백(文柏)의 요청으로 그 편간(編刊)의 자문(諮問)에 응하였고, 또 그『오강집(吾岡集)』의 발문(跋文)을 지었다.

갈파(葛坡)는 항상 겸허(謙虛)하여 사도(師道)로 자처(自處)하지 않았기에 문도(門徒)를 불러모아 강석(講席)을 펼치지는 않았지만, 독서(讀書)의 종자(種子)가 끊어질까 주야로 걱정하여 육인(育人)에 관심을 두었다. 배우려고 찾아오는 사람을 군이 거절하지 않고 그 수준에 맞추어 정성스럽게 가르쳤다. 글만 아는 선비로 가르치지 않고, 실행(實行)을 겸비한 선비가 되도록 인도하였다. 이렇게 하여 양성한 제자가 백여 명을 넘었다.

또 중재(重齋) 같은 학문(學問)에 전념하는 친구들이 문도(門徒)를 기르는 일을 전적으로 도와, 자기 문하에서 공부하는 사람 가운데서 대성(大成)할 가망성이 있는 사람은 중재 문하로 보냈다. 사람이라도 유학(儒學)을 공부하는 사람이 더 많이 배출되기를 희망하였다.

Ⅳ. 학문(學問)과 사상(思想)

갈파(葛坡)는 겸산(謙山)과 정산(靖山)을 스승으로 삼아 배워, 후산(后山)·면우(俛宇)를 통해 전승(傳承)된 한주(寒洲)의 주리학파(主理學派)의 계승자이다. 그러나 주리설(主理說)에만 국한되지 않고 폭넓은 독서를 통하여 자기의 학문(學問)과 사상(思想)을 형성하였다.

갈파(葛坡)는 자기의 공부하는 방법을 이렇게 제시하였다.

간혹 본원(本源)을 함양(涵養)하고 실제(實際)에서 체험(體驗)하여 아는 것과 행하는 것을 아울러 닦아 함께 나아가는 공부를 하고자 하나 어찌 될 수가 있겠습니까? 내 몸을 어루만지면서 다만 스스로 두려워할 뿐입니다.[1]

1)『갈파문집(葛坡文集)』권2,「여김이회(與金而晦)」. "或有涵養本源, 體驗實地, 做交修竝進之工, 更安可得耶? 撫躬只自凜然."

근본을 함양하는 공부를 하고 그 공부한 바를 실행에 옮겨 체험하여 지행(知行)을 병진(並進)하려는 목표를 세우고 공부하려 했지만 뜻대로 잘 되지 않는다는 사실을 고백하였다. 조선시대(朝鮮時代) 선비들의 통폐(通弊)가 바로 알기만 하고 실천(實踐)이 없는 것이었는데, 갈파(葛坡)는 공부의 목표를 아는 것과 실천을 병행하는 데 두었으니, 곧 위기지학(爲己之學)을 중시하였음을 알 수 있다. 남에게 보이기 위한 학문을 위한 학문을 한 것이 아니고, 사람 되기 위한 공부인 위기지학(爲己之學)에 그 뿌리를 두었던 것이다.

학문(學問)한다는 것은 단순히 소리내어 글 읽는 데 있지 않고, 일상생활에서 그때그때 자기 직분에 알맞은 바와 의리상(義理上) 편안한 바를 추구하는 것이라고 갈파(葛坡)는 자기 나름의 학문관(學問觀)을 갖고 있었다.

> 소위 학문한다는 것은 오로지 소리내어 글 읽는 것에만 있지 않고, 그때그때마다 일에 따라 스스로 그 직분상 마땅히 해야 할 바와 의리상 편안한 것을 구하는 것이 첫 번째 뜻입니다. 조금 틈이 있으면 다시 책 속의 것을 공부하여 그 마음을 개발하여 알지 못하던 바를 알게 되면 매우 좋겠습니다.[2]

현실과 동떨어진 책 속에서만 존재하는 학문을 해서는 진정한 학문이라 할 수 없고, 그때그때 현실과 연계시켜 자기 직분(職分)에 맞는가 의리(義理)에 맞는가를 점검해야만 올바른 학문이라고 보았다. 그러나 현실에만 관심을 두고 책을 도외시해서도 안되고 책에서 마음을 개발할 새로운 것을 발굴하여 현실에서 증험(證驗)해야 한다고 주장했다.

뚜렷한 자기 목표 없이 옛날 책이나 암송(暗誦)하는 것이 곧 학문인

---

2) 『갈파문집(葛坡文集)』 권2, 「답김수기(答金樹基)」. "所謂爲學, 不專在於咿唔. 隨時隨事, 自求其分職所當爲, 義理所安處, 爲第一義. 或有少間, 則輒復料理卷中, 以開發其心, 知所未及, 甚佳."

것으로 생각하여 아무런 현실적인 대응능력이 없는 일반적인 선비들과는 착상(着想)이 달랐던 것이다.

공부하는 데 있어서는 의문(疑問)을 제기하는 것이 중요한데, 의문이 생기면 적어 모아 스승에게 질문해야지, 의문제기 없이 책을 읽어나가는 것은 아무런 도움이 되지 않는다고 하였다. 자신의 사색(思索) 없이 공연히 의문만 제기하는 것은 병통(病痛)이라고 보았다. 제자인 김일현(金日顯)에게 보낸 답신(答信)에서 다음과 같이 그 방법을 제시하였다.

> 무릇 글을 읽을 때는 모름지기 의문을 제기해야 하네. 의문이 나면 곧 적어서 스승에게 질문하는 것이 좋다네. 그냥 읽기만 해서는 유익함이 없지만, 생각하지 않고 의심만 한다면 또한 병통일세. 늘 이런 점을 경계하시길.[3]

공부하는 데는 노둔(魯鈍)한 것이 아무런 문제가 되지 않는다고 했다.

> 보내온 편지에서 노둔하다고 했던데, 이는 공부하는 데 좋은 것입니다. 옛날 증자(曾子)가 성인(聖人)의 문하에서 성인의 학문을 전할 수 있었던 것도 이 노둔함 때문입니다.[4]

학문의 경지는 무궁한 것인데, 꾸준히 쉬지 않고 끝까지 노력하는 사람만이 이룰 수 있다. 그래서 공자(孔子)의 학문을 후세에 전한 사람은 바로 공자한테 노둔(魯鈍)하다는 평가를 받은 증자(曾子)였다. 남보다 조금 총명(聰明)한 것을 믿고 자만(自慢)하다가 학문을 이루지 못하는 사람을 주변에서 많이 볼 수 있었던 것이다. 정이천(程伊川)은 말하기를 "사람에게는 세 가지 불행(不幸)이 있는데, 첫째는 어린 나이에 좋은 성적으로 과거

---

3) 『갈파문집(葛坡文集)』 권2, 「답김일현(答金日顯)」, "大抵讀書須要會疑, 疑則便記以質函筵爲好. 徒讀無益. 然不思而疑, 亦病也. 常以此戒之."
4) 『갈파문집(葛坡文集)』 권2, 「답김일현(答金日顯)」, "魯鈍之示, 是正好用工. 在昔曾子在聖門得傳聖人之學者, 以時也."

(科擧)에 오로는 것이고, 두 번째는 부형(父兄)의 덕으로 발신(發身)하는 것이고, 세 번째는 높은 재주가 있고 문장에 능한 것이다."라고 했다. 소년등과(少年登科)나 재주 있고 문장 잘하는 것 등을 세상에서 일반적으로 부러워하지만, 정이천은 사람의 불행으로 쳤는데 아주 원대한 안목으로 사람을 키우려는 뜻이 담긴 말이다.

이런 맥락에서 갈파(葛坡)도 공부하는 데는 노둔(魯鈍)한 것이 아무 문제가 되지 않으니, 걱정할 것이 없다고 하였다. 자신의 부족함을 아는 사람만이 계속 노력하여 새로운 것을 추구해 나가기 때문이다. 얼른 보면 모순되는 말 같지만, 이 말 속에는 더 큰 진리가 들어 있는 것이다. 공부하는 사람들 대부분이 느끼는 고민(苦悶)을 해결해 줄 수 있는 말이다.

세상이 변하고 타락하여 사람이 금수(禽獸)로 변해 가는 것에 대해 개탄해 마지 않았다.

세상이 혼란하게 되어 사람이 모두 금수로 되어 가는데 모두가 다 그렇습니다. 이런 때에 능히 어진 사람을 높이고 도(道)를 지킬 사람이 몇이나 있겠습니까?[5]

옛날의 훌륭한 현자(賢者)를 존경하고 유교(儒敎)의 도(道)를 보호해 나갈 사람은 없고, 온 세상 사람들은 사람의 모양은 하였지만 하는 행위는 금수 같이 된 현상을 보고, 갈파(葛坡)는 세도(世道)의 타락에 대해 개탄(慨歎)을 금치 못하고 있다.

사람은 기품(氣稟)의 구애(拘礙)와 물욕(物慾)의 얽매임이 없을 수 없는데, 그것을 극복할 방법을 이렇게 제시하였다.

사람은 기품의 구애와 물욕의 얽매임이 없을 수가 없으니, 때때로 감정이

---

5) 『갈파문집(葛坡文集)』권2, 「답정홍진(答鄭洪進)」, "顧世變搶攘, 人皆爲獸, 滔滔皆是. 際此而其能尊賢衛道者, 復有其人哉?"

불붙 듯하고 성질이 집착하게 되면 다시는 하늘로부터 부여받은 덕(德)을 완전히 할 수가 없다. 진실로 두려워하며 깊이 생각하여 거경(居敬)의 공부에 종사하여 짧은 시간에라도 마음을 다잡아 길러나가면서 최선을 다하면 기품의 구애가 사라지고, 물욕의 얽매임이 물러나서 본체(本體)가 드러나고, 묘용(妙用)함이 흘러 통하여 마음의 덕이 비로소 온전하게 될 것이다. 그리하여 천지(天地)의 조화(造化)에 참여하여 사람되는 실체(實體)가 여기서 벗어나지 않을 것이다.6)

거경(居敬) 공부를 통해 늘 마음을 다잡고 있으면 기품의 구애가 사라지고 물욕의 얽매임에서 벗어나 마음의 본체(本體)가 나타나고 심덕(心德)이 온전해질 것이며, 그렇게 되면 천지와 더불어 우주를 구성하는 요소로서의 사람의 역할을 다할 수 있다고 갈파(葛坡)는 보았다.

갈파(葛坡)는 선비로서의 바람직한 자세를 이렇게 제시하였다.

바른 학문을 강명(講明)하여 인재를 육성하고, 만약 조정에 나가 선다면 임금을 높이고 백성을 보호할 수 있어야 하고, 일이나 변란(變亂)을 만나서는 큰 지절(志節)을 우뚝이 세워 몸과 이름이 모두 완전해야 할 것이다.7)

평소에 바른 학문을 강명(講明)하여 인재를 기르고, 조정에 나가서 벼슬할 기회가 온다면 임금의 기획(企劃)하는 바를 도와 국가와 백성들에게 혜택이 돌아갈 사업을 해내야 하고, 무슨 일을 만나서는 대절(大節)을 지켜 몸과 이름이 온전해야만 진정한 선비라 할 수 있다는 것이다. 갈파는 글귀나 읽어 외우는 아무런 경륜(經綸) 없는 선비를 지향한 것이 아니라, 국가민족을 위해 무슨 일을 할 수 있는 지식인으로서의 자기 임무를 알고

---

6) 『갈파문집(葛坡文集)』권3, 「덕암기(德菴記)」, "人惟不能無氣稟之拘, 物慾之累, 往往情熾性鑿, 不獲全我受天之德, 苟能惕然深思, 從事於居敬之工, 瞬存息養, 靡不用極, 則氣拘消盡, 物累退聽, 本體呈露, 而妙用流通, 心德始全, 而所謂 參天地爲人之實者, 卽不外是矣."

7) 『갈파문집(葛坡文集)』권3, 「운구재기(雲衢齋記)」, "講明正學, 育成人才. 使其進立于朝, 則有可以尊君庇民, 遇事變, 則大節偉然, 身名俱完."

있었다.

갈파(葛坡)는 선비가 학문하는 목표를 이렇게 보았다.

> 선비가 배우는 까닭은 장차 세상에 어떤 일을 하려는 것이다. 불행히 세상
> 이 망하는 변란을 만나게 되면 몸 둘 곳이 없게 되는데, 그렇게 되면 때때로
> 궁벽한 산골이나 적막한 먼 곳에서 강개(慷慨)하여 시나 읊조리다가 세상을
> 마치게 된다.[8]

선비가 어려서 공부하는 목적은 장성하여 세상을 위해 어떤 일을 하기
위해서이다. 그렇지만 나라가 망하거나 세상이 망했을 때는 구차하게 간악
(奸惡)한 무리들에게 붙어 자신의 현달(顯達)을 도모할 것이 아니라, 궁벽
한 산골에서 숨어 지내며 자기의 지절(志節)을 지키는 것이 선비의 바른
길이라고 갈파(葛坡)는 생각했다. 그리고 자신의 일생이 바로 그런 생애였
다고 할 수 있겠다.

당시 세상에 기강(紀綱)이 무너진 것을 무척 걱정하였고, 나라가 망한
원인은 바로 기강이 무너졌기 때문이라고 보고 있다.

> 지금 기강(紀綱)이 무너져 종묘(宗廟) · 사직(社稷)이 망했습니다. 하늘을
> 이고 땅을 밟고 사는 사람으로서 누가 아픔을 참고 원통함을 머금치 않겠습
> 니까? 대저 기강이 국가에 대한 관계는 마치 사람 몸에 혈맥(血脈)이 있는
> 것과 같습니다. 혈맥이 끊어졌는데도 몸이 죽지 않는 것을 아직 듣지 못했습
> 니다.[9]

국가(國家)에 있어서의 기강(紀綱)은 사람 몸 속의 혈맥(血脈)과 같다

---

8)『갈파문집(葛坡文集)』권3,「내산시고발(來山詩稿跋)」, "士之所以爲學, 將欲有爲於世也.
　不幸而遭淪喪之變, 則若將身之無所容, 而往往奔竄于窮山寂寞之濱, 慷慨吟哦, 以沒世."
9)『갈파문집(葛坡文集)』권2,「답김이회(答金而晦)」, "目今紀綱墜, 而宗社屋矣. 冠天履地者,
　孰不忍痛含冤? 大抵紀綱之於國, 猶血脈之於身. 未聞血脈絶而身不死者也."

고 보았다. 혈맥이 끊어져서는 사람이 살 수 없듯이 기강이 무너지면 국가
가 존속할 수 없다고 생각할 만큼 기강의 중요성을 강조하고 있다.

유림(儒林)의 통폐(通弊)인 분열(分裂)과 파쟁(派爭)에 대해 우려(憂
慮)를 하면서, 그의 친구인 중재(重齋) 김황(金榥)에게 인내(忍耐)로 화합
할 것을 권유하고 있다.

> 여러 사람들이 보도록 보여주신 「회연답통의변(檜淵答通擬辨)」은 받들어
> 읽었습니다. 자세하게 변증(辨證)한 것은 명백하고 공정하여, 보는 사람들이
> 저절로 마땅히 분변(分辨)할 수가 있을 것입니다. 그러나 같은 위치에 있는
> 사람들끼리 무기를 들고 싸우는 것은 유림(儒林)의 큰 불행입니다. 참으로 '인
> (忍).'자 한 글자를 나름대로 받들어 올리는데, 어떻게 생각하실런지 모르겠
> 습니다.10)

조선시대(朝鮮時代) 유림(儒林)의 가장 큰 문제점은 서로 파당(派黨)이
갈려 지속적으로 싸운 것이다. 당파(黨派)끼리 학파(學派)끼리 문중(門中)
끼리 싸운 사례가 많았고, 심지어 사제간(師弟間)에도 사소한 문제로 발단
하여 나중에 원수가 되는 경우가 허다하였다. 갈파(葛坡)는 조선의 역사에
서 그 문제점을 절실히 느꼈는데, 자기 시대에도 여러 가지 사유로 유림사
회(儒林社會)에서의 파쟁(派爭)은 종식되지 않았다. 그래서 이 점이 유림
사회의 가장 큰 문제점이라고 인식하고서, 자기 친구인 중재(重齋)에게
싸우지 말고 인내로 수용(受容)하고 화합(和合)하라고 '인(忍)'자를 바치
겠다고 했다.

참으로 정확한 지적이다. 조선왕조(朝鮮王朝) 500년 동안 거의 전부를
사화(士禍)와 당쟁(黨爭)으로 보냈다 해도 과언이 아니다. 유교(儒敎)는
근본적으로 군자(君子)되기를 지향하는 공부인데, 자기와 뜻이 맞는 사람

---

10)『갈파문집(葛坡文集)』권2, 「답김이회(答金而晦)」, "輪示檜淵答通擬辨, 奉讀. 以回引而證
之者, 明白公正, 覽者 自當有以辨之矣. 然同室操戈, 是儒門大不幸也. 妄以一忍字奉貢不審
以爲如何."

은 군자로 인정되지만, 자기와 뜻이 맞지 않은 사람은 소인(小人)이라고
지목하게 되니, 파쟁이 일어날 소지(素地)를 다분히 갖고 있다. 이런 때
조금 우위(優位)에 있는 사람들이 관용(寬容)을 베풀고 인내(忍耐)하면
파쟁을 미연에 막을 수 있다는 것을 역설하였다.

선비로서 역경(逆境)에 대처하는 자세를 갈파(葛坡)는 이렇게 제시했다.

> 가난하고 곤궁한 것은 선비들에게 반드시 있는 바입니다. 자기 분수(分數)
> 를 편안하게 느껴 일정함을 지키면서 마음을 화평하게 갖고 순순히 받아들
> 인다면 하늘이 높은 데서 반드시 아래를 굽어볼 것이니, 결코 끝까지 굶주릴
> 이치는 없고, 장차 훌륭한 사람으로 만드는 도리가 있을 것입니다.11)

가난하고 곤궁한 것은 선비라면 언제나 겪을 수 있는 일인데, 느긋한
마음으로 자기 분수를 지키며 순순히 받아들이면서 극복해 나가면 하늘이
결코 무심하지 않아 더 훌륭한 인물로 만들어 준다는 신념(信念)을 갖고
있었다. 하늘을 원망하거나 다급하게 처신하는 것은 선비의 올바른 자세
도 아니고, 그렇게 처신한다고 어려움이 쉽게 해결되는 것도 아니라고
보았다.

갈파(葛坡)는 서법(書法)에 대해 자신의 생각을 피력한 글을 남기지는
않았지만, 그의 소해(小楷)는 수경(瘦勁)한 맛이 있어 일반 선비들의 글씨
보다 그 격조(格調)가 훨씬 높다.

Ⅴ. 시 세계(詩世界)

전통사회에서 시(詩)는 선비들의 교양물(敎養物)이었다. 전문적인 시인

---

11) 『갈파문집(葛坡文集)』 권2, 「여권휘원(與權輝遠)」, "貧窮, 士之所必有也. 安分守常, 平心
順受, 天高監下, 決不有終餒之理, 而將有玉成之道矣."

이 없었던 것은 아니지만, 일반적으로 선비들이 사귀고 선비들이 모이는 데서는 응당 시가 지어지고 읊어지고 이야기되어졌다. 그러므로 선비라면 대부분 시를 익히고 시 작품을 남겼다.

갈파(葛坡)는 전문시인(專門詩人)으로 자처하지는 않았지만, 필요할 때 시를 지었다. 그래서 그의 시는 수식(修飾)을 가하거나 기교(技巧)를 부리지는 않았고, 자연스런 자세로 담아(淡雅)한 성정(性情)을 시로 표출(表出)해 내었다.

지금 남아 있는 갈파(葛坡)의 시 작품은 제체(諸體)에 걸쳐 모두 346제(題) 459수(首)이니, 자못 풍성한 수량이라 할 수 있다. 현재『갈파문집(葛坡文集)』에는 작품이 창작 연대순으로 편찬되어 있어 그의 사고(思考)의 성숙에 따른 시경(詩境)의 변화를 엿볼 수 있다. 그러나 각 작품의 구체적인 창작 연대가 대부분 밝혀져 있지 않아 아쉬움이 없지 않다. 노년(老年)으로 갈수록 응수시(應酬詩)이거나 친지(親知)들에 대한 만사(挽詞)가 많은 양을 차지하고 있다.

그의 작품세계의 특색(特色)을 알 수 있는 몇 수를 다음에 소개한다.

기사년(己巳; 1929) 여름 촉석루(矗石樓)에 올라 지은 「등촉석루(登矗石樓)」 시는 이러하다.

비봉산(飛鳳山) 남쪽에 강물 동쪽으로 흐르는데, 鳳山南畔水東流
멀리서 온 나그네 해 저문 모래톱에 손 잡고 섰도다. 遠客相携立暮洲
장사(壯士)의 꽃다운 이름은 이곳에 많고, 壯士芳名多此地
시인들이 남긴 시 높은 누대에 걸려 있네. 詩人遺韻揭高樓
장군의 지휘소는 쓸쓸히 몇 해를 지났는고? 劒幕寂寥經幾歲
목멘 강물소리는 사람 시름겹게 만드는구나. 江聲嗚咽使人愁
가슴 속에 가득한 생각 누구에게 쏟아볼까? 滿腔懷抱憑誰寫
굳게 술잔을 잡고서 한 바탕 놀아 봐야지.12) 强把酒杯作一遊

많은 역사를 간직한 진주(晋州) 촉석루(矗石樓)에 올라 옛일을 회상하면서 시대를 슬퍼하는 심정을 읊은 시이다. 32세의 젊은 혈기(血氣)가 스며 있는 작품이다. 시대적으로 왜놈들이 우리나라를 압박하던 때이다. 옛날 우리나라의 이름 있는 장수들이 군사를 지휘하던 곳인 촉석루에서 우리나라의 장수는 볼 수가 없이 쓸쓸하게 된 지 몇 년이나 됐는지 모르겠고, 촉석루 아래로 흐르는 강물소리마저 목이 메어 흘러가니 사람으로 하여금 시름겹게 한다고 했다. 강물이 말을 하는 것은 아니지만 지난 역사를 증명해 주니, 뜻 있는 선비는 나라의 멸망을 시름겨워하지 않을 수가 없다. 당시 왜놈들의 감시가 심하던 시대이니, 가슴 가득한 여러 가지 나라와 겨레를 생각하는 마음을 누구에게 속 시원히 이야기할 수도 없기에, 한 잔 술로 나라 잃은 설움을 씻을 뿐이다. 민족의 운명(運命)을 걱정하는 심정이 시에 잘 나타나 있다.

　　이순신(李舜臣) 장군의 사당(祠堂)인 통영(統營)의 충렬사(忠烈祠)에서 지은 「충렬사숭무당차판상운(忠烈祠崇武堂次板上韻)」은 이러하다.

이곳이 통영에 있는 충렬사(忠烈祠)라네	此是統營忠烈祠
올라서서 누가 흠앙(欽仰)하여 생각지 않으랴?	登臨孰不欽仰思
동방 예의의 나라에 운수가 돌아와서,	運回禮義東方國
하늘이 대담한 영걸스런 남아 내렸었지.	天降英豪大膽兒
사직을 보존한 공훈으로 백성들 살아남고,	功存社稷生靈保
천지간에 이름 가득하여 길의 애들도 안다네.	名滿乾坤走卒知
거북선은 이미 가라앉고 연기와 먼지만 불어났는데,	龜船已沒烟塵漲
다시 누가 있어 이런 때를 평정시켜 줄 수 있을까?[13]	更有何人定此是

　이 시 역시 앞의 시와 같은 시기에 통영(統營) 충렬사(忠烈祠)에서 이순

12) 『갈파문집(葛坡文集)』 권1.
13) 『갈파문집(葛坡文集)』 권1.

신(李舜臣) 장군을 흠앙하여 지은 시이다. 마지막에 거북선은 이미 없어졌고 연기와 먼지만 가득하다 했는데, 우리 민족의 훌륭한 발명품인 거북선 만드는 기술은 계승되지 못하여 사라져 버렸고, 지금은 연기와 먼지 등 나쁜 기운만 가득하다는 말이다. 여기서 연기와 먼지는 왜놈들의 나쁜 독기(毒氣)이다. 이런 때 갈파(葛坡)는 이순신 장군 같은 민족을 구제할 영웅이 다시 출현하여 왜놈들을 무찔렀으면 하는 간절한 소망이 가슴 가득했는데, 그런 생각을 시로 나타내었다. 이 시에는 자신의 애국적(愛國的)인 강렬한 생각이 담겨 있다.

「한양회고(漢陽懷古)」라는 시는 망국(亡國)의 한(恨)을 가장 잘 나타낸 시라 할 수 있다.

가을 바람이 우수수 불어대는 한양성에는,	西風蕭瑟漢陽城
온 데 무궁화꽃 날려 떨어지는 소리로구나.	滿地槿花搖落聲
왼쪽으로 옷깃하고 난쟁이나라 말 쓰니 어느 시대인고?	服左言侏是何世
옥으로 꾸민 누각 금으로 꾸민 궁전 바둑판 뒤집은 듯.	玉樓金殿摠翻枰
반천 년의 사적은 공연히 눈물만 흘리도록 남아 있고,	半千年事空餘淚
많은 백성들은 누가 생활 보장받을 수 있겠는가?	億萬人民孰恃生
탄식하면서 수레를 돌려 남쪽으로 나올 적에,	歎息回車南出去
산 가득한 누런 단풍잎 더욱 마음 상하게 하네.[14]	滿山黃葉更傷情

갈파(葛坡)는 조선의 백성으로 태어났다가 열세 살의 소년으로 나라가 망하는 꼴을 직접 보았고, 그 이후로는 나라 잃은 백성이 되어 자유를 빼앗긴 채 슬픈 백성이 되어 살아갔다. 나이가 들고 학식(學識)이 늘어날수록 조국(祖國)과 민족(民族)을 생각하는 마음이 깊어 갔다. 500년 조선왕조(朝鮮王朝)의 문화를 간직한 서울 한양(漢陽)이 이민족의 말발굽 아래 짓밟힌 모습을 보니, 울분(鬱憤)과 비애(悲哀)가 솟구쳐 이 시를 짓지

---

14) 『갈파문집(葛坡文集)』 권1.

않을 수가 없었던 것이다. 이 시는 글자와 글자 사이에 통곡(痛哭)이 배어 있다고 할 수 있다. 무궁화는 우리나라의 상징인데, 무궁화가 가을 바람에 나부껴 떨어졌다는 것은 조선(朝鮮)의 멸망을 의미한다. 옷깃을 왼쪽으로 내는 것은 오랑캐의 풍속인데, 지금 서울 사람들 가운데는 벌써 우리 고유의 전통(傳統)을 버리고 왜놈들의 옷을 입고 왜놈들의 말을 쓰고 있는 사람이 적지 않은 현상을 개탄(慨歎)한 것이다. 조선왕조의 궁궐은 왜놈들 통치기구가 들어서기도 하고, 혹은 동물원 등으로 바뀌어 민족의 혼을 송두리째 말살시켰다. 오백 년 왕업(王業)을 회고해 보니 지식인으로서 눈물을 흘리지 않을 수 없었다. 한양 전체의 분위기가 낙엽이 짙어가는 가을과 같은 것이다. 시 전체가 침울(沈鬱)한 분위기이고, 이 시에 쓰인 단어(單語)들도 침울한 내용의 것들이다. 망국(亡國)의 수도(首都) 한양(漢陽)을 보고 망국의 백성이 된 아픈 감정(感情)을 잘 표현한 시라고 할 수 있다.

이런 시와는 풍격(風格)이 다른 안온(安穩)한 서경시(敍景詩)를 짓는 데도 능하였다. 갈파(葛坡)의 「차덕천정원운(次德川亭原韻)」이라는 시는 이러하다.

산뜻한 덕천(德川)의 구비,	蕭灑德川曲
훌륭한 분이 깊이 은거하던 곳.	碩人蔿軺深
뜰의 대나무 방문 앞에서 시원하고,	庭篁當戶爽
문간의 버들 처마 눌러 어둑어둑해.	門柳壓簷陰
멀리서 친구가 오니 마음 즐겁고,	樂意朋來遠
거문고 위에 달 비추니 한가한 마음.	閒情月上琴
이곳이 살림살이가 넉넉하기에,	於斯經濟足
부귀에 마음 흔들리지 않는다네.	富貴不移心

숨어지내는 선비의 소담(素淡)한 정자(亭子)를 잘 묘사한 시이다. 이 선비는 바로 덕촌(德村)에 세거(世居)하여 독서강학(讀書講學)하며 생을

즐기던 낙와(樂窩) 허백(許佰)이다. 맑은 강가 언덕에 산뜻하게 지은 집 한 채. 뜰에는 대나무가 간들거리고, 대문 밖에는 버들이 늘어져 지붕을 덮고 있는 그림 같은 풍경이다. 이런 곳에 뜻이 맞는 친구가 찾아와 밤 늦도록 거문고를 연주하면 달이 떠올라 거문고 위를 비춘다. 소리와 빛이 서로 잘 조화를 이루고 있다. 이런 생활을 하면서 바깥 세상의 부귀나 명예를 추구하지 않는 주인의 깨끗한 자세를 칭송하고 있다.

이 밖에도 사물을 두고 읊은 영물시(詠物詩), 여행 다니며 지은 기행시(紀行詩), 자신의 정감(情感)을 표현한 서정시(抒情詩) 등이 있어, 각각 그 특색(特色)을 지니고 있으니, 문집(文集)을 읽어보면 알게 될 것이다.

VI. 문집의 체재(體裁)와 내용

『갈파문집(葛坡文集)』은 갈파(葛坡) 자신이 재세(在世)할 때 이미 자신의 손으로 시문원고(詩文原稿)를 정리하여 4권 4책으로 편정(編定)하여 『갈파만록(葛坡謾錄)』이라고 책제(冊題)를 붙여 두었다.

갈파(葛坡)가 서세(逝世)한 뒤 그 초윤(肖胤) 김련(金煉)이 중재(重齋) 김황(金榥)에게 교정(校正)을 부탁했던 바, 중재(重齋)가 약간 자구(字句)를 첨삭(添削)하고 글자를 고쳤다. 판본(版本)은 중재(重齋)의 교정본(校訂本)을 참고하여 김련(金煉)이 직접 필사(筆寫)하여 영인(影印)해 낸 것이다.

제1권은 시(詩)인데, 모두 346제 459수이다. 시에 대해서는 앞에 따로 자세히 소개했다.

제2권은 모두 서(書)인데, 사우(師友)들과 주고 받은 서한(書翰) 101편이 수록되어 있다. 옛날의 서한은 그 가치가 아주 큰데, 교통사정 등의 이유로 자주 만나지 못하는 사우(師友)들과 학문(學問)을 토론하기도 하고, 유림(儒林)에 무슨 일이 있으면 자신의 의견을 개진(開陳)하기도 하고,

무슨 일이 있으면 알려주기도 하고, 심지어 어떤 병이 났을 때 약처방(藥處方) 등을 알려 주기도 했다. 단순한 안부편지도 많이 있지만 그 이상의 가치가 있는 것이 더 많다. 『주자대전(朱子大全)』이나 『퇴계문집(退溪文集)』 전체 분량의 2/3 이상이 서한(書翰)이고, 그 속에 그들의 중요한 학문적 연구 결과가 들어 있다는 사실이 이를 잘 증명해 주고 있다.

갈파(葛坡)의 서한 가운데서 중요한 것을 소개하면 다음과 같다. 「상겸산문선생서(上謙山文先生書)」는 그의 스승인 겸산(謙山) 문용(文鏞)에게 올리는 서신으로, 『대학(大學)』과 『맹자(孟子)』를 읽으면서 품었던 의문점(疑問點)을 다양하게 질문하고 있다. 「상김신고당선생서(上金信古堂先生書)」에서는 사람의 심성(心性) 가운데 인심(人心)과 도심(道心)에 대해 묻고 있다. 「상유서강선생서(上柳西岡先生書)」에서는 학문하는 데 있어 진보(進步)의 어려움을 이야기하고, 상복(喪服)에 관해 묻고 있다. 「상하회봉서(上河晦峯書)」에서는 전에 허락을 받은 선장(先丈) 매계(梅溪)의 묘갈명(墓碣銘)이 다 완성되었는지를 알아보고 있다.

선배인 오강(吾岡) 문존호(文存浩)와 친구인 중재(重齋) 김황(金榥)과 주고받은 서간이 가장 많은데, 학문적(學問的)인 토론(討論)을 주로 하였다.

집안 사람으로는 족질(族姪) 동암(東菴) 김병연(金炳淵)과 많은 서한을 주고받았는데, 족보(族譜) 발간 등 문중(門中)의 대소사(大小事)를 의논한 것이 대부분이다.

서간은 갈파(葛坡)의 학문하는 자세, 처세방법(處世方法), 교우관계(交友關係) 등을 알 수 있는 중요한 자료이다.

제3권에는 잡저(雜著) 2편, 서(序) 7편, 기문(記) 13편, 발(跋) 5편, 명(銘) 잠(箴) 1편, 찬(贊) 1편, 상량문(上梁文) 7편, 제문(祭文) 41편, 애사(哀辭) 1편이 실려 있다.

잡저(雜著) 가운데 「기자수봉조선론(箕子受封朝鮮論)」은 은(殷)나라의 왕족(王族)인 기자(箕子)는 의리상(義理上) 자기의 나라를 멸망시킨

주(周)나라 봉(封)함을 받지 않았을 것이라는 독특한 주장을 펴, 기자(箕
子)가 조선(朝鮮)에 봉함을 받았다는 사마천(司馬遷)의 『사기(史記)』 기
록을 부인하고 있다.

「경주이씨세보서(慶州李氏世譜序)」에서는 자기의 조상을 바로 찾아 세
계(世系)를 맞추지 않고, 염치 없이 권문세가(權門勢家)의 족보(族譜) 등
에 투탁(投托)하는 세상의 풍조(風潮)에 대해 훈계(訓戒)를 보내고 있다.

「합천이씨파보서(陜川李氏派譜序)」에서는 책으로 된 족보(族譜)만을
만들지 말고 마음의 족보를 만들라는 말로써, 족보를 만드는 그 정신(精神)
을 잘 살려 일족(一族)끼리 화목하게 지낼 것을 권유하고 있다.

「소양재기(素陽齋記)」에서는 조상을 위해 자손들이 기념하는 재실(齋
室)을 짓는 일도 갸륵한 일이지만, 집을 짓는 것보다는 조상의 정신을
잘 계승하여 집안을 잘 다스려 나가고 세상에 모범이 되는 것이 중요하다
는 점을 강조하고 있다.

「운구재기(雲衢齋記)」는 조상을 위해 재실(齋室)을 잘 짓고 제수(祭需)
를 잘 차려 조상에게 제사를 잘 드리는 것도 중요하지만, 그런 재실을
지었으면 거기서 반드시 바른 학문을 강명(講明)하여 임금을 도우고 백성
들을 보호할 수 있는 인재를 양성해 내는 것이 조상에게 훌륭한 후손이
될 수 있다는 점을 강조했다. 우리나라 곳곳의 각 문중(門中)에서 많은
재실을 건립하여 조상을 추모하고 있는데, 단순히 조상 추모하는 데만
그쳐서는 안되고 좀 더 그 차원을 높여야 할 것임을 밝혔다.

「영사재기(永思齋記)」는 삼가(三嘉) 입향조(入鄕祖)인 갈파(葛坡)의 7
대조 둔수재(遯樹齋)공의 재실(齋室)에 붙인 기문(記文)이다. 자기 집안이
거창(居昌)에서 삼가(三嘉) 안기동(安基洞)으로 옮겼다가 다시 가호리(佳
湖里)로 옮기게 된 내력과 영사재(永思齋)를 짓게 된 과정을 밝혔다.

「오강집발(吾岡集跋)」은 스승의 아들이자 동문선배(同門先輩)인 오강
(吾岡) 문존호(文存浩)의 문집에 붙인 발문(跋文)이다. 오강(吾岡)의 인품
(人品)과 그 학문(學問) 시문(詩文) 등의 특성을 소개하였다.

상량문(上樑文)은 문장 가운데서 가장 짓기 힘든 까다로운 글이다. 비록 산문(散文)이라고 하지만, 구절마다 대우(對偶)를 맞추어야 하고, 또 평측(平仄)을 맞추거나, 압운(押韻)을 해야만 한다. 그러다 보니 형식만 겨우 맞추었을 뿐 내용 없는 글들이 대부분이다. 글 잘한다고 상당히 이름 있는 문인(文人)들도 평생 한두 편 짓는 것이 일반적이다. 갈파(葛坡)는 7편의 상량문을 지었는데, 모두 대우(對偶)가 정절(精切)하고 내용도 조리가 있다. 생존 당시 이미 상량문(上樑文)의 고수(高手)로 원근(遠近)에 이름이 널리 나 있었다.

「제겸산문선생문(祭謙山文先生文)」은 스승 겸산(謙山) 문용(文鏞)의 학문 연원(淵源)과 자신과의 학문적 관계를 밝히고, 겸산의 서거는 곧 사문(斯文)의 몰락이자 자신의 실학(失學)이라고 슬퍼하고 있다.

이 밖에도 강우(江右)지방의 석유(碩儒)인 의재(毅齋) 송호완(宋鎬完)·소당(小塘) 김기요(金基堯)·항재(恒齋) 송호곤(宋鎬坤)·신고당(信古堂) 김극영(金克永)·회봉(晦峯) 하겸진(河謙鎭)·서강(西岡) 유원중(柳遠重)·희당(希堂) 김수(金銖) 등의 서거를 애도(哀悼)하는 제문을 남겼다.

제4권에는 묘지명(墓誌銘) 2편, 묘표(墓表) 12편, 묘갈명(墓碣銘) 9편, 행장(行狀) 4편, 행록(行錄) 4편, 유사(遺事) 2편, 전(傳) 1편이 실려 있다.

「가선대부대구판관최공묘지명(嘉善大夫大邱判官崔公墓誌銘)」은 영조(英祖) 무신란(戊申亂) 때 무공을 세워 양무원종공신(揚武原從功臣)에 책록된 최승건(崔承健)의 묘지명(墓誌銘)이다. 무신란의 상황을 알 수 있는 사료적(史料的) 가치가 있는 글이다.

「선고매계부군가장(先考梅溪府君家狀)」은 갈파(葛坡)의 선고 매계(梅溪) 김종희(金宗禧)의 가장(家狀)인데, 평생을 모시고 산 자기 선장(先丈)의 행적(行蹟)을 아주 곡진(曲盡)한 필치로 소상(昭詳)하게 서술하여, 옛날 선비들의 언행(言行)·수학(修學)·사고(思考)·사친(事親)·봉제(奉祭)·치가(治家)·목족(睦族)·접빈(接賓)·교우(交友) 등의 전형(典型)

을 알 수 있는 중요한 자료이다.

「선비유인김씨행록(先妣孺人金氏行錄)」 역시 갈파(葛坡) 선비(先妣)의 행록(行錄)인데, 선비의 배필(配匹)로 살아간 우리의 전통적인 여인상(女人像)을 알 수 있는 중요한 글이다.

묘도문자(墓道文字)의 주인공은 대부분 가까운 고을의 인물이거나 문중의 인물이 대부분이다.

갈파(葛坡)의 문집에 실린 시문(詩文)의 총수는 시 459수, 문(文) 213편이다.

VII. 결언(結言)

갈파(葛坡)는 경서(經書)·사서(史書)·제자서(諸子書)까지 읽어 학문을 익히고 경륜(經綸)을 쌓았지만, 시대적으로 조선(朝鮮)이 망하고 일본이 우리나라를 강점(强占)한 시대에 살았으므로 자신의 포부를 펼칠 수 있는 기회를 얻을 수 없었다. 그래서 임하(林下)에서 독서(讀書)하고 강학(講學)하면서 선비로서의 본분을 지키며 한평생을 보냈다. 때론 시흥(詩興)이 일면 시를 지었고, 또 응수(應酬)의 필요가 있으면 글을 지었다. 선비학자였지 전문적인 시인(詩人)이나 문인(文人)은 아니었지만, 일생 동안 남긴 시문이 자못 풍성한 셈이다.

갈파(葛坡)와 동시대에 전국적으로 널리 알려진 대학자(大學者)인 중재(重齋)가 바로 고개 하나를 사이에 둔 이웃 마을에 살고 있었다. 갈파(葛坡)는 사도(師道)로 자처하지는 않았지만 배우기를 청하는 사람이 있으면 굳이 거절하지 않고 가르쳤다. 그 가운데서 대성(大成)할 가망이 있는 제자는 다시 중재(重齋)에게 가서 배우도록 인도하였다. 그래도 갈파에게서 가르침을 받은 제자는 백여 명이 넘었다.

청문(請文)하는 사람이 있어도 중재에게 소개하는 등 철저하게 겸양(謙

讓)의 덕(德)을 발휘하였다. 그렇게 하지 않았더라면 문집의 분량이 지금
보다 훨씬 더 증가하였을 것이다.

『갈파문집(葛坡文集)』에는 바르게 살다간 전형적인 선비의 학문과 사
상이 담겨 있다. 독자제현(讀者諸賢)께서는 이 책을 잘 읽고 그 정수(精髓)
를 흡취(吸取)하면 오늘을 살아가는 데 삶의 지침이 될 만한 점이 적지
않을 것이다. 오늘날 컴퓨터통신·위성방송 등을 통하여 외래문화가 무차
별적으로 우리 문화에 침투해 들어오고 있다. 이런 때 우리의 전통문화
가운데서 좋은 것을 오늘에 되살려야만 우리의 정체성(正體性)을 유지할
수 있고, 세계화 시대에 우리의 진면목(眞面目)을 보여 줄 수 있는 것이다.

『敬齋集』解題

Ⅰ. 도언(導言)

경재(敬齋) 하연(河演)은 경륜(經綸)을 갖춘 학자 정치가로서 비교적 안정된 시대를 맞이하여 태종(太宗)·세종(世宗)의 지우(知遇)를 입고, 순탄하게 자신의 생각을 현실정치에서 실현한 보기 드문 성공적인 인물이었다. 가장 영예로운 직책인 대제학(大提學)을 맡아 한 나라의 문풍(文風)이 활발하게 일어날 수 있도록 주도하였고, 가장 고위직인 영의정(領議政)을 맡아 국가민족을 위해 크게 기여하였다. 오랜 사환생활(仕宦生活)에서도 한 점 하자(瑕疵)가 없는 후세의 모범이 될 만한 군자다운 인품을 간직한 인물이다.

경재(敬齋)의 생애와 시대상황은 어떤 관계에 있으며, 그의 학문과 사상은 어떠했으며, 정치계에서의 그의 역할과 위상은 어떠했는가를 알아보고자 한다. 그의 문집은 어떤 과정을 거쳐 편집·간행되었으며 어떤 내용이 들어 있고, 어떤 모양을 하고 있는지에 대해 전반적으로 설명하여 독자들이 『경재집(敬齋集)』[1]을 읽는 데 조금이나마 도움을 주었으면 한다.

---

1) 문집의 내제(內題)에는 『경재선생문집(敬齋先生文集)』으로 되어 있으나 일반적인 관례에 따라 『경재집(敬齋集)』이라고 일컫는다.

Ⅱ. 저자의 전기적(傳記的) 고찰

1. 생애와 시대상황

경재(敬齋) 하연(河演)은 1376년(高麗 禑王 2) 8월 13일 해시(亥時)에 진주목(晋州牧) 서쪽 니구산(尼丘山) 아래 여사촌(餘沙村 : 지금의 山淸郡 丹城面 南沙마을)에서 태어났다. 자(字)는 연량(淵亮), 호(號)는 경재(敬齋)이다. 본관(本官)은 진주(晋州)로, 그 1세조는 고려(高麗) 때 사직(司直)을 지낸 하진(河珍)이다. 그 8대손 송헌(松軒) 하집(河楫)은 대광보국숭록대부(大匡輔國崇祿大夫) 진천부원군(晋川府院君)에 봉해졌고, 시호(諡號)는 원정공(元正公)이다. 이 분이 경재(敬齋)의 증조이다. 조부는 고헌(苦軒) 하윤원(河允源)인데, 대광보국숭록대부(大匡輔國崇祿大夫) 진산부원군(晋山府院君)에 봉해졌다. 부친은 목옹(木翁) 하자종(河自宗)인데 병부상서(兵部尙書)를 지냈고 좌의정(左議政)에 추증(追贈)되었다. 모친은 진양정씨(晋陽鄭氏)인데 이조판서(吏曹判書)를 지낸 정우(鄭寓)의 따님이다.

경재(敬齋)는 어려서부터 총명(聰明)하여 배우기를 좋아하였다. 천자(天資)가 근도(近道)하고 지기(志氣)가 매우 높았다. 6세 이후로는 부친 목옹(木翁)의 임지(任地)를 따라 각지를 옮겨다니며 살았다.

13세(1388) 때 부친을 따라 야은(冶隱) 길재(吉再)를 뵙고 불사이군(不事二君)의 의리에 대해 경재(敬齋)가 이야기하자, 야은은 "이 아이가 말한 바가 우리들의 지켜야 할 직분(職分)인져!"라고 말하며 대견하게 여겼다.

14세 때부터 포은(圃隱) 정몽주(鄭夢周)의 문하(門下)에 나아가 수업하였다. 경재(敬齋)의 부친 목옹(木翁)은 포은과 도(道)가 같고 뜻이 합치(合致)되었고 또 가까이 살았으므로 아침저녁으로 어울렸다. 경재(敬齋)는 본래 호학(好學)한 데다 포은 같은 훌륭한 스승을 만났으므로 더욱 학문(學問)에 힘을 쏟아 성리학(性理學)을 깊이 연구하였다. 포은의 장육(奬育)의 은혜를 많이 입었는데, 경재(敬齋)가 16세 때 남쪽으로 돌아올 적에 포은이 "그대가 남쪽으로 가면 우리 유도(儒道)가 남쪽으로 가는 것이다" 라고 말할 정도로 기망(期望)하였다. 이런 까닭에 경재 자신이 "정(情)은 골육(骨肉)의 친척과 같다[情同骨肉親]"[2]라는 표현을 쓸 정도였으니, 포은과는 학문적으로는 물론이고 인간적으로도 친부모 이상의 긴밀한 관계를 유지하였음을 알 수 있다. 겨우 그 4년 뒤에 스승 포은을 잃었으므로 경재(敬齋)는 놀라고 애통해 하였다.

19세(1394)에 성산이씨(星山李氏)와 결혼했는데, 통정(通亭) 강회백(姜淮伯)과 동서의 관계가 되었다. 경재(敬齋)는 이때 약관(弱冠)이 되기 전이었는데도 이미 문장이 숙성(夙成)하였고 시(詩)도 잘 하였고 서법(書法)도 절묘(絶妙)하여, 유림(儒林)의 중망(重望)을 입었다.

21세 되던 해 봄에 생원(生員)·진사(進士)에 합격하였고, 여름에는 문과(文科)에 급제하였다. 그 이듬해 봉상시(奉常寺) 녹사(錄事)로 출사(出仕)를 시작하였다. 이 이후로 예문관(藝文館), 사헌부(司憲府), 세자시강원(世子侍講院), 승정원(承政院) 육조(六曹)의 요직과 두 차례의 고을원, 네 차례의 관찰사(觀察使)를 역임하였다.

44세(1419) 때 조선(朝鮮) 건국 이후 처음으로 경연(經筵)을 열었는데, 경재(敬齋)는 경연의 참찬관(參贊官)으로 발탁되었다. 경연은 학문 있는 신하들이 국왕(國王)에게 경사(經史)를 강의하고 경사(經史)와 연관시켜 당시의 정사(政事)를 논하는 기관이다. 경연관(經筵官)으로 발탁되었다는 것은 경재의 학문이 출중했음이 그 당시 조정에서 인정된 것이었다.

45세(1420) 때 예조참판(禮曹參判)으로 있으면서 중국(中國)에 가는 사신으로 임명되어 중국에 갔다. 조정 관원 가운데서 중국에 가는 사신으로 뽑힌 사람은 학문과 시문(詩文)이 뛰어남은 물론이고 식견(識見), 언변(言辯), 기지(機智), 담력(膽力) 등 모든 방면에서 나라에서 으뜸가는 인물들을 발탁해서 보냈으므로, 중국에 가는 사신으로 뽑혔다는 그 자체만 해도 경재(敬齋)의 인물됨을 충분히 알 수 있다. 이때까지 명(明)나라에서 강요하여 우리나라에서는 금(金)·은(銀)을 조공(朝貢)해 왔는데, 이때 경재(敬齋)는 금·은 대신에 종이를 바치는 것을 제도화하는 책임을 맡고 가서 목적한 대로 임무를 마치고 돌아왔다.

48세(1423) 때 세종(世宗) 임금에게 「척불소(斥佛疏)」를 올렸다. 조선은 개국할 때부터 숭유배불(崇儒排佛) 정책을 썼지만, 불교의 세력은 여전히 그 잔루(殘壘)를 고수(固守)하였고 또 왕실(王室) 내부에서 불교(佛敎)를 신봉하였고, 토지를 내리고 승려들을 선발하는 시험을 시행하여 작질(爵秩)을 내렸다. 그래서 경재(敬齋)는 단호하게 상소를 하여 그 문제점을 논리정연하게 지적하였다.

50세 때 경상도(慶尙道) 도관찰출척사(都觀察黜陟使)가 되었는데, 세종(世宗)의 명을 받들어 『경상도지리지(慶尙道地理志)』를 편찬하였다. 세종이 각도(各道)에 지리지(地理志)를 편찬해 올리라고 명하여 각도에서 지리지를 편찬해 올렸는데, 현재 다른 도의 것은 다 없어지고 『경상도지리지』만 남아 있다. 이것은 현존 최고(最古)의 조선시대 지리지(地理志)이다.

또 이때 명(明)나라 영락황제(永樂皇帝)에 의하여 편찬된 『사서오경대전(四書五經大全)』과 성리대전(性理大全)이 우리나라에 막 수입되었는데, 이것을 경재(敬齋)의 주도로 경상도 감영(監營)에서 간행하여 보급하였다. 이는 이후 조선시대 주자학(朱子學)의 보급과 발전에 결정적인 공헌을 하였다.

55세(1430) 때 형조판서(刑曹判書)로 있으면서 왕명을 받들어 정승 허조(許稠)와 함께 『국조오례의(國朝五禮儀)』를 편찬하였다. 이는 유교국가(儒敎國家)의 예제(禮制)의 기본골격을 만드는 중요한 사업이었다.

56세 때 예문관(藝文館) 대제학(大提學)에 제수(除授)되었다. 대제학(大提學)은 문형(文衡) 또는 문병(文柄)이라고도 하는데, 과거시험을 보게 되면 고시위원장(考試委員長)이 되고, 국가에서 필요로 해서 지어지는 관

각문자(館閣文字) 제술(製述)의 총책임자이고, 임금에게 학문을 강의하는
경연관(經筵官)을 겸직한다. 그러므로 조선시대 관직(官職) 가운데서 가
장 영예로운 자리가 대제학(大提學)인데, 한 나라의 학문(學問) 경향과
문풍(文風)을 좌우할 수가 있다. 경재(敬齋)가 세종(世宗)에게 발탁되어
대제학에 제수되었다는 것은 그의 학문(學問)이 정심(精深)하고 문장이
전아(典雅)한 것을 인정받았기 때문이다.

  62세(1437) 때 이조판서(吏曹判書)로 있으면서 영남(嶺南)과 호남(湖
南)의 조세 바치는 제도를 정하였다. 그때까지 조선(朝鮮)의 세제(稅制)가
확정되지 않았는데, 경재(敬齋)가 당시 집정자들과 의논하여 '땅은 6등급
으로 나누고, 해의 수확 정도는 9등급으로 나누는 세제'를 처음으로 제정하
여 우선 양남(兩南)지방부터 실시하였던 것이다. 납세를 현실에 맞게 하여
백성들의 부담을 덜어주려고 하였다.

  70세(1445) 때 우의정(右議政)에 제수(除授)되어 비로소 정승의 반열에
들게 되었다. 각종 과거(科擧)에서 여러 차례 독권관(讀卷官 : 과거시험
답안지를 읽고 채점하는 관원)이 되어 이승소(李承召), 강희맹(姜希孟),
성삼문(成三問) 등 많은 인재를 발탁하였다.

  72세 때 좌의정(左議政)으로 옮겼다. 74세 때 북쪽 국경지방에 경비할
필요가 있게 되자, 자신의 막내아들 우명(友明)을 군인 모집에 응하게 하
여 출정(出征)시켜 공직자로서의 모범을 보였다.

  75세 때 영의정(領議政)이 되었다. 바른 도(道)를 유지하고 사악한 것을
물리치는 직책을 맡았다. 문종(文宗)이 즉위하여 이미 훼철된 대자암(大慈
庵)을 중수하려 하자, 경재(敬齋)는 이단(異端)을 숭신(崇信)해서는 안 된
다고 강직하게 간쟁(諫諍)하였다. 문종(文宗)은 경재가 시강원(侍講院) 사
부(師傅)일 때부터 그 학문과 성격을 잘 알고 경중(敬重)했으므로 그의
말을 따랐다.

  연세가 많고 지위가 인신(人臣)의 극치인 영의정(領議政)에 이르렀지
만, 경재(敬齋)의 생활자세는 한결같이 근검(勤儉)·청백(淸白)하였다.

78세(1453) 되던 해 7월에 병을 얻었다. 단종(端宗)이 친히 행차하여 나라 일을 물었다. 8월 15일 한양성(漢陽城) 서쪽에 있는 집에서 고종(考終)하였다. 불교식(佛敎式)으로 장례를 치르지 말라고 유언을 하였다. 부고(訃告)가 나가자 임금이 슬퍼하면서 3일 동안 조회(朝會)를 정지하였고, 부의(賻儀)를 내리고 사제(賜祭)하였다. 이해 10월에 인천(仁川) 소래산(蘇萊山) 감좌(坎坐)의 언덕에 안장하였다. 경재(敬齋)의 권우(眷遇)를 입었던 좌의정(左議政) 남지(南智)가 묘지(墓誌)를 지었다.

1454년(端宗 2) 나라에서 문효(文孝)라는 시호(諡號)를 내렸다. 시주(諡註)에 "부지런히 배우고 묻기를 좋아하면 '문(文)'이라 하고, 자혜롭고 부모를 사랑하면 '효(孝)'라 한다"라고 했다. 이해 문종(文宗)의 묘정(廟庭)에 배향(配享)되었는데, 문종(文宗)의 사부(師傅)를 지낸 은혜가 있기 때문이었다.

1463년(世祖 9) 강희맹(姜希孟)이 행장(行狀)을 지었다. 이해 청백리(淸白吏)에 녹선(錄選)되었다. 또 충효(忠孝)로 인하여 국가에서 정려(旌閭)를 내렸다.

경재(敬齋)는 영명(英明)한 세종(世宗) 임금을 만나 자신의 경륜(經綸)을 충분히 발휘할 수 있었다. 세종(世宗)은 아버지 태종(太宗)이 닦아 놓은 안정된 기반 위에서 산업(産業)을 발전시키고, 국방을 튼튼히 하여 내외적으로 태평상태(太平狀態)를 유지할 수 있었다. 세종 자신이 학문을 좋아하고 인재(人材)를 잘 발탁하여 적소(適所)에 배치했으므로 그 효과를 극대화할 수 있었다. 그래서 학문·문화·과학기술 등이 발전할 수 있었던 것이다.

정치적인 큰 어려움이 없는 시대에 출사(出仕)를 하여 최고직위인 영의정(領議政)에까지 오른 경재(敬齋)는 길운(吉運)을 띤 정승이라고 할 수 있겠다. 자신의 학문과 경륜을 갖춘 데다 세종(世宗) 같은 현군(賢君)을 만났기에 경재라는 인물이 더욱 빛을 발할 수 있었던 것이다.

2. 학문과 사상

경재(敬齋)는 평생 대부분의 시간을 관계(官界)에서 지냈으므로 학문에만 전념할 수 있는 시간을 얻지는 못했다. 그러나 유교(儒敎) 본래의 학문관(學問觀)은 정치와 단절된 학문만을 위한 학문을 하는 것이 아니고, 학문과 정치를 서로 관계지워 함께 하는 것이었다.『논어(論語)』에 "벼슬하면서 여유가 있으면 공부하고, 공부하여 넉넉해지면 벼슬한다[仕而優則學, 學而優則仕]"라고 했다. 배운 것을 벼슬에 나가서 실행하고, 벼슬하면서 여가가 있으면 학문을 하면 그 정치의 수준을 더 높일 수 있는 것이다. 벼슬과 학문은 그 현상은 다르지만, 그 원리는 하나인 것이다. 후세에 와서 공부한 사람들이 자기 뜻대로 벼슬에 나갈 수 없게 되자 공부하는 학자와 벼슬에 나가 정치하는 사람과는 완전히 구분이 지어졌던 것이다. 공자(孔子)나 맹자(孟子) 같은 분들도 학문과 정치를 하나로 보고 그렇게 해 보려고 시도했던 것이다.

이런 관점에서 본다면 학문적 기초를 가지고 정치에 나가 경륜(經綸)을 편 경재(敬齋)야말로 본래 공자·맹자가 의도했던 학자 정치가의 이상(理想)을 실현하는 데 성공한 인물이라고 할 수 있겠다. 그가 여러 차례 대제학(大提學)에 제수(除授)된 사실은 그가 학자 정치가의 대표적인 인물이라는 점이 공인된 셈이다.

경재(敬齋)는 14세 때부터 17세 때까지 포은(圃隱) 정몽주(鄭夢周)에게서 수업(受業)하였다. 고려 후기 성리학(性理學)이 우리나라에 수입되었을 때 이를 올바르게 이해한 분이 포은(圃隱)이었다. 그래서 포은을 조선시대 학자들이 동방이학지조(東方理學之祖)라 하여 존숭(尊崇)했던 것이다. 포은은 시문(詩文)에도 뛰어났는데, 경재는 포은으로부터 성리학(性理學)과 문장 솜씨를 배워 그것을 더 발전시켜 스스로 일가(一家)를 이룬 분이라 할 수 있다.

경재(敬齋)는 일생 동안 학문과 행신(行身)의 근간으로 '경(敬)'을 중시하였다. 자신의 호를 경재(敬齋)로 하여 경(敬)을 언제나 마음에 간직하고 살았고, 또 주자(朱子)의 「경재잠(敬齋箴)」을 도해(圖解)하여 「경재잠도(敬齋箴圖)」를 그려 벽에 걸어두고 늘 완상(玩賞)하였다. 이런 경(敬)을 중시하는 사상은 성리학(性理學)에 대한 깊은 관심과 이해에서 나왔다고 할 수 있다.

불교(佛敎)를 국교(國敎)로 하던 고려(高麗) 왕조가 망하고, 새롭게 유교국가(儒敎國家) 조선(朝鮮)을 건설하는 데 있어 경재(敬齋)는 사상적으로 중요한 역할을 했다. 잔존하던 불교의 유습(遺習)과 영향을 소멸시키고 완전한 유교국가를 건설하는 데 적극 노력하였다. 경재(敬齋)는 세종(世宗)에게 다음과 같은 「척불소(斥佛疏)」를 올렸다.

> 석가(釋迦)는 임금과 아버지를 버리고 작위도 사양하고서 머리를 깎고 산중에서 살았습니다. 그런데 역대로 사람들이 그를 아주 철저하게 믿어 절간을 널리 세우고, 토지를 보시(布施)하고 노비를 바쳤습니다. …… 승려들을 시험하여 뽑아 벼슬을 주고 토지를 주어 받드는 폐단이 아직도 옛날 습속을 따르고 있습니다. 절간에 나누어져 소속된 토지가 11100여 결(結)이나 됩니다. 가만히 생각건대 백성들은 굶주려 죽는 것을 면하지 못하는데, 놀고 먹는 중들에게 어찌하여 토지를 주어 그들의 봉양을 넉넉하게 하시는지요?
>
> 옛날 당(唐)나라 고조(高祖)는 중들을 싫어하여 서울에는 단지 두 곳, 각주(各州)에는 한 곳만 남겨두고 나머지 절은 다 혁파(革罷)해 버렸습니다. 우리나라는 토지가 좁은데, 어찌 많은 절을 두는 것이 옳은 일이겠습니까? 전하께서는 선왕(先王)의 뜻을 이어 이단(異端)의 무리들을 배척하시어 서울에는 두 곳, 각도(各道)에는 두세 곳만 남겨 두십시오. 그리고 중들을 시험하여 선발하는 법도 혁파하시고, 중에게 직첩(職牒)을 준다는 비지(批旨)를 내리지 마십시오.[3]

---

3) 『경재선생문집(敬齋先生文集)』 권2 1장, 「척불소(斥佛疏)」.

경재(敬齋)가 볼 적에 석가(釋迦)는 인륜(人倫)을 배반한 인물인데도 세상 사람들이 혹신(酷信)하는 것은 잘못되었다는 것이다. 우리나라에는 절이 너무 많고 또 절이 토지와 노비를 소유하는 것이 국가경제를 좀먹는 폐단을 일으키는 집단으로 보았다. 그러니 국가에서 절에 토지나 노비를 내리지 말고, 국가에서 중들에게 과거(科擧)를 보여 국가가 인정하는 승직(僧職)을 주지 말 것을 건의하였다. 결론은 불교는 이단(異端)이니 배척하라는 내용이다.

그는 성리학(性理學)을 공부한 유학자로서 석가(釋迦)의 입산수도(入山修道) 자체를 인륜(人倫)에 어긋나는 행위로 규정하였다. 그리고 국가에서는 굶어죽는 백성들을 구제하지 않고 절간에 토지를 기부하는 잘못을 지적하였다.

경재(敬齋)의 이 상소로 말미암아 그때 존재하던 불교의 일곱 가지 종파(宗派)를 선종(禪宗)과 교종(敎宗) 두 종파로 통합하였고, 절도 36개만 남기고 모두 혁파해 버렸다. 조선 초기에 잔존하던 불교세력을 꺾어 유교가 기반을 닦도록 하는데 경재(敬齋)는 큰 영향력을 발휘하였다.

경재(敬齋)는 유교(儒敎)를 일으켜 사람들에게 바른 길을 제시하는 일을 자신의 임무로 삼았다. 그래서 경연(經筵)에서는 유학(儒學)을 강의하여 국왕이 성현(聖賢)의 학문을 배워 이상적인 정치를 하도록 인도하였다. 세종(世宗)은 허심탄회한 마음가짐으로 강의를 받아들이고 올바른 도(道)에 대한 질문도 하였다. 당시 유교가 아직 보편화되지 않은 상황에서 경재는 솔선하여 삼년상(三年喪)을 실시하고 여묘(廬墓)를 하는 등 유교의 보급에 노력하였다.

경재(敬齋)는 문장(文章)과 경학(經學)을 두 가지로 나누어 보지 않고 하나로 보았다. 문장을 짓는 데 있어서도 덕성(德性)을 높이고 경학(經學)을 연구하여 문장을 지으면 저절로 훌륭한 문장이 될 수 있다고 보았다.[4]

---

4) 『경재선생문집(敬齋先生文集)』 권2 8장, 「진주향교사교당기(晉州鄕校四敎堂記)」.

학문을 하는 데 있어서는 무실(務實)을 강조하였다. 곧 자신을 위한 학문으로 음식, 동정(動靜), 언어(言語) 등 일상생활 가운데서 자신을 기르고 인격을 함양(涵養)하는 데서 학문을 길러나가는 것이다. 이런 학문적 바탕을 갖추고서 관직에 나가서 정치를 하면 도덕적인 정치를 할 수 있는 것이다.5)

그는 지리지(地理志) 편찬이 국가의 정치에 미치는 중요성을 인식하고, 세종(世宗)의 명을 받들어 『경상도지리지(慶尙道地理志)』를 충실하게 편찬하였다. 『경상도지리지』는 『삼국사기(三國史記)』「지리지(地理志)」이후로 최초의 지리지(地理志)이다. 『삼국사기』「지리지」가 역사서의 부록(附錄)인데 비하여, 이 책은 독자적인 인문지리서(人文地理書)로서의 면모를 갖추고 있다. 후대의 『동국여지승람(東國輿地勝覽)』이나 각 군현(郡縣)의 읍지(邑誌) 등의 편찬 체재가 다 이것을 모범(模範)으로 삼고 있다.

경재(敬齋)는 대부분의 생애를 사환(仕宦)으로 보냈지만, 자식으로서 가장으로서의 역할에 늘 충실하였다. 부모에게 효성이 지극하여 부모를 위해 구경당(具慶堂)을 마련했다가, 부모님이 돌아가시자 영모당(永慕堂)으로 이름을 바꾸어 부모님을 그리워하는 마음을 붙였다. 전후의 부모상에 모두 여묘(廬墓)하였다. 또 조상들의 세계(世系)를 정리하여 족보(族譜)를 편찬하였다.

최고의 관직(官職)인 영의정(領議政)에 올랐으면서도 마음가짐은 한사(寒士)와 다를 바 없었다. 안분지족(安分知足)하는 그 달관(達觀)한 마음은 넉넉한 대인(大人)의 풍모(風貌)를 충분히 짐작할 수 있겠다. 경재(敬齋)가 세상을 떠나기 2년 전인 76세 때 지은 「자경잠(自警箴)」은 이러하다.

> 존귀하게 되면 화(禍)에 다가가는 것이고, 　　　　　貴則近禍
> 부유하게 되면 어질지 못하다네. 　　　　　　　　富則不仁

---

5) 『경재선생문집(敬齋先生文集)』 권2 8장, 「진주향교사교당기(晋州鄕校四敎堂記)」.

어떻게 하면 구름 긴 골짜기에서,	何如雲壑
편안하게 정신을 기를 수 있을까?	怡養精神
안자(顏子)가 가난하게 살던 마을,	一片顏巷
즐거움이 그 가운데 있었다네.	樂在其中
세 오솔길 낸 도연명(陶淵明)의 정원,	三徑陶園
환한 달에 맑은 바람이 불어오는 곳.	皓月淸風
성현(聖賢)들도 오히려 그렇게 살았는데,	聖賢尙然
하물며 보잘것없는 선비들이랴?	況乎小儒
여덟 아홉 칸 정도의 집이면,	屋八九間
이 쇠잔한 몸 받아들일 수 있고,	可容殘軀
몇십 이랑 되는 논과 밭이면,	田數十畝
배고프고 목마른 것 달랠 수 있네.	足慰飢渴
나는 나의 분수를 편안히 여겨,	我安我分
이욕(利慾)을 쫓지 않으려 한다네.6)	不趨利慾

　　안빈락도(安貧樂道)의 자세로 물질적인 이익을 추구하지 않고 정신적인 만족감 속에서 만년을 보낸 경재(敬齋)의 생활태도가 선명하게 잘 나타나 있다. 경재는 종신토록 옛 성현의 언행(言行)을 본받으려고 노력하였다. 살림을 늘리려고 하지 않았고, 풍악(風樂)이나 여색(女色)을 탐내지도 않았다. 집안은 화목했다. 평소 닭이 울면 일어나 의관(衣冠)을 정제하고서 가묘(家廟)에 참배하였는데, 매우 춥거나 더워도 변함이 없었고, 만년까지도 빠뜨린 적이 없었다. 앉을 때는 반드시 대궐을 향해 앉았고, 손에서 책을 놓는 일이 없었다. 청검(淸儉)하고 온화하면서도 자신을 단속하는 데는 매우 엄격하였다.

　　그가 오랫동안 사환(仕宦)하여 최고의 관직에 이르렀으면서도 한 점 하자(瑕疵)가 없는 성공한 정치가가 될 수 있었던 것은 바로 이런 이욕(利慾)에 얽매이지 않는 초탈(超脫)한 정신자세에 말미암은 바가 많았을 것

---

6) 『경재선생문집(敬齋先生文集)』 권2 9장, 「자경잠(自警箴)」.

이다.

3) 정치적 역할과 위상

경재(敬齋)는 22세(1397)부터 봉상시(奉常寺) 녹사(錄事), 직예문관(直藝文館)으로 사환생활(仕宦生活)을 시작하여 78세로 세상을 떠날 때까지 56년 동안 관계(官界)에서 종사했다. 53세 때 천안(天安)에서 1년 동안 유배생활한 기간과, 56세 때 모친상을 당하여 2년 동안 관직을 떠나 거상(居喪)하였고, 59세 때 부친 목옹(木翁)공의 상(喪) 때 2년 동안 여묘(廬墓)살이한 기간을 제외하고는 관직을 떠난 적이 없었다.

경재(敬齋)가 역임한 주요 관직을 보면 이러하다. 중앙관서에서는 사헌부(司憲府)의 감찰(監察), 장령(掌令), 집의(執義), 대사헌(大司憲). 승정원(承政院)의 우부대언(右副代言), 좌부대언(左副代言), 동부대언(同副代言), 우대언(右代言), 좌대언(左代言), 지신사(知申事), 도승지(都承旨), 집현전(集賢殿)의 직집현전(直集賢殿), 직제학(直提學), 경연(經筵)의 참찬관(參贊官), 영사(領事), 춘추관(春秋館) 편수관(編修官), 수찬관(修撰官), 영춘추관사(領春秋館事), 보문각(寶文閣) 제학(提學), 직제학(直提學), 영예문관사(領藝文館事), 수문관(修文館) 제학(提學), 직제학(直提學), 대제학(大提學), 예문관(藝文館) 대제학(大提學), 세자시강원(世子侍講院) 우문학(右文學), 좌문학(左文學), 좌빈객(左賓客), 사부(師傅), 이조(吏曹)의 정랑(正郎), 참판(參判), 판서(判書), 공조(工曹)의 지공조사(知工曹事), 호조(戶曹)의 지호조사(知戶曹事), 판서, 형조(刑曹)의 지형조사(知刑曹事), 참판(參判), 판서(判書), 병조(兵曹)의 지병조사(知兵曹事), 참판(參判), 예조(禮曹)의 참판(參判), 의정부(議政府) 좌참찬(左參贊), 우찬성(右贊成), 좌찬성(左贊成), 우의정(右議政), 좌의정(左議政), 영의정부사(領議政府事) 등직을 역임하였다.

외직(外職)으로는 안악군수(安岳郡守), 평양부윤(平壤府尹)을 역임하였고, 전라도(全羅道)·강원도(江原道)·경상도(慶尙道)·평안도(平安道) 관찰출척사(觀察黜陟使)를 역임하였고, 충청도(忠淸道)와 황해도(黃海道) 관찰사에도 제수(除授)되었으나 부임하지 않았다. 고을원이 되어서는 정사(政事)가 청렴(淸廉)하고 공평(公平)하였고, 떠나온 뒤에도 그 유애(遺愛)가 남아 안악(安岳) 고을에서는 사당(祠堂)을 세울 정도였다. 관찰사(觀察使)로 나가서는 백성들을 사랑하여 폐단을 제거하는 일을 급선무로 삼았다.

공은 관직에 있으면서 마음을 다하여 공사(公事)를 받들었고, 직권(職權)을 남용한 적이 없었다. 비용을 절약하려 노력하였고, 큰 일을 논의할 때는 계책과 생각이 깊고 치밀하였고, 언어(言語)가 정확하였다. 크고 작은 일을 처리함에 있어 사전에 계책을 세웠고, 사후에도 늘 관심을 가졌다. 국가의 일을 자기 집안 일처럼 처리하였다.

공의 관직 이력을 보면 최대로 영광스러운 직위인 대제학(大提學)과 최고위직인 영의정(領議政)을 역임하였으니, 관계에서 가장 명운(命運)이 순탄한 정치가라고 할 수 있겠다. 학문하는 사람이 주로 맡는 춘추관(春秋館), 예문관(藝文館), 집현전(集賢殿), 수문관(修文館), 보문각(寶文閣), 경연(經筵), 세자시강원(世子侍講院) 등의 직책을 늘 맡았음을 볼 때 경재(敬齋)의 학문(學問)과 문장(文章)이 아주 우수하여 군왕(君王)이나 동관(同官)들의 인정을 받았음을 알 수 있다.

행정의 중추기관(中樞機關)인 육조(六曹) 가운데서 사조(四曹)의 참판(參判 : 次官級), 삼조(三曹)의 판서(判書 : 長官級)를 역임하였다. 육조 가운데서 삼조(三曹)의 판서를 역임하였고, 국정을 총괄하는 의정부(議政府)에서 18년 동안 근무하면서 각 부서 간의 조화에 힘써 국사가 정상적으로 집행되도록 능력을 발휘하였다. 그리고 조선 팔도(八道) 가운데서 사도(四道)의 관찰사(觀察使)를 역임했으니, 행정의 달인(達人)으로서 그 정치적 비중(比重)은 대단했다고 할 수 있다.

경재(敬齋)가 세상을 떠난 뒤 사관(史官)은 그의 일생의 행적을 이렇게 평가하였다. 『단종실록(端宗實錄)』에 실린 경재(敬齋)의 졸기(卒記)는 이러하다.

영의정(領議政)으로 그대로 치사(致仕)한 하연(河演)이 졸(卒)하였다. 하연은 자(字)가 연량(淵亮)이고, 본관은 진주(晋州)다. 병자년(1396)에 과거에 올라 봉상 시(奉常侍) 녹사(錄事)에 제수(除授)되었다가 뽑혀서 직예문(直藝文) 춘추관(春秋館) 수찬관(修撰官)이 되고 여러 관직(官職)을 더하여 사헌부(司憲府) 집의(執義)에 이르렀다가 승정원(承政院) 동부대언(同副代言)에 발탁(拔擢)되었다. 태종(太宗)이 하연(河演)의 손을 잡고 말하기를, "경(卿)은 이 벼슬에 이른 까닭을 아는가?" 하니, 대답하기를 "알지 못합니다"라고 하였다. 태종이 말하기를 "경이 대간(臺諫)에 있을 때 의연(毅然)하게 일을 말하였으므로 내가 곧 경을 알았다"라고 하였다. 세종이 내선(內禪)을 받자, 지신사(知申事)에 제수하였다. 이때 나라에 일이 많았는데, 하연이 조심하고 근신(謹愼)하여 그 사이에서 주선(周旋)하니, 두 임금의 은우(恩遇)가 매우 융숭하여 예조 참판에 제수하고, 대사헌(大司憲)으로 옮겼는데 부도(浮屠)의 일을 논하니, 세종이 기꺼이 받아들여서 조계종(曹溪宗) 등 7종(宗)을 혁파(革罷)하여 단지 선(禪)·교(敎) 2종만 두고 아울러 주군(州郡)의 사사(寺社)와 토지를 헤아려 줄였다. 뒤에 평안도 관찰사(平安道觀察使)가 되었다가 어떤 일로 파면되어 천안군(天安郡)으로 귀양갔었는데, 얼마 안 되어 불러서 병조참판에 제수하였다가 형조판서(刑曹判書)·이조판서(吏曹判書)에 승천(陞遷)하고, 의정부 참찬(議政府參贊) 겸 판이조사(判吏曹事)로 옮겼다. 여러 번 승진하여 좌찬성(左贊成)과 좌의정(左議政)에 이르고 나이 70세 때 궤장(几杖)을 하사받았다. 영의정이 되자 문종(文宗)이 대자암(大慈庵)을 중수하고자 하니, 하연이 불가함을 고집하였다. 신미년에 늙고 병듦으로써 물러가기를 청한 것이 두 번이었으나 본직(本職)으로 그대로 치사(致仕)하게 하였다. 유명(遺命)으로 불사(佛事)를 하지 못하게 하였다. 나이는 78세이나 성품이 간고(簡古)하고 어버이 섬기기를 효성으로 하며, 친족에게 화목하기를 인(仁)으로써 하고, 옛 친구를 버리지 아니하며, 경축(慶祝)과 조위(吊慰)를 폐하지 아니하였다. 글을 보기를 즐기고 시(詩)를 읊기를 좋아하며, 살림에 힘쓰지 아니하고 성색(聲色)을 기르지 아니하여 가정이 화목하였다. 관(官)에 있어서 일을 처리하는 데에 밝게 살피기를 힘쓰고, 일을 일으키기를 좋아하지 아니하였다. 두 어버이가 모두 나이 80세인데, 무릇 그 마음을 기쁘게 하는 것이면 하지 않는 것이 없었다. 구경당(具慶堂)을 지어 명절 때가 되면 반드시 술잔을 받들어 올려서 수(壽)를 칭송하니, 사람들이 모두 영광으로 여겨 그 일을 노래하고 읊조리기까지 하였다. 어버이가 죽으니 나가고 들어올 때에는 반드시 사당(祠堂)에 고하며 또 구경당을 그 선인(先人)의 거처하던 곳이라고 하여 해마다 수리하고 이엉을 덮어서 이름을 영모(永慕)라고 고쳤다. 자질(子姪)들이 기와로 바꾸기를 청하니, 하연이 탄식하기를 "선인의 예전 살던 집을 어찌 고치리요? 또한 우리 후세로 하여금 선인의 검소함을 본받게 함이 족하다"라고 하였다. 묘당(廟堂)에 있은 지 전후 20여 년에 사대부를 예(禮)로 대접하고, 문(門)에서 사사로이 찾아오는 사람을 받지 아니하고, 처음부터 끝까지 근신(謹愼)하며 법을 잡고 굽히지 아니하였으니, 태평 시대의 문물(文物)을 지킨 정승이라고 이를 만하다. 그러나 그 논의가 관후(寬厚)함을 숭상하지 아니하여 대신의 체면을 조금 잃었고 늘그막에는 일에 임하여 어둡고 어지러웠으나, 오히려 한가롭게 세월을 보내면서 물러가지 아니하다가 치사(致仕)하기에 이르렀다. 또 급하지 않은 일을 가지고 상서(上書)하니, 이때 사람들이 이로써 작게 여겼다. 그러나 처음부터 끝까지 온전함을 지키기를 하연과 같이 한 이도 적었다. 시호(諡號)는 문효(文孝)인데, 배우기를 부지런히 하고 묻기를 좋아함은 문(文)이고, 자혜(慈惠)하고 어버이를 사랑함은 효이다.

사관(史官)의 공정한 사론(史論)인지라, 대부분 그에 대한 장점에 대해서 언급했다. 늙어서도 물러나지 않았다는 지적은 사실과 맞지 않다. 경재(敬齋)는 늙고 병들었다는 이유로 두 차례 물러가기를 요청하였으나, 임금이 허락하지 않았기 때문에 물러나지 못했던 것이다. 그 뒤에도 물러나기를 요청하자, 임금은 하는 수 없어 치사(致仕)를 허락하면서도 영의정(領議政) 직책은 그대로 띠고 있게 하였다. 그래서 경재는 세상을 떠날 때까지 2년 동안 집에서 지냈는데도 영의정 직위는 그대로 갖고 있었다.

그러나 "묘당(廟堂)에 있은 지 전후 20여 년에 사대부(士大夫)를 예(禮)

로써 대접하고, 문(門)에는 사사로이 찾아오는 사람을 받지 아니하고, 처음에서 끝까지 근신(謹愼)하며 법을 잡고 굽히지 아니하였으니, 태평 시대의 문물(文物)을 지킨 정승"이라고 이를 만하다. '문물을 지킨 정승'이라는 찬사(讚辭)는 바로 경재(敬齋)가 학자 정치가로서 성공했다는 사실을 인정한 것이다.

경재(敬齋)가 세종(世宗) 같은 현군(賢君)을 만나 자신의 경륜(經綸)을 펼쳐 그 공덕(功德)이 국가와 백성들에게 미쳤다고 할 수 있다. 방촌(厖村) 황희(黃喜), 경암(敬菴) 허조(許稠) 등 역사에 이름 높은 명정승(名政丞)의 뒤를 경재(敬齋)가 이어 명정승으로서 손색 없이 국사를 운영해 나갔다. 경재가 이룬 이런 빛나는 상업(相業)이 경(敬)에 바탕한 바른 학문에서 나온 것이다.

Ⅲ. 『경재집(敬齋集)』에 대한 고찰

1. 간행경위와 체재

경재(敬齋)는 22세에 첫 출사(出仕)를 하여 78세라는 장수(長壽)를 누렸고, 또 젊은 시절에는 주로 문한(文翰)에 관계되는 직책에 있었기 때문에 많은 시문(詩文)을 창작했을 것으로 생각된다. 그러나 대부분의 시문(詩文)은 병화(兵火)에 소실되어 오늘날 볼 수 없어 안타깝다.

최초로 시문을 수집한 사람은 경재(敬齋)의 5대손인 세마(洗馬) 하혼(河渾)이었다. 하혼이 경재의 시문 약간 편을 모아『진양연고(晋陽聯稿)』에 편입하여 1609년(光海君 1)에 처음으로 간행하였다.

200여 년이 지난 1826년(純祖 26)에 후손 하대성(河大成), 하인혁(河寅爀) 등이『진양연고(晋陽聯稿)』가운데 들어 있는 경재(敬齋)의 글을 뽑고 또 흩어진 시문(詩文)을 더 수집하여 본집(本集) 2권, 부록(附錄) 3권으로 편차(編次)하여, 강고(江皐) 유심춘(柳尋春)의 교정(校正)을 받아 합천(陜

川)에서 2책으로 간행하였다. 이 책이 『경재집(敬齋集)』 초간본(初刊本)
이다. 이 초간본은 현재 서울대학교 규장각(奎章閣), 고려대학교(高麗大學
校) 중앙도서관(中央圖書館) 등에 소장되어 있다.

경재(敬齋) 탄신 480주년 되던 1856년(哲宗 7)에 종인(宗人) 하구홍(河
龜泓)이 평양(平壤)에서 구해 온 「기성삼십일운(箕城三十一韻)」이라는
장편시와, 남병철(南秉哲)의 「안악구대비서(安岳邱臺碑序)」와 김수근(金
洙根)・이명적(李明迪)의 「남원산동비각서(南原山東碑閣序)」를 부록(附
錄)에 추가하여 5권으로 편집하여 충청도(忠淸道) 문의(文義)의 우록서원
(友鹿書院)에서 활자로 간행하였다. 이 판본이 중간본(重刊本)인데, 현재
서울대학교 규장각(奎章閣)에 소장되어 있다.

초간본(初刊本)과 중간본(重刊本)은 활자로 간행하다 보니 많은 부수
(部首)를 인출(印出)하지 못했고, 『경재집(敬齋集)』을 구해 보기가 어렵게
되자 1919년 후손 하술효(河述孝) 등이 다시 세계(世系)와 제현(諸賢)의
시문(詩文)을 추가하여 노상직(盧相稷)의 교정(校正)을 거쳐 5권으로 편
찬하여 밀양(密陽) 말방산방(茉方山房)에서 3책으로 간행하였다. 이 판본
이 삼간본(三刊本)인데, 국립도서관 등 대부분의 도서관에서 소장하고 있
는 『경재집(敬齋集)』은 이 삼간본(三刊本)이다. 삼간본의 목판(木板)은
합천군(陝川郡) 야로면(冶爐面) 돈평(遯坪) 타진당(妥眞堂)에 소장되어
있다.

이 번역의 대본이 된 것은 우록서원(友鹿書院)에서 간행한 중간본(重刊
本)인데, 삼간본(三刊本)과 비교해 보면 편차(編次)에 차이가 많다. 권수
(卷首)에 강고(江皐) 유심춘(柳尋春)의 서문(序文)이 있는 것은 같다. 중
간본(重刊本)에서는 시(詩)를 권1・권2로 나누어 시체별(詩體別)로 수록
했는데, 오언고시(五言古詩) 4수, 칠언고시(七言古詩) 3수, 오언절구(五言
絶句) 13수, 육언절구(六言絶句) 1수, 칠언절구(七言絶句) 122수, 오언율
시(五言律詩) 29수, 칠언율시(七言律詩) 40수가 실려 있어 모두 214수이
다. 번역본에서는 습유(拾遺)라 하여 연구(聯句) 1수, 단구(斷句) 3수가

실려 있다. 삼간본에서는 권1에 다 모아 창작(創作) 연대순(年代順)으로 216수의 시(詩)를 수록하였다. 중간본에서는 그 당시 경재(敬齋)와 교분(交分)이 있는 명공(名公)들의 차운시(次韻詩)를 많이 수록했는데, 삼간본(三刊本)에서는 다 빼어 부록에 모아 실었다.

중간본(重刊本) 권3에는 「척불소(斥佛疏)」, 「경상도영주제명기서(慶尙道營主題名記序)」, 「경상도지리지서(慶尙道地理志序)」, 「세보서(世譜序)」, 「삼기정기(三奇亭記)」, 「진주향교사교당기(晋州鄕校四敎堂記)」, 「승은정기(承恩亭記)」, 「자경잠(自警箴)」, 부(附)「경재잠도(敬齋箴圖)」, 「문성부원군유공묘지명(文城府院君柳公墓誌銘)」 등이 수록되어 있다. 끝에 경재(敬齋)의 친필유묵(親筆遺墨)의 모각(摸刻)이 붙어 있다. 삼간본(三刊本)의 권2도 수록된 문장은 똑같으나, 「경재잠도(敬齋箴圖)」를 본문으로 다룬 것이 다르다.

중간본 권4는 「연보(年譜)」가 수록되어 있다. 삼간본에서는 권3이 세계(世系)이고 권4가 「연보(年譜)」인데, 끝에 삼간본 간행에 관한 사실을 추가하였다.

중간본 권5는 경재(敬齋)와 관계되는 행장(行狀)·사제문(賜祭文) 등 부록문자(附錄文字)가 실려 있고, 끝에는 후손 하기홍(河箕泓)이 1856년에 쓴 발문(跋文)이 있다. 삼간본(三刊本)은 권5에 부록문자가 실린 것은 같으나 그 차서(次序)가 다르다. 그리고 끝에 친필유묵의 모각(摸刻)이 붙어 있다. 그 뒤에 하기홍(河箕泓)이 쓴 발문(跋文)은 실리지 않았고, 대신 1826년 하인혁(河寅爀)이 쓴 발문과 하대성(河大成)이 쓴 발문이 실려 있고, 그 다음에 노상직(盧相稷)·하상우(河尙禹)·하술효(河述孝) 등이 쓴 발문(跋文) 3편이 붙어 있다.

이번에 번역하면서 새로 수집한 시와 5수를 추가하였고, 『연려실기술(燃藜室記述)』의 관계 기사와, 문집 간행 이후에 새로 지어진 소산서원(蘇山書院) 문효사(文孝祠) 「상향축문(常享祝文)」, 봉안문(奉安文), 상량문(上梁文), 「소산서원기문(蘇山書院記文)」, 「소산서원유계서(蘇山書院儒

契序)」,「묘갈명(墓碣銘)」,「신도비명(神道碑銘)」 등의 글을 수집해서 실었다.

2. 주요 내용과 문헌적 가치

『경재집(敬齋集)』에 실린 시문 가운데 9편의 산문(散文)을 제외하고는 전부 시이다. 시도 대부분 후대에 수집한 것이라, 다른 사람의 시에 차운(次韻)한 것이나 응수(應酬)의 필요에 의해 지은 것이 대부분이다. 자신의 시정(詩情)을 자발적으로 읊은 것이 드물어 아쉽다. 그러나 경재(敬齋)의 정감(情感)이나 사고(思考)를 이해하는 데는 이보다 더 귀중한 것이 없다. 정밀하게 음미(吟味)할 필요가 있다.

「일본통신사변중추효문증행시십사운(日本通信使卞中樞孝文贈行詩十四韻)」은 일본(日本)에 통신사(通信使)로 가는 변효문(卞孝文)을 전송하는 시이다. 이 시에서 이웃 나라 일본과 예의를 갖추면서 사귀는 외교상의 도리에 대해 이야기하고 있다.

「점우자(占優字)」라는 시는, 효(孝)는 백행(百行)의 근본으로서 백성들이 반드시 행해야 하는 도리임을 강조하고, 부모에게 효성을 다하는 저헌(樗軒) 이덕형(李德馨)을 칭송한 시이다.

「송자우명종정행(送子友明從征行)」은 세종(世宗) 31년(1449) 8월 중국(中國)에 북쪽 오랑캐가 침입할 우려가 있게 되자, 세종이 이를 걱정하여 우리나라의 장수를 보내어 방어하려고 했다. 경재(敬齋)는 정승의 지위에 있기에 의리상 국가와 운명을 같이해야 할 처지였다. 그래서 아들을 보내어 출정시키고 이 시를 지어 격려하였다. 사랑하는 막내아들을 국가를 위해 전쟁에 내보내는 결연한 의지는 만인의 사표(師表)가 되기에 충분하다. 그러나 인간적으로 느끼는 자식에 대한 사랑과 걱정하는 심정을 솔직히 토로하고 있다. 오늘날의 고위공직자들에게 교훈(敎訓)을 줄 수 있는 감동적인 시다.

「안기성시삼십운(按箕城時三十韻)」은 경재(敬齋)가 평안감사(平安監司) 겸 평양부윤(平壤府尹)으로 있으면서 능라도(綾羅島), 모란봉(牡丹峯), 을밀대(乙密臺) 등 평양의 명승(名勝)과 평양지방의 풍속(風俗)을 30수의 칠언절구(七言絶句) 읊은 시이다. 조선 초기 당시의 평양의 명승과 풍속을 알 수 있는 시로, 오늘날의 관점에서 볼 적에 없어진 건물과 사라진 풍속에 대한 묘사가 있어 귀중한 역사적 민속적 자료가 된다.

「취우탄(驟雨歎)」은 폭우로 인하여 백성들의 집이 떠내려가고 농지(農地)가 침수되는 것을 걱정하는 시이다. 국정을 맡은 관료로서 경재(敬齋)의 우국연민(憂國憐民)의 정이 잘 나타난 시이다.

「지리산승송신차(智異山僧送新茶)」은 지리산의 승려가 보낸 새 차(茶)를 두고 읊은 시이다. 맛과 향이 뛰어난 차를 품상(品嘗)하는 선비의 풍류(風流)를 보여 주는 시이다. 조선 초기 당시 차의 종류와 차 생산 상황을 알 수 있는 중요한 자료이다.

「자영(自詠)」은 경재(敬齋) 자신의 정신적인 변모과정(變貌過程)을 술회(述懷)한 시이다. 어려서부터 잠심(潛心)하여 성현(聖賢)을 배웠고, 늙어서도 신선술(神仙術) 등 이단(異端)에 마음 돌리지 않고 변함없이 성현들이 남긴 책을 읽으며 꾸준히 자기발전을 도모하는 군건한 학문적 열정을 엿볼 수 있는 작품이다.

「근부하예천시봉기시종제우(謹賦賀醴泉詩奉寄侍從諸友)」는 세종(世宗)이 중풍(中風)이 있어 이천(伊川), 초정(椒井), 온양(溫陽) 등에 여러 번 행차하였을 때 경재(敬齋)도 같이 호종(扈從)했다가 일이 있어 먼저 돌아와서, 왕을 수행하는 여러 동료들에게 보낸 시이다. 청주(淸州) 부근에서 좋은 온천(溫泉)이 나는 것을 치하(致賀)하며 임금의 쾌유(快癒)를 바라고 있다. 이 시는 경재(敬齋)의 친필유묵(親筆遺墨)이 남아 있다. 뒤에 당시 집현전(集賢殿)의 쟁쟁한 인재들인 박팽년(朴彭年), 이개(李塏), 최항(崔恒) 등의 차운시가 붙어 있어, 경재(敬齋)의 시와 함께 당시 세종의 온천행(溫泉行)에 관한 상세한 역사적 자료로서도 가치가 크다.

산문(散文) 가운데서 「척불소(斥佛疏)」는 조선 건국 이후 유교국가(儒敎國家)를 표방했으면서도 국가에서 시험을 보여 승려를 선발하여 승직(僧職)을 주고 사원(寺院)에 토지를 주는 것을 간쟁(諫諍)한 글이다. 경재(敬齋)는 임금과 아버지를 버리는 불교(佛敎) 교리(敎理) 자체를 부정하였고, 백성들이 굶어죽는 판에 놀고 먹는 승려들에게 토지를 주는 것의 부당함을 지적하고 있다. 유교국가로서의 기반이 완전히 갖추어지지 않은 시대에 경재의 이 상소(上疏)는 불교계(佛敎界)를 개편시킬 정도로 중대한 반향을 일으켰다.

「경상도지리지서(慶尙道地理志序)」는 세종(世宗) 6년(1424)부터 실시된 조선 팔도(八道)의 지리지(地理志) 편찬의 과정을 알 수 있는 중요한 역사 자료이다. 『삼국사기(三國史記)』「지리지(地理志)」 이후로 최초로 편찬된 팔도 지리지가 어떤 경로로 시작되어 어떤 과정을 거쳐 완성되었는가를 알 수 있는 유일한 기록이다. 현재 팔도 지리지 가운데서 경재(敬齋)가 주관하여 편찬한 『경상도지리지(慶尙道地理志)』만 남아 있어, 그 서문에 쓰여진 내용을 실물로 증명할 수 있다.

「세보서(世譜序)」는 최초의 진양하씨(晋陽河氏) 세보(世譜)의 서문이다. 진양하씨(晋陽河氏) 가운데서 사직공(司直公) 계통의 경재(敬齋) 자신의 상계(上系)를 최초로 정리하였다. 시랑(侍郎) 하공진(河拱辰) 계통과는 "들으니 같은 근원(根源)일 것이나 분파(分派)가 분명하지 않다"라고 하여, 경재(敬齋)는 양파(兩派)의 소목(昭穆)을 밝히지 못하고 있다. 이 세보(世譜)는 우리나라 족보 편찬에 있어서도 아주 조기(早期)에 속한다.

「삼기정기(三奇亭記)」는 전라도(全羅道) 관찰사(觀察使)로 있으면서 고산현(高山縣 : 지금 全州市에 병합됨) 동쪽 깎아지른 벼랑을 '삼기(三奇)'라고 명명하였는데, 그 뒤 현감(縣監) 최득지(崔得之)가 정자를 짓고 기문(記文)을 청해왔으므로 짓게 된 것이다. 이 글에서 경재(敬齋)는 자연을 구경하면서 단순히 그 경치만 구경해서는 안 되고, 거기서 교훈(敎訓)을 얻어야 한다는 점을 강조하고 있다. "물이 맑은 것을 보면 내 마음의 본래의 밝은 덕(德)이 더욱 밝아져야 하고, 돌이 우뚝한 것을 보면 확고하여 뽑히지 않는 뜻이 더욱 굳어져야 하고, 소나무가 늦게까지 푸른 것을 보고는 곧고 굳센 절개가 더욱 높아져야 한다"라는 말은, 자연을 대할 적에 스승을 대하듯이 해야 거기서 배울 것이 있다는 뜻이다. 오늘날 사람들에게 주는 가르침이 풍부하다.

「진주향교사교당기(晉州鄕校四敎堂記)」는 진주 향교의 강당을 사교당(四敎堂)이라 명명(命名)하고, 교관(敎官) 강원량(姜元亮)이 기문(記文)을 청해왔기에 지은 것이다. '사교(四敎)'는 문행충신(文行忠信)이다. 이름을 위한 학문, 남에게 보이기 위한 학문보다 자기 자신의 수양을 위한 학문, 실제에 쓰일 수 있는 학문에 힘쓸 것을 강조하고 있다. 이론에 치중한 공리공론적(空理空論的)인 학자들과는 달리, 경재(敬齋)는 아주 현실 파악이 정확하다고 할 수 있다. 진주는 조선 초기에 많은 인재들이 배출되었는데, 대부분이 진주 향교에서 공부하였다. 진주 향교의 역사기록으로서도 중요한 의의가 있다. 조선 초기에 지어진 기문(記文)은 전국의 향교 가운데서 남아 있는 것이 몇 편 안 되므로, 이 글의 문헌적 가치는 매우 높다.

「승은정기(承恩亭記)」는 세종(世宗)의 아들 금성대군(錦城大君)의 정자에 붙인 기문(記文)이다. 세종(世宗)으로부터 땅을 하사(下賜) 받아 정자를 지었기 때문에 승은정(承恩亭)이라고 명명한 것이다. 왕자(王子)로서 부귀영화에 빠져서는 안 되고, 사물을 보면서 그 도리를 체득(體得)하는 것이 가치 있는 일이라는 점을 강조하고 있다.

「자경잠(自警箴)」은 자신을 경계하는 잠언(箴言)인데, 앞에서 이미 소개하였다.

「경재잠도(敬齋箴圖)」는 주자(朱子)의 경재잠(敬齋箴)을 도해(圖解)하여 벽에 걸어두고 늘 보면서 자신의 행신(行身)의 지침으로 삼은 것이다.

「문성부원군유공량묘지명(文城府院君柳公亮墓誌銘)」은 경재(敬齋)의 사위 유경생(柳京生)의 아버지 유량(柳亮)의 묘지명(墓誌銘)이다. 유량의 세계(世系)와 관력(官歷)을 간략하게 소개하고, 그 생애의 특징을 나타낸 명(銘)을 달았다.

권4·권5는 부록(附錄)으로 앞에서 대략 언급하였다. 여기서 특기할 것은 경재(敬齋)가 세상을 떠난 후 각지의 사림(士林)에서 존숭(尊崇)하는 뜻을 붙여 많은 서원(書院)을 건립하였다. 경상도(慶尙道) 합천(陜川)의 신천서원(新川書院), 진주(晋州)의 종천서원(宗川書院), 충청도(忠淸道) 문의(文義)의 우록서원(友鹿書院), 전라도(全羅道) 무주(茂朱)의 백산서원(栢山書院), 황해도(黃海道) 장연(長淵)의 반곡서원(盤谷書院) 등인데, 이 서원 등과 관계된 봉안문(奉安文), 상향축문(常享祝文), 상량문(上樑文) 등이 수록되어 있다. 중간본(重刊本)에서는 경재(敬齋)의 시(詩) 사이사이에 넣었던 제공(諸公)들의 차운시(次韻詩)를 삼간본(三刊本)에서는 부록에 모았다.

Ⅳ. 결어(結語)

경재(敬齋)는 올바른 학문을 바탕으로 하여 사환(仕宦)에 진출하고, 영주(英主) 세종(世宗)을 만나 자신의 경륜(經綸)을 펼쳐, 국가에 공적(功績)을 남기고 백성들에게 혜택(惠澤)을 끼친 성공한 학자 정치가였다. 평생 행신(行身)의 도리로서 경(敬)에 입각하여 한 치도 벗어나지 않은 군자다운 인물이었다.

조선(朝鮮) 중기(中期) 이후로 정치에 나선 관료(官僚)들은 학문(學問)과 거리가 멀어졌고, 공부를 하는 학자(學者)들은 자신의 경륜(經綸)을 펼칠 기회를 얻지 못하여 학문은 현실정치(現實政治)에 아무런 도움을 주지 못하고, 정치(政治)는 학문으로부터 자양분(滋養分)을 흡수하지 못하여 유학(儒學) 본래의 취지(趣旨)를 실현하지 못하였다. 경재(敬齋)야말로 자신이 쌓은 학문을 충분히 현실정치에 반영하였으니, 유학(儒學)에서 말하는 수기치인(修己治人)을 완전히 실천에 옮긴 드문 인물이다.

경재(敬齋)의 학문에 바탕한 이상적인 정치가의 기풍(氣風)이 21세기를 살아가는 현대인들에게 좋은 귀감(龜鑑)이 될 수 있을 것이다. 그 동안 『경재집(敬齋集)』은 한문으로 된 원전(原典) 상태로 있었기 때문에 전공하는 학자가 아니면 읽기 힘들었는데, 이번에 경재(敬齋)의 후손들이 정침(淨忱)을 모아 완역(完譯)하여 공간(公刊)을 하려고 한다. 앞으로는 관심 있는 일반 사람들도 누구나 쉽게 읽을 수 있게 될 것이다. 그렇게 되면 경재(敬齋)의 학문(學問), 사상(思想), 경륜(經綸), 정치적 역량, 생활자세 등을 현대인들이 배우고 본받을 수 있게 되어 각자의 삶에 도움이 될 수 있을 것이다.

경재집(敬齋集)의 번역이 다 끝났을 때 문집(文集) 전반에 대한 해제(解題)가 필요하다고 생각하여, 경재(敬齋)를 향사(享祀)하고 있는 소산서원(蘇山書院)의 원장(院長)인 장지윤(張志允)공과 진양하씨(晋陽河氏) 문효공파(文孝公派) 중앙종친회(中央宗親會) 하정진(河楨瑱) 회장이 불초를 찾아와 해제(解題)를 써줄 것을 요청해 왔다. 위대한 학자 정치가의 문집을 정밀하게 검토할 수 있는 기회를 얻은 것을 다행으로 생각하여 집필을 수락하였다. 먼저 경재(敬齋)의 생애와 학문 사상에 대해 언급하고, 다음으로 『경재집(敬齋集)』을 개괄적으로 서술하여 독자 여러분들에게 정중하게 소개하는 바이다.

『愧窩遺稿』 解題

Ⅰ. 도언(導言)

사람의 생각은 말을 통하지 않으면 표현될 수 없고, 말은 글이 아니면 후세에 전해질 수가 없다. 아무리 대단한 인물이라도 남긴 글이 없으면 후세 사람들이 그 학문이나 사상을 알 수 없다. 한글 창제에 원훈(元勳)으로 『고려사(高麗史)』 등을 편찬한 학역재(學易齋) 정인지(鄭麟趾) 같은 분은 벼슬이 영의정(領議政)에 이르고 세종(世宗)의 총애를 한 몸에 받았지만, 그 문집이 남아 있지 않기 때문에 정작 본인의 행적은 알려진 것이 없고, 학문이나 사상이 어떠했는지 알 길이 없다. 본인의 시문을 모은 문집이 남아 있지 않기 때문이다.

우리 조상들이 선인(先人)들의 문집의 보존과 간행에 필생의 성력(誠力)을 쏟은 이유가 바로 여기에 있다. 문집으로 편찬할 시문(詩文) 원고가 없을 경우에는 그 선조에 관계된 기록을 다방면으로 찾아서 실기(實紀)라도 편찬해서 후세에 남겨 조상을 행적이 없어지지 않게 했다. 문자라는 것이 이런 정도로 귀중한 것이다.

조선후기 강우지역(江右地域)의 유림(儒林) 사회에서 거벽(巨擘)의 위치에 있었던 괴와(愧窩) 하대관(河大觀)은 선비들 사이에서 대단한 인물로 일컬어져 오고 있지만, 정작 그가 지은 시문(詩文)을 접할 수 없었고 그의 행적도 알려진 것이 거의 없었다. 이 분의 시문이 문집으로 편찬되어 간행된 것이 없고, 행장(行狀)이나 묘갈(墓碣) 등 전기문자(傳記文字)가 갖추어지지 못했기 때문이다.

괴와는 1759년『진양속지(晉陽續誌)』편찬을 주도했다가, 자기 부조(父祖)를『진양지』에 넣어달라고 부당한 청탁을 하여 거절을 당한 것에 앙심을 품은 무리들의 무함(誣陷)을 입었다. 이들의 무함을 사실로 받아들인 그 당시 노론(老論) 출신의 진주목사(晉州牧使) 조덕상(趙德常)의 부당한 처분으로 다섯 차례 투옥되고 마침내는 극변(極邊)인 함경도(咸鏡道) 길주(吉州)로 유배되었다. 그의 생애에 있어 학문이 완숙기에 접어들어 많은 업적을 낼 수 있는 시기에 근20년 가까운 기간을 귀양살이로 허송하게 되었다. 북쪽 극변(極邊)에 무슨 학자가 있겠으며 학문이 있겠는가? 같이 대화를 나눌 만한 사람도 없는 환경에서 간고한 귀양살이로 마감했으니, 그 학문이 정리되지 못한 것은 어떻게 보면 당연한 일이다. 후세 사람들로 하여금 탄석(歎惜)의 마음을 금치 못하게 한다.

유배생활을 하다 세상을 마쳤고, 본래 형제도 없고 아들도 어렸기 때문에 그 시문 원고가 수습되지 못했고, 전기문자(傳記文字)가 갖추어질 겨를이 없었던 것이다. 공의 불행은 곧 겸재학파(謙齋學派)의 쇠락을 초래하였고, 더 나아가 남명학파(南冥學派)까지 더욱 위축되게 만들었다.

이런 연유로 대단한 인물이면서도 괴와는 점점 희미해져 갔고, 후세에 연구가 될 수 없었다. 남아 있는 자료가 없었기 때문이었다.

다행히 근년에 괴와의 족후손인 담헌(澹軒) 하우선(河禹善)공이 연비가(聯臂家)에 들어가 있던 괴와의 시문 원고를 발견하고 어렵게 입수하여 소장하게 되었다. 담헌공은 비록 방계의 후손이지만 이를 간행하여 괴와(愧窩)의 억울함을 벗기고 그 위상(位相)을 재확립하고자 하였다. 이 초고에 교정을 보고 약간의 수정을 가하였지만 끝내 간행을 보지 못하고 세상을 떠나게 되었다.

담헌의 초손(肖孫)인 하유집(河有楫)장이 조부의 간행에 대한 염원을 익히 보아왔던 터라 이 유고(遺稿)를 꼭 간행해야겠다고 결심을 하게 되었다. 그러나 이 초고(草稿)는 문집의 체재를 완전히 갖춘 정사본(淨寫本)이 아니고, 반초(半草)에다 곳곳에 지우고 덮어써서 판독하기 어려운 곳이 한두 군데도 아니고, 체재도 전혀 갖추어지지 않아서 그냥 영인해서 간행할 수는 도저히 없었다.

이 초고를 간행하기 위해서는 우선 해서(楷書)로 탈초(脫草)를 해야 하고 다음 단계로 전통 문집의 체재로 분류 편찬하는 과정을 거쳐야 하기 때문에 많은 시일과 적지 않은 물력(物力)을 요하는 작업으로 한 개인이 간행할 수 없는 일이었다.

마침 하유집장이 괴와(愧窩)의 8대손인 하영두(河永斗)씨에게 이 시문 원고의 중요성과 가치를 인식시키고 간행해야 할 필요성이 있다는 것을 강조했다. 하영두 씨가 이 초고의 중요성과 가치를 이해하고 여러 족인(族人)들의 호응을 얻어 문집을 간행하기로 결의하여 일이 진행되게 되었다.

그 탈초와 편찬의 일을 필자에게 맡겨 와 필자가 맡아 1년여의 노력 끝에 이제 책의 모양이 갖추어지게 되었다. 출판에 즈음하여 괴와(愧窩)의 생애와 책의 내용과 가치를 소개하는 해제를 써서 책머리에 붙여 관심 있는 여러분들에게 『괴와유고(愧窩遺稿)』를 소개하고자 한다.

Ⅱ. 가계(家系)와 생애

괴와(愧窩) 하대관(河大觀)은 1698년(朝鮮 肅宗 24)에 진주목(晋州牧) 서쪽 안계리(安溪里 : 지금은 河東郡 玉宗面에 속함) 집에서 외아들로 태어났다. 자는 관부(寬夫), 괴와(愧窩)는 그 아호이다. 또 계재(溪齋)라는 호도 사용하였다.

본관은 진양(晋陽)으로 고려조(高麗朝) 중기 사직(司直)을 지낸 하진(河珍)을 시조로 삼는다. 하씨(河氏)는 진주를 본관으로 하는 국중명벌(國中名閥)로 특히 고려 후기에 걸출한 인물들이 많이 나왔다.

시조의 8대손인 송헌(松軒) 하집(河楫)은 시호가 원정공(元正公)이다. 그 아들은 고헌(苦軒) 하윤원(河允源)인데 진산부원군(晉山府院君)에 봉

해졌다. 그 아들은 목옹(木翁) 하자종(河自宗)인데 고려 말기의 정국이
어지러워지는 것을 보고는 벼슬을 버리고 물러났다. 그 아들 하결(河潔)은
대사간(大司諫)을 지냈다. 세종조(世宗朝)의 명상(名相) 문효공(文孝公)
경재(敬齋) 하연(河演)이 그 형이다. 또 2대를 지나 하자청(河自淸)은 관
찰사(觀察使)를 지냈다.

다시 6대를 내려와 겸재(謙齋) 하홍도(河弘度)가 있는데, 남명(南冥)
조식(曺植)의 경의지학(敬義之學)을 사숙(私淑)하여 학문을 크게 이루어
'남명(南冥) 이후 제일인자'라는 칭송을 듣게 되었다. 그 아우 낙와(樂窩)
하홍달(河弘達)도 학문이 있었는데, 이 두 형제를 그 당시 세상에서는 송
(宋)나라 정자(程子) 형제에 비유하기도 했다.

겸재는 아들이 없어 태계(台溪) 하진(河溍)의 손자 하영(河泳)을 사자
(嗣子)로 삼았는데, 역시 학문이 있었다. 태계 역시 대사간공(大司諫公)의
후손으로 겸재와 동시대에 남명학파에 속하는 비중 있는 관료학자였다.
그는 문과(文科)에 급제하여 벼슬이 사헌부(司憲府) 집의(執義)에 이르렀
는데, 조정에서는 직간(直諫)을 잘하는 강직한 신하로 이름이 났다.

하영(河泳)은 바로 괴와공(愧窩公)의 조부이다. 부친은 하덕장(河德長)
이고 모친은 선산김씨(善山金氏)로 김세중(金世重)의 따님이다. 괴와는
어려서부터 총명하고 글 읽기를 좋아하였다. 어른들의 독려 없이도 경서
(經史)를 널리 연독(研讀)하였다. 당시 집안에는 양정재(養正齋) 하덕망
(河德望), 하덕휴(河德休), 한계(寒溪) 하대명(河大明) 등 학문이 깊은 사
람이 여럿 있어 서로 학문을 강마(講磨)할 연수(淵藪)를 이루었다.

괴와는 겸재의 장증손으로서 모한재(慕寒齋)를 지키는 자부심이 대단
하여 주자(朱子)를 철저히 흠모하면서 주자를 배워 자기가 사는 곳을 주자
의 본향(本鄕)처럼 만들겠다는 강한 의지가 있었다.

그가 지은 「경차선조겸재선생모한재본운(敬次先祖謙齋先生慕寒齋本
韻)」이라는 시에 그런 의지가 잘 나타나 있다.

골짜기는 운곡과 이웃하여 옥산 앞에 있으니,	洞隣雲谷玉山前
꼭 무원(婺源)만이 아름다움 독차지하지는 않겠네.	不必婺源美獨專
가사산이 서남쪽에서 길이 읍을 하고 있나니,	佳士西南長拱揖
고금의 훌륭한 분들이 몇이나 머물렀던가?	碩人今昔幾留連
한가한 별장에서 선철들을 뒤따르고,	閑中別業追先哲
내 몸 밖의 뜬 영화는 뒷날의 운명에 붙여두네.	身外浮榮付後天
마치 눈으로 본듯 천고의 옛날을 논의하면서,	千古尙論如目覩
때로 그윽한 꿈이 한천정사(寒泉精舍)에 이른다네.	有時幽夢到寒泉

괴와(愧窩)는 가정지학(家庭之學)에서 기초를 닦은 위에서 자라 서계(西溪) 박태무(朴泰茂), 남계(南溪) 신명구(申命耉)의 문하에서 오래 배웠고, 또 퇴계학파(退溪學派)의 적통(嫡統)을 이은 밀암(密庵) 이재(李栽)의 문하에도 출입하였다. 지금 남아 있는 유고(遺稿)에는 밀암과 주고받은 글이 없지만, 밀암의 문인록(門人錄)에는 괴와가 올라 있다.

서계는 진주에 세거하던 태안박씨(泰安朴氏) 집안의 학자로 근기(近畿), 강좌(江左)의 학자들과 두루 교류가 넓었다. 남계는 경북 약목(若木) 출신으로서 지리산(智異山) 아래의 삼장(三壯)에 살면서 덕천서원(德川書院)에 자주 출입하였다. 밀암(密庵)은 퇴계학파(退溪學派)의 적전(嫡傳)을 계승한 갈암(葛庵) 이현일(李玄逸)의 아들이자 학통의 계승자이다.

괴와는 또 근기지방(近畿地方)의 퇴계학파에 속하는 학자인 식산(息山) 이만부(李萬敷), 성호(星湖) 이익(李瀷), 약산(藥山) 오광운(吳光運), 번암(樊巖) 채제공(蔡濟恭)의 부친으로서 단성(丹城) 현감으로 오래 재직했던 채응일(蔡膺一) 등을 종유하였고, 안동(安東)에 살던 제산(霽山) 김성탁(金聖鐸) 등과 도의지교(道義之交)를 맺었다. 특히 제산의 부고를 듣고 만사(挽詞)를 지어 직접 가서 문상을 하였다. 또 안동 출신으로 양산군수(梁山郡守)를 지낸 강좌(江左) 권만(權萬)의 별세를 애도하는 만사를 지어 보냈다. 경상도 감사를 지낸 조현명(趙顯命)과도 교분(交分)이 있었다.

성호(星湖)를 두 번 찾아가 만났고, 성호에게 「겸재집서(謙齋集序)」와 겸재의 묘지명(墓誌銘)을 요청하여 받았다. 또 성호가 아들을 잃은 것을 위로하는 서신을 보냈고, 성호(星湖)가 답장을 보내왔다.

괴와는 겸재의 가학(家學)을 계승하여 남명학파의 핵심적인 위치에 있었지만, 퇴계학파의 학자들과 사승관계(師承關係)를 맺어 퇴계학의 장점도 아울러 수용하는 융합적인 자세를 취하여 자신의 학문적 폭을 넓혔다.

진정한 학문인 위기지학(爲己之學)을 깊이 연구하였지만, 아울러 세상을 위해 포부를 펼쳐보겠다는 생각을 갖고 환갑을 넘긴 1759년까지도 여러 차례 과거에 응시하였으나 향시(鄕試)에만 합격하였고, 회시(會試)는 통과하지 못했다. 그러면서도 임천(林泉)에서 학문연구과 인재양성에 전념하면서 강우지역(江右地域)의 유림의 논의를 주도하였다.

겸재(謙齋)의 문집과 연보를 편찬하고 간행하는 일에 평생 종사하여 1757년 연보를 편찬하여 간행하였다. 연보를 끝낸 이후에는 1757년『겸재문집(謙齋文集)』편찬의 일을 계속하여 1759년 이전에 간행하였다. 1757년 여름부터 안질이 심해져 문집을 하면서 고생을 했다. 그리고 생가 고조인 태계(台溪) 하진(河溍)의 문집의 부록을 수집하여 정리하였다.『태계집(台溪集)』부록의 서문을 성호에게 요청하여 받았다.

1751년 겸재(謙齋)에게 증직(贈職)과 사시(賜諡)를 요청하는 소장(疏章)을 지어 복합상소(伏閤上疏)를 하려고 했으나 뜻을 이루지 못했다.

그는 향당(鄕黨)에서 유림의 비중 있는 인물로서 1759년 조덕상(趙德常)이 부임하기 이전에는 진주목사 등 지방관과 사이가 좋았다. 목사가 그를 존경하여 소고기를 보냈는데, 그는 죽순으로 답례를 하기도 했다.

괴와는 1753년 5월 11일 덕천서원에서 백일장이 열렸을 때 시관(試官)이 되었고, 대각서원(大覺書院)의 백일장에서 시관이 되었다. 1756년 남해(南海) 현감이 선비들의 시문을 시험보이면서 괴와를 초청하여 시관을 맡겼다. 이때 금산(錦山)을 유람했다. 남해 현감이 초빙할 정도였으니, 그의 학문적 명성이 멀리까지 퍼져나갔음을 알 수 있다.

1755년 진양하씨(晉陽河氏) 대동보를 편찬하여 간행하려고 보소(譜所)를 열어 편찬에 착수하였고, 1756년 안동(安東)에 거주하는 하위지(河緯地)의 후손인 단계파(丹溪派)에 동참할 것을 권유하는 통문을 보냈다. 또 종친들의 규합을 위하여 일가들이 사는 충청도 우록(友鹿), 경기도 인천(仁川) 등지를 두루 답방하였다.

1758년 회갑을 앞두고 정축년(1757) 섣달 그믐날 이렇게 자신의 감회를 읊었다. 「제야영회(除夜咏懷)」라는 시이다.

꺼져가는 등불 가물거리는 속에 닭 울 때 되었나니,   殘燈明滅到鷄鳴
지금 육십 늙은이 수세(守歲)하는 심정이여!   六十翁今守歲情
티끌세상의 세월이 갑자를 한 번 돌았는데,   塵世光陰終一甲
반평생의 일은 내 몸을 맡은 귀신에게 맡겨두리라.   半生行事任三彭

그 다음날인 정월 초하루에는 또 「무인원일무자 차왕년경회운(戊寅元日戊子 次往年庚會韻)」이라는 시를 읊었다.

그럭저럭 세월 흘러 또 무인년 되었는데,   荏苒星霜又屆寅
홀로 사는 사람 하는 일 누가 가엾게 여기겠는가?   獨身行事誰憐鮮
내 나이 예순 한 살 되는 봄이 돌아왔는데,   吾今六十一回春
외롭게 살아남은 인생 두 배로 부모님 그립네.   孤露餘生倍憶親
남은 날은 날아 지나가는 새와 같은데,   殘景殆同飛過鳥
늦게 얻은 아들 쉽게 어른 될지 기대하기 어렵도다.   晩兒難望易成人
공명이 늦었건만 어쩔 수 없는 일,   功名腕晩時無奈
본래 가졌던 뜻 어느 때 조금 펼쳐 볼거나?   素志何時得小伸

회갑이 되던 해 아침에 지은 시인데, 강한 외로움을 느끼지만 아직도 과거 합격을 통한 공명(功名)의 성취에 대한 열정이 대단하다.

경의지학(敬義之學)을 표방한 남명(南冥)의 학문이 정주(程朱)의 정맥

(正脈)을 이었고 자신의 가문이 남명의 학맥을 계승했다는 의식을 갖고 있었다. 괴와의 「으음(偶吟)」이라는 시는 이러하다.

산천재(山天齋)는 하늘과 산의 뜻을 얻었고,	山天齋得天山義
경승루(敬勝樓)는 경(敬)을 이기려는 마음을 막는다네.	敬勝樓防勝敬心
앞과 뒤의 깊은 공부 해와 달처럼 밝은데,	前後深工明日月
유학이 준 혜택을 받아 오늘에 이르렀도다.	斯文受賜到于今

산천재는 남명이 강학하던 집으로 남명을 상징하고, 경승루는 모한재 (慕寒齋)에 딸린 집으로 겸재(謙齋)를 상징한다. 남명에서 발원한 학문이 겸재를 거쳐 자기에게 이르렀다는 강한 자긍심을 갖고서 자신의 남명학파 에서의 위상과 역할을 잘 인식하고 있다.

Ⅲ. 『괴와유고(愧窩遺稿)』 개관

이 『괴와유고(愧窩遺稿)』는 한 묶음의 초고본(草稿本)에 바탕하여 전 통적인 문집 체재로 편집한 것이다. 이 초고본에는 본래 아무런 표제(表 題)도 없었고 권으로 나누지 않은 단책(單冊)이다. 이는 괴와의 친필 초고 임에 틀림이 없다. 군데군데 글을 지우고 다시 고쳐 썼는데, 이는 저자 본인만이 할 수 있는 것이다. 모두 130장으로 되어 있는데, 시와 문장이 뒤섞여 있다. 시문을 창작하는 대로 괴와 자신이 글을 지은 순서대로 적어 모은 것으로 보인다.

그런데 괴와의 글 가운데서 51세 되던 1748년부터 종천서원(宗川書院) 원변(院變)으로 투옥되기 직전까지인 1759년 전반까지의 시문만 들어 있 다. 그러니 78년 생애 가운데서 겨우 10년치의 것에 불과한 것이다. 현재 남아 있는 원고는 1748년 정월부터 시작한다. 그리고 정월에 지은 시 「노 재경차선조태계공술회운(魯齋敬次先祖台溪公述懷韻)」이라는 시 아래 붙은 주석에서 "원운(原韻)과 전날 차운한 것은 이미 전권(前卷)에 나와 있다[元韻及前日所次已見前卷]"라는 구절이 있는 것으로 볼 때, 이 원고 이전에 다른 원고 책이 있었다는 것을 알 수 있다.

지금 남아 있는 시문의 원고는 전체의 5분의 1도 되지 않을 것이다. 만약 괴와가 일생 동안 지은 시문이 다 남아 있었다면, 그 시문의 총편수는 몇천 편이 되었을지 알 수가 없다.

지금 남아 있는 작품을 헤아려 보면 시(詩)가 모두 634수, 문장이 76편이다. 문장을 다시 문체별로 분류하면 부(賦) 1편, 장(狀) 11편, 서(書) 12편, 발(跋) 11편, 기(記) 3편, 설(說) 2편, 제문(祭文), 축문(祝文) 11편, 잠명(箴銘) 3편, 찬(贊) 4편, 잡저(雜著) 5편, 통문(通文) 6편이다.

그의 시는 진솔(眞率)하면서도 청상(淸爽)하고, 문장은 평이하면서도 명쾌하다. 시에 대해서는 시세계에서 따로 다루기로 하고, 문장 가운데서 중요한 것을 살펴보면 다음과 같다.

「어제권학윤음내도후보관장(御製勸學綸音來到後報官狀)」은 영조(英祖)가 학문을 권장하기 위해 내린 윤음(綸音)을 각 동리에서 어떻게 수용해서 처리했는지 관아에 보고하는 글이다.

「의정당영문(擬呈棠營文)」은 향적(鄕籍)을 보관하고 있는 향청(鄕廳)을 빼앗아 상주하려는 영장(營將) 한지(韓址)의 부당한 행위를 바로잡아 줄 것을 감사에게 하소연하는 글이다.

「청녹용현주장(請錄用賢冑狀)」에서는 국가를 위해 공헌한 대소헌(大笑軒) 조종도(趙宗道)와 망우당(忘憂堂) 곽재우(郭再祐)의 종손(宗孫)들을 등용해 줄 것을 요청하는 글이다.

「우선조청증장(又先祖請贈狀)」은 증조 겸재(謙齋) 하홍도(河弘度)의 포증(褒贈)을 경상감사(慶尙監司)에게 요청하는 글이다. 삼조(三朝)의 징사(徵士)요 일대(一代)의 유종(儒宗)인 겸재에게 시호(諡號)를 내리고 증직(贈職)해 줄 것을 요청하는 글이다.

「대수정사정관서(大樹亭事呈官書)」는, 옥종면(玉宗面) 종화리(宗化里)

에 있는 큰 숲은 경절공(敬節公) 하숙부(河叔溥), 학봉(鶴峯) 김성일(金誠一), 겸재(謙齋) 하홍도(河弘度) 등의 자취가 있는 곳이니, 백성들이 남벌을 하거나 개간을 하는 것을 막아달라고 요청하는 글이다.

「주지찬수시품목(州誌撰修時稟目)」은 『진주속지(晋州續誌)』를 편찬한 것을 진주목사가 보고 처사(處士) 정위(鄭頠), 수사(水使) 박창윤(朴昌潤), 병사(兵使) 한범석(韓範錫)을 삭제하였는데 이들을 삭제해서는 안된다는 의견을 개진한 글이다.

「여향사당논통신사회행지공서(與鄕射堂論通信使回行支供書)」는 일본(日本)에서 돌아오는 통신사들의 접대를 위해 강제로 각 마을에 금전을 할당하여 징수하는 잘못의 시정을 요구한 글이다. 백성들을 걱정하는 괴와의 마음이 잘 나타나 있는 글이다.

「여영장서(與營將書)」는 향적(鄕籍)을 향청(鄕廳)에 존치하는 문제로 의견 대립을 하던 영장(營將)의 행위를 반박하는 서신이다. 향중(鄕中) 유림의 입장을 대변하고 있는데, 당당한 선비의 자세를 볼 수 있는 글이다.

「위성호이감역서(慰星湖李監役書)」은 성호(星湖) 이익(李瀷)이 아들을 잃은 것을 위로한 서신이다. 이때 함께 보낸 「별지(別紙)」는 그의 생가 고조부 태계(台溪) 하진(河溍)의 문집 부록(附錄)에 성호가 서문을 지어 줄 것을 요청한 글이다.

「답진주목사임후서(答晋州牧使任侯書)」는 진주목사 임경관(任鏡觀)에게 답하는 서신이다. 임경관은 1753년 부임하여 1756년에 이임하였다. 괴와에게서 『진양하씨연고(晋陽河氏聯稿)』 3책을 빌려보았고, 또 문효공(文孝公) 하연(河演)의 「촉석루시(矗石樓詩)」를 자기 글씨로 써서 새겨 촉석루에 거는 등 괴와와 교의(交誼)가 절친하였다.

「답조남해서(答趙南海書)」는 괴와(愧窩)를 시관(試官)으로 초청하는 남해 현감의 서신에 대한 답서이다.

「진양하씨족보서(晋陽河氏族譜序)」는 괴와가 15년 동안 공력을 들여 만든 족보에 1741년 지어 붙인 서문이다. 만력(萬曆 : 1573-1619) 연간에 모촌(暮村) 하혼(河渾)이 편찬한 족보가 있지만, 그 족보는 본래 본손보다 외손을 더 상세히 기재한 점, 착란(錯亂)과 누락 등의 문제가 있었다. 그리고 그 족보를 편찬한 지 이미 백년의 세월이 지나 후손들이 많이 흩어져 살므로 다시 족보를 편집 간행할 필요가 있었고, 괴와가 주도하여 새로 족보를 편찬하게 되었다. 이때 황해도(黃海道)와 호남(湖南)에 거주해 온 일가들을 새로 족보에 수록하였다. 그러나 고려의 절신(節臣) 하공진(河拱辰)을 시조로 하는 시랑공파(侍郎公派)와 사육신 하위지(河緯地)의 후손인 단계공파(丹溪公派)와 합보(合譜)를 못한 것을 개탄하고 있다.

「진양지서(晋陽誌序)」는 1757년 편찬을 마치고 붙인 서문이다. 괴와(愧窩)가 편찬한 것은 『진양지(晋陽誌)』에 대한 속지(續誌)이다. 『진양지』는 1622년 부사(府使) 성여신(成汝信), 창주(滄洲) 하징(河憕), 능허(凌虛) 박민(朴敏) 등에 의해 편집되기 시작하여 1632년에 완성되었다. 이때 봉강(鳳岡) 조겸(趙珠), 매죽(梅竹) 정승훈(鄭承勳) 등이 뜻을 함께 하여 정성을 쏟았다.

이해 8월 영조(英祖)가 각 고을에 판본(版本)으로 된 읍지(邑誌)가 있으면 홍문관(弘文館)에 바치고, 등본(謄本) 읍지가 있으면 한 벌은 수정해서 10월까지 보내라는 하교(下敎)를 내렸다.

『진양지』는 1632년 편집이 완료되었지만 판각(板刻)되어 보급된 적은 없고 필사(筆寫)로만 전포(傳布)되었기 때문에 널리 보급되지 못했다. 『진양지』는 1922년에 와서야 비로소 인쇄되어 반포되었다.

중간에 뜻있는 인사들이 속찬(續纂)을 하려고 통문(通文)을 내는 등 시도했으나, 흉년 등 여러 가지 사정으로 뜻을 이루지 못했다. 이때 영조의 하교가 『진양지』를 속찬하는 결정적인 계기를 만들었고, 진주목사(晋州牧使)의 요청으로 괴와가 편찬에 참여하여 주도적인 역할을 하게 되었다. 원래의 『진양지』와 기유년(1729)에 새로 수보(修補)한 『동국여지승람(東國輿地勝覽)』에 근거하여 상편(上篇)을 편찬해서 조정으로 보냈다. 그 뒤 인물을 정리해서 하편(下篇)을 만들었다. 상편을 조정에 보낸 뒤 다시 보완해서 전결(田結), 호구(戶口), 군총(軍摠), 창곡(倉穀) 등을 상편 뒤에 첨가하였다. 또『진양지』에 없던 충개(忠愾), 정적(政績), 문화(文華), 무용(武勇) 항목을 더 보완하였다.

이『진양지』를 편찬할 때 같이 일한 사람은 하윤익(河潤益), 이방협(李邦協), 유창수(柳昌壽) 등인데 진주향교 명륜당(明倫堂)에서 일을 하였고, 1757년 음력 10월부터 12월까지 편찬 작업을 하였다.

괴와는『진양지』편찬을 끝내고 읊은 시에서 "한 지역의 문물 터럭이나 티끌까지도 다 해야지[一邦文物罄毫埃]"라고 했으니, 아주 상세히 하려고 최선을 다했음을 알 수 있다. 그리고 편찬작업을 다 끝내고 나서 "일은 모름지기 명백하게 해야 부끄러움이 없나니, 사람이 구차하게 판단하면 어찌 전해질 수 있겠는가?[事須明白方無愧, 人苟雌黃豈有傳]"라고 읊은 구절을 보면 아주 공정하게 편찬하려고 노력했다는 것을 알 수 있다.

『진양지(晉陽誌)』를 속찬(續纂)할 때 모은 자료 가운데서 진주 출신 인물로 역대 제왕들로부터 교서(敎書), 비답(批答), 사제문(賜祭文) 등 어제(御製)의 글을 받은 것을 모아 진양규문병(晉陽奎文屛)을 만들어 향사당(鄕射堂)에다 비치하였다. 이는 진주가 인물이 많이 나는 고장임을 알려 진주 선비들의 자긍심을 높이려는 것이었다.

1757년『진양지』의 편찬을 다 마치고 임금에게 바칠 진어편(進御篇)의 서사(書寫)를 끝내 예리(禮吏)에게 맡겨 서울로 보냈다.

이때 괴와(愧窩) 등이 편찬한『진양지』는 아직까지 보이지 않는다. 다만 괴와가 지은「진양지서(晉陽誌序)」는 일제 때 정광현(鄭光鉉) 등이 편찬한『진양지』첫머리에 실려 있다.

「경서증왕고겸재선생연보후(敬書曾王考謙齋先生年譜後)」는 겸재(謙齋)의 연보를 편찬하고서 편찬하게 된 동기·기준·과정 등을 상세히 밝힌 글이다. 이 연보를 편찬하면서 제산(霽山) 김성탁(金聖鐸), 약산(藥山) 오광운(吳光運) 등의 자문을 받아 완성하였다. 겸재는 평생 벼슬하지 않고 초야에서 지냈기 때문에 비교적 일생이 단조로운 편이다. 그래서 괴와는 겸재의 생애 가운데서 역학(力學) 독행(篤行)한 점과 청수(淸修)한 지절(志節)을 밝히는 데 주력하였다.

「이빙당기(履冰堂記)」는 진주목사 임경관(任鏡觀)을 위해 지은 글인데, 백성을 다스리는 데 있어 얼음을 밟듯 경건하게 조심하는 자세로 임하라는 뜻을 담고 있다.

「제서계박공문(祭西溪朴公文)」에서는 괴와(愧窩)가 스승으로 모셨던 서계(西溪) 박태무(朴泰茂)의 별세를 애도하면서 그의 인품과 학문을 회상하고 아울러 자신을 가르쳐 준 은혜에 감사를 표하고 있다.

「통덕천서원문(通德川書院文)」은 남명(南冥)선생을 향사하는 덕천서원(德川書院)의 원임(院任)이나 헌관(獻官) 등을 선정하는 일이 공정하지 못하고 사사로운 인정에 끌리는 것을 비판하고 시정을 촉구하기 위해 보낸 글이다. 강우지역(江右地域)을 대표하는 서원인 덕천서원을 모범적으로 운영해야지, 사사로운 인정에 끌려 원임이나 헌관을 선정해서는 서원의 위상을 추락시키고 남명선생에게 욕을 끼치는 일이라고 경고하였다.

Ⅳ. 시 세계

괴와(愧窩)는 10년 동안 600여 수의 시를 지을 정도로 시를 많이 지었고, 시를 잘 지었다. 그의 시는 진솔(眞率)하면서도 청상(淸爽)하다고 앞에서 필자가 평하였다. 난삽하거나 뜻을 숨겨 모호하게 표현하지 않고 솔직하게 꾸밈없이 그대로 나타내면서도 정감(情感)이 풍부하고 표현기법은 독창적이다. 또 시 속에 자신의 감정과 생활상이 많이 들어 있으므로 그의 시는 그를 이해하는 데 있어 대단히 중요한 자료다.

다음에 내용에 따라 몇 가지로 나누어 분석하여 소개하고자 한다.

1. 인간적 고뇌

괴와(愧窩)는 강우지역(江右地域) 남명학파(南冥學派)의 계승자 겸재(謙齋)의 장증손의 장손으로 태어났으니, 선비로서의 임무가 막중하였다. 평소 그 역할도 잘하였고, 선비들의 위상을 보호하려고 노력을 많이 했다.

그러나 개인적으로는 대단히 불행하였다. 종천서원(宗川書院) 원변(院變)이 일어나던 62세 이전에 이미 다섯 명의 아들을 잃었고 두 명의 딸을 잃는 아픔을 겪었다. 그리고 뜻을 두었던 과거시험에도 끝내 합격하지 못했다.

62세부터 79세까지 겪은 원변으로 인하여 다섯 차례의 투옥되고 15년에 걸쳐 함경도 길주(吉州)에서 귀양살이를 했다. 얼마나 많은 정신적 육체적 고통을 받았겠는가? 그러나 귀양살이하던 시절의 시문은 오늘날 단 한 편도 남아 있지 않으니, 그 정황을 알 길이 없다.

1752년 55세 때 겨우 얻은 아들 성아(星兒)가 1753년 1월 27일에 태어난 진 겨우 600일 만에 세상을 떠났다. 이 이전에 괴와(愧窩)는 네 명의 아들을 잃었고, 이 아이가 다섯 번째 아들이었다. 자신은 겸재(謙齋)의 장증손으로서 가문을 이어야 하는 운명인데, 갑자기 아들이 세상을 하직하니 그 허무한 마음 금할 길이 없었다. 그 참척(慘慽)한 심경을 이렇게 시로 나타내었다.

이마가 점점 두드러져 사내 모양 되어가기에, 頭角漸成男子樣
손꼽아 먼 장래 기다리면서 하루가 열흘 같았네. 指期遙望日如旬
세상 마칠 나이가 된 애비를 차마 떠나다니? 忍能捨去臨年父
어디에서 너 같은 애를 얻어 온단 말인가? 那討得來若爾人
반짝이던 눈동자 아직도 내 눈에 남아 있고, 炯炯眼珠猶在目
분명한 얼굴 모습 어찌 티끌을 따라 사라지랴? 森森眉宇詎隨塵
아아! 이 세상에서 다시 만나볼 도리 없으니, 此生重見嗟無計
뒷날 네 아우가 태어나기를 원하노라. 惟願他時作後身

이 시에 앞서 한 수의 시가 있고, 이 시에 이어 다시 네 수의 시를 지어 슬픈 마음을 표현하였다. 그 뒤 56세 때 다시 아들을 얻어 장성했는데, 그 아들이 자손을 낳아 겨우 대를 이었다. 그러나 괴와가 원변으로 인하여 투옥되고 귀양갈 때 그 아들은 겨우 네 살이었다. 그 이후 세상을 떠날 때까지 귀양살이 하느라고 아들과 같이 살 수 없는 상황이 되고 말았다.

아들을 잃은 그 해가 저물었을 때 「세모유탄(歲暮有歎)」이라는 시를 두 수 지었다.

난리 겪다보니 한갓 껍질만 남아,	軀殼徒存喪亂經
얼굴은 주름져 보기 흉하고 머리카락은 허옇네.	面皮矗惡髮星星
옛날 친구들이 보고는 모두 웃을 것이니,	舊時儕友看皆笑
이제 정말 이상한 꼴이 되었네.	今日眞成一怪形
우러러보면 부모 안 계시고 아래로는 아들 없어,	仰無怙恃俯無兒
외로운 인생 홀로 선 모습.	孤露餘生獨立姿
수염과 귀밑머리에 눈서리 어찌 일찍 왔나?	鬚鬢又何霜雪早
하늘이 사람의 사정 봐주지 않는 것 가엾도다.	却憐天道沒人私

환갑이 다 되어가는 나이에 노쇠했는데 아들도 없이 홀로 남아 살아가는 자신의 모습이 처량하여 이런 시를 두 수 읊었다.

2. 연민의식(憐民意識)

선비는 지도자를 지향하는 사람들인데, 늘 국가와 백성들을 생각한다. 세상을 걱정하고 백성들과 동고동락하겠다는 이런 뜻이 없으면 선비가 아니다. 괴와는 남달리 백성을 걱정하고 동정하는 마음이 강했는데, 이런 의식이 그의 시에 잘 나타나 있다.

전염병으로 많은 사람들이 죽었고 수재로 농작물이 남은 것이 없고, 그 뒤 또 병충해까지 겹쳐 농민들이 살기 어려운 상황을 시로 읊었다.

부딪치고 쓰러져 못쓰게 되어 모두 삼재(三災)이니,　　　觸歙俱破共三災
과연 올해는 을해년이 돌아온 것 같네.　　　　　　　　果應今年乙亥回
걱정하시는 임금님의 말씀 이렇게도 진지한데,　　　　聖敎憂勤如許摯
하늘의 마음은 무슨 일로 좋은 것을 바꾸어버리는지?　天心何事變春臺

몇 달 동안 가물다가 비가 오니, 기뻐서 이런 시를 지었다.

영험 있는 비 한밤중에 세차게 내리는데,　　　　靈雨祁祁子夜頭
잠깐 사이에 은혜가 시내에 가득 흐르네.　　　　片時恩澤藹川流
7월에 묘가 말랐는데 능히 살아날 수 있을는지?　苗枯七月能生否
지금부터 보리 농사는 수확이 되겠구나.　　　　麥事從今庶有秋

농민들과 애환을 함께 하는 마음이 곳곳에서 베어난다.

3) 국정의 비판

선비는 자신의 기준이 있고 세상을 보는 안목이 있다. 그래서 무조건 임금에게 복종하거나 권력자에게 아첨하지 않는다. 공자(孔子)나 맹자(孟子)도 그 당시 각 나라 임금들의 잘못을 매섭게 비판하였다. 괴와(愧窩)도 선비로서 강직한 자세를 잊지 않았다.

영조(英祖) 때 새로 균역청(均役廳)을 설치하여 각종 세금을 더 거두니, 백성들에 대한 착취가 더 심해졌다. 이런 점을 강하게 비판하여 이런 시를 지었다.

백성들 껍질 다 벗겨 먹고 또 털까지 벗기니,　　　剝盡民皮又及毛
한 지역의 재물 터럭 하나까지도 다 들어가는구나.　一邦財力入秋毫
나라를 담당하여 경영하는 무리들이,　　　　　　　不知當國經營輩
상홍양(桑弘羊)이나 왕안석(王安石)과는 어떨는지 모르겠네.

　　　　　　　　　　　　　　　　　　　　何似弘羊介甫曹

이미 많은 명목의 세금이 있어 백성들이 살기 어려운데 또 균역세(均役稅)를 만들어 세금 부담을 가중시키니, 괴와는 백성들의 생활이 걱정되어 비판하는 시를 짓지 않을 수 없었다.

백성을 착취하고 형벌을 함부로 내리는 감사의 포학함을 규탄하는 시를 지었다.

> 앞에서 깃발 들고 인도하고 뒤에서는 말을 둘러쌌는데,   前導旗旄後擁騎
> 여기저기 다니면서 교화 펼치는 너 직분 과연 맡고 있는지?
>
> 馳宣爾職果何司
>
> 백성들에게 거두는데 줄여주기 청하자 멋대로 형장 휘두르고,
>
> 斂民請省盲刑杖
>
> 상소하는 선비 사유를 아뢰자 온갖 욕을 다하네.   疏士陳由肉鼓吹
> 사나운 성질에 오랑캐라 했다고 싫어하지 말게나.   鴑性莫嫌夷類字
> 오랑캐들도 오히려 성인 자손은 존경할 줄 알더군.   蠻獠猶敬聖孫兒
> 맑은 조정에서 이런 무리가 정승이 되니,   淸朝此輩能爲相
> 오늘날의 일은 알만 하도다.   時事如今亦可知

지방 수령이나 감사(監司)를 흔히 목민관(牧民官)이라고 불러왔다. 부임하여 백성들을 돌보아 부는 벼슬이란 뜻이다. 그러나 대부분의 관리들은 지방관으로 부임해 와서는 백성들을 착취하여 자기 재산을 늘린다. 그 돈으로 뇌물로 만들어 중앙의 요로에 보내면 좋은 자리로 승진해 가니, 나라 일이 잘 될 턱이 없다. 1751년 경상 감사로 온 자가 착취하기 위해 백성들을 많이 괴롭히는 것을 목도한 괴와는 이런 시를 지어 비판했다.

그리고 백성의 실상을 걱정하는 임금의 눈을 가려 자신들의 사리사욕만 취하는 정승을 비판했다. 흉년이 들어 백성들이 환곡(還穀)을 갚기가 어렵겠다가 임금이 걱정을 하자 조씨(趙氏) 성을 가진 당시의 정승이 감사들이 올린 장계(狀啓)를 임금에게 아뢰지 않고 임금을 속이는 작태를 보고서 괴와는 참지 못하여 이런 시를 지어 비판했다.

백성들은 다 벗겨 먹었으니,	民將盡劉已
충신 같지만 크게 간사한 자로다.	人似大奸忠
비록 임금님의 애써 걱정하는 마음 있지만,	縱有憂勤念
임금님 총명을 가리는 것 누가 벗길고?	誰開壅蔽聰
껍질을 벗기면 털은 어디에 붙어 있겠는가?	去皮毛豈傅
살을 베어서는 배를 채울 수 없다네.	割肉腹難充
가소롭다 간사한 조가(趙哥)여,	可笑趙姦子
나라를 유지할 수 없다는 것을 모두 잊었구나.	渾忘保障空

임금의 총명을 막아 온갖 간사한 짓을 하는 조씨 성을 가진 정승을 공격하는 시다. 공격의 정도가 아주 신랄하다. '살을 베어서는 배를 채울 수 없다'는 말은 하나의 진리다. 곧 백성을 착취해서는 나라가 될 수 없다는 말이다. 비록 괴와는 벼슬하지 않고 초야에 묻혀 지내지만, 세상을 잊고 혼자만 깨끗하게 살려는 은둔자가 아니었다. 늘 국가와 백성들의 일에 관심을 갖고서 유자(儒者)의 본분을 지켰다.

4) 정묘(精妙)한 서경(敍景)

괴와는 평생 서울도 자주 다니고 그 밖의 지방으로도 많은 여행을 했다. 따라서 많은 시 가운데는 서경시(敍景詩)가 특히 많다. 경물(景物)을 묘사하는 솜씨가 아주 뛰어나다. 괴와의 문학성은 서경시에서 가장 잘 나타난다.

그의 「숙지곡사(宿智谷寺)」라는 시는 이러하다.

날이 저물어 지곡사에 들어가,	暮投智谷寺
밤에 탐진당에서 묵었다네.	夜宿探眞堂
산의 빛은 달빛 속에 어지럽고,	山色月中亂
물소리는 구름 밖에서 길게 들리네.	水聲雲外長
일어나 보니 옥 같은 싸락눈 내려,	起看玉雪地

흩어져 금빛 꽃 마당이 되었네.   散作金花場
골짜기를 나와 고개를 돌려보니,   出洞一回首
아득히 부처의 세상이었네.   迢迢仙梵鄉

밤에 지곡사라는 절에서 묵었는데, 달빛 속의 산 그림자와 멀리서 들리는 물소리가 잘 조화를 이룬 광경을 시로 잘 표현하였다.

해인사(海印寺) 홍류동(紅流洞)을 두고 지은 시는 이러하다.

늦가을 가야산에 해가 서쪽으로 지는데,   秋晚伽倻日欲西
산에 가득한 가벼운 나뭇잎에 두 발이 잠기네.   滿山輕葉沒雙蹄
다음 날 아침 노을 낀 문을 걸어나오니,   明朝步出霞門外
굽이굽이 붉은 시냇물에 길은 잃지 않았네.   曲曲紅流路不迷

가야산(伽倻山) 해인사로 들어가는 길가에 흐르는 시내를 홍류동(紅流洞)이라 하는데, 봄에는 양쪽 산 언덕에 피어난 진달래가 반사되어 시냇물이 붉게 보이고, 가을에는 양쪽 산의 단풍이 반사되어 물이 붉게 보이기 때문이다. 그런 광경 속에서 걸으니 단풍잎에 발이 푹 빠진다. 괴와 자신이 자연에 몰입되어 일체가 된 감정을 느낄 수 있다.

진주의 산과 강이 어우러진 전체적인 모습을 옥봉(玉峰)에 있던 순천당(順天堂)에 올라 조망하고서 이런 시를 썼다.

친구 손잡고 걸어서 가장 높은 봉우리에 올라,   携朋步上最高峰
남강을 굽어보니 풀색이 짙도다.   俯瞰菁川草色濃
성 안팎으로 다닥다닥 붙은 백성들의 집이요,   撲地閭閻城內外
하늘과 구분 안 되는 교외 들판에 물은 동서로 흐르네. 迷天郊野水西東
북쪽에서 온 진산(鎭山)은 비봉산이라 이름하고,   北來鎭岳名飛鳳
남쪽으로 가는 웅장한 멧부리는 와룡산이라 하네.   南去雄岡號臥龍
오가는 길에 사람들이 많이 있는데,   多少行人來往路
마치 그림 속에 있는 듯하구나.   依然如在畫圖中

고려(高麗) 때부터 진주의 산수를 두고 읊은 시가 많이 있지만, 이 시처럼 전반적인 구도가 잘된 시는 보기 어렵다. 산, 강, 성 마을, 들판 등등 한 수의 시 속에 진주의 모든 것을 다 포괄하였다. 그러면서도 한 폭의 풍경화처럼 시가 아주 자연스럽다.

이 밖에도 그의 많은 시 속에는 남명(南冥)과 관계되는 자료, 당시의 풍속을 알 수 있는 자료, 자기 가문(家門)에 대한 자긍심, 유림의 활동, 당파를 지어 부당한 행위를 하는 선비들의 작태, 관리들의 부패상 등등을 알 수 있는 시가 많이 있다.

그의 시를 깊이 연구하면 강우지역(江右地域)의 유림활동을 비롯한 생활상과 의식구조 등을 알 수 있다.

V. 종천서원(宗川書院) 원변(院變)

1728년 영조(英祖)의 즉위에 불만을 품은 세력들이 난을 일으켰다. 경상우도의 안의(安義)에 거주하던 정희량(鄭希亮)이 기호지방에서 일어난 이인좌(李麟佐)에게 호응하여 한때 조선왕조를 위협할 정도로 전세가 대단하였다. 정희량에게 동조한 세력 가운데는 인조반정(仁祖反正) 이후 중앙정계에서 소외된 것에 대한 불만을 가진 사람들이 많았다. 난은 평정되었지만, 노론정권에서는 경상우도에 대한 경계와 의심을 늦추지 않았다.

그래서 정희량란 이후 노론정권은 영남에 대한 탄압을 강화하고, 많은 가문들을 노론(老論)이 되도록 회유를 해 나갔다. 반면 남인(南人)의 노선을 유지하는 가문에 대해서는 탄압을 더욱 강화시켜 나갔다.

이런 노론측 관료들이 반발하는 남인을 길들이는 시범케이스로 삼기 위해서 만든 사건이 바로 종천서원 원변이었다. 이 원변은 괴와(愧窩) 하대관(河大觀)의 노년기를 송두리째 화란(禍亂)의 소용돌이 속으로 몰아넣었을 뿐만 아니라 안계(安溪) 하문(河門)에 대해 심대한 타격을 주었다.

종천서원은 원래 조선 인조(仁祖)·효종(孝宗)·현종(顯宗) 삼조(三朝)의 부름을 받은 징사(徵士) 겸재(謙齋) 하홍도(河弘度)를 향사하기 위해 숙종(肅宗) 2년(1676)에 건립한 서원이었다. 그 뒤 태계(台溪) 하진(河溍), 문효공(文孝公) 하연(河演)을 추향(追享)하였다.

100년 가까이 아무런 일 없이 향사를 해 오던 종천서원에 영조 35년(1759) 겸재 위패를 출향(黜享)하는 일대 변란이 일어났다. 노론 출신의 경상감사 조엄(趙曮)과 진주목사 조덕상(趙德常)에 의해 조작된 남인 탄압사건이었다. 안계(安溪) 하씨(河氏) 집안 사람들과 이 지방 유림들이 22년간의 고난의 투쟁 끝에 마침내 사필귀정이 되어 겸재의 위패가 복향(復享)되었다.

이 화란(禍亂)의 발단은 이러하다. 남명(南冥) 조식(曺植) 이후 경상우도(慶尙右道) 지역의 유림 지도자인 겸재의 장증손인 괴와(傀窩) 하대관(河大觀)이 1757년 진주목사의 요청을 받아 『진양지(晋陽誌)』의 편찬을 주도하고 있었다. 이때 진주에 대대로 살아왔던 몇몇 집안의 사람들이 『진양지』 인물편에 자기의 선조의 이름을 넣어 달라고 간청하는 것을 괴와 등 편찬자들이 볼 적에 기준에 미달하기 때문에 넣어 주지 않았다.

그러자 이들은 반감을 품고서 당시 괴와가 주도하여 편찬 간행한 『겸재문집』과 『겸재연보』의 자구와 거기에 실린 갈암(葛庵) 이현일(李玄逸), 제산(霽山) 김성탁(金聖鐸) 등이 지은 문자를 문제 삼아, 당시의 진주목사 조덕상에게 겸재를 무함하였다. 조덕상은 이 사실을 즉각 경상감사 조엄에게 보고하였다.

무신란(戊申亂)이 일어난 뒤로 남인(南人) 유림세력이 강한 지역에는 노론(老論) 계열의 호전적인 지방관을 파견하여 남인 유림세력을 약화시키고 노론으로 회유하는 도모를 하던 시기였다. 조엄 역시 노론계 인물로서 남인의 근거지인 경상도의 유림들을 탄압할 구실을 찾고 있는 중이었다. 이 일은 두 사람에게 경상도 남인들을 꼼짝 못하게 만들 수 있는 좋은 기회였던 것이다.

조덕상은 즉각 『겸재문집』과 『겸재연보』를 검토하여 "율곡(栗谷)과 우계(牛溪)를 침범하여 헐뜯고, 윤선도(尹善道)와 허목(許穆)을 존숭(尊崇)하였다"라는 것을 죄목으로 삼아, 자기 손으로 고유문(告由文)을 지어 종천서원(宗川書院)에서 겸재의 위패를 출향(黜享)하고, 『겸재문집』 판본과 인본(印本)을 모두 불살라 버렸다. 그리고는 다시 『진주향안(晋州鄕案)』에서 겸재의 이름을 도려내어 버리고, 『진양지』에서 삭적(削籍)하기까지 하였다.

조덕상이 이런 식으로 일을 너무 부당하게 처리하자, 겸재를 지극히 존모해 오던 진주를 중심으로 한 경상우도 유림들은 강하게 반발하여 투쟁하기 시작했다. 나아가 전국의 유림들도 이에 보조를 같이 하였다. 겸재(謙齋)에 대한 모독은 곧 남명학파(南冥學派)에 대한 모독이고, 나아가 남명에 대한 모독이었다. 마침내 조정의 노론 집권층과 남인 유림들 사이에 여론을 등에 업은 논전(論戰)이 전개되어, 장장 22년 동안 계속되었다.

이렇게 되다 보니 겸재의 집안인 안계(安溪)에 세거하는 하씨(河氏)들은 가가호호의 재산을 다 기울여 이 항쟁을 계속해 나갔다. 마침내 재력이 다 고갈되어 더 이상 항쟁을 계속할 수가 없게 된 지경에 이르러 항복하는 수밖에 없었다.

이런 막다른 지경에 이르렀을 때 종천서원에 출입하던 유림 강필준(姜必儁)과 박선상(朴鮮祥)은 겸재가 억울하게 무함을 당한 사실에 분개하여, 거금을 아끼지 않고 기울여 종천서원과 하씨들을 지원하고 나섰다. 이 두 사람은 모두 당시 만석 정도의 토지를 소유하고 있었다고 한다.

결국 원변(院變)은 안계(安溪) 하씨(河氏)들의 승리로 끝나 겸재의 위패는 복향(復享)되었다. 그러나 안계의 하씨들은 이때 너무나 큰 타격을 입어 재기하기가 쉽지 않았다. 그 타격의 영향이 200여 년이 지난 지금까지도 없지 않다고 한다.

이 원변(院變)의 소용돌이에서 겸재의 장증손 괴와(愧窩) 하대관(河大觀)은 다섯 차례 투옥되었다가, 그 뒤 함경도(咸鏡道) 길주(吉州)로 유배

당하는 등 그 苦楚는 이루 形言할 수가 없었다. 그러다가 괴와는 결국 꿈에도 그리던 겸재의 복향(復享)을 보지 못한 채 1776년 세상을 떠나고 만다.

괴와가 종결짓지 못하고 세상을 떠난 이 일을 그 삼종질인 국헌(菊軒) 하달성(河達聖)이 그 뒤를 이어 고난의 투쟁을 통하여 완전하게 해결해 내었다. 국헌은 괴와가 수감되어 있을 때와 유배 당해 있을 때 괴와의 구출운동을 전개하는 일, 경상도내 각지의 유회(儒會)에 빠짐없이 참석하는 일은 물론 이 일을 해결하기 위해 한양(漢陽)을 자기 집 드나들 듯하면서 분투하였다.

이때 국헌을 22년 동안 배종(陪從)하면서 크게 도움을 준 충복(忠僕)이 있었으니, 그 이름은 이영돌(李永乭)이었다. 거구에다 지모와 담력이 출중하였는데, 상대 당이 비밀집회 하는 것을 탐지하여 그 비밀문서를 탈취해 뒷날 법정에서 승소하는 데 결정적인 도움을 주기도 하였다.

한 번은 국헌이 화급한 일로 상경하던 중 노량진(露梁津) 나루에서 배를 기다렸다. 배는 마침 강 한복판에 있었다. 그때 어떤 병사(兵使)의 행차가 건너편에 당도해 있었다. 뱃사공은 행색이 초라한 시골사람 쪽보다는 위세 등등한 병사 쪽으로 배를 돌리려고 했다. 그때 영돌이가 "빨리 배를 이쪽으로 돌리지 못할까?"라고 호령을 하니, 그 목소리가 한강변을 진동시켰다. 깜짝 놀란 뱃사공은 자기도 모르게 배를 돌려 국헌 쪽으로 먼저 대었다.

국헌이 건너편에 당도하여 배에서 내리자 병사가 먼저 인사를 청해 왔다. 상대방은 충청병사(忠淸兵使)인 홍인수(洪仁壽)였다. 먼저 국헌에게 급히 건너와야 할 사성을 물어 듣고 나서, 영돌 같은 충복을 거느리고 있는 것이 부러워서 "그 종을 나에게 넘겨줄 수 없겠소?"라고 물었다. 국헌은 "천하의 그 어떤 것하고도 바꿀 수 없소"라고 대답하고 나서, 지금까지 영돌이가 자기를 위해 정성을 다하여 일한 상황을 이야기해 주고 완곡하게 거절하였다.

이 원변의 발단은 겸재 위패의 출향(黜享)에서 비롯되었지만, 마침내 전국적으로 확대되어 노론집권 세력과 남인 유림세력과의 대결 양상으로 확대되었다. 이 일을 기회로 삼아 경상도 남인세력들의 길을 들이는 시범 케이스로 이용하려 했던 노론집권 세력의 음모는 결국 성공하지 못했다.

이 원변을 해결한 것은 국헌(菊軒)의 피나는 노력의 결과이지만, 그 당시 덕천서원(德川書院) 원장을 역임한 바 있는 정조조(正祖朝)에 영의정 번암(樊巖) 채제공(蔡濟恭)의 도움이 컸다.

결국 경상감사 조엄(趙曮)과 진주목사 조덕상(趙德常)은 삭탈관작 당했고, 이 원변의 주동자 3인은 장살(杖殺) 당했고, 여타 가담자 11인은 300리 밖으로 정배(定配)되었다. 이 일은 『조선왕조실록(朝鮮王朝實錄)』에까지 올라 있다.

정조 13년(1789) 경상도 유림들이 모여 대산(大山) 이상정(李象靖)이 지은 봉안문(奉安文)을 써서 겸재(謙齋)의 위패를 복향(復享)하였다.

오늘날 유통되고 있는 『전고대방(典故大方)』이란 책 속의 종천서원(宗川書院) 항목에 보면 향사(享祀)된 인물 가운데 겸재는 빠져 있고 태계(台溪)와 문효공(文孝公) 하연(河演)만 들어 있는데, 이는 겸재가 출향(黜享)되어 있었을 당시의 기록을 참고하여 편집되었기 때문이다.

종천서원 원변에 관계된 전후의 문건은 국헌(菊軒)에 의해 수집 정리되어 『종천서원화변록(宗川書院禍變錄)』이라는 이름의 필사본 3책으로 남아 전하는데, 사료로서의 가치가 크다.

VI. 결어(結語)

이상에서 이 책이 보존되게 된 과정, 괴와(愧窩) 하대관(河大觀)의 가계와 생애, 유고 내용, 시 세계(詩世界) 등을 고찰하였다. 『괴와유고』 가운데는 괴와 자신의 행적에 관한 자료는 많지 않다. 그리고 그의 일생을 정리한 행장(行狀)이나 묘갈명(墓碣銘)도 그 당시 지어지지 못했기 때문에 행적이 남아 있는 것이 별로 많지 않다.

　남명학파(南冥學派)에 속하는 학자들의 문집은 대체로 양이 많지 않은데, 괴와의 시문이 이 정도 남아 있는 것만으로 크게 다행한 일이다. 앞으로 정밀하게 심도 있게 연구하면 괴와 자신의 학문과 생애는 물론 겸재(謙齋) 하홍도(河弘度), 나아가 남명(南冥) 조식(曺植)의 생애와 학문 연구에도 그게 도움을 주어 강우학파(江右學派)의 전체적인 판도를 재구성할 수 있을 것이다.

『紀聞拾遺』 解題

　이 책은 二卷 二冊으로 되어 있으며, 第一冊은 九七張, 第二冊은 九五張
인데 每一張은 十行, 每一行은 二二字이다. 이 原本은 현재 日本 東京大學
圖書館에 소장되어 있다.

　이 책의 編者와 編纂年代는 알 수 없다. 다만 一卷 七二張에 蕩平策에
관한 記事가 들어있는 『北征錄』을 引用하고 있는데, 『北征錄』이란 책은
아무리 빨라도 蕩平策 실시 이후에 나온 책이니, 一七三〇(英祖六) 이후에
편찬된 책임을 알 수 있고, 이 『東野類輯』은 이보다 뒤에 이루어진 책임을
알 수 있겠다.

　이 책은 東野類輯이라는 冊題가 뜻하는 바 우리나라의 野乘筆記의 각
종 기록류에서 흥미롭고 요긴한 내용을 광범하게 채취해서 類編한 것이다.
그 分類項目은 報恩怨・刑獄(附冤枉)・識驗・技藝・器用(附古跡)・酒
食・夢寐・死亡・冢墓・地理・靈異・仙道(附僧佛寺刹・附巫覡)・娼妓
(附奴婢)・鬼神・禽獸・草木・外國・歌調・對耦・聰敏(附夙悟)・獎
詡・鑑識(附先見)・正直(附遠色)・德量・恬雅・休退・氣義(附豪放・
附氣魄・附施與)・誠實(附謹愼)・廉儉・貧多(附賄賂)・習性(附諧戲・
附詭謔・附猜忌)・報應 등으로 나누고 있다. 종래 野乘筆記類의 산만한
나열에서 進一步하여 비교적 체계를 갖추었으며 集成하였다는 점에서 이
책의 일차적 의의를 인정할 수 있다. 그리고 引用한 서책이 野乘類로부터
文集에 이르기까지 一四九種이나 되는데 그중에 「樵圃雜錄」・「崇孝錄」・
「寶錄」・「感異篇」・「震事奇聞」 등은 원책의 現傳 여부를 알 수 없으며,
그밖에도 희귀한 문헌이 많이 이용되었다. 광범한 문헌이 동원되고 특히

희귀한 자료까지 알려주고 있다는 점에 이 책의 의의를 또한 인정할 수 있다.

이 책은 興味本位의 이야기를 爲主로 하거나 이러저러한 사실의 隨聞隨記에서 그치지 않고, 典故에 參考될만한 博雅君子 必知의 記事만 選別한 것 같다. 書籍을 얻어 보기가 지극히 힘들던 舊時代에, 더욱이 中國의 歷史나 典故·制度등은 비교적 많이 알고 있으나, 우리의 歷史나 典故·制度 등에 대해서는 까마득히 모르고 있는 士大夫 일반의 知識의 偏重을 개탄하여 編者가 이러한 編著를 만들었다고 추측할 수 있겠다. 이런 점에서 國故文獻으로 의의를 또한 인정할 수 있다. 그리고 대체로 살펴보면 편자의 안목이 높고 精密한 것을 느낄 수 있다. 중요한 사항을 놓치지 않고 뽑아서 간결하고 요령있게 정리 서술한 것이다. 野乘筆記類의 叢書로서 大東野乘이나 稗林은 지나치게 造汗하고 雜駁한데 비해서 이 책은 集成을 하였으면서도 아주 緊要하게된 것이다.

이 책과 類似한 冊名의 李源命(一八〇七─ ?)의『東野彙輯』과는 調査해본 결과 重複되는 내용은 없다. 혹 同一編者가 採集한 記事 가운데 野譚短篇類는『東野彙輯』으로, 野乘筆記類는『東野類輯』으로 나누어 編輯하였을 가능성도 배제할 수 없다. 그런데 正祖 純祖 이후의 事項은 비치지 않고 있다.『東野類輯』은 李源命보다 앞선 다만 상호간에 編輯方式의 影響關係는 있는 것으로 볼 수 있다.

몇 가지 눈에 띄는 내용을 들어본다. 一冊 器用部에서 羅濟笠이란 것이 新羅·百濟에서 由來된 것으로 지금 사람들이 쓰는 羅兀일 것이고, 折風巾은 지금의 耳掩일 것이라고 考證을 하고 있다. 그리고 平壤 箕子墓가 兎山 아래에 있다는 것과, 露梁津의 死六臣墓 등의 위치를 밝히고 있다.

이 책은 不分卷된 一冊의 筆寫本이다. 전부 五〇張으로 每一張은 十二行으로 되어 있고, 一行의 글자수는 일정하지 않으며 半草의 달필로 쓰여져 있다. 原本은 日本 東京大學 圖書館에 소장되어 있다.

이 책의 編者와 編纂年代는 알 수가 없다. 다만 引用者 가운데「二旬錄」

은 具樹勳이라는 사람이 지은 것인데, 그의 生卒年代는 알 수 없으나, 英祖
二八年(一七五三)까지 活動한 記錄이 史書에 보이니, 이 책은 英祖 後半
期 以後에 編纂되었음을 알 수 있겠다.

編纂方式은 九八條의 記事를 特別한 체제로 갖추지 않고 수록하였고,
各 記事에는 題目도 붙어 있지 않다.

내용은 政界幕後談 人物評・諧謔이 대부분이고, 文學性을 가진 短篇數
의 작품이 일부 포함되어 있다. 野譚・短篇類의 성격이 섞여 있으나 野乘
筆記的인 성격이 주류를 이루고 있으므로 여기에 넣기로 한 것이다.

이 책 역시 編者 자신이 직접 叙述한 것이 아니고 대부분이 다른 책에서
옮기고 있는데, 인용서를 끝에 밝혀 놓았다. 특히 具樹勳의「二旬錄」과
辛敦復의「鶴山閑言」에서 전체 분량의 삼분의 이 이상을 인용하고 있다.
어떤 일정한 방향을 세우고 編輯한 성격의 것은 아니지만, 대체로 흥미롭
고 참신한 내용이 많이 담겨져 있다. 이 점에 편자의 취향과 眼目을 느끼게
된다.

중요한 내용으로는 먼저 六張에 있는 白頭山定界碑設立 때의 記事를
들 수 있다.

穆克登과 境界를 정할 때 우리나라 대표인 咸鏡道觀察使 朴權은 穆克
登과 같이 올라가서 경계를 정한 것이 아니고, 자신은 뒤에 남고 裨將・譯
官・斧子手등만 올려 보내어, 碑를 세워 경계를 정하게 하여 근 千里나
되는 땅을 버리게 되었다는 사실을 밝히고 있다. 여기서 우리나라 士大夫
들의 文弱한 자세를 탄식하고 있는데, 國土에 대한 관심과 民族에 대한
의식을 엿볼 수 있으며, 기록 자체는 사료로서도 중요하다.

또 二七張 李永哲의 妻가 澤瀉로 재물을 모았다는 이야기는 朴趾源의
「許生傳」에 나오는 許生의 方法과 흡사하니 퍽 흥미있는 일이라 하겠다.
그 줄거리는 이러하다.

李永哲은 閭巷人인데 집안이 심히 가난했다. 그 아내가 "男兒가 먹고 살

궁리를 해야 할 것이어늘 어찌 팔짱만 끼고 계시오?" 하니 "수중에 아무것도 없는데 어쩌겠소?"라고 답했다. 남편의 태도를 보고 그 여인은 "남편이 이 모양이니 바랄 것이 없겠으니, 내가 직접 나서야겠다." 하고는 집을 팔아 三〇〇兩을 얻어 그때 가장 흔한 藥材인 澤瀉를 교묘하게 사고 팔고하여 수십 배의 이익을 취하여 평생을 잘 지냈다.

물품을 買占하여 큰 이익을 얻은 것이 「許生傳」과 같으나, 돈을 번후 무슨 별다른 사업을 시험해 보지 않고 편안히 잘 살았다는 점에서 「許生傳」보다 훨씬 단조롭다. 十八세기 상업이 발달해가던 시대에 있음직한 이야기다.

이 외에도 李達이 庶孼이면서도 詩才가 뛰어난 이야기, 漢陽의 地勢, 崔岦이 盧守愼에게 인정받은 이야기, 謙齋의 眞景山水가 중국에서 환영을 받은 이야기 등 흥미있고 유익한 기사가 많다.

義宦과 龍山車夫는 휴머니즘의 의식을 담은 흥미로운 漢文短篇인데 이에 대한 논급은 생략하기로 한다.

原本이 半草로 쓰여져 解讀에 불편을 주고 있으나, 原本을 소개한다는 의미에서 그대로 影印에 붙였다. 이 점 讀者의 諒解를 구한다.

『澹軒集』 解題

Ⅰ. 머리말

朝鮮時代는 儒學을 숭상하여 많은 선비를 배출하였다. 특히 유학 가운데서도 性理學을 숭상하였는데 志士仁人이 많이 배출되어, 자신을 修養하여 世道를 바로잡아 인간세상을 인간답게 살 수 있는 곳으로 만들고자 부단히 노력했다. 평상시에는 항상 국가와 민족의 앞길을 걱정하였고, 知識人으로서 일반 백성들을 敎化하려고 노력하였고, 국가민족이 어려움에 처했을 때는 자신을 돌보지 않고 救國의 대열에 나서 여러 가지 활약을 하였다. 이러한 정신을 일컬어 선비정신이라 한다. 선비들이 선비정신을 발휘한 대표적인 경우가 壬辰倭亂 때의 義兵活動과 日本侵略期의 抗日運動이었다.

近世에 우리 고장이 낳은 큰 선비이자 학자인 분이 있었으니, 바로 澹軒 河禹善(1884-1975) 先生이다. 선생의 일생은 선비정신으로 일관하여 천지간에 조금도 부끄러움이 없을 정도의 處身을 하였다. 그 명성과 학문은 생존 당시 경향 각지에 두루 퍼져 있었다.

올해(1995)가 선생이 서거한 지 20주년이 되는 해이다. 아직 선생이 남긴 詩文이 간행되지 못했는데, 이제 그 肖孫 有楫氏가 그 간행을 기획하여 그 解題의 글을 필자에게 謬囑하였다. 필자의 淺學으로 선생의 學問과 詩文을 소개할 능력이 부족하지만, 그 진지한 권유를 사양하지 못하여 이 글을 쓴다.

II. 생애

선생의 諱는 禹善, 字는 子導, 호는 澹軒이다. 본관은 晋陽으로, 高麗時代 司直郞 河珍이 그 족보상의 始祖다. 그 뒤 河楫이란 분이 계셨는데 호가 松軒으로 晋陽君에 봉해졌고 시호는 元正이다. 이 분의 아들은 河允源인데 호가 苦軒이다. 고려 말기에 紅巾賊을 토벌한 공으로 晋山君에 봉해졌다. 이 분의 아들은 河自宗인데 호가 木翁이다. 軍部尙書를 지냈는데 고려의 사직이 망하는 것을 보고서 벼슬을 버리고 고향으로 돌아왔다. 이 분의 아들이 河潔인데, 朝鮮初에 大司諫을 지냈다. 이 분은 바로 世宗朝의 오랫동안 領議政을 지낸 敬齋 河演의 아우이다. 4世를 지나 河弘達이란 분이 있는데, 호가 樂窩다. 學問과 德行으로 세상에 잘 알려져 나중에 左承旨 兼經筵參贊官에 追贈되었다. 仁祖·孝宗·顯宗 3대에 걸쳐 임금의 부름을 받았고 당시의 대학자 眉叟 許穆과 절친한 벗이었던 謙齋 河弘度가 바로 그 형이다. 謙齋는 學問과 德行에 있어서 南冥 이후 제일이라고 추앙될 정도로 뛰어났다. 이 형제분을 그때 세상 사람들이 北宋의 程子 형제에 견줄 정도였다. 樂窩公의 아들이 바로 雪牕 河澈인데, 백부 謙齋先生에게서 敬義之學을 전수받아 家庭의 學問傳統으로 삼았다. 學德으로 나중에 大司憲에 추증되었다. 그 증손이 菊軒 河達聖인데, 기상이 豪邁하였고 經綸이 있었다. 이 분이 당시 老論 출신 고을원의 책동으로 야기되었던 宗川書院의 誣陷을 완전히 씻었다. 바로 澹軒先生의 6대조이다. 조부는 尼谷 河應魯인데, 學行이 있어 세상의 推重을 받았다. 「尼谷文集」 2권을 남겨 세상에 통행하고 있다. 부친은 士嵒 河載圖인데 역시 학행으로 士友間에 이름이 있었다.

선생은 1894년(高宗 31) 음력 10월 8일 子時에 晋州 서쪽 尋芳洞에서 태어났다. 이해는 바로 甲午年으로 東學徒의 蜂起·淸日戰爭 등으로 온나라가 어지러웠고, 청일전쟁에서 승리한 日本의 종용으로 朝鮮의 禮章文物을 크게 변질시킨 소위 甲午更張이 있던 해였다. 사실 이때부터 조선의 국운은 완전히 기울었고, 일본은 침략의 마수를 노골적으로 뻗쳐나가기 시작했다. 선생이 태어난 시기는 벌써 선비가 학문을 익히고 자신을 수양하여도 나아가 자기의 經綸을 펼칠 수 있는 그런 시기는 아니었다.

선생은 비범한 자질을 타고나 어려서부터 총명이 절륜하였다. 6세 때 조부 尼谷公이 六甲을 써서 선생에게 가르치면서 "오늘 안으로 이것을 익혀 저녁이 되면 다 외우도록 하여라"라고 했다. 저녁이 되어 불러 시험해 보니 과연 한 글자도 틀리지 않고 다 외웠다. 니곡공은 특별히 기특하게 여겨 사랑하여 "이 아이는 우리 집의 千里駒다"라고 말했다. 이해부터 「小學」을 배우기 시작했다.

1901년(光武 5) 선생이 8세 되던 해 당시의 대학자 俛宇 郭鍾錫先生이 尼谷公을 방문하였다. 선생은 俛宇에게 인사를 드리고 나서 질문하기를 "舜임금이 禹임금의 아버지를 죽였고 우임금이 순임금에게서 천하를 물려받았으니, 자식의 도리로서 옳은 일이겠습니까?"라고 하자, 면우는 대답은 하지 않고 칭찬하면서 遠大한 인물이 될 것으로 기대하였다. 이 질문은 비록 8세 아동의 입에서 나왔지만, 역대의 선비들 사이에서 계속 논란의 여지가 있어 왔던 상당히 수준 있는 문제였다. 이에서 선생의 세상을 보는 안목이 어릴 때부터 이미 평범한 사람들과는 달랐다는 것을 알 수가 있다.

1903년(光武 7) 10세 되던 해 능히 시를 지을 줄 알았다.

1908년(隆熙 2) 15세 되던 해 글방 선생을 따라 武夷山에서 글을 읽었는데, 독려하기를 기다리지 않고도 스스로 課程을 정하여 공부하여 크게 진보가 있었다.

1911년 18세 되던 해 여러 師友들과 함께 慕寒齋에서 글을 읽고 있다가, 安重根 義士가 침략의 元兇 伊藤博文을 射殺했다가 旅順監獄에서 사형당했다는 소문을 들었다. 선생은 憤然히 祭文을 지어 애도했는데, 그 글이 당시 인구에 회자되었다. 당시는 倭占期로서 안중근 의사를 칭찬하거나 동정할 수 없는 상황이었다. 倭警이 듣고서 선생을 체포하려 하여, 부득불 固城·泗川 등지에서 수개월 동안 피신하여 화를 겨우 면할 수 있었다.

1914년 21세 때 居昌의 茶田으로 俛宇先生을 찾아뵙고 執贄하고서 經典의 뜻을 물었다. 면우는 "子導(선생의 자)의 높은 견해가 이미 여기까지 꿰뚫었구나! 후일의 성취를 예측할 수 없겠도다"라고 탄복했다.

1916년 23세 때 水谷의 落水庵에서 夏課를 열었다. 마침 인근의 이름 있는 선비 克齋 河憲鎭·柏村 河鳳壽 같은 분들이 거기서 피서를 하고 있어 많은 도움을 받았다. 이해 겨울에 조부 尼谷公이 세상을 떠났다. 부친 士窩公이 아주 엄격하게 居喪하여 廬幕 밖을 나오지 않으므로, 선생은 부득불 집안 일을 대신 맡아 처리했다.

1919년 26세 때 俛宇 郭鍾錫의 장례에 참석하였다. 재작년 가을에 다시 茶田으로 면우를 찾아뵙고 經典의 뜻을 물었는데, 그때가 마지막으로 뵈었던 것이다.

1920년 27세 때 다시 某鹿山房에서 夏課를 열었다. 이때 晦峯 河謙鎭이 이곳에 講席을 차리고 있어 그 강의를 들었다. 이해 겨울에 매부 朴洛鍾이 찾아왔다. 그는 걸출한 인물로 光復運動에 참여하기도 했다. 여러 날을 두고 고금 여러 나라의 흥망성쇠에 관하여 토론하며, 우리나라가 망한 것에 비분강개하였다. 박락종은 그 뒤에도 찾아와 시국에 대해 이야기하고, 광복운동 등에 대해서도 비밀히 논의하였다.

1930년 37세 때 嶺南의 대학자들을 두루 방문하여 學問을 講論하였다. 이때 먼저 咸安으로 一山 趙昺奎를 방문하고, 그 다음 密陽으로 가 小訥 盧相稷을, 다시 북쪽으로 安東으로 가 晴山 權相翊, 東田 李中均 등을 방문하고, 돌아오는 길에 玄風으로 深齋 曺兢燮을 방문하였다.

1931년 38세 때 부친상을 당하였다. 몸을 상할 정도로 아주 슬퍼하며 엄격하게 禮制를 지켜 居喪하였다.

1934년 41세 때 9대조인 雪牕先生의 實紀와 조부 尼谷公의 文集을 편집하여 모두 간행하였다. 그리고 慕寒齋에서 慶尙右道 일원의 儒林을 규합하여 설창선생을 위한 계를 창립하였다. 柏村 河鳳壽와 함께 「月村先生師友錄」을 편찬하였다. 月村은 謙齋先生의 學統을 이었고, 선생의 조부 니곡공은 월촌의 제자였으므로 선생의 학맥이 연결되는 관계에 있었다.

1937년 선생이 44세 되던 때부터는 倭人들의 壓政이 날로 악랄하여져 우리 동포들을 갖은 가혹한 방법으로 괴롭혔다. 당시 왜인들의 體制를 부정하는 사람들은 保髮하는 방법을 통해서 왜인들의 통치에 저항하였다. 이때에 이르러서는 强制 削髮의 회오리바람이 더욱 세차게 몰아쳤다. 선생은 고향집에서 살지 못하고 행정구역이 다른 水谷의 潮溪村에서 피신하였다. 이때 사정이 아주 긴박하여 인근 마을인 土谷에조차 출입할 수 없었다. 倭警 高塚은, 선생이 나이 젊은 사람이면서 보발하고 있는 것을 더욱 미워하여 꼭 강제로 깎고 말려고 했다. 그러나 왜인의 법에도 죄가 없는 사람을 공연히 체포할 수는 없게 되어 있었고, 또 관할구역 아닌 지역에 사는 사람은 구인할 수 없도록 되어 있었다. 이 직전에 선생이 여러 士友들과 九拙契를 조직하여 어울렸는데, 親日走狗들이 이를 강제삭발에 저항하기 위한 단체라고 誣告하여, 왜 순사가 체포하려고 하다가 자기 관할구역에 있지 않자 상급관청에 이첩하였다. 支署長, 晉州警察署長 등이 선생을 호출하였고, 나중에는 道警務局에서까지 호출하였다. 이에 선생은 노하여 꾸짖기를 "나는 터럭만한 죄도 없거늘 이렇게 곤욕을 가하느냐? 자네들은 무엇 하는 자들인가?"라고 하니, 警務局長이 절을 하며 사과하고 돌려보내면서 각급 지방 경찰관서를 문책하였다 한다. 그 뒤에도 보발 때문에 밀고하는 사람이 있어 여러 차례 곤욕을 치루었지만, 선생은 끝내 왜인에게 굽히지 않았다.

1939년 46세 되던 해 각처 儒林에 通文을 보내 유림들을 慕寒齋에 크게 모아 續契를 만들었다. 그 목적은 謙齋선생의 講學處이고 옛날 宗川書院이 있던 慕寒齋를 크게 보수하고 모한재 소유의 재산을 증식하여, 유림에 의미 있는 사업을 하려는 것이었다. 이때 참석하여 계원으로 가입한 유림이 수백 명에 이르렀으니, 선생의 연세가 얼마 되지 않았지만 儒林社會에서의 영향력이 이미 어떠했는지를 가히 짐작할 수 있겠다. 이해에 德川書院의 靑衿錄刊所에 가서 「靑衿錄」 교정에 참여하였고, 그 간행을 주관하였다.

1940년 47세 되던 해 大邱에서 「嶺南文獻錄」이 간행되었다. 그러나 이 책은 잘못 편찬되어 謙齋 河弘度 같은 대학자가 누락되었다. 선생은 이 일 때문에 수십 차례 간행소를 왕래하여 드디어 바로잡았다. 이때 慶北地方의 많은 명망 있는 선비들과 교류를 하며 학문을 토론하고 시를 唱酬하였다.

1942년 49세 되던 해 여러 벗들과 함께 閑山島 忠烈祠를 참배하고, 洗兵館 등을 둘러보고 시를 지어 감회를 읊었다.

1943년 50세 되던 해 가족을 이끌고 다시 尋芳洞으로 돌아왔다. 전에 강제삭발 등의 일로 晉州城 안으로 옮겨 살다가 이때 다시 원래 살던 곳으로 돌아온 것이다. 당시 서울에 거주하던 漢文學의 兩大家 詹園 鄭寅普와 山康 卞榮晩이 명성이 자자했는데, 이 분들이 晉州에 오게 되었다. 선생은 이분들과 더불어 古今의 詩文에 대해 담론하였다. 두 분은 선생을 높이 평가하여 '남쪽 지방의 명망 있는 선비'라고 칭찬하였다.

1945년 드디어 光復이 되어 倭의 壓制의 굴레에서 벗어나게 되었다. 선생은 이때의 감회를 『秦字韻十二絶』을 읊어 나타내었다. 그러나 선생은 사람들이 무리를 지어 지나치게 요란하게 활동하여 세상을 어지럽게 하는 일을 미리 경계하였다. "우리들이 비록 모진 목숨을 부지하면서 엎드려 살았지만, 36년 동안 가슴 가득한 뜨거운 피가 있었는데 光復을 맞이하여 어찌 한 마당 축하가 없을 수 있겠는가? 그러나 떼를 지어 사람들의 이목을 놀라게 해서는 안된다"라고 했다. 과연 선생의 우려가 나중에 현실로 나타나 우후죽순처럼 생겨난 각종 난체는 광복된 조국을 혼란하게 만들었고, 좌우로 갈려 피를 흘리기까지 하였다.

1953년 선생의 弟子들과 이 지역 儒林을 주축으로 한 士山書堂 儒契가 창립되었는데, 창립계원이 200여 명이나 되었다. 선생에 대한 여러 사람들의 推仰의 정도를 짐작할 수 있겠다.

1956년 德川書院 院任에 추대되었다. 이때부터 南冥先生을 위한 사업에 정성을 다 쏟았다. 덕천서원 원임뿐만 아니라 慶尙道 각지의 書院・祠宇의 院任이나 獻官 등의 望記가 선생에게 계속 날아 들었다. 이 사실을 통해 선생이 당시 유림사회에서 지도적인 위치에 있었다는 것을 알 수가 있다.

1957년 덕천서원 儒契를 창립하고, 이어 덕천서원의 東齋를 창건하였다. 이때 全道儒林의 결의로 「德川師友淵源錄」을 編刊하기로 하였고, 선생이 이 일을 주관하게 되었다. 이 사업을 시작하자 南冥의 후손들과 의견이 맞지 않던 일부 儒林들이 이 일을 힘써 저지하여 일이 난관에 봉착했지만, 선생의 결심은 조금도 흔들리지 않고 계속하여 일을 추진하였다. 뜻을 같이하지 않는 유림들을 同參시키기 위하여 通文을 지어 서원 등 여러 유림단체에 보내기도 했다.

1959년 지역의 선배 학자인 河鳳壽의 문집인 「栢村集」 編刊의 일을 맡아추진하였다.

1961년 「德川師友淵源錄」이 드디어 완성되었다. 선생은 이 책 編刊의 기획, 體裁의 확정, 事業推進, 反對派와의 論辨 등을 주도적으로 맡아 해냈다. 이 책의 凡例와 跋文, 또 이 책의 완성을 南冥先生의 祠堂에 告하는 告成文을 손수 지었다.

1964년 제자 및 이 지역의 유림들이 선생의 讀書와 講學을 위하여 尋芳洞에 三間 규모의 書齋를 지었는데 士山書堂이라고 이름하였다. 본래 제자들과 유림들은 상당히 넓은 공간의 서재를 지을 계획을 갖고 일을 추진하였으나, 儉朴한 성격의 선생이 끝까지 허락하지 않아 결국 三間으로 지을 수밖에 없었다. 이 이후로 선생은 이곳에 거처하면서 士友들과 經書를 講論하기도 하고 後進들을 가르치기도 하였다. 그 다음해 사산서당의 낙성식에는 경향 각지의 유림 200여명이 참석했는데, 이때 鄕飮酒禮를 거행하여 옛 선비들이 지키던 禮法을 재현해 보였다.

1966년 제자 몇 명과 서울을 유람하였다. 먼저 咸陽을 지나다가 灆溪書院을 참배하고, 居昌・南原・扶餘・鷄龍山・恩津・大田을 거쳐 서울에 도착하여 몇일 동안 옛 궁궐과 여러 명승을 돌아보았다. 돌아오는 길에 清道에 들러 逍遙堂 朴河淡의 옛 자취를 둘러보고 돌아왔다.

1967년 제자들과 南海를 유람하였다. 선생은 정신력이 대단하여 평생토록 자신의 물건을 분실한 적이 없었는데, 이때 남해 錦山 정상에서 담뱃대를 떨어뜨린 것이 평생 처음으로 물건을 분실한 것이라고 하니, 다른 모든 처신이 얼마나 정확했는지를 미루어 짐작할 수 있겠다.

1971년 선생의 제자들이 청하여 서울에 거주하던 漢學大家 于人 曺圭喆이 士山書堂記를 지어 보냈다. 우인은 이 記文에서 선생의 훌륭한 學德을 오늘날의 세상에서 그 가치를 모르기에 쓰일 기회를 얻지 못하고, 초야에 묻혀 홀로 자신을 올바르게 처신하며 후진을 지도하면서 지내는 현실을 안타까워하였다. 그리고 선생을 흠모하여 사산서당을 꼭 한 번 방문하기를 희망하였다.

1974년 孔子의 77代 宗孫 孔德成이 선생을 위하여 선생의 아호 澹軒을 篆額으로 써서 보냈다.

1975년 9월 27일 새벽 2시에 일어나 글을 암송하던 도중 정신이 혼미하여져 의식을 잃고 있다가 4시에 세상을 떠나니, 향년 82세였다. 踰月葬으로 살던 곳에서 멀지 않은 東山 申坐의 언덕에 장사지냈다. 이때 祭文이나 挽詞를 지어 들고 와서 애도하는 유림이 매우 많았다.

선생의 行狀은 제자 河東根이, 墓碣銘은 曺圭喆이, 墓誌銘은 제자 鄭直教가 지었다.

Ⅲ. 學問과 思想

先生의 學問은 謙齋 河弘度에서 확립되어 樂窩 河弘達, 雪牕 河澈을 거쳐 조부 尼谷에까지 계승되어 온 家學에 근원하였다. 謙齋의 학문은 南冥의 敬義之學에 근원을 두었으니, 곧 안으로 마음을 바로잡는 敬과

밖으로 처신을 옳게 하는 義를 바탕으로 하는 실천 위주의 학문이었다.

선생은 南冥의 학문에 대해서 아주 尊崇하였다. 선생은 「德川師友淵源錄跋」에서 남명의 學問의 位相과 後世에 끼친 영향에 대해서 이렇게 인식하였다.

> 우리 東方의 道學은 明宗·宣祖 때보다 더 성한 때가 없었는데, 반드시 朱子로 依歸處로 삼아서 옛 聖賢의 도를 크게 밝힌 사람으로는 南冥老先生을 推崇할 수가 있다. 선생은 東方에 일찍이 없었던 人豪다. 그 학문은 敬義를 위주로 했고, 忠信으로써 근본으로 삼았다. 참되게 쌓고 오래도록 힘써 여러 先儒들의 학문을 集大成하였으니, 의심할 것 없이 우뚝히 萬世의 師表이다. 비록 옛 성현이라 해도 혹 이보다 더 나을 수는 없을 것이다. 대개 그 전래된 學統이 있고, 여러 어진이들이 그 뒤를 이어 다스림과 敎化가 융성하여 우리 동방으로 하여금 능히 歷代의 文物制度를 보전하여 禮儀와 文化가 있는 나라가 될 수 있도록 한 것은 실로 선생이 열어준 것이다.

南冥은 우리나라가 낳은 가장 큰 學者로서 여러 先儒들의 學問을 集大成하여, 그 수준이 옛 성현에 비해서도 손색이 없을 것이라고 할 정도로 남명의 학문을 대단히 尊崇하였다. 그리고 우리나라가 지금까지 예의와 문화를 잘 보전하고 있는 것은 선생의 남긴 영향이라고 했다. 儒學은 본래 사람들의 정신적인 삶의 길을 제시하고, 나아가 사회를 先導하는 역할을 한다. 그래서 "성인은 百世의 스승이다"라고 孟子가 일찍이 말했다. 성현의 가르침이 백세를 지나도록 사람들에게 精神的인 方向을 제시하고 힘을 주기 때문이다. 南冥先生의 역할이 朝鮮 中期 이후 우리나라 사람들의 精神界에 끼친 영향도 이와 같았다고 선생은 보았던 것이다.

南冥의 "敬義는 우리 집의 해와 달이다"라는 말을 더 발전시켜 「知行合一辨」을 지어 知行에 관한 주장을 피력하였다.

> 우리 南冥先生은 "敬義는 우리 집의 해와 달이다"라고 하셨는데, 나는 知行을 우리 집의 해와 달이라고 말하고자 한다. 대개 달은 해의 그림자이지

마는 하나로 합칠 수는 없다. '行'이란 아는 것을 실천하는 것이지만 하나로 합쳐서는 안된다. 그래서 옛날부터 성현들이 반드시 '致知', '力行', '眞知實踐'이라고 말했다. 또 나누어서 두 개로 볼까 봐, '비록 先後로써 말할 수 없지만, 결국은 知가 行에 앞서는 것이다', '아울러 나간다', '서로 필요로 한다'라고 말했을 따름이다. 만약 합쳐서 하나로 만들어 폐단이 없다면, '知'자 하나만 해도 족한데, 어찌 꼭 어지러이 '行'자를 더하여 번거롭게 하였겠는가? 나는 王陽明의 知行合一說에 대해서 깨뜨리지 못할 의혹이 있다. ……저 왕양명은 아는 것이 朱子의 수준에 미치지 못하면서도 이런 說을 만들어서 천하 사람들의 歡心을 사려고 했으니, 그 말이 그 행동을 가리지 못하는 사람이라 하겠다. 주자는 '知行'에 대해서 논하기를 "수레에 두 바퀴가 있는 것과 새에 두 날개가 있는 것과 같다", "성현의 학문은 天理를 알고 천리를 행하는 것일 따름이다"라고 했다. 이런 論理에서 구한다면, 왕양명의 지행합일설은 分辨하지 않아도 저절로 밝혀진다. 知行 어느 한 쪽으로도 치우칠 수가 없다는 것을 안다면, 비록 우리 집의 해와 달이라 해도 괜찮을 것이다.

선생은 사람과 '知行'의 관계를 하늘의 해와 달의 관계로 보았다. '知'나 '行' 하나도 없어서는 안되는 이치는 하늘의 해와 달을 합쳐 하나로 할 수 없는 이치와 같다고 보았다. 朱子의 說을 인용하여 王陽明의 知行合一說의 虛誕한 점을 여지없이 說破하였다. 南冥의 "敬義는 우리 집의 해와 달이다"라는 말도 '知行' 어느 쪽도 없어서는 안 된다는 논리를 더욱 심화시킨 것으로 보았다.

이런 까닭에 南冥學을 繼承·發揚하는 사업에 착수하면서 "우리 先祖들이 우러러 존경하던 분이고, 우리 선조들이 하려다가 다 하지 못한 일이니, 선조의 뜻을 받들어 정성을 다하겠다. 謙齋先祖가 일하던 방법에 따라 일하겠다"는 자세로 이 사업을 맡아 하였다. 『德川師友淵源錄』은 韓國學 術史·思想史의 연구에 보배로운 자료이다. 이를 편집·간행하는 일을 주관한 선생이 韓國 學界에 남긴 業績 또한 크다 하지 않을 수 없다. 본래 南冥門人錄에 해당되는, 无悶堂 朴絪이 편집한 『山海師友淵源錄』이 있었다. 이 책은 南冥의 門人들에 관한 傳記資料를 맨 처음으로 모아 정리한

功은 있지만, 南冥學派의 學統만을 일괄하여 정리한 것은 아니고, 南冥
門下에 출입한 제자들의 단순한 傳記資料를 수집한 것에 불과하여 분량은
아주 많아도 정작 南冥學派의 學統을 일목요연하게 알 수 있는 것은 아니
었다. 그리고 누락된 弟子도 적지 않았다. 역대로 계속해서 慶尙右道 일원
의 儒林들은 이 책의 補完, 再整理가 필요하다는 인식을 같이 해왔지만,
선생의 시대에 이르도록 착수하지 못하였다. 선생이 이 일을 주관함으로
인해 드디어 『德川師友淵源錄』이 세상에 나오게 되었다. 『德川師友淵源
錄』은 『山海師友淵源錄』에 실린 인물은 다시 새로운 체재에 따라 정리하
여 수록하는 한편, 諸賢의 文集 및 여러 文獻을 조사하여 많은 자료를
보충하였고, 南冥을 私淑한 인물의 자료까지 다 실었다. 각 인물의 傳記的
인 자료는 字·號·貫鄕·官職·諡號·享祀 등의 자료를 먼저 싣고, 忠
節·孝行·文學·行誼 등이 특별한 사실이 있으면 기재하고, 南冥先生과
관계 있는 詩文을 압축하여 실어 南冥學派의 學案 및 德川書院의 歷史로
서의 기능을 충분히 갖추도록 편찬했다.

先生은 俛宇 郭鍾錫과 晦峯 河謙鎭을 스승으로 삼아 자신의 학문의
경지를 더욱 확대하였는데, 두 선생도 모두 南冥의 敬義之學을 尊崇하였다.

선생은 朝鮮 後期까지도 계속 온나라 學界를 풍미했던 理氣說을 모르
는 바는 아니었지만, 이기설은 이미 穿鑿하는 경향이 지나치고 實用性이
없다는 것을 간파하고는 理氣의 論議를 중요시하지 않았고, 그에 관계된
글도 짓지 않았다. 그래서 선생의 문집에는 이기설에 관한 글이 거의 없다.

선생은 讀書에 있어서도 치밀하게 분석하여 완전히 이해할 것을 강조하
였다. 절친한 벗 某氏의 독서 태도에 대해서 이렇게 주의를 환기시켰다.

그대가 지은 글을 보니, 한갓 장황하고 지리하여 딱 들어맞지 않은 말이
많고 文理가 이어지지 않는 곳도 많았소 이런 까닭에 그 가운데서 삼분지일
만 남기고 대부분 다 고쳐 면모를 완전히 새롭게 했소 그대가 평소에 옛사람
의 글을 읽는 것을 보았더니, 늘 통채로 우물우물 삼키는 좋지 못한 버릇이

있기에 내가 싫은 소리 듣는 것도 모르고 계속해서 충고해 왔었소. 이제 그대의 著述을 보니, 전날 그대가 통채로 우물우물 삼켰던 것이 해독이 되었다는 것을 알 수가 있소. 이 이후로는 부디 글을 지을 때 장황하고 지리하게 하지 말고 簡明하게 하는 것을 위주로 하는 것이 어떻겠소?

선생은 철저하게 분석하여 글의 뜻을 완전히 이해해야만, 簡潔하면서도 내용이 깊은 글을 지을 수 있다고 생각했다. 그리고 글을 읽을 때는 옛날의 훌륭한 사람처럼 될 수 있다고 스스로 기약할 것을 주장하였다. "글을 읽을 때는 반드시 훌륭한 옛 사람처럼 되겠다고 스스로 기약해야 한다. '내가 어떻게 감히'라는 말을 하지 않는다면, 완전한 경지에 이르지 못할까를 걱정할 것이 없다"라고 하여, 독서하는 사람들은 목표를 원대하게 가져 자기 발전의 가능성을 크게 잡으라고 권하고 있다.

선생의 出處觀은 훌륭한 옛 선비와 꼭 같았다. 때가 아니면 나가지 말아야 한다고 생각했다. 선생은 "선비가 때를 만나고 못만나고는 다 때가 있는 것이다. 진실로 마땅히 德에 나아가 자신의 일을 해나가기를 더욱 부지런히 하여 自强不息해야 한다. 세상에 적당히 맞추어 살면서 자신의 앞길을 막아서는 안 된다"라고 하여, 언제나 자기의 志操를 지키면서 자신의 수양과 실력향상에 노력해야지, 세속에 아첨하면서 사람의 도리를 잃어서는 안 된다는 점을 강조하고 있다. 선배인 栢村 河鳳壽라는 분이 서울로 가서 무슨 일을 맡으려고 했을 적에 선생은 후배로서 지금은 나갈 때가 아니고 自重할 때라고 간곡히 말렸다.

선생은 언제나 儒學의 傳統이 끊어질까 하여 매우 우려하였다. 그래서 세상을 떠나기 직전까지 후진을 지도하였고, 儒林의 일에 적극적으로 참여하였다.

朝鮮 宣祖朝부터 조선이 망할 때까지 고질적인 病弊가 되어 왔고 선비들 사이에 近年까지도 없어지지 않았던 黨派에 대해 선생은 "우리 儒道는 無偏無黨한 것을 귀하게 여긴다. 是非曲直이 있는 곳에는 公平한 마음으

로 처신하는 것이 옳다"라고 하여, 당파적인 偏見을 불식할 것을 주장하였다. 실제로 德川書院을 둘러싸고 수백 년 동안 黨派로 인한 반목이 계속되어 같은 지역에 사는 유림들끼리 相從을 하지 않는 경우가 있었는데, 선생의 노력으로 그 장벽이 비로소 허물어졌다.

일반적으로 후대로 올수록 선비들은 책 읽는 것만 숭상하고 산업을 천시하는 경향이 있었다. 선생은 이런 생각을 옳지 않다고 보았다. 선생은 "上古時代의 사람들은 농사를 지어서 먹고 살지 않는 사람이 없었고, 선비들 또한 농사를 지어야만 했다. 지금 사람들은 그렇지 않아 농기구를 잡기를 부끄러워하고 평생토록 책상 앞에서만 애썼지만, 처자가 추위에 떨고 굶주리는 일을 면하지 못한다"라고 생각하였다. 현실생활을 모르고 책만을 읽는 선비의 태도는 옳은 선비의 길이 아니라고 선생은 보았다. 입으로는 治國平天下를 늘 말하면서 자기집 끼니도 잇지 못하는 선비는 때를 만나 어떤 重責을 맡는다 해도 무슨 일을 해낼 능력이 있을 수 없다는 말이었다.

선생은 변통성 없는 고루한 선비들과는 달랐다. 嶺南地域에서는 예전에 부모의 肖像畫가 있는 경우 三年喪을 지내고 난 뒤 무덤 앞에 묻었다. 선생은, 이런 방법은 人情에 맞지 않다고 생각하여 淨潔한 곳에 따로 보관하였다가 祭祀 때 奉安하는 것이 좋겠다고 생각하였다. 옛날의 禮法만을 墨守하는 자세가 아니라 시대적인 상황에 맞게 裁斷하였다.

南冥의 敬義之學의 학통을 계승한 家學에 바탕하여 학문을 이룬 선생은 일생 동안 곧은 선비정신을 지키면서 처신하였다. 그렇다고 완고한 守舊的인 儒者와는 달리 시대적인 상황에도 어긋나지 않는 군자의 時中之道를 잘 실현하였다.

IV. 爲人과 行跡

선생은 평생 선비의 길을 걸어갔다. 그래서 평생 하늘과 땅에 부끄러움

이 없이 살고자 노력하였다. 그 氣像은 謹嚴하여 감히 범할 수 없었고
風貌는 莊重하였고 성품은 剛直하였다. 그러나 마음속은 慈詳하여 남의
일을 도우려 하였고 정성을 다하여 제자들를 가르쳤다. 집안을 다스리는
데는 法度가 있었고, 벗과 사귈 때는 信義가 있었다. 일을 처리할 때는
치밀하게 하였다. 특히 眼光이 炯炯하여 다른 사람이 감히 마주 쳐다보지
못할 정도였고, 사물을 보는 洞察力이 아주 예리하였다.

선생은 남달리 기억력이 비상하였다. 한번은 제자들과 함께 서울 가는
길에 咸陽의 灆溪書院을 참배하고 나서 서원에 걸린 記文을 한 번 읽어
보았다. 그 다음 날 저녁에 南原에서 묵었는데, 저녁을 먹고 나서 제자들과
담소하다가, 남계서원 이야기가 화제가 되었는데, 선생은 灆溪書院記文을
한 자도 틀리지 않고 다 외웠다. 같이 모시고 같던 제자들이 모두 敬服하였
다. 그때 선생의 연세는 이미 73세였다. 이 사실은 그때 선생을 모시고
함께 갔던 제자가 직접 한 이야기이다. 이러한 기억력은 남보다 뛰어난
학문을 이루는 데 바탕이 되었을 것이다.

선생은 정신력이 뛰어나 평생에 담뱃대 한 번 떨어드린 것을 제외하고
는 물건을 잃은 적이 없었다는 것은 앞에서 이야기하였다. 그리고 돌아가
시기 바로 직전까지도 글을 암송하고 있었다는 것은 얼마나 정신력이 강
했던가를 말해 준다.

선생은 言論이 峻嚴하고 正當하여 義理를 잘 밝혔다. 德川書院에서『德
川師友淵源錄』을 편찬할 때 반대하는 인사들의 通文에 대하여 반박하는
통문은 선생이 거의 다 맡아 썼는데, 論理가 整然하고 반박이 날카롭다.

가까이 지내는 사람이나 사랑하는 사람이 잘못을 했을 때는 조금도 가
차없이 嚴格하고 峻切하게 꾸짖어 반성하여 고치도록 했다.

선생은 儒道를 守護하거나 先賢을 推仰하는 일에 정성을 다하였다. 儒
學의 脈을 繼承시켜야겠다는 使命感에서 제자들을 가르칠 때도 정성을
다하여 가르쳐 쉽게 알아들을 수 있도록 애를 썼다.

『德川師友淵源錄』편찬의 일로 몇몇 지역의 상당히 많은 儒林들이 通文

을 돌리면서 이 사업을 저지하고 선생을 공격했지만, 선생은 조금도 흔들리지 않고 일을 추진하여 마침내 책을 編刊하였다. 이 책은 南冥先生의 學問의 性格과 位相을 세상에 알리고 南冥學의 傳承過程을 일목요연하게 알아 볼 수 있도록 한 가치가 있을 뿐만 아니라, 朝鮮後期 慶尙右道 지역의 學術史·人物史로서의 가치도 대단히 큰 것이다. 만약 그때 일부 儒林의 반대로 이 사업을 중단했더라면 상당히 많은 자료가 인멸되어, 오늘날 南冥學 硏究에는 물론이고 韓國人物史·學術史에 적지 않은 손실을 초래했을 것이다.

倭占時代에는 불굴의 抵抗精神으로 일관하였고, 光復 이후에는 先賢들의 宣揚事業에 전념하여 西洋風潮의 범람으로 어지러워져 가는 세상을 바로잡고자 노력하였다. 선생의 시대는 세상 사람들이 이미 儒學의 참된 가치를 몰라 헌신짝처럼 버리고 공리만을 추구하는 사람들이 대부분이었다. 그러나 선생은 유학의 등불을 지켜 세상을 밝히려고 노력하였다. 당시의 시대적 상황으로는 마치 한 잔의 물로 한 수레의 땔나무에 붙은 불을 꺼려는 일과 같아 무척 힘들었지만, 선생은 자신의 힘이 닿는 데까지 최선을 다했다. 오늘날 세상에는 儒學을 다시 重視하는 氣運이 다시 돌아오고 있으니, 선생의 학덕도 다시 빛을 발하게 될 것이다.

선생은 어지러운 세상에서 名利를 추구하려는 뜻은 조금도 없었고 澹泊하게 바람에 흔들리는 푸른 대나무 숲에 둘러쌓인 士山書堂에서 천 권의 藏書를 벗삼아 옛 聖賢들의 글을 즐겨 읽다가, 벗이 찾아오면 학문을 논하고 가르침을 청하는 사람이 찾아오면 글을 가르쳤고, 때때로 글을 지어 자신의 뜻을 나타내었다. 선비가 때를 만나면 세상을 救濟하고 때를 만나지 못하면 자신을 修養하면서 後進을 양성한다는 孟子의 말을 그대로 실천한 것이다. 선생의 雅號 澹軒도 이런 생활태도를 반영한 것이다.

선생은 아주 合理的이고 科學的인 思考를 가진 분으로 세상에 유행하는 미신이나 근거 없는 이야기 등을 믿지 않았다. 그래서 「牛女辨」이란 글을 지어 牽牛星과 織女星이 매년 7월 7일에 까치가 놓아 주는 다리를 통해

은하수를 건너 한 번씩 만난다는 이야기는, 好事家들이 『詩經』에 나오는 두 별의 이름에서 敷衍시켜 지어낸 근거 없는 이야기라는 것을 증명하고 있다. 두 별에게 대고서, 혹은 바느질 솜씨를 좋게 해달라고, 혹은 長壽하게 해달라고, 혹은 富貴하게 해달라고 세상 사람들이 다투어 빌어 왔는데, 이야말로 터무니없는 無知한 짓이라는 것을 증명하였다.

선생은 사람을 함부로 사귀지도 않았고, 꼭 出入해야 할 곳이 아니면 출입하지도 않았다. 그래서 인근에 사는 사람들이 선생이 한 번 출입하면 유림에 무슨 중요한 일이 있다는 것을 짐작할 정도였다고 한다.

선생은 사람을 대할 때는 곧은 말로 충고하기를 꺼리지 않았다. 일반적으로 친구나 사람을 사귈 때 듣기 좋은 말을 하고 지내는데, 선생은 벗은 물론이고 심지어 선배들에게도 그 사람의 결점이 있으면 충고하였다. 「答吳德彦書」에서 "저가 세상 사람들의 서로 사귀는 것을 보니, 대개 다 아첨하고 듣기 좋은 말로 듣기에 즐겁도록 하여 듣는 사람으로 하여금 마음으로 만족하고 기세가 높게 만들어, 교만하고 자랑하는 습관은 날로 자라나고 삼가고 조심하는 노력은 날로 줄어들게 하여 끝내 한평생을 그릇치면서도 그렇게 되는 줄을 모르게 만듭니다. 세상에 어찌 忠直한 벗이 충직한 말로 충고하는 일이 없겠습니까? 다만 능히 행하는 사람이 없는 것입니다" 라고 하여, 세상에 진정하게 다른 사람의 장래를 위하여 충고해 주는 사람이 없는 것을 개탄하고, 선생은 다른 사람의 장래를 크게 위하여 일시적인 마찰을 두려워하지 않고 충고의 말을 서슴치 않았다. 그리고 친구들이나 후배들이 선생에게 듣기 좋은 말을 하거나 글로 칭찬하는 것도 준엄하게 나무랐다.

선생은 술을 좋아하여 매일 조금씩 마셨지만, 평생 한 번도 지나치게 드신 적이 없었다. 孔子는 "술은 마시는 양이 정해져 있는 것은 아니지만 어지러운 지경에 이르지는 않았다"고 「論語, 鄕黨篇」에 기술되어 있듯이, 술을 마실 줄 알면서 평생 실수를 하지 않는 것은 지극히 어려운 일이다. 이는 철저한 自己統制의 능력을 갖고 있어야만 가능한 것이다.

선생의 시대에 상당수의 文人·學者들 가운데서 남의 應酬文字를 지어주고서 대가를 받은 사람도 없지 않았지만, 선생은 지어야 할 만한 것은 지었지만 지어서는 안될 것은 아무리 간청을 해도 절대 짓지 않았다고 한다. 본래 神道碑나 墓碣銘 등 墓道文字는 글의 성질상 원래 褒(칭송)만 할 수 있지 貶(나무람)은 할 수 없는 것이다. 그래서 이런 글의 주인공은 평생을 통틀어 아무런 흠이 없어야 한다. 흠이 있는 사람을 위해서는 이런 글을 지을 수가 없는 것이다. 그러나 세상에는 간혹 그 後孫이나 門人들의 간절한 청을 거절하지 못하여, 흠이 있는 사람들을 위해서도 墓道文字를 짓는 경우가 없지 않는데, 이는 결국 선비의 붓을 더럽히는 일이 되고 만다. 그래서 선생은 아무리 거절하기 어려운 관계에 있는 사람의 간청에도 자신의 基準에 따라서 짓고 안 짓고를 결정했지, 남의 청에 따라 그 기준을 변경시키는 일이 없었다.

선생은 祖先을 위한 사업에 後孫으로서의 임무를 다하려고 노력하였다. 200여 년 동안 간행하지 못했던 雪牕의 글과 關係文字를 수집하여『雪牕實紀』를 편찬하여 간행하였고, 조부 尼谷公의 詩文을 편집하여『尼谷文集』을 세상에 간행했다. 養正公, 寒溪公, 愧窩公의 文集을 편찬하기 위하여 남긴 文字를 수집하고자 하여 먼 지역에 살고 있는 淵源世家에까지 연락하여 수집하는 정성을 기울였다.

宗川書院의 禍變의 원통함을 완전히 씻어 誣陷 당한 謙齋先生의 位相을 다시 恢復하는 일에 일생을 바친 九代祖 菊軒公의 행적을 정리하여 遺蹟碑를 慕寒齋 들에 세웠다. 종천서원 화변이란, 원래 晋州牧使 趙德常과 慶尙監司 趙曬이 어떤 당파 사람의 말을 듣고 그들의 주장을 비호하여, 겸재선생이 종천서원에서 黜享되는 禍를 당한 사건이다. 이를 바로잡기 위해서 국헌공이 20년 동안 계속 朝廷에 呼訴하여 正祖 戊戌年(1778)에 가서야 비로소 그 억울함을 밝혀 復享하도록 允許를 받은 일이었다. 正祖가 세 번이나 직접 教書를 내려 趙曬을 削職시켜 처벌하고, 事案을 꾸민 세 사람을 杖殺시키고, 죄안이 경미한 사람들은 杖流시켰다. 菊軒公은 강개한 氣局이 있어 옳지 못한 일을 보면 참지 못하고 분연히 나서는 성격이었다. 당시 儒林들은 謙齋를 黜享시킨 일이 不當한 줄을 알면서도, 黨人들의 세력을 두려워하여 할 말을 못하고 몸을 사리고 있을 때, 국헌공은 이 일을 痛憤하게 여겨 禍를 두려워하지 않고 과감하게 나서, 몇 되지 않는 同志들의 도움을 얻어 마침내 이 일을 바로잡았던 것이다.

선생의 爲人과 行跡은 지금도 이 지역의 60세 이상 된 사람들은 대부분 생생히 기억할 수 있을 것이다. 이제 후세의 사람들은 선생이 남긴 글에서 그 면모를 찾을 수밖에 없다.

V. 詩文觀과 文集의 內容 및 價値

先生의 文章은 古文을 法度로 삼았는데, 性情에서 솟아나 簡明하면서도 典雅하였고 그 意味는 深遠하였다. 詩 역시 典雅하면서도 淸楚하였다. 선생은 "韓昌黎는 八代의 衰頹함을 일으켰지만, 孟子의 道를 배운 사람이다. 韓昌黎를 배우면서 文章에만 지나치게 치중한다면, 그 弊端이 없을 수 없다"라고 생각하여, 文章은 學問的인 바탕이 있어야만 옳게 지을 수 있고, 내용에 주의하지 않고 形式美만을 추구한 문장을 지어서는 안 된다는 주장을 하였다.

墓道文字에 대하여 선생은 "碑文 등의 글은 누구 집 文字를 막론하고 사실대로 기록하는 것이 귀중하다. 만약 그 사실과 어긋난다면 문장이 비록 훌륭하다 한들 어찌 귀중하게 여길 수 있겠는가?"라는 견해를 갖고 있었다.

詩文을 지음에 있어 論理를 重視하였다. 어떤 친구가 시를 지어 보내왔는데, '七月'로 '秋風'에 對句를 맞추었다. 선생은 "칠월은 이미 가을에 포함된 달이므로, 대구로서 적절하지 못하다. 가을에 포함되지 않은 달이란 없기 때문이다. '鳳凰'에 '鳥'나 '禽'으로 대구를 맞출 수가 없고, '豫樟'에

'樹'나 '木'으로 대구를 맞출 수가 없는 것과 같은 이치이다"라고 하여, 그 시가 구성상 문제가 있다는 것을 지적하여 주었다.

글을 지을 때 요긴하지 않은 것은 과감하게 생략하였다. 예로 墓碣銘이나 行狀 등에 여러 사람들이 상투적으로 쓰는 말들을 쓰기를 즐겨하지 않았다.

선배인 一山 趙昺奎가 지은 雪牕의 墓碣銘에 대해서, 事實만 서술했을 뿐이고 맺는 말이 없어 글이 너무 무게가 없다고 批評하였다.

선생은 文學에만 전적으로 관심을 둔 분은 아니지만, 문학적으로도 대단한 소질을 갖고 있었다. 41세 되던 해 金剛山에서 왔다는 늙은 스님이 찾아와 자기의 사연을 이야기하는데 "絶妙한 시 한 구절을 얻고서 適切한 對句를 얻고자 몇 년 동안 생각을 짜내기도 하고 여러 곳을 다니면서 묻기도 했으나 적절한 대구를 얻지 못했습니다. 聲華를 많이 듣고 찾아왔으니, 가르침을 주시기 바랍니다"라는 것이었다. 선생이 그 詩句를 물었더니 그 스님은 "'黃河水上月如船(황하 강물 위에 달이 배 같구나)'라는 구절입니다"라고 말했다. 선생은 즉시 "'白玉樓中星似燭(백옥루 속의 별은 촛불 같구나)'라고 하는 것이 좋겠다"라고 대답해 주었다. 그 스님은 매우 놀라고 탄복하면서 "사방으로 다니면서 찾았는데, 오늘에야 가장 마음에 드는 구절을 얻게 되었습니다"라고 하고는 여러 번 절을 하면서 감사해 했다. 이에서 선생은 학문이나 인격뿐만 아니라 詩文의 솜씨도 대단히 높았다는 것을 알 수 있다.

선생은 평소에 著述을 좋아하지 않았고, 應酬文字를 부탁하는 사람이 있으면 대부분 사양하였다. 현재 남아 있는 詩文集은 10권인데, 선생이 晚年에 손수 刪定한 것이다.

文集 전체의 구성을 보면 卷1,2에는 各體의 漢詩 335題 417首가 創作年代順으로 들어 있다. 개인적 情緒, 日常의 生活事, 士友들과의 交驩, 學問的인 見解, 詠物詩, 紀行詩, 挽詞 등의 내용으로 되어 있다. 이 가운데는 문학작품으로서 抒情性이 짙은 작품이 많다. 필자의 주관적인 판단에 의

거하여 어느 작품이 제일 좋다고 소개할 형편이 아니니, 독자들이 각자의 眼目으로 吟味하길 바란다.

　卷3,4에는 師友 및 門人 後生들과 주고 받은 書翰 100편이 들어 있다. 옛날의 서한은 오늘날 사람들이 생각하는 편지과는 상당히 달리 대단히 중요한 學術的·思想的 의미를 갖고 있다. 당시에는 교통이 대단히 불편하고 통신수단이 발달하지 않았기 때문에 스승과 제자, 친구들 사이에 주로 書翰을 통해서 서로 學問的인 論議을 전개하고 선비로서의 삶의 자세등을 서로 勸勉했던 것이다. 선생의 서한 역시 심상한 안부편지가 아니고 學術的인 가치가 있는 서한이 적지 않다. 선생과 書翰 往復이 있는 인물들은 당시 學界나 文壇에서 대단히 비중이 있는 인물들이었다. 小訥 盧相稷, 一山 趙昺奎, 晦峯 河謙鎭, 栢村 河鳳壽, 東田 李中均, 平谷 金永蓍 같은 인물이었다.

　卷5에는 記 11편, 序16편, 跋 6편이 들어 있다. 記 가운데서 「孤雲崔先生講堂重修記」는 崔致遠이 처한 시대적 상황과 최치원의 文學的 位相 등을 克明하게 서술한 문장이다. 「神明舍記」는 사람의 마음의 작용을 구체화하여 이해하기 쉽도록 지은 문장이다. 南冥의 「神明舍圖」 및 「神明舍銘」에 영향을 받았겠지만, 내용상 독창적인 면이 많다. 跋 가운데서 「德川師友淵源錄跋」은 『德川師友淵源錄』의 編刊過程과 이 책의 歷史的인 意義, 學術的인 位相 등을 밝힌 중요한 글이다. 「敬書先祖雪牕先生遺墨後」는 선생의 書藝에 대한 안목을 알 수 있는 글이다.

　卷6,7에는 墓碣銘 35편, 墓表 8편, 碑 9편이 들어 있다. 선생이 지은 墓碣銘 가운데는 南冥先生의 첫째 아들 曺次石과 둘째 아들 曺次磨의 墓碣銘이 있고, 墓表 가운데는 國中人物이자 河氏門中의 名祖인 松軒 河楫, 苦軒 河允源 등 歷史的인 가치가 있는 것이 적지 않다. 「六代祖考菊軒處士府君墓碣銘」과 「三黎孫公墓碣銘」에는 宗川書院 禍變에 관한 상세한 顚末과 朝廷의 措處 등이 상세히 들어 있어, 당시의 역사와 學派間의 갈등 등을 알 수 있는 중요한 자료이다. 이 밖에도 이 지역의 여러 인물들의

傳記資料가 많아 당시 儒林의 動向, 선비들의 意識構造, 學問的인 關心, 生活方式, 交遊關係 등을 알 수 있는 글이 많다. 그리고 이 지역의 잘 알려진 孝烈에 대한 기록도 적지 않다.

卷8에는 行狀 5편과 遺事 1편이 들어 있다. 日新堂 李天慶의 부친인 承文院 著作 李光前의 行狀이 있다. 이 글 가운데 晦齋 李彦迪은 本名이 李迪으로 李光前의 조부와 同姓同名이었는데, 中宗 임금이 "같은 조정에 同名이 있어서는 곤란하다"고 생각하여, 특별히 회재의 이름에 '彦'를 더 넣도록 명했다는 역사를 보충할 수 있는 내용이 있어 의의가 크다. 「王考尼谷處士府君行狀」은 선생의 조부 尼谷 河應魯公의 行狀인데, 선생이 37세 되던 해 지은 글이다. 선생이 직접 모셨던 조부의 言行을 曲盡하게 서술하였고, 선생이 조부로부터 받은 薰陶의 과정이 자세히 기록되어 있어 선생의 家學의 연원을 알 수 있다. 그리고 당시 慶尙右道 일원의 儒林社會의 동향이나 의식구조 등을 알 수 있다. 특히 당시 東學에 대한 유림들의 인식이 어떠했는지를 알 수 있는 내용이 있어, 관심 있는 사람들의 연구자료가 되겠다.

卷9에는 각종 祝文, 奉安文, 祭文, 告由文 등 31편, 銘 4편, 雜著 6편, 誌 8편, 贊 6편, 墓誌銘 2편, 上樑文 2편이 들어 있다. 祭文 가운데 「祭安義士應七重根文」은 선생이 18세의 어린 나이에 지은 것인데, 朝鮮 침략의 元兇 伊藤博文을 射殺하고서 倭에 의해서 사형 당한 安重根義士의 죽음을 슬퍼한 글이다. 당시 倭의 서슬이 시퍼렸던 시절에 安義士의 죽음을 애도하는 글을 지을 수 없는 실정이었다. 倭占時期에 安義士의 遺族이 당시 이름 있는 인사들에게 안의사의 비문을 부탁했을 때 거절했다는 사실과 견주어 볼 때 선생의 氣槪가 어떠한가를 알 수 있다. 선생은 안의사의 처형 소식을 듣고서 慷慨하여 이 글을 지어 亡國의 설움을 토로하였다. 이 글 가운데서 安義士의 大丈夫다운 氣像을 묘사한 부분을 인용하면 다음과 같다.

좌우에서 고문하여, 꽁꽁 묶어 감옥에 가두었네.
위협과 무력 함께 닦쳐도, 그 꿋꿋함 꺾지 못했지.
어르고 달래지만, 그 정신 빼앗지 못했지.
공이 말하기를, "너것들 물러가라. 나는 형벌 받을 테다.
사람의 도리가 크고 큰데, 내 어찌 너것들 말 듣겠느냐?"
웃음 머금코 조용히 형을 받으니, 대낮에 천둥소리.
강과 바다에 물결 일어 자욱하고, 달과 별도 빛을 잃었네.
큰 의리 하늘에 세웠으니, 죽었지만 도리어 영예로운 것.
海東의 환한 달인데, 누가 인물평을 바로 할런지?

　光復 이후에야 安重根義士의 선양사업이 활발하게 일어나 누구나 光復運動의 걸출한 공로자라는 것을 다 이야기했지만, 선생은 倭에 의해서 言論의 자유를 박탈당하고 있을 때 벌써 안의사의 快擧를 찬양하는 글을 지어 세상에 퍼뜨렸다. 그리고 선생은 이 글에서 倭가 우리나라를 침략한 것은 왜의 好戰性에도 원인이 있지만, 우리 자신에게도 그 책임이 있다고 스스로 반성을 촉구하는 자세를 갖고 있다.
　「德川師友淵源錄告成文」은 『德川師友淵源錄』의 編刊事業을 완성하여, 그 경과를 南冥先生의 사당에 고한 글인데, 南冥學의 淵源과 『德川師友淵源錄』의 편간 과정을 알 수 있는 중요한 글이다.
　「德川師友淵源錄凡例」는 전체 『德川師友淵源錄』의 체재를 정한 중요한 글이다. 이전에 있던 『山海師友淵源錄』의 좋은 점은 계승하고 좋지 못한 점은 고치고, 부족한 것은 보충하고 빠진 것은 추가하는 등 옛날 것을 본받으면서도 필요한 것은 새로 창조하는 정신으로 이 책을 편찬하였던 것이다. 그 결과 淵源錄, 門人錄 등 이런 류의 책 가운데서는 단연 가장 효율적으로 편찬된 책이라 할 수 있다.
　그리고 『安溪洞誌』·『文巖洞誌』 등은 晉州 인근의 歷史地理에 관한 기록으로서 가치가 있다. 邑誌는 흔히 있지만 범위가 더 좁으면서도 내용이 더 상세한 洞誌는 그리 흔하지 않다. 이 밖에 『慕寒齋誌』, 『敬勝齋誌』,

『詠歸臺誌』,『宗川院誌』,『直方軒誌』,『光影亭誌』 등은 安溪 주변에 있는 선생 집안의 書院·亭子·樓臺 등에 대해 상세히 기록을 남겨, 이 지역의 역사·지리의 연구에 큰 도움을 줄 수가 있다. 특히『宗川院誌』에는 宗川書院 원변에 관한 기록이 상세히 들어 있어, 당시 유림사회의 갈등과 서원의 실태 등을 알 수 있는 사료로서의 가치가 크다.

「玉山書院廟宇重建上樑文」은 圃隱 鄭夢周의 學問과 業績에 대해 알 수 있는 중요한 글이다. 우리나라 儒學의 學統上에 있어 圃隱의 位置를 밝힌 중요한 글이다.

卷10에는 通文 11편이 들어 있다. 주로『德川師友淵源錄』을 編刊할 적에 반대하는 입장에 섰던 儒林들과의 論戰에 사용된 것인데, 당시 선생으로서는 별로 유쾌하지 못한 처지에서 지은 글이지만, 오늘날에 와서 보면『德川師友淵源錄』의 編刊過程과 儒林들의 意識構造을 더욱 상세히 알 수 있는 좋은 역사적 자료이다.

권11은 附錄으로, 肖孫 有楫氏가 지은 家狀, 門人 河東根이 지은 行狀, 曺圭喆이 지은 墓碣銘, 門人 鄭直敎가 지은 墓誌銘이 들어 있다.

卷末에는 門人 李章漢, 鄭泰秀가 지은 跋 2편이 붙어 있다.

선생의 文集은 양적으로는 그리 풍성한 것이 못된다. 그러나 그 文學性·思想性에 있어서는 전문적으로 문장가나 시인을 표방하는 사람의 수준과 비교하여 손색이 없고, 그 내용도 올바른 정신과 올바른 행동에서 나왔기에 소중한 것이다. 河氏門中의 顯祖 松軒·苦軒 兩公의 墓表가 모두 선생의 손에서 나온 것을 보면 선생의 문장이 당시 대단한 推重을 받았음을 알 수 있다.

광복 이전에는 왜의 사슬에 얽매여 있었고, 광복 이후에서 서양풍조가 밀어 닥쳐 나라가 나라답지 못했고, 국민들은 정신적으로 혼란을 겪고 있던 시기를 산 선생은 儒學의 힘으로 이를 바로잡아 보려고 부단히 애썼다. 그래서 儒林의 사업에 전력을 기울였고, 詩文은 그때그때의 필요에 의해서 지었던 것이지 애써 문집을 후세에 남기겠다고 지은 것은 아니다.

당시 慶尙右道 일원의 儒林社會의 動靜과 유림들의 意識構造, 生活樣式, 新學問에 대한 對應姿勢 등을 알 수 있는 歷史的·思想的 資料일 뿐만 아니라 晋州, 河東 등지를 중심으로 한 향토사료로서의 가치도 적지 않다.

VII. 맺는말

선생은 江右에서만 이름난 선비가 아니라 전국적으로 이름난 선비였다. 그 學問과 人品으로 족히 한 시대를 經綸할 일을 맡을 만했지만 때를 만나지 못하였다. 다만 學問을 통하여 자신을 수양하고 儒學의 맥을 계승하여 후세에 전하는 일에 적극적으로 참여하여 선비로서의 사명을 다하려고 노력하였다. 선생의 생전의 행적은 보고 배운 많은 사람들을 薰陶하였다.

이제 선생은 세상을 떠난 지 20년이 되었고, 다만 그의 정신이 담긴 詩文만이 세상에 남아 전한다. 後世의 사람이 선생의 글을 읽고서 선생의 學問과 思想을 알 수 있을 것이고 선생의 정신을 배울 수 있을 것이니, 선생의 文集이 세상에 전하는 한 선생의 학문과 사상은 면면히 전해질 수 있을 것이다. 孟子의 말에 "그 글을 읽고서 그 사람을 몰라서 되겠는가?"라는 말이 있다. 관심 있는 사람은 선생의 글을 찬찬히 읽고서 선생의 학문과 사상이 어떠했으며, 후세에 끼친 공로는 무엇인가를 고찰해 보기 바란다.

여러 가지로 부족한 필자가 이렇게 해제의 글을 구성하여 관심 있는 여러분들에게 『澹軒集』을 정중하게 소개하는 바, 澹軒先生에 대한 독자들의 이해에 도움이 되었으면 한다.

『德溪集』解題

Ⅰ. 서언

『덕계집(德溪集)』의 저자 덕계(德溪) 오건(吳健)은 조선 중기의 전형적인 선비 출신의 관료이다. 우리나라 역사상 많은 선비 출신의 관료가 존재했지만, 자신이 배운 바를 우직할 정도로 힘써 실천한 대표적인 인물이라 할 수 있다.

그는 어려서 부친으로부터 배운 가학(家學)의 바탕 위에서 당시의 대학자 남명(南冥) 조식(曺植)의 문하에서 학문을 익혀 남명의 대표적인 제자가 되었다. 그 뒤 다시 퇴계(退溪) 이황(李滉)의 문하에서 학문을 익혀 남명과 퇴계의 장점을 두루 흡수하여 갖추었다.

1572년 남명이 서거한 뒤 남명 문하의 장석(丈席)의 위치에 올랐으나, 남명이 서거한 지 겨우 2년 만에 세상을 떠남으로 해서 남명의 뒤를 계승하여 남명학파에서 어떤 역할을 하지는 못하고 말았다.

그가 남긴 『덕계집』은 문집 8권 4책, 연보 2권 1책, 보유(補遺) 신도비명(神道碑銘)을 합쳐 모두 5책으로 되어 있다. 1989년에 민족문화추진회[고전번역원 전신]에서 한국문집총간(韓國文集叢刊) 제38집으로 영인간행해서 반포했다. 이번에 남명학연구소에서 번역하면서 이 문집총간본을 저본으로 삼았다. 『덕계집』을 번역 간행하면서 그 책머리에 그의 생애와 학문, 문집의 내용과 가치를 소개하는 해제를 붙인다.

II. 전기적(傳記的) 고찰

1. 가계와 생애

덕계(德溪) 오건(德溪)은 1521년(中宗 16) 경상도(慶尙道) 산음현(山陰縣 : 지금의 山淸郡) 덕천리(德川里)에서 태어났다. 자는 자강(子强), 덕계는 그의 호, 본관은 함양(咸陽)이다. 시조는 오광휘(吳光輝)로 고려 때 좌복야(左僕射) 상장군(上將軍)을 지냈다. 그 이후 7, 8대에 걸쳐 벼슬이 계속 이어졌다.

덕계의 5대조 사온서(司醞署) 직장(直長) 오인언(吳仁彦)이 거창현(居昌縣)에서 산음현(山陰縣) 석답촌(石畓村)로 옮겨왔다. 증조부 오종은(吳宗誾)이 다시 덕천리(德川里)로 옮겨와 자리잡았다. 조부 오식(吳軾)은 여러 번 과거에 응시하였으나 합격하지 못하였다. 부친 오세기(吳世紀)는 행실과 문장에 뛰어났으나 일찍 세상을 떠났다. 모친 팔거 도씨(八莒都氏)는 증산 훈도(甑山訓導)를 지낸 도영강(都永康)의 따님이다. 부녀자의 범절이 매우 깊었으며, 덕을 베풀고 자식을 훌륭히 길렀으니 진실로 근본이 있었다.

덕계는 어려서부터 단중(端重)하고 총명하였다. 6, 7세 때부터 부친에게 글을 배웠는데 기한을 정하여 독촉하기를 기다리지 않고서도 외우고 익히기를 게을리하지 않았으며 놀이를 좋아하지 않았다. 8세가 되자, 벌써 학자다운 모습이 갖추어졌다. 문장의 뜻에 의문이 있거나 모르는 곳에서는 반드시 끝까지 의문을 파헤치고 자세히 탐구하여 의심이 사라진 이후에야 그만 두었다.

11세 때 부친상을 당했다. 부친의 병세가 위급해지자 무릎을 꿇고 엎드려 하늘에 기도하며 여러 번 머리를 조아렸다. 거상(居喪)하면서 매우 슬피 울부짖어 보고 듣는 이를 감동케 하였다. 14세와 16세 때 잇달아 조부모의 승중상(承重喪)을 입었는데, 모두가 예법제도에 들어맞아 어른보다 못하지 않았다. 24세 때 모친상을 당했는데 죽을 마시고 피눈물을 흘리며

울었다.

상중에 있으면서도 부친의 마지막 유언을 생각하여 독실하게 공부하여 『중용(中庸)』을 천번 읽고 사색하였다.

18세 때 조부상을 마치고 단성현(丹城縣)에 있는 정수암(淨水菴)에 들어가 글을 읽었다. 이때부터 전후 10여 년간에 문을 닫고 바르게 앉아 쉬지 않고 글을 읽었다. 매일 밤 『중용』을 한두 번씩 외웠는데, 비록 다른 책을 읽거나 급박할 때도 항상 이렇게 하였다. 절의 스님과 한 마디 말도 나눈 적이 없었다.

19세 때 스스로 '궁벽한 고을에서 스스로 터득한 공부는 오류가 있을 수 있다'고 생각하고서 구졸재(九拙齋) 양희(梁喜)와 함께 경서의 뜻 가운데 의심스러운 것을 토론하였다.

21세 때 옥계(玉溪) 노진(盧禛)이 덕계가 경서를 궁구하고 있다는 소식을 듣고서 한 번 만나보고자 하여 찾아왔는데, 만나자 바로 오랜 친구처럼 경도가 되어 논변을 한참동안 하였다.

25세 때 계조모상(繼祖母喪)을 당했는데 예법에 따라 집행하며, 조금도 게으름을 피운 적이 없었다. 전후로 다섯 번의 상을 당하였는데 스스로 정성을 다하지 않은 적이 없었다. 명종(明宗)이 승하하였을 때는 상이 끝날 때까지 고기를 먹지 않았다. 1년이 지난 후 집안사람들이 질병으로 인하여 그에게 고기를 먹으라고 권했으나 끝까지 먹지 않았다. 그 충성과 효성, 독실함과 중후함은 하늘로부터 받은 것이 아마도 특별히 넉넉하였던 것 같다.

1548년(명종 3) 진사(進士) 이광(李光)의 따님에게 장가들었다. 한강(寒岡) 정구(鄭逑)의 부친과 종동서간이 되었다.

1551년 진사 초시에 합격했다. 이해에 처음으로 삼가현(三嘉縣) 토동(兎洞) 뇌룡사(雷龍舍)에서 강학하고 있던 남명을 뵈었는데, 이때부터 훈도를 받아 흥기(興起)한 바가 많았다.

1552년(명종 7) 진사시에 2등으로 합격하였다. 그 뒤 성균관에서 공부하였는데, 사대부 가운데 경술(經術)에 뛰어난 사람들과 서로 어울려 강마(講磨)하여 깊이 인정을 받았다.

1558년(명종 13) 문과에 급제하여 1559년 성균관 권지학유(成均館 權知學諭)로 되었다가 곧 성주 훈도(星州訓導)로 나갔다. 부임해서 성주의 유생들을 뽑아서 네 등급으로 나누어 가르쳤다. 이때 한강(寒岡) 정구(鄭逑)는 소년이었는데 덕계를 따라 배웠다.

이때 성주 목사 금계(錦溪) 황준량(黃俊良)을 만났는데, 뜻이 같고 기질이 서로 맞아 주자서(朱子書)를 함께 토론하였다. 금계는 퇴계 이황의 제자였는데, 덕계는 그를 통해서 퇴계를 알게 되어 나중에 퇴계의 문하에 들어가 훈도되어 득력(得力)한 바가 더욱 많았다.

1562년 병으로 성주 훈도를 사퇴하고 고향으로 돌아왔다. 돌아온 뒤에도 금계와 서신을 주고받으면서 『심경(心經)』과 『계몽(啓蒙)』의 의의(疑義)를 질문하였다.

1563년 43세 때 덕계는 도산(陶山)으로 가서 퇴계를 만나 뵙고 주자서에 대한 가르침을 들었다. 그리고는 『심경』과 『근사록(近思錄)』에 대해서 질문하였다. 그 뒤 서신으로 『연평답문(延平答問)』에 대해서 질의를 하였다.

1564년 성균관 학유(學諭)에 제수되었는데, 이때부터 다시 조정에 나가서 벼슬했다. 성균관 학정(學正)·학록(學錄)이 되어 중학(中學)을 관장하였다. 날마다 학생들을 모아서 『중용장구(中庸章句)』와 『대학장구(大學章句)』를 가르쳤다. 공부하는 순서에 맞게 가르치고 끌어주기를 게을리하지 않았다.

덕계가 서울에서 벼슬하고 있는 동안 덕계의 학문적 수준을 듣고, 그당시 이름난 사람들이 찾아와서 주자서와 『역전(易傳)』 등을 질문하기도하고, 혹은 『심경』·『근사록』·『중용』과 『대학』을 토론하였다. 이때 덕계는 관직은 낮았지만, 세상 사람들의 존경을 받은 것이 이러하였다.

1565년 문정왕후(文定王后)의 총애를 받았던 요승 보우(普雨)를 목 베라는 상소문을 지었다.

1566년 10월에 남명이 명종의 부름을 받고 서울로 왔는데, 한강(漢江)
가에서 맞이하여 10여 일 동안 남명을 모시고 서울의 여러 곳을 안내했으
며 돌아갈 때도 한강 가에서 전송했다.

1567년(명종 22) 이후로 항상 시종(侍從)의 반열에 있었다. 그가 역임한
관직을 살펴보면 정언(正言) 여섯 번, 예조좌랑 네 번, 예조정랑 한 번,
병조좌랑이 네 번, 호조좌랑 한 번, 공조좌랑이 두 번, 이조좌랑이 한 번,
이조정랑이 세 번, 성균관 직강(直講) 세 번, 사성(司成) 한 번, 사간원
헌납(獻納) 한 번, 사헌부 지평(持平) 한 번, 홍문관 교리(校理) 한 번,
부응교(副應敎) 한 번, 의정부 검상(檢詳)이 한 번, 사인(舍人)이 세 번이었
다. 홍문관에 재임할 때는 경연(經筵)에 입시(入侍)하였다.

1568년 선조(宣祖)가 즉위하자 덕계는 학문에 힘쓰고 간언(諫言)을 받
아들이라는 상소를 했다. 퇴계를 상례(常例)에 따르지 말고 접견하라고
선조에게 건의하였다.

1570년 8월 어사(御史) 겸 재상경차관(災傷敬差官)에 임명되어 호남(湖
南)지방을 조사하여 실태를 파악하고서, 진산군(珍山郡)의 전부(田賦)를
감면해 줄 것을 계청(啓請)하였다.

돌아오는 길에 태인현(泰仁縣)으로 가서 일재(一齋) 이항(李恒)을 만나
보았다. 서울로 돌아와 남쪽지방의 세금 포탈, 군역 기피 등의 폐단을 아뢰
었다.

12월에는 퇴계의 부고를 듣고 곡했다.

1751년에 선조가 퇴계 영전에 내리는 사제문(賜祭文)을 지어 바쳤다.
또 자신이 퇴계에게 드리는 만사(挽詞)를 지었다. 7월에는 선조가 구암(龜
巖) 이정(李楨)에게 내리는 사제문을 지어 바쳤다.

1572년(선조 5)에 병으로 이조정랑을 사직하고 고향으로 돌아왔다. 이
때 조정에는 서로 화합이 되지 않는 과격한 논의가 점점 일어났다. 덕계는
어떻게 할 수 없다는 것을 알고 벼슬을 버리게 되었다. 그 당시의 명사들이
모두 한강가에 나와 전별연을 베풀어 주었다. 이때 서애(西厓) 유성룡(柳

成龍)이 "도를 배우는 것은 평생의 뜻이요, 시대에 걱정하는 것은 조그만 정성이라네.[學道平生志, 傷時一寸誠]"이라는 시를 지어주었다. 덕계의 도를 배우려는 뜻과 시대를 걱정하는 정성을 잘 꿰뚫어 본 것이다.

고향에 돌아와 작은 집을 짓고 물을 끌어들여 연못을 만들고 연못에 연꽃을 심고 물고기를 길렀다. 연못가에 소나무를 심고 국화를 심었으며, 두류산(頭流山)의 첩첩이 쌓인 봉우리와 경호강(鏡湖江)의 천 이랑 맑은 물굽이를 일상에서 늘 마주하고 아침저녁으로 감상하였다. 다시 벼슬에 나가지 않고 학문을 하면서 평생을 보낼 계획을 했다.

덕계가 고향에 정착하니 따라 배우는 유생들이 많이 몰려들어 그들과 서로 학문을 익히고 토론하였다. 선조(宣祖)의 소명(召命)이 계속 내려왔으나 병을 핑계대고 나가지 않았다. 사헌부 장령(掌令) 한 번, 집의(執義) 세 번, 사헌부 장령, 의정부 사인(舍人) 여섯 번, 홍문관 전한(典翰) 두 번, 응교(應敎), 성균관 사성(司成) 두 번, 직강(直講), 사예(司藝), 장악원 정, 종부시정(宗簿寺正)이 한 번이었다. 1년 남짓한 기간에 20번이나 관직에 제수했으니, 선조가 얼마나 간절하게 덕계를 필요로 했는지 알 수 있다. 그러나 덕계는 당쟁의 조짐이 이는 조정관원들의 태도를 보고 출사(出仕)를 굳게 거절하였다. 이는 스승 남명이 출처대절(出處大節)을 극도로 중시한 영향을 받은 것이라 볼 수 있다.

덕계가 2월에 고향으로 돌아왔는데, 남명이 2월에 서거하였다. 4월에는 제자들이 모여서 남명의 장례를 치루었다. 덕계는 남명의 서거를 애도하는 만사(挽詞)와 제문을 지었다.

1574년(선조 7) 3월에 옥계(玉溪) 노진(盧禛)과 함께 함양(咸陽) 청야사(淸野寺)에서 주자서(朱子書)를 강론하였다.

7월 7일에 병을 얻어 24일에 집에서 세상을 떠났으니, 향년 겨우 54세였다. 고을 사람들이 목 놓아 울고 사림(士林)들이 서로 조문하였으며, 조정의 관료들도 놀라며 애도하지 않는 사람이 없었다. 덕계의 병이 위독해지자 한강 정구, 각재(覺齋) 하항(河沆), 이인개(李仁愷), 이인제(李仁悌)가 처음부터 끝까지 간병하였고, 옥계는 날마다 자제들을 보내어 문병했고, 산음현감 이원상(李元常)은 아침저녁으로 와서 문안했다. 경상감사도 의원을 보내어 약을 조제하도록 했다.

한양(漢陽)에 있던 동료인 청련(靑蓮) 이후백(李後白), 오음(梧陰) 윤두수(尹斗壽), 월정(月汀) 윤근수(尹根壽), 약포(藥圃) 정탁(鄭琢), 청강(淸江) 이제신(李濟臣), 학봉(鶴峯) 김성일(金誠一), 아계(鵝溪) 이산해(李山海), 백곡(栢谷) 정곤수(鄭崑壽) 등 수십 명이 각자 면포(綿布)를 내어 사람과 말을 고용해 한양의 의원을 보내 병을 진맥하고 약을 쓰게 했다. 그러나 그 의원이 도착하기 전에 덕계는 이미 세상을 떠나고 말았다. 덕계가 그 당시 사류(士類)들의 중망(重望)을 얼마나 많이 입고 있는지를 충분히 알 수 있다.

10월 1일 선영의 남쪽에 안장하였다. 당시 월정 윤근수가 경상 감사였는데, 산음 현감과 함께 장례를 후하게 도왔다. 황강(黃岡) 김계휘(金繼輝)가 윤근수의 후임 감사로 와서는 덕계의 비석을 만들었으나 미처 세우지는 못하고 묘 앞에 묻어놓았다.[1]

1606년(선조 39) 제자 한강이 여러 선비들과 함께 산음(山陰) 읍치(邑治) 북쪽 10리 되는 서계(西溪)의 위에 서원을 세웠다. 1624년에 봉안했고, 1677년(숙종 3)에 사액(賜額)을 받았다.

그러나 덕계는 사후 증직(贈職)이나 시호(諡號)를 받지 못하였다. 그 인물의 비중에 비해 관직이 낮았으므로, 후세의 관심을 크게 받지 못했고 위상도 높지 못했다.

2. 사우관계(師友關係)와 성학(成學) 과정

덕계는 남명 조식과 퇴계 이황의 제자로 알려져 있다. 그러나 덕계가 남명을 처음 만난 것은 31세 때였고, 퇴계를 처음 만난 것은 43세 때였다.

1) 『덕계연보(德溪年譜)』 권1, 16-17장.

남명이나 퇴계에게 의문나는 것을 질문하고 학문의 바른 방향을 제시받은 것이지, 구체적인 학문의 체재는 그 이전에 다 갖추어졌다고 볼 수 있다.

6세 때부터 부친으로부터 가르침을 받기 시작하여 『대학』·『논어』 등의 책을 읽었는데, 11세 때 부친이 별세하였다. 부친이 별세하면서 "너가 어디서 학문을 하여 사람이 되겠는가?"라고 덕계가 장차 학문을 이룰 수 있을지 걱정하면서 세상을 떠났다.

14세 때 조모상을 당하여 상중에 있었는데, 의지할 데가 없어 배움의 기회를 놓칠 수밖에 없었다. 부친이 임종 때 걱정하던 말을 매번 생각하면서 구슬피 탄식하였으나, 곤궁하고 스스로의 힘으로 책 보따리를 짊어지고 스승을 찾아갈 수가 없었다. 어느 날 집안의 책을 찾다가 낡은 『중용』한 책을 얻게 되었는데, 단정히 앉아서 그 소주(小註)까지도 다 읽었다. 밤낮없이 천 번을 읽으니 구두(句讀)가 어느덧 익숙해졌다. 처음에 글의 의미를 찾아낼 적에는 한 자 한 구절에서 실마리를 찾아 분석했는데 시간을 들여 외우고 생각하니 캄캄하던 것이 열리고 의심되던 것이 사라져 마침내 환하게 드러나서 훤히 관통하기에 이르렀다. 이러한 방법을 『논어』나 『맹자』 등 다른 책에다 적용하니, 단칼에 대나무가 갈라지듯 이해되지 않는 것이 없었다.[2]

14세 때 진사인 외숙 도양필(都良弼)에게서 『주역』을 배웠다. 이때부터 여러 경사(經史)나 제자서(諸子書)를 모두 스스로 완숙하게 이해하였으며 침잠하여 연구하니 그침 없이 진보하였다.

18세 때 단성현(丹城縣) 척지산(尺旨山) 정수암(淨水菴)에 들어가 공부한 것이 선후 10여 년인데, 문을 닫아걸고 단정히 앉아 글을 읽었다. 낮에는 무릎을 움직인 적이 없었고 밤에는 편안히 베개를 베고 잔 적이 없었다. 어떤 때는 낮은 목소리로 읽고 외우기도 하고, 어떤 때는 고요히 묵상하기도 했는데, 절의 승려와 한 마디도 나누지 않은 것이 몇 달간 계속되기도

---

2) 강대수(姜大遂) 소찬 「덕계행장(德溪行狀)」.

하였다. 경전을 연구하고 배우기를 좋아하여 자득한 것이 진실로 많았다.

진사 초시에 합격한 31세 때 삼가현(三嘉縣) 토동(兎洞) 뇌룡사(雷龍舍)[3]로 남명을 찾아뵈었다. 덕계는 남명을 따라 배우면서 발전한 바가 많았다.

32세 때 진사 회시에 합격하였고, 36세 때 성균관에서 공부하면서 경학에 조예가 있는 사대부들과 서로 어울려 강마(講磨)했는데, 덕계는 매우 추허(推許)를 입었다.

39세 때 성주 훈도로 부임하여 성주 목사로 재직하던 금계 황준량을 만났다. 금계는 퇴계의 제자로 학문적으로 퇴계와 많은 강론을 하여 왔다. 덕계는 금계와 뜻과 기질이 맞아 같이 주자서를 토론하였다. 주자의 글 가운데 있는 '주경궁리(主敬窮理)', '함양(涵養)', '미발전기상(未發前氣像)' 등의 말을 더욱 깊이 음미하여 성현이 전한 뜻과 맞다는 것을 알았다. 그리고 덕계 자신이 지난날에 힘써 공부했던 것이 오히려 '구이지학(口耳之學)에서 벗어나지 못한다'는 점을 절감하면서 의심나면 생각하지 않음이 없었고, 생각하면 터득하지 않음이 없었다. 터득하지 못하면 침식을 잊기에 이르렀으며, 터득하면 조심스럽게 삼가며 잃을까 두려워하였다.

금계가 퇴계에게 서신을 올리면서 '오건(吳健)이라는 사람과 함께 주자서를 강독하고 있다'는 사실을 알리자, 퇴계가 금계에게 주는 답장에서 "들으니 오자강(吳子强)이 나를 찾아오려는 뜻이 있다 하는데, 매우 기다려지는구려. 그 사람이 능히 이렇게 분발한다니, 정말 한 번 만나 나의 막히고 인색함을 열었으면 하는데, 언제 이 소원을 이룰 수 있을지 모르겠소"라고 하였다. 퇴계가 덕계에게 대단히 기대를 걸고 있다는 것을 알 수 있다.

덕계는 43세 때 드디어 도산(陶山)으로 가서 퇴계를 뵈었다. 퇴계 문하

---

3) 「덕계행장」, 『덕계연보』 등에 모두 덕산(德山)으로 남명을 찾아뵌 것으로 되어 있으나, 1551년 당시에는 남명은 삼가현(三嘉縣) 토동(兎洞 : 지금의 陜川郡 三嘉面 外土里) 뇌룡사 (雷龍舍)에서 강학하고 있었다.

에 들어가 훈도를 받아 개발되고 힘을 얻은 것이 더욱 많았다. 이때 주자서에 대한 가르침을 받고, 또『심경』·『근사록』에 대해서 질문하였다. 덕계를 두고 퇴계가 어떤 사람에게 말하기를 "자강(子强)은 자성(資性)이 박실(朴實)한데다 또 우리 유학에 힘을 쓰는 것이 간절하고 독실하니, 정말 유익한 벗이오. 귀하게 여길 바는 전에 금계(錦溪)와 서로 논의하면서 먼저 배웠던 학설에 얽매이지 않고 곧 앞의 잘못을 깨닫고 깨달은 것을 믿는 것이오. 이 정도에 이르는 것은 다른 사람들이 하기 어려운 바오. 그러나 나의 학설에 틀린 곳이 있으면 역시 억지로 동의하려고 하지 않았기 때문에 유익한 바가 적지 않았소.", "『중용』과『대학』에 대한 자강(子强)의 공부는 매우 정심(精深)하니, 이는 갑자기 얻을 수 있는 것이 아니오. 고요한 가운데서 체인(體認)하고 연구하여 오래 축적한 공력(功力)이 아니면, 이런 경지에 쉽게 이를 수 없을 것이오"라고 했으니, 퇴계가 덕계의 학문을 인정했다고 볼 수 있다. 덕계는, 퇴계를 만난 이후로 식견이 더욱 진보하였고 학문도 더욱 조예가 깊어졌다. 지난날의 규모와 비교해 보면 다시 한 단계 품격이 높아진 것이다.

덕계는 퇴계에게『연평답문(延平答問)』[4]의 의문나는 점에 대해서 문목(問目)을 보냈고, 퇴계는 상세히 답변하였다. 이 문답은「연평답문질의(延平答問質疑)」란 제목으로『덕계집』과『퇴계집』에 다 실려 있다.

44세 되던 해 7월 덕산사(德山寺)에 모여 남명을 모시고 지냈다. 남명이 서신을 보내 덕계를 부른 것이었다. 이때 각재(覺齋) 하항(河沆)과 유사명(柳思明)도 같이 모였다.

45세 때 서울에서 벼슬하고 있는 동안 남명의 편지를 받았는데, 덕계는 자신의 일기에 "남명선생께서 서신을 보내어 가르침을 주시어 혼미하고 게으른 것을 깨우쳐 분발시켜 주시는 것이 지극하다. 비록 천리 밖에 있지만 마치 선생을 직접 대한 것 같다. 추상열일(秋霜烈日) 같아 늠연(凜然)히

---

4)『덕계연보』에『연평문답(延平問答)』으로 되어 있으나,『연평답문(延平答問)』의 잘못이다.

머리칼이 서니 나약한 나를 일으킬 수 있도다"라고 썼다. 비록 스승 남명과 떨어져서 지내도 서신을 통해 이렇게 절실한 감화를 받으니, 평소에 얼마나 남명에게 패복(佩服)하고 있었는지 알 수 있다.

9월에 병으로 관직을 버리고 고향으로 돌아왔다. 양성헌(養性軒) 도희령(都希齡), 매촌(梅村) 정복현(鄭復顯)과 함께 지곡사(智谷寺)에서 며칠 동안 남명을 모시고 가르침을 받았다.

이때 이계(伊溪) 김우홍(金宇弘)이 함양 군수로 있었는데, 그 아우 동강(東岡) 김우옹(金宇顒)이 와서 같이 지냈다. 덕계는 남계서원(灆溪書院)에서 옥계 노진을 만나서 동강 형제와 함께 강론하였다. 덕계는 남계서원에 머무르며, 옥계와 개암(介庵) 강익(姜翼)과 『연평답문(延平答問)』과 주자서를 강론하였다.

46세 되던 해 1월에 남명이 서신을 보내어 선생을 초청했으므로, 지곡사로 가서 남명을 만났다. 옥계와 동강도 참석하였고, 유림들이 많이 모였다. 5일 동안 머물며 남명의 가르침을 받다가 돌아왔다. 남명은 덕계가 서계(西溪)에 집을 지으려는 의도를 알고 직접 와서 둘러봤다.

51세 때인 12월에 퇴계의 부고를 듣고 그 이듬해 3월에 만사 두 수를 지었다.

책 상자 지고 낙동강 가로 찾아뵙고서,	負笈尋淸洛
스승으로 섬기며 강론하여 뜻 구하였습니다.	摳衣願講求
빈 집에 고요히 앉아 계신 모습 보았고,	堂空看靜坐
넓은 강에서 모시고 배로 천천히 돌며 놀았습니다.	江闊侍洄游
객지에서 지내며 도산을 그리워하던 날이요,	羈枕懷山日
배를 타고 한양을 떠나가시던 때로다.	仙槎去國秋
우러러 생각해도 이제는 끝났나니,	瞻思今已矣
길이 슬퍼하여 눈물 거두기 어렵습니다.5)	長慟淚難收

---

5) 『덕계집』 권1 2장, 「만퇴계선생(輓退溪先生)」.

책 상자를 지고 도산서당(陶山書堂)으로 퇴계를 찾아가 제자가 되어 강의를 듣던 때를 회상하며 퇴계와의 인연을 그리워하고 있다. 그러나 아무리 스승을 그리워해도 이제는 어쩔 수가 없어 주체할 수 없는 눈물을 흘리며 통곡하면서 아쉬움을 견디지 못하고 있다. 덕계는 남명에게 먼저 제자로 입문하여 자주 만나고 오래 배웠지만, 퇴계의 학덕을 흠모하는 마음도 대단히 간절했다는 것을 알 수 있다.

선조(宣祖)가 퇴계의 영전에 사제(賜祭)할 때 선조를 대신해서 덕계가 사제문(賜祭文)을 지었지만, 그 글 속에서 덕계는 퇴계의 조선 유학에 있어서의 학문적 공적, 위상, 영향 등을 잘 요약하였다.

정자 · 주자의 바른 말씀과,	程朱格言
공자 · 맹자의 정미(精微)한 뜻을,	鄒魯微旨
정밀하게 연구하고 깊이 생각하여,	研精覃思
표면으로부터 속뜻까지 궁구하였소.	自表究裏
함양한 것이 깊고 쌓은 것이 두터워,	養深積厚
충실하게 스스로 터득하였소.	充然自得
큰 일을 맡았나니,	擔荷大事
끊어진 학문을 멀리서 이었다오.	遠紹絶學
비록 크게 펼치지는 못하였지만	雖未大施
국가에 법도가 되었다오.6)	表儀家國

정자 · 주자는 물론이고 공자 · 맹자의 학문을 정심(精深)하게 연구하여, 겉으로 드러난 뜻과 속뜻까지 다 궁구하여 주사 이후 끊어진 학문을 다시 이었다고 하였으니, 퇴계를 주자의 학문적 계승자로 친 것이다. 덕계가 퇴계의 학자로서의 위상을 품정(品定)한 것이다.

2년 뒤 남명이 서거했을 때는 덕계는 만사 두 수를 이렇게 지었다.

---

6) 『덕계집』 권2 7장, 「사제판부사이황문(賜祭判府事李滉文)」.

하늘을 받치는 태산 같은 기둥,　　　　　　　喬岳擎天柱
황하처럼 천하에 두루 통하는 법도.　　　　　長河緯地章
호연한 기상은 우주에 충만했고,　　　　　　浩然充宇宙
분명한 생각은 세밀한 것까지 꿰뚫었습니다.　明了徹毫芒
나라 정사를 도우는 정승이 되지는 못했지만,　未作調羹傅
어찌 세상 버리고 떠나는 은자가 되겠습니까?　寧從入海襄
우리 백성들은 이미 복이 없나니,　　　　　　斯民已無祿
하늘의 뜻은 또 아득하기만 하군요.　　　　　天意又茫茫

준엄한 절조는 사람들이 다투어 우러렀지만,　峻節人爭仰
특별한 공부는 뭇사람들이 엿보지 못했습니다.　奇功衆莫窺
스승 자리 과감하게 버리는 용기 가졌고,　　皐比撤來勇
불상처럼 미동도 않고 고요하게 사색하셨습니다.　泥塑靜中思
신묘하게 깨달아 천기에 정통하였고,　　　　妙契天機熟
선비들의 그릇된 학문 길이 탄식하셨습니다.　長嗟士學非
집안의 일상생활에 대한 가르침도,　　　　　家庭灑掃訓
정말로 옛사람의 법도를 얻었습니다.7)　　　　眞得古人規

　세상 사람들이 다투어 흠앙(欽仰)하는 남명의 지절(志節)은 이 세상을 지탱하는 큰 기둥이었고, 남명의 언행은 세상에 두루 통하는 법도였다. 비록 나아가 정승 정도의 높은 위치는 못 맡았지만, 그렇다고 세상을 등진 은자는 아니라는 것을 밝혔다. 그러나 남명이 조선의 조정에 발탁되지 못하고 죽은 것은 백성들이 복이 없어 그런 것이라는 점을 밝혀, 남명의 지절의 우뚝함과 사회적인 영향을 밝혔다. 남명이 출사(出仕)를 하지 않고 지내니까 세상 사람들이 은자로 간주하는 경우가 많았는데, 덕계는 남명이 국가민족을 한시도 잊지 않는 마음가짐을 잘 알았던 것이다.
　덕계는 남명과 퇴계를 스승으로 모시고 학문을 이루었지만, 그 밖에도

---

7) 『덕계집』 권1 2-3장, 「만남명선생(輓南冥先生)」.

어릴 적의 스승인 외숙 도양필(都良弼)이 있었다.

스승을 제외하고 그에게 가장 많은 영향을 준 벗으로는 가까운 곳에 살았고, 동시대에 사환(仕宦)을 했던 옥계 노진을 칠 수 있다. 그 밖에 개암 강익, 각재 하항, 약포 정탁, 청련(青蓮) 이후백(李後白), 낙천(洛川) 배신(裵紳) 등인데 대부분이 남명 문하의 동문들이다. 퇴계의 제자로는 월천(月川) 조목(趙穆), 백담(栢潭) 구봉령(具鳳齡), 팔곡(八谷) 구사맹(具思孟) 등과 교류가 친밀하였다.

3) 학문과 사상, 정계에서의 역할

덕계는 젊은 시절 자학(自學)으로 학문적 기초를 쌓은 뒤 남명과 퇴계에게 나가 한 단계 더 발전하였다. 덕계는 학문을 이론 전개보다는 실천을 중시하는 쪽을 택했다. 그래서 그의 문집에는 이기심성(理氣心性)을 논하는 글은 거의 없다. 바른 사람 되기 위한 수양론적인 학문이었다. 그는 학문을 이렇게 생각하였다.

> 학문의 방법은 다른 것이 아니고, 사물의 이치를 궁구하고 경건한 데 입각해서 생활하는 것일 따름입니다. 옛날 학자 가운데서 정자(程子) 같은 경우는 "책을 읽어 의리를 밝히기도 하고, 고금의 인물을 평론하여 그 잘잘못을 구별하기도 하고, 사물에 접하여 그 마땅함과 마땅하지 않음을 판단하기도 한다."라고 하였습니다. 이것이 곧 이치를 궁구하는 일입니다. 옛날 학자 가운데는 '주일무적(主一無適)'으로 말한 분[程子]이 있고, '정제엄숙(整齊嚴肅)'으로 말한 분[정자]이 있고, '상성성법(常惺惺法)'으로 말한 분[謝良佐]이 있고, '마음을 수렴하여 하나의 사물도 용납하지 않는다.'라고 말한 분[尹焞]도 있습니다. 이것은 경건한 데 입각해서 생활하는 공부입니다. 이 두 단계는 수레의 두 바퀴와 같고, 새의 양 날개와 같아서 그 가운데 어느 하나도 없앨 수 없습니다. 이것이 바로 본원을 함양하는 것이고, 학문을 하는 데 입문하는 곳이며, 천하의 모든 일이 나오는 곳이고, 치란(治亂)과 흥망이 나누어지는 곳입니다.[8]

덕계는 학문을 크게 궁리(窮理)와 거경(居敬) 두 가지로 보았는데, 그 실행하는 방법은 모두 정자(程子) 등 선유(先儒)들의 설을 따랐다. 이 두 가지 가운데서 하나도 없어서는 안 되는 것이고, 세상 모든 일의 출발점으로 보았다. 그러나 덕계 자신의 학문에 대한 독창적인 견해가 있었다고 보기는 어렵고, 선유들이 내놓은 이론을 체인(體認)하여 익히려는 것이었다.

덕계는 한미한 가문에서 자신의 노력으로 학문에 정진하고 과거에 합격하여 진발(振發)한 인물로 철저하게 현실에 바탕한 실천을 위주로 하였다. 우국연민(憂國憐民)의 사상이 그의 시문 곳곳에 그대로 나타나고 있다.

국왕은 하늘의 뜻을 받들어 백성들의 고통상을 걱정하여야 한다는 점을 강조하였다. 그의 「청간상후재이관조세전(請看霜後災以寬租稅箋)」에서 이렇게 간언하였다.

> 신은 엎드려 바라건대 위로 천시(天時)를 보고 아래로 백성의 고통을 걱정하시어, 심사하여 결정하라는 명령을 특별히 늦추시어 이로써 곡식의 징수를 바로잡으시면 겨울에 땅을 갈고 여름에 김을 매어 백성들은 곡식을 배불리 먹을 수 있습니다. 윗자리에 있는 사람들의 이익을 덜어 백성들에게 은택을 베풀면 탄식이 들판에서 일어나지 않을 것입니다. 어찌 때에 맞춰 처리하는 조치가 적당함뿐이겠습니까? 또한 나라의 근본이 견고해질 수 있습니다.9)

한 나라의 국왕으로서 백성들이 재해를 당한 실정을 잘 파악하여 세금 징수를 바로잡으면 백성들의 생활이 개선될 수 있고, 백성들의 생활이 안정되어야 나라의 근본이 튼튼해질 수 있다고 선조(宣祖)에게 경각심을 갖도록 덕계는 강하게 건의하였다.

---

8) 『덕계집』 권3 11장, 「청궁리거경차(請窮理居敬箚)」.

9) 『덕계집』 권1 28장.

「교경기관찰사김덕룡서(敎京畿觀察使金德龍書)」를 보면, 그의 정치에 대한 기본적인 생각이 잘 나타나 있다.

> 농사짓고 누에치는 것은 입고 먹는 것의 근본이니, 장려하고 독촉하여 시기를 놓치지 말아야 한다. 학교는 교화(敎化)의 근원이니 사람을 키우는 데 의당 그 방법을 다해야 한다. 곤궁한 사람에게 자식처럼 혜택을 베풀어 하소연할 데 없다는 원한이 없게 해야 한다. 한미한 처지에 있는 훌륭한 사람을 드러내어 어진 인재를 버려둔다는 탄식이 없게 해야 한다. 이익을 추구하고 권세에 아부하는 사람은 쫓아낼 방도를 생각해야 한다. 힘을 믿고 약자를 업신여기는 사람은 칠 방도를 생각해야 한다. 맡은 지역을 지키는 데 있어서는 신중하고 견고하게 하려고 해야 한다. 무기를 갖추는 데 있어서는 견고하고 예리하게 하려고 해야 한다. 사졸들이 백성들을 침탈하는 우려가 없게 하고, 군대는 기율을 분명히 해야 한다.10)

덕계는 이상적인 이론에 치우친 학자가 아니고 현실을 아는 실천주의자였다. 그래서 현실정치의 문제점을 해결하는 방법과 순서를 알고 있었다. 농상(農桑)에 근본적으로 힘써야 백성들이 먹고 살 수 있다. 그 다음에는 학교를 일으켜 교화를 펼쳐야 사람이 사람답게 살 수 있다. 곤궁한 사람을 구제하고 숨은 인재를 발굴하고 세상 도덕윤리를 바로잡아야 하고, 국방을 튼튼히 하되 군인들의 난동을 사전에 막아야 한다고 보았다.

덕계가 호남지방에 어사(御史)로 나가서 백성들의 하소연을 듣고 국왕에게 아뢴 계사(啓辭)에 이런 내용이 있다.

> 근년에는 관례로 정포(正布) 90필을 주고서 그 군역을 대신 세우니 곤궁한 것이 이 지경에 이르렀습니다. 제때에 준비하여 보낼 수 없으면 죄과를 신문하여 나무라고 처벌하며, 속전(贖錢)을 징수하는 것 또한 지독합니다. 백성의 생활이 곤란한 것이 이런 데서 극도에 이르렀습니다.

---

10) 『덕계집』 권2 2장.

공물(貢物)의 경우 서울의 20개 관아 및 훈련원, 금위영(禁衛營), 어영청(御營廳)과 각 감영(監營)에 납부하는 것은 이루 다 말로 할 수 없습니다. 그 가운데 가장 괴롭고 버티기 어려운 것은 풍저창(豊儲倉)과 장흥고(長興庫)에 바치는 종이·유지(油紙)·돗자리, 혜민서(惠民署)에 바치는 애기풀·백복령·당귀, 내섬시(內贍寺)에 바치는 참기름, 사복시(司僕寺)에 바치는 말덕석 10개, 의영고(義盈庫)에 바치는 밀랍, 장원서(掌苑署)에 바치는 홍시·배[梨]·개암 등의 물품입니다.

도망간 사람의 토지는 아직 떠나지 않고 남아 있는 백성에게 주고서 그 세금을 받아냅니다. 저들은 동분서주하면서 요역(繇役)에 응하기에도 겨를이 없는데, 또 어찌 다른 사람의 농지를 경작하여 먹고 살 수 있겠습니까? 단지 쉬운 곳을 골라서 개간할 따름입니다. 이와 같이 버려두고 경작하지 않은 것이 8, 9년 혹은 5, 6년 혹은 3, 4년이 됐지만 거기에 미칠 여력이 없습니다. 혹 토지가 없는 사람은 그 땅에 농사지어 먹고 살 수 있겠지만, 한 번 몇 마지기를 개간했다 하면 여러 해 내지 않은 세금을 반드시 그 사람에게 덤터기를 씌우니, 누가 다시 그곳에 발을 들여놓아 스스로 화를 당하려 하겠습니까? 이것이 황무지가 예전 그대로인 까닭입니다.[중략]

한 알도 입에 들어갈 것이 없는데 각종 명목의 세금이 있어 가렴주구(苛斂誅求)가 이미 극도에 이르렀으니, 저희들은 무엇에 의지하여 생활하겠습니까?[11]

덕계는 어사로 나가서 가렴주구에 시달리는 백성들을 직접 면담하고 백성들의 실상을 정확하게 파악하여 국왕에게 상세히 보고하였다. 덕계 자신이 어려서 시골에서 어렵게 자랐기 때문에 농민들의 실상을 파악할 수 있는 통찰력이 있었던 것이다. 역대로 많은 어사들이 올린 장계(狀啓)가 있지만, 덕계의 것만큼 백성의 입장에서 정확하게 철저하게 백성들의 실상을 보고한 것은 드물 것이다.

그러나 덕계처럼 원리원칙을 지키며 바르게 살아가기는 싫지 않았다. 많은 사람들이 덕계에 하는 일을 두고 심하게 화를 내었다.

---

11) 『덕계집』 권4 4장, 「어사겸재상경차관시계(御史兼災傷敬差官時啓)」.

이미 6품직에 승진하여 청요직(淸要職)을 맡아 이조 정랑이 되어, 공정한 도리를 펼치기에 힘썼다. 사람됨이 순실(淳實)하고 과감하여 일을 만나면 바로 밀고 나갔지 돌아가거나 꺾이지 않았다. 그러자 원망하는 사람들이 많아졌다. 노진은 오건과 옛날부터 친분이 있었다. 오건을 꾸짖어 "자네는 시골에서 출세해 와서 청요직에까지 이르렀으면 자네한테는 과분한 것이다. 마땅히 몸을 사리고 조심을 해야지 어째서 멋대로 자기 의견을 고집해서 스스로 여러 사람들의 노여움을 사느냐?"라고 했다. 그래도 오건은 고치지 않았고, 여러 사람들의 노여움은 더욱 심해졌다. 그때 임금의 뜻도 사류(士類)들에게 염증을 내었고, 속류(俗流)들의 세력이 더욱 성해져 갔다. 오건은 어떤 일을 할 수 없다는 것을 알고서 이내 벼슬을 버리고 고향으로 돌아갔다.12)

덕계가 얼마나 철저하게 자신이 배운 바대로 실행하려고 했는지 알 수 있게 하는 기록이다. 그러나 조정관원들 가운데는 덕계를 이해하기는커녕 화를 내고 미워하는 사람이 많아졌고, 선조(宣祖)도 바른 선비를 싫어하는 기미를 보이자 어떤 일을 할 수 없다는 것을 알고서 덕계는 고향으로 돌아왔다.

뜻을 펼 수 없으면서 조정에 그대로 남아 있는 것은 녹만 받아먹겠다는 것이니, 시위소찬(尸位素餐)일 따름이다. 스승 남명의 출처대절(出處大節)의 가르침을 생각할 때 그대로 조정에 남아 있을 수가 없었던 것이다. 이때 덕계는 벼슬을 버리고 고향에 돌아온 이후로 다시는 조정에 나가지 않았다. 국가민족을 위해서 일해 보겠다는 큰 뜻을 가졌지만, 현실은 뜻과 같지 않았던 것이다. 은자는 아니지만 벼슬은 할 수가 없었다. 이런 점은 남명이나 퇴계나 다 마찬가지였는데, 덕계도 두 스승이 갔던 길을 따랐던 것이다.

12) 『선조수정실록(宣祖修正實錄)』 권6 1장.

4) 사림(士林)들의 덕계(德溪)에 대한 평가

덕계는 배운 바를 실천에 옮기려고 언론이 강직했기 때문에 미워하는 사람들도 많았지만 많은 동료나 후배들로부터 칭찬을 받았다.

약포 정탁은 이렇게 평했다.

> 덕계가 시강(侍講)이 되어 경연에 입시하였는데, 강론(講論)이 정숙(精熟)하니 당시에 명망이 아주 높아졌다. 이조의 낭관(郎官)이 되어서는 인재를 쓰는 것이 구차하지 않았다. 그 자리에 적합하지 않는 사람은 대부분 바꾸고 바로잡았는데, 판서가 간혹 꺼리는 기색을 보이기는 했으나 역시 감히 화를 내지는 못했다. 대각(臺閣)에 출입할 때는 그 당시의 소차(疏箚)가 대부분 그의 손에서 나왔는데, 바른 논의가 곧고 끊는 듯하여 그 당시 사람들이 싫어하는 바를 거리끼지 않았기 때문에 당시 사람들 가운데 혹 기뻐하지 않은 자도 많이 있었으나 공은 끝내 변하지 않았다.[13]

덕계는 경연에 입시하여 강의도 잘했고, 이조의 정랑이나 좌랑을 맡아 공정한 도리를 펼치려고 노력했고, 사헌부나 사간원에서 올리는 소차를 다 자기 손으로 썼으니 문장도 뛰어났음을 알 수 있다. 그리고 조정에서 자신의 소신을 변치 않은 바른 처신을 하였다고 약포가 칭찬했다.

율곡(栗谷) 이이(李珥)는 이렇게 평했다.

> 오건은 어려서부터 학문을 좋아하였는데 늦게 과거에 급제하여 벼슬에 나왔다. 선비들이 그가 어질다는 것을 대부분 알고 사관(史官)에 천거하였으나, 사관은 재능을 시험하는 것이 관례가 있었으므로 오건은 나아가지 않았다. 어떤 사람이 그 까닭을 묻자 '내가 무엇 때문에 천고(千古)의 시비 속으로 스스로 들어가야 하겠소?'라고 하였다. 이조(吏曹)의 낭관(郎官)이 되어서는 공정한 도를 넓히기에 힘썼다. 사람됨이 순수하고 착실하고 과감하여 일을 만나면 곧장 앞으로 나아갔기 때문에 원망하는 사람들이 많았다.

---

13) 『덕계집』 권7 10장, 「덕계행장」.

오건은 뜻한 일을 할 수 있는 것이 없다는 것을 알고는 곧 벼슬을 버리고
돌아갔다.14)

　오건이 이미 돌아가자 사류들이 대부분 애석해하였다. 기필코 다시 등용
하고자 하여 잇달아 시종(侍從)의 직위에 임명하였으나, 모두 사양하고 나오
지 않았다. 고향에 가서 산 지 3년 만에 세상을 떠났다.15)

덕계는 순수하고 착실하며 과감하여 공정한 도리를 넓히기에 힘쓰는
등 바르게 행신(行身)하여 많은 사람들의 기대를 받았는데, 관직을 버리고
귀향하니 많은 사람들이 아쉬워하였다. 그 뒤 20여 차에 걸쳐 벼슬로 계속
불렀으나 얼마 되지 않아 세상을 떠나고 말았으니, 율곡도 매우 아까워하
고 있다.
　택당(澤堂) 이식(李植)이 자기 자제들에게 적어준 글 가운데 덕계를
남명과 퇴계의 문하에서 가장 우수한 제자로 쳤다. 그러나 일찍 세상을
떠나 제자를 남기지 못한 것을 아쉬워하였다.

　덕계 오건이 학행(學行) 면에서 가장 우수하였다. 두 분 선생의 문하에
모두 나아가 종유(從遊)하였으나 일찍 죽는 바람에 후세에 전해지는 바가
없다.16)

후세의 학자로 『덕계연보』의 발문을 쓴 노주(老洲) 오희상(吳熙常)은
덕계에 대해서 포괄적인 평을 남겼다.

　이때 덕계는 남쪽지방에서 일어났다. 깊은 학문과 곧은 지절(志節)로 조정
에서 떨쳐 개연히 임금을 요순(堯舜)처럼 만들고 백성을 요순의 백성으로

14) 『율곡전서(栗谷全書)』 권29, 「경연일기(經筵日記)」 5장.
15) 『율곡전서』 권29, 「경연일기」 54장.
16) 이식(李植) 『택당별집(澤堂別集)』 권15 7장, 「시아대필(示兒代筆)」.

만드는 것을 자기의 임무로 삼았다. 경연과 대각(臺閣)을 출입하면서 나아가
서는 훌륭한 말을 다하였다. 그러나 조정의 논의가 분열되어 어떻게 할 수
없다는 것을 알고는 벼슬을 버리고 돌아가 숨어 도(道)를 강마(講磨)하고
뜻을 구했다. 여러 번 불러도 다시 나가지 않고 일생을 마쳤다.[17]

　유교의 이상을 실현해서 정치를 바로잡겠다는 집념을 갖고 경연과 대각
등에서 소신껏 일했지만, 뜻을 이룰 수 없다는 것을 알고 고향에 돌아갔다
가 다시는 벼슬에 나오지 않고 그대로 세상을 떠났다는 것이다.
　덕계를 아는 모든 사우들이 덕계를 순수하고 진실하고 과감하여 배운
바대로 실행하였는데, 조정에서는 공정한 도리를 넓혀가려고 노력하였고,
학문과 문장에도 뛰어났다는 평가를 했다.

Ⅲ. 『덕계집(德溪集)』에 대한 고찰

1. 간행경위

　『덕계집』은 원집(原集) 8권, 『연보(年譜)』 2권, 권(卷)을 이루지 못하는
보유와 신도비명이 첨부되어 모두 5책이다. 그러나 덕계의 시문은 그 동안
많이 없어졌다고 볼 수 있다. 예를 들면 동강(東岡) 김우옹(金宇顒)의『동
강집(東岡集)』에는 덕계와 주고받은 서간이 3편이 있으나,『덕계집』에는
1편 밖에 실려 있지 않은 사실에서도 알 수 있다.
　원집은 서발(序跋) 등이 없어 정확하게 언제 간행되었는지 알 수가 없
다. 1829년에 쓴 강고(江皐) 유심춘(柳尋春)의 「연보서문」[18]에 "문집이
간행된 지 100여 년이 되었다"라고 한 기록을 볼 때, 문집은 1729년 이전에

---

17) 오희상(吳熙常) 권15 26장, 「덕계선생연보발(德溪先生年譜跋)」.
18) 필자 소장의 『덕계연보』와 유심춘(柳尋春)의 『강고집(江皐集)』에는 발문(跋文)으로 되어
　　있다.

간행되었음을 알 수 있다. 그리고 1796년(정조 20) 편찬이 완성된 서유구
(徐有榘)의 『누판고(鏤版考)』에 『덕계집』이 수록되어 있고, 그 주석에 "산
청 서계서원(西溪書院)에 보관되어 있다"라고 했으니, 이 책은 영조(英祖)
초기에 목판으로 간행되었다는 사실을 추정할 수 있다.

『연보』는, 유심춘의 「연보서문」에 1829년 간행된 것으로 명확히 기록되
어 있다.

경상우도(慶尙右道) 지역을 대표하는 겸재(謙齋) 하홍도(河弘度)의 『겸
재연보(謙齋年譜)』의 1663년(현종 4)조에 "덕계(德溪) 오선생(吳先生) 의
연보를 편차(編次)하고 이어 문집을 수정(修正)하였다"라고 하고, 그 소주
(小注)에 이렇게 기록되어 있다.

> 선생은 어려서부터 덕계선생에 대해 극도로 존모(尊慕)해 왔다. 산음(山陰
> : 山淸)의 서계서원(西溪書院)은 덕계선생을 향사(享祀)하는 곳이다. 선생은
> 그때 원장으로 있었다. 산음과 함양(咸陽) 두 고을의 선비들이 바야흐로 『덕
> 계집』을 간행하는 사업을 시작하였는데, 선생에게 문집을 정리하고 연보를
> 편차해 줄 것을 요청했다.[19]

1663년에 『덕계집』과 『덕계연보』의 간행하는 일이 시작되었다고 볼 수
있지만, 실제로 문집은 간행되는 데까지는 미치지 못했고 연보는 착수하지
않았던 것이다. 1829년 간행된 『연보』에 『덕계집』이나 『연보』 간행에 관
한 기사가 전혀 없다. 1829년에 지어진 『연보』 서문과 1827년에 간행된
노주(老洲) 오희상(吳熙常) 발문에 연보가 그때 '처음으로 편차되어 간행
된다'라고 기록되어 있다.[20]

『덕계연보』는 1829년 후손 오사덕(吳思德)과 이기일(李奇一) 등이 산
음(山陰) 고을의 사림들과 발의하여, 여러 기록을 모아 유심춘(柳尋春)에

---

19) 『겸재문집(謙齋文集)』 부록 『연보(年譜)』 권1 35장.
20) 안정(安柾) 『덕계집(德溪集)』 해제, 한국문집총간 해제집 제2책.

게 편차를 부탁하였다. 유심춘은 문집에 들어 있는 강대수(姜大遂)가 지은 「행장」에서 사실을 연대적으로 고찰하고, 아울러 제현(諸賢)들이 기록한 실적을 모아 한 편의 초고를 만들었다. 그것을 『연보』 권1로 하고, 『덕계집』의 부록에 수록되지 않은 지구(知舊)와 제자들의 만사(挽詞)와 제문(祭文)을 모아 『연보』 권2로 편집했다. 덕계의 시 14수를 모아 『덕계집보유(德溪集補遺)』로 만들었다.

필자가 소장한 『덕계집』에는 유심춘의 글이 발문(跋文)으로 되어 오희상(吳熙常)의 발문 뒤에 붙어 있다. 그 뒤에 『덕계집보유(德溪集補遺)』가 들어 있다. 유심춘의 문집 『강고집(江皐集)』 권9에도 「덕계선생연보발(德溪先生年譜跋)」이라는 제목으로 되어 있다.

규장각본 『덕계연보』 첫머리에 유심춘의 서문이 붙어 있다. 권2의 26장과 27장 사이에 1896년 사미헌(四未軒) 장복추(張福樞)가 지은 「덕계선생신도비명(德溪先生神道碑銘)」이 4장 들어 있다. 맨 마지막 27장과 28장에 오희상이 지은 발문이 붙어 있다. 「신도비명」은 나중에 판각하여 끼워넣은 것이다. 서울대학교 규장각 소장본을 대본으로 해서 영인한 한국문집총간에 수록된 『덕계집』과 아세아문화사 『남명집(南冥集)』 속에 함께 영인되어 있는 『덕계집』은 「신도비명」이 중간에 끼어 있다.

그러나 필자가 소장하고 있는 『덕계집』 5책본 가운데 제4책의 7권과 8권 사이에 규장각 소장본에는 없는 권7의 18, 19장, 20장, 21장 등 4장이 더 들어 있다. 17장은 제2행에서 문장이 끝나 그 이후는 공백이고, 맨 마지막 행에 권7이 끝났음을 알리는 '덕계선생문집권지칠(德溪先生文集卷之七)'이라고 판각해 놓았다. 18장부터 서제(書題)는 '덕계선생문집권지칠'로 되어 있다. 여기에 실린 글은 「청액상소(請額上疏)」, 「사제문(賜祭文)」이다. 아세아문화사 영인본에도 들어 있다.

2. 문집의 내용과 가치

『덕계집』은 서문이나 발문이 없다. 본래 『주자대전(朱子大全)』이나 『퇴계집(退溪集)』 등 도학자(道學者)의 문집에는 서문이 없는 것이 일반적이다.

맨 첫머리에 총목차가 실려 있다.

문집은 4책인데 제1권에는 시, 부(賦), 표(表)가 실려 있다. 시는 체별로 나누어 수록했는데 오언절구 11수, 오언율시 14수, 칠언절구 67수, 칠언율시 18수, 오언배율(五言排律) 2수, 칠언고수 2수로 모두 114수이다. 문집을 편찬할 때 도학자는 시를 시대별로 배열하고 전문 시인의 경우 시체별(詩體別)로 분류하는 것이 원칙인데, 덕계집은 시체별로 배열하여 편집되어 있다.

부는 4편, 표가 3편이다.

제2권에는 교서(敎書), 축문(祝文)·제문(祭文)이 실려 있다. 교서 2편, 축문 21편, 제문 14편이 실려 있다.

제3권에는 소차(疏箚) 6편이 실려 있다.

제4권에는 계(啓) 37편이 실려 있다.

제5권에는 사장(辭章) 9편과 정묘일기(丁卯日記) 4개월치가 실려 있다.

제6권에는 퇴계와 주고받은 「연평답문질의(延平答問質疑)」와 서신 11편, 서문 1편, 논(論) 3편, 책제(策題) 1편이 실려 있다.

제7권부터는 부록으로, 덕계가 지은 글은 아니고 그의 사우들이 그를 두고 지은 전기자료(傳記資料)이다. 한사(寒沙) 강대수(姜大遂)가 지은 「행장」, 제자들이 지은 「행록(行錄)」, 종제 오한(吳侃)이 지은 「행록」, 율곡과 각재 하항이 지은 「유사략(遺事略)」, 약포 정탁이 지은 「실적대략(實跡大略)」, 모계(茅谿) 문위(文緯)가 지은 「서계서원춘추향사축문(西溪書院春秋享祀祝文)」, 겸재 하홍도가 지은 「향사축문」이 실려 있다.

제8권 역시 부록으로 한강 정구 등 사우와 제자 17명이 지은 제문 17편,

옥계 노진 등 13명의 만사(挽詞) 17수가 실려 있다.

연보는 2권 1책인데, 첫머리에 강고 유심춘의 서문이 붙어 있다. 제1권은 『연보』이고 제2권은 연보의 부록으로, 성암(省庵) 김효원(金孝元) 등 사우 제자 7명의 만사와 입재(立齋) 노흠(盧欽) 등 사우 31명의 제문 24편이 있다.

『보유』에는 문집에 실리지 않았던 덕계의 시 14편이 실려 있다.

그 다음에 사미헌 장복추가 지은 「신도비명」이 실려 있고, 맨 마지막에 노주 오희상이 지은 「연보발(年譜跋)」이 붙어 있다.

제1권에 실린 시는 대부분 서정적인 감회를 읊은 시가 많다. 그리고 사우(師友)들과의 교왕(交往) 등 덕계의 의식구조나 활동상황을 알 수 있는 시가 많다. 퇴계와 남명에 대한 만사가 각각 2수가 있어 그의 사승관계를 알 수 있는 좋은 자료이다. 이 밖에 남명과 관계되는 시가 2수가 더 있다. 그리고 개암(開巖) 김우굉(金宇宏), 각재 하항, 김희년(金禧年) 등과 관계된 시가 있다. 노경린(盧慶麟), 낙천(洛川) 배신(裵紳), 고봉(高峰) 기대승(奇大升) 등 퇴계와 남명 제자들의 작고를 애도한 만사가 있다. 그 밖에는 자신의 고향 주변의 경물(景物)을 읊은 시가 상당수 있다.

그의 시는 평이하면서도 담박(淡泊)하여 전형적인 사림파(士林派)의 시가라 할 수 있는데, 당시 현실문제와 관계된 시는 의외로 적다.

『덕계집』에 실린 중요한 문장을 소개하면 이러하다.

「활수부(活水賦)」는 주자(朱子)의 「관서유감(觀書有感)」이라는 시의 '위유원두활수래(爲有源頭活水來)'라는 구절을 부연해서 지은 부(賦)인데, 사람의 마음의 작용에 대해 서술한 글로 덕계의 성리학적인 관점을 볼 수 있다.

「불성무물부(不誠無物賦)」는 『중용(中庸)』에 나오는 '불성무물(不誠無物)'이란 구절을 부연해서 지은 부인데, 천지만물의 운행과 사람의 언행에 있어 '성(誠)'의 중요성을 강조해서 서술한 글이다.

「금등부(金縢賦)」는 『서경(書經)』 「금등(金縢)」의 내용을 부연하여 지은 부(賦)이다. 나라를 책임진 대신은 남이 알아주던 모르던 자신의 충성을 다하는 것이 중요하다는 점을 강조했다.

「청간상후재이관조세전(請看霜後災以寬租稅箋)」은 백성들이 뜻하지 않게 서리가 내려 재해를 당했으니, 백성들의 세금을 경감해 주라는 건의를 한 것인데, 임금의 자리에 있으면서 백성들의 고통상을 걱정해서 일을 결정해야 한다는 점을 강조했다.

제2권에는 교서(敎書) 두 편이 실려 있는데, 국왕을 대신해서 지은 글로 관찰사의 역할에 대해서 이야기하였다.

「사제판부사이황문(賜祭判府事李滉文)」은 선조(宣祖)의 명의로 지은 글이지만 퇴계의 학문, 덕행, 위인, 출처 등을 잘 요약해서 서술하였다.

「제남명선생문(祭南冥先生文)」은 남명의 자품과 학행, 출처대절(出處大節), 유림에서의 영향, 자신에 대한 훈도 등을 회상하여 서술하였다. 덕계가 남명에게 얼마나 경도되었는지를 알 수 있는 중요한 글이다.

「제황금계준량문(祭黃錦溪俊良文)」은 덕계가 성주 훈도로 부임했을 때 목사였던 금계(錦溪)와 함께 강학하던 일을 회상하며 갑자기 돌아간 것을 슬퍼한 글이다.

제3권의 소차(疏箚)에는 덕계의 정치사상이 들어 있는 글이 많다.

「청진학납간소(請進學納諫疏)」는 선조(宣祖)가 즉위하던 해에 선조 임금을 훌륭한 임금으로 만들기 위해서 '학문에 힘쓰고 간언(諫言)을 받아들일 것'을 건의하는 상소다. 덕계는 학문에 힘쓰기 위해서는 마음을 겸손하게 가져야 하고, 간언을 받아들이기 위해서는 마음을 비워야 한다는 점을 강조하였다. 덕계의 충간(忠懇)이 절절하게 나타난 글이다.

「논국혼비례소(論國婚非禮疏)」는 조선왕조에서 시행해 오던 왕비간택의 방식이 옛날 예법에도 맞지 않고 사리에도 맞지 않으니 시정하라고 선조(宣祖)에게 건의하고 있다. 이는 조선의 왕비간택 제도에 대해서 근본적인 개혁을 요청하는 강한 주장이다.

「청궁리거경차(請窮理居敬箚)」는 선조에게 공부하는 방법과 순서를 제시한 글이다.

제4권에 들어 있는 계(啓)에는 덕계의 현실정치에 대한 대처방안이 들어 있다.

「어사겸재상경차관시계(御史兼災傷敬差官時啓)」는 1570년 호남(湖南) 지방으로 재해(災害) 조사를 나가 백성들의 고통상을 직접 목도하여 그 실상을 국왕 선조에게 사실대로 아뢰고, 그에 대한 선조의 조처를 촉구한 글이다. 덕계의 연민의식(憐民意識)이 가장 잘 나타나 있다.

「논포조포졸폐막계(論逋租逋卒弊瘼啓)」는 세금을 내지 못해 도망간 백성이나 군역(軍役)을 피해 도망간 군졸들이 내야할 세금을 이웃이나 친척들에게 거두어 백성들을 괴롭히는 폐단을 시정해야 한다는 건의를 한 글이다. 이는 조선왕조의 장기적인 문제점이었는데, 덕계가 적나라하게 지적하였던 것이다. 이 계사(啓辭)로 말미암아 덕계는 남명으로부터 "그대 같은 사람은 배운 바를 저버리지 않았다고 할 수 있겠소"라는 칭찬을 들었다.

「청출석상궁계(請出石尙宮啓)」는 세 번 올렸는데, 간신들과 결탁하여 조정의 정치에 관여하여 해악을 끼치는 석상궁(石尙宮)을 쫓아내라고 선조에게 건의하였다. 퇴계가 경연(經筵)에서 선조를 설득하여 덕계의 건의대로 시행될 수 있었다.

「청물승급종친내관등계(請勿陞級宗親內官等啓)」는 모의전(慕義殿)에 번(番)을 드는 종친과 환관들을 승급시키자, 그렇게 하는 것은 관직의 무게를 떨어뜨리는 것이라고 선조에게 시정을 건의하는 글이다.

「청국혼상검계(請國婚尙儉啓)」는 왕실의 혼사를 검소하게 해서 나라의 비용을 절약할 것을 건의한 글이다.

「청명비변사조치비어계(請命備邊司措置備禦啓)」는 국적을 모르는 외국 선원들이 우리나라의 섬을 침범하여 약탈해 갔는데도 국가에서 아무런 조치를 취하지 않는 사실을 개탄하고, 비변사에서 방어대책을 세울 것을 건의하는 글이다.

제5권에 실린 사장(辭狀)은 덕계가 관직을 사임하면서 올린 글인데, 대부분이 자신의 건강 때문에 직책을 감당할 수 없어 사임하지 않을 수 없다는 뜻을 나타내었다.

「정묘일기(丁卯日記)」는 덕계가 주서(注書)로 있을 때 쓴 일기다. 덕계의 일기는 본래『역년일기(歷年日記)』라 하여 병인년(1566), 정묘년(1567)의 일기가 남아 있었다.[21] 문집에는 그 가운데서 정묘년 1월부터 6월까지의 일기만 뽑아 수록하였다. 기간도 6개월분만 수록하고, 내용도 발췌하고 문장도 산절(刪節)하여 원래의 모습이 아니다. 병인년(1566) 일기에는 남명이 명종(明宗)의 부름을 받아 서울에 들어오는 과정부터 서울에서 활동하는 상황과 돌아가는 일정까지 상세히 기록되어 있는데, 문집에서는 채록하지 않았다.

이 일기는 비록 2년 정도의 짧은 기간이지만 당시 임금의 동정, 조정 관원들의 활동상, 정치현안 문제, 인물평 등등 다양한 내용이 기록되어 있어 율곡(栗谷)의『경연일기(經筵日記)』, 미암(眉巖) 유희춘(柳希春)의『미암일기(眉巖日記)』등과 함께 선조 초년의 역사를 연구하는데 아주 중요한 자료라 할 수 있다. 문집에서는 분량을 줄이기 위해서 너무 일부만 실어 아쉽다.

제6권에는 첫머리에 「연평답문질의(延平答問質疑)」가 실려 있는데, 『연평답문』에 대해 덕계가 퇴계에게 질문한 문목(問目)에 퇴계가 답변한 것이다.

「여도동서원유생서(與道東書院儒生書)」는 충재(沖齋) 권벌(權橃)의 시호(諡號)를 받들어 내려왔던 덕계가 시호를 받들어 올 때 쓰였던 능화판 비단을 도동서원에 기증하겠다는 뜻을 전한 글이다.

「송이종숭상이학론(宋理宗崇尙理學論)」은 송나라 이종(理宗)이 이학을 숭상하였다고 알려져 있지만 표면적으로만 숭상한 것이고 진정으로는

---

21) 『역년일기(歷年日記)』는 1987까지 산청군 산청읍에 사는 덕계의 방손 오규환(吳珪煥)씨가 덕계 친필의 일기를 소장하고 있었으나, 지금은 행방을 모른다.

숭상하지 못했다는 사실을 증명한 논설문이다.

Ⅳ. 결어

  『덕계집(德溪集)』은 비교적 체재가 잘 갖추어진 전통적인 문집이다. 대부분의 남명(南冥)의 제자나 후학들은 문집의 양이 적은 데 비해『덕계집』은 적지 않은 시문이 수록되어 있다.

  『덕계집』은 남명학파(南冥學派) 및 경상우도(慶尙右道)의 학문과 사상을 연구하는 데 중요한 자료일 뿐만 아니라, 조선 중기 조정의 정치상황 및 유림사회의 동향을 알아보는 데 중요한 자료이다. 또 그의 언행은 학자 관료의 전형이었으므로 그의 시문을 정밀하게 연구하면 한국 선비의 사고와 언행을 밝힐 수 있을 것이다.

『桐溪集』 解題

Ⅰ. 도언(導言)

　　조선은 유학(儒學)을 중시한 나라로서 500여 년 동안 많은 선비들이 배출되었다. 선비들은 벼슬을 하건 초야에 묻혀 있건 할 것 없이 모두가 유학의 가르침에 따라서 바르게 살려고 노력하였다. 바르게 살려고 노력하는 정신이 바로 선비정신이라고 할 수 있다.

　　조선왕조 500년을 통하여 적극적으로 관계에 진출하여 철저히 선비정신에 바탕을 두고서 바른 길을 추구한 인물이 바로 동계(桐溪) 정온(鄭蘊)이다. 일반적으로 조선의 선비들이 수기(修己)의 단계에만 머문 아쉬움이 없지 않은데, 동계는 수기(修己)의 단계에서 더 나아가치인(治人)의 단계를 실현하려고 철저히 노력한 인물이다.

　　조선의 유학(儒學)의 수준이 최고조에 달했던 시기에 태어난 동계는 퇴계(退溪)의 제자와 남명(南冥)의 제자를 자신의 스승으로 삼아 양대학파(兩大學派)의 특성을 한 몸에 조화롭게 아울렀다. 따라서 그는 우리나라 학술사상사(學術思想史)에 있어서 무척 중요한 인물이다. 정치적으로는 광해조(光海朝) 대북파(大北派) 주도하의 정국과 인조반정(仁祖反正) 이후 서인 주도하의 정국에서 활약하였으므로, 그의 문집은 학술사상사적으로나 정치사적으로 대단히 중요하다. 그리고 몸소 임진왜란, 정묘호란, 병조호란을 겪었으므로『동계집(桐溪集)』에는 전란사(戰亂史)에 관한 연구에 필요한 대단히 중요한 자료가 많이 수록되어 있다.

　　동계는 경상우도(慶尙右道) 지역 선비들의 은둔하려는 경향과는 달리

적극적으로 정치에 참여하려고 하였고, 국가적인 주요한 정치사건과 거의 대부분 관계를 맺고 그 중심에서 그 사건을 겪어 나갔다.

그는 광해조(光海朝), 인조조(仁祖朝)에 걸쳐서 가장 강직한 신하라고 할 수 있다. 그는 한 마디 말 한 가지 행동에 있어서, 바른 길을 추구하지 않은 적이 없었다. 『동계집(桐溪集)』에는 그의 바른 생각이 담겨 있다. 곧 그의 선비정신이 결집되어 있다고 할 수 있다.

오늘날 우리나라는 경제적인 풍요는 어느 정도 누리고 있으나, 가장 큰 문제는 국민들의 정신적인 혼란이다. 이런 때에 『동계집』 같은 책이 국역되어 널리 읽힌다면 국민들이 정신적인 좌표를 설정하게 될 것이다.

II. 저자의 전기적(傳記的) 고찰

1. 생애와 시대상황

『동계집(桐溪集)』의 저자 정온(鄭蘊)은 1569년(宣祖 2) 경상도(慶尙道) 안음현(安陰縣) 역동(嶧洞; 현재 慶尙南道 居昌郡 渭川面)에서 태어났다. 자는 휘원(輝遠), 호는 동계(桐溪), 고고자(鼓鼓子), 본관은 초계(草溪)이다.

그 시조는 고려조에 예부상서(禮部尚書)를 지낸 정배걸(鄭倍傑)인데, 문종(文宗) 때 사학십이도(私學十二徒) 가운데서 홍문공도(弘文公徒)는 그의 제자를 일컫는 것이다. 이후 자손이 번연(蕃衍)하였으나 중간에 세계(世系)를 잃어 버렸으므로, 공의 몇 대조가 되는지는 정확히 알 수가 없다.

동계(桐溪)의 8대조 정공연(鄭公衍)의 산소가 안음현(安陰縣) 방축동(防築洞)에 있는 것을 볼 때 동계의 집안이 안의(安義) 부근에 자리잡은 것은 늦어도 이때부터라는 사실을 알 수 있다. 정공연은 가정(稼亭) 이곡(李穀)과 진사(進士) 동년(同年)이었으므로 그는 고려 말기의 인물이다.

6세조 정전(鄭悛)은 문과에 급제하여 보문각(寶文閣) 제학(提學)을 지냈는데, 처음에 거창(居昌) 용산(龍山)에 살다가 나중에 함양(咸陽) 개평(介坪)으로 옮겨 살았다. 5세조 정제안(鄭齊安) 때에 이르러 안의(安義)에 정착하였다. 동계의 가문은 동계의 5세조 이후로 별로 떨치지 못하였고, 동계에 이르러서야 비로소 문과에 급제하게 되었다. 조부 정숙(鄭淑) 때 역동(嶧洞)에 정착하였다.

부친 정유명(鄭惟明; 1539-1596)은 1573년(선조 6)에 진사시(進士試)에 합격하고서 중앙정계로의 진출을 시도하지 않고 시골에서 학생들을 가르치면서 지냈다. 당시 같은 고을의 학자인 갈천(葛川) 임훈(林薰)의 문하에서 수학하였고, 『역양집(嶧陽集)』 2권을 남겼다.

어머니는 장사랑(將仕郎) 강근우(姜謹友)의 따님인데, 남명(南冥)의 제자 개암(介庵) 강익(姜翼)의 매씨(妹氏)이다. 대대로 함양(咸陽) 효우촌(孝友村)에서 살아온 집안이었다.

8세(1576) 때 아버지 역양(嶧陽)으로부터 비로소 글을 배웠는데, 그렇게 잘 외우지 못했으나 참을성 있게 애써 공부하여 문리(文理)가 점점 트였다.

15세 때 아버지의 스승인 갈천(葛川) 임훈(林薰)을 찾아뵈었는데, 갈천은 원대(遠大)한 인물이 될 것으로 기대하였다.

21세(1589) 때 월천(月川) 조목(趙穆)을 찾아뵙고 제자가 되었다. 『동계연보(桐溪年譜)』에는 예안(禮安)으로 찾아간 것으로 되어 있지만, 이때 월천은 합천군수(陜川郡守)로 재임 중이었으므로 합천으로 찾아갔을 가능성이 크다. 퇴계(退溪)와 남명(南冥)이 동시에 굴기(崛起)하여 양대 학맥(學脈)을 형성한 이래로 선조조(宣祖朝) 중기 이후로는 조선의 학계와 관계의 출중한 인물은 거의 대부분 퇴계와 남명의 제자였다. 연보에 의하면 동계가 맨 먼저 모신 스승이 월천인 것처럼 되어 있지만 그 당시 남명의 문인으로서 가장 비중이 있었던 내암(來庵) 정인홍(鄭仁弘)이 합천(陜川)에 살고 있었으므로, 동계가 먼저 그의 문하에 출입했을 가능성이 크다. 또 내암은 월천과 관계가 좋았으므로 동계에게 월천을 따라서 배울 것을 권유했을 가능성을 배제하기 어렵다. 「동계행장(桐溪行狀)」에 의하면, 동계가 "일찍이 내암을 스승으로 섬겼다"는 기록이 있지만, 언제부터 출입했다는 기록은 없지만 여러 가지 정황으로 볼 때, 월천을 사사(師事)하기 이전에 내암을 사사하고 있었을 것으로 추정할 수가 있다. 『연보』에는 31세 때 "가야산(伽倻山)으로 정인홍을 찾아가서 그 문하에 출입했는데, 정인홍도 동계를 경중(敬重)했다"라고 되어 있다.

24세(1592) 때 임진왜란이 일어났다. 조정에서 초유사(招諭使) 김성일(金誠一)을 경상좌도(慶尙左道) 관찰사(觀察使)로 전임시키려 하자, 경상우도(慶尙右道)의 여러 선비들이 함양(咸陽)에 모여 민심을 규합하기 위해서는 김성일을 그대로 유임시켜야 한다는 소장(疏章)을 대궐에 올리기로 했는데, 그 모임에서 소장을 동계가 기초하였다.

25세 때는 명나라 군사를 영위(迎慰)할 것을 호소하는 통문(通文)을 지어 여러 고을에 돌렸다.

1595년 오리(梧里) 이원익(李元翼)이 도체찰사(都體察使)의 신분으로 성주(星州)에서 개부(開府)하고 있을 때, 동계는 아직 등과(登科)하지 않은 유생의 신분에 불과했는데 그 명망을 듣고서 직접 찾아갔다. 체찰사로서의 이원익의 업적을 칭송하고 이어 훌륭한 정승감으로 정인홍(鄭仁弘)을, 훌륭한 장수감으로 곽재우(郭再祐)를 추천하였다. 이원익이 동계의 건의를 다 받아들인 것은 아니지만, 그 우국충정에 깊이 감복했다고 한다.[1] 그 뒤 32세(1600) 때 서울로 이원익을 찾아가 스승으로 모셨다.

38세(1606) 때 진사시에 2등 제2인으로 합격하였다.

40세 때 선조가 승하하고 광해군(光海君)이 즉위하였다. 이에 앞서 정인홍이 세자 문제로 유영경(柳永慶)을 성토하다가 처벌을 받게 되었는데, 동계가 정인홍을 신구(伸救)하는 상소를 올렸다. 이해 8월에 임해군(臨海君)의 옥사(獄事)가 일어나자, 동계는 정인홍에게 편지를 보내 전은(全恩)할 것을 주장하였다.

---

1). 尹鑴 『代嘯雜記(1)』 p.706, 驪江出版社, 1989년.

41세(1608) 때 참봉(參奉)에 제수되었으나 나아가지 않았다. 그 다음해 참봉에 다시 제수되어 부임하였다.

42세 때 별시문과(別試文科)에 급제하여 권지성균관학유(權知成均館學諭)에 제수되었다. 이후 사환생활(仕宦生活)을 계속했다.

43세 때 성주(星州)로 한강(寒岡) 정구(鄭逑)를 찾아뵈었다. 그러나 32세 이전에 이원익(李元翼)에게 보낸 서한에서 "강우(江右)에서는 한강(寒岡)을 만나뵈었습니다"라는 기록을 볼 때 32세 이전에 이미 한강을 스승으로 모셨음을 알 수 있다. 이해 11월에 광해군이 요언(妖言)에 혹하여 경운궁(慶運宮)으로 환이(還移)하는 것을 반대하다가 경성(鏡城) 판관(判官)으로 좌천되었다. 선조 말년에 유영경을 성토한 공으로 그 다음해 10월에 소환되어 장악원첨정(掌樂院僉正)으로 승진하였다.

44세(1612) 때 영창대군(永昌大君)의 옥사가 일어났다. 정인홍에게 서한을 보내어 영창대군을 죽여서는 안 된다고 역설하였다. 그 다음해 영창대군이 죽임을 당하자, 동계는 봉사(封事)를 올려 영창대군을 죽인 정항(鄭沆)을 목베고 영창대군의 위호(位號)를 추복(追復)하라고 주장했다가 광해군의 친국(親鞫)을 받고 제주도(濟州道) 대정현(大靜縣)에 위리안치(圍籬安置)되었다. 이후 10년 동안 학문연구와 저술에 몰두하였다.

1623년(55세) 인조반정이 있은 직후 인조(仁祖)가 '광해조(光海朝)에 곧은 도(道)를 지키다가 배척을 당한 사람이다'라고 하여 사간원(司諫院) 헌납(獻納) 겸 지제교(知製敎)로 불렀다. 동계는 성루에 들어가 폐세자(廢世子)를 법대로 처리하라는 대세에 대해 선처하라고 진계(陳啓)하고는 사직하고 귀향하였다.

1624년 인성군(仁城君)의 옥사가 일어나자, 광해군이 폐출(廢黜)된 가장 큰 원인은 골육을 죽였기 때문이라는 사례를 들어 인조에게 전은(全恩)할 것을 건의하고 피혐(避嫌)하였다.

1625년에 대사간(大司諫), 도승지(都承旨) 겸 경연참찬관(經筵參贊官) 등에 제수되었는데 사양하였으나 받아들여지지 않았다.

1626년 인조가 생모 계운궁(啓運宮)의 상(喪)에 삼년복(三年服)을 입으려 하자 반대했다. 5월 경상도 관찰사에 임명되었다가 7월에 갈리었다.

1627년(59세) 정묘호란이 일어나자 강도(江都) 행재소(行在所)로 달려가 차자(箚子)를 올려 전수(戰守)할 것을 주장했다.

이후 한성부(漢城府) 좌윤(左尹), 병조참판(兵曹參判), 대사간(大司諫), 도승지(都承旨), 이조참판(吏曹參判), 대사헌(大司憲) 부제학(副提學) 등 직을 역임하였다.

1636년(68세) 12월 청병(淸兵)이 대거 내침해 오자, 어가(御駕)를 호종(扈從)하여 남한산성(南漢山城)으로 들어갔다. 그 다음해 1월 성이 포위된 가운데서도 화의(和議)를 반대하고 화의를 주선한 최명길(崔鳴吉)을 죄줄 것을 요청하였다. 인조가 성을 나가 항복하려는 논의가 결정되자, 동계는 자결을 시도하였으나, 생명은 끊어지지 않았다. 인조의 어가가 항복하기 위해서 성을 나가자, 처변지도(處變之道)에 관한 차자를 올리고 인조와 하직하고서 다음 달에 가마를 타고 고향으로 돌아왔다.

1638년(70세) 덕유산(德裕山) 남쪽 골짜기인 모리(某里)로 들어가 움막을 짓고 산전(山田)을 일구어서 손수 기장을 심어 가꾸며 살아갔다. 자신의 경륜(經綸)을 담은 건의를 해도 받아들여지지 않고, 조정에서 일하는 관료들과 의견이 맞지 않아 초야에 숨어 여생을 보낼 계획을 하였다. '모리(某里)'라는 지명은 동계가 지은 것은 아니지만, 모리(某里)라는 명칭을 다른 것으로 바꾸지 않고 좋아한 것은 '청나라의 영향권에 들어간 조선의 영토에 포함되지 않은 정해진 이름이 없는 땅'이란 의미를 내포하고 있다.

1671년(73세) 6월에 졸하였다. 인조가 예관(禮官)을 보내어 치제(致祭)했다. 다음해 1월 거창(居昌) 주곡리(主谷里)에 안장하였다. 3월 용문서원(龍門書院)과 함양의 남계서원(灆溪書院) 별사(別祠)에 배향되었다.

1652년(효종 3) 나라에서 자헌대부(資憲大夫) 이조판서(吏曹判書) 겸 지경연의금부성균관사(知經筵義禁府成均館事) 홍문관(弘文館) 대제학(大提學) 예문관(藝文館) 대제학 세자좌빈객(世子左賓客)에 추증하였고,

그 다음해 문간(文簡)이라는 시호(諡號)를 내렸다.

1794년(숙종 20) 조정에서 숭정대부(崇政大夫) 의정부(議政府) 좌찬성(左贊成)으로 증직(贈職)을 더해주었다. 1700년 남한산성의 현절사(顯節祠)에 배향되었다. 이 밖에도 제주도 귤림서원(橘林書院), 거창의 도산서원(道山書院) 등에 배향되었다.

2. 학문과 사상

동계(桐溪)는 어려서 아버지 정유명(鄭惟明)에게 배웠는데, 정유명(鄭惟明)은 갈천(葛川) 임훈(林薰)과 옥계(玉溪) 노진(盧禛)의 제자였다. 그리고 남명(南冥) 조식(曺植)을 종유하여 그 영향을 받았다. 임훈은 일정한 스승 없이 학문을 이루었는데, 일두(一蠹) 정여창(鄭汝昌) 이래의 영남사림파(嶺南士林派)의 학문적 분위기 속에서 생활하였고, 또 남명(南冥) 조식(曺植)과 절친한 벗으로서 학문을 강마(講磨)하였다.

동계가 청소년이었을 때 경상우도(慶尙右道)의 학문적 분위기는 남명의 제자들이 주도하고 있었고, 그 가운데서도 정인홍(鄭仁弘)의 성망(聲望)이 가장 대단하였다. 정인홍은 남명의 제자 가운데서 가장 뛰어난 사람 가운데 한 사람이었다. 동계가 언제 처음 정인홍을 만났는지는 기록에 남아 있지 않지만, 지역적으로 볼 때 상당히 어린 시절부터 정인홍의 문하에 들어갔을 수가 있다. 그래서 남명 학문의 특성이라 할 수 있는 '경의지학(敬義之學)', 실천위주의 학문, 절의(節義) 숭상 등등을 정인홍을 통해 계승했을 수 있다. 동계 자신은 「학기유편(學記類編跋)」에서 "남명은 이미 성현의 경지에 이르렀다"라고 말할 정도로 남명을 대단히 추앙하고 있다. 정인홍이 인조반정으로 처형된 이후 후인들에 의해서 가능한 한 동계와 정인홍과 관계된 기록을 산삭(刪削)해 버렸기 때문에 자세한 관계를 알 수 없는 것이다.

또 동계의 외숙인 개암(介庵) 강익(姜翼)은 남명의 인정을 받은 제자로서 남계서원(灆溪書院) 건립을 주도하는 등 몇 차례의 사화(士禍)로 선비들의 기상(氣像)이 저상(沮喪)된 시대에 도학(道學)을 부흥시키려고 노력하였다. 동계는 강익의 이런 학맥을 계승하였음을 알 수 있다.

경상우도의 인물로는 드물게 동계는 퇴계(退溪)의 고족(高足)인 월천(月川) 조목(趙穆)을 젊은 시절부터 스승으로 섬겼다. 조목은 15세 때부터 퇴계에게 오랫동안 친자(親炙)를 받아 퇴계 학문의 정수(精髓)를 물려 받았다. 그래서 동계는 「월천조선생신도비명(月川趙先生神道碑銘)」에서 "월천선생의 아름다운 자질은 퇴계를 얻어서 완성되었고, 퇴계의 도학(道學)은 선생을 얻어서 빛을 얻게 되었다"라고 하여, 월천의 자질이 퇴계에 의하여 계발되었고, 퇴계의 도학(道學)은 월천으로 인해서 계승·발양(發揚)되었음을 밝혔다.

동계는 한강(寒岡) 정구(鄭逑)를 스승으로 삼았는데, 한강 역시 퇴계와 남명 양문(兩門)을 다 출입하였다. 그러나 한강과의 사승관계(師承關係)를 알아 볼 수 있는 자료는 별로 남아 있지 않다. 이는 두 가지로 생각할 수 있는데, 첫째는 본래부터 동계는 정인홍의 제자로서, 정구와는 별 밀접한 관계가 없었는데, 정인홍 몰락 이후 동계를 정인홍의 제자라고 표방하면, 동계에게 누가 되기 때문에, 후손들이 정구의 제자로 만들었을 가능성이 없지 않다. 둘째는 관계자료가 인멸되었을 수가 있다.

동계는 한강보다는 적극적으로 월천을 사사함으로써, 동계의 학문은 남명의 영향권 안에만 안주하지 않고, 퇴계의 학맥을 함께 계승할 수 있었다. 이는 동계가 남명학파의 한계를 벗어나 다른 학자들보다 더 우수할 수 있는 바탕을 마련한 것이었다. 특히 퇴계를 극도로 비난하던 정인홍과는 퇴계에 대한 시각이 완전히 달랐다.

덕계(德溪) 오건(吳健), 한강(寒岡) 정구(鄭逑) 동강(東岡) 김우옹(金宇顒) 등이 이미 퇴계·남명 생존시에 양문(兩門)을 출입하여 두 선생의 학문적 특징을 새롭게 적절히 조화시켰는데, 동계는 두 선생의 제자들을 통해서 두 학파(學派)의 학문을 변증법적으로 조화시켜 자신의 학문을 형성하였다. 예를 들면 퇴계는 실천뿐만 아니라 저술을 아주 중시했지만, 남명은 "정주(程朱) 이후로 꼭 저술은 필요 없고, 책에 있는 것을 실천하면 된다"라고 했다. 동계는 이를 절충하여 "공자 맹자 이전 시대의 것은 공자(孔子)·맹자(孟子)가 말했고, 정자(程子)·주자(朱子) 이전의 것은 정자·주자가 말했다. …… 만약 논술(論述)을 하려고 한다면 정주 이후의 것은 괜찮다.(『年譜』)"라고 하여 "저술이 전혀 필요하지 않다"는 남명의 주장을 약간 수정하였다. 이는 남명의 주장을 극단적으로 몰고가 저술을 거의 중시하지 않았던 경상우도의 여타 일부 학자들과는 사고의 틀을 달리한다.

이런 사고를 갖고서 동계는 절의(節義)를 생명처럼 중히 여겼을 뿐만 아니라, 저술도 중시하였다. 그래서 제주도에 위리안치되어 있는 동안에도 경사(經史)를 섭렵하여 문왕(文王)에서 진덕수(眞德秀)에 이르기까지 곤경에 처해 있으면서도 바른 길을 잃지 않았던 인물 59명의 사행(事行)을 수집하여 『덕변록(德辨錄)』을 편찬하였고, 모리(某里)에 둔거(遯居)하면서 주자(朱子) 이후 제유(諸儒) 및 동방오현(東方五賢)의 언행을 유편(類編)하여 『속근사록(續近思錄)』을 편찬했으나, 완성하지는 못하였다. 이는 주자 이후 여러 유학자들의 언행을 체계적으로 정리하고, 또 우리나라 유현(儒賢)들의 언행을 정리하려 한 것이다. 우리나라 유현들의 언행을 정리하여 내려고 한 것은, 우리나라에서는 최초의 일로 우리 학문에 대한 자부심의 발로라고 볼 수 있겠다.

동계는 주로 경사(經史)와 송유(宋儒)들의 책을 즐겨 읽었는데, 특히 송유들이 지은 도설(圖說), 잠명(箴銘), 찬(贊), 굴원(屈原)이 지은 「복거(卜居)」, 「어부사(漁父辭)」, 제갈량(諸葛亮)의 「전후출사표(前後出師表)」 등의 글을 매일 새벽 외웠다. 유배 당한 사람으로서의 울분을 달래고 나라에 대한 충성심을 다짐하려는 생각에서였다.

그의 문장은 대부분 현실적인 필요에 의해서 지어진 내용 위주의 것으로, 그 문체는 간명(簡明)하고 직절(直切)하다. 그 당시 대부분의 학자들이 큰 관심을 가졌던 성리설(性理說)이나 예설(禮說) 등에 관한 글은 하나도 없는 것이 특징이다.

동계는 42세(1610) 때 출사한 이후로 광해조(光海朝)에 대북파(大北派) 의 전횡을 막으려다 폄직(貶職), 유배(流配) 등으로 고난의 세월을 보냈 고, 인조반정(仁祖反正) 이후로는 서인집권 세력들과의 의견 대립, 두 차 례의 호란(胡亂) 등의 와중에서 안정된 환경에서 학문에 침잠(沈潛)할 기 회가 거의 없었다. 이런 까닭으로 73세라는 당시로서는 비교적 장수한 편이지만, 학문적인 저서를 하거나 전문적으로 제자를 교육할 겨를이 별 로 없었다.

그러나 본래 북인(北人)이었던 동계는 인조반정(仁祖反正) 이후 남인계 열(南人系列)에 속하게 되어 이원익(李元翼)의 후계자로서 잠시 남인(南 人)의 지도자적 위치에 있으므로 해서, 나중에 남인의 중심인물이 된 용주 (龍洲) 조경(趙絅)과 미수(眉叟) 허목(許穆)이 그 제자가 되었다. 이 밖에 제자들은 대부분 가끔 향리에 물러나 있는 동안에 길렀다. 그 가운데 비교 적 잘 알려진 인물로는 강대수(姜大遂), 이서(李簭), 박공구(朴羾衢), 임진 부(林眞怤), 정린(鄭繗), 조정생(曺挺生), 정필달(鄭必達) 등을 들 수 있다.

동계는 화이사상(華夷思想)이 철저하여 명(明)나라에 대해서는 대국으 로 섬겨야 한다는 생각이었지만, 청(淸)나라에 대해서는 오랑캐라 하여 끝까지 목숨을 걸고 배척하였다. 청나라와의 화의(和議)가 성립된 뒤로는 세상과의 관계를 끊고 살다가 일생을 마쳤다. 1637년 마지막으로 사용되 었던 명나라의 책력(冊曆)에 적은 시 「서숭정십년력서(書崇禎十年曆書)」 에 그의 '숭명배청(崇明排淸)'사상이 잘 나타나 있다.

숭정(崇禎)이란 연호(年號)는 여기서 그쳤나니,　崇禎年號止於斯
명년에 어찌 차마 다른 나라 책력 펼치겠는가?　明歲那堪異曆披
이제부터 산골에 사는 사람 일이 줄었나니,　從此山人尤省事
단지 꽃잎 보고서 시절 바뀌는 것 알겠도다.　只看花葉驗時移

　오늘날의 관점에서 보면 그의 사상의 한계를 인식할 수 있겠지만, 당시 유교적 존주양이(尊周攘夷)의 관념에서 조선은 유교문화의 수준이 높은 국가라는 자존심을 갖고서 자신의 자세를 끝까지 견지했다고 볼 수 있겠다.

3) 정치적 역할과 위상

　동계는 경상우도(慶尙右道) 지역의 선비들의 은둔적인 경향과는 달리 적극적으로 정치에 참여하려 하였고, 국가적인 주요한 정치사건과 거의 대부분 관계를 맺고 그 중심에서 그 사건을 겪어 나갔다. 특히 서인 주도하의 인조반정 이후의 정국에도 적극적으로 참여하였다.

　임진왜란이 일어나던 1592년 24세의 젊은 나이로 함양(咸陽)의 소회(疏會)에 참석하여 완의(完議)를 기초하였다.

　1595년부터 이원익(李元翼)은 제도도체찰사(諸道都體察使)에 제수되어 성주(星州)에서 개부(開府)하여 영남의 각군현을 순시하였다. 동계는 그때 아직 등과(登科)하지 않은 유생의 신분일 뿐이었는데도 이원익의 명망을 듣고 직접 체찰부(體察府)로 찾아갔다. 체찰사로서의 이원익의 업적을 칭양(稱揚)하고, 이어 훌륭한 정승과 장수감으로 정인홍(鄭仁弘)과 곽재우(郭再祐)를 추천하였다. 이원익이 정온의 건의를 다 받아들인 것은 아니지만 그 우국충정에 깊이 감복했다고 한다. 동계는 젊은 시절부터 국가민족의 일에 대단한 관심이 있었다는 것을 알 수 있다.

　36세(1604) 때 상소하여 오현(五賢)의 문묘종사(文廟從祀)를 요청했다고『동계연보(桐溪年譜)』에 기록되어 있으나,『왕조실록』이나『동계집(桐溪集)』에서는 관계된 기록이 보이지 않는다. 이때 오현의 문묘종사를 요청한 것이 사실이라면, 이때부터 정인홍(鄭仁弘)의 정치노선에 맹종하지 않고 자신의 주견(主見)을 견지해 나갔다는 사실을 알 수 있다.

　42세(1610) 때 참봉(參奉)에 제수되어 처음으로 관계에 진출하였다. 그 다음 해 광해군(光海君)이 요언(妖言)에 혹하여 정전(正殿)인 창덕궁(昌德宮)을 버리고 경운궁(慶運宮)으로 이어(移御)하려 하자, 동계는 여러 차례 계(啓)를 올려 극력 반대했다. 마침내 노여움을 사서 사간원 정언에서 경성판관(鏡城判官)으로 좌천되었다.

45세(1613) 때 영창대군(永昌大君)의 옥사(獄事)가 일어났다. 동계는 당시의 실권자 이이첨(李爾瞻)을 찾아가 "여덟 살 먹는 아이가 어떻게 역모(逆謀)를 알겠소? 또 자전(慈殿)께서도 아예 수라를 들지 않으시고 함께 죽으려고 하신다고 들었소. 만약 불행한 일이 생긴 다면 공(公)들은 장차 다른 날 무슨 말을 하겠소?"라고 옥사를 일으켜서는 안 된다는 의견을 개진하였다. 그리고 정인홍(鄭仁弘)에게도 서신을 보내어 그 부당성을 지적하였다. 그러나 영창대군(永昌大君)은 역모의 죄를 덮어쓰고 강화도(江華島)에 유폐되었고, 인목대비(仁穆大妃)의 아버지 김제남(金悌男)은 역모죄로 처형되었다. 나중에 대북파 정권은 동계가 말한 대로 어떤 말로도 변명할 수 없는 패륜적인 정권으로 후세의 비판을 받고 있다.

그 다음해 2월에 강화부사(江華府使)로 있던 정항(鄭沆)이 대북파에 아부하기 위해서 영창대군을 죽이고는 병사했다고 보고했다. 이 사실을 안 동계는 봉사(封事)를 올려 영창대군의 위호(位號)를 추복(追復)하여 대군(大君)의 예(禮)로 장사지내고, 정항을 목 벨 것을 요청하고, 또 폐모(廢母)·살제(殺弟)의 논의를 맨 먼저 낸 정조(鄭造), 윤인(尹訒), 정호관(丁好寬)을 먼 변방으로 추방할 것을 요청하였다. 당시 조정의 관료들은 대부분 대북파의 공포정치에 신변의 위험을 느껴 누구도 감히 과감하게 바른 말을 못하던 그런 환경이었다. 그러나 동계는 광해군의 문제점을 바로 공격하고 나섰다. 이 때문에 광해군이 진노(震怒)하였고, 삼사(三司)에서는 삭탈관작(削奪官爵)하여 절도(絶島)에 안치하자는 논의를 내놓았다. 광해군을 그래도 처벌이 가볍다고 삼사를 준엄하게 질책하자, 나국(拿鞫)할 것을 청하여 동계는 3월에 옥에 들어갔다가 6월에 광해군의 친국(親鞫)을 받고 제주도 대정현(大靜縣)에 안치되었다. 사형을 면하게 된 것은 이덕형(李德馨) 등 원로대신들이 신구(伸救)했기 때문이었다. 9월에는 관학(館學)과 삼사(三司)의 건의로 동계의 소장(疏章)을 불살라 버렸고, 동계를 동정하던 많은 사람들이 유배되거나 폐고(廢錮)되었다. 10년 동안 제주도에 위리안치(圍籬安置)되어 있으면서 한 번도 가시울타리를 넘은 적이 없었다.

1623년(55세) 반정(反正)이 성공하여 인조가 즉위하여 사간원(司諫院) 헌납(獻納) 겸 지제교(知製敎)로 불렸다. 이후 남원부사(南原府使), 이조참의(吏曹參議) 등을 거쳐 1624년 10월 대사간(大司諫)으로 있었다. 이때 선조(宣祖)의 아들로서 인조의 숙부인 인성군(仁城君)의 옥사(獄事)가 일어났다. 삼사(三司)에서 법에 의해서 처형하라고 건의하였지만, 동계는 "광해(光海)가 혼란한 정사가 있었지만 동기(同氣)를 죽이지만 않았더라도 쫓겨나지는 않았을 것입니다"라고 말하면서 전은(全恩)을 주장하였다. 동계는 시의(時議)와 맞지 않았으므로 인피(引避)하여 체직(遞職)되었다.

1625년 호조판서 심열(沈悅)이 조세(租稅)를 올리려고 하자, 동계는 농민들의 현실을 직시하고서 이를 극력 반대하는 건의를 하였다.

1626년(58세) 계운궁(啓運宮)의 상사(喪事)에 반대의견을 내놓았다. 인조가 그 생모 계운궁에 상에 삼년복(三年服)을 입으려는 것을 간쟁(諫諍)으로 막은 것이다.

1627년 후금(後金)의 군대가 대거 침략해 왔다. 이때 동계는 고향 안음(安陰)에 있었는데, 소식을 듣고 즉시 강화도에 있는 행재소(行在所)로 달려 갔다. 차자(箚子)를 올려 화의(和議)의 잘못을 논하고 후금의 군사와 싸울 것을 건의하였으나, 조정의 대세는 화의를 원하는 원했기 때문에 화의가 성립되어 후금의 군대가 물러갔다.

1636년(68세) 청(淸)나라 군대가 대거 내침하였다. 조선이 명(明)나라와 연합하는 것에 미리 대비하려는 것이 청나라의 가장 큰 의도였다. 동계는 어가(御駕)를 호종(扈從)하여 남한산성(南漢山城)으로 들어갔다. 적에게 포위되어 있는 속에서도 동계는 차자를 올려 작전에 힘을 기울이지 않고 안이하게 대처하고 있는 도원수(都元帥) 신경진(申景禛)을 목 베어 군중(軍中)에 효수(梟首)할 것을 건의하였다. 1637년 1월 다시 차자를 올려 최명길(崔鳴吉)이 청나라에게 칭신(稱臣)하자는 논의에 대해서 통척(痛斥)하고, 그 매국(賣國)의 죄를 다스릴 것을 건의하였다. 임금이 나가 항복하기로 결정되자, 동계는 분개(憤慨)함을 이기지 못하여 차고 있던 칼로 배를 갈라 자결을 시도하였으나 곁에서 모시고 있던 사람에게 발각되어 뜻을 이루지는 못했다. 어가(御駕)가 성을 나가는 것을 보고 차자를 올려 처변(處變)의 도리를 아뢰고 하직하였다. 그 뒤 가마에 실려서 고향에 돌아와 금원산(金猿山)에 들어가 세상과 인연을 끊고 살다가 일생을 마쳤다.

동계(桐溪)는 근30년 관계에 있었지만, 언제나 강직한 언행으로 바른 도(道)를 지키려고 노력하다 보니 벼슬길이 순탄하지 못했다. 광해조에는 스승인 정인홍(鄭仁弘)이 주도하는 대북파(大北派)의 전횡(專橫)을 바로 잡으려다가 제주도에서 10년 동안 유배생활을 하였다. 인조반정 이후로는 새로 편성된 남인계열(南人系列)에 합류하여 집권파인 서인들의 부당한 처사를 규정(糾正)하려다 보니, 늘 소수파로서 힘들었고 그 의견이 받아들여지지 않았다. 그의 강직한 쟁언(諍言)이 채택되어 세도(世道)에 도움이 된 것이 전혀 없으니 안타까운 일이다. 그래도 동계는 자기 한 몸의 안락을 위해서 벼슬을 팽개치고 은거하지는 않았고, 가능한 한 적극적으로 관직에 진출한 셈이다. 그리고 언제나 사건의 중심에 뛰어들어 강직한 쟁신(諍臣)으로 일관한 관직생활이었다. 스스로 말하기를 "속이지 않고[不欺], 임금의 위엄에 위축되지 않고 할 말을 한다[犯]"는 자세로 처신하였다. 그런 까닭에 그는 광해조(光海朝), 인조조(仁祖朝)에 걸쳐 가장 강직한 신하라고 할 수 있다.

동계는 인조반정 이후 서인세력의 주도하의 남인들이 참여한 연합정부에서 1627년 이원익(李元翼)의 정계 은퇴 이후 근 10년간 남인의 영수로서 활약하였다. 특히 반정(反正)한 공훈(功勳)을 믿고 방자하게 처신하는 서인세력을 견제하기 위해 인조는 동계를 많이 의지하였다.

　그러나 그는 숭명배청(崇明排淸)의 사상이 너무 투철하여 현실문제를 융통성 있게 대처하는 사고는 좀 결여된 면이 없지 않았고, 당시 정치적 여건으로 인하여 자신의 경륜을 발휘하여 뚜렷한 업적을 남길 기회를 얻지 못하였다.

Ⅲ. 『동계집』에 대한 고찰

1. 간행경위와 체재

　본 국역대본인 이『동계집(桐溪集)』은 1852년(哲宗 2)에 목판으로 중간된 것으로 원집(原集) 4권, 속집(續集) 3권, 부록 2권, 연보 등으로 구성되어 있는데, 모두 9책으로 되어 있다. 현재 서울대학교 규장각(奎章閣)에 소장되어 있는데, 원집과 속집은 반엽(半葉)이 10행, 매행 20자로 되어 있고, 매판(每板)의 반곽(半郭) 크기는 가로 19cm, 세로 23.6cm이다.

　이 원집은 동계(桐溪)의 손자 정기수(鄭岐壽)가 가장(家藏)의 초고(草稿)를 수집·편차하여 미수(眉叟) 허목(許穆)의 발문(跋文)과 용주(龍洲) 조경(趙絅)의 서문을 받아 1660년경에 처음 간행하였다. 용주의 서문에 "그 문집을 살펴보니 4질로 만들었는데 시 374수, 서(序), 서(書), 기(記), 전(傳), 논(論), 제문(祭文) 36편, 소차(疏箚) 31편, 신도비(神道碑), 묘지(墓誌), 발(跋) 22편으로 되어 있다"라고 했는데, 현재 남아 있는 초간본의 체재와 일치한다. 초간본은 현재 규장각, 국립중앙도서관, 연세대학교 도서관 등에 수록되어 있다.

　미수(眉叟)의 발문은 1657년(효종 8)에 쓰여진 것으로,『동계유고(桐溪遺稿)』라고 일컬은 것으로 봐서 시문의 수집만 마쳤을 뿐 아직 완전한 문집 체재를 이루기 전이었음을 알 수 있다. 미수는 동계의 셋째 손자 정기윤(鄭岐胤)의 장인이고, 병자호란 이후에 안음(安陰)과 가까운 사천

(泗川), 의령(宜寧), 함안(咸安) 등지에 우거(寓居)하고 있었으므로 이『동계집(桐溪集)』편집에 많은 도움이 있었을 것으로 짐작할 수 있고, 용주(龍洲)의 서문(序文)을 받는 데도 미수의 주선이 있었을 가능성이 크다. 이는 경상우도(慶尙右道) 지역의 선배인 구암(龜巖) 이정(李楨)의 문집인『구암집(龜巖集)』의 편집 때 보인 미수(眉叟)의 역할에서 유추해 볼 수 있다. 이 문집에서는 미수의 발문이 서문 바로 다음에 실려 있다. 그 다음에는 정홍경(鄭鴻慶)의 중간서(重刊序)가 실려 있다.

부록은 원래 단권(單卷)으로 되어 있던 것을 2권으로 나누어 간행한 것 같다. 왜냐하면 권1 권2 모두 판심(版心)에 권수 표시가 없고, 다만 권1의 맨 마지막에 부록1, 권2의 맨 앞장에 부록2라는 표시가 있기 때문이다. 그리고 1677년(肅宗 3)에 지어진「남계서원승향문(灆溪書院陞享文)」이 들어 있는 것으로 볼 때 1677년 이후에 간행되었다는 것을 알 수 있다.

속집(續集) 3권은 1852년 원집을 중간하면서 간행하였는데, 경제적인 제한으로 초간 때 실리지 못했던 시문과 새로 수집된 시문 등 무릇 동계가 지은 시문은 빠짐없이 다 수록하는 것을 원칙으로 하여 간행하였다. 속집 권2의 20장 이후와 권3은 부록문자(附錄文字)인데, 이전에 편집·간행되었던 부록 이후에 새로 지어진 동계에 관계된 부록문자를 모두 수록하였다. 속집 머리에는 동계와 함께 화의(和議)를 반대했던 청음(淸陰) 김상헌(金尙憲)의 후손인 김흥근(金興根)의 서문이 붙어 있고, 속집 권1 끝에는 권대긍(權大肯)의 발문이 붙어 있다.

1817년(純祖 17) 동계가 만년에 은둔했던 안의(安義) 모리(某里)의 화엽루(花葉樓)에서『동계년보(桐溪年譜)』단권 1책을 간행하였다. 이 연보는 원래 증손 정중원(鄭重元)이 자료를 수집하였다가 편집을 마치지 못하고 세상을 떠나자, 그 제종제 정중복(鄭重復)과 정중원의 사손(嗣孫) 정계주(鄭繼胄)가 눌은(訥隱) 이광정(李光庭)에게 교정을 요청하였다. 이광정은 1756년 교정을 다 마치고 발문을 붙여 놓았다.

1852년에 중간된 판본은 원집 4권, 속집 3권, 부록 2권, 연보 모두 9책으로 간행하였는데, 그 책판(冊板)이 현재 거창군(居昌郡) 위천면(渭川面) 강동(薑洞)의 동계종택(桐溪宗宅)에 보존되어 있다.

지금 국역대본은 원집, 속집, 부록은 1852년에 간행된 중간본이고, 연보는 1817년에 간행된 규장각소장본이다.

이 『동계집』은 조선시대 일반적인 문집체재와는 달리 편집이 매우 특이하다. 원집(續集)의 경우 권1에는 시체(詩體)에 따라 시가 수록되어 있는데, 시는 모두 348제(題) 421수이다. 권2에는 기(記) 5편, 설(說) 1편, 서(序) 11편(銘과 箴이 각각 1편이 수록되어 있으나 序가 붙어 있어 따로 독립시키지 않았고, 書後 1편도 포함되어 있다), 발(跋) 1편, 문(文) 2편, 제문(祭文) 2편, 전(傳) 2편(한 편은 傳 뒤에 붙인 書後인데 포함시켜 두었다), 논(論) 4편, 서(書) 9편이 수록되어 있다. 권3에는 소(疏)・차(箚)・계(啓) 26편, 행장(行狀) 3편이 수록되어 있다. 권4에는 비명(碑銘) 4편, 묘갈명(墓碣銘) 8편, 묘지명(墓誌銘) 9편, 습유(拾遺)에 발(跋) 1편이 추가되어 있다.

속집(續集)은 권1에 시가 시체별로 수록되어 있는데, 모두 169제(題) 182수이다. 권2에는 부(賦) 6편, 서(書) 20편, 소(疏)・차(箚) 7편이 수록되어 있고, 보유에 시 1수가 추가되어 있다. 권2에는 전(傳) 5편, 기(記) 1편, 서(序) 2편, 제문 2편, 행장 1편, 묘갈명 2편이 수록되어 있다.

『동계집』에 실린 시문(詩文)의 총계는 시 604수, 기(記) 6편, 설(說) 1편, 서(序) 13편, 발(跋) 2편, 문(文) 2편, 제문 4편, 전(傳) 7편, 논(論) 4편, 서(書) 29편, 소(疏)・차(箚)・계(啓) 33편, 행장 4편, 비명(碑銘) 4편, 묘갈명 10편, 묘지명 9편, 부(賦) 6편 등 모두 133편이다.

속집(續集) 권1 뒤에 속집발(續集跋)이 있는 것으로 봐서 속집 권1을 완전히 편집한 뒤에 나중에 다시 속집 권2를 편집했다는 것을 추정할 수 있다. 속집 권2 후반부와 속집 권3은 만사(輓詞), 제문, 사제문(賜祭文), 기문(記文), 봉안문(奉安文) 등등 동계(桐溪) 사후 지어진 문자들이다. 부록(附錄) 권1에는 허목(許穆)이 지은 동계행장(桐溪行狀)과 조경(趙絅)이 지은 동계시장(桐溪諡狀)이 수록되어 있다. 부록 권2에는 교서(敎書), 사제문(賜祭文), 봉안문(奉安文) 만시(挽詩) 등이 수록되어 있다.

속집(續集)에 수록된 부록문자(附錄文字)와 부록에 실린 부록문자가 정리되지 않아 산만하여 열람하기에 불편하므로, 다시 통합하여 재편집해야만 문집부록으로서의 체재를 갖출 수 있을 것이다. 완전한 문집체재를 갖추기 위해서는 속집과 부록 문자를 다시 편집해야 한다.

옛날 대현(大賢)들의 문집에는 오자(誤字)가 거의 없는데, 이 중간본 『동계집』에는 오자가 적지 않다.

2. 주요 내용과 문헌적 가치

퇴계(退溪)의 제자와 남명(南冥)의 제자를 스승으로 삼아 두 학파의 학문적 사상적 특성을 한 몸에 아우른 동계(桐溪)는 우리나라 학술사(學術史)나 사상사(思想史)에 있어서 매우 중요한 인물이다. 그리고 정치적으로도 광해조(光海朝) 대북파(大北派) 주도하의 정국과 인조반정(仁祖反正) 이후 서인 주도하의 정국에서 활약하였으므로, 그의 문집은 학술사상사적으로나 정치사적으로 대단히 중요하다. 그리고 몸소 임진왜란, 정묘호란, 병조호란을 겪었으므로 전란사의 연구에도 대단히 중요한 자료가 많이 수록되어 있다.

604수의 시는 문예미학적인 가치에 앞서 그 내용적으로 무척 중요하다. 당시 발생하였던 역사적 사안을 두고 읊은 작품이 많고, 또 비중 있는 인물들과 주고받은 것이 많기 때문이다. 함경도 경성(鏡城)에 좌천되었을 때 북방 풍물(風物)을 읊은 작품과 제주도에서 10년 동안의 위리안치 기간 중에 제주도 풍물을 읊은 작품은 아주 특색 있는 것이다.

문장 가운데서 「대정현동문내위리기(大靜縣東門內圍籬記)」는 위리안치(圍籬安置) 당한 사람이 사는 생활상이나 당시 제주도의 주택구조를 알 수 있는 중요한 자료이다.

「기황전설(起荒田說)」은 좋은 전답도 묵혀 두면 다시 개간하기 어렵듯이, 마음도 자신이 꾸준히 잘 가꾸지 않으면 본래 모습을 회복하기 어려워 자포자기하기 쉬우니 늘 자신의 마음을 잘 관리해 나가야 한다는 심성수양에 관한 교훈적인 글이다.

「남명조선생학기유편후발(南冥曺先生學記類編後跋)」은 남명이 독서하면서 초록한『학기유편(學記類編)』의 체재와 가치에 대해 소개한 글이다. 동계의 남명에 대한 존모(尊慕)의 태도와 남명 학문에 대한 이해의 정도에 대해서 알 수 있는 글이다.

「서곽의사전후(書郭義士傳後)」은 황석산성(黃石山城) 전투에서 순국한 존재(存齋) 곽준(郭赵)의 사적에 대해 박명부(朴明榑)가 전(傳)을 지었는데, 성문을 열고 도망감으로써 황석산성(黃石山城)이 함락하도록 만든 장본인 백사림(白士霖)의 죄상을 생략했으므로 권선징악의 의미가 없다 하여, 백사림의 죄상을 고발한 글이다. 동계 특유의 강개(慷慨)한 필치를 볼 수 있는 글이다.

「여정인홍서(與鄭仁弘書)」는 그 스승이었던 정인홍에게 임해군(臨海君) 역모사건에 있어 전은(全恩)을 권유할 것과, 용인(用人)에 있어 당파를 초월하여 고루 등용할 것을 이야기하였다.

「갑인봉사(甲寅封事)」는 1614년에 올린 글인데, 영창대군(永昌大君)을 핍박해서 죽인 정항(鄭沆)을 처형하고 폐모살제(廢母殺弟)를 주장한 윤인(尹訒) 등을 탄핵한 것이다. 이 봉사는 동계(桐溪)의 강직한 면모를 가장 잘 보여 주는 글이다. 당시 대북의 서슬이 대단하던 시절에 정면으로 대북의 노선을 반박한 글로서, 이 글로 인하여 동계는 대정현(大靜縣)에 위리안치되는 처벌을 받았지만 강상(綱常)을 부식(扶植)한 지절(志節)이 있는 인물로 부상되어 온 나라 사람들의 주목을 받기 시작했다. 이로부터 정인홍(鄭仁弘) 등 대북파와는 완전히 결별하게 되었고, 인조반정 이후 우대받을 수 있는 바탕이 되었다.

「독계(獨啓)」는 1611년 광해군이 요사한 말에 현혹되어 창덕궁(昌德宮)

을 경운궁(慶運宮)으로 옮겨가려는 것을 간쟁(諫諍)하는 글이다.

「계해사소(癸亥辭疏)」는 1623년 인조반정 직후 헌납(獻納)으로 불렀을 때 자신이 벼슬할 수 없는 사유를 이야기하고 아울러 정인홍(鄭仁弘)이 자신과 사생관계(師生關係)임을 밝히고, 여든이 넘은 정인홍에게 극형을 가하는 것은 옳지 않다는 의견을 개진한 글이다.

「걸체소(乞遞疏)」는 1626년 인조가 자신의 생모 계운궁(啓運宮)의 상(喪)을 당하여 상주(喪主) 노릇하려는 것의 잘못을 지적한 글이다. 임금의 위엄에도 억눌리지 않고 강직하게 바른 길로 인도하려는 동계의 강직한 면모가 잘 나타난 글이다.

「사도승지소(辭都承旨疏)」는 1625년 조정에서 납속(納粟)한 서얼(庶孼)을 허통(許通)하려던 계획에 대해 반대한 글이다. 신분제도에 대한 확고부동한 그의 자세를 알 수 있는 글이다. 오늘날의 관점에서 보면 동계를 전혀 새로운 변화를 용납하지 않는 인물로 볼 수 있지만, 자신의 주장을 논리적으로 전개하는 점이 돋보인다.

「구언소(求言疏)」는 1630년 역모(逆謀)에 가담한 혐의를 받고 있는 인조의 숙부벌인 인성군(仁城君)을 죽여서는 광해군의 전철을 밟게 될 것이라고 인조에게 경계하는 글이다.

「척화소(斥和疏)」, 「척호사소(斥胡使疏)」, 「병자차자(丙子箚子)」, 「산성차자(山城箚子)」 등은 일관되게 오랑캐와 화의(和議)를 해서는 안되고 끝까지 싸울 것을 주장한 글이다. 동계의 적극적인 주전론(主戰論)은 우리 민족의 자존심을 지킬 수 있는 주장이었으나, 당시의 국제정세에 대해서는 전혀 고려하지 않은 명분만 사로잡힌 것이라 하지 않을 수 없다.

「성균진사부군행장(成均進士府君行狀)」은 동계(桐溪) 자신의 부친 역양(嶧陽) 정유명(鄭惟明)의 일생을 서술한 글로서, 동계의 가계(家系)와 가학(家學) 연원(淵源)을 알 수 있는 글이다.

「개암강선생행장(介庵姜先生行狀)」은 남명(南冥)의 제자이자 자기의 외숙인 개암(介庵) 강익(姜翼)의 일생의 행적과 학문사상을 서술한 글이다.

「일두정선생신도비명(一蠹鄭先生神道碑銘)은 일두(一蠹) 정여창(鄭汝昌)의 일생의 행적을 적은 비문인데, 특히 점필재(佔畢齋)의 제자로서 한훤당(寒暄堂)과 함께 조선초기 영남학파(嶺南學派)의 형성에 끼친 역할 등을 밝혔다.

「증호조참판조공신도비명(贈戶曹參判趙公神道碑銘)」은 퇴계(退溪)의 제자이자 동계 자신의 스승인 지산(芝山) 조호익(曺好益)의 일생과 학문에 대해서 서술한 글이다.

「월천조선생신도비명(月川趙先生神道碑銘)」은 퇴계(退溪)의 제자인 월천(月川) 조목(趙穆)의 일생의 행적과 그 학문에 대해서 서술한 글이다. 퇴계의 학문이 월천을 통해서 후세에 전승되었다는 점을 강조하였고, 자신과 월천과의 관계도 언급하였다.

「갈천임선생묘갈명(葛川林先生墓碣銘)」은 향선배(鄕先輩)로서 동계(桐溪)의 아버지 역양(嶧陽) 정유명(鄭惟明)의 스승인 갈천(葛川) 임훈(林薰)의 효행과 학문에 대해서 서술한 글이다.

「서원부원군정공묘지명(西原府院君鄭公墓誌銘)」은 퇴계(退溪)와 남명(南冥) 양문(兩門)에 출입한 약포(藥圃) 정탁(鄭琢)의 일생을 서술한 글이다. 특히 임진왜란 중에 정탁의 활약상을 알 수 있는 중요한 글이다.

속집 가운데서 「기창시(寄昌詩)」는 제주도에 위리안치되어 가서 아들에게 집안의 안부를 두루 묻고, 자신의 제주도 도착 상황을 설명하고, 아울러 집안을 꾸려나갈 방안에 대해서 자세하게 가르치고 있다. 가족에 대한 그리움과 아들에 대한 애정이 잘 나타난 글이다. 동계의 인간적인 면모를 알아볼 수 있는 중요한 자료이다.

『동계집』 가운데는 당시 주요한 쟁점이 되는 사안에 직접 관계한 동계가 올린 소차(疏箚)와 퇴계(退溪)·남명(南冥) 학파와 관계 있는 중요인물들의 전기문자(傳記文字)가 학술사상적이나 정치적인 자료로서의 가치가 크다고 하겠다. 「지산신도비명(芝山神道碑銘)」·「월천신도비(月川神道碑)」, 「약포묘지명(藥圃墓誌銘)」 등은 경상좌도(慶尙左道) 쪽의 당시 문장으로 쟁쟁하던 인물들을 제쳐두고 동계에게 청문(請文)한 것을 볼 때 문장으로도 이름이 있었음을 알 수 있다.

동계의 일생은 불의에 저항하며 정도(正道)를 지향해 나가려고 일관되게 최선을 다해 노력하여 한 점의 부끄러움이나 오점 없는 삶이었다. 올바른 선비의 표상이라고 할 수 있겠다.

『東野類輯』 解題

  우리나라를 둘러싼 隣接國家들에 대한 地理・風俗・産物・道程등을 적고 있다. 寧古塔・女眞・蒙古・日本・琉球・占城國・暹羅國・安南國 등의 나라에 언급되어 있는데, 특히 日本에 대해서는 日本의 位置・州 縣・王城・城邑을 쌓는 방법・武器의 便利함・男子들의 文身・交易方法 등을 상세히 記述하고 있어 日本에 대한 관심을 높이고 있다. 또 鬱陵島에 관한 관심도 잊지 않게 하였다.

  一冊 仙道部의 蔣都令 이야기는 許筠의 蔣生傳과 줄거리가 비슷한 것 으로 봐서 同一人物이 아닌가 한다. 그 줄거리는 대략 다음과 같다.

  中宗, 明宗年間에 서울에 한 걸인이 있었는데, 形容이 왜소하고 누추하였 다. 부스럼이 온몸에 나 있었고 누더기를 입고서 길바닥에서 빌어먹었는데 蔣都令이라 자칭했다. 아무도 불쌍히 여기는 사람이 없었는데 오직 李氏姓 을 가진 벼슬하는 사람만이 불쌍히 여겨 때로 음식을 주기도 했다. 하루는 李氏가 廣橋를 지나다가 얼어죽은 시체를 보았는데 바로 蔣都令이였다. 불 쌍히 여겨 종으로 하여금 성 밖에 묻게 하였다. 몇 년 지난 뒤 李氏가 급한 일로 산골짜기를 지나가는데, 어떤 사람이 나귀를 타고 오는데 의관이 매우 아름다왔다. 李氏를 반가이 맞이하면서 "李公은 헤어진 뒤로 무고하십니 까?"라고 했다. 李氏가 몰라보자, 그는 "내가 바로 蔣都令이요 나는 인간세 상의 진짜 거지가 아니었소. 廣橋에서 진짜 죽은 것이 아니라오."라 하고는 李氏에게 자기가 살고 있는 곳으로 같이 가자고 청했다. 가보니 완연히 神 仙이 사는 곳이었다. 李氏가 공경해 하면서 쳐다보기를 못하자 蔣都令은 "나는 티끌세상의 사람이 아니오. 내가 인간세상에 내려갔을 때 아무도 알아보지 못했는데 오직 그대만이 나를 생각해 주었으니, 은혜를 잊을 수 없소."라고 하고는 잔치를 베풀어 온갖 진귀한 음식을 내놓았는데 모두 인간 세상에서는 구경할 수 없는 것이었다. 다음날 李氏가 작별을 고하자 蔣都令은 이별을 애석해 하면서 "그대도 신선이 될 사람이나 죄가 무거우니 五○○年 뒤에 나와 같이 놀 수 있을 거요."라고 했다. 산에 들어갈 때는 九月이었는데 밖으로 나오니 풀싹이 막돋아 나왔다. 길을 표시해 두었다가 뒤에 다시 찾아갔으나 알 수 없었다.

許筠의 「蔣生傳」보다 量은 짧지만 主人公의 姓이 蔣이란 점, 身分이 乞人인 점, 李氏와 親한 점, 解屍한 점, 死後에 다시 仙人으로 나타난 점등이 서로 유사하니, 蔣生의 이야기가 널리 流傳되어 오다가 各各의 사람들이 文字로 남겼으리라 생각된다.

二冊의 歌調部는 우리나라의 歌樂에 대한 기록으로 國文詩歌研究의 귀중한 자료이며, 對耦部는 漢文學을 이해하는데 참고될 내용이다. 施與部에 金城民家 金流連은 庶民富者로서 救恤을 잘하여 兩班의 身分을 부여받았으나 庶民으로서의 자기 본분을 지켰다는 이야기다. 燕岩의 兩班傳의 庶民富者와 兩班身分을 획득한 계기는 다르지만, 상통하는 면을 가지고 있다. 그 밖에 훌륭한 인물들의 여러 言行錄은 後人의 龜鑑과 참고가 되며 史料로서도 가치있는 기록들이 散在해 있는 것이다.

『梅溪集』 解題

Ⅰ. 書誌的 考察

朝鮮 成宗 때의 문신 梅溪 曺偉(1454-1503)의 시문집이다. 저자의 시문은 庶弟 伸이 甲子士禍 이후 산일된 시문을 수집·편차하여 연보와 함께 활자로 간행하였다. 이 『梅溪集』 初刊本은 현재 完帙은 전하지 않고, 제1권에 해당되는 零本 1책이 고려대학교 중앙도서관에 소장되어 있다.

그 후 초간본이 佚失되어 구해 보기 어렵자 1718년(숙종 44) 金梣가 金陵郡守로 부임하여 그 곳에 살던 저자의 5대손 迷이 소장하던 草本을 얻어 木板으로 간행하니, 이 판본이 重刊本이다. 이 판본에는 鄭澔의 序와 權尙夏·金樑·金梣·曺迷 등의 跋을 싣고, 연보와 부록을 덧붙여 5권 2책으로 간행하였다. 그 목판을 金泉 直指寺에 두었다가, 그 뒤 화재로 소실되었다. 이 판본은 현재 서강대학교 중앙도서관(古書 梅14)에 소장되어 있다. 민족문화추진회에서 韓國文集叢刊 제16책으로 영인한 『梅溪集』의 저본은 바로 이 판본이다. 이 판본은 본집 4권, 부록 1권으로 모두 2책이다. 每面 10行, 每行 20자, 가로 16cm, 세로 20cm로 上下花紋魚尾로 되어 있다.

이 밖에 1928년 방손 璟承·世永 등이 간행한 石版本이 있다. 모두 10권 5책인데, 연보와 「政院日記」를 합쳐 별책으로 만들었다. 이 석판본은 중간본을 저본으로 하고 본문에 啓·議 등의 문체를 수집·보충하였고, 부록에 「行狀」·「謚狀」·「神道碑銘」·「景濂書院上樑文」·「請謚疏」·「延謚韻」 등을 추가하였다. 梅溪가 20년간 조정에서 벼슬하며 활동했던 조정의 기록, 史獄의 전말, 伸寃, 贈職, 賜謚 등과 관계 있는 기록을 여러 사료와

제가 문집에서 발췌하여 「政院日記」라 하여 독립시켰다. 이 판본은 비교적 널리 보급되었던 것인데, 1988년 洪順錫 교수의 해제를 붙여 韓國古文獻硏究會에서 영인·보급한 바 있다. 韓國文集叢刊本과 대조해 보면, 相補的인 면이 적지 않으리라 생각된다.

Ⅱ. 梅溪의 생애와 학문

매계는 1454년(단종 2) 갑술년 7월 10일 慶尙道 金山郡 鳳溪里(지금의 慶北 金陵郡 鳳山面 仁義洞)에서 蔚珍縣令 曺繼門의 아들로 태어났다. 어릴 때의 이름은 五龍, 자는 太虛, 호는 梅溪, 시호는 文莊, 본관은 昌寧이다. 매계는 말을 배우면서 글자를 알았고, 재주가 비상했으므로 사람들이 큰 그릇이 될 것으로 기대하였다. 7세 때 벌써 시를 잘 짓는다는 소문이 있어 사람을 놀라게 하였다. 8세 때는 『小學』을 읽고 禮로써 자기 자신을 다스렸다. 10세 때는 자형인 佔畢齋 金宗直에게 나아가 가르침을 받았다. 11세 때 아버지를 따라 서울로 가서 종숙 되는 曺錫文을 처음 만났는데, 조석문은 큰 그릇이 될 줄 알고 자기 집에 두고서 『小學』을 가르쳤다. 그 다음해에도 계속 조석문의 집에서 공부하면서 경전의 뜻을 궁구하여 밝히고 질의하여, 학문하는 방법을 얻어 들었다.

18세(1471)에 生員·進士 初試에 모두 장원을 하였고, 그 다음 해에 覆試에 합격하였다. 金山으로 가서 선영에 성묘하고, 아버지의 임지인 蔚珍으로 가서 합격을 축하하는 잔치를 열었다. 거기서 昌寧으로 가 조상의 산소에 참배하였다. 다시 김종직이 고을 원으로 있는 咸陽으로 가 학문을 강론하였다. 이해 8월에 김종직·兪好仁 등과 함께 智異山을 유람하였다.

20세(1473)에 성균관에 들어가 공부하던 중 館試에 합격하였다. 그 다음 해 式年文科에 丙科로 급제하여 承文院 正字에 제수되었다. 곧 藝文館檢閱로 옮겼다. 이해 겨울에 居昌縣監 申允範의 따님에게 장가 들었다. 22세 되던 해 翰林의 잔치에서 임금의 견책을 받고 고향으로 내려와, 서제 伸과 함께 能如寺에서 독서하였다.

23세(1476) 되던 해 6월 蔡壽·權健·許琛·兪好仁·楊熙止 등 여러 젊은 관원과 함께 선발되어 藏義寺에서 사가 독서했다. 사가 독서하는 동안 讀書堂 건물이 마련되었는데, 25세 되던 3월까지 계속 독서당에서 공부했다. 다음 해 1월 弘文館正字에 제수되었다. 龍山 강가에 버려진 조그만 암자를 수리하여 사가 독서할 讀書堂 건물을 처음으로 마련했는데, 成宗 임금이 매계에게 그 記文을 짓도록 명했다. 당시 조정에는 쟁쟁한 문사가 많은데도 23세 밖에 안된 매계에게 이런 국가적인 중요 문자를 짓게 한 것으로 볼 때, 매계의 文名이 이미 대단했음을 알 수 있다. 이해 봄에는 여러 벗들과 松都를 유람, 많은 시를 창수하였는데, 이때 지은 시를 엮어 『松都錄』이라 하여 세상에 내놓았다.

27세(1480) 되던 해 8월에 曝曬官이 되어 星州史庫로 가게 되었다. 이 기회에 密陽에 들러 김종직을 방문하였다. 다음 해 3월에는 遠接使 姜希孟의 從事官이 되고, 8월에는 伴送使의 종사관으로 關西 지방에 使命을 받고 가서 黃海道를 들렀다가 邊邑의 농사 상태를 조사하였다.

이 해 12월에 柳允謙 등이 번역한 『杜詩諺解』의 서문을 썼다. 詩道를 바로 잡기 위해 국가적으로 벌인 언해 사업의 결과물인 이 책의 서문을 성종이 매계에게 쓰도록 명한 사실에서 그가 문장가로서의 확고한 위치를 차지했음을 알 수가 있다.

30세(1483) 되던 해 10월에 종사관이 되어 중국 사신을 전송했다. 勅使를 따라온 葛貴란 사람은 문재가 있었는데, 갈귀는 매계의 재주와 학문에 탄복하였다 한다.

31세 되던 해 8월에 부모 봉양을 위해 고을 원으로 나갈 것을 자청하니, 성종이 그를 대단히 아껴 만류하다 어쩔 수 없자 4품으로 특별히 승진시켜 咸陽郡守에 제수하였다. 그리고 慶尙監司에게 유시하여 매계의 부모를 잘 돌볼 것을 명하였다. 매계는 부임하여 어진 정치를 베풀어 백성들을

번거롭게 하지 않았고, 학교를 일으켜 인재를 기르는 데 힘썼다. 성종이
「歲抄詩」를 지어 올리라 명하여 작품을 지어 올리니, 성종은 책을 내려
포상하고 부모에게는 쌀과 콩을 내려 주었다. 함양 군수로 6년이란 오랜
세월을 재직하면서 부모를 찾아뵙고 봉양하기에 정성을 다했다.

36세 되던 해 2월에 부친상을 당하자 『朱子家禮』에 의거하여 상복을
입었다. 성종이 부의를 내리고 따로 쌀·콩·유밀과를 하사하였다. 외직에
있는 관리에게 임금이 부의를 내린 첫 사례였을 정도로 성종은 매계를
아꼈다.

38세(1491) 되던 해 2월에 복을 마치자, 5월에 議政府檢詳에 제수되었
다가, 얼마 후에 同副承旨에 제수되어 성종을 곁에서 모시게 되었다. 그
이듬해는 都承旨가 되었다.

39세 되던 해 가을에 스승이자 자형인 김종직의 상을 당했다. 그 다음
해 성종의 명으로 김종직의 시문을 편찬하였다. 김종직의 神道碑銘을 洪
貴達에게 청하였다. 어머니가 연로하여 벼슬을 사직하고 고향에 내려가
살면서 梅溪堂을 짓고 유유자적하게 지냈다.

41세(1494) 되던 해 忠淸道 觀察使에 제수되어 조용히 정사를 처리하니
온 도가 편안하였다. 이해 성종의 상을 당했다. 자신을 인정해 주던 성종을
哀慕하는 절구 10수를 지었다. 다음 해 4월 漢城府右尹이 되어 서울로
올라왔다가 곧바로 大司成이 되었다. 8월에 全羅道 觀察使가 되었다. 10월
에 모친상을 당하여 奔喪하였다. 12월에 馬巖山에 장사 지내고, 3년간 시
묘 살이를 했다.

45세(1498) 되던 해 4월에 聖節使가 되어 中國에 갔는데, 7월에 柳子光
등이 戊午士禍를 일으켰다. 스승 김종직은 부관 참시되고, 동문인 金馹孫
등은 극형에 처해지고, 많은 선비들이 처형되거나 귀양을 갔다. 돌아 오는
도중 8월 15일에 매계는 遼東에서 이 소식을 들었다. 26일 압록강에 이르
니 金吾吏가 기다리고 있었다. 본디 燕山君은 선비들은 몹시 싫어하였는
데 매계는 김종직의 제자로 그의 문집을 편찬했으므로 그가 강을 건너면

즉각 참수하라고 명하였다가, 이때 다시 체포되어 오라고 명을 바꾸었다. 국문을 받고서 9월에 義州로 유배되었다.

47세 되던 해 5월 전라도 順天府로 移配되었다. 이때 同門으로 平安道 熙川에서 寒暄堂 金宏弼도 이 곳으로 이배되므로 함께 도의를 강론하였다. 적소에 있으면서도 학문에 전념하여 침식을 잊을 정도였다. 간신들이 나라를 망쳐 희망이 없는 것을 걱정하다 병을 얻어 53세(1503) 되던 해 11월 26일 적소에서 죽었다. 그 이듬해(1504)에는 甲子士禍에 연루되어 다시 부관 참시되는 비운을 겪었다. 한글 가사 「萬憤歌」도 순천에 유배되어 있던 때에 지은 작품이다.

1506년(중종 원년) 신원되고 吏曹參判에 추증되었다. 1708년(숙종 34) 順天 儒林의 상소로 吏曹判書에 추증되어 文莊이라는 시호를 받았다. 유림의 추앙을 받은 매계는, 지금도 金陵의 景濂書院·黃澗의 松溪書院에 봉향되어 있다. 아들이 있었으나 죽었고, 매계가 죽은 뒤 부인 申氏가 종제 偁의 아들 士虞를 취하여 후사로 삼았다.

매계는 김종직의 수제자로 조선 성종조의 영남 사림파를 대표하는 인물이다. 그는 사람됨이 크고 너그러워 다급한 일을 만나도 느긋했다. 성격이 고상하고 합리적이라 사물과 어긋남이 없었다. 문장을 잘하여 金宏弼은 그의 문장을 칭찬하여 "나라를 빛낼 만하다"라고 했고, 洪貴達은 "구름을 불어내고 무지개를 토해 내는 듯하여 그 광채가 만 길이나 된다"라고 했다. 특히 시를 좋아하여 스스로 "시 읊는 일을 제외하면 온갖 일이 알맞지 않다네[除却哦詩百不宜]"라고 할 정도였다. 經史에도 조예가 대단히 깊었을 뿐만 아니라『莊子』·『楚辭』·揚雄의 문장 등 제자 백가의 글도 두루 읽어 문학의 폭을 넓혔다.

시문 이외에도 학문이나 도를 논한 글이 수만 자나 되었지만, 가산이 적몰될 때 모두 산일되었다. 그의 학문에 대해서 김종직이 일찍이 칭찬하기를 "내가 太虛와 학문을 강론하면 마치 江河를 터놓은 것 같으니, 태허는 나의 스승이다"라고까지 말했을 정도이다. 유배 중에도 손에서 책을

놓지 않고 학문에 몰두하였고, 『梅溪叢話』를 저술하다가 끝마치지 못하고
죽었다.

부모에게 지극히 효성스러워 부모 마음을 즐겁게 하고 그 뜻을 어기지
않았다. 또한 집안을 잘 다스려 아주 화목하게 만들었으며 사람을 대할
때는 온화한 기운으로 정성을 다했다. 그리고 모든 행동을 옛 선현의 기준
에 따라 했으며, 늘 자신의 빛을 감추어 사람들에게 알려지기를 구하지
않았다.

당시 文士로 이름 높았던 申從濩・權健・蔡壽・兪好仁・許琛 등과 교
분이 두터워 자주 어울려 시를 주고 받고 학문을 강론했다. 유배지 순천에
서는 특히 김굉필과 많은 학문적 교류가 있었다. 당시 그의 문학을 추종하
는 많은 文士가 있었다. 함양 군수로 재직할 때는 조세와 부역을 공평케
하기 위하여 『咸陽地圖志』를 만들어 행정에 활용했는데, 이는 김종직이
善山府使로 있을 때 『一善地圖志』를 만든 것에 영향을 받은 듯하다. 그리
고 留鄕所의 폐단을 시정하고 鄕射禮・鄕飮酒禮 등을 실시할 것을 건의키
도 하였다.

Ⅲ. 『梅溪集』의 구성과 내용

重刊本(韓國文集叢刊本) 『梅溪集』의 구성은 다음과 같다. 卷首에는 서
제 曺伸이 편찬한 『梅溪先生年譜』가 실려 있다. 제1권은 모두 20엽인데,
오언절구 6題 8首, 오언 율시 19제 30수, 오언 고시 9제 9수, 육언 절구
3제 4수, 칠언절구 27제 45수가 실려 있다. 제2권에는 모두 38엽인데, 칠언
율시 143제 185수가 들어 있다. 제3권은 24엽인데 칠언율시 55제 74수,
칠언 고시 8제 8수, 칠언 장편 19제 19수가 들어 있다. 칠언율시 가운데에
는 1498년 聖節使로 北京을 往還하면서 지어 묶은 「燕行錄」이 포함되어
있다. 제4권은 38엽인데, 書 1편・記 10편・序 7편・墓誌 1편・墓表 2편・

識 1편이 들어 있다. 도합 詩가 382수, 文이 22편이다. 제5권은 부록으로
모두 13엽인데, 야사에서 뽑은 「史禍事實」, 曺伸이 지은 「行錄」, 洪貴達이
지은 墓誌, 曺伸이 지은 墓表, 洪貴達이 지은 「梅溪堂記」·「送梅溪先生朝
天序」·「送梅溪先生觀察湖西詩序」, 金宏弼이 지은 「祭梅溪文」, 宋時烈
이 지은 「黃澗松溪書院奉安文」, 朴狟衢가 지은 「金山景濂書院奉安文」 2
편이 들어 있다.

「鷄林八觀」은 오언고시 3수, 칠언율시 2수, 칠언장편 4수로 되어 있으며
서문도 곁들여 있다. 新羅古都 慶州의 번성했던 역사를 회고하여 지은
시로서 역사적 가치가 있다. 그 가운데 「武烈王陵」이란 시에서는 삼국
통일의 업적을 우리 나라에 평화를 정착시킨 일로 평가하고 있다. 그리고
이 시를 통해 당시까지 무열왕의 비문이 읽을 수 있을 정도로 남아 있었다
는 사실을 확인할 수 있다. 그의 스승인 金宗直이 경주의 역사와 풍속을
읊은 「東都樂府」의 영향을 받았으리라 짐작할 수 있다.

제3권에 실린 「燕行錄」은 서울에서 北京까지 往還하면서 본 경치·고
적·풍물 등을 알 수 있는 중요한 역사적 자료이고, 문학사적으로는 燕行
文學으로서 중요한 자료이다. 그의 시 가운데에는 각지의 경치와 풍물을
읊은 기행시가 많다. 특히 遠接使의 從事官으로 平安道를 왕래하였고, 忠
淸道·全羅道의 觀察使, 咸陽郡守 등의 외직을 지냈으므로 이런 지역과
관계 있는 시가 많다. 그 가운데서 「平壤八絶」은 평양의 절경 여덟 곳의
경치를 읊은 산수화 같은 시이다. 그리고 智異山·斷俗寺·矗石樓·月影
臺 등 慶尙右道의 유적과 관계된 작품도 적지 않다.

제4권에 실린 「與寒暄堂書」는 동문인 김굉필에게 주는 서한으로, 벼슬
길에 종사하다 보니 학문에 전념치 못하여 옛 스승 김종직이 가르쳐 준
바대로 하지 못하는 자신의 고민을 밝히고, 자기도 조만간 林下에 물러나
학문에 전념하겠다는 결심을 보이고 있다. 이해에 바로 戊午士禍가 일어
나 둘 다 유배되는 처지가 되었다.

「海印寺重創記」는 조선 초기 왕실과 佛寺와의 관계를 이해할 수 있는

자료인 동시에 藏板閣을 중심으로 한 해인사의 역사를 알 수 있는 좋은 자료이다. 그리고 이 글에는 1458년(세조 4) 世祖의 명으로 해인사에 보관 중인 팔만 대장경 목판에서 50벌의 大藏經을 인쇄해 갔다는 기록이 있어, 당시 세조가 불교를 대단히 신봉하고 불경 사업을 크게 일으켰음을 알 수 있다. 그리고 매계 자신의 불교에 대한 자세를 엿볼 수가 있다.

「葵亭記」는 義州에 귀양가 있을 때 지은 오두막을 두고 지은 記文이고, 「臨淸臺記」는 順天에서 귀양살이하면서 지은 기문인데, 조선 시대 관원의 유배 생활의 모습과 그들의 심리 상태를 알 수 있는 자료이다.

「讀書堂記」는 독서당 건물을 마련케 된 과정과 사가독서 제도의 유래와 국가가 선비를 양성하려는 의도, 사가독서에 임하는 관원의 정신 자세 등을 알 수 있는 문화사적으로 매우 중요한 기록이다.

「杜詩諺解序」는 통치자들이 생각한 시의 효용은 어떠했으며, 조선 초기의 문인들의 杜詩에 대한 관점을 알아 볼 수 있는 문학사적으로 중요한 자료이다.

「筆苑雜記序」는 매계의 座主인 徐居正의 筆記類 저서인 『筆苑雜記』를 소개하는 글로, 우리나라 筆記文學의 유래를 개괄적으로 설명하고 서거정의 학문과 정치적 역할을 칭송하고 있다. 그리고 끝에서 자신을 門生이라고 일컫고 있다. 지금까지 역사서나 문학사에서 勳舊派와 士林派의 사이는 서로 적대적인 대립 구도로만 취급했는데, 실제는 상호 교류가 긴밀했음을 알 수 있다.

「勸農文序」는 姜希孟이 지은 農書인 『衿陽雜錄』에 붙인 서문으로, 이 책의 구성과 성격 및 농업의 중요함을 역설한 글이다.

「書崔文昌傳後」는 崔致遠의 출처에 대하여 매계 나름의 평가를 내린 글로 최치원의 이해에 도움을 준다.

「書海印寺田券後」는 新羅 眞聖女王 때 작성된 해인사의 토지 매입 문서에 대한 성격 규명과 연대를 고증한 글이다. 진성 여왕이 죽기 6개월 전에 왕위를 孝恭王에게 물려 주고, 해인사에 와 지내다가 죽었다는 사실을 밝히고 있다.

「大司憲申公墓誌銘」은 申叔舟의 손자이자 매계의 30년 지기인 申從濩의 생평과 그의 학문·문학에 대해서 기록한 자료이다.

김종직은 經學과 文學은 서로 조화를 이루어야지 어느 한쪽으로 치우치거나 한쪽을 결해서는 진정한 경학이나 문학이 될 수 없다는 이론을 내어놓았는데, 매계의 文學觀도 그런 김종직과 다를 바가 없었다.

Ⅳ. 맺는말

梅溪 曺偉는 조선 전기 사림파의 대표적 문신이고, 『梅溪集』은 그의 시문집이다. 그는 金宗直의 수제자로 김종직에 의해서 형성된 사림파 문학의 전통을 계승한 인물이다. 그러나 지금까지 『梅溪集』이 널리 보급되지 않아 본격적 연구가 없었으므로, 그의 文學史上의 위상도 규명되지 못했다.

특히 지금까지 훈구파와 사림파는 서로 대립적 관계로만 이해되어 왔는데, 매계가 훈구파의 대표적 문인으로 26년간 文衡을 잡았던 徐居正의 『筆苑雜記』에 서문을 쓰면서 문생으로 자처하였고, 신숙주의 손자인 申從濩와 어려서부터 절친하게 지냈고, 그의 墓誌銘을 지은 사실 등을 통해 볼 때 훈구파와 사림파의 관계를 더욱 깊이 연구할 필요가 있다 하겠다.

『明庵集』解題

Ⅰ. 도언(導言)

앞으로 21세기는 문화전쟁시대(文化戰爭時代)가 될 것이라고 한다. 세계 각국의 과학·기술의 수준은 결국 거의 평준화될 것이고, 각국의 경쟁력의 원천(源泉)은 각국이 가진 고유문화가 될 것이다. 다른 나라에 자랑할 수 있는 우리 고유의 학문(學問) 사상(思想) 예술(藝術) 등을 통해서 우리나라의 경쟁력이 측정될 것이다. 우리나라가 다른 나라에 우리 고유의 것이라고 내놓을 수 있는 문화 가운데서는 우리의 학문과 사상이 담긴 우리의 고전적(古典籍)이 그 중요한 비중을 차지할 것이다.

그러나 고전적을 우리 말로 번역해서 다시 되살리지 않으면 현대인들에게는 무용지물(無用之物)에 지나지 않을 뿐이다. 번역을 통해 새로 태어날 때 고전은 새 생명을 부여받아 우리의 살아 있는 문화가 될 수 있고, 우리의 현실생활에 도움을 줄 수 있을 것이다. 고전의 번역은 그래서 필요한 것이다.

이 『명암집(明庵集)』은 조선(朝鮮) 후기 진주(晋州)에서 살았던 명암(明庵) 정식(鄭栻 : 1673-1744)의 시문집(詩文集)이다. 이 문집을 우리 말로 번역하여 간행하면서 독자들의 이해를 돕기 위하여 명암(明庵)의 일생과 학문과 사상, 시문학(詩文學) 및 『명암집(明庵集)』의 체재와 내용에 대해서 개괄적으로 소개하고자 한다.

II. 전기적(傳記的) 고찰

1. 명암(明庵)의 생애와 시대상황

명암(明庵) 정식(鄭栻)은 1683년(肅宗 9)에 진주(晋州) 옥봉(玉峯)에서 태어났다. 자(字)는 경보(敬甫)이고, 명암은 그 호(號)이다. 본관은 해주(海州)인데, 대대로 환업(宦業)과 훈적(勳績)이 혁혁한 가문이었다. 고려(高麗) 때 전리정랑(典理正郎)을 지낸 숙(肅)이 그 비조(鼻祖)이다. 조선(朝鮮)시대에 들어와 진사(進士) 희검(希儉)이 있었는데, 허암(虛庵) 정희량(鄭希良)의 아우이다. 연산군(燕山君)의 난정(亂政)을 만나 벼슬에 나가지 않고 소양강(昭陽江) 위에 숨어 스스로 어은(漁隱)이라고 호(號)를 붙였다. 이 분은 명암의 6세조이다. 고조(高祖) 신(愼)은 대사간(大司諫)을 지냈고, 증조인 문익(文益)은 진사(進士)인데 임진왜란 때 구국(救國)의 의병장(義兵將) 충의공(忠毅公) 농포(農圃) 문부(文孚)의 제씨(諸氏)이다. 1624년 농포(農圃)가 이괄(李适)과 연루된 것으로 몰려 화(禍)를 당한 것을 가슴 아프게 생각하여 집안을 이끌고 남쪽으로 옮겨와 비로소 진주(晋州) 사람이 되었다. 이때 농포(農圃)의 두 아들도 함께 내려와 진주에 정착하게 되었다. 조부인 대형(大亨)은 동지중추부사(同知中樞府事)를 지냈다. 아버지는 유희(有禧)이고, 어머니는 홍양이씨(興陽李氏)로 정윤(廷尹)의 따님이고, 통제사(統制使) 맹훤(孟萱)의 손녀이다.

명암(明庵)은 나면서부터 자질(資質)이 영명(英明)하였고, 기상(氣像)이 우뚝하였다. 일곱 살 때부터 글을 배우기 시작했고, 여덟 살 때는 글을 지을 줄 알아 사람들을 놀라게 할 만한 말을 지어냈다. 일찍이 새로 지은 적삼을 입고 있었는데, 헐벗은 아이를 보고는 벗어서 입혀 주었다. 열 살 때 누님을 만나기 위하여 서울로 가다가 겨울 고개 위의 외로운 소나무를 두고 읊기를 "너는 태고(太古)의 마음의 마음이 있어, 눈 속에 서서도 봄을 잃지 않았네.[爾有太古心, 雪立不失春]"라고 했다.

열세 살 때 족형(族兄) 노정헌(露頂軒) 정구(鄭構)에게서 배웠다. 이로부터 문예(文藝)가 크게 진보되었다. 언행(言行)이나 거동(擧動)이 모두 법도(法度)를 따르니, 향리의 덕(德) 있는 어른들이 "하늘이 낳은 참된 선비"라고 지칭(指稱)하였고, 명암을 대하는 모든 사람들은 다 감히 태만하게 하지 못하고, 자기도 모르게 용모를 가다듬을 정도였다.

열아홉 살 때 과거(科擧)에 응시하기 위해서 합천(陜川)의 시험장에 갔다가 우연히 송(宋)나라 호전(胡銓)의 「척화소(斥和疏 : 和議를 배척하는 상소)」를 읽고서 문득 감개(感慨)하고 비분(悲憤)하여 목이 메어 눈물을 흘리면서 이렇게 이야기하였다. "한 때 오랑캐와 화의(和議)하는 것도 오히려 차마 할 수 없는데, 지금 천하는 결국 어떤 세상인가? 천지가 뒤집히고, 갓이 밑에 가고 신발이 위로 가듯 법도가 무너지고 질서가 어지러운 때이다. 대장부로 태어나서 어찌 차마 지금 세상에서 출세할 수 있겠는가? 하물며 우리 동쪽 나라는 명(明)나라에 대해서 의리상 군신관계(君臣關係)이고, 은혜는 부자관계와 같다. 어찌 차마 대수롭잖은 일로 여겨 잊을 수 있겠는가?" 이에 유건(儒巾)을 찢어버리고 돌아와 명암거사(明菴居士)라고 스스로 호를 지었다.

만년(晩年)에 가족을 이끌고 두류산(頭流山)으로 들어가 무이산(武夷山)[1]의 아홉 구비의 시내를 얻어 무이정사(武夷精舍)를 짓고, 손수 주자(朱子)의 초상을 그려 벽에 걸었다. 또 용담(龍潭)의 위에 와룡암(臥龍庵)을 짓고 제갈량(諸葛亮)의 초상화를 걸었다. 이 두 인물을 명암(明庵)은 자신의 배울 만한 이상적인 인물로 간주하고 직접 가르침을 받는 스승처럼 모시고, 그 학문과 그 정신을 배우려고 하였다. 또 주자는 거란족(契丹族)이 세운 금(金)나라의 화의(和議)를 반대하고 북쪽의 잃어버린 강토(疆土)를 찾아야 한다는 주장을 한 인물이고, 제갈량도 위(魏)나라가 차지한 중원(中原)을 회복해서 한(漢)나라 황실(皇室)을 옛날 도읍하던 낙양(洛陽)으로 옮겨가도록 하기 위해서 노력했던 인물이다. 이런 집 이름 속에는

---

1) 무이산(武夷山) : 산청군(山淸郡) 시천면(矢川面)에 있는 구곡산(九曲山)이다.

명(明)나라를 부흥시켜 명나라의 수준 높은 문화를 되살려야 한다는 명암(明庵)의 염원이 담겨져 있다.

초연히 세상에 나가 출세할 생각은 끊어 버리고 혼자 산수 속에 묻혀서 즐거워하며 근심을 잊어버렸다. 가난하여 자주 먹을 것이 없게 되어도 고사리를 뜯고 솔잎을 먹으면서 느긋하게 지내며 마음에 두지 않았다.

스스로 「명암전(明菴傳)」을 지어 자신의 뜻을 보였는데, 그 대략은 이러하다.

공은 어느 곳 사람인지 모른다. 그 이름자도 모른다. 그 성벽(性癖)이 보통이 아니라서 착한 것을 따르기를 물 흐르듯이 하고, 나쁜 것을 싫어하기를 원수처럼 했다. 부유해도 즐거워하지 않고 가난해도 아첨하지 않았다. 세상에 알려지기를 구하지 않았고, 교유(交遊)하기를 좋아하지 않았다. 이름난 경치나 좋은 곳이 있다는 이야기를 들으면 구애받지 않고 바로 갔다. 해동(海東)의 산수(山水)에 공의 발자취가 미치지 않은 곳이 거의 없었다. 일생토록 주(周)나라를 높이고 오랑캐를 물리치는 것[2]으로써 제일가는 일로 삼았다. 세상 사람들이 "명(明)나라의 천지가 아니다"라고 말해도 자신은 명나라의 천지라고 여겼다. 사람들이 "명나라 시대가 아니다"라고 말해도 자신은 명나라 시대라고 여겼다. 사람들이 "명나라의 산수(山水)가 아니다"라고 말해도 자신은 명나라의 산수라고 여겼다. 사람들이 "명나라의 백성들이 아니다"라고 말해도 자신은 명나라의 백성이라고 여겼다. 말이 명나라에 미치면 피눈물을 흘렸다. 만년에 두류산에 들어가 무이구곡(武夷九曲)을 얻어, 주자(朱子) 및 제갈무후(諸葛武侯)의 초상을 걸고 아침 저녁으로 마주하고서 마치 살아 계신 분을 스승으로 섬기듯이 했다. 서가(書架)에는 『시경(詩經)』, 『서경(書經)』 등 책이 있고, 뜰에는 매화, 대, 난초, 계수나무, 소나무, 국화가 있었고, 또 두 마리 학 모양의 돌을 소나무와 계수나무 사이에 두고서 스스로 즐겼다. 찬(贊 : 찬양하는 글)을 이렇게 붙인다. "명(明)나라 세월, 명나라

---

2) 주(周)나라를 …… 것 : 천자(天子)의 나라인 주(周)나라를 높이고 중국(中國)을 침범하는 변방 오랑캐를 물리친다는 정신. 여기서는 명(明)나라를 높이고 오랑캐 나라인 청(淸)나라를 물리친다는 뜻이다.

천지. 무이산(武夷山) 아홉 구비의 물, 그 가운데 한 사람이 있으니 어떤
거사(居士)인지? 거사에게 스승이 있으니, 회암부자(晦菴夫子 : 朱子)라네.

1746년 5월 15일 무이정사(武夷精舍)에서 세상을 떠나니 숭정(崇禎)3)
기원으로부터 119년이고, 향년(享年) 64세였다. 임종(臨終) 때 좌우를 돌
아보고 말하기를 "오랑캐에게는 백년토록 지속하는 명운(命運)이 없는
것이니, 그 시한(時限)으로 계산해 보면 지나갔다. 내가 죽기 전에 비린내
나는 티끌이 싹 걷히는 것을 볼 수 있겠거니 했으나, 이제 끝장이로다.
끝장이로다"라고 했다.

또 말하기를 "착한 일을 하거나 나쁜 일을 했을 때 자신이 어찌 모르겠
는가? 내 일생을 가만히 헤아려보니 우러러 하늘에 부끄럽지 않고, 아래로
사람들에게 부끄러울 것도 없도다. '백세청풍(百世淸風)'4)이니 '만고강상
(萬古綱常)'5) 등의 말을 나에게 적용(適用)한다 해도 내가 크게 사양할
것은 없다. 내가 죽은 뒤에 반드시 '대명처사(大明處士)'로 나의 명정(銘
旌)을 쓰도록 하라."라고 했다.

10월 28일 용산(龍山) 수시동(須時洞) 경좌(庚坐 : 동쪽에서 15도 북쪽
으로 간 방향)의 언덕에 안장(安葬)하였다. 숨을 거두던 날 검붉은 기운이
하늘에 뻗쳐 있다가 3일만에 그쳤다 한다. 장사하던 날도 이러하자 사람들
이 놀라고 특이하게 여겼다.

1760년 관찰사(觀察使)가 명암(明庵)의 행적(行蹟)을 조정(朝廷)에 올
렸다가, 8년 지난 정미년(丁未 : 1767)에 특별히 사헌부(司憲府) 지평(持
平)에 추증(追贈)되었다. 벼슬을 추증하는 교지(敎旨)에 오랑캐 나라인
청(淸)나라의 연호(年號)6)를 쓰지 않고, 명(明)나라의 마지막 연호인 숭정

3) 숭정(崇禎) : 명(明)나라 마지막 황제인 의종(毅宗)의 연호. 1628-1644. 조선시대 사람들을
  명(明)나라를 잊어서는 안 된다는 취지에서 명나라가 망한 뒤에도 숭정 연호를 계속 썼다.
4) 백세청풍(百世淸風) : 오랜 세월토록 남을 만한 맑은 기풍(氣風).
5) 만고강상(萬古綱常) : 만고(萬古)의 오랜 세월 동안 윤리도덕의 모범이 될 만한 행실.

(崇禎) 기원(紀元)이라고 썼는데, 이는 실로 특별한 명령에 의한 예외적인 경우였다. 조정에서 명암의 의리(義理)를 장려하고 지절(志節)을 높이려는 것이었다.

2. 기질(氣質)과 사상

명암은 천분(天分)이 매우 높아 세속(世俗)의 명예나 이익, 운수(運數) 등에 대해 원래 별관심이 없었다. 참된 마음과 곧은 기운으로 바깥 사물의 영향을 받지 않았다. 그래서 정신의 작용이 완전하였고, 이룬 바가 우뚝하였다. 맑기는 가을 물 위의 연꽃 같았고, 우뚝하기는 쏟아져 내리는 물살 속에 버티고 선 돌기둥[7] 같았다. 또 높은 하늘을 나는 기러기가 구름을 뚫고 가는 듯, 위로운 소나무가 눈을 뚫고 솟은 듯했다. 만년에는 매화·대나무·소나무 계수나무를 사랑하였는데, 산수간(山水間)을 소요(逍遙)하면서 즐겼다. 그가 사랑한 나무들도 모두 절개(節槪)를 상징하는 것들이었다.

마음가짐이 철저하여 진실되게 마음을 써서 끝까지 간직하고 견고하였다. 알아야 할 것을 알지 못하는 것이 있으면 반드시 안 뒤 실천했다. 나무 조각에다 「사물잠(四勿箴)」을 새겨 늘 옷의 띠에 차고 다니면서 이른 아침부터 밤늦게까지 자신을 점검하였다.

매일 새벽 닭 울음소리를 들으면 곧바로 일어나 세수하고 머리 빗고 의관(衣冠)을 정제하고는 팔짱을 끼고 단정히 앉아서 『주역(周易)』「계사전(繫辭傳)」 상하(上下), 『중용(中庸)』, 『대학(大學)』 몇 장(章)과, 정자(程子)와 주자(朱子)가 지은 잠명(箴銘) 및 제갈량(諸葛亮)의 「출사표(出師

---

6) 연호(年號) : 황제(皇帝)가 새로 즉위한 해를 기원으로 하여 세우는 해를 계산하는 방법. 재위 중에 여러 차례 연호를 바꾸는 경우도 많았다.

7) 물살 …… 돌기둥 : 하남성(河南省) 삼문협(三門峽)에 있는 산. 황하(黃河)가 갈라져 돌로 된 이 산을 감돌기 때문에 큰 돌기둥이 버티고서 어떤 물살에도 끄덕하지 않는 것처럼 보인다. 어떠한 어려움에도 영향을 받지 않고 자신의 지조를 지켜나가는 것을 의미한다.

表)」와 호전(胡銓)의 「척화소(斥和疏)」, 두보(杜甫)의 「북정시(北征詩)」
를 외웠는데, 이렇게 하는 것을 늘 하는 일과로 하였다.

평소에 늘 복희씨(伏羲氏), 주(周)나라 문왕(文王), 주공(周公), 공자(孔
子), 자사(子思), 송(宋)나라 주염계(周濂溪), 정자(程子), 주자(朱子) 등이
지은 책을 쉬지 않고 읽었으며, 이것으로써 생각을 적고 이것으로써 뜻을
구하였다. 이 두 가지로써 한평생의 자신의 계획으로 삼았다.

명암(明庵)이라는 호는 명(明)나라를 그리워한다는 뜻이 담겨 있으니,
오늘날 사람들이 보면 사대적(事大的) 발상이라고 간주할 수도 있겠으나
수준 높은 명나라의 정신문화(精神文化)를 회복·유지하겠다는 의지의
표현이라고 볼 수 있다. 무력(武力)을 앞세운 오랑캐나라인 청(淸)나라의
문화침략에 대한 지식인의 외로운 저항이었던 것이다.

항상 패랭이를 쓰고 다니면서 명나라에 대한 슬픔과 오랑캐나라에 대한
부끄러움을 붙였다. 세상과의 교유(交遊)를 끊고서 밖에 나가면 명산대천
(名山大川)을 유람하고, 집에 들어가서는 경서(經書)를 바탕으로 하고 역
사서도 곁들여 읽었다.

가야산(伽倻山), 태백산(太白山), 소백산(小白山), 오대산(五臺山), 개
골산(皆骨山 : 금강산), 묘향산(妙香山), 금산(錦山), 월출산(月出山), 천관
산(天冠山) 등에 발길이 두루 닿지 않은 곳이 없었다. 가는 곳마다 유산기
(遊山記)를 남겨 그 산수(山水)의 미려(美麗)함을 서술하고 자신의 감회
(感懷)를 붙였다.

왕희지(王羲之)와 위부인(衛夫人)의 글씨를 배워 서예(書藝)에도 일가
(一家)를 이루었다. 지금 구곡산(九曲山) 무이구곡(武夷九曲), 거창(居昌)
수승대(搜勝臺), 함안(咸安) 의상대(義相臺), 남해(南海) 금산(錦山) 등에
명암(明庵)의 필적이 남아 있다.

자신을 단속하는 데는 매우 엄격하였다. 비록 해가 지고 어두워져 사람
이 없을 때나 이름난 운치 있는 깊숙한 산수(山水) 속에 있을 때도 갓을
바로 쓰고 정신을 집중하였지, 일찍이 조금도 방종(放縱)하게 행동한 적이

없었다. 본래 술을 좋아하였지만 크게 취하여 체면을 잃은 적은 없었다.

정신수련(精神修鍊)이 대단하였는데, 지리산(智異山) 불일암(佛日庵)에서 면벽(面壁) 중인 승려 두 사람 곁에 가서 말없이 앉아서 삼일 동안 일어나지도 않고 눕지도 않고서도 정신이 여전히 맑았다. 두 승려가 함께 일어나 명암(明庵)에게 절을 하고서 기이하다고 탄복하고는 솔잎죽을 끓여서 바친 일이 있었다. 온 천하가 청(淸)나라 세상이 된 상황에서도 명암(明庵) 혼자 능히 대의(大義)를 등에 짊어지고서 곤궁하게 살면서도 죽을 때가지도 후회하지 않을 수 있는 정신력이 바로 이런 데서 나온 것이라 할 수 있다.

제사 때는 반드시 정성과 경건(敬虔)함을 다하였다. 목욕을 하고 옷을 갈아입고 촛불을 밝혀 밤을 새웠다. 집안은 정연(整然)하게 법도(法度)가 있었다. 아들, 조카, 며느리, 딸들로 하여금 혼정신성(昏定晨省)[8]의 예(禮)를 행하도록 했다. 조금이라고 잘못이 있으면 훈계하고 가르치는 것이 아주 지극하였는데, 고치면 즉시 그만두었다.

숙종(肅宗)과 경종(景宗)의 초상(初喪) 때 성복(成服)을 하기 전에는 바깥에서 거적대기를 깔고 지냈고, 인산(因山 : 임금의 장례) 전에는 술과 고기를 먹지 않았다. 친지(親知)들의 상사(喪事)에는 비록 관계가 멀고 신분이 천할지라도 부고(訃告)를 들은 날에는 고기를 먹지 않았다.

사람들과 사귈 때는 진실하고 순박하고 간절하고 지극하였고, 모난 행동을 드러내지 않으니 사람들이 자발적으로 공경하였다. 비록 수레 모는 종처럼 천한 사람이라도 정성스러운 마음으로 사랑하고 흠모(欽慕)하여 차마 속이거나 저버리지 못했다. 일찍이 어떤 아전(衙前)이 무슨 일을 가지고 명암을 속인 적이 있었다. 여러 아전들이 그 사실을 알고서 모두 모여서 그 아전을 준절(峻切)하게 책망하기를 "네가 비록 천한 것이지만

---

8) 혼정신성(昏定晨省) : 저녁에는 자식이 부모의 문안을 드리고 잠자리를 깔아드리고, 새벽에는 찾아 뵙고 문안을 드리고 잠자리를 정리하는 예법.

어찌 처사공(處士公 : 明庵을 기리킴)을 속인단 말인가?"라고 했다. 깊은 산 속의 승려들도 기꺼이 맞이하여 공경심(恭敬心)을 일으키지 않은 적이 없으면서 말하기를 "오늘은 정처사(鄭處士)님을 모시게 됐도다"라고 할 정도였다.

명암은 자그마한 체구였지만, 굳세게 강상(綱常)과 더불어 무리가 되어 이미 재가 된 불씨를 다시 불어 일으키고, 다 없어져버린 양(陽)의 기운[9]을 붙들어 심으려고 하였는데, 그 힘이 부족하지 않을까 하는 것은 걱정하지 않았다. 대개 천성(天性)이 그럴 뿐만 아니라 타고난 기질(氣質)이 굳세어 굽히지를 않아 다른 사람이 견디지 못하는 바를 능히 견디어내었고, 다른 사람이 하지 못하는 바를 능히 해내었다.

성리학(性理學)을 깊이 연구하고, 특히 태극(太極)에 대해서 조예가 깊었지만 공허한 이론을 전개한 글은 남기지 않았다. 독서의 양이 많고 폭이 넓어 유학(儒學)에만 국한되지 않고 제자백가(諸子百家) 등도 두루 섭렵하였는데, 특히 도가적(道家的) 정취(情趣)가 적지 않았다. 그러나 불교(佛教)의 혹세무민(惑世誣民)하는 측면과 사찰건물의 지나친 사치에 대해서는 엄격하게 비판하였다.

명암(明庵)은 본래 공명(功名)과 부귀(富貴)를 헌 신짝처럼 던져버린 사람이었으므로 벼슬에 나가지 않고 초야에 묻혀서 구도자(求道者)처럼 청고(淸苦)하게 살다 갔다. 그 당시 치열하던 당쟁(黨爭)에 혐오를 느껴 일체 관여하지 않았다. 그러나 그렇다고 해서 세상을 등진 것은 아니었고, 국가민족에 관심을 갖고 늘 걱정하며 살아갔다.

명암(明庵)은 평생 명(明)나라 문화를 그리며 그 회복을 바라다가 끝내 그 실현을 보지 못하고만 아쉬운 생애였다.

명암은 남의 요청에 의한 응수문자(應酬文字)는 거의 짓지 않았고, 순수

---

9) 양(陽)의 기운 : 문명의 기운. 성인(聖人)의 기운 등을 가리킨다. 오랑캐의 기운은 음(陰)한 기운이다.

하게 자신의 사상과 감정이 담긴 글만 남겼다.

한평생을 티끌 만한 흠도 없이 자신의 원칙을 지키면서 깨끗하게 바르게 살다간 그의 일생이었다.

III. 시문학(詩文學) 고찰

1. 시 세계(詩世界)

명암(明庵)은 일생 동안 벼슬하지 않고 초야(草野)에 묻혀서 수신(修身)과 독서(讀書)를 하면서 틈나는 대로 자신의 감회(感懷)와 울분을 붙인 시(詩)를 많이 지었다. 명암은 천성적으로 시인의 자질을 타고났고, 또 시를 매우 사랑하였다. 산수 유람하러 가는 짐 속에 늘 당시집(唐詩集)이 들어 있을 정도였다.

명암은 산수(山水)를 많이 유람했는데, 그때 산수(山水)의 풍광(風光)과 자신의 감회를 읊은 많은 시를 남겼다. 본래는 수천 수의 시를 남겼다[10]고 했지만, 지금 『명암집(明庵集)』에 실려 있는 시는 모두 547제(題) 653수인데, 여러 가지 시체(詩體)에 두루 걸쳐 있다.

명암의 시는 크게 자신의 영혼세계(靈魂世界)를 읊은 시, 산수자연을 읊은 시, 사물을 읊은 시, 기행시(紀行詩) 등 네 가지로 나눌 수 있다.

그는 문화(文化)의 전범(典範)이라 할 수 있는 명(明)나라의 멸망에 대단한 허탈감을 느끼면서 청(淸)나라가 중원천하(中原天下)를 차지한 것에 대해서는 대단한 치욕감(恥辱感)을 느끼며 살았다. 자신의 존재는 명나라 문화의 존속(存續)이라는 자부심 내지는 사명감(使命感)을 갖고서 명나라의 회복을 주야로 간망(懇望)하였다.

그의 「와룡암(臥龍菴)에서 되는대로 쓴 시」는 명나라의 문화를 지키려

---

10) 월고(月皐) 조성가(趙性家)가 지은 「명암집서(明庵集序)」.

는 그의 정신을 볼 수 있다.

> 한 선비가 하늘과 다툰다고 들은 적이 있는데,
> 하늘은 높고 높아도 정성에 감응(感應)한다네.
> 명암(明庵) 늙은이를 한낱 선비로 보지 마소서.
> 명암 늙은이 죽지 않아야 명나라 망하지 않는다네.

자신을 한낱 문약(文弱)한 선비로 보는 것에 명암(明庵)은 동의하지 않고 중국에서 없어진 명나라의 명맥을 자신이 전승(傳承)하고 있다고 표현하고 있다. 이에서 천하가 다 청(淸)나라 천하가 되고 조선도 그 영향권 안에 들어갔지만, 자신만은 청나라의 영향권 안에 있다는 것을 인정하지 않겠다는 굳센 다짐이 들어 있다.

「우연히 읊어」라는 시에서 초야에 묻혀 한가롭게 생활하는 그의 모습을 볼 수 있다. 야인(野人)의 몸이라 하여 자신만의 정신적 안일을 추구한 것은 전혀 아니고, 세상의 강상(綱常)과 중원(中原)의 회복을 잊은 적이 없었다. 유교(儒敎)를 배워 실천하는 사람으로서 세상을 구제하겠다는 우환의식(憂患意識)이 시 속에 깊게 배어 있다.

> 물 흐르고 구름 낀 곳에 가족 이끌고 자취 감추어,
> 저녁 낚시에서 돌아와 초당(草堂)에서 잠잔다네.
> 내 한평생 동안 천하의 일을 보아 왔거늘,
> 이 마음만이 오직 강상(綱常)을 보전하려 할 뿐.

> 누런 기장 밥 배불리 먹고 옛날 책 읽다가,
> 앞 호수 물안개 달빛 속에서 낚시한다네.
> 가만히 인간세상의 일 점검해 보았더니,
> 분명히 지극한 즐거움이 이 밖에 더 없네.

> 북쪽으로 중국(中國) 땅 바라보니 눈물이 줄줄,

백년 동안의 깊은 원수 아픔이 가시지 않아,
만고의 강상(綱常)은 마땅히 스스로 지켜야지,
맑은 기풍(氣風) 어찌 꼭 서산(西山)11)에 양보하랴?

　명암(明庵)은 많은 여행을 했고 여행을 할 때마다 산수유람(山水遊覽)의 기록을 남겼고 또 많은 시도 남겼다. 집에 앉아서 상상으로 지은 시가 아니고 직접 신고(辛苦)한 발걸음을 옮기며 먼 거리를 여행한 체험에 바탕을 두고 지은 시이기 때문에 현장감(現場感)이 있고 회화성(繪畵性)이 강하다.
　「황류(黃柳) 나루를 지나며」라는 시는 한 폭의 그림 같이 해 질 녘의 나루터 경치를 절묘(絶妙)하게 묘사하였다.

　　물안개 낀 만경창파(萬頃蒼波) 넓은데,
　　외로운 일엽편주(一葉片舟) 더디 가누나.
　　기러기 떼 비스듬히 내려앉는 곳에,
　　수 많은 봉우리에 저녁 해 비치네.

　명암(明庵)은 사물의 이치를 궁구(窮究)하는 학자의 자세로 일생을 살았기에 사물을 보는 관찰력도 아주 예리했다. 그래서 그의 영물시(詠物詩)는 과학자의 자연관찰처럼 정밀하다.
　「뜰의 매화」라는 시에서 사물의 속성(屬性)을 시로 나타내는 명암(明庵)의 솜씨를 알 수 있다.

　　강성(江城)12)의 봄비가 밤에 흩날릴 때,
　　일찍 피는 매화 눈처럼 가지에 가득하네.
　　사물의 본성은 시절의 모양 따라 얇지 않아,

---

11) 서산(西山) : 수양산(首陽山)의 별칭.
12) 강성(江城) : 단성(丹城)의 별칭.

초당(草堂)으로 다시 돌아오니 옛날 모습이네.

명암의 기행시(紀行詩)는 양적으로 매우 풍성하다. 여러 차례의 여행에서 얻은 시는 금강산(金剛山), 지리산(智異山), 가야산(伽倻山) 등이 다 들어 있어 유산시(遊山詩)로 전집(專集)을 내어도 될 정도로 풍성하다. 「설악산(雪嶽山)」을 두고 읊은 시는 이러하다. 설악산의 웅장하면서도 험준(險峻)한 돌로 된 봉우리의 자태와 쏟아져 내리는 맑은 폭포를 생동감 있게 잘 묘사하였다.

> 큰 바다 모퉁이에 산악의 기세 웅장하게 서려 있고,
> 금으로 된 연꽃 천 송이 속세 티끌과 먼지 멀리했네.
> 뾰족한 봉우리는 장차 어디로 날아가려는지?
> 위태로운 돌은 분명히 떨어져 내리려 하누나.
> 골짜기에 쏟아지는 맑은 샘물 다투어 옥을 뿜고,
> 하늘에서 떨어지는 폭포는 우레처럼 울부짖네.
> 흰 구름이 반쯤 산의 진면목(眞面目)을 가렸는데,
> 신선들이 나그네 시기(猜忌)하여 그러는 건 아닌지.

명암(明庵)의 시 가운데 대표적이라 생각되는 몇 수를 들어 명암의 시세계를 개괄적으로 소개하였다. 『명암집(明庵集)』의 반 이상이 시이고, 시 가운데는 주옥(珠玉) 같은 것이 많으니 앞으로 전문적으로 연구할 대상이 될 것이다. 관심 있는 분들의 애독(愛讀)을 바라 마지 않는다.

2. 유산록(遊山錄)

옛날부터 선비들은 산을 많이 찾았다. 맹자(孟子)의 말에 "공자(孔子)께서 동산(東山)에 올라 노(魯)나라를 작게 여기셨고, 태산(泰山)에 올라서는 천하를 작게 여기셨다"라고 했다. 높은 산에 오르면 대장부의 호연지기

(浩然之氣)를 펼 수 있고, 또 천하를 굽어보면서 자신의 포부를 펼쳐 볼 수도 있기 때문이다. 또 산천의 기운을 흡수하여 시문(詩文)의 기(氣)를 북돋울 수 있는 것이다. 또 산의 흔들리지 않는 장중(莊重)한 자세를 배워 자기 지조를 지키는 선비가 될 수 있는 것이다. 그보다도 등산은 공부하는 것과 그 과정과 원리가 비슷하다. 높은 산에 오르려면 몸은 힘이 들지만 높이 오르면 오를수록 보이는 시야는 넓고 정확하듯이 공부도 하려면 많은 노력과 시간을 들여야 하지만, 그만큼 식견(識見)이 높아진다. 또 올라가기는 어렵고 내려가기는 쉬운 것도 공부와 같다. 또 옛날 분들은 단순히 등산을 위해서 산을 찾는 것이 아니고, 여러 가지 측면에서 산을 스승으로 삼아 자신을 수양하는 데 도움을 받고자 하였다.

공자(孔子) 이후로 사마천(司馬遷), 이백(李白), 두보(杜甫), 한유(韓愈), 구양수(歐陽脩), 주자(朱子) 등 많은 학자 문인들이 산을 찾았다.

우리나라의 선비들 가운데서도 조선(朝鮮) 전기의 매월당(梅月堂) 김시습(金時習), 추강(秋江) 남효온(南孝溫), 점필재(佔畢齋) 김종직(金宗直) 등 많은 분들이 산을 찾았다. 명암(明庵)의 방조(傍祖)가 되는 허암(虛庵) 정희량(鄭希良)도 산을 좋아한 사람 가운데 한 분이다. 후기에는 미수(眉叟) 허목(許穆), 삼연(三淵) 김창흡(金昌翕) 등이 산을 즐겨 찾았다.

명암은 아마 우리나라 선비들 가운데서 가장 산을 좋아하였을 것이다. 그리고 명암은 여행할 때면 대부분 여행기록을 남겼다. 현재 『명암집(明庵集)』에는 「관동록(關東錄)」, 「청학동록(靑鶴洞錄)」, 「두류록(頭流錄)」, 「가야산록(伽倻山錄)」, 「금산록(錦山錄)」, 「월출산록(月出山錄)」 등 여섯 편의 유산록(遊山錄)이 실려 있다. 「관동록(關東錄)」 속에 금강산(金剛山), 설악산(雪嶽山), 토함산(吐含山)에 유람한 기록이 들어 있다. 명암 자신의 기록에 의하면 묘향산(妙香山), 태백산(太白山), 소백산(小白山), 오대산(五臺山), 속리산(俗離山), 천관산(天冠山) 등도 유람한 것으로 되어 있는데, 이런 산에서 논 유산록(遊山錄)은 현재 남아 전하지 않는다.

이 여섯 편의 유산록은 명암 자신의 여행기록일 뿐만 아니라 역사지리

(歷史地理)에 관한 중요한 자료이다. 명암이 본 당시 사람들의 생활상(生活狀), 자연환경생태(自然環境生態), 없어지거나 파괴·변형된 고적(古蹟)과 건물, 도로 상황 등등 당시의 모습을 그대로 담고 있기 때문이다. 금강산(金剛山)의 은선대(隱仙臺)와 만폭동(萬瀑洞)의 경치를 적은 글의 일부를 소개하면 다음과 같다. 묘사(描寫)와 비유(比喩)가 핍진(逼眞)하여 경치가 눈앞에 재현되는 듯하다.

> 은선대(隱仙臺)가 있는데 뾰족한 바위로 뿔모양의 돌이 십이층으로 되어 있고, 폭포가 구름 끝에서 떨어지는데 그 형세는 마치 공중에 달려 있는 듯하다. 이곳이 금강산의 제일 가는 경치이다. 만폭동(萬瀑洞)의 물이 다투어 흐르는 가운데서도 구룡연(九龍淵)은 더욱 기이하면서도 웅장하다. 아득한 옛날부터 사람들이 그 물줄기의 근원을 찾지 못하고 있다. 무지개가 거꾸로 드리우고, 구름과 안개가 자욱하여 어두운데, 세찬 물이 내뿜어 구슬이 깨어지고 옥이 부숴지니, 그 소리는 마치 우레가 노하여 싸우는 듯하다. 마음이 흔들리고 눈이 흐릿하고 정신이 두려워졌다. 만이천봉우리와 만폭동 흐르는 물을 어찌 다 기록하리오?

특히 관동팔경(關東八景), 금강산(金剛山), 지리산(智異山), 가야산(伽倻山) 등 우리나라의 중요 관광자원에 대한 상세한 역사적 자료를 내포하고 있어 앞으로 연구자가 나와 치밀하게 연구해 볼 가치가 있을 것이다.

Ⅳ. 『명암집(明庵集)』에 대한 고찰

1. 간행 전말과 체재

명암(明庵)은 수천 수의 시와 많은 문장을 남겼다. 그러나 명암 사후 곧바로 정리되어 간행되지 못하고 보자기에 싸인 채로 있었는데, 손자 경천(擎天)이 간행을 염두에 두고 홍호(鴻湖) 이원배(李元培)에게 시문

(詩文) 몇 편과 연보(年譜) 행장(行狀)을 보여 주고서 발문(跋文)을 받아 두었다.

그 뒤 농포(農圃)의 후손인 지와(芝窩) 정규원(鄭奎元 : 1818-1877)이 그 가운데서 약간의 글을 가려 뽑아 정리하였고, 노호(鷺湖) 정두언(鄭斗彦)이 거기에 약간의 가감(加減)을 하였다. 그래도 그 즉시 간행은 못하였다.

그러다가 명암(明庵)의 현손 호선(好善)이 명암(明庵)의 시문이 장차 흩어져 영원히 없어져 버려 전해지지 못할까 두려워하여, 일가(一家)들과 간행의 일을 도모하여 여러 사우(士友)들에게 문의를 했더니, 여러 유림(儒林)들 가운데서 마음을 기울이고 찬조금을 낸 집안이 백여 집안이나 되었다. 이것에 힘입어 방장산(方丈山)13) 속에서 목판(木板)을 새길 준비를 하고, 월고(月皐) 조성가(趙性家)에게 요청하여 교정(校正)을 보고, 집안 조카 광희(光羲), 규석(珪錫)으로 하여금 깨끗하게 정리한 원본(原本)을 쓰게 했다. 그 일을 마치자 다시 자기 생질 이도복(李道復)14)에게 부탁하여 명암이 남긴 글 가운데서 아직 수집하지 못한 글을 더 수집하게 하였다. 그 원고를 후산(后山) 허유(許愈), 노백헌(老栢軒) 정재규(鄭載圭)에게 두 번째 교정(校正)을 부탁하여 6권으로 만들었으니, 경비를 줄이기 위해서 간략(簡略)하게 만든 것이다. 결국 목판(木版)으로는 찍지 못하고, 1901년 6권 3책의 체재로 목활자(木活字)로 찍어 내었다.

『명암집(明庵集)』 간역(刊役)에 처음부터 끝까지 부지런히 주선(周旋)하면서 수고를 많이 한 사람은 농포(農圃) 후손인 전(前) 부사(府使) 규석(圭錫)이었다.

『명암집』의 구성을 살펴보면 맨 첫머리에 진주목사(晋州牧使) 조덕상(趙德常)이 1761년에 쓴 서문과 1901년 조성가(趙性家)가 쓴 서문이 붙어

---

13) 방장산(方丈山) : 지리산(智異山)의 별칭.
14) 이도복(李道復) : 1862-1938. 근세의 학자. 자(字)는 양래(陽來), 호는 후산(厚山), 본관은 성주(星州). 연재(淵齋) 송병선(宋秉璿)의 제자이다. 문집 『후산집(厚山集)』이 있다.

있다.

제1권, 제2권 제3권에는 시 653수가 수록되어 있다. 제4권에는 서(書) 18편, 기(記) 7편, 발(跋) 4편이 수록되어 있고, 권5권에는 록(錄) 6편, 전(傳) 2편, 상량문(上樑文) 1편, 제문(祭文) 4편이 수록되어 있다. 명암이 지은 산문은 모두 42편이다.

명암의 시와 유산록(遊山錄)의 가치에 대해서는 앞에서 이미 논급(論及)하였다. 산문 가운데서 대표적인 것을 소개하면 다음과 같다. 「수월루기(水月樓記)」는 지족당(知足堂) 조지서(趙之瑞)를 향사(享祀)하던 신당서원(新塘書院)의 문루(門樓)에 붙인 기문(記文)인데, 지금은 훼철(毀撤)되어 없어지고 터만 남은 신당서원의 역사를 알 수 있는 중요한 자료이다. 「촉석루중수기(矗石樓重修記)」는 촉석루의 역사와 건물이 가지는 의의(意義)를 알 수 있는 자료이고, 「의암비기(義巖碑記)」는 비록 어우(於于) 유몽인(柳夢寅)의 『어우야담(於于野談)』에 실린 내용을 그대로 인용했지만 의기(義妓) 논개(論介)의 사적을 유림(儒林)들의 공인을 거쳐 비문(碑文)으로 만들어 세상에 홍보했다는 데 그 의의가 있다 할 수 있다. 「의상대중수기(義相臺重修記)」는 한국전쟁 때 소실되어 버린 신라(新羅) 고찰 의상대(義相臺)의 역사와 가람배치를 알 수 있는 중요한 자료이다. 「명암전(明庵傳)」은 명암의 자서전으로, 명나라 문화를 그리워하며 고뇌(苦惱)에 찬 생애를 보내던 명암의 정신적 궤적(軌跡)을 알아 볼 수 있는 자료이다. 「와룡암상량문(臥龍庵上梁文)」은 제갈량(諸葛亮)을 흠모(欽慕)하여 자신이 살고 있는 집 이름을 와룡암이라 붙이고, 그 이름을 붙이게 된 동기와 그 의미, 집 주변의 산수와 집의 구도 등에 대해서 묘사한 글이다.

제6권은 부록(附錄)인데, 아들 상정(相鼎)이 지은 가장(家狀)과 김리안(金履安)이 지은 가장발(家狀跋), 정재규(鄭載圭)가 지은 행장(行狀), 이민보(李敏輔)가 지은 묘갈명(墓碣銘), 남공철(南公轍)이 지은 묘지명(墓誌銘), 명암의 포증(褒贈)을 건의하는 경상감사(慶尙監司)의 장계(狀啓) 및 증직(贈職) 교지 등이 수록되어 있다.

책 말미에는 이원배(李元培), 허유(許愈), 현손 호선(好善), 방손(傍孫) 규석(圭錫)의 발문(跋文)이 붙어 있다.

V. 결어(結語)

앞에서 명암(明庵)의 일생과 시문학(詩文學), 『명암집(明庵集)』 등에 대해서 간략하게 서술하였다. 한평생 출처(出處)의 대절(大節)을 지키면서 곧게 깨끗하게 살다가 명암의 영혼(靈魂)이 이 책 속에 다 수록되어 있다. 아성(亞聖) 맹자(孟子)가 말하기를 "시대를 거슬러 올라가 옛 사람을 논함에 있어 그 시를 외우고 그 글을 읽으면서도 그 사람을 몰라서야 되겠는가?[尙論古之人, 頌其詩, 讀其書, 不知其人, 可乎?]"라는 말을 하였다. 독자 여러분들이 『명암집(明庵集)』을 정독(精讀)한다면 명암의 사람됨과 그 정신(精神)을 알 수 있을 것이다.

오늘날 단군(檀君) 이후로 우리 민족은 최고의 물질적 풍요를 누리고 있다. 그러나 정신적으로는 날이 갈수록 황폐해져 가고 도덕(道德)은 날로 타락해 가고 있는 실정이어서, 뜻 있는 이들이 개탄(慨歎)의 목소리가 높다. 『명암집(明庵集)』을 번역하는 것을 계기로 하여 많은 사람들이 정성들여 읽어 명암의 곧고 바른 정신을 배워 실천에 옮긴다면 『명암집』의 번역·간행이 세상을 교화(敎化)하는 데 일조를 하지 않을까 생각된다.

『명암집(明庵集)』 역간(譯刊)의 사업이 거의 완성되어갈 즈음에, 명암(明庵)의 7대 초손(肖孫) 정대진(鄭大珍) 이사장과 『명암집』을 최초로 편집한 지와(芝窩)의 증손인 정수근(鄭秀根)장이 해제(解題)의 필요성을 느껴 그 글을 부탁해 왔다. 그래서 이 무사(蕪辭)를 써서 명암(明庵)의 행적(行蹟)과 사상(思想), 시문(詩文)을 강호(江湖)의 제현(諸賢)에게 정중히 소개하는 바이다.

『武陵雜稿』 解題

Ⅰ. 서언

　　신재(愼齋) 주세붕(周世鵬 : 1495-1554)은 함안(咸安 : 원래는 漆原)이 낳은 조선 중기에 활동한 걸출한 학자이자 문학가였다. 그는 과거(科擧)를 통하여 관직에 진출한 이후로 내외의 여러 현요직(顯要職)을 거치며 많은 업적을 남겼는데, 특히 서원 창설을 통하여 우리나라에서 최초로 유학교육을 하는 사학(私學)을 열어 유학 교육과 세상을 정신적으로 구제하는 일에 성력(誠力)을 기울였다.

　　그는 회재(晦齋) 이언적(李彦迪), 퇴계(退溪) 이황(李滉), 남명(南冥) 조식(曹植), 규암(圭菴) 송인수(宋麟壽) 등 당대의 최고의 학자들과 교우 관계를 맺어 학문적 강토(講討)를 통하여 수준 높은 학문을 이루었다.

　　그리고 사환(仕宦)하는 분주한 생활 속에서도 1071제(題) 1328수의 한시(漢詩), 123편의 한문 문장, 시조(時調)와 경기체가(景幾體歌) 작품을 남기는 등 문학자로서도 풍성한 작품을 남겼다. 동시대 여타의 학자들과 비교해 보면 그의 문학적 성취는 높고도 풍성한 것이었다.

　　특히 신재에 의해서 주도된 서원의 창설은 우리나라의 문화사, 특히 유학사상(儒學思想) 학술사(學術史) 교육제도 등에 있어서 획기적인 공헌을 하였고, 특히 우리나라 한문학(漢文學) 발전과 보급에 크게 기여하였다.

　　서원은 조선 말기에 이르러 그 폐단이 없지 않았지만, 우리나라 역사상 서원(書院)을 맨 먼저 창설하여 우리나라 교육제도에 한 획을 긋게 한 신재(愼齋) 주세붕(周世鵬)은 유학사(儒學史)에 있어서는 물론이고, 교육사(敎育史)적으로도 비중 있게 조명을 받아야 할 인물이다.

그러나 지금까지는 신재에 대해서 주로 서원창설 운동의 측면에서 고찰한 글은 나왔으나, 그를 학자로서 문학가로서 총체적으로 다룬 글은 나오지 않았다.

그의 문집인『무릉잡고(武陵雜稿)』는 번역 출판된 적이 없었다. 이번에 함안문화원(咸安文化院)에서 주관하여『무릉잡고』역주본을 간행하게 되었다. 이 책의 번역 출판은 앞으로 우리나라의 유학사(儒學史)와 한문학사(漢文學史) 연구에 크게 도움을 줄 것이고, 함안의 역사와 문화 이해에도 지대한 기여를 할 것이다. 책의 출판에 즈음하여 그 첫머리에 해제를 붙인다.

Ⅱ. 신재(愼齋)의 생평(生平)

신재(愼齋) 주세붕(愼齋)은 1495년(연산군 1) 합천군(陜川郡) 천곡리(泉谷里)에서 태어났다. 자(字)는 경유(景游)이고 본관은 상주(尙州)이다. 그 뒤 일곱 살 때 아버지를 따라 칠원현(漆原縣 : 지금의 咸安郡 漆西面) 무릉리(武陵里)로 이사했다.

상주주씨(尙州周氏)의 1세조는 도은(陶隱) 주유(周瑜)로, 고려(高麗) 말기 진사(進士)였다. 고려가 망하자 야은(冶隱) 길재(吉再), 상촌(桑村) 김자수(金自粹)와 함께 신왕조인 조선에 벼슬하지 않고 스스로 지절(志節)을 지켰는데, 세상에서 삼절사(三節士)라고 칭송하였다. 이 분은 바로 신재의 고조부인데, 처음으로 합천(陜川)으로 옮겨와 살았다.

증조는 주상빈(周尙彬)인데 신재가 관직이 높아짐에 따라 사복시 정(司僕寺正)에 추증(追贈)되었다. 조부는 주장손(周長孫)인데 사직(司直)을 지냈고, 신재가 관직이 높아짐에 따라 병조참의(兵曹參議)에 추증되었다. 부친은 동호(東湖) 주문보(周文俌)인데, 신재가 벼슬이 높아짐에 따라서 이조참판(吏曹參判)에 추증되었다. 모친은 창원황씨(昌原黃氏)로 부호군(副護軍)을 지낸 황근중(黃謹中)의 따님으로서 정부인(貞夫人)에 추증되었다.

그를 임신했을 때 그 어머니 황씨(黃氏) 부인의 꿈에 어떤 노인이 나타나 금대롱으로 된 붓 한 자루를 주면서 "잘 간직했다가 네 아들에게 주라"고 당부했다고 한다. 이런 태몽을 꾸고 난 뒤 태어난 신재를 그 어머니는 정성을 다하여 키웠다.

태어나면서부터 총명하였고, 큰 뜻이 있어 애들과 장난질하며 놀지 않았다. 효성과 우애가 지극하여 부모님 말씀을 한 마디도 거스르는 경우가 없었다. 네 살 때 그 형이 종기가 나서 침을 맞았는데, 신재는 곁에서 보고 있다가 울음을 터뜨렸다. 어른들이 "왜 우느냐?"고 묻자, "형이 아픈데 동생이 아프지 않을 수 있겠습니까?"라고 대답했다. 다섯 살 때 아버지가 '천지(天地)', '부모(父母)' 등의 한자를 가르쳐 주며 "천지는 만물의 부모요, 부모는 내 몸의 천지다"라고 하자, "저 몸이 천지라면 저의 눈은 해와 달에 해당되겠습니다"라고 자기의 생각을 말하여 어른들을 놀라게 하였다.

천성적으로 공부를 좋아하여 열 살 이전에 이미 『소학(小學)』과 사서(四書)를 다 읽었다. 책을 읽다가 졸음이 오면 상투를 대들보에 매달고서 공부를 했다고 한다. 과거공부도 하면서 성현(聖賢)의 학문에 침잠하였다. 그때 그가 글을 읽었던 남고정사(南皐精舍)가 지금 함안군 칠원면 용정동에 남아 있다.

그때 신재의 아버지는 이재(理財)의 능력이 있어서 재산이 넉넉하였는데, 재산 관리와 남에게 빚 준 것 등을 기록한 장부가 많이 있었고, 신재는 그 재물에 관계되는 장부를 불살라 없애버릴 것을 아버지에게 건의하였더니, 아버지는 그 건의에 따라 불살라 버렸고, 그 이후로는 재산을 늘리려고 애를 쓰지 않았다.

그는 전심전력하여 공부한 보람으로 열여덟 살 때 향시(鄕試)에 장원급제했다. 그러나 문과(文科)에 급제한 것은 그 십 년 뒤인 스물여덟 살 때였다. 그에게 있어서 이 십 년 동안의 각고한 노력은 학문에 있어서 깊이를 더하고 인생의 방향을 정하게 되었다.

1521년(중종 16) 문과에 급제하여 승문원(承文院) 권지부정자(權知副正字)로 관계에 첫발을 내디뎠다.

조선 초기 유교를 국교화(國敎化)하여 꾸준히 장려해 온 결과, 이때에 이르러 성리학(性理學) 연구의 수준이 높아져 갔다. 중국 송(宋)나라와 원(元)나라 시대 성리학자들의 저술을 모은 성리대전(性理大全)이 명(明)나라 영락제(永樂帝) 때 편찬되어 조선 초기 우리나라에 전래되었는데, 조선 중기쯤에 와서 많은 학자들이 이 책을 읽고 연구하게 되었다. 그러나 그 분량이 너무 많아 통독하기가 어려웠으므로 사재(思齋) 김정국(金正國)이 그 축약본인『성리절요(性理節要)』를 편찬하였다. 이때 경상감사로 나왔던 상진(尙震)이 경상도에서 목판으로 찍어 보급했는데, 이 책의 서문을 신재가 섰다. 신재는 이때 30세의 하급 관리였는데도 상진이 서문을 부탁한 것으로 볼 때 그의 성리학적 조예가 어느 정도 깊었는가를 미루어 짐작할 수 있다.

이 해에 사가독서(賜暇讀書)하는 영광을 얻었고, 그 다음해 예문관(藝文館) 검열(檢閱)에 임명되었다. 이 검열이란 자리는 이른바 '한림(翰林)'이라는 자리로, 문장을 잘 하고 학문이 있는 사람만이 선발될 수 있었으므로 모든 관원들이 부러워하는 청요직(淸要職)이었다.

신재는 천성적으로 책을 무척 좋아하였다. 그래서 책 이름을 들으면 반드시 구했고, 구해서는 읽지 않는 적이 없었다.[1]

32세 때 홍문관(弘文館) 정자(正字)로 옮겨 임금에게 경사(經史)를 강의하는 경연관(經筵官)을 겸하였다. 이때 신재는 조종(祖宗)이 창업한 나라를 지키기가 어렵다는 교훈을 밝힌 「수성잠(守成箴)」이란 글을 지어 중종 임금에게 올렸다. 신재는 이때뿐만 아니고 늘 관직에 있으면서 강직

[1]『武陵集』권5 19장「與安挺然」.

한 말로 임금에게 간언(諫言)을 올렸다.

이후 내직으로는 지제교(知製敎), 홍문관 수찬(修撰), 사간원(司諫院) 헌납(獻納), 성균관(成均館) 전적(典籍), 홍문관 교리(校理), 외직으로는 강원도 도사(都事), 곤양군수(昆陽郡守) 등직을 역임하였다.

1541년 47세의 나이로 풍기군수(豊基郡守)로 부임하였다. 풍기에 부임하자마자 향교로 가서 문묘(文廟)에 배알(拜謁)하였는데, 사당의 기둥이 부러지고 동서의 재사(齋舍)는 비가 새고 바람을 막을 수 없었다. 유생들은 나태하여 다 흩어져서 학문을 강론하지 않은 지 오래 되었다. 국가의 인재양성의 제도가 현장에서는 비정상적으로 행해지고 있음을 신재가 직접 목도하고 크게 놀라, 자신의 녹봉을 들여 향교를 옮겨 세우도록 하고 석채례(釋菜禮)를 하도록 하였다. 때로 직접 유생들을 가르치기도 하였다.

풍기는 고려 때 유학을 중흥시킨 문성공(文成公) 안향(安珦)의 고향이었으므로 신재는 안향이 어려서 독서하던 곳을 찾아 백운동서원(白雲洞書院)을 세워 안향을 봉안(奉安)하여 제사지냈다. 경사자집(經史子集)에 관한 책 천여 권을 비치하고, 서원의 경비에 충당할 수 있도록 서원에 딸린 토지를 마련하여, 선비들이 아무런 걱정 없이 수신(修身)과 학업에만 전념할 수 있는 곳으로 만들었다. 그의 이런 조처는 우리나라 학문 발전에 지대한 업적을 남긴 일이다. 풍기군수로 4년 동안 재직하면서 백운동서원의 기반을 확실하게 만들고, 또 『죽계지(竹溪志)』를 편찬하여 안향의 시문과 그에 관한 전기자료 및 서원을 세우게 된 경위, 중국서원의 사례 등을 모아 편집하여 간행했다. 당시 사람들 가운데는 향교가 있는데 왜 또 서원을 세우느냐고 의혹을 제기하는 사람이 많았기에, 이 책은 그 점에 대해서 해명하는 역할도 했다. 그는 서원을 창설했을 뿐만 아니라 선정을 베풀어 그가 떠난 뒤 고을 사람들이 유애비(遺愛碑)를 세워 그의 은덕을 잊지 못했다.

신재(愼齋) 주세붕(周世鵬)은 풍기군수(豊基郡守)로 4년 동안 재직하다가, 1545년 중국 사신을 영접하는 접반사(接伴使) 대열의 제술관(製述

官)으로 발탁되어 서울로 돌아왔다. 이때 풍기 고을 백성들이 더 머물게 해 달라고 조정에 요청했으나 뜻대로 되지 않았다. 제술관은 주로 중국 사신들과 시문(詩文)을 주고받는 일을 담당하는데, 그 당시 나라 안에서 글 잘하는 사람 가운데서 선발하였다. 그러나 제술관으로 파견되지는 않고 곧바로 성균관 사성(司成)으로 임명되었다.

그 이듬해 3월에 춘추관(春秋館) 편수관(編修官)이 되어 『중종실록(中宗實錄)』과 『인종실록(仁宗實錄)』의 편찬에 참여하였다. 6월에는 경연(經筵) 시강관(侍講官)이 되어 명종 임금에게 성학(聖學)에 도달할 수 있도록 진강(進講)하였다. 늘 재계를 하고, 생각을 가라앉히고 정성을 쌓아 강의 준비를 하였다. 덕성(德性)을 함양하는 것을 우선으로 하도록 하고, 천리(天理)와 인욕(人慾), 군자와 소인의 관계에 대해서 상세하게 아뢰어 어린 명종이 잘 이해하도록 하였다. 같이 시강관으로 있던 조사수(趙士秀)란 분은 "임금을 바른 길로 인도하려는 주세붕의 충성은 다른 사람이 따라갈 수 없다"라고 평했다.

이때 「심도설(心圖說)」을 그려서 명종에게 올렸다. 마음을 알기 쉽게 도해한 것이다. 그때 윤원형(尹元衡)과 이기(李芑) 등이 큰 옥사를 자꾸 일으켜 많은 사람들을 죽였으므로, 명종으로 하여금 하늘과 땅이 삼라만상을 낳고 키워주는 어진 마음을 본받아 요순(堯舜)처럼 백성을 사랑하는 정치를 하도록 하기 위해서 이 그림을 그려 바쳤다. 이 「심설도」는 조선시대 성리학자들 가운데서 마음의 작용을 그림으로 나타낸 것 가운데 비교적 선구적인 것으로 퇴계(退溪)의 「성학십도(聖學十圖)」보다 22년 앞선 것이었다.

이해 11월에 홍문관(弘文館) 부제학(副提學)에 발탁되었다. 부제학은 정3품의 벼슬인데, 홍문관의 실질적인 책임자로서 나라에서 필요한 글을 책임지고 짓고, 국왕에게 경서를 강의하고 국왕의 자문에 응하는 아주 중요하고 영예로운 자리였다. 『대학(大學)』의 내용을 분석한 「대학석리소(大學釋理疏)」를 올려 『대학』의 가르침을 정치에 반영하도록 했다.

도승지(都承旨), 호조참판(戶曹參判) 등 내직을 거처 1549년 7월 황해도(黃海道) 관찰사로 부임하였다. 이때 사간원(司諫院)에서 아뢰기를 "주세붕은 학문이 정밀하고 넓으니 전하의 고문에 응할 수 있도록 경연(經筵)에 두어야 합니다"라고 그를 내직에 머물러 두기를 건의하였다. 명종은 "황해도 백성들이 바야흐로 곤궁하고 곧 중국 사신도 나오니, 이 사람이 아니면 안 된다"라고 하여 그대로 임명하였다.

그 당시 황해도 사람들은 무(武)만을 숭상하는 분위기가 유행하여 글을 통한 교화(敎化)가 끊어졌고 학교가 다 유명무실하였다. 신재는 부임하자마자 잘못된 옛 제도를 개혁하여 유생들을 격려하여 학문에 열중하도록 하였다. 정사에 있어서는 규칙을 엄히 정하여 여러 고을에 방을 부쳐 권유하였다. 그 내용인즉 형벌은 줄이고 세금은 가볍게 하겠다. 농사와 누에치기에 힘쓰고, 효도와 공경을 반복해서 가르치도록 하라. 여자는 음란하지 말고 남자는 도둑질하지 말라. 예의로써 자식을 가르치고 충신(忠信)으로서 윗사람을 받들라는 것 등등이었다. 그리고 오륜(五倫)의 내용을 풀어서 「오륜가(五倫歌)」라는 노래로 만들어 보급하였다.

고려 전기의 학자인 문헌공(文憲公) 최충(崔冲)을 향사(享祀)할 수양서원(首陽書院)을 해주(海州)에 창설하였다. 우리나라 역사상 유학을 본격적으로 공부한 최초의 학자가 최충이고, 그는 교육을 통해서 유학을 보급하고 인재를 양성한 공이 있다고 신재는 생각했던 것이다. 서원을 다 짓고 나서 다시 도서를 비치하고 토지를 마련하여 서원의 경비에 충당할 수 있도록 했다. 신재의 이런 적극적인 서원창설운동의 정신을 그 뒤 퇴계가 이어받아 많은 서원을 건립하는 노력을 했고, 그 뒤 우리나라 전역에 근 700개의 서원이 건립되게 되었다. 우리나라 사람들이 학문을 좋아하고 자기를 수양하여 착한 사람이 되려고 하는 것은 서원에서 많은 선비를 양성했고, 이 선비들이 자기가 사는 향촌에서 백성들을 교화시킨 효과라고 할 수 있다.

56세(1550) 때 다시 내직인 성균관(成均館) 대사성(大司成)에 임명되어 우리나라 최고 교육기관의 수장(首長)이 되었다. 부화(浮華)한 선비들의 기습(氣習)을 제거하여 실질적인 학문(學問)에 힘쓰도록 유시했다.

이때 명종(明宗)의 어머니인 문정왕후(文定王后)가 승려를 우대하고 불법(佛法)을 장려하므로, 신재는 불교의 교리를 파헤쳐 그 허점을 공격한 「벽불소(闢佛疏)」를 지어 올렸다.

마지막 59세 되던 해에 이르러 병이 위독하였는데도 동지경연사(同知經筵事)의 직책을 다하고자 하여 한 마디 말이라도 아뢰어 임금을 바른 길로 인도하려고 노력하였다.

그 이듬해 1554년 7월 초2일 서울의 집에서 숨을 거두었는데, 마지막 순간까지도 집안 일에 대해서는 한 마디 언급도 없었고, 말하는 것은 오로지 나라 일이었다. 부고를 듣고 임금이 슬퍼하며 예관(禮官)을 보내어 치제(致祭)하고 부의를 내렸다. 11월 칠원(漆原) 서쪽 저연(猪淵)의 선영 아래에 안장하였다.

신재는 시문에 능하여 많은 글을 남겼는데, 그 아들인 주박(周博)이 퇴계(退溪)의 교정을 거쳐 1564년 원집(原集) 8권을 간행하고, 그 뒤 1581년 원집(原集) 8권 별집(別集) 8권을 합쳐 16권으로 간행하였다.

1591년에는 사림(士林)에서 그 고향인 칠원에 동림서원(桐林書院)을 지어 신재를 향사(享祀)하여 존모(尊慕)의 뜻을 붙였다. 그 뒤 1633년에는 유림의 뜻에 의하여 신재 자신의 손으로 창설한 백운동서원에 배향(配享)하였다. 그 밖에 전국 각지의 많은 서원에 향사되고 있다. 1676년(숙종 3)에 이르러 덕연서원(德淵書院)이 사액(賜額)을 받았다. 1819년(순조 19)에 나라에서 문민(文敏)이라는 시호를 내렸는데, '문(文)'은 부지런히 배우고 묻기를 좋아한다는 뜻이고, '민(敏)'은 일에 응하여 공이 있다는 뜻이다.

그는 내직에 있을 때는 주로 학문이나 교육과 관계 있는 부서에서 근무하였고, 지방관으로 나가서는 백성교화와 인재양성에 전력을 쏟았다. 몇 차례 사화(士禍)로 기운이 꺾였던 사림이 그의 서원창설운동으로 말미암아 다시 회복될 수 있었고, 이후 영남사림파의 성장에 크게 도움이 되었다.

그는 평생 청렴하게 살아 청백리(淸白吏)로 뽑혔다. 백성들 교화를 위해 지은 도동곡(道東曲) 등 8수의 우리 말 작품을 남겼다. 문집 이외에도 『죽계지(竹溪志)』, 『해동명신언행록(海東名臣言行錄)』 등 많은 저술을 남겼다.

Ⅲ. 사우관계(師友關係)

신재는 당대 성리학의 대가들과 두루 교유를 맺고 있었다. 4세 위인 회재(晦齋) 이언적(李彦迪)과는 오랫동안 같은 조정에서 벼슬하며 절친하게 지냈다. 백운동서원을 세울 때는 그 타당성과 배향할 인물에 대해서 자문을 구하였고, 『심경(心經)』을 얻어 읽다가 이해하기 어려운 곳을 만나자 조목조목 적어서 회재에게 질문을 하였다.

퇴계(退溪) 이황(李滉)은 신재의 후임으로 풍기군수(豐基郡守)로 부임하여 명종 임금의 사액을 얻어 백운동서원을 소수서원(紹修書院)으로 격상시켰다. 또 퇴계가 성균관의 책임자인 대사성(大司成)으로 있을 때 신재는 그 위 직책인 동지성균관사(同知成均館事)로 있었다. 이때 신재의 요청으로 퇴계는 신재가 청량산(淸凉山)을 유람하고 쓴 「유청량산록(遊淸凉山錄)」에 발문(跋文)을 썼다. 신재가 불교식 봉우리 이름을 유교식으로 바꾼 것에 대해서 퇴계는 칭찬해 마지 않았다.

1564년 신재의 유고(遺稿)를 퇴계가 교정·정리하였다. 신재의 아들 주박(周博)은 퇴계의 문인이다.

신재가 풍기군수로 있을 때 김해 산해정(山海亭)에서 강학(講學)하고 있던 남명(南冥) 조식(曹植)을 직접 방문하였다. 이때 신재는 남명에게 다음과 같은 시를 증정하였다.

푸른 산 아래 그윽한 집이요,   幽屋靑山下

바다로 흘러드는 세 갈래 강.	三江入海門
끝없이 움직이는 곳을 보며,	無窮看動處
고요한 것이 존귀한 줄 홀로 아네.2)	獨識靜爲尊

초야에 묻혀서 학문에 정진하고 있는 남명의 태도를 흠모한 시이다. 남명이 답한 시도 『남명집(南冥集)』에 실려 있다.

규암(圭菴) 송인수(宋麟壽)와는 1523년 독서당(讀書堂)에서 같이 글 읽으며 시를 창수하였다. 사천(泗川)의 유배지로 신재가 규암을 찾아가 위로하였다. 1537년에는 신재가 규암에게 서신을 보내 경연(經筵)의 과목에 『효경(孝經)』을 추가하도록 권유하고 있다. 당시 규암은 사천(泗川)의 유배지에서 돌아온 지 얼마 되지 않았는데, 바로 경연의 시강(侍講)에 참여한 모양이고 그의 발언이 그 당시 조정에서 상당히 영향력이 있었음을 알 수 있다. 신재의 서신은 이러하다.

요즈음 『효경』을 읽어보니, 저도 모르게 손이 너울너울해지고 발이 굴러집니다. 우리 공자께서 줄일 것은 줄여 손을 보아 확정하여 만든 책은 『효경』 한 가지 뿐입니다. 지금 사람들이 아이들을 가르칠 때는 먼저 『효경』을 가르치지만, 지극한 덕과 중요한 도가 어른들에게는 받아들여지지 않는 것은 어째서인지요? 경연에서조차 진강(進講)을 하고 있지 않으니, 적은 손실이 아닙니다. 오직 바라건대 고명하신 그대께서는 임금님께 우러러 아뢰어 널리 보급하여 전하도록 하여 풍속을 교화하는 방법으로 삼도록 하십시오.3)

신재는 자신도 성리학을 깊이 연구했지만, 자신은 전문적인 저서는 남기지 않았다. 다만 서원을 창설하고 학자들을 우대함으로써 성리학을 연구하고 보급할 수 있는 토양을 마련하는 데 아주 큰 공헌을 하였다고 할 수 있다.

---

2) 周世鵬 『武陵別集』 권2 15장 「山海亭贈曹楗仲」.
3) 周世鵬 『武陵雜稿』 부록 권2, 『年譜』.

Ⅳ. 신재(愼齋)의 시 세계

신재의 문집인『무릉잡고(武陵雜稿)』원집(原集) 별집(別集) 습유(拾遺)에는 모두 1071제(題) 1328수의 한시(漢詩)가 수록되어 있다. 그의 문집의 반 이상이 시로 되어 있다. 동시대 문학 활동을 한 인물에 비하면 수준 높은 많은 양의 시를 지은 것이다.

그의 시를 크게 수양시(修養詩), 산수시(山水詩), 구세시(救世詩), 연민시(憐民詩), 영사시(詠史詩)로 나누어 소개한다.

1. 수양시(修養詩)

공자(孔子)는 공부하는 사람을 크게 두 부류로 나누었다. 자기 자신의 수양을 위해서 공부하는 사람들과 남에게 보이기 위해서 즉 공부를 이용해서 관직이나 이익을 추구하는 사람들이다. 공자가 지향하는 바는 당연히 자신의 수양을 위한 공부를 하는 것이다. 그렇게 자신의 인격이 훌륭해지고 학문이 있게 되면 관직이나 명예가 저절로 따라오는 것이다.

유학(儒學)을 공부하는 목적은 수기(修己)와 치인(治人)에 있다. 치인의 영역에 해당되는 것은 제가(齊家) 치국(治國) 평천하(平天下)인데, 치인을 하기에 앞서 수기가 되어야 한다. 곧 자신이 사람이 된 뒤에라야 남을 다스릴 수가 있는 것이다.

신재는 과거를 통해서 관직에 나갔지만 어려서부터 자신을 위한 공부에 남달리 치중하였다. 그가 아들 주박(周博)과 같이『논어(論語)』를 읽으면서 그 첫 장에 나오는 말을 가지고 그 뜻을 부연하여 시를 지어 아들에게 보여주고 또 자신을 면려하였다. 공부를 하다보면 남이 알아주기를 바라는 마음이 생길 수가 있고, 더 나아가 내가 이 정도 수준까지 이르렀는데 사람들이 알아주지 않는다고 화를 내는 사람도 있고, 자신을 자랑하려고 노력하는 사람도 있다. 그러나 신재(愼齋)는 이런 사람들은 대장부라고 할 수 없다는 것이다. 자신이 배 부른 것은 자신이 알고 자신이 배부르면

됐지, 꼭 남이 알아주어야 하는 것은 아니다. 진정한 공부에 관심이 없고 남의 관심만 끌려는 속학(俗學)들에게 훈계가 되는 그런 시이다.

나를 대접하는 것이 보통이라면 내 무얼 성내랴?　待我平平我何慍
다른 사람에게 경멸 당하면 달가워하기 어렵다네.　被人輕了便難甘
마음속 조금도 요동하지 말게나.　莫教裏面些回動
조금이라도 요동하면 대단한 남자 아니라는 것 알겠네.　些動知渠未偉男

속된 선비 어지러운데 누가 자신 위해 공부하는가?　俗學紛紛誰爲己
사람들이 자기를 몰라주면 혹 성을 낸다네.　人如不識或生嗔
자기가 밥 먹어보면 배부른 줄 아는 법,　自家喫飯當知飽
자기 배가 부른 걸 어찌 꼭 남에게 물어야 하나?4)　旣飽何須問外人

관직에 얽매여 있다 보니 자연히 공부할 시간이 넉넉하지 못하게 마련이다. 신재(愼齋)는 관원이지만 근본적으로 학자 출신이기 때문에 늘 공부에 관심을 갖고 있다. 그래서 자신의 수준이 날로 저하되어 가는 안타까운 심정을 금하지 못하데 되었다. 자기를 늘 보고 있는 등불마저도 자신을 비웃으며 '하등의 어리석은 인간이여'라고 비웃고 있는 듯한 느낌을 받았다. 관직이 올라가도 거기에서 만족감을 느끼지 못하고, 자신의 내면적 학문에 발전이 없는 것을 스스로 반성하고 있다.

몇 년간 글 읽기 게을리하여 학문 더욱 빈약해졌나니,　年來懶讀學逾貧
손꼽아 보니 그럭저럭 이십 년이 지났구나.　屈指閒經二十春
만약 외로운 등불이 말을 할 수 있었더라면,　若使孤燈能解語
나를 하등의 어리석은 사람이라고 부를 줄 알았을 것을.5)

懸知呼我下愚人

4)『武陵集』권3 2장「癸卯正月十五日與阿博讀語至人不知而不慍, 不亦君子乎而晦庵輯釋又曲盡世情演其義題得二絶以示博且用自勵」.
5)『武陵集』권2 5장「燈下有感」.

　유학자로서 자기 내면의 성찰을 통한 수양을 하는 방법을 「동찰음(動察吟)」과 「정양음(靜養吟)」이라는 시에서 제시하였다. 고요히 있을 때는 물론 수양을 해야 하지만, 움직일 때도 방치해서는 안 되고 자신을 성찰해 나가야만 완전한 수양이 될 수 있다. 성리학 이론을 실천하려는 유자(儒者)로서 수도(修道)의 방향을 설정한 것이다.

　「동찰음(動察吟)」은 이러하다.

살피고 다시 살펴야 하리니,	察之復察之
움직일 때 모름지기 살펴야지.	動處須察之
어두컴컴한 방 구석에서 한 일도,	屋漏事所爲
뭇 사람들 속에서 발한 감정과 같아야지.	衆中情所發
조금만 어긋나도 너 자신 혼자 아나니,	纔差汝獨知
사물을 삼가면 다시 싹이 튼다네.	愼物更萌作
애오라지 노래지어 스스로 경계하노니,	作歌聊自警
가슴에 새겨 망가뜨리는 일 없도록.	服膺要無斁

　「정양음(靜養吟)」은 이러하다.

수양하고 다시 수양해야 하리니,	養之復養之
고요할 때 모름지기 수양해야지.	靜時須養哉
민둥산 된 제(齊)나라 산 슬프고,	齊山濯可哀
송(宋)나라 사람 벼싹 뽑아 올린 것 우습구나.	宋苗揠堪咍
늘 깨어있는 마음 굳게 유지해야 하나니,	惺惺保固有
잠시라도 떠나면 도적이 몰려온다네.	暫離便寇來
고요한 가운데 중화(中和)에 이른 줄 느끼나니,	寂感致中和
성인의 후손으로 앞 시대를 이어 다음 세대를 열어야지.6)	聖孫爲繼開

---

6) 『武陵集』 권1 23장 「靜養吟」.

움직일 때는 움직일 때의 수양이 있고, 고요히 있을 때는 고요히 있을 때의 수양이 있는 것이다. 올바른 수양이라면 동정(動靜)을 다 꿰뚫어 간단(間斷)없이 수양을 해야 하는 것이다. 남이 보건 안 보건 자신의 수양을 계속해 나가야 한다. 성급하게 추진해서도 안 되고 게으름을 피우며 중단해서도 안 된다. 그래야만 타고날 때의 착한 본성이 계발되어 군자가 될 수 있고, 나아가 성인(聖人)까지도 될 수 있는 것이다. 신재(愼齋)의 자기 내면의 수양방법을 알아볼 수 있다. 사람 되는 공부이고 모든 학문과 행동의 출발점이 되는 것이 바로 여기에 있는 것이다.

2. 산수시(山水詩)

신재는 바쁜 사환(仕宦) 생활 중에도 산수를 무척 좋아하여 산수를 자주 찾았다. 안동(安東)의 청량산(清涼山), 남해(南海)의 금산(錦山), 합천(陝川)의 가야산(伽倻山), 해주(海州)의 수양산(首陽山), 영주(榮州) 소백산(小白山) 등을 유람하고, 많은 시와 산문을 남겼다. 그 가운데서 청량산에서는 「유청량산록(遊清涼山錄)」을, 수양산에서는 「수양산부(首陽山賦)」를 지어 남겼다. 그리고 여러 곳의 고을원과 감사로 나갔기 때문에 그의 여행 범위는 여타 문인들보다 훨씬 넓어 전국의 명승과 사찰을 읊은 시가 많이 있다.

신재는 산수유람을 단순히 유흥으로 여기지 않고 학문의 한 단계로 보았다. 그의 이런 생각을 단적으로 보여주는 시가 바로 「遊山」이다.

> 옛날에 들으니 글 읽는 것이 산에 유람하는 것과 같다던데,
> 산에 유람하는 것은 글 읽기와 같다는 것 비로소 믿게 되었네.
> 산에 유람하면서도 기록하지 않으면 또한 유익함이 없고,
> 글을 읽어도 사색하지 않는다면 결국 무슨 가치 있으랴?
> 시서(詩書)에 나타난 성정(性情)은 활발하고,
> 바위 골짜기 노을과 구름 늘 나왔다 들어갔다 하네.

산은 모름지기 꼭대기에 올라야 호걸이라 할 수 있나니,
학문하여 성인 되기 구하지 않는다면 어찌 엉성하지 않겠는가?
거머잡고 오르느라 백번 천번 고생한다 싫증내지 말게나.
성공은 한 가지라는 말이 어찌 나를 속이겠는가?[7]

舊聞讀書如遊山　始信遊山如讀書
遊山不記亦無益　讀書不思終何居
詩書性情有活潑　巖壑烟霞常吸噓
山須登頂方稱豪　學不求聖寧非疏
躋扳莫厭百千勞　成功一也豈欺余

산에 오르는 일은 독서와 같다는 말을 듣고 직접 자기 발로 체험하였다. 그러나 신재가 새롭게 깨달은 것은 독서할 때 사색공부를 하지 않으면 지식이 자기 것으로 되지 않는 것처럼 산에 유람하고서도 유산기(遊山記)를 남기지 않는다면 산을 오르며 얻은 정신적 육체적 체험이 다 날아가 버리고 남아 있지 않다는 것이다. 유산기의 중요성을 인식한 말이다. 산골짜기에서 나왔다 들어갔다 하는 노을과 구름을 사람의 생동적인 성정(性情)에 견준 것도 특이한 발상이다. 산에 오를 때는 반드시 정상을 밟아야만 이 호걸이라 할 수 있듯이, 공부를 시작했다면 반드시 성인(聖人)의 경지에 이를 것을 기약해야 된다는 것이다. 신재의 큰 규모의 목표를 알 수 있는 구절이다. 산에 오르는 것이나 공부를 하는 것이나 다 쉬운 일이 아니다. 백번 천번 노력하는 어려움 속에서 성공을 이루는 점은 한 가지다. 신재는 유산을 통해서 공부의 경지를 잘 묘사하였다.

「유청량산록(遊淸凉山錄)」에서도 이런 진리를 서술하고 있다.

갑신(甲申). 잠자리에서 일찍 아침 밥을 먹고 나서 백운암(白雲庵)에 올랐다. 조금 쉬었다가 드디어 조금씩 조금씩 붙들고 올라가니 이르는 곳이 점점 높아졌고 보이는 곳이 더욱 멀어졌다. 학가산(鶴駕山) 공산(公山) 속리산(俗

---

7) 『武陵集』 권1 37장 「遊山」.

離山)의 여러 봉우리들이 이미 눈 아래로 떨어졌다. 조금 쉬었다가 자소봉(紫霄峯)의 정상에 이르렀다.[8]

높은 산에 오르기는 힘들지만 한 걸음 한 걸음 올라가다 보면 정상에도 이를 수 있다. 정상에 오르고 보면 보이는 시야가 넓고 왠만한 산은 눈 아래로 보이게 된다. 공부도 이와 마찬가지다. 높은 경지에 오르려면 무던히 애를 써야 한다. 그러나 경지가 높아지면 시야가 넓어지고 정확해진다. 그래서 옛날 공자(孔子)·주자(朱子) 등 유자(儒者)들은 산에 오르기를 좋아하였다. 조선 전기 점필재(佔畢齋) 김종직(金宗直)을 비롯하여 탁영(濯纓) 김일손(金馹孫) 등 영남(嶺南)의 사림(士林)들은 특히 산에 오르기를 좋아했다. 심성 수양의 한 가지 방법으로 여겼던 것이다. 신재도 이런 영남 사림의 전통을 계승하였다고 볼 수 있다. 그리고 신재의 친구인 퇴계(退溪)도 「유소백산록(遊小白山錄)」을 남겼고 남명(南冥)도 「유두류록(遊頭流錄)」을 남겼는데, 다 이런 맥락에서 지어진 것이다.

신재의 「유청량산록(遊淸凉山錄)」은 특히 산의 풍경의 묘사가 절묘하다.

해가 기울어서야 연대사(蓮臺寺)에 도착하였다. 천 개 봉우리의 붉고 푸른 노을이 계속 변하면서 걷혔다 펼쳐졌다 하였다. 어두울 때는 밤과 같고, 걷히면 낮과 같았다. 이윽고 도로 어두워지고 어두워졌다가는 도로 걷히었다. 눈에 들어오는 산의 빛이 어떤 때는 완전히 드러나기도 하고 어떤 때는 반쯤 드러나기도 하였다. 구름 기운이 위로부터 덮은 것도 있고, 아래로부터 피어오르는 것도 있고, 어떤 것은 바위 틈에서 외롭게 솟아올랐다가 바람에 불려 흩어지는 것도 있고, 어떤 것은 흰 눈이 쌓인 것 같은 것도 있고, 어떤 것은 푸른 개처럼 달리는 것도 있었다. 엷은 데도 있고, 무성한 것도 있었다. 뿜어내는 것도 있고 빨아들이는 듯한 것도 있었다. 모양이 문득 변화하여 잠시

8) 『武陵集』 권7 8장 「遊淸凉山錄」, 甲申, 蓐食. 上白雲庵, 少憩. 遂躋攀分寸, 所到漸高, 所見益遠, 鶴駕公山俗離諸峯, 已落眼前, 累憩, 得到紫霄頂.

사이에 만 가지 모양이 되었다.9)

청량산 중턱에 있는 연대사에서 바라볼 수 있는 수많은 봉우리가 저녁
햇살을 받아서 어떤 곳은 붉게 비취고 어떤 곳은 푸르게 비치는데 그 사이
에 구름이 끼었다 걷혔다 하는 모습을 보니 천태만상이었다. 그 비유가
아주 다양하여 신재의 표현능력의 우수함을 증명하고 있다.

신재는 산천(山川)의 형세의 묘사에도 능숙한 솜씨를 갖추고 있었다.
함안(咸安) 출신으로 목사(牧使)를 지내고 고향에 물러나 한가한 세월을
보내던 조삼(趙參)이 함안 읍성(邑城) 북쪽에 무진정(無盡亭)을 짓고서
그 정자의 기문(記文)을 요청하자, 신재는 그 글의 첫머리에서 무진정이
위치한 산천의 형세를 이렇게 정취 있게 묘사하였다.

> 두류산(頭流山)이 동쪽으로 삼백 리를 달리다가 공중에서 가로로 뚝 끊어
> 져서 말갈기가 떨쳐 일어나듯 물결이 솟듯 하여 함안에서 진산(鎭山)이 된
> 것이 여항산(餘航山)이다. 그 한 갈래가 너울너울 날아와 십리도 안 되어
> 엎드렸다가 다시 일어난 것으로 검붉은 봉황새가 새끼를 거느리고 있는 것
> 처럼 그 위에 성이 걸터앉아 있는 것은 군성(郡城)이다. 성이 있는 산의 왼쪽
> 갈래가 꾸불꾸불 서북쪽으로 빙 둘러 달려 기세를 지어 군성을 둘러싸고서
> 목마른 교룡(蛟龍)이 물을 마시듯 동쪽 청천(淸川)으로 내닫다가 고개를 쳐
> 들었는데, 그 위에 집을 지은 것이 무진정이다.10)

함안의 진산 여항산을 묘사하여 말갈기가 떨쳐 일어나듯 하고 물결이

---

9) 『武陵集』 권7 4장 「遊淸凉山錄」. 日斜, 達蓮臺寺, 千峯紫翠, 卷舒無情, 其晦如夜, 卽開爲
晝. 俄而旋晦, 晦復塞開. 岳色之在望中者, 或全露, 或半露. 有雲氣自上罩之者, 亦有自下蒸
之者, 或孤生巖罅而爲風披拂者, 堆若白雪, 走若蒼狗. 其淡淡, 其翁翁, 若有噓者吸者, 變態
倏忽, 頃刻萬狀.

10) 『武陵集』 권7 29장 「無盡亭記」. 頭流山, 東走三百里, 其橫截半空, 鬣振浪湧, 作鎭於咸安
者, 曰餘航. 其一肢翩翩飛來, 未十里, 伏而又起, 如紫鳳護雛, 而有城跨其上者, 郡也. 城山
左臂, 蜿蜿蟺蟺, 逶迤西北, 奮驍作氣勢, 緣擁郡城, 遂東赴淸川, 如渴蛟飮水, 而昂頭者, 無
盡亭也.

솟는 듯하다는 표현을 쓴 것은 지금까지 어떤 다른 사람이 표현해 본 적이 없는 독창적인 것이라 할 수 있다. 새끼를 거느린 봉황새가 앉아 있는 듯한 지세가 군성(郡城)이라 하였다. 목마른 교룡이 물을 마시러 달려가면서 고개를 치켜든 곳이 무진정이 서 있는 지형의 묘사다. 이전의 문장가의 좋은 글귀를 모방하거나 환골탈태(換骨奪胎)하여 화려한 수식을 가한다 해도 자기 머리에서 창조해 낸 표현만큼 생명력을 가질 수는 없다. 신재는 이런 창조정신을 갖고서 글을 지었기에 성공한 작품을 남길 수 있었던 것이다. 「무진정기(無盡亭記)」는 후세의 학자 문인들 사이에서 명문으로 일컬어져 왔다.

立巖이라는 바위를 묘사한 시는 이러하다.

우뚝이 위태로운 뼈 솟아,	卓爾聳危骨
뾰족이 푸른 하늘 받치고 있네.	巉巉撑碧空
쉬는 날 없이 구름 뿜어내고,	噴雲無日歇
비 토하는 신비한 공이 있도다.	吐雨有神功
하늘 망가진 것 기울까 생각하는 건,	準擬補天缺
땅에서 웅장하게 높이 솟았기에.	爲能拔地雄
누가 장차 너를 옮겨다가,	誰將移爾去
저 쏟아져 내리는 물결 속에 세울까?[11]	柱披頹波中

공중에 솟아 있는 바위 하나를 보고서 신재는 그 뾰족하게 솟은 모양이 푸른 하늘을 받치고 있다고 생각하였다. 그리고 온갖 상상력을 발휘하여 구름을 뿜어내고 비를 토해낸다고 보았다. 하늘이 구멍이 나면 그것을 기울 것에 대비하여 웅장하게 솟아 있는 것으로 생각하였다. 그러나 그냥 서 있는 것보다는 황하(黃河) 속에 우뚝 서서 어떤 센 물살에도 끄떡하지 않는 지주(砥柱)가 되어야 진정한 가치가 있을 것인데, 누가 그렇게 되도

---

11) 『武陵別集』 권4 8장 「立巖」.

록 옮길 수 있을 것인가? 여기서는 혼탁한 세상의 지절(志節) 있는 정신적 지도자가 되었으면 하는 자신의 희망을 담고 있다. 나아가 자신이 그런 역할을 해보겠다는 다짐이라고 볼 수도 있다.

3) 구세시(救世詩)

신재(愼齋)의 일생의 업적을 한 마디로 요약한다면 구세도속(救世導俗)이라고 할 수 있다. 풍기(豐基)와 해주(海州)에 서원을 세운 일과 고을원이나 감사(監司)로 부임하여 향교(鄕校)를 정비하여 교육을 바로잡은 일이 모두 그 근본적인 목적은 이 세상을 구제하고 풍속을 인도하려는 것이다. 곧 유교(儒敎)의 가르침에 바탕한 이상사회를 건설하기 위한 인간 심성의 교화(敎化)를 위해서였다.

신재는 이런 정신으로 일생을 살았기 때문에 그는 세상을 구제하려는 정신을 담은 시를 많이 지었다. 가장 잘 하는 이상적인 정치는 법률이나 명령에 의한 정치가 아니고 시(詩)를 통한 정치이다. 좋은 시를 많이 읽으면 백성들의 심성(心性)이 교화(敎化)가 되어 위정자들이 강압적으로 백성들을 통치할 필요가 없기 때문이다.

그의 「의전(義田)」이란 시는 이러하다.

한 사람의 몸에서,	一人之身
나뉘어져 형제 되었네.	分爲弟兄
비유하자면 한 몸에서,	譬如一身
열 손가락 돋아난 것 같아.	十指是生
뭇 손가락이 서로 다투면,	衆指相軋
마음은 하나같이 아프다네.	痛在一心
자식들이 서로 소송을 하면,	伊子胥訟
부모 마음 어찌 편하겠는가?	親豈安襟
산 채로 오장(五臟) 도려내는 듯,	生割五內
저승에 가서도 울고 계시리라.	歿泣三泉

따스한 사단(四端)이란,	藹藹四端
어리석은 이 어진 이 구별 없다네.	無間愚賢
안타깝도다! 저들이여,	嗟嗟是輩
어찌 돌아보고 생각지 않는지?	胡不顧思
태산(泰山)을 가볍게 여기다가도,	謂泰山輕
하찮은 것 가지고 다툰다네.	所爭者錙
아름답도다! 진씨(秦氏)여,	猗歟秦氏
그 이름 대단하도다.	曰晟其名
애초에 학문하지 않았건만,	初無學問
하늘이 지극한 정성 내렸네.	天錫至誠
그러기에 능히 예로 사양하여,	能以禮讓
진정이 말에 나타난다네.	情見于辭
고을원은 눈물 떨어뜨리고,	太守淚落
여러 아우들 슬픔 머금었다네.	群季含悲
그 의리 다함을 불쌍히 여겨,	憫其義窮
관청에서 전답을 지급했다네.	官給以田
하늘이 도우고 귀신이 도와,	天助神驚
경사가 끊임없이 이어지도다.	有慶綿綿
이에 덕(德)을 심었기에,	種之以德
그 수확은 풍성하리라.	其收必豐
한 조각 돌을 세워서,	竪一片石
그 기풍(氣風) 만고에 새기리.12)	銘萬古風

　‘의전(義田)’이란 북송(北宋) 때의 명정승 문정공(文正公) 범중엄(范仲淹)이 빈궁한 자신의 친인척들을 구제하기 위하여 자기 녹봉(祿俸)을 내어 문중에서 공동으로 경작하는 논밭을 마련한 것이다. 이를 본떠 후세에 문중의 가난한 일가들을 구제하기 위한 의전이 백성들 사이에 많이 생겼다. 신재(愼齋)가 원으로 나간 고을에 진씨(秦氏)라는 성을 가진 백성의

___

12) 『武陵別集』 권1 7장 「義田」.

의전을 칭송하여 조그마한 비석을 세우고 이 시를 새겼다.

형제는 부모의 한 몸으로부터 나누어져 나온 존재다. 그래서 동기(同氣)라고 하는 것이다. 형제간에 잘 지내지 못하면 부모의 오장을 칼로 도려내는 행위와 같다. 자식들이 싸우는 모습을 보고서 저 세상에 간 부모들은 저 세상에 가서도 마음이 편할 리가 없다. 형제간에 다투는 경우는 대부분 재물 때문인데, 그것은 형제간의 정의(情誼)에 비교한다면 너무나 하찮은 것이다. 그런데도 세상에는 다투는 형제가 없지 않다.

진씨(秦氏) 형제들은 배우지도 않았는데, 능히 예법으로 서로 사양하여 의전(義田)을 설치하여 화목하게 잘 지낸 것 같다. 그러다가 의전(義田)이 넉넉하지 못하여 구제에 힘이 못 미치자 고을원인 신재가 그들을 가상히 여겨 보조를 해 주었다. 그리고는 비석을 세워 그들의 선행을 새겨 만고에 전하여 세상 사람들의 본보기가 되도록 했다.

이런 진씨의 선행을 세상의 많은 사람들을 교화하는 데 활용하기 위해서 신재는 이런 사언(四言)의 고시(古詩)를 지었다. 여러 가지 시 형식 가운데는 사언시가 가장 오래된 시이기 때문에 고박(古朴)한 느낌을 줄 수 있고, 순후(淳厚)한 이들의 선행과도 가장 잘 어울릴 것이다.

그의 「문악(聞惡)」이란 시는 이러하다.

나쁜 말을 들었으면 응당 안으로 반성해야 하고,　　　聞惡當內省
어진이 보면 모름지기 그와 가지런해질 것 생각해야지.　見賢須思齊
무슨 일을 하는 사람은 역시 이러하나니,　　　　　　有爲亦若是
자기한테 달려 있지 남에게 달린 게 아니라네.13)　　在己匪他傒

공자(孔子)의 제자 자로(子路)는 자기의 잘못을 말해주면 기뻐했다고 한다. 공자는 "어진 사람을 보면 거기에 가지런해질 것을 생각하고, 어질지 못한 사람을 보면 안으로 스스로 반성해야 한다"라고 가르쳤다. 일반적으

---

13) 『武陵別集』 권2 15장 「聞惡」.

로 자기의 결점을 말해 주면 사람들은 화를 내는 경우가 많은데 안으로 반성하면 더 나은 사람이 될 수 있다. 어진 사람을 보고서 그 사람의 수준처럼 되어야겠다고 다짐한다면 자기 발전의 원동력이 될 수 있다. 날로 발전하는 사람과 퇴보하는 사람의 차이는 바로 이런 조그마한 것에서 출발한다. 사람이 발전하느냐 퇴보하느냐는 자기 자신에게 달려 있지 다른 사람과는 관계없다는 것을 강조하여 세상 사람들이 자기 수양에 힘쓸 것을 권면하고 있다.

4) 연민시(憐民詩)

신재는 향촌(鄕村) 출신이고 여러 차례 고을원으로 또는 감사로 나가 정사를 맡았기 때문에 백성들의 고통받는 생활상을 체험적으로 잘 알고 있었다. 그가 지은 백성을 동정하는 시는 피상적으로 백성들을 동정하는 것이 아니고 내면에서 우러나온 연민의 발로이다. 그가 지은 「박탁가(剝啄歌)」라는 시는 이러하다.

똑똑 다시 똑똑 똑똑,	剝啄復剝啄
우리 집 문 두드리는 이 누구인가?	剝啄我門誰
높다랗게 노래 부르는 소리 애달프기에,	高歌酸以哀
묻기도 전에 눈물 콧물 먼저 흐르네.	未聞先涕洟
다급히 동자에게 일러 말하기를,	急謂童子曰
"저 노래하는 사람 무엇 하는 건가?"	彼歌者何爲
동자 말하길 "머리 허연 노인인데,	童言白頭翁
다니면서 동냥하다 배고파 운답니다.	行乞且啼飢
울어봐도 아무도 살피지 않기에,	啼之人不省
그래서 슬피 길게 노래한답니다.	故爲長歌悲
저런 사람이야 성 안에 가득한데,	此輩滿城中
어르신은 어찌 이상하게 생각하시지요?"	丈人何怪之
내가 그 말 듣고 더욱 마음이 슬퍼져,	余聞益怛中

일어나서 그 노인 맞이해 들였다네.
짧은 베옷은 무릎도 가리지 못하고,
다 떨어진 누더기 바람과 이슬에 젖었네.
그 모습 어찌 그리도 거머죽죽한지?
남은 거라곤 뼈와 가죽뿐이네.
지팡이 머리엔 바가지 하나 걸렸고,
허리 아래엔 주머니 하나 찼도다.
길이 꿇어앉아 울며 말하길,
"제 나이 금년에 여든이랍니다.
젊은 시절엔 힘살과 뼈 건장하여,
열 식구가 이 몸 의지해 살았지요.
요즈음 들어서는 늙고 쇠약해져,
이 한 몸도 먹고살지 못한답니다.
올해는 더욱이 흉년이 들었기에,
온 집안 식구 떠돌아다닌답니다.
젊은 것들은 각자 입벌이하러 갔지만,
어찌 이 늙은 걸 생각할 겨를 있으리오?
늙은이 죽으려 해도 죽지도 못해,
낮이나 밤이나 길이 흐느낀답니다.
동냥질 부끄럽지 않은 거 아니지만,
한 번 죽기가 정말 어렵더군요.
집집마다 다니며 문을 두드리지만,
천번 불러 한 집도 대답하지 않더이다.
입을 오므리고서 억지로 노래하여,
일부러 주인으로 하여금 나오게 했지요.
열 집 가운데 한 집쯤 나와 보지만,
'늙은 사람이 인자하게 생겼다'고만 말하지요.
한갓 말만 한다면 아무 유익함이 없나니,
자기들도 배고픈데 어떻게 남 구제하리오.
어제도 이러했고,
오늘도 이러하다오.

自起迎翁入
短褐不掩脛
懸鶉風露濕
其容何黔黑
所存骨與皮
杖頭一瓠掛
腰下一橐垂
長跪泣且言
俺年今八旬
年少筋骨健
十口仰此身
邇來老耗甚
一軀不自貰
今年更凶歉
擧家相流離
壯者各爲口
奚暇念翁衰
老翁死不得
日夜長噓嘻
行乞非不恥
一死誠難而
家家叩其門
千呼不一答
蹙口强爲歌
故令主人出
十門一出見
但稱老可仁
徒言亦無益
自飢寧救人
昨日乃如此
此日復如斯

날마다 고달프게 노래하다 보니,　日日苦爲歌
노래 다하여 목이 쉬어 운답니다.　聲盡還酸嘶
울어 봐도 되지를 않으니,　嘶之亦不得
장차 길바닥에서 죽겠지요.　且將斃於道
사람의 목숨은 실낱같나니,　軀命正如絲
한번 끊어지는 건 하늘 운명 기다려야지요".　一絶當待昊
내가 한숨을 쉬면서 노인에게 말하길,　喟然謂老翁
"내 애를 끊게 하지 마시오.　毋使我斷魂
내 노인장을 위해 말할 테니,　我且爲爾說
노인장은 우선 내 말 들어 보오.　爾姑聽我言
우리 임금님 문왕(文王)과 같아,　吾君如文王
하소연할 데 없는 사람부터 은혜 베푼다오.　施惠先無告
늦은 밤까지 감히 쉬지 못하시며,　宵旰未敢遑
덕(德)을 하늘과 함께 만드신다오.　德與天同造
어찌 아시겠는가! 바로 대궐 아래에,　豈知輦轂下
당신 같이 곤궁한 사람 있다는 것을.　有民如汝窮
내 당신 사정을 들어 장계(狀啓) 지어,　吾將擧爾狀
명광궁(明光宮)에다 바로 아뢰겠소.　直啓明光宮
임금님께서는 더욱 불쌍히 여길 것이고,　至尊應益恤
여러 고관들은 응당 더욱 충성하겠지요.　羣公應益忠
당신을 구제할 길이 반드시 있을 것이고,　救爾必有道
당신 살리는 데 반드시 방법 있겠지요.　活爾必有術
어찌 당신 같은 사람들로 하여금,　詎可使爾輩
잘못 구렁텅이에 빠져 죽게 하겠소?　枉塡於溝壑
우선 당신은 눈물 거두고,　且收汝之淚
너무 상심말고 잘 가시오."　好去莫深傷
한 잔 술로 그 목마름을 달래고,　盂酒慰其渴
한 되 쌀 그 주머니에 담아 주었네.　升米給其囊
늙은 할아버지 하늘을 향해 빌고는,　老翁向天祝
흐느끼며 문을 나서는구나.　嗚咽出門闃
말없이 노인을 이별하고 나서,　默然別老翁

홀로 앉아 오래 동안 탄식을 했네.	獨坐久歎息
눈앞에 보이는 것이 이러할진데,	眼前尙如此
넓은 전국 곳곳에는 어떠하겠는가?	萬里安忍說
거룩하고 현명한 임금님이 다스리는 시대에,	聊於聖明朝
가의(賈誼)의 통곡을 해야 하다니.14)	爲此賈生哭

　해질 녘에 구슬피 노래하며 동네를 떠도는 여든 살 늙은 걸인을 신재가 직접 맞이하여 그 사연을 들어보았다. 열 식구를 먹여 살리던 건장한 몸이었건만 늙은 데다 흉년이 들어 온 가족이 다 흩어져 떠돌아다니게 되고 자신도 배고픔을 견디지 못하여 걸식을 다닌다고 했다. 목숨을 끊으려 해도 끊지 못하고 부끄러움을 무릅쓰고 동냥을 다닌다는 처지였다. 그러나 흉년이 들면 누구나 배고픔의 고통을 당하기에 선뜻 내다보고 동냥을 주는 사람이 없었다. 그래서 노래를 불러 사람들의 관심을 끌어보려고 해도 결과는 마찬가지였다.

　흉년이라고 국가에서 백성들 구제하기 위한 특별한 대책을 내놓지 않으니, 걸식하고 다니다가 길바닥에나 길옆의 도랑에 쓰러져 죽는 것이 당시 백성들의 운명이었다. 배고픔을 견디지 못하여 걸식을 하고 다니는 사람이나 또 떼를 지어 도적으로 변한 사람이나 본래는 다 선량한 농민들이었다. 지배층들은 세금을 과중하게 거두어 자기들만 호의호식하고 있으니, 결국 농민들이 견딜 수 없어 유리걸식하다가 도적으로 변신하는 것이다. 역사상 대부분의 나라가 농민들의 집단저항에 의하여 멸망하였다. 나라를 유지하려면 빈민 구제대책을 세워야 하는데, 통치자들은 하소연할 데 없는 하층민들의 고통에는 관심을 갖지 않는다. 신재는 동정을 하며 그 구제책을 강구하려고 노력하고 있다.

　그러나 죽음을 눈앞에 둔 절박한 노인을 앞에 앉혀 놓고 신재는 어째서 "우리 임금님은 문왕(文王) 같아서 하소연할 데 없는 사람들에게 먼저

---

14) 『武陵集』 권1 12-13장 「剝啄歌」.

은혜를 베푼다오”라는 너무나 현실과 동떨어진 말을 했을까? 너무도 굶주리는 백성들은 생각지도 않고 줄곧 임금 편만 들고 있는 것일까? 아니다. 우리 임금님은 정치를 잘 하는 분이니, 이런 백성이 있다는 것을 알았다면 어찌 그냥 보고 있을 리가 있겠는가? 몰라서 그랬을 것이다. 이런 식으로 시를 구성한 이유는 임금님 스스로 자기의 잘못된 정치를 반성하고 백성을 위한 정치를 하도록 권유하는 구도로 시를 쓴 것이다. 겉으로는 임금을 칭송한 것 같지만, 사실은 굶주린 백성들이 나라 안에 가득하도록 정치를 한 임금과 고관들을 풍자한 시이다.

옛날에는 생산수단이 농사 밖에 없었고, 농사는 기후의 절대적인 영향을 받았다. 그래서 자연재해나 병충해 앞에 인간은 속수무책이었다. 자연재해나 병충해는 다양하기도 했다. 자연재해 뒤에는 반드시 흉년이 오고, 흉년이 오면 반드시 돌림병이 돈다. 그러니 흉년이 한 번 닥치면 가난한 백성들은 수없이 굶어 죽었다. 극심한 자연재해에 시달리는 농민들의 고통상을 사실적으로 묘사한 신재의 「민재(憫災)」라는 시는 이러하다.

삼월 사월엔 하늘에서 가뭄을 내려,	三月四月天降旱
곡식 종자 땅에 넣지 못하여 천리가 빨갛네.	種不入土千里赤
유월 칠월엔 하늘에서 메뚜기를 내려,	六月七月天降蝗
곳곳의 메뚜기 떼 입술이 바로 창이였네.	處處黶陣吻爲戟
팔월에 여러 고을에 서리가 내려,	八月諸郡天降霜
하루 저녁에 온갖 곡식 버렸다고 들었네.	猶聞一夜摧百穀
싹 났다가 이삭 패지 못했고 패었다 결실하지 못해,	苗而不秀秀不實
농민들은 팔을 휘젓고 농촌 아낙네는 통곡하네.	農夫扼腕田婦哭
십월 팔일에 우르릉 쾅 우레가 쳤고,	十月八日雷隆隆
십일일 날에 우레가 또 쳤다네.	十有一日雷又作
해마다 흉년에다 전염병까지 돌았으니,	連年飢饉仍疫癘
금년 재해가 가장 혹심하다오.	今年災戾最凶虐
음양이 차례 잃은 것 걱정할 겨를 없이,	陰陽失序未暇恤

병든 백성 구렁으로 굴러 죽으니 불쌍하도다.　　　　　哀此癏寡塡溝壑
우둔한 땅 위의 머리 까만 신하가　　　　　　　　　　蠢蠢下土黑頭臣
가슴 열고 하늘에 하소연해도 하늘은 답이 없어.　　　剖心訴天天不諾
한밤중에 일어나 앉아 눈물 줄줄 흘리며,　　　　　　中宵起坐涕汎瀾
기름에 불 붙여 천고의 역사 고찰해 봤네.　　　　　　然膏且稽千古史
옛부터 하늘의 마음은 어진 임금 사랑하긴 해도,　　　由來天心愛仁君
탕(湯)임금 가뭄 면치 못했고 요(堯)임금도 홍수 만났네. 湯未免旱堯遭水
초(楚)나라 임금이 하늘에 빌 줄 아는 까닭은,　　　　楚君所以解祝天
재해 없는데도 하늘이 자기를 잊을까 두려워해서였네.　無灾猶恐天忘己
옛날의 성인인들 어찌 재해를 만나지 않았던가?　　　前聖何嘗不遇灾
재해를 멈추게 하는 방법이 귀한 것이라네.　　　　　弭灾之道斯爲貴
우리 임금님 즉위하신 지 이십 년인데,　　　　　　　吾王卽阼二十年
한결 같은 마음으로 늘 벌벌 떨며 두려워한다네.　　　一心事天恒兢畏
엄한 어버이 하늘에 계시며 노여움 풀지 않으니,　　　嚴親在上怒未已
성스러운 자식 원망하며 사모하나 어떻게 위로할꼬?　　聖子怨慕何由慰
교서(敎書) 내려 자기를 죄주기를 궁핍한 사람처럼 하고, 下敎罪己如窮人
대궐을 피해 거처하고 풍악을 철거하고 음식도 줄였네.　避殿撤樂減珍味
조심하고 재계하고 두려워하며 공손하게 섬기고 뵈오니, 夔夔齊栗祗載見
하늘이 믿고 따를 만하건만 아직 깜깜 소식없네.　　　天庶允若還昧昧
은(殷)나라 임금은 덕을 닦아 상상(祥桑)이 말라 죽었고, 殷宗修德祥桑枯
송(宋)나라 경공(景公) 세 마디 말에 형혹성(熒惑星) 물러났네

　　　　　　　　　　　　　　　　　　　　　　　　宋景三言熒惑退
하늘과 사람의 응답은 그림자나 메아리처럼 빠른데,　　天人應答若影響
유독 오늘만은 어찌 뉘우치지 않는지?　　　　　　　獨於今日胡不悔
하늘은 지각이 없다 말하려니 사계절이 운행되고,　　　謂天無知四時行
하늘은 지각 있다 말하려니 어찌 아득하기만 하네.　　　謂天有知何茫茫
가만히 칠실(漆室)에 사는 홀어미의 걱정 품고서,　　竊懷漆室嫠婦憂
멀리 『시경(詩經)』의 「운한시(雲漢詩)」를 이었다오.15)　作詩遠繼雲漢章

---

15) 『武陵集』 권1 31-32장 「憫灾」.

젊은 시절 고을원으로 있으면서 온갖 재해에다 질병까지 겹쳐 시달리는 백성들을 목도하고서 동정하여 지은 시다. 하늘에 하소연해도 하늘이 들어주지 않아 한밤중에 일어나 눈물 줄줄 흘린다는 구절에서 신재(愼齋)의 애민정신(愛民精神)을 볼 수 있다. 그러나 문제는 재해를 그치게 하는 방안을 찾아내는 것이 중요하지 한갓 동정만 하고 있어서는 소용이 없다는 사실을 인식한 신재는 현실대처에 뛰어난 현실정치가라는 사실을 알 수 있다.

그러나 당시는 재해를 방지할 별 뾰족한 과학적인 방안은 없고 다만 국왕이 정성을 다해서 하늘에 비는 수밖에 없었다. 국왕이 덕을 닦으면 하늘의 재해를 물리칠 수 있었던 역사적 사례를 끌어와 지금 임금도 덕을 닦으면 재해를 물리칠 수 있다는 뜻을 말하였다. 덕을 닦으면 하늘이 감응하여 재해를 줄인다는 생각을 신재는 갖고 있었다. 과학적인 근거야 없지만, 이렇게 함으로써 임금이 자신을 반성하여 사치와 향락을 줄이고 백성들을 위하는 정치를 하도록 인도하려는 의도였다.

가난한 백성들은 여름은 그래도 얼어죽을 염려는 없지만 추운 겨울이 문제다. 혹한을 만나 추위에 떠는 백성들의 생활상을 간절하게 묘사한 「고한행(苦寒行)」이란 시는 이러하다.

지금까지 유례 없이 서울이 매우 추위,	長安酷寒古無比
문을 닫고서 문앞의 눈도 쓸지 않는다네.	閉門不掃門前雪
매서운 바람 북쪽에서 불어와 남산 흔들기에,	冽風北來撼南山
북두성 자루 부러질까 한밤중에 도리어 걱정하네.	半夜飜憂斗柄折
닭과 개 얼어죽는 것은 아까워할 것 없는데,	鷄犬凍死惜不得
아이들은 피부 얼어 터진다고 다투어 울부짖네.	兒童競號肌膚裂
슬프다. 애들아 원망하지 말게나!	嗟爾兒童莫怨咨
사계절 번갈아 가며 돌아온다네.	四序相代各有節
큰 갖옷을 갖고 천하를 덮었으면 하나,	欲將大裘覆天下
아아! 이 계획 한 나 역시 못난 사람이라.	嗚呼此計余亦拙

그대 보지 못했나? 동쪽 집은 온도가 적당한데, 君不見東家暖寒會
핏빛 치마 입고 미인이 취하여 춤추는구나.16) 美人醉舞裙似血

사람이 왕래할 수 없을 정도로 강추위가 닥쳐와 바람이 세차게 불어
남산이 흔들리는 듯한 밤에 가난한 집 아이들은 피부가 얼어 터져 그 고통
을 하소연한다. 그런 속에서도 고관대작들의 집에서는 잔치를 벌여 술을
마시고 미인들이 춤을 춘다. 난방이 잘 되어 춥고 더운 것이 적당하다.
이들이 호화로운 환락생활을 누리는 것은 백성들의 고혈을 뽑듯 과중한
세금을 거두었기 때문이다. 차가운 겨울 추위를 묘사하면서도 호사스런
생활을 즐기는 귀족들에게 날카로운 풍자를 퍼붓고 있다.

큰 갖옷으로 천하 사람들을 다 덮어주고 싶은 마음이 곧 고통받는 백성
들을 가난과 추위로부터 해방시키고자 하는 신재(愼齋)의 뜻이다. 유자(儒
者)는 본디 세상을 걱정하는 우환의식(憂患意識)을 갖고 있다. 자기 혼자
현달한 관리가 되어 편안하게 지내려는 생각을 갖지 않고 세상 사람들을
다 구제한 뒤에 자신도 편안히 지내고자 하는 정신을 가졌다. 신재 자신이
그런 마음을 가졌지만, 그런 능력이 없으니 현실로 돌아오면 자신은 결국
못난 사람이 되고 만다. 자기 능력의 한계를 느끼고서 눈앞의 현실 문제를
타개할 수 없어 탄식한 것이다.

5) 영사시(詠史詩)

역사는 단순히 과거의 기록이 아니고 인류의 정신적 자취이다. 과거를
보면 알면 앞날을 예측할 수 있다. 그래서 구시대에는 왕조가 바뀌면 반드
시 앞 왕조의 역사를 정리했다. 지난 날을 거울 삼아 앞날을 알아보기
위해서다. 그래서 역사는 지난 날의 화석이 아니고 현재에 살아 있는 문화
의 연속이다.

---

16) 『武陵集』 권1 32장 「苦寒行」.

문인들은 과거의 역사를 통해서 현세에 교훈을 줄 수 있는 역사를 주제
로 한 시를 많이 지었다. 곧 영사시(詠史詩)이다. 자기가 살고 있는 나라의
이야기를 하면 여러 가지 기휘(忌諱)에 저촉되기 때문에 역사적 사실을
빌려와 자기의 시대를 이야기하는 경우가 많다. 즉 탁고풍금(託古諷今)이
란 기법이다. 당(唐)나라 백거이(白居易)의 「장한가(長恨歌)」가 바로 그런
기법으로 지어진 작품이다. 신재(愼齋)는 역사를 읊어 현재에 교훈을 주는
영사시를 많이 지었다.

한 왕조는 그 임금이 어진이를 가까이하는 시간이 많으면 나라가 흥하
고 간신이나 내시 후궁들을 가까이하는 시간이 많으면 망하는 것이 철칙
이다. 고려(高麗)의 역사를 읽으면서 고려가 망한 이유를 임금의 잘못에서
찾고 있다. 「독고려사유감(讀高麗史有感)」이란 시는 이러하다.

밤에 앞 왕조의 역사를 읽다가,	夜讀前朝史
등불 앞에서 눈물 콧물 흘렸다네.	燈前一涕洟
바람 따스한 봄날에 싱싱한 복사꽃 아양떨고,	夭桃風暖媚
굳센 잣나무는 계절이 추워져야 알 수 있다네.	貞柏歲寒知
옛날부터 어진이 친히 하면 나라 일어나고,	自古親賢起
아첨꾼들 가까이하면 나라 무너진다네.	由來近佞隳
잔약한 후손들 끝내 깨닫지 못하나니,	孱孫終不悟
개성(開城)에는 기장만 무성하구나.17)	鵠邑黍離離

지조 없는 간신 내시 후궁들을 가까이하다 망하여 궁궐은 간 데 없고
옛날 궁궐 터가 농부들의 밭이 되어 기장만 자라 무성한데도 고려 왕실의
후예들은 전혀 그 이치를 모르고 있다.

이 시는 표면적으로는 고려의 임금과 그 후손들을 나무라는 시이지만,
이면의 함축된 의미는 나라가 멸망 당하려 하지 않는다면 지금 임금과

---

17) 『武陵集』 권4 3장 「讀高麗史有感」

왕족들이 아첨하는 간신들을 잘 알아차리고서 멀리하고 어진이를 가까이 해야하는 사실을 밝히고 있다.

이 밖에 역사적 사실을 시로 요약한 다른 종류의 영사시도 있고, 인물을 평가한 영사시도 있다.

맹자(孟子) 이후 1400년 동안 단절되었던 유학의 학맥(學脈)을 다시 회복한 북송(北宋) 때의 염계(濂溪) 주돈이(周敦頤)의 유학사상(儒學史上)의 공적을 평가한 시는 이러하다.

일천사백 년 동안,	一千四百載
천하에 참된 선비 없었네.	天下無眞儒
큰 길 오랫동안 잡목에 뒤덮였기에,	大路久榛荒
모두가 뭇 갈림길로 잘못 달려갔네.	衆歧皆異趣
진중한 염계자(濂溪子)는,	珍重濂溪子
홀로 바른 길로 찾아나갔네.	獨詣尋正塗
한 마디 말로 뭇 몽매한 사람들 깨우치고,	一言開羣矇
우리들에게 「태극도(太極圖)」를 남기셨네.[18]	遺我太極圖

유학의 학맥이 단절된 후 사람들은 바른 심성을 기르지 않고, 권모술수(權謀術數) 등 이단(異端)의 학문에 빠져 사람으로서 바르게 살아가지 못했다. 마치 바른 큰 길을 남겨두고 가시덤불 속으로 빠져드는 것과 같았다. 이런 몽매한 사람들을 일깨워주는 공을 이룬 참된 선비가 있었으니, 바로 염계(濂溪)였다고 평가하고 있다. 성리학(性理學)의 선구자로서 그 공을 신재가 핵심을 잡아 표현했다.

고려(高麗) 말기의 충신 포은(圃隱) 정몽주(鄭夢周)의 충절(忠節)을 두고 지은 시는 이러하다.

---

18)『武陵集』권1 17장「詠史詩」其十八.

옛 도읍지 문물 모두 먼지가 되었는데,	古都文物摠成塵
오백년 동안 인정할 만한 사람 드물었네.	五百年間少可人
오직 한 분 해와 달과 빛을 다툴 만한 포은,	日月爭光惟圃隱
은나라에 태어났더라면 세 어진이를 넷으로 만들었을 텐데.[19]	若生殷際四三仁

　고려(高麗) 근오백 년의 역사 동안 수많은 인물들이 명멸했지만, 신재는 오직 포은 한 사람만이 인정할 수 있는 인물이라고 간주했다. 그의 충절은 은나라에서 세 사람의 어진 이라고 공자(孔子)에게 인정받은 미자(微子)·기자(箕子)·비간(比干) 등과 같은 반열에 오를 만하다고 보았다. 그래서 포은 정도의 충절로 은나라에서 태어났더라면 공자가 '사인(四仁)'으로 인정했을 것이라고 생각할 정도로 포은의 충절을 대단히 높게 쳤다.

　당(唐)나라 현종(玄宗) 때의 간신 이림보(李林甫)가 간신으로서 정승이 되어 임금을 그르치고 백성들을 고생하게 만들었다. 그 역사적 사실을 담아 「독이림보전(讀李林甫傳)」이란 시를 지었는데 이러하다.

천자 비위 맞추느라 입에서 꿀이 흘렀으니,	逢迎天子口流蜜
그 당시 임금들은 충성 다한다 여겼지.	當日君王謂盡誠
간관(諫官)을 꾀여 임금의 말을 함께 탔으니,	便誘諫官同仗馬
많은 난리 만들어내어 백성들 괴롭혔네.[20]	養成多亂誤蒼生

　천자가 한 사람의 간신에게 유혹 당하여 국사를 그르치게 되면 천하의 백성들이 다 고생을 하게 된다. 그러니 임금의 역할은 아주 중요하다. 그 영향력이 크기 때문이다. 이림보는 당시 임금들을 속여 충성을 다하는 것으로 알도록 만들었고, 임금을 간하고 관리들을 규찰하는 임무를 띤 간관(諫官)마저도 이림보의 유혹에서 벗어날 수 없었다. 이임보 때문에

---

19) 『武陵集』 권2 14장 「鄭圃隱」.
20) 『武陵集』 권2 10장 「讀李林甫傳」.

안록산(安祿山)의 난을 불러왔고, 그 결과 당 현종은 사천(四川)으로 피난 갔다가 황제 자리마저도 아들에게 빼앗기고 말았다. 신재가 이런 시를 지은 것은 당시 임금이 간신들의 유혹에 넘어가서는 안 된다는 경고를 주고자 한 것이다.

V. 신재(愼齋)의 산문

신재의 문집에는 123편의 한문 문장, 시조(時調)와 경기체가(景幾體歌) 작품을 남기는 등 문학자로서도 풍성한 작품을 남겼다.

그의 산문 가운데는 중요하고 의미 있는 글이 많다. 한국 한문학사(漢文學史)나 유학사(儒學史)의 중요자료가 될 것이 풍성하다.

서한(書翰) 가운데는 회재(晦齋) 이언적(李彦迪), 관포(灌圃) 어득강(魚得江), 삼족당(三足堂) 김대유(金大有), 면앙정(俛仰亭) 송순(宋純), 농암(聾巖) 이현보(李賢輔), 금헌(琴軒) 이장곤(李長坤), 호음(湖陰) 정사룡(鄭士龍), 동애(東崖) 허자(許磁), 규암(圭菴) 송린수(宋麟壽) 등 당대 대가들과 주고 받은 것이 많다. 당시 국가 중대사의 논의, 학문의 토론 등에 관한 내용이 들어 있다.

잡저(雜著) 가운데는 위학(爲學), 입교(立敎), 벽사(闢邪).「고곤양향교이민문(告昆陽鄕校吏民文)」,「책문(策問)」,「성변(聖辨)」,「고풍기부로풍유소민문(告豐基父老敎諭小民文)」 등이 있다. 학문하는 방법, 사회 교화(敎化)하는 방법, 지방관으로서 유교정치를 펼치는 과정 등을 알 수 있는 중요한 글이다.

「청량산유록(淸凉山遊錄)」은 청량산을 유람하고서 지은 글인데, 퇴계(退溪)의「遊小白山錄」, 남명(南冥)의「유두류록(遊頭流錄)」의 선구가 되는 우리나라 대표적인 유록이다. 청량산의 경치와 유적을 알 수 있음은 물론이고, 신재가 유교문화를 보급하려는 신념이 봉우리 이름을 바꾸는 것에서 알 수 있다.

서문으로는 「죽계지서(竹溪志序)」, 「상주유향좌목서(尙州留鄕座目序)」, 「신간성리절요서(新刊性理節要序)」 등이 들어 있다. 「죽계지서」는 백운동서원 건립의 배경과 과정을 알 수 있는 중요한 자료이고, 「신간성리절요서」는 조선 전기 우리나라에 성리대전(性理大全)이 어떻게 수용되고 『성리절요(性理節要)』는 어떻게 편집되고 간행되었는지를 알 수 있어, 유학사에 대단히 중요한 글이다.

기문으로는 「무진정기(無盡亭記)」, 「풍기이건학교기(豐基移建學校記)」, 「의성향교중립보속기(義城鄕校重立寶粟記)」, 「남수정기(攬秀亭記)」 등이 들어 있다. 「무진정기」는 함안(咸安)의 지세와 주인 조삼(趙參)의 생활을 알 수 있고, 「남수정기」는 밀양(密陽)의 누정 문화를 알 수 있다. 향교기문은 조선 전기 향교교육 등을 알 수 있는 좋은 자료이다.

각종 축문은 백운동서원 창립 과정과 그 취지를 알 수 있는 중요한 자료이다.

「용재이상공행장(容齋李相公行狀)」은 조선 중기에 시로 이름을 떨쳤던 용재(容齋) 이행(李荇)의 행장으로, 중종(中宗) 전후의 정치 상황과 문단의 동향을 알 수 있는 전기자료이다. 한문학사(漢文學史)에 중요한 자료로 활용될 수 있다.

가사(歌辭) 가운데 「도동곡(道東曲)」 9장은 회헌(晦軒) 안향(安珦)에게 제사할 때 올린 곡이다. 이 가사는 경기체가(景幾體歌) 형식으로 되어 있는데, 조선 중기에 나온 경기체가는 매우 희귀한 것으로 문학사적 의의가 크다.

유사(遺事)는 「이훈록(彝訓錄)」으로, 저자가 부친의 유훈(遺訓)과 모친의 가르침을 기록하여 지은 것이다.

VI. 『무릉잡고(武陵雜稿)』의 소개

1. 문집의 서지사항

책 머리의 제목은『무릉잡고(武陵雜稿)』로 되어 있으나 판심제는『무릉집(武陵集)』으로 되어 있다.

간종(刊種)은 목판본(木版本)이고, 간행년도 1859年이다. 구성은 목록 2권, 원집(原集) 8권, 별집(別集) 8권, 부록 4권, 모두 22권 11책이다.

매면(每面)은 10항(行)이고, 매항 20자씩이다. 책판(冊版)의 크기는 세로 20.5센티, 가로 16.5센티이다. 어미(魚尾)는 상일이엽화문어미(上一二葉花紋魚尾)이다. 1988년 민족문화추진회(民族文化推進會 : 韓國古典飜譯院 전신)에서 표점 영인하여 한국문집총간 26, 27집에 편집하여 간행 보급했다.

2. 문집 편찬 및 간행 경위

저자의 문집은 아들 구봉(龜峰) 주박(周博)이 가장(家藏) 초고(草稿)를 수습하고 퇴계(退溪) 이황(李滉)에게 부탁하여 선취(選取) 교정을 하였는데, 퇴계는 전체 원고를 반 정도로 줄여 편집하였다. 이것을 1564년경 구봉이 군수로 있던 경상도 영덕(盈德)에서 목판본으로 간행하였다. 이것이 초간본『무릉잡고(武陵雜稿)』이다. 그러나 이 초간본은 현재 전해지지 않는다. 그 후 초간본을 원집으로 만들고, 그 이외에 퇴계가 가려 뽑은 것에서 제외된 시문을 별집으로 편집하여 1581년 구봉이 군수로 있던 경상도 영천(永川)에서 목판으로 간행하였다. 이 판본이『무릉잡고』중간본인데 현재 전질(全帙)은 전하지 않고, 성암고서박물관(省庵古書博物館)에 영본(零本) 2책만 소장되어 있다.

그 후 임진왜란을 겪으면서 간행된 책도 흩어져 없어지고 아울러 판본도 전해지지 않게 되었다. 이에 후손 주상현(周相炫), 주병항(周秉恒) 등이

도산서원(陶山書院)과 소수서원(紹修書院)에 있던 인본(印本)과 가장의
사본을 수집하고 재편(再編)하여 정재(定齋) 유치명(柳致明)의 교정을 거
쳐 1859년에 이르러 칠원(漆原)의 덕연서원(德淵書院)에서 18권 9책의
목판본으로 간행하였다. 이것이 삼간본(三刊本)이다. 현재 서울대 규장각,
연세대학교 도서관 등에 소장되어 있다. 그 후 1904년 4권 1책의 속집(續
集)이 간행되었는데 현재 한국학중앙연구원 장서각, 성균관대학교 중앙도
서관 등에 소장되어 있다. 그리고 1908년 후손들이 4권 2책의 부록(附錄)
을 간행하였다. 이는 삼간시(三刊時)에 편집되었던 것인데, 이때 추각(追
刻)하여 합부(合附)한 것이다.

본 번역의 대본은 민족문화추진회의 한국문집총간본으로 1859년 간행
된 삼간본과 1908년 간행된 부록을 합한 것으로, 원 소장처는 연세대학교
중앙도서관이다. 이 중 별집의 행장(行狀)과 사제문(賜祭文)은 부록과 중
복되어 수록되었으므로 영인에서 제외하였다.

3) 문집의 구성과 내용

본『무릉잡고』는 목록 2권, 원집 8권, 별집 8권·부록 4권 합 11책으로
되어 있다. 목록은 상하 2권으로 원집과 별집의 목록이다.

원집의 권1에세 권4까지는 詩, 권5에서 권8까지는 산문이다. 권1에는
부(賦) 2편, 사(辭) 2편과 시가 실려 있다. 시는 사언 1제(題), 오언 46제,
칠언 19제로서 시체별로 실려 있다. 권2에는 오언절구 29제, 칠언절구 100
제, 권3에는 칠언절구 78제, 오언율시 69제, 권4에는 칠언율시 107제, 오언
배율 2제, 칠언배율 3제가 시체별로 수록되어 있다. 권5에는 봉사(封事)
3편, 서(書) 17편이 실려 있다. 권6에는 잡저(雜著) 6편이 실려 있다. 이
가운데 위학(爲學)·입교(立敎)·벽사(闢邪)는 여러 경전과 선유의 글에
서 관련 내용을 초록한 것이다. 권7에는 잡저 1편, 서(序) 7편, 기(記) 7편이
실려 있다. 권8에는 발(跋) 5편, 잠(箴) 3편, 명(銘) 2편, 찬(贊) 1편, 축문(祝

文) 7편, 묘지명(墓誌銘) 3편, 행장(行狀) 1편이 있다.

별집 권1에서 권5까지는 시, 권6에서 7은 산문, 권8은 습유(拾遺)이다. 권1에는 부(賦) 6편, 사(辭) 1편, 시가 실려 있는데 시는 4언 3제, 오언 65제가 시체별로 되어 있다. 권2에는 칠언 24제, 오언 48제, 육언 1제, 칠언 65제, 권3에는 칠언 121제, 권4에는 오언율시 152제, 칠언배율 43제, 권5에는 칠언율시 71제, 오언율시 9제, 만시(輓詩) 19제가 있는데 대체로 시체별로 편차되어 있다. 만시는 시체에 관계없이 따로 모은 것이다. 권6에는 봉사(封事) 1편, 서(書) 12편, 잡저(雜著) 5편, 서(序) 4편, 기(記) 2편, 발(跋) 3편이 있다. 권7에는 축제문(祝祭文) 10편, 묘지갈(墓誌碣) 11편이 있다. 축제문은 기우문(祈雨文) 1편과 제문 9편이며, 묘지갈은 묘지명(墓誌銘) 4편과 묘갈명(墓碣銘) 6편 및 선비정부인휘신애지(先妣貞夫人諱辰哀誌)이다. 권8은 습유(拾遺)로서 부(賦) 1편, 가사(歌辭) 4편, 서(書) 7편, 잡저(雜著) 2편, 기(記) 1편, 유사(遺事) 1편이 있다. 권미에는 이황(李滉)과 주박(周博)이 지은 발(跋) 2편과 유치명(柳致明)과 주상현(周相炫)이 지은 중간발(重刊跋) 2편이 실려 있다.

부록 권1은 세계도(世系圖)로서 1세부터 17세까지 실려 있다. 권2는 연보로서 원래 저자의 아들 주박(周博)이 짓고 현손이 가감한 것으로서 간행되지 못하고 있다가 1908년에 간행된 것이다. 권3에는 사제문(賜祭文), 아들 주박(周博)이 지은 행장, 미수(眉叟) 허목(許穆)이 지은 신도비명(神道碑銘), 향산(響山) 이만도(李晩燾)가 지은 묘지명(墓誌銘) 및 소수서원(紹修書院) 남고서원(南皐書院) 덕연서원(德淵書院) 도연서원(道淵書院)의 봉안문(奉安文) 등 저자에 관계된 글 18편이 실려 있다. 권4에는 청시소(請諡疏) 시장(諡狀) 등 시호를 받게 된 과정을 알 수 있는 글 5편이 있다.

권미에는 회당(晦堂) 장석영(張錫英)이 지은 연보발(年譜跋)이 실려 있다.[21]

Ⅶ. 결어

칠원(漆原 : 지금은 함안군) 출신의 대학자이자 교육자인 신재(愼齋) 주세붕(周世鵬)은 유학(儒學) 공부를 철저히 한 바탕 위에서 과거시험을 통하여 관계에 진출한 전형적인 학자형 관리이다. 그래서 그는 관직에 있으면서도 늘 학문과 문학에서 떠나 본 적이 없었다.

다른 관리들보다 특별히 교육에 관심이 많아 우리나라 최초로 서원을 창설하였다. 이 서원창설은 우리나라 역사상 대단히 중요한 일로, 우리나라의 학문·사상·교육·문학 등에 지대한 영향을 끼쳤다. 우리 선현들이 학문을 좋아하고 책을 많이 저술한 것은 신재의 서원 창설에서 기인한 것이 많다고 볼 수 있다.

그리고 그는 당시 홍문관(弘文館)의 실질적인 책임자인 부제학(副提學)에 임명될 정도로 시문(詩文)에 특출하였다. 특히 1328수라는 방대한 분량의 시와 123편의 산문 작품을 남겼고, 이 시들의 내용도 다양하다.

유학자로서 자신의 내면 성찰에 방법과 방향을 제시한 수양시, 산수자연의 아름다움을 추구한 산수시(山水詩), 유자(儒者)로서 책임감을 느끼고 세상을 구제하려는 구세시(救世詩), 당시 지배층의 착취에 시달리는 농민들의 질고(疾苦)를 동정하고 위정자들의 무관심을 풍자한 연민시(憐民詩), 역사적 사실에서 교훈을 찾아 당세에 경종을 울리는 영사시(詠史詩) 등이 돋보인다.

또 신재는 중요하면서도 의미 있는 산문 작품을 많이 남겼는데, 이는 조선 중기의 유학사(儒學史), 한문학사(漢文學史)의 자료로서 활용될 수 있는 것이다.

신재는 그 시대로서는 아주 다량의 한시를 지었지만, 단순한 교양으로서의 음풍농월적(吟風弄月的)인 시는 드물고 사람되는 길을 추구하고, 우

---

21) 김기빈(金圻彬), 「무릉잡고 해제」, 한국고전번역원.

리나라 산천의 아름다움을 묘사하고, 세상을 구제하고 풍속을 바로잡고, 고통받는 백성들을 동정하고 관리들을 각성시키는 현실에 필요한 시를 주로 지었다.

신재는 많은 독서를 하여 학문이 깊고 폭 넓어, 그의 시와 문장은 이해하기가 쉽지 않다.

그의 시와 산문이 번역되어 널리 읽혀진다면 우리나라 사람들의 심성수양, 풍속의 교화, 의식수준 향상 등에 기여하는 바가 많을 것이고, 특히 그의 고향 함안(咸安)의 역사와 문화를 이해하는 데 좋은 바탕이 될 것이다.

이번『무릉잡고』의 번역 출판에『무릉잡고』원집은 몇 년 전 함안군청의 요청으로 번역되어 있던 것인데, 역자가 누구인지 모르겠다. 별집의 번역은 1, 2, 5, 6권은 허권수(許捲洙)가 맡았고, 3, 4, 7, 8권은 이명성(李明星) 사문(斯文)이 맡았다. 부록 4권은 아직 번역되지 않았다. 여러 사람의 손에 의해서 번역되었기 때문에 체재가 통일이 안 된 것이 많을 줄로 안다.

앞으로 함안군과 함안문화원에서는 함안이 낳은 학자 문인들의 시문집을 체계를 세워 지속적으로 변역 출판하여 함안의 학문과 문화를 널리 선양하고 지역민들에게 알릴 필요가 있다.[22]

---

22) 이 해제는, 허권수(許捲洙)가 이미 발표했던 「주세붕(周世鵬)의 문학세계」를 참고한 내용이 많다.

『无爲子遺集』 解題

　　『无爲子遺集』은 无爲子 郭世楗(1618-1686)의 文集이다. 郭世楗의 자는 公可, 호는 无爲子, 본관은 玄風이다. 玄風郡 率禮 마을에서 태어났다. 19세의 나이에 丙子胡亂의 소식을 듣고 군사를 일으켜 싸우러 가다가 중도에서 和議가 성립되었다는 소식을 접하고는 돌아와, 晋州 大覺里 大愚村에서 寓居하였다.

　　郭世楗의 부친은 文科에 급제하여 察訪을 지낸 鷗谷 郭瀗이다. 祖父는 弦皐 郭再祺로 啓功郎을 지냈고, 壬辰倭亂 때 형인 忘憂堂 郭再祐를 따라 倡義하여 倭賊을 막는 공을 세웠다. 曾祖는 文科에 급제하여 觀察使를 지낸 定菴 郭越이다.

　　어려서부터 재주가 출중하였고, 뜻이 컸다고 한다. 科擧工夫를 하였으나 급제하지는 못했다. 나중에 眉叟 許穆의 門下에서 배워 학식이 넓고 뜻이 높게 되어 許穆의 인정을 받았다고 한다. 초야에 묻혀 있으면서도 義理에 관계된 큰 일이 있으면 강개·격앙하여 자신을 돌보지 않고 바로잡으려고 하였다. 己亥禮訟(1659)·癸丑年(1663)의 寧陵遷葬 등의 일이 있자, 郭世楗은 長文의 疏를 올려 宋時烈 등의 잘못을 공격하였으나 받아들여지지 않았다.

　　甲寅年(1674)에 肅宗이 즉위하여 여러 西人들이 禮를 그르쳤다 하여, 領議政 金壽興을 中途付處하고 禮를 논의한 여러 신하들은 처벌을 기다리고 있었다. 그러나 宋時烈은 그대로 조정의 권한을 잡고 있었고, 또 顯宗의 誌文을 짓는 일을 맡고 있었다. 이에 郭世楗은 상소하기를 "돌아가신 先王

이 잘못된 禮를 바로잡았는데, 이러한 先王의 行蹟을 바로 쓰려면 자기의 죄를 자수해야 하고, 先王의 아름다움을 덮어버리면 先王의 거룩한 덕이 인멸될 것이니, 宋時烈이 이 글을 지을 수는 없습니다. …邪論에 추종한 金壽興은 오히려 귀양을 갔는데, 邪論을 맨 먼저 지어낸 宋時烈만이 유독 법망에서 빠져서야 되겠습니까?"라고 하여 그 부당성을 지적하였다. 이 상소는 宋時烈을 비롯한 西人들을 축출하는 데 결정적인 역할을 하였다.

이로 인하여 肅宗은 郭世楗을 司饔院 奉事로 敍用하였다. 이해 겨울에 軍資監 主簿로 옮겼다. 이듬해 刑曹佐郎·工曹正郎을 역임하고, 1677년 通訓大夫에 승진하여 益山郡守로 나갔는데 치적이 있었다.

1680년 庚申大黜陟으로 西人들이 재집권하여 南人들은 조정에서 축출되었다. 郭世楗도 이에 연루되어 4년 동안 투옥되어 있다가 고문을 받고 풀려 나왔다가 병을 얻어 2년만에 죽었다.

그의 상소는 대부분 西人의 領袖인 宋時烈을 공격한 것이었으므로 甲戌年(1694) 이후로 西人들의 핍박을 받아 그의 후손은 몰락하였다. 그가 남긴 詩文은 宗家에 화재가 나서 모두 없어지게 되었다.

이 책은 2권 1책으로 된 목판본인데, 1936년에 山淸郡 新等面 丹溪里에 살던 權東赫에 의하여 편집·간행되었다. 권두에 晦峯 河謙鎭의 序文이 있다. 1권에는 郭世楗이 남긴 詩文이 실려 있는데, 詩 1首, 疏 6篇, 書 4篇, 跋 2篇, 文 3篇이 실려 있다.

疏 가운데 「應旨疏」는 1673년(顯宗 14) 재해가 계속되자 국왕이 求言하는 敎旨를 내린 것에 응하여 올린 것으로, 孝宗의 陵인 寧陵을 옮긴 일과 慈懿大妃의 服制의 잘못으로 재해가 초래 되었다고 하여, 이 두 일을 결정하는 데 주도적인 역할을 한 宋時烈을 신랄하게 공격하였다. 「論斥宋時烈製進誌文疏」는 顯宗陵의 誌文을 宋時烈이 짓도록 결정한 것의 부당성을 지적하였다. 「辭職疏」는 司饔院 奉事에 발탁되자 禮制를 바로잡는 데 공이 많은 許穆·尹鑴·洪宇遠 등의 공적을 밝혀 이들이 자기보다 공이 많은데, 이들보다 앞서 벼슬을 받을 수 없다고 벼슬을 사퇴하는 것이다. 「辨

誣疏」는 閔著重이 자신을 西人 郭有道의 손자라고 하여 宋時烈을 공격한 상소에 대해서 역공을 가하자, 자신의 先系를 밝혀 두고 있음을 肅宗에게 증명해 보인 것이다. 「擬請謙齋河先生躋配德川書院疏」는 謙齋 河弘度의 學問이나 德行이 南冥 曺植을 享祀하고 있는 德川書院에 從享할 만하다는 것을 임금에게 청원한 것이다.

이 밖에 「奉賀眉叟許相公祇膺賜几杖殊錫文」은 眉叟 許穆이 几杖을 하사받은 것을 축하하는 글인데, 그가 스승인 許穆의 學問과 人格에 얼마나 경도되어 있는지를 엿볼 수 있다.

附錄文字로는 5세손 郭東禎이 지은 「家狀」, 重齋 金榥(일명 佑林)이 지은 「行狀」, 深齋 曺兢燮이 지은 「墓碣銘」 등이 있다.

이 「无爲子遺集」은 服制를 둘러싼 南人, 西人간 黨爭의 이해와 당시 이 지역 儒林들의 동향을 알아보는 귀중한 참고자료가 된다.

이 책은 晋陽郡 水谷面 元堂里 惟人齋에 소장되어 있는 것인데, 자료를 제공해 주신 愚溪公의 후손인 姜鉉鎬씨와 晋州敎大 附屬國民學校長 姜垠 先生께 감사드린다.

『默齋集』 解題

Ⅰ. 도언(導言)

옛날 사람들은 '삼불후(三不朽)'라는 말을 남겼다. 곧 세 가지 썩지 않고 영원히 전해지는 것이다. 첫째는 입덕(立德)이다. 훌륭한 덕을 갖추는 것이다. 이것은 노력하면 될 수 있다. 둘째는 입공(立功)이다. 인류나 국가사회를 위해 공을 세우는 것이다. 이것은 본인이 아무리 능력을 갖추었다 해도 기회가 주어지지 않으면 되지 않는다. 공자(孔子)나 맹자(孟子) 같은 성현도 뜻대로 되지 못했다. 셋째는 입언(立言)이다. 좋은 말을 만들어 남기는 것이다. 곧 훌륭한 문장을 지어 후세에 남기는 것이다. 이것은 자신이 노력하면 얼마든지 할 수 있다. 그래서 옛날 선현들은 많은 글을 남겼다.

그러나 우리나라에 남아 있는 글들은 거의 모두 한문(漢文)으로 쓰여 있다. 그래서 특별히 교육 받은 사람이 아니면, 읽고 그 뜻을 이해할 수 없다. 그러니 조상들이 남긴 글을 후손들이 읽지 못 하는 것이다. 이것이 우리나라의 문제다. 전통문화의 계승이 안 되는 것이다.

전통문화의 계승을 위해서는 한문고전(漢文古典)의 번역이 필요하다. 국가적인 사업으로 번역해야 할 문헌이 있고, 지역사회에서 번역해야 할 문헌이 있고, 각 가문에서 번역해야 할 선조의 문집이 있다. 번역이 되지 않으면 책이 있어도 책으로서의 기능을 못하는 죽은 책이 되고 만다.

조상이 남긴 훌륭한 시문(詩文)이 문집으로 편집되어 보지도 못하고 폐지로 버려지는 경우도 허다하다. 설령 문집으로 간행되어 배포되었다 해도 세월이 지난 뒤 후손들의 무관심으로 쓰레기처럼 사장되다가 사라지는 경우가 비일배재하다.

　묵재공은 매우 다행한 것이, 세상을 떠난 직후에 초윤(肖胤) 성와공(誠窩公)이 중재(重齋) 같은 대학자의 교정을 거쳐 체재가 갖추어진 문집 『묵재집(默齋集)』으로 간행하여 연원가(淵源家)에 반질하였다.

　이제 또 『묵재집』의 번역의 필요성을 절감한 계자(季子) 만소(萬召)장과 손자 순봉(舜鳳), 천봉(千鳳), 우봉(羽鳳) 등 여러 손자들의 성력으로 역주본(譯註本)이 간행되게 되었다.

　역주본이 발간됨에 즈음하여 묵재의 생애, 사우(師友) 관계, 기질과 언행, 업적, 문집 소개, 시문의 특징 등을 중심으로 간략하게 해제를 붙여, 묵재공을 이해하는 데 도움을 주고자 한다.

Ⅱ. 묵재의 생애

　묵재(默齋)의 성휘(姓諱)는 하정근(河貞根), 자는 중호(重浩), 호는 묵재(默齋)라고 하였고, 젊은 시절에는 다암(茶岩)이라는 호도 사용하였다.

　본관은 진양(晉陽)인데, 고려조(高麗朝)의 증상서공부시랑(贈尙書工部侍郞) 동평장사(同平章事) 휘(諱) 공진(拱辰)이 성(姓)을 얻은 조상이다.

　조선 중기 단지선생(丹池先生) 휘(諱) 협(悏)은, 분가를 하여 처음으로 진주의 단목(丹牧)에 집을 짓고 살게 되었다. 이때부터 대를 이어 유학(儒學)을 가업(家業)으로 삼았다.

　단지공 이래로 구이당(具邇堂) 휘(諱) 달영(達永), 만향당(晚香堂) 휘 현(灦), 인재(忍齋) 휘 윤관(潤寬), 처사(處士) 휘 응회(應會), 죽와(竹窩) 휘 일호(一浩), 국담(菊潭) 휘 진백(鎭伯), 낙옹(樂翁) 휘 태범(泰範), 만송(晚松) 휘 치룡(致龍), 처사 휘 석원(錫源), 월호(月湖) 휘 계효(啓涍)는 모두 행의(行誼)와 문학으로 세상에 이름이 났다.

　모친은 의성김씨(義城金氏) 진기(鎭基)의 따님인데, 동강선생(東岡先

生)의 후예이다.

묵재는, 1889년 음력 3월 29일에 진양 단목의 못안 대대로 살아오던 집에서 태어났다.

4세 때인 1892년에 어머님께서 돌아가셨다.

1894년 동학란(東學亂)으로 아버님을 따라 덕산(德山) 공전촌(公田村)으로 피난을 갔다가 5년을 지난 1899년에 고향 마을로 돌아왔다.

나이 이미 11세가 되어 비로소 집안 글방에 들어가 배웠다. 성품이 침착하여 연습하고 궁구하기를 좋아하여 문리(文理)가 일찍 통했다.

13, 4세 때 『통감절요(通鑑節要)』 15권을 다 읽었다.

17, 8세 때는 사서(四書)를 대략 섭렵하였다. 시문을 짓는 일이 있으면, 간혹 어른들의 칭찬과 인정을 받았다.

19세 되던 1907년에 부친이 돌아가셨다. 상주노릇하면서 3년 동안 발자국이 문밖으로 나간 적이 없을 정도로 철저하게 예법을 지켰다. 삼종숙아단공(我丹公) 하계휘(河啓輝)가 공부가 중간에 끊어지는 것을 안타깝게여겨 서재로 나와서 전에 하던 공부를 계속하라고 권했으나, 묵재는 상복을 입고서 무리 속에서 공부하는 것이 마음에 편안하지 않아 그 말을 듣지않았다. 집에 있으면서 조금 한가해지면 경서를 읽어 그 뜻을 가만히 궁구했고 입으로 글 읽는 소리는 내지 않았다.

1911년에 마진(麻津)의 이씨(李氏) 집안에 장가들었다. 그러나 생활의계책이 없어, 밖으로 나가 관점(鸛店)에 있는 하씨(河氏)들의 글방에 가서공부를 가르쳤다. 1년이 지나 돌아와 집에서 농사와 뽕나무 심기를 해서겨우 거친 밥이라도 계속 먹을 수 있었다.

1913년에 맏형수가 임종하면서 유언을 하기를, "내가 죽은 뒤 반드시시동생이 나은 아들로 종가에 들여보내 종가의 제사를 받들게 하소"라고했다. 이 유언에 따라서 나중에 맏아들 만관(萬觀)을 종가에 종손으로 들여 보냈다.

1916년에 대곡면(大谷面) 가야동(可也洞)에 옮겨 살면서 넓은 농토를 경영하였다. 그러나 평소 일하는 것이 몸에 베이지 않아 일군 둘을 두고 농사를 지었는데, 일은 많았으나 별로 남는 것이 없었다. 이 동네 산 것이 근15년, 서너 명의 자녀가 이미 장성하였는데, 풍속이 거칠어 어린 자녀들 교육하는 데 알맞지 않았다. 그래서 바야흐로 다시 이사할 계획을 하고 있었다. 마침 하동군 옥종면(玉宗面) 병천(屛川)에 사는 집안 할아버지 참봉(參奉) 식원(植源)씨의 주선으로 1929년 봄에 진주 서쪽 옥종면(玉宗面) 다정(茶亭) 석두(石竇)마을로 들어가 살았다.

이곳은 땅이 기름져 먹고 살 만한 곳이었다. 또 병천은 일가들이 이미 자리잡아 살고 있는 마을이었고 인근에 선비 벗들이 많아 자주 어울릴 수 있었다. 시를 읊어 뜻을 말하기도 하였다. 풍류로운 생활이 있어 객지라는 외로운 생각을 몰랐다.

첫째 형은 묵재가 태어나기 3년 전에 24세로 요절하였고, 1931년에 셋째 형 처사공(處士公)이 별세하였고, 둘째 형 모산공(某山公)이 그 아들을 따라 배를 타고 일본(日本)에 가 계시다가 1941년에 일본의 나고야에서 별세하였다. 이국으로 달려가 통곡을 하고 돌아왔는데, 결국 형제 없이 혼자라는 슬픔이 가슴에 더욱 간절하였다. 가장 마음에 걸리는 것은 종가에 수호하는 사람이 없다는 것이었다.

1943년에 옥종의 생활을 철수하여 고향 마을로 돌아와 조상들이 살던 종가로 들어가 살았다. 고향 마을의 일가들이 아침저녁으로 와서 모여 정다운 이야기를 하며 서로 즐겼다.

1947년 여러 일가들과 힘을 모아 제월정(霽月亭)을 지어 단지선생(丹池先生)을 추모할 곳으로 삼았다. 원근의 선비 벗들을 모아 유계(儒契)를 더 확대하였다.

1960년 부인 유인(孺人) 이씨(李氏)가 세상을 떠났다. 유인은 본관이 재령(載寧)인데, 고려(高麗) 때 진사(進士) 모은(茅隱) 이오(李午)의 후손인 선비 이수혁(李壽赫)의 따님이다. 나이 17세 때 묵재공에게 시집와서 무한한 고초를 골고루 겪었다.

1973년 3월에 「자서전」을 지었는데, 그 해 12월 초2일에 아무런 병이 없이 일생을 마쳤으니, 85세의 수를 누렸다.

묵재는 연세 팔십이 넘어도 정신과 기운이 왕성하여 시력과 청력이 쇠퇴하지 않았다. 앉을 때는 반드시 허리를 반듯하게 하고 다닐 때도 지팡이에 의지하지 않았으니, 안정된 기력이 바탕이 있었고, 수양하는 데 도(道)가 있었다.

단동(丹洞) 길교(吉橋) 간좌(艮坐)의 언덕에 안장하였다.

4남 2녀를 두었는데, 맏이는 곧 만관(萬觀)인데 양자로 나갔다. 그 다음은 만철(萬轍), 만범(萬凡), 만소(萬召)다. 딸 둘을 낳았는데, 사위는 안동(安東) 권위현(權渭鉉), 최연석(崔然錫)이다.

만관의 아들은 순봉(舜鳳), 천봉(千鳳), 관봉(官鳳), 도봉(道鳳)이다. 만철의 아들은 우봉(羽鳳), 덕봉(德鳳), 기봉(岐鳳)이다. 만범의 아들은 강봉(崗鳳)이다. 만소의 아들은 신봉(信鳳), 윤봉(潤鳳)이다.

묵재가 85세 되던 해 돌아가시기 얼마 전에 「자서전」을 지었는데, 80년 동안 지나간 일을 돌이켜 보았다. 그 끝에 스스로 이렇게 적었다.

　　80 평생을 돌아보건대, 취할 만한 것이나 볼 만한 것이 하나도 없다. 일찍 부모를 잃고 집안 일에 얽매여 학업을 오로지 연구할 수 없어 마침내 알려질 것 없는 한 사람이 되어 이제 늙고 말았다. 이제 와서 어쩔 수가 없다. 시 한 수를 지어서 한탄스러움을 말한다. 시는 이러하다.
　　한평생 쭉 헤아려 보니 가볍게 지내왔는데,
　　내 자신 위한 일 도모하지 않았고 이름 구하지 않았네.
　　농사짓는 것은 게을러서 가을에 수확할 것이 없었고,
　　글 읽는 것은 재주 적어 학문이 이루어지지 않았도다.
　　세월은 파도처럼 달려가 사람은 절로 늙었고,
　　난리에 변화 많아 꿈에서도 자주 놀란다.
　　세상 떠날 때가 다된 지금 어찌 그리 후회는 많은지?
　　괜히 후회해 본들 잘못한 것 고치기는 정말 어려워라.

Ⅲ. 사우관계(師友關係)

묵재는 맨처음 삼종숙인 아단(我丹) 하계휘(河啓輝)에게서 배웠다. 사서(四書), 『통감절요(通鑑節要)』 등을 배웠다.

그 뒤 정확한 연대는 알 수 없으나, 조선말기 전국 유림의 대표 면우(俛宇) 곽종석(郭鍾錫)선생의 문하에서 배웠다. 옥종으로 이주한 뒤로는 가까운 수곡(水谷)에 살았던 회봉(晦峯) 하겸진(河謙鎭)에게 배웠다. 당대 우리나라를 대표할 수 있는 대학자인 면우와 회봉을 스승으로 모실 수 있었던 것은 묵재의 학복(學福)이라고 할 수 있다. 그리고 당시 진주를 중심으로 한 경상우도(慶尙右道) 지방에 많은 학자들이 있었던 것이 묵재가 학문을 형성하는 데 크게 도움을 주었다.

선배 학자로는 진사 하재화(河載華), 잠재(潛齋) 하우(河㝢), 제남(濟南) 하경락(河經洛), 희재(希齋) 정종화(鄭鍾和), 관료(寬寮) 하영태(河泳台), 옥천(玉泉) 하경규(河慶圭), 정산(晶山) 이현덕(李鉉德) 등이 있었다.

학문을 토론하고 시문(詩文)을 주고받던 학우(學友)로는 담헌(澹軒) 하우선(河禹善), 중재(重齋) 김황(金榥), 삼주(三洲) 이기원(李基元), 운석(雲石) 하용환(河龍煥), 회당(晦堂) 허만책(許萬策) 등이 있어 절차탁마(切磋琢磨)를 하였다.

안동권의 학자인 이고(二顧) 이동흠(李棟欽), 이원우(李源宇) 등 경북 지방의 학자들과도 교유를 가져, 시야를 넓혔다.

Ⅳ. 기질과 언행

묵재(默齋)는 그 호에서도 나타나듯이 평생 말을 신중히 하고 언행을 일치되게 하려고 노력하였다. 말로 하지 않고 실천으로 바른 길을 보여준 전형적인 학자였다. 남의 단점을 이야기하지 않았고, 남의 장점은 극력 선양하여 북돋아 주었다. 외유내강형의 인물로 자신에게는 철저했고, 남에게는 관대했다.

묵재가 그 조카 종원(宗元)에게 준 서신에서 독서와 처신의 방법을 이야기했는데, 묵재 자신의 지향하는 길이라고 볼 수 있다.

대저 독서의 방법은 반드시 학습의 범위가 있으니 많이 욕심 부리는 것을 성취했다고 여겨서는 안 된다. 하루에 단지 십여 줄을 배우고, 읽을 때는 의당 천천히 하고 빨리 하지 않아 글자마다 분명히 하고 누차 익숙하도록 읽어 반드시 꿰뚫은 뒤에 다시 아래 글을 배우는 것이 좋다. 날마다 일정한 과정을 빠뜨리지 말고 5일 뒤에는 반드시 5일 안에 읽은 책을 읽어 잊지 않도록 해라.

『통감(通鑑)』은 고금의 치란(治亂)과 득실이 모두 분명히 실려 있으니 또한 볼 만하다. 다만 볼 때 누구는 착하고 누구는 악하며, 어떤 일은 옳고 어떤 일은 그른가를 반드시 살펴서, 착하고 옳은 것은 반드시 본받고, 악하고 그런 것은 반드시 경계해야 한다.

너는 나이가 지금 열네 살이니 또한 학문에 뜻을 두는 것이 좋고, 너의 어릴 때 뜻을 버리고 꾸준히 이 학문에 힘써야 한다. 우리 집안은 십여 대 이래로 대대로 학문을 서로 전하였다. 지금 전하는 차례가 너에게 있으니, 집안의 흥망은 오직 네가 배우느냐 배우지 않느냐에 달려있고, 네가 배우느냐 배우지 않느냐는 오직 네가 부지런히 하느냐 부지런히 하지 않느냐에 달려있고, 네가 부지런히 하느냐 부지런히 하지 않느냐는 오직 네가 뜻을 세우는 것이 어떠하냐에 달려있을 뿐이다. 사람이 학문을 하는 것은 단지 책을 읽는 것뿐만은 아니다. 여러 가지 처신 또한 학문이다. 더욱 깊이 경계해야 한다. 일상생활은 반드시 공경하여 감히 태만하지 말고, 말은 반드시 신실하여 감히 시끄럽게 떠들지 말고, 걸음은 반드시 천천히 걸어 감히 넘어지지 말고, 드나들 때는 반드시 어른에게 물어 감히 혼자 행동하지 말고, 교유(交遊)할 때는 감히 다투지 말라. 반드시 골라서 서로 따르되, 젊은이냐 늙은이냐를 따지지 말고 오직 착한 사람을 따라라. 반드시 자기의 잘못을 살피고 다른 사람의 장단점을 말하지 말아라. 이상 몇 조목은 의당 삼가 지켜 너의 숙부로 하여금 실망하는 데 이르지 않게 하는 것이 매우 좋고

매우 좋다. 가지고간 두꺼운 종이는 그 사이에 다 썼느냐? 글자 획 또한
의당 단정하게 써서 감히 멋대로 쓰지 말라. 이것이 마음을 바르게 하는
하나의 방법이다.

그가 홍암(弘庵) 김진문(金鎭文)에게 보낸 편지에서 이렇게 말했다.

　　선비가 때를 만나지 못하면 거두어 감추거나, 곤궁한 데서 살면서도 형통
한 것으로 생각하는 것도 스스로 처하는 한 가지 방법입니다.

때를 만나지 못 하면 숨어살아도 되는 것이고, 현실적인 곤궁도 정신적
으로 형통하게 생각하면서 극복하려고 하였다.

젊은 사람들이 글을 지어와 자문을 구하면 항상 격려하여 용기를 잃지
않게 했다. 다른 사람들의 글도 그 개성을 존중하여 꼭 자기 뜻대로 고치지
않았다.

산수를 사랑하여 뜻이 맞는 여러 벗들과 함께 산수유람과 여행을 좋아
하였다. 하동(河東)의 쌍계사(雙磎寺)와 칠불사(七佛寺), 남해(南海)의 금
산(錦山), 지리산(智異山), 안의(安義)의 세 골짜기, 경주(慶州)의 불국사
(佛國寺), 합천(陜川)의 해인사(海印寺) 등지를 거닐며 구경했다. 주고받
은 시가 있고, 때로는 문장을 지어 여행한 것을 기록했는데, 대부분 문집에
다 실려 있다.

V. 업적

묵재(默齋)는 세상의 윤리도덕을 바로 세우는 일, 진주(晋州)가 유교의
중심지로서 역할을 하도록 하는 일, 단지공(丹池公) 종가를 재건하는 일
등에 평생 관심이 많았고, 이의 실현을 위해 노력했다.

1947년에 여러 일가들과 함께 동지산(東旨山) 선영 아래에다 재실을

지어 단목(丹牧)의 옛날 원모재(遠慕齋)라는 재실 이름을 옮겨 걸었다. 단목의 재실은 제월정(霽月亭)이라고 이름을 고쳐 달아 중간의 선조인 단지선생(丹池先生)을 추모하는 곳으로 삼아 기문을 구해 걸었다. 옛날 단지공의 유계(儒契)가 있었는데, 이 정자에서 다시 개최하였다.

단지공(丹池公)으로부터 그 아래 대에서 계속해서 남긴 원고가 있었는데, 『단지집(丹池集)』은 월호공(月湖公)이 이미 간행하였으나, 그 이하 죽와(竹窩), 국담(菊潭) 양대의 문집은 둘째 형 모산공(某山公)이 인쇄했으나, 그 밖의 여러 원고는 상자에 보관돼 있었다. 이에 찢어지고 삭은 것을 모아 손질하여『단지집』아래에 수록하여 차례대로 편집하여 8책으로 만들어『지상세제록(池上世濟錄)』이라고 제목을 붙였는데, 모두 12대의 유고(遺稿)였다. 활자로 인쇄하여 선대에 교분이 있는 여러 집안에 반포하였다.

또 선대의 교지(敎旨), 예조(禮曹)의 입안(立案), 고을이나 도(道)의 유림들의 등장(等狀 : 진정서), 분재기(分財記), 호적, 행장이나 비문, 만사(挽詞)나 제문(祭文), 아는 사람이나 친구들의 편지 등 상자에 쌓여 있는 것을 종류별로 분류를 해서 4개의 책자로 편집해서『선적유편(先蹟類編)』이라고 제목을 달고, 제목 뒤에 글을 적어 자손들에게 엄숙하게 훈계하여 삼가 잘 지켜 영원히 전하도록 했다. 이『선적유편』등은 아들과 손자들이 경상대학교(慶尙大學校) 도서관에 기증하여 보관하고 있다.

재일교포 사업가 하경완(河京完)씨가 일본에서 많은 재산을 모아 고향 마을에서 무슨 사업을 하려고 했을 때, 세덕사(世德祠)를 건립하도록 맨 먼저 설득한 것도 묵재였다.

연세가 아주 많아 유림의 원로가 되자, 각처의 서원이나 향교 등에서 제관(祭官)으로 추천하는 망기(望記)가 사방에서 이르렀는데, 정성을 다하여 참제(參祭)하였다. 선현들을 추앙하여 제사지내는 것이 곧 젊은 선비들을 키우는 길이라고 생각했다.

진주 인근의 유림들이 습관적으로 문호(門戶)의 격(格)을 가지고 남의 가문을 평가하는 일이 많았다. 어떤 가문에서 서원이나 사우(祠宇)를 세워 향례(享禮)나 채례(菜禮)를 하려고 하면, 비난이 사방에서 일어났다. 묵재는 이런 일에 대해서 관대하고 공정한 마음을 갖고 격려하였고, 조상을 숭모(崇慕)하는 그 정신을 높이 평가해 주었다.

VI. 『묵재집(默齋集)』 소개

1973년 묵재가 별세하고 나서 초윤(肖胤) 성와공(誠窩公) 만관(萬觀)이 시문(詩文) 초고를 수습하여 대학자 중재(重齋) 김황(金榥)의 교정을 거쳐 1977년에 선장본(線裝本) 2책으로 진주(晉州)에서 간행하였다.

책머리에는 진암(振菴) 허형(許泂)의 서문이 있다. 본문이 3권 부록 1권으로 되어 있다.

권1에는 각체(各體)의 시 471수가 수록되어 있다.

권2에는 서신 65편이 들어 있다.

권3에는 기문(記文) 3편, 서문(序文) 6편, 발문(跋文) 9편, 잡저 10편, 애사(哀辭) 1편, 고유문(告由文) 9편, 축문 6편, 제문 13편, 비문 4편, 묘표(墓表) 6편, 묘지명(墓誌銘) 1편, 묘갈명(墓碣銘) 1편, 행장(行狀) 11편, 유사(遺事) 4편 등 모두 149편이다.

부록에는 박종후(朴鍾厚)가 지은 묵재기(默齋記), 중헌(重軒) 김재수(金在洙)가 지은 서하군중호가장선적유편후(書河君重浩家藏先蹟類編後), 신암(愼菴) 최긍민(崔兢敏)이 지은 송하묵재중호환단목서(送河默齋重浩還丹牧序), 이재(頤齋) 이현대(李鉉大)가 지은 송하군중호귀고리서(送河君重浩歸故里序), 초윤(肖胤) 만관(萬觀)이 지은 가장(家狀), 정헌(定軒) 성재기(成在祺)가 지은 행장(行狀), 이병목(李炳穆)이 지은 유사(遺事), 중재(重齋) 김황(金榥)이 지은 묘갈명(墓碣銘), 진와(進窩) 이헌주(李憲柱)가 지은 묘지명(墓誌銘)이 수록되어 있다.

책 끝에는 허왕구(許汪九), 하동근(河東根), 차남 만철(萬轍) 등이 지은 발문이 있다.

묵재는 특히 시에 대단한 재능을 가진 것 같다. 자연스러우면서 서정성(抒情性)이 풍부한 한시를 많이 지었다.

묵재는 애초에 마음을 써서 시문(詩文)을 짜맞추려하지는 않았다. 그러나 널리 보았고 또 뜻을 집중하였기 때문에, 시를 주고받거나 서신왕래에 있어 말의 뜻을 펼쳐 막힘이 없었다.

묵재는 관대하고 온화한 성품의 소유자로 알려져 있다. 그러나 그의 시에는 의문으로 끝나는 구절이 대단히 많다. 이는 묵재가 현실사회에 대해서는 정신적으로 많은 갈등을 겪고 있다는 것을 증명한다.

그의 시 가운데 특히 만시(挽詩)가 많은데, 이는 선배, 친구, 후배 들의 작고를 애도한 내용인데, 일제 때 해방 후, 경상우도 유림계의 인물을 연구하는 데 많은 도움이 될 것이다.

그의 글을 통해 옛사람들의 정신세계와 생활상, 유림들의 동향, 공부 방법, 수신 방법, 진주를 중심으로 지역의 역사 지리 등을 공부하는 데 많은 도움이 될 자료가 들어 있다.

VII. 결어(結語)

우리나라는 조상들이 남긴 문헌이 우리 말과 다른 한문으로 되어 있다. 젊은 세대들이 원천적으로 접근하기 힘들다. 전통문화를 계승하고 윤리도덕을 살리려 해도 어려움이 많다. 조상의 빛난 얼을 계승하기 위해서는 번역이 필수적이다.

이제 자손들의 성력(誠力)으로『묵재집(默齋集)』역주본이 세상에 나오게 되었다. 관심만 있다면, 누구든지 묵재의 학문과 사상을 알 수 있게 되었다. 40년 전에 별세하신 묵재의 가르침이 귓가에서 울릴 수 있게 되었다.

책은 읽지 않으면 펄프에 불과하다. 잘 읽을 때 가치가 있는 것이다. 최근까지 우리 곁에 있었던 전통적 유학자 묵재의 언행을 가까이 하여 자신의 생활에 많은 도움을 받기 바란다.

『勿齋實紀』 解題

Ⅰ. 서언(序言)

사람의 생각과 뜻은 말을 통해서 나타낼 수 있다. 말은 글로 나타내지 않으면 그냥 사라지고 만다. 말은 글을 통해서라야 시간과 공간의 제약을 뛰어넘어 오래 전해질 수도 있고, 멀리 퍼져 나갈 수도 있다. 글을 통해서 우리 인류의 사고가 축적되고 전달되고 교환되어 문화가 창조되고 발전해 나가는 것이다. 오늘날 우리가 아득한 과거의 역사를 알 수 있는 것은 글의 덕분이다. 또 인류가 이렇게 편리하게 즐겁게 의미 있게 살 수 있는 것도 그 근원적인 이치를 찾아보면 글의 덕분이다. 글이 있고 글을 귀중하게 여기는 민족은 문화민족이고, 글을 천시하면 야만족이 되는 것이다.

우리 민족은 아득한 옛날부터 우리 말을 사용하고 있었지만, 우리 말을 적을 글을 갖지 못 했다. 세종대왕(世宗大王)이 1443년 한글을 창제하기 이전에는 우리 말을 적어서 보존할 방법이 없었다. 그래서 우리 선조들은 한문(漢文)을 가지고 자신의 뜻과 감정을 기록하여 남겼다. 한글이 지어진 이후에도 조선왕조(朝鮮王朝)가 끝나는 1910년까지도 대부분 시(詩)나 문장(文章)을 한문으로 지었다. 한문은 쉽게 변하지 않고, 또 간명(簡明)하게 내용을 담을 수 있고, 중국 같은 나라와도 통용할 수 있는 국제성이 있었기 때문이었다.

우리 선조들은 세계 어느 나라보다도 글을 좋아했다. 또 어려운 경제적 여건에서도 선조들이 남긴 시문(詩文) 원고를 후손들이 편집하여 문집으로 간행해 내는 데 많은 노력을 기울였다. 우리나라의 웬만한 학자나 문인들로서 문집을 남기지 않은 사람은 거의 없는데, 이 문집 속에는 우리의 역사와 문화 학문 사상 등이 담겨져 있어 세계적인 자랑거리가 되고 있다.

인물이 훌륭하고 학행(學行)은 뛰어났는데도, 여러 가지 사정으로 남아 있는 시문(詩文)의 양이 얼마 되지 않아 문집으로 편찬하여 간행하기에는 부족할 경우, 우리 선조들은 실기(實紀)라는 형식을 통해 그 인물에 관한 기록을 전부 다 모아 한 부(部)의 책으로 편집하여 간행해서 남겼다.

다 같이 남아 있는 시문이 얼마 되지 않는 인물이라 해도, 그 사정은 각각 다 다르다. 애초에 시문 짓기를 좋아하지 않아서 남아 있는 시문이 적은 인물인 경우도 있고, 지은 시문이 많았으나 전쟁이나 재난 등으로 인해 없어진 경우도 있고, 자기 주변이나 집안의 큰 인물을 위해서 자신이 겸양하여 자신의 시문은 숨겨 버리고 내놓지 않은 경우도 있다.

인물도 훌륭하고 문집(文集)도 체재(體裁)가 갖추어지면 어떤 인물이 천추(千秋)에 전해질 수 있는 좋은 조건이 마련된다. 그러나 문집을 남길 만한 충분한 학문이 있는 인물인데도 남아 있는 시문이 많지 않을 때, 그 자손들이나 후학(後學)들로서는 실로 안타까운 마음을 금할 수가 없는 것이다.

근세 산청군(山淸郡) 단성면(丹城面) 교동(校洞)에 살았던 물재(勿齋) 권복근(權復根)공은 유가(儒家)에서 태어나 어려서부터 부형들로부터 한학(漢學)을 정통으로 배워, 공부가 깊고 시문(詩文)에 능하고 덕행(德行)이 갖추어진 큰 선비였다. 그러나 사후 그의 시문(詩文)을 정리하여 문집으로 내려고 보니, 남아 있는 시문이 거의 없었다.

이에 그 초식(肖息) 영세(榮世) 사문(斯文)이 족조(族祖) 재형(載炯)과 함께 흩어져 남아 있는 몇몇 시문을 널리 모으고, 관계 기록을 모아『물재실기(勿齋實紀)』를 편찬하고서 불초(不肖)에게 해제(解題)를 지어 줄 것을 요청해 왔다. 또 평소에 물재공(勿齋公)의 돈독한 지우(知遇)를 입었던 구순에 가까운 단성향교(丹城鄕校) 전 전교(典校) 수헌(守軒) 정태수(鄭泰守) 장(丈)의 여러 차례 돈권(敦勸)이 있었다. 이 분들의 지극한 정성을 저버릴 길이 없어 크게 사양하지 않고 붓을 들었다.

내가 물재공(勿齋公)에 대해서 오랫동안 익혀 들어 왔고, 또 그 형 학우(學愚) 권태근(權泰根) 공의 『학우집(學愚集)』을 편찬한 일이 있고, 그 스승이자 종증조부인 송산선생(松山先生)의 학행비(學行碑)를 찬술(撰述)한 적이 있어, 교동(校洞) 권씨(權氏) 가문의 가학(家學) 연원(淵源)에 대해서 비교적 소상히 알고 있기에 일종의 책임감도 느꼈다.

수헌(守軒) 장(丈)이 찬술(撰述)해 둔「물재행장(勿齋行狀)」등을 바탕으로 물재공의 가계(家系), 학문, 일생, 유림(儒林)에서의 역할 등을 위주로 서술한다.

II. 가계(家系)

물재(勿齋) 권복근(權復根)공은 1917년 11월 10일 산청군(山淸郡) 단성면(丹城面) 교동(校洞)의 안동권씨(安東權氏) 우천(愚川) 종가(宗家)에서 태어났다. 우천(愚川) 권극유(權克有)의 12대 종손 유헌(有軒) 권순장(權淳長)공의 둘째 아들이다. 형은 종손의 지위를 계승한 학우(學愚) 권태근(權泰根)공이다.

자(字)는 극윤(克允), 물재(勿齋)는 그의 호(號)인데, 스승 송산선생(松山先生)이 지어 준 것이다. 물재공(勿齋公)은 휘자(諱字)와 자, 호가 모두 공자(孔子)의 언행록인『논어(論語)』「안연편(顏淵篇)」의 '극기복례장(克己復禮章)'에서 나왔다. 어느 날 공자의 뛰어난 제자 안회(顏回)가 '인(仁)'이 무엇인지 물었을 때, 공자께서 '극기복례(克己復禮 : 자신의 사욕을 이겨내어 예로 돌아가는 것)'가 인(仁)이라고 했다. 안회가 극기복례할 방법을 묻자 공자께서, "예가 아니거든 보지도 말고, 예가 아니거든 듣지도 말고, 예가 아니거든 말하지도 말고, 예가 아니거든 행동하지도 말아라[非禮勿視, 非禮勿聽, 非禮勿言, 非禮勿動.]"라고 대답하셨다. 물재공의 휘자와 자, 호는 다 유교의 핵심인 인(仁)의 실천방법과 밀접한 관계가 있으니, 유학자가 될 운명을 운명적으로 부여받았다고 할 수 있고, 스승 송산선생이 자를 '극윤(克允)'이라고 지어 준 것은 물재공에게 큰 기망(期望)을 건 것이었다.

본관은 안동(安東)인데, 그 시조는 태사(太師) 권행(權幸)이다. 929년 견훤(甄萱)이 안동을 포위했을 때 권행은 왕건(王建)을 도와 견훤을 격파하여, 고려(高麗)가 왕업(王業)의 기틀을 닦는 데 결정적인 공헌을 했다. 삼한벽상공신(三韓壁上功臣)에 책록(冊錄)되고, 삼중대광(三重大匡) 태사(太師)에 임명되었다. 안동의 백성들이 전화(戰禍)를 면할 수 있었고 또 안동이 부(府)로 승격되었기 때문에 권행 등 삼태사(三太師)의 공을 흠모하여 안동부(安東府)에 사우(祠宇)를 지어 오늘날까지 향사(享祀)해 오고 있다.

고려(高麗) 후기에 이르러 권행의 12대손 권한공(權漢功)은 호가 일재(一齋)인데, 삼중대광(三重大匡) 도첨의정승(都僉議政丞)을 지냈고, 추성동덕협찬공신(推誠同德協贊功臣)에 책록(冊錄)되고, 예천부원군(醴泉府院君)에 봉해졌고, 시호(諡號)는 문탄(文坦)이다.

권한공의 아들은 권중달(權仲達)인데, 대광보국(大匡輔國) 지추밀사사(知密直司事)를 지냈고, 추성정책안사공신(推誠定策安社功臣)에 책록되었고, 화원군(花原君)에 봉해졌고, 시호는 충헌(忠憲)이다.

권중달의 막내 손자인 권집덕(權執德)은 중훈대부(中訓大夫) 군기시정(軍器寺正)을 지냈는데, 조선(朝鮮) 태종조(太宗朝)에 한양(漢陽)으로부터 처음으로 경상도(慶尙道) 삼가현(三嘉縣) 대병(大幷 : 지금의 합천군 대병면)으로 옮겨와 살았다.

권집덕의 셋째 아들 권촌(權忖)은 문과(文科)에 급제하여 양산군수(梁山郡守)를 지냈다.

권촌의 맏아들 권계우(權繼祐)는 진사(進士)에 합격하여 사용(司勇)을 지냈다. 권계우는 삼가현과 인접한 단성현(丹城縣) 단계(丹溪 : 지금의 산청군 신등면 단계)로 옮겨와 살았다. 권계우의 자손들은 단계를 중심으로 하여 단성현 일대의 각지로 뻗어나갔다.

권계우 맏아들 권금석(權金錫 : 1447-1585)은 진사(進士)에 합격하여 전옥서(典獄署) 봉사(奉事)를 지냈다. 남명(南冥) 조식(曺植)의 부친 조언형(曺彦亨)이 그 묘갈명(墓碣銘)을 지었다.

권금석의 아들 권시준(權時準)은 상암파(霜嵒派)의 파조인 상암(霜嵒) 권준(權濬)의 증조부이다. 상암공은 한강(寒岡) 정구(鄭逑) 선생의 제자로 문과(文科)에 급제하여 내외의 관직을 거쳐 광주목사(光州牧使)를 지냈다.

상암의 아들 우천(愚川) 권극유(權克有)는 생원(生員)에 급제하여 참봉(參奉)을 지냈는데, 학행(學行)과 명망(名望)이 있어 강우(江右)의 유림(儒林) 사회를 주도하였다. 덕천서원(德川書院)의 원장을 지낼 정도로 유림의 추앙(推仰)을 입었다. 처음으로 단성(丹城) 강루(江樓)로 옮겨와 살았다. 우천공을 포함해서 3대에 연이어 사마시(司馬試)에 급제하였다. 우천공은 물재공의 13대조이다.

우천공의 9대손 서연(西淵) 권장환(權章煥)은 유고(遺稿)가 있는데, 곧 물재공의 고조다. 증조 석우(石愚) 권재두(權載斗), 조부 오강(梧岡) 권봉현(權鳳鉉)은 모두 유림에 명망이 있고, 문집을 남겼다.

부친은 유헌(有軒) 권순장(權淳長)이고, 모친은 창주(滄洲) 하징(河憕)의 종손(宗孫)인 담산(澹山) 하우식(河祐植)의 따님이다.

물재의 종증조부는 송산(松山) 권재규(權載奎)선생이고, 재종조부는 심재(心齋) 권창현(權昌鉉)이고, 형은 학우(學愚) 권태근(權泰根)이다. 족조(族祖) 되는 명호(明湖) 권운환(權雲煥)도 노백헌(老栢軒) 정재규(鄭載圭)의 제자로 당시 큰 학자였다.

Ⅲ. 학문성취와 행적

물재(勿齋)는 강우지방(江右地方)을 대표하는 학문이 있는 가문의 종가(宗家)에서 태어나 어려서부터 학자들 속에서 자랐다. 처음에는 가정에서 조부 오강공(梧岡公)으로부터 글을 배웠다. 총영(聰英)하고 근면하여 오강공이 매우 총애를 하면서 가르쳤다. 특히 고가(古家)의 가훈(家訓)이나 세덕(世德)에 대해서 많이 이야기해 주었다. 물재는 자세히 새겨 들어 자기 것으로 만들었다.

조금 더 자라서는 송산(松山)선생에게 나아가 유학(儒學)을 공부했다. 그 당시 송산 문하에는 원근에서 전통학문에 관심을 둔 많은 학자들이 모여들어 학문적 기운이 흥륭(興隆)하였다. 비록 일본 강점기(强占期)로서 신학문이 온 세상에 풍미했지만, 송산 문하의 분위기는 전통학문에 대한 열기로 가득 차 있었다. 물재는 부조(父祖)들이 특별히 교독(敎督)하지 않아도 스스로 열심히 경서(經書), 사서(史書), 선현(先賢)의 문집(文集) 등을 읽고 이치를 궁구하여 그치지 않았으므로 문리(文理)가 날로 발전하였다. 약관(弱冠)의 나이가 되기도 전에 사서(四書),『근사록(近思錄)』,『심경(心經)』및 송원(宋元) 이학자(理學者)들의 저서를 명심하고서 탐구하였다. 또 의문이 많은 예서(禮書)에 정력을 쏟아 필요한 것은 손으로 베끼고 입으로 외우기를 그치지 않았다.

매년 단성(丹城)의 신안정사(新安精舍)에서 선비들이 모여 향음주례(鄕飮酒禮)를 했는데, 물재는 의문 나는 내용을 송산선생(松山先生)에게 질문하여 해결하였다.

이렇게 여러 해 동안 공부하여 학문이 날로 진보하고 시문(詩文)이 아건(雅健)해지고, 논의(論議)가 정확하여, 그 당시 여러 원로학자들로부터 자주 칭찬을 받았다.

송산선생이 세상을 떠난 이후에는 송산선생의 현윤(賢胤) 심재(心齋) 권창현(權昌鉉)공을 평생 스승으로 삼아 배웠다.

물재는 학문이 이루어진 뒤에도 거기에 자만하지 않고 위기지학(爲己
之學)에 더욱 전념하여 아는 것을 실천하려고 노력했다. 늘 많은 사우(士
友)들과 교유하여 서로 도움을 주고받아 학문을 발전시키고 덕행을 닦아
나갔다.

물재의 스승 송산선생은 노백헌(老栢軒) 정재규(鄭載圭)선생의 수제자
(首弟子)인데, 노백헌은 노사(蘆沙) 기정진(奇正鎭)선생의 뛰어난 제자로
서 학문은 노사(蘆沙)선생에 접맥(接脈)되어 있다. 또 송산선생은 면암(勉
菴) 최익현(崔益鉉) 선생을 뵙고 계도(啓導)를 입기도 했다. 노사선생은
곧 율곡(栗谷) 이이(李珥)선생과 우암(尤庵) 송시열(宋時烈)선생의 학통
(學統)을 이었다. 지역적으로는 남명학파(南冥學派)의 학문의 영향도 적
지 않게 받았다. 송산선생은 학파(學派)에 크게 얽매이지 않아, 당파가
다른 회봉(晦峯) 하겸진(河謙鎭), 중재(重齋) 김황(金榥) 등과도 자주 어
울려 학문을 강토(講討)하였다.

학문을 강토(講討)한 사우(師友)로는 송산선생의 아들인 심재(心齋) 권
창현(權昌鉉), 은재(隱齋), 담헌(澹軒) 하우선(河禹善), 영계(潁溪) 하현석
(河炫碩), 계산(溪山) 이병길(李炳吉), 계당(溪堂) 이오상(李五相), 인재
(訒齋) 전용구(田溶求), 명계(明溪) 이병덕(李炳德), 초헌(樵軒) 이영수(李
瑛洙) 등이 있었다. 친형 학우(學愚) 역시 훌륭한 사우였다. 때로 능재(能
齋) 권의현(權宜鉉), 과재(果齋) 이교우(李敎宇) 등의 강석(講席)에도 참
여하여 강의하는 것을 듣고서 계발된 바가 많았다. 또 족조(族祖)인 추연
(秋淵) 권용현(權龍鉉)을 신안정사(新安精舍)로 초빙하여 학우(學愚)공
와 함께 그 강론(講論)을 듣고 질문하여 의심나는 바를 많이 풀었다.

물재공(勿齋公)은 훌륭한 자질을 타고난 데다 송산선생(松山先生) 같
은 당대 최고의 학자를 만나 질 높은 교육을 받고 여러 사우들과 학문을
강론함으로 해서 학문적으로나 실천적으로 훌륭한 학자가 될 여건을 충분
히 갖추었다. 그러나 물재공이 살았던 시대가 일본 강점기와 해방후 혼란
기인지라, 유학을 공부한 학자가 세상에 나가 할 수 있는 일이 없었다.

그래서 초야에 묻혀서 독서와 향촌의 풍속 교화(敎化)로 일생을 보내었다.

연세가 들어감에 따라 점점 명성이 사방에 알려져 찾아와 배우기를 청하는 사람이 늘어났는데, 물재공은 인재를 기르고 전통학문(傳統學問)을 일으키는 것을 자신의 임무로 삼아 정성을 다하여 가르쳐 조금도 게을리하지 않았다. 마지막 한 가닥 남은 유학의 맥을 잇고자 숨을 거둘 때까지 노력했다.

또 서법(書法)에도 뛰어나 원근 여러 가문(家門)의 비갈(碑碣)이나 누정(樓亭)의 편액(扁額)을 많이 써 주었다.

IV. 자질과 일생

물재(勿齋)는 모범적인 유가(儒家)에서 총영(聰英)한 자질을 갖고 태어나 부조(父祖)의 훈도(薰陶)를 입어 가장 대표적인 유자(儒者)의 길을 걷게 되었다.

효도(孝道)와 우애(友愛)를 거의 천성에 가까울 정도로 실천하여 한 치의 어긋남도 없었다.

성장한 이후로 분가를 하였지만, 종가(宗家)와 담 하나를 사이에 둔 집에서 살면서 아침 저녁으로 부모님께 문안하였다. 늘 부드럽고 고운 얼굴빛과 말씨로 부모님의 마음을 즐겁게 해 드렸고, 평생 단 한번도 부모님의 뜻을 어긴 일이 없었다. 물질적인 봉양은 물론이고, 정신적으로 부모님을 편안하게 모셨다.

부모님이 병환을 앓아 간호를 하게 될 때는 약을 조제하거나 달이는 것을 직접 살폈다.

형님 학우(學愚)공과는 우애가 지극하여 늘 같은 이불 속에서 자며 화락(和樂)하게 지냈다. 잠시도 떨어지지 않았다. 학우공은 종손(宗孫)이었지만, 항상 학문에 전념하여 문학(文學)과 명망(名望)으로 유림에서 이름이 높아 가사를 돌볼 겨를이 거의 없었다. 물재공은 형님을 대신해서 종가(宗家)의 대소사를 맡아 처리하여 조금도 소홀히 함이 없었고, 일을 다 끝내고 나면, 반드시 형님에게 전후 사정을 소상히 이야기하였다.

만년에 학우공이 진주(晋州)로 옮겨가 살아 서로 떨어진 거리가 60여 리가 되었지만, 열흘에 두세 번 이상 만났고, 만나게 되면 책을 펼쳐 강론하기도 하고 학문상의 의문점으로 토론하기도 하고 시(詩)를 지어 주고받기도 하였다.

조부와 부친의 장례(葬禮)를 철저히 『주자가례(朱子家禮)』에 따라 예법(禮法)을 갖추어 치루었다. 장례를 끝내고 나서도 초하루나 보름이면 반드시 성묘를 하였는데, 비바람이 치거나 날씨가 좋지 않다고 해서 빠지는 일이 한번도 없었다.

제사가 되면 반드시 목욕재계하고 집안을 깨끗이 청소하였다. 몸소 제수(祭需)를 준비하는 등 조상을 직접 대하듯 정성을 다하여 제사를 모셨다.

집안을 다스리는 법도는 근검(勤儉) 절약(節約)을 위주로 하였고, 화려하거나 사치한 것은 멀리하였다. 그러나 조상을 받드는 일이나 손님을 접대하는 일에는 정성을 극진히 하였다.

일가들이나 인척들과 화목하게 지냈고 인정이 풍부하게 대했다. 고을 사람들에게는 겸손하면서도 신실(信實)하게 대하였고, 사람을 차별하는 일을 전혀 하지 않았다.

일을 처리할 때는 상세하고 치밀하게 미리 생각하여 상황에 맞게 적절하게 대응하였고, 옳고 그름을 분명히 구분하였다.

다급한 얼굴빛을 하거나 말을 빨리 하는 법이 없었다. 남의 장단점이나 잘 잘못을 평하여 말하지 않았다. 자질(子姪)들에게 옛날 성현들의 격언(格言)이나 고전(古典)의 내용들을 가지고 정성스럽게 타일러 가르쳤다. 혹 자질들이 잘못하는 일이 있어도 갑작스레 질책을 가하지 않고 차분하게 사리를 밝혀 이야기했다. 그래서 온 집안이 단란하게 화기(和氣)가 가득했다.

평소 손에서 책을 놓는 일이 없었다. 한평생 세상에 나가 세속적인 일에 관여한 적이 없었고 차분하게 집안에서 독서하며 자신을 수양했다. 물재(勿齋)라는 호처럼, 처신함에 있어서 철저히 예법(禮法)을 원칙으로 삼아 지켜 나갔다. 세상이 날로 혼란해지고 서양 물질문명의 좋지 못한 풍조(風潮)가 세상을 휩쓸어 사람과 금수의 차이가 점점 없어져 간 시대, 유교(儒敎)를 아무 쓸모없는 낡은 봉건사상(封建思想)으로 치부하여 버리는 시대에, 물재공은 옛날 의관을 단정하게 차려입고 옛날 법도(法道)를 지키면서 향리에서 훌륭한 선비의 모범을 보이며 전통학문과 예법을 수호해 나갔다.

향교(鄕校)에 출입하여 장의(掌議)를 거쳐 전교(典校)를 맡아 향교를 주관하였다. 또 유도회(儒道會) 단성지부(丹城支部)를 창립하여 초대와 2대 지부장을 맡아 유학이 부흥할 기반을 닦았다. 공자(孔子) 맹자(孟子) 등의 참된 유학 정신을 일으켜 교화(敎化)를 펼쳐 유학을 진흥시키고 향풍(鄕風)을 선도하였다. 향교에 보관하고 있던 조선시대 호적대장(戶籍大帳)을 문화재로 지정 받아 영구히 보존할 수 있게 만들었다. 대성전(大成殿)과 명륜당(明倫堂)을 수리하였다.

향교에 충효교육실(忠孝敎育室)을 열어 방학을 이용하여 중고등학생들에게 윤리도덕(倫理道德)과 향약(鄕約) 등을 교육하였다.

단성현(丹城縣)은 조선 말기 없어져 산청군(山淸郡)에 병합되어 역사와 문화가 정리되지 못 하여 유교(儒敎)를 비롯한 전통문화가 많이 인멸되었다. 그래서 물재공이 주도하여 『단성향지(丹城鄕誌)』를 만들어 단성의 역사와 문화를 정리하여 후세에 보전하였다.

신안정사(新安精舍), 상양재(上陽齋), 인곡서당(仁谷書堂) 등의 향채례(享菜禮)를 주관하여 선현(先賢)들의 학문과 교훈을 오늘날에 되살려 후세에 이어져 나가게 하려고 노력하였다.

지리산평화제(智異山平和祭)에 맞추어 향교에서 한시백일장(漢詩白日場)을 개최하여 시관(試官)을 맡아 제출된 시를 엄정하게 평가하여 시도(詩道)를 계승하였다.

　기망계(旣望契)를 다시 결성하여 신안(新安) 적벽(赤壁) 아래 강물에 배를 띄워 송(宋)나라의 대문학가(大文學家) 동파(東坡) 소식(蘇軾)의 풍류를 계승하여 속세의 번잡함을 씻었다. 유림(儒林)들의 고아(高雅)한 모임을 주도하여 옛 선비들의 기풍(氣風)이 이어지도록 했다.

　평생 송산(松山)선생을 따라 배우는 동시에 송산선생이 학문에 전념할 수 있도록 뒷바라지를 하였고, 송산선생 사후에는 문집『이당선생문집(而堂先生文集)』의 편간(編刊)에 크고 작은 일들을 주선하였고, 송산선생을 향사(享祀)하는 인곡서당(仁谷書堂)의 관리를 맡아하였다.

　송산(松山)선생의 현식(賢息)이자 재종조부인 심재(心齋) 권창현(權昌鉉)의 유고를 형님 학우(學愚)공과 함께 수습하여『심재집(心齋集)』으로 편집 간행하여 세상에 널리 반포하였다.

　여름이 되면 강우(江右)지역의 이름 있는 학자(學者) 문인(文人) 들을 신안정사(新安精舍), 도천서원(道川書院), 우천정(愚川亭) 등으로 초청하여 학문을 강론(講論)하거나 시(詩)를 창수(唱酬)하기도 하여 서로 도움을 주고받았다.

　1990년 음력 7월에 학우(學愚)공이 세상을 떠났다. 그때 물재(勿齋)공은 중풍(中風)으로 병석에 누워 지냈는데도, 만사(挽詞)와 제문(祭文)을 지어 형님의 마지막 길에 영결(永訣)하였다. 평소에 우애(友愛)가 지극하던 바라 형님을 잃은 슬픔을 견디지 못 하여 병세가 더욱 위독하게 되어 3개월 후인 11월 마침내 세상을 하직하니, 향년 74세였다. 평소에 후덕(厚德)하여 명망을 크게 얻었던지라, 아는 사람은 물론이고 이름만 들은 사람들도 모두 그의 작고를 슬퍼하지 않는 사람이 없었다.

　유림장(儒林葬)으로 장례를 치루었는데, 만사나 제문을 지어 가지고 와서 영결하는 사람이 수백 명이나 되었다.

　부인은 풍천노씨(豐川盧氏)인데, 옥계(玉溪) 노진(盧禛)선생의 후예로 현숙(賢淑)하여 부덕(婦德)이 갖추어져 있었다.

V. 결어(結語)

나라가 왜인(倭人)들에게 망한 뒤 전통 있는 유가(儒家)의 자제로 태어나 가학(家學)에 유염(濡染)된 바탕에서, 학행(學行)을 겸비한 송산(松山) 선생 같은 대학자를 스승으로 모시고 학문(學問)과 덕행(德行)을 이루어 모범적인 훌륭한 선비로 성장하였다. 그 언행(言行)은 옛날의 유덕군자(有德君子)에 견줄 만한 수준이었다.

그러나 시대적으로 물재공(勿齋公)이 살았던 시대는 이미 유학(儒學)이 대세(大勢)가 아니었으므로 세상에 나가 경륜(經綸)을 펼칠 수는 없는 상황이 되었다.

그런 한계 속에서도 물재공은 포기하지 않고 대대로 유학(儒學)을 해온 법도 있는 가문(家門)의 세업(世業)을 지켜나가려고 노력했고, 밖으로는 향교(鄕校)나 원사(院祠)를 중심으로 유운(儒運)을 진작시키고 향풍(鄕風)을 선도하는 데 일생의 정력을 다 바쳤다.

물재공 사후에 원근의 후학(後學)들이 그의 문집이 편집 간행되어 널리 반질(頒帙)될 것을 크게 기대하였다. 그러나 막상 문집을 편간하려고 보니, 남아 있는 초고(草稿)가 거의 없었다. 일부 일실(逸失)된 것도 있지만, 물재공는 형님을 위해서 늘 글감을 양보하였고, 간혹 형님을 위해서 대작(代作)한 것도 형님의 명망(名望)에 누를 끼칠까 염려하여 자신이 기초(起草)했다는 흔적을 남기지 않기 위해 미리 다 없애 버렸다.

그래서 몇몇의 시문을 겨우 수습하여 부득이『물재실기(勿齋實紀)』로밖에 편집할 수 없었다.

원근의 사우(士友)와 유림(儒林)들이 학우와 물재 형제의 학문의 수준과 가치를 알고서 그 학문적 전통을 계승하고자 하여 연방계(聯芳契)를 조직하여 활동하고 있으니, 물재의 선비정신과 그 업적은 길이 길이 계승될 것으로 본다.

『물재실기』가 내용이 영성(零星)하게 느껴지겠지만, 꼼꼼히 잘 읽는다

면, 그 담겨진 내면의 깊은 의미를 알 수 있을 것이고, 물재공의 인간됨을
짐작할 수 있을 것이다.

『頖村致祭日記』 解題

『반촌치제일기(頖村致祭日記)』는 1796년[正祖20, 丙辰] 음력 9월 1일부터 22일까지 퇴계선생(退溪先生)의 종택(宗宅) 가묘(家廟)에 모신 선생의 신주(神主)를 모시고 갈 준비를 하여 종택을 출발해 서울을 거쳐 종손(宗孫) 이지순(李志淳 : 1762-1807, 字 穉和, 號 省流亭)의 임지인 평안도(平安道) 영유현(永柔縣)까지 가는 과정을 9대손 이헌순(李獻淳)이 일기 형식으로 상세히 기록한 기행문학이다.

이 『일기』에는 오로지 신주 행차에 관한 것만 기록하였고, 지나가는 지역의 산천경개, 풍속 등에 대한 언급은 없다. 그런데 작자는 이 내용을 압축해서 2백 운(韻) 4백 구(句)의 「서정기행이백운(西征紀行二百韻)」이라는 오언고시(五言古詩)로 지었는데, 거기서는 산천경개, 풍속 등을 상당히 묘사했다.

『반촌치제일기(頖村致祭日記)』와 「서정기행이백운(西征紀行二百韻)」을 『교남빈흥록(嶠南賓興錄)』에 합편(合編)하여 1922년 도산서원(陶山書院)에서 목판(木版)으로 간행하였다. 그러나 『교남빈흥록』과는 내용상 특별한 관계가 있는 것은 아니고, 단순히 책의 분량상 둘 다 한 책을 이루기 어려워 합편(合編)했을 뿐이다. 그러나 책 제목을 『교남빈흥록』이라 하고 『반촌치제일기』는 부록으로 넣었기 때문에 그 동안 책의 존재가 거의 묻혀 왔고, 내용을 다 읽어 보지 않은 독자들은 『일기』도 『교남빈흥록』과 관계 있는 글일 것으로 여겨 온 것이 사실이다.

1958년 성균관대학교(成均館大學校) 대동문화연구원(大東文化硏究院)

에서 『퇴계전서(退溪全書)』라 하여 퇴계의 문집과 여러 저서, 관련 서적을 묶어 영인 간행할 때, 이 책이 처음으로 일반 대중에게 공개가 되었다.

그 가운데 「서정기행이백운(西征紀行二百韻)」은 선생의 14대손 전 연세대학교(延世大學校) 교수 연민(淵民) 이가원(李家源) 박사가 그의 저서 『상계가록(上溪家祿)』과 『조선문학사(朝鮮文學史)』에 수록하여 학자들의 연구대상이 되게 하였다. 연민이 '우리나라 기행시(紀行詩)의 백미(白眉)'라고 평가한 것이다.

퇴계선생(退溪先生)의 9대 종손 성류정(省流亭) 이지순(李志淳)은 그해 7월 19일, 영유현령(永柔縣令)에 임명되어 정조(正祖) 임금을 알현(謁見)하고, 8월 6일 임지로 부임하였다.

이 일기에는, 1796년(正祖 20) 음력 7월 19일 종손 이지순(李志淳)이 영유현령(永柔縣令)으로 낙점(落點)을 받는 과정, 7월 24일 부임차 출발하는 상황, 8월 6일 임지 도착의 과정을 먼저 기록했다.

9월 1일 종손이 상계(上溪) 종택(宗宅)에 영유현의 하인과 말을 보내어 신주(神主)를 모시고 오도록 하면서, 편지를 보내어 신주를 모시고 오는 행사절차를 간편하게 하고, 지나오면서 각 고을 등에 폐단을 끼치지 말도록 여덟 가지의 준수사항을 제시하여, 가능한 한 조용히 모시고 오도록 단속하였다.

9월 3일 퇴계선생의 후손들이 종택에 모여서 가묘(家廟)에 고유(告由)하였다. 고유에 참석한 명단을 다 기록하고, 또 신주를 모시고 가는 사람과 간단한 행장(行裝)과 준비물을 기록하였다.

9월 4일에 상계를 출발하여 안동(安東), 예천(醴泉), 용인(龍仁) 등지를 거쳐 9월 13일 한강(漢江)을 건너 성균관(成均館) 부근 반촌(頖村)에 이르렀다.

그 사이 9월 6일 좌승지(左承旨) 이익운(李益運)의 계달(啓達)로 정조(正祖) 임금이 퇴계선생의 신주가 도성(都城)을 지나간다는 것을 알았다. 정조 임금은, '퇴계선생 서거 후 신주가 도성을 지나가는 일은 처음 있는 일'이라고 크게 의미를 부여하여 치제(致祭)하겠다는 마음을 먹었다.

정조 임금의 뜻으로 좌의정(左議政) 채제공(蔡濟恭)의 지휘 하에 예조 (禮曹)와 성균관(成均館)의 공조로 반촌(頓村)에서 치제하기로 세심한 계획을 추진했다.

13일 반촌에서 치제(致祭)를 했는데, 정조가 시임(時任) 원임(原任) 각신(閣臣)과 제학(提學) 등에게 다 참제(參祭)하도록 하교(下敎)하였다.

치제를 봉행하는 동안 정조(正祖) 자신은, 성균관과 가장 가까운 창덕궁(昌德宮) 동북쪽 문인 월근문(月覲門)에 행차하여 경건한 자세로 서 있었다. 치제가 끝나자, 참제자 명단을 적어 올리라고 하교(下敎)하였다. 이를 통해서 정조 임금의 퇴계선생에 대한 존숭(尊崇)의 정성이 얼마나 지극했는지 알 수 있다.

치제 행사에 참석한 관원은 좌의정(左議政) 채제공(蔡濟恭), 우의정(右議政) 윤시동(尹蓍東) 등 약 950명이었다. 당시 영의정(領議政)은 공석이었다. 조선시대(朝鮮時代) 조정의 관직수가 1천여 자리 정도 된다고 하는데, 950명이 참석했다면, 중앙 조정에 근무하는 관원들은 거의 다 참석했다고 볼 수 있다. 모든 당파를 초월하여 퇴계선생은 우리 민족의 스승으로서의 위상(位相)에 있음을 증명할 수 있는 행사였다.

참석한 관원 가운데 저명한 인사를 들면 다음과 같다. 채제공을 위시하여 이조판서 김재찬(金載瓚), 규장각(奎章閣) 제학(提學) 심환지(沈煥之), 도산별시(陶山別試)를 주관하였던 직제학(直提學) 이만수(李晩秀), 채제공(蔡濟恭)의 아들 승지 채홍원(蔡弘遠), 승지 정약용(丁若鏞), 정약전(丁若銓) 형제, 나중에 순조(純祖) 임금의 장인이 된 직각(直閣) 김조순(金祖淳), 퇴계선생 후손들과 친밀한 한치응(韓致應), 유명한 문장가 김매순(金邁淳), 홍석주(洪奭周) 등등이다.

치제에 참석한 선생의 후손은, 응교(應敎) 이귀운(李龜雲), 성균관에서 공부하던 생원(生員) 이가순(李家淳), 신주 행차를 모시고 갔던 이귀홍(李龜洪) 등 9명이었다.

 성균관 주변의 반촌(頖村) 사람들은 평소에 거의 매일 술을 마시고 주정을 심하게 부렸는데, 치제를 하던 그 날 밤에는 한 사람도 주정부리는 사람이 없었다. 그들 사이에서도, "퇴계선생의 신주(神主)가 반촌에 있으니, 전에처럼 취해서 망동을 부려서는 안 된다"라고 자진해서 서로 훈계를 했다.

 14일 성균관을 출발하여 남대문(南大門)을 경유하여 떠날 때도 체제공(蔡濟恭) 등 조정 사대부들이 신주의 행차를 모시고 나갔다. 이때도 좌의정 채제공(蔡濟恭), 판서 권엄(權𧩿), 승지 정약용(丁若鏞) 등 2백 명 가까운 조정 관원들이 나와 경건하게 전송하였다.

 성균관의 유생들이 모화관(慕華館) 앞에 먼저 나와 반열(班列)을 이루고 있다가 경건하게 신주 행차를 전송하였다.

 17일 개성(開城)에 이르러 개성유수(開城留守) 조진관(趙鎭寬)을 위시한 개성 유생들의 진지한 영송(迎送)을 받았다.

 20일에 황해도(黃海道) 황주(黃州)에서는 황해도 병사(兵使) 김사목(金思穆)의 극진한 영송(迎送)을 받았다. 김사목은 퇴계선생의 문인 영의정을 지낸 주은(酒隱) 김명원(金命元)의 7대손으로, 이미 형조판서(刑曹判書)를 지낸 조정의 중신이었는데, 이때 어떤 일로 좌천이 되어 병사로 와 있었다. 미리 서흥(瑞興)으로 병영의 서리(胥吏)를 보내어, 다른 고을에서의 영송(迎送)의 절차를 문의하여 알아 가지고 철저하게 준비하여 영송하였다. 황주 경내에 들어서자, 병사가 미리 마중을 나와 신주 행차를 경건하게 맞아하여 직접 모시고 따랐다. 오리정(五里亭)에 이르자, 의장대와 무기를 도립시키고 풍악을 울리며 성대하게 맞이하였다. 행차를 관장하던 후손들이 거창한 환영행사를 사양하자, 김사목은, "노선생(老先生 : 퇴계선생의 존칭)의 신주를 맞이하는 것은 우리들의 당연한 도리이니, 후손분들은 사양하지 마시라"고 하며, 모든 의식 절차를 병영에서 자진해서 다 준비했다. 또 김사목은, 행차를 모시고 간 퇴계선생의 후손들과 세의(世

誼)를 돈돈히 하는 대화를 나누었다.

21일에 평양(平壤) 대동강(大同江) 가에서 평안도 관찰사 박종갑(朴鍾甲)과 자산부사(慈山府使) 등 평안도 각 고을 원과 여러 유생들의 성대한 영송을 받았다.

평양을 떠나 순안(順安)으로 향하자, 종손이 아전들을 거느리고, 마중을 나와 있었다. 이때 종손은 순안 고을 원도 겸임하고 있었다.

22일에 영유현(永柔縣) 관아에 도착하여 유생들이 모여 참배의식을 마쳤다. 참배를 마친 뒤 관아 동쪽 3칸의 방에 신주를 봉안(奉安)하고, 예법에 따라 고유의식(告由儀式)을 거행하고, 대장정의 막을 내렸다.

신주의 행차는 9월 3일 종택(宗宅)의 가묘(家廟)를 떠난 지 19일 만에 영유현 관아에 봉안되었다.

성균관에 있던 선생의 후손들이 종손에게 편지를 보내어, "성균관 치제(致祭)에 참석한 조정의 고위 관료 1백여 명에게 종손의 인사가 없어서는 안 될 것이요"라고 했다. 종손은, "임금님의 윤음(綸音)에 의하여 공식적으로 모여서 거행한 행사인데, 후손이 개인 자격으로 감사하는 것은 미안한 일입니다"라고 대답하였다.

그 다음 해인 1797년 종손 이지순(李志淳)은 관아에서 모친상(母親喪)을 당하여, 관직을 사임하고 영구(靈柩)를 모시고 상계(上溪) 종택으로 돌아왔다. 그때도 정조(正祖) 임금께서 그 소식을 들으시고, "신주(神主)가 올 때 은전(恩典)이 있었는데, 돌아갈 때라고 듣지 못 한 듯해서 되겠느냐?"라고 해서 백관들에게 명하여 올 때와 같이 영송(迎送)하게 했다.

일기의 끝에는 발문(跋文)에 해당되는 이헌순의 글이 있는데, 9월 그믐날 지은 것으로 되어 있다. 종손이 이헌순에게 기록을 담당하는 직일(直日)을 맡게 하여 신주 옮겨간 일정과 정조 임금의 특별한 관심을 받은 일 등을 적도록 권유하여 이 일기가 있게 되었다.

중간에 정조 임금이 이 사실을 알고 관심을 갖게 된 사실과 치제 준비과정의 기록은, 당시 정조 곁에서 주서(注書)를 맡고 있던 서애(西厓) 후손인 유이좌(柳台佐)와 개암(開巖) 후손인 김희락(金熙洛)이 기록해 놓았던 것을 활용하였다.

기록을 담당한 이헌순은, "나라의 은혜를 우러러 생각함에, 갚으려 해도 갚을 도리가 없다. 후손들은 '척념(惕念)' '무첨(無忝)'이라는 글자를 생각하며 서로 힘쓰자고 호소하고 있다. '늘 조심조심 생각하면서 훌륭한 조상의 덕행(德行)에 욕됨이 없게 하도록 노력해야 한다'는 뜻이다. 훌륭한 조상을 모신 후손들의 나아갈 도리라고 생각된다.

대현(大賢)의 신주(神主)가 1천리가 되는 장거리를 거쳐 옮겨가 봉안(奉安)한 적은 우리나라 역사상 처음 있는 일이었다. 더구나 정조(正祖) 임금의 지극한 관심과 성균관(成均館)에서의 온 조정의 관원이 거의 다 참석한 가운데 거행된 진지한 치제(致祭)는 전무후무한 일이다.

이는 인위적으로 될 수 있는 일이 아니다. 퇴계선생의 위대한 학문과 훌륭한 덕행이 후세 사람들의 마음에 깊이 심어져 있기 때문에 가능했던 것이다. 조선 후기 당쟁이 심할 때였지만, 다행히 퇴계선생은 당쟁에 연루되지 않고 모든 당파에서 존경하는 인물의 위상에 올라 있는 것도 큰 도움이 되었을 것이다.

노론(老論)에 속하는 어떤 대학자의 후손들이, 퇴계선생의 신주에 대한 성균관 치제(致祭)를 본떠 자기들 조상의 위상을 높이기 위해 행사를 진행했다가, 아무런 반향(反響)을 얻지 못 하여, 도리어 하지 않은 것만 못 했다는 이야기가 전해 온다. 퇴계선생에 대한 모든 후학(後學)들의 존모(尊慕)는 인위적으로 되지 않는다는 것을 증명해 주는 좋은 자료다.

이런 역사상 유일한 의미 있는 행사가 있었지만, 기록으로 남기지 않았으면, 후세의 문화로 남을 수 없다. 자세하게 관찰하여 정확한 기록으로 남기고, 또 이 내용을 2백운(韻) 4백구의 오언고시(五言古詩)로 압축해서 읊은, 구은(衢隱) 이헌순(李獻淳)의 역할도 대단히 중요하다고 생각한다. 구은의 문집이 남아 있으면, 더 많은 자료를 얻을 수 있겠는데, 문집은 아직 발견되지 않고 있다.

　　당시 종손 이지순의 생애에 관한 자료로는 그 아들 고계(古溪) 이휘녕(李彙寧)이 지은 「선부군익산군수가장(先府君益山郡守家狀)」이 『고계문집(古溪文集)』에 실려 있으며, 이 책에도 국역하여 부록으로 실었다.

　　작자 이헌순(李獻淳, 1754-1833)은 조선 후기의 선비로서 퇴계선생(退溪先生)의 9대손이다. 자는 학선(學先)이고 호는 구은(衢隱)으로 도산(陶山) 하계(下溪)에 살았다.

　　1796년(正祖 20) 선생의 9대 종손 이지순(李志淳)이 영유현령(永柔縣令)에 제수되었을 때 선생의 신주를 모시고 서울 성균관(成均館)을 거쳐 영유 관아에 모셨다. 이때 이헌순이 직일(直日)로서 처음부터 끝까지 신주 행차를 배행(陪行)하면서 당시의 사실을 기록하여 『반촌치제시일기(頖村致祭時日記)』로 남겼다. 또 「서정기행이백운(西征紀行二百韻)」이라는 장편 오언고시(五言古詩)를 지어 그 내용을 시로 지었다.

　　그는 선생의 셋째 손자 동암(東巖) 이영도(李詠道)의 7대손이다. 그의 세계(世系)는 퇴계선생의 손자인 영도(詠道)로부터, 기(岐), 희철(希哲), 주(柱), 수경(守經), 세태(世泰), 구경(龜敬)으로 이어진다.

　　부록으로 실은 「선부군통훈대부익산군수부군가장(先府君通訓大夫益山郡守府君家狀)」은 퇴계선생(退溪先生)의 9대 종손 성류정(省流亭) 이지순(李志淳)의 일생을 그 아들 이휘녕(李彙寧)이 서술한 전기문자(傳記文字)다.

　　가장(家狀)은, 어떤 인물의 일생을 가까이서 모시던 그 자질(子姪)들이 짓는 것이 일반적이다. 행장(行狀)을 받기 위한 1차 기록이다. 가까이서 장기간 직접 모시고 같이 생활한 사람이 기록한 것이기 때문에, 가장 정확하고 생동감이 있다. 특히 이지순의 전기자료(傳記資料)로는 이 가장(家狀) 이외에는 보이지 않기 때문에, 더욱 가치가 있다.

　　작자 고계(古溪)의 부친인 이지순의 선대(先代) 세계(世系), 출생에서부터 성장과정, 학습과정, 관직에 나간 이후의 이력, 특히 목민관(牧民官)으로서의 치적과 행정방식, 출처방식, 남긴 말씀, 생활상, 종가 관리하는 방법, 주자학(朱子學)과 퇴계학(退溪學)에 대한 관심, 자손, 묘소, 총평(總評) 등등을 종합적으로 자세히 기록했다.

가장을 지은 이휘녕(李彙寧, 1788-1861)은 조선 후기의 학자이며 문신이다. 퇴계선생(退溪先生)의 10대 종손으로, 자는 군목(君睦, 君穆)이고, 호는 고계(古溪)이다. 진사에 급제하였고, 추천으로 관직에 나가 벼슬이 장악원정(掌樂院正)에 이르렀다. 밀양(密陽), 동래(東萊), 청주(淸州) 등 여러 고을의 목민관(牧民官)으로 나가 선정을 베풀고 학문을 일으켰다. 학행으로 영남 유림의 추앙을 받았다. 저서로 『성학십도집설(聖學十圖集說)』, 『퇴계선생예설유편(退溪先生禮說類編)』 등이 있고, 문집 『고계집(古溪集)』이 있다.

이 책이 번역 나오기까지에는 오랜 사연이 있다. 불초가 「서정기행이백운(西征紀行二百韻)」이라는 시를 자세히 읽어 본 것은, 1996년 연민선생(淵民先生)이 저술한 『조선문학사(朝鮮文學史)』에 실린 것을 교정 볼 때였다. 퇴계학(退溪學) 연구에도 대단히 중요하고 의미 있는 자료라고 생각되었다.

그런데 얼마 뒤 연민선생께서, "자네 「서정기행시」 번역 좀 해라. 학래(鶴來 : 선대 종손 諱 東恩의 字)가 번역을 해 달라고 나한테 왔던데, 내가 자네를 추천했으니, 자네한테 갈 거야"라고 하셨다. 그 뒤 번역을 마쳐 선대 종손에게 드렸다. 그러나 미쳐 책으로 출판을 하지 못 한 채, 2009년 세상을 떠났다.

금년 5월 도산서원(陶山書院) 참공부모임에 참석하여 종손 근필(根必) 어른을 모시고 식사하는 자리에서, 다시 이 시의 번역의 필요성을 말씀하셨다. 선대 종손 때 번역한 사실을 모르고 계시면서 그 중요성인 인식하신 것은 선대 종손과 무슨 정신이 통한 것 같았다. 그래서 불초가, "저가 1996년경에 번역해서 동우(東愚 : 東恩公의 호) 어른에게 드렸습니다. 원고가 저에게 아직 남아 있으니, 보내드리겠습니다"라고 말씀드렸다.

종손께서 살펴보시고는, "시만 번역해서는 책이 안 되겠고, 『반촌치제시

일기』까지 다 번역해야 할 필요가 있소"라는 뜻을 도산서원 유사 이동구
(李東耈) 사문(斯文)을 통해 전해 왔다.

　불초가 이전에 시를 번역하면서 『일기』도 번역해야 할 필요가 있겠다고
생각했지만, 『일기』의 내용이 시와 거의 중복되고, 또 너무 인명(人名)이
많이 나와 그냥 생략해 버렸지만, 그 필요성은 절감하고 있던 중이라 번역
하겠다고 대답을 했다.

　그리고 선생의 신주(神主)를 옮겨갈 당시의 종손인 성류정(省流亭) 공
의 일생도 알 필요가 있다고 생각하여, 그 아드님인 고계(古溪)공이 지
은 「성류정가장(省流亭家狀)」도 번역해 넣어야 한다고 주장하여 관철되
었다.

　「서정기행이백운」은, 이미 역주를 했고, 또 몇 차례 수정을 하여 당장
책을 내도 될 정도로 다듬어져 있었다. 그렇지만 『일기』와 「가장」은 불초
의 손으로 번역하려면, 언제 일을 끝마칠지 기약하기 어려웠다. 마냥 세월
을 보내는 것이 미안했지만, 매일매일 눈앞에 닥친 급한 일 처리에 시간을
다 보내고 있었다.

　그때 구원의 손길이 있었으니, 바로 동양대학교(東洋大學校) 명예교수
권갑현(權甲鉉) 박사였다. 권교수님은 전자공학을 전공한 교수지만, 한문
실력이 대단하여 도산서원 재임(齋任)도 역임하고, 그 이후로 매주 서원의
유사(有司)들과 모여 퇴계학(退溪學) 관계 자료를 꾸준히 강독을 해 오고
있다.

　민활(敏活)한 솜씨로 『반촌치제시일기(領村致祭時日記)』를 1차로 번
역하여 보내오고, 곧 이어 「성류정공가장(省流亭公家狀)」를 번역하여 보
내 주었다. 불초가 보아도 언제 완성될지 모르는 번역이 며칠만 노력하면,
곧 완성할 수 있게 큰 일을 다해 주었다.

　권교수의 어려운 부분도 이미 다 해결하고 완성도 높게 역주(譯註)하였
다. 그 역주한 원고에 불초가 약간의 수정과 보완을 가하여 불초의 방식대
로 체재를 맞추어 최종적으로 완성하였다.

역주에 있어 여러 가지 부족한 점과 잘못에 대해서는 불초의 학식에 한계가 있음을 절감한다. 안목(眼目)을 가진 분들의 매서운 질정(叱正)을 공손히 기다린다.

『範學全編』 解題

一. 著者의 生涯와 學問

朴世采는 一六三一년(인조 九) 서울 倉洞에서 태어나서 一六九五년(숙종 二十一)에 향년 六十五세로 일생을 마쳤다. 자는 和叔, 호는 玄石 또는 南溪, 본관은 潘南이다. 고려 말기에 右文館 直提學을 지낸 朴尙衷, 平度公 朴訔, 文康公 朴紹 등이 현달한 조상이다. 조부는 錦溪君 朴東亮이고, 부친은 校理를 지낸 朴潚이다. 모친은 象村 申欽의 따님이다. 『思辨錄』의 저자 朴世堂・朴泰維・朴泰輔 등은 모두 그와 堂內間의 혈족이다. 그래서 그는 친가나 외가 모두 학문적 전통을 갖고 있는 쟁쟁한 집안이었으므로, 그는 어려서부터 학문적 분위기 속에서 자라났다.

十一세(一六四一) 때 아버지로부터 栗谷의 『擊蒙要訣』을 배우고서 학문의 방향을 알았고 이때부터 율곡을 존경하였다고 한다. 여러 가지 경서를 두루 읽었지만, 그 가운데서도 특히 『書經』・『周易』 등에 심취하여 「朞三百」・「璿璣玉衡」・「揲蓍之法」 등을 깊이 궁구하였다.

十八세(一六四八) 때 진사시에 합격하여 성균관에 들어갔다. 이때 마침 성균관 유생들 사이에선 栗谷・牛溪의 文廟從祀 문제를 두고 西人系 儒生들과 南人系 儒生들 사이에 격렬한 논쟁이 벌어지고 있었다. 南人系 儒生 柳櫻 등의 종사를 반대하는 상소를 하자, 서인계 유생들이 유직에게 付黃 (성균관 유생들이 비행있는 사람의 이름을 누런 종이에 써 붙여 거리로 다니며 그 비행을 알리는 제재의 한 가지)을 가하자 孝宗은 그 처벌을 해제하라고 명했다. 이에 박세채가 유생들을 규합하여 유직의 상소를 반박

하는 상소를 하고, 儒罰에 대해서는 조정에서 관여할 바가 아니라고 항의
했다. 효종은 박세채의 소를 물리치면서 준엄한 批答을 내렸다. 박세채는
분개하여 여러 유생들에게, 『임금님이 선비들을 이렇게 박대하니, 벼슬에
나가서 무엇하겠는가?』라고 하고는 드디어 숨어 살면서 과거 공부를 그만
두었다. 이때부터 학문에 전념하였다.

   二十八世(一六五八) 때 천거를 받아 그 이듬해 翊衛司 洗馬에 제수되었
다. 이해 五월에 효종이 승하하자, 慈懿大妃의 服喪問題가 크게 제기되었
다. 그는 宋時烈 · 宋浚吉 등의 朞年說을 지지하여 南人系列의 三年說을
반박하였다. 이때 그는 『服制私議』를 지어 禮經의 뜻을 자세히 논하여,
尹鑴 · 尹善道의 三年說의 부당함을 체계적으로 지적하였다. 이로 인하여
그는 禮論에 있어서 서인측의 권위자가 되었다. 그는 이 책을 윤휴에게
보내 주고 또 私信을 윤휴에게 보내어 그의 설이 잘못 되었음을 辨斥하였
다. 이로 인하여 두 사람의 교제가 단절되었다. 이 이후로 進善 · 掌令 등의
직책을 여러 차례 맡았다.

   一六七四년 숙종이 즉위하고 남인이 집권하자, 己亥服制 때 朞年說을
주장한 서인들은 축출되게 되었다. 이때 박세채도 삭탈관작 당하고서 楊
根 · 砥平 · 原州 · 金谷 등지에서 귀양살이를 하였다. 六년간의 귀양살이
동안 학문연구에 전념하여, 『讀書記』 · 『春秋補編』 · 『心學指訣』 등을 저
술하였다.

   一六八〇년 庚申大黜陟으로 서인들이 다시 집권하게 되자, 그는 맨 먼
저 천거를 받아 成均館 司業에 제수되었고, 곧이어 成均館 祭酒 · 大司
憲 · 吏曹判書를 거쳐 右參贊에 이르렀다. 이 당시에는 宋時烈의 지지를
많이 받았다. 송시열은 그의 스승일 뿐만 아니라 송시열의 손자 宋淳錫은
그의 사위였다. 그리고 이 시기에 尹拯을 초청하여 국사에 참여시킬 것을
숙종에게 건의하였다. 一六八四년 尹宣擧의 墓碣銘 때문에 송시열과 윤증
사이에 분쟁이 일어나게 되었다. 이때 박세채는 이를 깊이 우려하여 두
사람의 관계를 조정하려고 노력했지만, 뜻대로 되지 않아 결국 少論의

편에 서게 되었다. 이때부터 少論系 인물들과 교류를 많이 하였다.

一六八九년 己巳換局으로 남인이 재집권하자 서인들은 다시 축출 당하였다. 이때 집권한 남인들은 문묘에 종사되어 있던 栗谷·牛溪를 黜享시켰다. 박세채는 이 일의 잘못을 지적하는 상소를 했다가 모든 관직을 삭탈당했다. 이때부터 다시 초야에 묻혀 지냈다. 이 기간중에 尹拯·鄭齊斗 등 소론계 학자들과 많은 학문적 교류를 하였다. 이 시기에 저술로는『陽明學辨』·『天理良知說』·『理學通錄補集』·『伊洛淵源續錄』·『東儒師友錄』·『三先生遺書』·『新修自敬編』등이 있다. 이때는 그의 생애에 있어 학문적으로 중요한 시기였다.

一六九四년 갑술옥사 이후 다시 정계에 진출하여 우의정 좌의정을 거치면서 소론의 영도자로서 성장하였다. 이때 南九萬·尹志完 등과 함께 栗谷·牛溪를 文廟에 다시 배향하는 데 크게 공헌하였다. 그는 당쟁이 격렬한 시대에 살면서 소론의 영수로서의 위치에 있었지만, 黨論에 휩싸이지 않았고, 『朋黨의 禍가 반드시 나라를 망치는 데까지 이를 것이다』라고 경계하면서, <皇極蕩平論>을 제시하여 파당의 폐단을 바로잡으려고 대단히 노력하였다.

그는 사상적으로 볼 때, 尊周大義의 세계관을 갖고서 朱子學을 철저히 수호하여 중국에서는 이미 끊어진 道學의 淵源을 밝혀 유지하려고 노력하였다. 평생의 학문 방향도 이에 바탕을 두었다. 그는 이단을 신랄하게 배척하고 비판하였는데, 그의 이러한 학문적 태도는『陽明學辨』에 잘 나타나 있다.

그는 十七세기부터 크게 일어나기 시작한 禮學을 깊이 연구하여 많은 저술을 남겼다. 十六세기까지 학문적 발전의 극치에 도달한 性理學이 국가 민족에게 아무런 실질적인 기여를 하지 못하자, 학자들의 학문적 관심이 禮學으로 옮겨지게 되었다. 이런 학문적 분위기 속에서 박세채는 禮學에 관한 많은 專著를 남겼다. 노론의 영수 宋時烈이 禮訟에 깊이 관여하였으면서도 예학에 관한 전저를 남기지 못한 것과는 크게 대조를 이루고 있다.

그는 처음에는 淸陰 金尙憲의 문하에서 배웠고, 나중에는 愼獨齋 金集의 문하에서 수학하여 栗谷·牛溪·沙溪·愼獨齋의 학통을 계승하였다. 송시열은 동문의 선배로서 노·소론이 갈리기 전에는 존경하였다. 다만 송시열 계열의 학자들이 율곡의 학설을 그대로 尊信한 데 비하여 그는 상당히 자유로운 태도를 유지하였다. 그래서 그의 <四端理發七情氣發說>·<退溪四書質疑議>에서는 율곡의 입장을 이해하면서도, 퇴계의 理氣互發說을 지지하고 있다. 정계에서 뿐만 아니라 학문적으로도 비교적 객관적인 자세를 견지했다고 할 수 있겠다.

그는 이러한 학문적 업적으로 사후에 文純이라는 시호를 받았고, 肅宗의 廟庭에 배향되었다. 英祖 때는 文廟에 배향되기까지 하여 유학자로서의 최고의 영예와 권위를 획득하게 되었다.

대표적인 저술로는, 『範學全編』·『詩經要義』·『春秋補編』·『樂經遺編』·『大學補遺辨』·『心經要解』·『論語纂要』·『孟子纂要』·『家禮要解』·『家禮外編』·『南溪禮說』·『心學至訣』·『家語外編』·『南溪讀書記』·『陽名學辨』·『南溪隨筆錄』·『新修自敬編』·『六禮疑輯』·『三禮儀』·『四禮變節』·『南溪記聞』·『東儒師友錄』·『朱子大全拾遺』·『理學通錄補集』·『伊洛淵源續錄』·『增冊濂洛風雅』·『敎法要旨』·『祭儀正本』·『居家要義』 등이 있다. 그 내용은 대체로 經書의 뜻을 발휘한 것, 유학을 장려한 것, 학문의 방법론, 禮學을 체계적으로 정리한 것 등이다. 그리고 문집 『南溪文集』八十七권, 『續集』二十二권, 『外集』十六권이 있다.

二. 著作動機

『書經』에 나오는 「洪範」의 뜻을 연역하여 체계적으로 정리하기 위하여 이 책을 편찬하였다. 「洪範」은 천하를 다스리는 大法이고 萬世 君主들의 도가 된다고 여겼고, 「洪範」 가운데서도 第五疇인 皇極을 중심으로 삼았다. 또 洪範九疇는 洛書에서 淵源하였다 하여 洛書까지 포괄하였다. 洛書와 서로 經緯를 이루는 河圖도 취급하였다. 그는 이러한 「洪範」을 중심으로한 체계적인 학문을 範學이라고 새로이 명명하였다.

그는 箕子를 우리나라의 문화를 있게 해 준 큰 은인이라고 생각하였고, 「洪範」을 箕子의 저술로 확신하였다. 기자의 저술이 우리나라에서 널리 통행하지 못한 것과 우리나라 학자들 가운데서 이에 대한 연구가 없었던 것에 대한 책임을 크게 느꼈고, 또 후대의 「洪範」에 대한 註解 가운데 옳은 것과 그른 것이 뒤섞여 있어 이를 정리할 필요를 절실히 느꼈던 것이다. 여러 사람들의 주해 가운데서 이해하기 어려운 것은 자신의 說을 붙여 이해를 도왔다.

당시 정치적으로 당쟁이 격렬한 시기에 살았던 저자는 임금에게 바른 정치의 도를 제시해야겠다는 의무감을 느꼈고, 아울러 箕子는 우리나라의 성인이고 그가 지은 「洪範」은 우리 민족의 긍지를 높여 주는 저술이라 생각하여 이에 대한 애착을 갖고서 이의 연구에 주력하였던 것이다.

三. 內容

이 책은 六卷 四冊의 목판본인데, 저작 연대는 一六八四년이나 간행 연대는 알 수 없다. 책 머리에 저자의 自序가 있고, 그 다음에는 「箕子志」에서 移摸한 箕子畵像이 있고, 그 다음에는 尹斗壽가 지은 「箕子志」에 실린 화상이 있다. 그 다음에는 四言 四十句로 된 箕子에 대한 贊이 있다. 卷一은 洛書, 卷二는 洪範, 卷三-五는 皇極, 卷六은 箕子 등의 篇目으로 구성되어 있다.

卷一의 첫머리에 河圖・洛書伏羲則河圖以作易圖・大禹則洛書以作範

數圖・先天八卦合洛書位數圖・後天八卦合洛書位數圖 등의 그림을 싣고 있다. 그리고 「易學啓蒙」의 河圖・洛書에 관한 내용을 소개하고, 여러 經典과 諸家의 주석 가운데서 河圖・洛書에 관계된 기록을 모아 실었다. 요지는 洪範이 洛書에서 비롯되었고, 八卦는 河圖에서 비롯되었고, 河圖와 八卦는 서로 경위를 이룬다는 사실을 밝히고 있다.

卷二의 첫머리에는 九疇本洛書數圖・九疇相乘得數圖・箕子洪範九疇之圖・大衍洪範本數圖・洪範九疇天人合一圖 등이 실려 있다. 여기서는 洪範을 八卦에 결부시켜 數理的으로 연역하였고, 九疇가 천하를 다스리는 大法을 포괄하고 있다는 사실을 밝혔다. 이어 『書經』「洪範篇」과 蔡沈의 集傳 全文을 싣고, 그 아래에 諸家의 說을 해당 章 아래 편입하였다. 끝에는 朱子의 「皇極辨」 전문을 옮겨 실었다.

卷三의 첫머리에는 『性理大全』에 있는 「洪範皇極內篇」과 <性理諸家解>에 있는 「洪範皇極內篇圖解」의 全文을 수록하고, 거기에 보충 설명을 하고 있다. 저자는 蔡沈의 말을 인용하여, 皇極은 九疇의 중심이고 易은 천지의 일을 기록하여 나타낸 數로서, 象과 數가 演繹되는 방법은 奇數와 偶數로 전개된다고 밝히고 있다. 이렇게 數理的 演繹에 의해 전개된 九疇의 각 單位數에다가 추상적인 德目으로부터 具象的인 萬物에 이르기까지를 대응시켜, 皇極을 중심으로 한 洪範九疇의 조직적 체계와 질서를 설명하려고 하였다. 「洪範皇極內篇圖解」는 이러한 이치를 易의 卦象과 같은 상징적인 기호로 표시하고 있다. 즉, 八卦의 積으로 六十四卦가 연역되는 방법과 같이 九疇도 제곱으로 八十一數를 연역하여, 각 數에 記號・局名・次位・解說을 붙여 나가고 있다.

卷六에는 箕子에 대한 사실을 자세히 모아 싣고 있다. 「議論」・「事實」・「纂述」 등으로 편목을 나누고서, 經典・史書・諸子書 등에서 箕子에 관계되는 고금의 자료를 집대성하였다. 그리고 주석에서는 우리나라 학자들의 說도 많이 채택하였다. 이는 『書經』의 註釋에서 中國學者들의 說만 숭상한 것이 아닌, 우리나라 學者들의 說도 비중있게 다룬 자주적인 자세였다. 끝에는 卞季良의「箕子祠碑」, 張寧의「箕子祠記」, 李珥의「箕子實記」, 李廷龜의「崇仁殿碑」등 箕子에 관계된 傳記文字를 실었다.

끝에는 眞德秀가 지은 蔡沈의 墓表가 수록되어 있다. 이는 채침이 洪範의 뜻을 해석하고 그 數理를 연역하여 洪範의 뜻이 세상에서 인멸되지 않도록 한 공을 인정해서였다.

四. 學術的 價値

洪範 및 洪範과 관계되는 河圖 洛書, 皇極 등에 관계되는 자료를 수집 정리하여 洪範學을 체계적으로 정립하였다. 이런 책은 우리나라뿐만 아니라 中國에서도 보기 어려운 力著이다. 이 방면의 연구자들에게 많은 편리를 제공할 것으로 생각된다. 그러나 洪範을 지나치게 숭상한 나머지 현실 학문으로서의 가치는 그리 크다고 할 수 없겠다.

다만 箕子에 대한 풍부한 전기 자료는, 箕子에 대한 연구뿐만 아니라 우리나라 고대사 연구의 자료로도 활용될 수 있을 것이다. 저자인 朴世采의 學問觀 政治性向을 엿볼 수 있다. 또 당시 政治的 狀況과 學問 思潮와의 연관 관계를 규명하는 데도 좋은 자료가 될 것이다.

『三憂堂集』 解題

Ⅰ. 도언(導言)

삼우당(三憂堂) 문익점(文益漸) 선생은 우리나라 역사상 너무나 잘 알려진 인물이다. 잘 알려진 인물이면서도 정작 그 진면목(眞面目)을 아는 사람은 드물다. 안다는 것이, 목면 종자를 우리나라로 가져와 백성들에게 옷을 입힌 공적 정도이다.

목면 종자를 가져와 보급시킨 공적은 백성들에게 옷을 입혔을 뿐만 아니라 우리나라 산업을 발전하게 했으니 크다 하지 않을 수 없다. 그러나 이 공적 때문에 삼우당선생의 학문, 충절, 경륜(經綸) 효성 등이 거의 다 파묻혀 버리고 말았다. 면화를 가져온 공적이 너무 크기 때문에 나머지 뛰어난 점이 다 파묻히고 말았다고 할 수 있지만, 또 다른 원인은 선생에 관한 문헌이 거의 없기 때문이다.

선생에 관한 문헌이 왜 이렇게 없을까? 그 원인은 여러 가지가 있다. 선생이 살았던 시기는 고려왕조(高麗王朝) 말기로 북쪽에서는 홍건적(紅巾賊)이 침입이 끊이지 않았고, 남쪽에서는 왜구(倭寇)의 침범이 빈번하여 방화 약탈을 일삼았다. 또 고려가 망하고 조선(朝鮮) 왕조가 들어서는 왕조교체기이다. 그리고 선생이 작고한 지 26년 뒤 종가에 화재가 나 문적이 다 탔다고 한다. 또 200년 뒤에는 임진왜란(壬辰倭亂)이라는 참혹한 전란이 있었는데, 선생의 고향 단성(丹城) 지방의 피해는 가장 컸다. 이러한 연유로 선생에 관한 문헌이 다 없어져 많이 남아 있지 않게 되었다.

나중에 정조(正祖) 대에 이르러 후손들이 정성을 모아 실기를 만들었으나, 수습한 자료가 많을 수가 없었다.

이제 이미 나온『삼우당실기(三憂堂實紀)』를 바탕으로 해서 공사간의 각종 관계 기록을 모아『삼우당문집(三憂堂文集)』이란 제목을 달아 편집 번역하여 세상에 내 놓으면서 간명한 해제를 붙인다.

Ⅱ. 가계와 생애

선생은 고려 충혜왕(忠惠王) 원년(1331) 음력 2월 8일에 경상도(경상도) 강성현(江城縣 : 丹城縣) 원당리(元堂里) 배양촌(培養村)에서 태어났다.

본관은 남평(南平)으로 금자광록대부(金紫光祿大夫) 삼중대광보국(三重大匡輔國) 삼한벽상공신(三韓壁上功臣) 남평개국백(南平開國伯) 문다성(文多省)을 시조로 삼는다. 그 후손 상서좌복야(尙書左僕射) 문익(文翼)을 족보상의 1세조로 삼는다.

고려중기 지중서문하성사(知中書門下省事) 이부상서(吏部尙書) 경청공(敬靖公) 문공유(文公裕)가 선생의 10대조가 된다. 9대조는 문하평장사(門下平章事) 충숙공(忠肅公) 문극겸(文克謙)이다. 대를 이어 관작과 공적이 국사에 찬연하였다.

부친은 보문관제학(寶文閣提學) 충정공(忠貞公) 문숙선(文叔宣)이다. 모친은 함안조씨(咸安趙氏)로 삼한국대부인(三韓國大夫人)에 봉해졌다.

선생의 자는 일신(日新), 삼우당은 그 자호인데, 나라가 떨쳐 일어나지 못하는 것을 걱정하고, 성인(聖人)의 학문(學問)이 떨쳐 일어나지 못하는 것을 걱정하고, 자신의 도(道)가 서지 않는 것을 걱정한다는 뜻을 담았다.

12세 때부터 대학자 가정(稼亭) 이곡(李穀)선생의 문하에서 수학하였다. 가정의 아들 목은(牧隱) 이색(李穡)선생과 교유를 갖고 학문을 강론하였다.

20세 때 추천으로 국학(國學)에 들어가 공부했다.

30세 때 과거에 급제했는데 포은(圃隱) 정몽주(鄭夢周)선생과 동방급제했다. 그 이후 예문관(藝文館) 직강(直講), 태상박사(太常博士), 좌정언(左正言) 등직을 역임하였다.

33세 때 좌정언으로서 원(元)나라에 사신 갔는데, 원나라 황제는 고려의 반역자 덕흥군(德興君)을 고려 왕에 추대하려고 획책하고 있었다. 여러 차례 선생을 회유하였으나 끝까지 듣지 않자, 머나먼 교지(交趾)로 귀양을 보냈다.

36세 때 방면되어 돌아오면서 면화 종자를 비밀리에 가지고 원나라 서울 대도(大都 : 지금의 北京)로 돌아왔다.

37세 때 고려로 돌아와 목화씨를 전래하였다. 고려에서 중현대부(中顯大夫) 예문관제학(藝文館提學) 지제교(知製教)에 임명하였다. 고향에 돌아와 근친하고, 장인 정천익(鄭天益)공과 함께 면화를 재배하여 번식에 성공하였다. 그 이후 점점 온 나라에 보급시켰다. 변변하게 입을 것이 없어 추위에 고생하는 백성들에게 영원히 은택(恩澤)을 베풀었다.

다시 성균관(成均館) 학관(學官)에 임명되어 목은, 포은 등과 힘을 합쳐 학문을 일으켰다.

38세 때 성균관 사성(司成)에 임명되어 성균관에서 강학(講學)을 계속하며 많은 인재를 길렀다.

39세 때 부친상을 당하여 여묘(廬墓)하며 삼년상을 지냈는데, 그 당시로서는 선생을 제외하고는 고례(古禮)를 올바르게 지키는 사람이 거의 없었다.

45세 때는 좌대언(左代言) 우문관제학(右文館提學) 지제교(知製教)에 임명되었다. 당시 선생은 원나라를 배척하다가 좌천되어 청도군사(淸道郡事)로 나갔다. 이때 고려 조정은 친원파(親元派)와 친명파(親明派)로 나뉘었는데, 선생은 새로 일어나는 명나라와 협력하여야 된다는 주장을 하였다. 이런 주장은 국제정세를 정확하게 판단한 것이었는데, 조선을 세운 이성계(李成桂)와 일치하였다.

46세 때 모친상을 당하여 다시 여묘(廬墓)하며 삼년상을 지냈다. 왜구들이 침략하였으나 선생이 떠나지 않고 묘소를 지키자, 왜구들도 감동하여 해치지 않았다.

48세 때 탈상하였고, 그 이후로는 다시 벼슬에 나가려고 하지 않았다. 이미 고려의 국운이 이미 쇠미한 기미가 있다는 것을 보았기 때문이었다.

53세 때 나라에서 선생이 사는 마을을 효자리(孝子里)라 하여 정려(旌閭)를 내렸다.

58세 때 조정에서 다시 좌사의대부(左司議大夫) 우문관제학(右文館提學) 동지서연사(同知書筵事)에 임명하였다. 병으로 사양하다가 부득이 조정에 나왔다. 이듬해 토지 개혁 문제로 인하여 조준(趙浚)의 탄핵을 받았는데 초연히 벼슬을 버리고 귀향하였다.

60세 때 다시 좌사의대부 우문관제학 동지경연사(同知經筵事)에 임명되었는데, 병으로 사양해도 되지 않아 다시 조정으로 나왔다. 봉사(封事)를 올려 시무(時務)를 논하였다. 그 요지는 학당(學堂)을 세우고 향교(鄕校)를 설치하여 풍교(風敎)를 진작시키고, 사당을 설치하고 신주(神主)를 설치하여 상례(喪禮)와 제례(祭禮)를 바로잡고, 오랑캐 옷을 버리고 명나라 의복제도를 따르고 기강을 정돈하여 나라의 체통을 세우고, 쓸데없는 벼슬을 줄이고 인재를 등용하고, 세금을 줄여 민심을 얻고, 의창(義倉)을 세워 궁핍한 사람들을 구제하고, 수참(水站)을 세워서 조운(漕運)을 편리하게 하라고 건의했다.

62세(1392) 때 고려가 망하고 조선왕조(朝鮮王朝)가 건립되었다. 여러 차례 벼슬로 불렀으나 거절하고 일체 나아가지 않았다. 69세 때 선생의 병이 위독하자 조정에서 예경(禮卿)을 보내어 문병하였다.

70세(1400)[1] 되던 조선 정종(定宗) 2년 2월 8일 고향 집에서 고종(考終)하였다. 고을 북쪽 갈로개산(葛盧介山) 묘좌(卯坐)의 언덕에 안장하였다.

---

1) 『조선왕조실록』 졸기(卒記)에는 1398년으로 되어 있다.

Ⅲ. 국가와 유림(儒林)의 예우(禮遇)

삼우당선생이 세상을 떠난 직후 조정에서 장례와 필요한 물자를 내려주었다. 그리고 제사에 필요한 경비를 충당하도록 제전(祭田)을 내려주고 묘소에 사당(祠堂)을 건립해 주고 묘소를 수호할 민호(民戶) 4호를 주었다.

조선 태종(太宗)은 가정대부(嘉靖大夫) 참지의정부사(叅知議政府事) 겸 예문관제학(藝文館提學) 지경연홍문관춘추관사(知經筵弘文春秋館事)를 추증하고, 갈충보국계운순성좌익택중광리정량공신(竭忠輔國啓運純誠佐翊澤重廣利貞亮功臣) 강성군(江城君)에 봉하고 충선공(忠宣公)이라는 시호(諡號)를 내렸다. 영구히 제사를 모실 부조묘(不祧廟)를 세우도록 명하고 제전(祭田) 100결과 노비 70명을 내리고, 고려충신지문(高麗忠臣之門)이라는 정려(旌閭)를 세워주었다.

세종(世宗)은 다시 대광보국숭록대부(大匡輔國崇祿大夫) 의정부영의정(議政府領議政)에 추증하고 부민후(富民侯)에 봉하고, 제전을 더 보태주고 친히 제문을 지어 제관을 보내어 치제(致祭)하였다. 또 자손을 만세토록 녹용하라는 은전(恩典)을 내렸다.

세조(世祖)는 재물을 내려 사우(祠宇)를 세워 향사(享祀)하라고 명했다. 이에 영남 유림들이 도천(道川)의 위에 사우를 창건하자, 세조는 도천사(道川祠)라고 사액(賜額)을 하고 예관(禮官)을 보내어 치제(致祭)하였다.

사우가 임진왜란 때 불타 없어지자, 광해군(光海君) 4년(1612)에 이르러 유림에서 도천사(道川祠)를 중건하였다.

정조(正祖) 11년(1787)에 다시 도천서원(道川書院)이라 사액하고 예관(禮官)을 보내어 치제(致祭)하였다.

1871년에 서원이 억울하게 훼철 당했다. 1891년에 유림과 후손들이 정성을 모아 선생의 묘소 아래 노산정사(蘆山精舍)를 건립하여 향사를 했다.

대한민국 수립후인 1952년에 다시 도천서원을 복원하여 오늘에 이른다.

IV. 후세의 평가

어떤 인물에 대한 평가는 같은 시대를 살며 같이 어떤 일을 해 본 사람의 평가가 가장 정확하다.

당시 성균관의 책임자로소 삼우당의 강의하는 모습을 본 목은(牧隱)은 삼선생을 "동방(東方) 도학(道學)의 으뜸이다"라고 칭송했다.

나중에 효자비각(孝子碑閣) 기문(記文)을 지은 퇴계선생은(退溪先生)은 "학문으로써 세상에 이름이 났다"라고 했다.

묘사(墓祠)의 기문을 쓴 남명선생(南冥先生)은 "고려 때는 불교가 성행하여 우리 동방에는 성인(聖人)의 유학(儒學)이 거의 떨치지 못했는데, 삼우당공이 홀로 이런 점을 개탄하여 학문에 힘써 후학들이 갈 길을 제시했다"라고 했다.

우암(尤庵) 송시열(宋時烈)선생은 "정자(程子)와 주자(朱子)가 서거하고 나서 우리 동방에서는 문성공(文成公) 안유(安裕)와 충선공(忠宣公) 문익점(文益漸) 두 선현(先賢)이 능히 그 학통(學統)을 이어받아 우리의 유교가 다시 찬란하게 밝았다. 이 두 선현이 아니었으면 우리 동방은 더러운 오랑캐가 되는 것을 면치 못했을 것이다"라고 했다.

조선 후기 정조임금은 "바른 학문을 일으켜 밝혔고 평소 실천하는 것이 강직(剛直)하고 확실(確實)했다"라고 했다.

강한(江漢) 황경원(黃景源)공은 "의리는 군신의 윤리를 바로잡을 수 있었고, 학문은 하늘과 사람의 참된 도리를 구명할 수 있도다"라고 했다.

여러 선현이나 국왕의 칭송하는 밀씀이 이러하니, 선생은 우리 동방의 으뜸가는 유학자이며, 백세의 스승이 되기에 충분하지 않겠는가? 이 분들은 삼우당선생에게 아첨할 필요성이 전혀 없는 위치에 있는 분들이니, 그 말씀이 공정하다고 믿어도 되겠다.

또 유림에서 선생을 향사하는 서원이 전국적으로 일곱 곳에 달한다. 또 학자로서 가장 인정받는 대우인 성균관(成均館) 문묘(文廟)에 선생을 종사(從祀)하기 위해서 전국의 유림들이 청원한 상소가 네 차례나 있었다. 이런 여러 가지를 볼 때 선생의 학문이 얼마나 뛰어나고 유학을 진흥한 공적이 얼마나 컸는지를 충분히 짐작할 수 있다.

V. 시문(詩文)의 편찬

선생은 학문이 뛰어났음은 물론이고 시문(詩文)에도 뛰어나 지은 글이 많았을 것이나, 오랜 세월에 갖가지 불운과 전란으로 거의 다 없어졌다.

선생에 관한 가장 오래된 기록은 증손 문치창(文致昌)이 지은 「삼우당 가장(三憂堂家狀)」인데, 1464년에 지은 것으로 되어 있다. 그러나 이 「가 장」은 오랫동안 발견되지 않다가 1808년에 이르러서야 섬에 살고 있는 선생 어떤 후손으로부터 입수한 것이라고 한다. 그 이전의 어떤 기록에도 나타나지 않고 본 사람도 없었던 점이 문제로 남는다.

그러나 이 「가장」의 출현이 『삼우당실기』의 편찬을 촉진하였는데, 『실 기』 초간은 1819년에 이루어졌다. 『삼우당실기』는 선생의 17대손 문계항 (文桂恒)이 다년간 자료를 모아 편찬 간행하였다. 『삼우당실기』의 기본적 인 틀은 이때 다 만들어졌다. 『가장』의 내용을 중심으로 하여 「삼우당연보 (三憂堂年譜)」도 편찬하여 『실기』 첫머리에 싣고 있다.

『삼우당실기』 간행 이전인 1766년에 단성의 선비 박사휘(朴思徽)가 『충 선공행적기(忠宣公行蹟記)』 한권을 지었는데, 그 이전 1708년에 처음으로 만들어진 『행적기』가 이미 있었다고 한다. 1788년에는 장흥(長興)에 사는 후손 문영광(文泳光)이 『공행록(功行錄)』을 지어 간행했다.

1900년에 이르러서 도천서원(道川書院)에서 『삼우당실기』를 다시 간행 했다. 1819년 판본이 2책이었는데, 이때는 목활자 3책으로 간행했다. 서두 에 송사(松沙) 기우만(奇宇萬)의 서문이 붙어 있다. 체재도 상당히 다르고 새로 들어간 자료도 있지만, 2책본 『실기』에 있던 자료 가운데 삭제해

버리고 싣지 않는 것이 있다.

1935년경에 다시 자료를 더 모아『삼우당실기』를 편찬했는데, 역시 앞에 나온『실기』에 있는 자료를 삭제한 것이 있다.

1976년에 이르러 1935년경에 나온『삼우당실기』를 대본으로 번역하여 충『숙공실기(忠肅公實紀)』와 합본하여 간행한 적이 있다.

이러한 책들은 이미 간행한 지 오래 되어 구해보기 어렵고, 또 그 뒤에 발견된 삼우당선생 관계 기록을 수집할 필요가 있기 때문에 이번에 새로『삼우당문집』을 편찬하여 모든 자료를 총망라하는 것이다.

VI. 결어(結語)

삼우당선생은 다른 사람이 도저히 따라올 수 없는 면화 전래의 큰 공적으로 우리나라 백성들에게 영원히 큰 은택을 끼쳤다. 그래서 역대 국왕들의 포증(褒贈)이 계속되었다.

그러나 그보다 더 중요한 것이 선생의 학문, 충절, 경륜, 효성 등인데, 이에 대해서는 우리나라를 대표하는 대학자인 퇴계, 남명, 우암 등의 극찬이 있었으니, 그 위상(位相)이 어떠한지 짐작할 수 있다. 또 유림들에 의해서 일곱 곳의 서원에서 향사되고 있고, 네 번의 문묘종사(文廟從祀) 청원 운동이 있었으니, 조선시대까지는 아는 사람이 없지 않았다.

오늘날 우리나라는 우리의 역사를 잘 모르는 사람들이 사회지도층 인사가 된 바람에 삼우당선생의 진면목은 더욱 가려지게 되었다. 선생의 학문과 충절 경륜 등을 오늘날 지도자들이 배워 국가사회를 위해 일하는 데 모범으로 삼을 필요가 있다고 생각된다.

이번『삼우당문집』편역 간행을 계기로 선생에 대한 인식이 좀 더 정확하게 하고 현실생황에서 선생의 학행이 많이 활용되기를 기대한다.

『崇善殿誌』 解題

Ⅰ. 도언(導言)

숭선전(崇善殿)은 가락국(駕洛國)의 시조왕(始祖王)으로, 김씨(金氏)
와 허씨(許氏) 두 성씨의 시조인 수로왕(首露王)과 그 왕후 보주태후(普州
太后)의 위패를 모신 사당이다. 국조(國祖) 단군(檀君)의 숭녕전(崇寧殿)
과 더불어 고대(古代) 제왕들을 향사하는 팔전(八殿)에 속하는 신전(神殿)
이다.

숭선전은 조선(朝鮮) 고종(高宗) 15년(1878) 정식 이름을 얻어 선액(宣
額)되었다.

이후 초대 참봉으로 부임한 허식(許炻)이 숭선전과 관계된 기록을 널리
모으고 유적을 거두어 두 종중과 협의하여 『숭선전지(崇善殿誌)』 2책을
편찬하여 고종 40년(1903)에 목활자(木活字)로 출판하여 세상에 통행하게
되었다. 이때 겨우 몇 십 질(帙) 정도 반포하였다.

그 이후 1931년에 이르러 "경향의 후손들이 왕릉에 크게 모여 논의하여
'능지(陵誌 : 곧 『崇善殿誌』)를 중간하고 세상에 널리 반포하여 영원히
전하게 하자'는 의견이 결집되어, 그 빠진 것을 보완하고 양왕(讓王 : 仇衡
王)의 고적과 흥무왕(興武王 : 金庾信)의 유사(遺事)를 합하여 2책으로
만들어 『가락국능지(駕洛國陵誌)』라고 하였다."[1] 그러나 현재까지 이 책

---

[1] 김찬수(金贊壽)『창주집(蒼洲集)』「가락국릉지발(駕洛國陵誌跋)」. 이 발문(跋文)에 의하
면, 『가락국능지』가 편찬되었음을 알 수 있으나, 아직 책이 발견되지 않고 있다.

의 실물을 아직 발견하지 못하고 있다.

이후 1980년에 초판 이후의 여러 자료를 모아『숭선전지』를 다시 간행해 내었고, 이번에 다시 1981년 이후의 자료와『시릉일지(侍陵日誌)』등을 첨부하여 완선한(完善)한『숭선전지』를 편집하여 후세에 남기게 된다.

이제 다시『숭선전지』를 증보 간행하면서 숭선전의 연혁과『숭선전지』의 내력과 성격을 간략하게 정리하여 책 머리에 붙인다.

Ⅱ. 수로왕릉(首露王陵) 및 후릉(后陵)의 수호와 숭선전(崇善殿) 성립

가락국(駕洛國)의 시조 수로왕(首露王)은 서기 42년 즉위하여 재위 158년 되던 서기 199년에 승하(昇遐)하였다.

제2대왕 거등왕(居登王)이 대궐의 동북방에 능침(陵寢)을 모시고 그 앞에 수로왕묘(首露王廟)를 세웠다. 수로릉왕묘(首露陵王廟) 또는 수로묘(首露廟)라고 일컬었는데, 매년 음력 정월 3일과 7일, 5월 5일, 8월 5일과 15일 등 연중 5번 묘향(廟享)을 받들었다. 이 묘향은 가락국 마지막 임금인 10대 구형왕(仇衡王) 때까지 이르렀다.

신라(新羅) 30대 문무왕(文武王)은 즉위년인 661년에 "가락국 시조는 나에게 13대조가 된다. 그 나라는 이미 패망했으나 그 능묘(陵墓)는 그대로 남아 있으니, 종묘(宗廟) 제사를 계속하라"라고 제령(制令)을 내리고, 가락국의 고도(古都)에 사자(使者)를 보내어 수로왕묘(首露王廟) 부근에 왕위전(王位田) 30경(頃)을 내려 가야군(加耶郡)에 소속시켜 관리하게 하였다.

수로왕의 17대손 급간(級干) 갱세(賡世)가 거등왕(居登王) 때 정한 제일(祭日)에 제향(祭享)을 드렸다. 이런 전통은 신라 말기까지 계속되었다.

1076년(高麗 文宗 30)에 지어진「가락국기(駕洛國記)」에 "거등왕(居登

王) 원년 기묘년(己卯 : 199)에 처음 조성된 능묘(陵墓)가 지금까지 878년을 지나는 동안에도 능 위의 아름다운 흙과 수로묘(首露廟)는 허물어지지 않았다"라고 기록되어 있으니, 그때까지도 수로왕(首露王)의 능묘(陵廟)가 아무 탈 없이 존속하고 있었음을 알 수 있다.

조선(朝鮮) 왕조에 들어와서 역대 각국의 시조왕(始祖王)을 숭봉(崇奉)하기 시작하였다. 1439년(世宗 21) 10월 14일에 김해성(金海城) 서쪽의 수로왕릉(首露王陵)을 직접 봉심(奉審)한 경상도(慶尙道) 관찰사(觀察使) 이선(李宣)의 장계(狀啓)에 의하여 예조(禮曹)에서 "수로왕릉(首露王陵)의 사방 30보(步) 내에는 경작과 초목(樵木)을 금하게 하소서"라고 하자, 세종(世宗)이 윤허(允許)하였다.[2]

1446년(세종 28)에는 수로왕릉(首露王陵)을 둘러 사방 1백보에 돌을 세워 표시하도록 하였다[3].

1471년(成宗 2) 5월 25일에는 예조(禮曹)의 계청(啓請)에 의하여 "신라(新羅) 시조 및 수로왕(首露王), 고려(高麗) 태조(太祖) 이하 네 곳의 능실(陵室)에 경작과 땔나무 채취를 금하도록 하라"라고 교서(敎書)를 내렸다.

1481년(성종 12)에 편찬된 『동국여지승람(東國輿地勝覽)』 김해부(金海府) 능묘조(陵墓條)에 "수로왕(首露王)의 능은 김해부(金海府) 서쪽 3백보(步) 되는 곳에 있다. 매년 봄·가을에 부(府)의 부로(父老)들이 함께 모여 제사를 지내고 있다. 한(漢)나라 헌제(獻帝) 건안(建安) 4년(서기 199)에 가야(伽倻) 시조 수로왕(首露王)이 승하하였는데, 성의 서쪽에 안장하였다. 납릉(納陵) 옆의 밭 30경(頃)으로 봄 가을 제사의 비용에 충당하도록 했다"라고 하였다.

또 허황후(許皇后)에 대해서는 "허왕후의 능은 구지산(龜旨山) 동쪽에 있다. 세상에 전해 오기를 '왕비는 아유타국(阿踰陁國) 왕의 따님이다'라

---

2) 『세종실록(世宗實錄)』 권87.
3) 『김해읍지(金海邑誌)』. 능묘(陵墓) 납릉(納陵).

고 하고, 혹은 '남천축국(南天竺國) 왕의 딸이다'라고도 한다. 성은 허씨(許氏), 이름은 황옥(黃玉), 호는 보주태후(普州太后)라고 한다. 고을 사람들이 왕릉에 제사 지낼 때 함께 제사지낸다"라고 했다.

그 이후 동지(冬至) 때 시향(時享)을 봉행한 기록이 있다.

1491년(成宗 22)경에 지어진 후손 김일손(金馹孫)의 「회로당기(會老堂記)」에 이런 기록이 있다.

> 수로왕(首露王)의 묘(墓)는 지금 서쪽 성곽 밖에 있는데, 관아에서 땔나무 하는 것을 금지한다. 옛날부터 해 오던 일로 어른들이 때맞추어 나는 음식을 갖추어 제사를 지낸다. 철상(撤床)을 하고서는 고을 사람들이 남은 제사음식을 함께 나누어 먹는 것을 매년 상례로 하고 있다. …… 고을 사람의 뒤를 따라 제기(祭器)를 진설하였다.
>
> 작년 겨울 내가 청도(淸道)의 농장에서 김해(金海)로 오니, 마침 고을 사람들이 제사를 지내고 제사 음식을 나누어 먹는 날이었으므로, 회로당(會老堂)에 크게 모였다. 내가 얼른 가서 마루 아래서 어른들께 절을 하였더니, 김선생4)이 나를 맞이하여 일러 말하기를, "이것이 우리 고을 사람들의 풍속으로 시작된 지가 이미 오래 되었네. 옛 의례(儀禮)에 어긋나는 것이 있어도 어쩔 수가 없네"라고 했다. 내가 "어긋나는 것이 무엇 있겠습니까?" 옛부터 제왕이 공덕이 있으면, 대가 끊어진 뒤에도 그 지방의 백성들이 사당을 세우지 않는 경우가 없었는데, 전해 오는 기록에 여러 군데서 나옵니다. 요(堯)임금, 순(舜)임금, 대우(大禹)의 사당이 있은 지 오래 되었습니다. 후세에 와서도 한(漢)나라 고조(高祖), 광무제(光武帝), 촉한(蜀漢)의 선조(先主) 등이 다 사당이 있습니다. …… 고을 사람들이 끝 없는 생각을 품고 천년의 오랜 세월 존경하는 마음을 일으키니 금할 수 없는 것입니다. 가락국(駕洛國)이 없어진 지가 지금 천여 년이 되어 왕의 자취가 사라지고 남은 혜택이 다했지

---

4) 김선생 : 조선 전기의 문신 김계금(金係錦). 호는 서강(西岡). 생원시와 문과에 급제하여 벼슬이 사헌부(司憲府) 지평(持平), 의성현감(義城縣監) 등을 지냈다. 1455년 세조(世祖)가 사육신(死六臣)을 살해하자 벼슬을 버리고 김해(金海)로 낙향하였다. 사람들이 사육신에 한 사람을 더했다는 뜻으로 육일거사(六一居士)라고 하였다. 문집『서강일고(西岡逸稿)』가 있고, 김해 미양서원(薇陽書院)에 향사(享祀)되어 있다.

만, 고을 사람들은 제사를 드리기를 게을리하지 않습니다. 대개 수로왕(首露王)은 우리 고을 백성들에게는 처음으로 임금 노릇을 하신 분이니, 뒤쫓아서 보답하여 마지 못하는 것입니다. 이는 우리 고을의 좋은 풍속으로 우리 고을에서 대대로 지켜오는 바입니다.

그 뒤 1580년(宣祖 13) 후손 허엽(許曄)이 경상도(慶尙道) 관찰사(觀察使)로 부임하여 왕릉을 보수하고 상석(床石)과 계단을 갖추었다.

임진왜란(壬辰倭亂) 10년 뒤인 1602년(宣祖 35)과 그 이듬해에 선조(宣祖)가 "난리를 겪은 뒤에 부서지고 허물어진 것을 보수하고 나무꾼과 목동들을 금지시키도록 하라"라는 전교(傳敎)를 내렸다.

임진왜란(壬辰倭亂) 때 왜병(倭兵)들의 만행으로 왕릉과 후릉이 개굴(開掘)을 당했다. 이 소식을 접한 김해에 살던 후손 죽암(竹庵) 허경윤(許景胤)이 즉각 달려와 1백여 명의 장정을 모집하여 왕의 유해를 수습하여 다시 봉하고 새로 봉분(封墳)을 만들었다. 그러나 원래의 모양을 회복하지 못하여 소나 양이 밟고 목동들이 다니는 처지가 되었다. 당시 고을원은 무심하기에 허경윤이 그 뒤 왕릉을 봉식(封植)하는 일로 안찰사(按察使)에게 글을 올렸는데, 안찰사가 조정에 아뢰어 마침내 조정에서 왕릉을 다시 손질하고 사제(賜祭)하였다.5)

1603년(宣祖 36) 9월 예조(禮曹)에서 아뢰기를 "아주 이름난 인물 및 여러 왕릉에는 각 도로 하여금 먼저 봉분을 짓고 나무꾼과 목동을 금지하게 하시옵소서"라고 하니, 선조가(宣祖)가 윤허하였다.

1610년(光海君 2) 2월 1일에 "이전 왕조 여러 왕들의 능묘(陵墓)는 연대가 오래되었고 수호(守護)하는 사람도 없어 허물어질 우려가 반드시 많을 것이다. 각 고을 원들로 하여금 형편에 따라서 보수하고 청소하고, 나무군과 목동을 금지하도록 하라"라는 내용으로 광해군(光海君)이 전교(傳敎)하였다.

5) 허경윤(許景胤) 『죽암집(竹庵集)』 「죽암행장(竹庵行狀)」.

1641년(仁祖 19)에 김해부사로 부임한 후손 허동립(許東岦)6)이 왕릉
(王陵)과 후릉(后陵)의 신문(神門)을 중건하였다.

1647년(仁祖 25) 2월에는 후손 경상도(慶尙道) 관찰사(觀察使) 허적(許
積)이 왕릉과 후릉에 비석을 건립하였다. 이때 비문은 실제로 대학자 미수
(眉叟) 허목(許穆)이 대작(代作)하였다.

1693년(肅宗 19)과 1695년 사이에 김해부사 이홍(李泓)이 왕릉의 신문
(神門)과 담장을 보수하였다.

1698년(肅宗 24) 김해부사 허재(許梓)가 제각(祭閣 : 丁字閣) 4칸을 건
립하고, 동시에 왕릉과 왕비릉의 신문(神門)을 개축하고, 위토답(位土畓)
80마지기를 마련하여 왕릉을 위해서 쓰도록 헌납하였다. 실제로 위토답
80마지기를 마련한 사람은 후손 낙사당(樂四堂) 김수천(金受天)이었다.
그 다음해 재실(齋室) 4칸, 주사(廚舍) 4칸을 건립하고, 아전 한 사람을
두어 수호하는 일을 담당하게 하였다7).

1746년(英祖 22) 5월 영조(英祖)가 전교(傳敎)를 내려 왕릉과 왕비릉의
사방 4백 보(步) 되는 곳에 경계(境界) 표석(標石)을 세우게 하였다. 그
뒤 1774년(英祖 50)까지 두 차례 전교(傳敎)를 내리고, 네 차례 관원을
파견하여 제사를 올렸다.

1780년(正祖 4) 5월에 정조(正祖)가 전교(傳敎)를 내렸고, 6월에는 7개
고을의 관장(官長)을 파견하여 제사를 올렸으니, 왕릉과 왕비릉의 비대석
(碑臺石), 상석(床石), 내계석(內階石) 등을 개수(改修)한 것에 대한 고유
제(告由祭)였다.

1792년(正祖 16) 2월 후손 김희명(金熙明)이 어가(御駕) 앞에서 상언(上

6) 허동립(許東岦) : 1980년판 『숭선전지(崇善殿誌)』의 주석에, '관향은 양천(陽川)인 것으로
   전함'으로 되어 있는데, 이는 잘못이다. 허동립은 자는 진백(震伯), 호는 연당(蓮堂), 본관은
   김해. 무과에 급제하여 오위도총부(五衛都摠府) 부총관(副摠管)에 이르렀다. 진주(晋州)
   승산(勝山)에 살았고, 지금도 후손들이 세거하고 있다. GS그룹이 그 후손들이 경영하는
   기업이다.
7) 『김해읍지(金海邑誌)』, 환적조(宦蹟條), 능묘조(陵墓條).

言)함으로 인해서, 3월 1일 드디어 '수로왕릉(首露王陵)의 춘추시향의절 (春秋時享儀節)을 상정(詳定)하라'는 전교(傳敎)를 내렸다. 이때부터 매년 수로왕릉의 춘추대제(春秋大祭)에 축책(祝冊)을 내려 조선국왕(朝鮮 國王)의 명의(名義)로 축문(祝文)을 고하게 되었다. 향(香)과 폐백(幣帛) 등 6종의 제품(祭品)은 예조(禮曹)에서 보내오고, 희생(犧牲) 등 53종의 제품은 김해부(金海府)에서 마련하여 보내왔다. 능감(陵監) 1명을 설치하여 수호하게 하였다. 3월 15일에는 좌부승지(左副承旨) 이만수(李晚秀)를 파견하여 치제(致祭)하였고, 8월 8일에는 김해부사 이문철(李文喆)로 하여금 고유(告由)하게 하였다.

이때 종중에서는 제각(祭閣) 4칸, 신주(神廚) 4칸을 보수하고, 향대청 (香大廳) 3칸, 서재(西齋) 4칸을 건립하였다. 1801년(純祖 원년)에 동재(東 齋) 4칸을 건립하였다. 1807년(純祖 7)에 왕비릉의 숭보재(崇報齋) 4칸을 건립하였다.

1825년(純祖 25)에는 안향각(安香閣) 1칸을 건축하였다. 1843년(憲宗 9)에는 연신루(延神樓) 2층 3칸을 새로 지었다. 집안에서 정성을 다하여 조정의 성의에 부응하여 능침(陵寢)의 면모를 일신하였다.

1878년(高宗 15) 이조판서(吏曹判書) 허전(許傳)의 소청(疏請)으로 숭선전(崇善殿)이라는 현액(懸額)이 선사(宣賜)되었고, 숭선전 참봉(叅奉) 자리에는 후손 김씨(金氏)와 허씨(許氏) 가운데서 임명하도록 하였다.

후손이자 대학자인 허전(許傳)이 고종 15년(1878)에 가락국 시조왕의 능인 납릉(納陵)의 제각(祭閣)에도 전호(殿號)가 있어야 한다고 전호를 내려줄 것을 요청하는 상소를 하였다. 이 사실에 관한 『조선왕조실록(朝鮮 王朝實錄)』에 실린 기록을 보면 다음과 같다.

6월 20일에 대호군(大護軍) 허전(許傳)이 상소하기를 "가락국(駕洛國) 수 로왕(首露王)의 납릉(納陵)에 특별히 전호(殿號)를 내리고 아울러 숭령전 (崇靈殿), 숭덕전(崇德殿), 숭의전(崇義殿)의 규례대로 능관(陵官)을 두어야 합니다"라고 요청하니, 국왕 고종(高宗)이 비답(批答)을 내리기를 "상소문의 내용을 묘당(廟堂)에서 품처(稟處)하게 하라8)라고 하였다.

그 이틀 뒤인 6월22일, 의정부(議政府)에서 아뢰기를 "대호군(大護軍) 허전(許傳)의 상소문 내용을 품처(稟處)하라는 명이 있었습니다. 우리 왕조에서 평양(平壤)의 숭령전(崇靈殿), 경주(慶州)의 숭덕전(崇德殿), 마전(麻田)의 숭의전(崇義殿)에 모두 현판을 내려주고 자손을 녹용(錄用)하여 벼슬을 주고 제사를 받들게 한 것은 공덕을 갚는 지극한 뜻이었습니다. 이번에 수로왕(首露王)의 전호(殿號)는 지금까지 정해 주지 못하다가 중신(重臣)이 상소로 아뢰어 마침내 묘당(廟堂)에서 다시 아뢰라는 명령이 내렸으니, 참으로 전하의 덕에 빛이 나게 되었습니다. 현판을 내려주는 문제는 예조(禮曹)에서 품지(稟旨)하여 거행하게 하고, 전각(殿閣)을 짓는 일은 늦출 수 없으니 숭덕전을 경오년(1870)에 개건할 때의 규례대로 시행하고, 참봉(參奉) 한 자리는 김씨(金氏)나 허씨(許氏) 두 성 가운데서 문벌이 있고 식견이 있는 사람을 본읍(本邑)에서 후보자로 정해 순영(巡營)에 보고하면, 순영에서는 이조(吏曹)에 보고함으로써 계하(啓下)를 받도록 할 것입니다. 임기가 차면 승륙(陞六)시키는 문제와 제사의식과 관련된 모든 절차는 다 숭덕전의 규례대로 한다는 것을 각기 당해 관청과 당해 도(道)의 도신(道臣)에게 분부하는 것이 어떻겠습니까?"하니, 윤허(允許)하였다.

납릉(納陵)에 있는 제각(祭閣)이 숭선전이란 전호(殿號)를 받은 것은 실로 늦은 감이 있지만, 단군(檀君) 등 각국 시조의 신전(神殿)이 다 있는데 가락국 시조만 빠져 있었으므로 후손인 성재(性齋) 허전(許傳)이 상소하여 이때 비로소 전호가 갖추어지게 되었다.

국왕의 윤허를 받은 6년 뒤인 1884년(高宗 21) 10월 8일에는 숭선전비(崇善殿碑)를 세웠다. 숭선전비의 비문은 후손 이조판서(吏曹判書) 허전(許傳)이 지었고, 글씨는 외손 이조참판(吏曹參判) 조제화(趙濟華)가 썼으며, 후손으로 당시 참봉(參奉)에 재임 중이던 김현주(金顯柱)가 전액

8)『承政院日記』大護軍許傳疏, 請駕洛國首露王納陵, 特降殿號, 並置陵官, 如崇靈、崇德、崇義諸殿之例. 批曰, "疏辭令廟堂稟處.

(篆額)을 썼다. 수로왕의 건국과 이후 가락국의 역사, 신라. 고려. 조선 세 왕조의 수로왕릉에 대한 향사(享祀)의 내용, 허왕후(許皇后)와 관련된 일화 등을 차례로 기술해 놓았다.

성재(性齋) 허전(許傳)은 조선 말기의 대학자인데, 자는 이로(而老), 성재(性齋)는 그 아호이다. 본관은 양천(陽川)이다. 생원시를 거쳐 1835년(헌종1) 문과에 급제하여 관계에 진출하였다.

이후 성균관(成均館) 전적(典籍), 사헌부(司憲府) 지평(持平), 이조좌랑(吏曹佐郎)을 거쳐 1864년(高宗 1)에는 김해부사(金海府使)로 부임하여 김해 관아에 공여당(公餘黨)을 열고 강학을 하여 많은 제자들을 양성하였다.

성재가 김해 관아에서 강학(講學)함으로 해서 1623년 인조반정(仁祖反正) 이후 침체된 경상우도(慶尙右道) 지역의 학문이 다시 부흥하게 되었다.

성재는 조선후기 노론 위주의 정치권에서 근기(近畿)지방의 남인(南人)의 영수로서 이조판서(吏曹判書) 등 사조(四曹)의 판서(判書)를 지내고 관직이 지중추부사(知中樞府事)에 이르렀다. 조정의 요직에 있으면서 근기남인(近畿南人)은 물론이고, 영남남인(嶺南南人)의 위상의 제고(提高)를 위해서 많은 노력을 했다. 그는 학문적으로 근기남인의 학통을 이은 대표적인 퇴계학파(退溪學派)의 학자로서 성호(星湖) 이익(李瀷), 순암(順菴) 안정복(安鼎福), 하려(下廬) 황덕길(黃德吉) 등의 적전(嫡傳)을 이었다.

강우지역이 학문적으로 다시 부흥하고 정신적인 자부심을 회복하는 데 있어 성재가 끼친 공로는 지극히 컸으니, 가히 강우지역 학문부흥(學問復興)에 가장 큰 영향을 끼친 분이라 할 수 있다.

철종의 명을 받아 『사의(士儀)』라는 예서(禮書)를 편수하였다. 그가 저술한 『사의』는 조선말 근기(近畿) 실학파의 참신한 학풍을 바탕으로 역대의 예론을 면밀히 검토하여 편찬한 저술인데, 주자(朱子)의 『가례(家禮)』

를 보완하고 주석하는 데 몰두했던 종래의 예학(禮學) 풍조에서 벗어나 예제를 강구하는 데 있어 합리성과 실용성을 강조하고자 하였다. 1886년(고종23) 90세로 숭록대부(崇祿大夫)에 올라 판돈녕부사(判敦寧府事)가 되었다. 문집에 『성재문집(性齋文集)』, 저서로는 이상적 군주상을 그린 『종요록(宗堯錄)』과 『철명편(哲命編)』 등이 있다.

1864(고종3)에 김해도호부사로 있으면서 김수로왕 재실에 전호(殿號)가 없는 것을 직접 목도하고서 중앙정부로 들어가 1878년 숭선전(崇善殿)으로 정하도록 고종에게 진언하여 허락을 받게 하였다.

성재(性齋)는, 조선 선조(宣祖) 때 경상도관찰사(慶尙道觀察使)로 부임하여 납릉(納陵)과 후릉(后陵)에 비석을 세운 초당(草堂) 허엽(許曄)의 후손으로 직계 조상이 관심을 가졌던 납릉과 후릉을 위해서 숭선전의 전호를 국가로부터 받고, 비문을 짓는 등 위선사업(爲先事業)을 대대로 한 가문의 후손이다.

1885년(高宗 22)에는 참봉 김현주(金賢柱)가 비(碑)를 세우고, 또 비각(碑閣)을 세웠다.

그 뒤 1908년(隆熙 2) 구지봉(龜旨峯)에 「가락국태조왕탄강비(駕洛國太祖王誕降碑)」를 세웠고, 부인당에 「태조왕후유지비(太祖王后維舟碑)」도 세웠다.

1909년 윤2월 7일에는 순종(純宗)이 관원을 보내어 치제(致祭)하였다.

1920년과 1935년에는 후릉(后陵)의 숭보재(崇報齋)를 중건하였다.

1935년에는 참봉 김용희(金容禧)에 의하여 회로당(會老堂)을 중건하였다.

1927년에는 김성학(金性學)이 태조왕릉신도비(太祖王陵神道碑)를 중건하였고, 경향의 종중에서 태조왕릉중수기적비(太祖王陵重修紀蹟碑)를 세웠다.

1937년 김성학이 연신루(延神樓)를 중건하였다. 1962년에는 김택수(金澤壽)가 연신루를 중수하였다.

1978년에는 김희복(金希福)이 주관하여 유주비각(維舟碑閣)을 중건하였다.

1965년부터 1972년 사이에 외삼문(外三門) 3칸을 건립하였다.

1979년에는 숭재(崇齋) 5칸, 동재(東齋) 3칸, 서재(西齋) 3칸, 제기고(祭器庫) 3칸, 총무사택(總務舍宅) 4칸, 중문(中門) 1칸, 대문(大門) 3칸을 개축(改築)하고, 내부 담장도 개축하였다. 또 후릉(后陵) 앞 신문(神門) 3칸을 중건하였다. 이때 전반적으로 정화하여 왕릉과 후릉의 성역(聖域)을 일신하였다.

1984년 숭선전(崇善殿) 정비사업 추진을 발의하여 1985년 추진위원회를 구성하여 사업을 진행하였다.

1987년 4월 숭모재(崇慕齋)를 준공하였고, 6월에는 숭선전(崇善殿) 관리사를 준공하였다.

1988년 3월 제기고(祭器庫)를 준공하였다.

1988년 4월 숭선전(崇善殿)을 이전 준공하고, 수로왕(首露王)과 태후(太后)의 위폐를 봉안하였다.

1991년 10월 숭모재(崇慕齋)를 이건하였고, 숭안전(崇安殿)의 이안(移安) 고유제(告由祭)를 거행했다. 시조대왕(始祖大王)과 태후(太后)의 영정을 안향각(安享閣)에 봉안(奉安)하였다.

1992년 숭경문, 숭인문, 포덕문을 신축하였다.

1993년 숭선전(崇善殿) 경내에 가야유물전시관을 개관하였다.

1998년 5월 김대중(金大中) 대통령이 수로왕릉(首露王陵)에 와서 왕의 영(靈)에게 취임 고유제를 올리고, 참석한 종친들에게 가야사(伽倻史) 복원의 필요성을 역설하고 감사 인사를 했다.

Ⅲ. 『숭선전지(崇善殿誌)』의 편찬 동기와 과정

허식(許烒)이 쓴『숭선전지(崇善殿誌)』초판본 서문에 의하면, 1886년 (高宗 23) 봄에 자신이 처음 참봉(參奉)에 임명되어 수년간 근무하면서 『숭선전지』2책을 편찬하여 1903년(高宗 40)에 여러 가지 어려움을 겪으면서 숭선전에서 출판했다.

허식(許烒)은, 본관이 김해(金海)로 중시조 허염(許琰)의 23세손인데, 자(字)는 사함(士咸), 호(號)는 강촌(江村)이다.

1837년(憲宗 3)에 경북 선산(善山) 임은(林隱)에서 태어났다. 생부(生父)는 몽관(夢館) 허회(許禬)인데, 문집『몽관집(夢館集)』을 남겼다. 양부(養父)는 허원(許源)이다.

천성(天性)이 인자(仁慈)하고 호학(好學)하였다. 계당(溪堂) 류주목(柳疇睦) 및 성재(性齋) 허전(許傳)의 문인(門人)이다. 족형(族兄) 방산(舫山) 허훈(許薰) 등과 교유가 있었다. 박학다식(博學多識)한 것으로 널리 알려졌다.

1867년(高宗 4) 식년시(式年試)에 생원(生員) 2등 25위로 합격하였다.

1886년(고종 23)에 숭선전(崇善殿)의 참봉(參奉)에 임명되었다. 1895년 (고종 32)에 중전(中殿) 민비(閔妃)를 복위(復位)할 것을 요청하는 상소를 하였고, 1897년에는 민비를 시해(弑害)한 역도(逆徒)들을 처벌할 것을 요청하는 상소를 했다. 그 뒤 영천군수(永川郡守)로 부임하여 재임하는 동안에 교화(敎化)에 힘썼다. 최후의 품계가 통훈대부(通訓大夫)에 이르렀다.

1906년 12월 6일에 별세하였다. 문집『강촌집(江村集)』10권이 있다.

허식은 참봉 재직중에 여러 가지 자료를 모아『숭선전지(崇善殿志)』를 편찬하였다. 고적(古蹟)을 모으고 역대 국왕들이 내린 교서(敎書) 등을 모아 편집하여 2책으로 만들었다.『삼국유사(三國遺事)』에 실린「가락국기(駕洛國記)」를 전재함은 물론이고, 문집 필기류(筆記類) 기록 등에서 많은 자료를 수집하여 그 가운데 취사하여 필요한 것만 뽑아 모았다.

1903년 이르러서야 김씨(金氏) 허씨(許氏) 양종중의 임원들의 협조를 얻어 간행해냈다.

1931년에 이르러『가락국능지(駕洛國陵誌)』를 편찬하여『숭선전지』의 부족분을 보완하여 편찬하였다.

1978년에 이르러 한문으로 된『숭선전지』를 번역, 주석하고 속록(續錄)을 붙이기로 합의하여 18개월의 시간을 들여 1980년 11월에 마침내 간행하였다. 이때『삼국사기(三國史記)』,『삼국유사(三國遺事)』,『고려사(高麗史)』,『동국통감(東國通鑑)』,『동국여지승람(東國興地勝覽)』,『조선왕조실록(朝鮮王朝實錄)』,『김해읍지(金海邑誌)』등 역사문헌 가운데서 가락국(駕洛國)에 관계되는 자료를 뽑아, 한문본에 수록되어 있지 못 했던 것을 증보(增補)하였다. 그리고 1903년 초판 간행 이후 78년 동안의 사실은『숭선전유사(崇善殿遺事)』에 의거하여 첨가하여 속록(續錄)하였다. 그러나 이때『가락국능지(駕洛國陵誌)』를 보고 참고하였는지의 여부는 알기 어렵다.

V. 결어(結語)

『숭선전지(崇善殿志)』는 숭선전(崇善殿)에 관계된 자료를 가능한 거의 다 망라한 완비된 문헌이라 할 수 있다. 1903년 맨 처음으로 자료를 수집하여『숭선전지』를 만든 강촌(江村) 허식(許梹)의 공로가 매우 크다. 그러나 처음 반포한 부수가 수십 부에 불과하여 이미 얻어 보기 어려웠고, 또 한문으로 되어 있어 일반인들은 읽고 이해할 수 없었다.

1980년에 이르러 김임룡(金壬龍) 등이 위원장을 맡아『숭선전지』를 다시 증보(增補)하고 역주(譯註)해 냈는데, 그 공로 역시 크다고 하지 않을 수가 없다. 처음에 허식이『숭선전지』를 편찬할 때 볼 수 없었던 자료나 열람이 불가했던 자료나 새로 나온 자료들을 다 수집하여 대대적으로 수로왕릉이나 후릉(后陵)에 관계된 자료를 다 모았고, 또 한문을 모르는 일반 사람들이 읽어 볼 수 있도록 번역을 하고 상세한 주석을 붙였다.

이 책은 단순한『숭선전(崇善殿)』에 관한 기록인 지(誌)에 그치는 것이 아니고, 가락국(駕洛國)의 상세한 국사(國史)로서의 역할을 충분히 할 수 있는 문헌이다. 가야국의 역사문헌이 거의 다 멸절(滅絶)된 점에서 본다면, 이 책은 가야국의 믿을 만한 전사(全史)로서의 역할을 하는 가치를 갖고 있다고 할 수 있다.

신라시대(新羅時代)나 고려시대(高麗時代)의 왕릉을 수호 관리하는 전(殿)이 많이 있고, 또 각 전(殿)에는 몇 종의 전지(殿誌)가 나와 있지만, 『숭선전지(崇善殿志)』만큼 상세하게 방대한 문헌은 존재하지 않는다. 이 책은 충분히 여러 전지의 범본(範本)이 될 만하다.

이제 숭선전의 김병진(金秉珍) 참봉, 태후릉(太后陵)의 허노진(許老軫) 참봉 등의 주도하에 한국학중앙연구원(韓國學中央硏究院) 원임(原任) 교수 허창무(許昌武)박사와 여러 편집위원들의 정성을 다한 편집으로 새로 『숭선전지』를 보정(補訂) 편찬(編纂)하여 세상에 내놓는다. 1980년 이후에 있었던 사실을 연대별로 정리하여 첨가하였고, 1980년도에 간행한『숭선전지』의 부족한 부분을 보완하고 오류를 교정하였다.

또 1980년 이후 숭선전(崇善殿), 납릉(納陵), 후릉(后陵)에 추진한 사업을 연월일별로 정리하여 일목요연하게 첨부하였고, 김대중(金大中) 대통령 취임고유문(就任告由文), 복원에 관한 김대통령의 특별지시, 왕릉관리 기록인『시릉일지(侍陵日誌)』등을 추가하여 완선(完善)에 가까운『숭선전지』를 제작해 세상에 내 놓는다. 수로왕의 후손 된 분들은 물론이고, 한국 국민이라면 이 책을 숙독하여 우리의 훌륭한 역사를 깊이 알기 바란다. 아무리 좋은 책이 편찬되어 나와도 읽지 않으면 휴지 뭉치에 불과하다.

새로운『숭선전지(崇善殿志)』를 간행해 내면서, 숭선전의 역사와 책의 유래와 편찬과정과 내용, 성격 등을 간략하게 소개하는 글이 없을 수 없다 하여, 숭선전(崇善殿) 참봉(叅奉) 김병진, 태후릉 참봉 허노진(許老軫), 허창무 교수 등이 불초를 방문하여 해제(解題)의 글을 유촉(諭囑)하였다. 불초가 비록 천학비재(淺學菲才)하지만 외람되이 후손의 대열에 끼어 있

기에 감히 고사하지 못 하고 관계된 문적(文籍)을 참고하여 무사(蕪辭)를
몇 마디 엮었다. 불초로서는 대단한 영광이지만 『숭선전지(崇善殿志)』에
누를 끼칠까 두려운 마음 금할 수 없다.

『藥圃集』 解題

Ⅰ. 著者의 生平

藥圃 鄭琢은 1526년(中宗 21) 10월 8일 慶尙道 醴泉郡 金堂谷에 있는 外家에서 태어났다. 字는 子精, 號는 藥圃, 또는 栢谷이요, 本貫은 淸州로 鄭以忠과 平山韓氏 사이의 둘째 아들로 태어났다. 天性이 寬大하고 形容이 溫粹하고, 敏捷하여 부지런히 공부하였다.

1542년 17세의 나이로 退溪 李滉의 門下에 나아가 心學의 要詮을 얻어 들었는데, 口耳之學이 아닌 實踐之學에 공을 들였다. 退溪 門下에 있으면서, 특히 『中庸』과 『大學』을 매우 좋아하였고, 經學 이외에도 天文 地理 象數 兵家 등의 學問도 두루 涉獵하였다.

1552년(明宗 7) 봄 生員試에 합격하였고, 이해 가을부터 成均館에 가서 공부하였는데, 天人之理에 관심을 두자 句讀에만 관심을 두던 다른 선비들이 매우 특이하게 보았다.

1568년 33세의 나이로 文科에 及第하여 校書館에 배치되었다가 그 이듬해 正字에 除授되어 仕宦을 시작하였다.

1561년 成川 敎授로 나갔다가 晉州 敎授로 옮겼다. 이때 南冥 曺植을 찾아가 弟子가 되었다. 南冥에게서 壁立千仞의 氣像을 배웠다. 藥圃의 아들 鄭允穆이 지은 「家狀」에 의하면 藥圃의 平生의 行事가 退溪와 南冥을 模範으로 삼았다고 한다.

1563년 內職으로 들어와 成均館의 博士, 典籍, 大司成, 司諫院의 正言, 獻納, 司憲府의 掌令, 大司憲, 弘文館 修撰, 校理, 直提學, 承政院의 同副承

旨, 都承旨, 吏曹正郎, 禮曹參議, 吏曹參判 等職과 外職으로 江原道 觀察
使, 漢城府 判尹 等職을 거쳐 1583년 工曹判書로 승진하였다. 이후 禮曹,
刑曹, 吏曹, 兵曹 등 五曹의 判書를 역임하였으니 그의 吏務의 능력을
충분히 알 수 있다. 그리고 40여 년 동안 經筵에서 國王을 바른 길로 인도
하였는데, 至誠으로 感動시켰고, 王世子를 輔導하였다. 學術的인 著作은
남아 있지 않지만, 그 學問이 뛰어났음을 충분히 알 수 있다.

1589년(宣祖 22) 右議政에 除授되어 明나라에 使臣으로 다녀왔다. 이
이전 1582년에도 明나라에 사신으로 다녀온 적이 있었다.

1592년 4월 倭賊이 침입해 오자 右議政으로서 御駕를 扈從하여 서쪽으
로 피난갔다. 開城, 平壤, 成川을 거쳐 義州에까지 이르렀다. 藥圃는 주로
明나라 將帥들과의 作戰관계의 일을 맡아 처리하였다. 이때 피난 중에
義州에서 있었던 일과 明나라 將帥들과 주고 받은 文書와 論議한 사실들
을 기록한 『龍灣見聞錄』을 지었다.

1593년 가을 御駕가 서울로 돌아온 이후로 藥圃는 全州, 公州 등 각지를
다니며 軍士를 훈련시키고 飢民을 구제하였다.

1594년 宣祖 임금의 命에 의하여 郭再祐 金德齡 등 많은 인재를 추천하
였다.

1597년 三道水軍統制使 李舜臣이 倭와 내통했다는 누명을 쓰고 체포되
어 鞫問을 받고 있을 때 藥圃가 獻議하여 힘써 誣陷을 당한 것임을 역설하
여 減死의 처분을 받게 하였다.

1600년(宣祖 33) 고향에 머물고 있을 때 左議政에 승진하였으나, 몇
차례 글을 올려 사양하자 判中樞府事에 除授되었다. 1603년 領中樞府事
로 승진되자, 致仕하였다.

1604년에 扈從功臣 3등에 策錄되고 西原府院君에 封해졌다.

1605년 9월 19일 醴泉郡 高坪里에서 別世하였다. 1613년(光海君 5) 領
議政에 追贈되었고, 1635년(인조 13) 貞簡이라는 諡號를 받았다. 1700년
(肅宗 26) 士林들이 道正書院을 세워서 享祀하였다.

明宗, 宣祖朝에 領議政을 지낸 東皐 李俊慶이 藥圃를 처음 보았을 때 매우 훌륭한 인재로 여겨 "용모가 암룡과 같으니, 뒷날 반드시 크게 귀하게 될 것이다"라고 예언했다.

壬辰倭亂이 발발했을 때 宣祖 임금의 蒙塵 행차가 平安道로 가느냐 咸鏡道로 가느냐로 朝廷 신하들 사이에서 논란이 많았는데, 藥圃가 平安道로 갈 것을 강력히 주장하여 실현시켰다. 당시 함경도 쪽으로 몽진하자는 주장도 많았지만, 약포는 '함경도는 막다른 곳이고, 또 中國에 援兵을 청하는 데도 불편하다'는 점을 들어 반대하였다. 藥圃의 주장을 따르지 않고 만약 咸鏡道로 갔더라면 宣祖 임금을 비롯한 朝廷의 대신들이 倭賊의 手中에 포위됐을 지도 모를 일이었다. 藥圃는 倭賊 擊退를 위해 혼신의 힘을 다 쏟았고, 倭賊이 우리 땅에 주둔하고 있는 위협적인 상황에서 講和會談을 하는 것은 옳지 못하다는 주장을 하였다.

藥圃는 中國의 군대를 잘 활용하여 國土收復에 큰 공이 있었다. 또 丁酉再亂 때 元均 등의 모함으로 옥에 갇혀 모진 고문을 받던 李舜臣을 宣祖 임금에게 獻議하여 다시 起用하게 한 사람이 바로 藥圃였다.

藥圃는 壬辰倭亂 때 西厓 柳成龍과 함께 나라를 구한 위대한 學者 政治家였는데 당시 空論化의 길로 가려는 性理學만을 연구한 文弱한 인물이 아니었다. 그는 늘 주장하기를 "선비로서 兵法을 모르면 큰 任務를 맡을 수 없다"라고 하여 스스로 兵法을 공부하여 정통하였다. 孔子·孟子가 본래 이상적으로 생각했던 文武를 兼全하여 밖에 나아가서는 將帥가 되고 들어와서는 政丞이 되어 세상을 구제할 수 있는 인재가 바로 藥圃 같은 인물이다.

그리고 藥圃는 大臣의 자리에 있으면서 公忠한 마음과 平正한 論議로 士氣를 振作시키고 나라의 紀綱을 扶植하였다. 藥圃는 黨爭에 관여하지 않고 오직 옳은 길만을 추구하여 宣祖의 信任을 얻었다.

II. 南冥과의 관계

藥圃는 당시 朝鮮의 兩大 學者인 退溪와 南冥의 門下를 다 출입한 學者 가운데 한 사람이다. 일찍부터 退溪의 門下에서 학문을 익히던 藥圃는, 南冥의 學德에 대해서 듣고서 仰慕해 오던 중, 1561년 남명이 거주하는 晋州 敎授로 부임하였다. 부임하자마자 곧 南冥을 찾아 뵙고 幣帛을 갖추고서 제자가 되었다.

이때는 남명이 三嘉에서 德山으로 막 옮겨왔던 때였다. 藥圃는 南冥의 천길 우뚝한 절벽같은 莊重한 氣像을 尊慕하여 따라 배우려고 노력하였다. 남명도 그가 재주가 영민하고 행동에 과단성이 있는 것이 마음에 들었다.

이 년 뒤 藥圃가 內職에 임명되어 돌아가게 되어 하직인사를 하러 왔을 때, 南冥은 그에게 소 한 마리를 주면서 타고 가라고 했다. 그가 남명의 뜻을 이해하지 못하고 어리둥절해 하자, 남명은 "자네 言辭나 氣質이 너무 敏捷하니, 묵묵하게 꾸준히 행동하여 遠大한 경지에까지 나아가도록 하는 것이 좋겠다. 소처럼 묵묵히 꾸준히 행동하도록 해라"라고 당부했다. 그가 평생 지조를 굽힘이 없이 꿋꿋하게 살아간 것은 남명의 가르침에서 받은 영향이 많았다고 그의 年譜에서 밝히고 있다.

1565년 藥圃가 司諫院 正言이 되었는데, 당시 明宗 임금의 外叔으로 서슬이 시퍼렇던 尹元衡이 권력을 독점하여 나라를 그르치는 행위를 彈劾하였는데 그 말이 칼날 같았다.

南冥이 弟子들에게 兵法까지도 가르친 것이 나중에 壬辰倭亂 때 나라를 구제하는 데 크게 기여했으니, 義兵活動을 한 제자들뿐만 아니라 藥圃 같은 인물이 戰勢를 잘 파악하여 임금을 도와 戰爭狀況을 총지휘하는 데 많은 貢獻을 하였음이 이를 확실히 증명하고 있다.

1567년 文定王后가 죽고 尹元衡이 逐黜되자 明宗 임금이 5월에 南冥을 다시 불렀지만 남명이 나가지 않자, 다시 8월에 尙瑞院 判官으로 불렀다.

朝廷이 맑아져 벼슬할 만한 때라 하여 南冥에게 부름에 응할 것을 권하는 사람이 많았다. 南冥이 明宗 임금이 같이 일할 만한 임금인지 한 번 알아보기 위해서 이해 10월에 서울로 들어갔다.

南冥은 미리 사람을 보내어 서울에서 벼슬하고 있는 제자 德溪 吳健과 藥圃 鄭琢 등에게 자기가 서울로 가는 사실을 알렸다. 10월 초하루 아침나절에 漢江 가에 도착하니 德溪와 藥圃가 마중을 나와 함께 배를 타고 건넜다.

3일에 南冥은 布衣를 입은 채로 明宗에게 肅拜하였다. 이때 藥圃는 德溪와 함께 장막을 치고서 곁에서 모시고 앉았다.

藥圃는 晋州 敎授로 있으면서 南冥에게서 배운 기간이 1년 남짓하지만, 南冥이 서울에 머무는 동안 弟子로서의 禮를 깍듯이 차렸다.

南冥이 智異山으로 돌아온 지 얼마 되지 않아 남명의 제자들이 河淫婦의 집을 헐어 버린 일이 확대되어 마침내 조정에까지 알려지게 되었다. 이때 奇大升은 內職에 근무하면서 남의 집을 헌 儒生들의 소행은 유생이 아니라 無賴輩의 짓이므로 처벌해야 한다고 강력하게 주장하였다. 이로 인하여 남명이나 남명 제자들을 困惑스럽게 만들었다.

그러나 이 일은 당시 조정에서 벼슬하고 있던 藥圃와 德溪의 주선으로 큰 탈 없이 넘어가게 되었다.

『藥圃集』에서 南冥의 죽음을 슬퍼한 「輓曹南冥先生」이라는 挽詩 한 수를 제외하고는 南冥과 관계된 詩文이 전혀 없다. 이 挽詩를 소개하면 다음과 같다.

우리 曹夫子를 우러러 흠모하나니,　　　　　景仰曹夫子
山林에 사셔도 道 절로 높았습니다.　　　　林居道自尊
세 번 초빙한 폐백 끝내 사양하셨고,　　　　終辭三聘幣
안빈낙도의 생활 변치 않으셨습니다.　　　　不改一簞飧
嚴子陵의 절개를 붙들어 일으키셨고,　　　　扶起嚴陵節

賈誼의 말처럼 세상 편안히 할 대책 있었습니다.	治安賈傳言
두류산 만 길이나 높고 높은데,	頭流萬仞立
천년토록 선생의 典型은 남아 전하겠지요.	千載典型存

經綸을 갖추고서 出處의 大節을 지킨 스승 南冥에 대한 崇慕의 情이 잘 나타나 있다.

藥圃는 짧은 기간 동안 南冥에게서 배웠지만 南冥의 剛直한 氣質을 배워 尹元衡 같은 戚奸을 축출하는 데 앞장 섰고, 南冥이 중시한 兵法을 잘 익혀 壬辰倭亂 나라를 위기에서 구출하는 데 큰 功을 세웠던 것이다. 그리고 出處의 大節에 어긋남이 없었다. 비록 南冥에게서 배운 기간을 길지 않지만, 南冥의의 精神을 잘 배운 弟子라 하겠다.

그리고 南冥學派에 속한다고 할 수 있는 忘憂堂 郭再祐, 思湖 吳長 등을 朝廷에 추천하였으니, 南冥學派의 발전에 기여했다고 할 수 있다.

Ⅲ. 書誌的 考察

藥圃 鄭琢은 본래 많은 詩文을 남겼으나 壬辰倭亂을 겪으면서 대부분 散佚되어 버렸고, 또 藥圃 逝世 후 155년이 지나도록 出刊하지 못하고 있었다.

1756년(英祖 32) 가을 藥圃의 5대손 鄭玉이 左承旨로 入侍했을 때, 英祖 임금이 弘文館에 命하여 藥圃가 지은 『龍灣見聞錄』을 謄寫해 올리라고 하였다. 이로 인해서 藥圃의 文集이 간행되지 못한 상황을 알고는, 鄭玉을 地方官으로 내보내 藥圃의 文集을 간행하도록 조치했다.

鄭玉은 1759년 黃海道 觀察使로 부임하게 되자, 고향에 사는 후손들의 집에 흩어져 있던 草稿를 찾아 모아서 權正宅과 鄭밀과 함께 校正을 보아 海州에서 木板으로 간행하였다. 모두 7卷 4冊이었는데, 수록된 詩文은 詩

147수, 書 42편, 疏箚·啓議 31편, 祭文 9편, 記·序·跋·墓誌·雜著 15편, 避亂行錄 1편, 龍灣見聞錄 1편이다. 第6卷 제17張부터는 附錄인데, 黃暹이 지은 行狀, 李敏求가 지은 諡狀, 申翊聖이 지은 墓表가 수록되어 있다. 第7卷은 모두 附錄인데, 鄭蘊이 지은 墓誌銘, 趙顯命이 지은 神道碑銘, 具鳳齡이 지은 遺事, 宣祖의 批答 3편, 敎書 2편, 宣祖의 賜祭文을 비롯한 士友들의 祭文 5편, 道正書院 奉安文 1편, 常享祝文 2편, 挽詞 25편, 贈行詩 5수와『陶山及門錄』에 실린 藥圃 관계 기록을 수록하고 있다. 第4冊의 맨 끝에 刊行經緯를 밝힌 鄭玉의 跋文이 붙어 있다.

이 初刊 版本은 현재 奎章閣, 誠庵古書博物館 등에 수장되어 있다.

그러나 初刊本을 간행할 때 草稿를 널리 수집하지 못한 관계로 漏落된 것이 많았으므로, 다시 수집하여 續集을 간행하자는 의견이 나왔다. 藥圃의 宗孫 鄭光翊이 嶺南의 연고 있는 家門을 찾아가 물어 하나 하나 수집하여 考證을 하였다. 후손 鄭必奎, 鄭昌運 등이 여러 해 동안 협의를 거쳐 편집하여, 柳範休, 黃龍漢 등의 校勘을 거쳐 1818년 藥圃가 奉安되어 있는 道正書院에서 木板으로 刊行하였다. 모두 4卷 2冊이었다. 수록된 詩文은 詩 251수, 疏 6편, 箚 1편, 啓 6편, 箋 3편, 書 108편, 識 1편, 祭文 4편이다. 第4卷은 附錄인데, 黃汝一이 지은 行狀, 藥圃의 아들인 鄭允穆이 지은 家狀, 李象靖이 지은 墓表後敍, 黃汝一 등 士友들의 祭文 3편, 趙穆 등의 輓詞 12수, 退溪 등의 贈別詩 2수가 수록되어 있다. 第2冊 맨 끝에는 鄭必奎의 續集跋이 붙어 있다.

原集과 續集 모두 四周雙邊匡郭 세로 21.3cm×가로 16cm, 有界, 每面 10行 每行 20字, 上下二葉花紋魚尾이다.

1982년 亞細亞文化社에서 陶山及門諸賢文集에 影印收錄하여 출판하였고, 1989년 民族文化推進會에서 初刊本의 原集과 1818년 간행의 續集을 影印收錄하여 韓國文集叢刊 第39冊으로 간행하였다.

IV. 主要內容

『藥圃集』제1권에는 詩와 書가 수록되어 있다. 南冥의 서거를 애도한 「輓曺南冥先生」, 德溪의 서거를 애도한 「輓吳子强」이 실려 있다. 대부분의 詩가 次韻한 詩와 輓詞 등만 남아 있는 것으로 봐서 모두 다 散佚된 것 같다. 『龍灣錄』이라고 묶은 詩는 義州에 扈從해 가 있으면서 지은 詩인데, 李如松, 宋應昌 明나라 將帥들과 주고받은 詩가 많다.

書 가운데 「上退溪先生」은 藥圃가 司憲府의 관리로 있으면서 文昭殿의 位牌 序次에 대해서 退溪에게 諮問을 구하는 내용이다. 이 밖에 書는 대부분 退溪의 門人들과 주고받은 것인데, 月川 趙穆과 주고받은 것이 많다. 그 내용 가운데는 退溪의 草稿의 보관문제를 걱정하는 내용, 退溪文集 刊行告成할 때 참석하지 못하는 사정 등이 들어 있다. 「答金彦遇趙士敬金愼仲琴悏之」은 退溪의 訃告를 들은 뒤, 退溪의 禮葬 辭讓, 追贈, 行狀·墓誌銘·神道碑 등의 撰述 등의 문제에 대해서 陶山에 있는 門人들과 議論한 내용이다.

「與名儒胡煥」은 壬辰倭亂 당시의 朝鮮의 戰況과 그 對策을 설명한 글로, 우리나라 戰亂史에 중요한 자료가 된다.

「斥和疏」는 교활한 倭賊이 우리 국토에 주둔하고 있는 위협적인 상황하에서 講和會談을 하는 것은 옳지 못하다는 견해를 피력하고 있다.

「金德齡獄事啓」는 逆謀로 몰린 金德齡將軍의 처벌을 좀 더 증거를 갖추어 처리해도 늦지 않다는 취지로 金德齡을 救出하려는 노력을 하고 있는 내용이다.

「李舜臣獄事議」는 情況을 고려하지 않고 能力 있고 세운 功이 있는 李舜臣을 함부로 죽여서 倭賊을 이롭게 해서는 안 되고, 減死하여 다시 功을 세우게 하여 스스로 자신의 힘을 다하게 하는 것이 조정이 취할 태도라는 내용이다. 宣祖 임금이 藥圃의 이 건의를 받아들임으로 인해서 李舜臣은 死刑될 위기에서 減免되어 白衣從軍하다가 다시 統制使에 임명되었고, 마침내 壬辰倭亂을 승리로 이끄는 주역으로 활약할 수가 있었다.

「判中樞李滉賜祭文」은 宣祖가 致祭할 때 내린 祭文인데, 실제로는 藥圃가 지은 것이다. 退溪를 우리나라의 道學之宗으로 보고 끊어진 學統을 이어 大成하였다고 칭송하고 있다.

「祭退溪先生文」은 退溪의 學德을 欽慕하는 藥圃의 心境이 잘 나타나 있다.

「玉洞書院記」는 退溪의 貫鄕인 眞寶縣에 退溪를 享祀하기 위해 세운 書院에 건 記文이다. 退溪의 學德과 玉洞書院 創建의 顚末을 서술하고 있다.

「高坪洞契更定約文序」는 1601년 藥圃가 고향 마을에 물러나 있을 때 마을의 風俗을 教化하기 위해서 마을 사람들과 議定한 洞約이다. 당시 유행하던 鄕約의 축소판으로, 朝鮮 中期의 鄕村社會를 연구하는 데 필요한 중요한 자료이다.

「紀效新書節要序」는 明나라 戚繼光이 지은 『紀效新書』를 壬辰倭亂 때 李如松이 갖고 우리나라에 왔는데, 이를 節要하여 朝鮮에서 출간할 때, 藥圃가 쓴 序文이다. 壬辰倭亂을 겪은 뒤 이를 教訓으로 삼아 倭賊의 侵略에 대비하자는 취지가 담겨 있다.

「吳德溪實跡大略」은 德溪 吳健의 爲人과 學問에 대하여 칭송하고 있다. 특히 藥圃는 德溪처럼 南冥·退溪 兩門을 出入하였고 같은 시기에 朝廷에서 벼슬했으므로, 德溪에 대해서는 누구보다 잘 알았다. 德溪의 學行에 대한 기록이 많이 있지만 이 글만큼 자료적 가치가 큰 글은 없다고 할 수 있다.

「避亂行錄」은 宣祖의 御駕를 모시고 서울을 떠나던 1592년 음력 4월 30일부터 1593년 1월 3일까지의 避難하는 과정과 行在所에서 있었던 일 등을 날짜별로 기록하였다. 壬辰倭亂 연구의 귀중한 자료가 된다.

「龍灣見聞錄」은 壬辰倭亂 때 行在所 義州에서 보고들은 일을 기록한 글이다. 당시 行在所의 事情과 中國과의 외교관계에 있어서 중요한 자료가 많다.

『續集』에서는 詩를 많이 수집했는데, 自己省察詩, 景物詩, 憐民詩가 많다.

書는 月川 趙穆과 아들 鄭允穆에게 주는 것이 대부분이다. 月川과는 退溪의 文集 刊行에 관하여 의논한 내용이 많고, 아들에게 준 書簡에는 家間大小事의 처리문제와 爲學·行身에 대한 訓話가 들어 있다.

『藥圃集』 비록 부분적으로 散佚되기는 하였지만, 朝鮮 中期 學者 政治人의 典型的인 文集이다. 藥圃가 大臣의 지위에 오래 있었던 관계로 壬辰倭亂과 明나라와 外交關係 등 國家大事에 관계된 資料가 대한 資料가 많이 들어 있는 귀중한 문헌이다. 다만 그가 南冥의 門人인데도 南冥과 관계된 자료가 거의 없는 점이 아쉽다.

『吾山集』解題

Ⅰ. 도언(導言)

우리 민족은 학문을 좋아하는 민족으로서 우리 조상들은 열심히 글을 읽고 글을 지어 남겼다. 농업만이 유일한 산업이던 그 당시에도 열심히 노력하여 자녀들을 공부시켜 문호(門戶)를 일으켜 세워 유지하려고 노력해 왔다. 그 결과 우리나라에는 우리 조상들이 남긴 많은 문집이 남아 있다. 오늘날 남아 전하는 문집 종류만 해도 대략 2만 종 정도가 넘을 것으로 보고 있다.

그러나 우리 조상들이 남긴 문집은 전부 한문(漢文)으로 되어 있기 때문에 오늘날 와서는 대부분의 사람들이 읽을 수 없는 글이 되고 말았다. 조상들이 남긴 글을 후손들이 읽고 이해하지 못하여 전통문화(傳統文化)가 이어지지 않는 것은 우리나라의 큰 불행이다. 그 책 속에 아무리 좋은 내용이 들어 있어도 언어가 통하지 않기에 무용지물(無用之物)과 다를 바 없게 되었다. 이런 까닭에 조상들이 남긴 고전(古典)을 쉬운 우리 말로 번역해서 보급할 필요가 있다. 단시일에 번역을 해서 출판하기 어려울 때는 해제(解題)라도 해 놓아야 그 책의 가치를 어느 정도 알 수 있는 것이다.

근세의 선비 오산선생(吾山先生) 전공(全公)은 면우(俛宇) 곽종석(郭鍾錫)선생의 뛰어난 제자로서 최근까지 유학자의 전형을 유지하면서 학문을 연구하고 제자들을 양성하며 윤리도덕을 붙들어 세우고 풍속을 선도하였다. 그가 남긴 『오산집(吾山集)』에는 그가 지은 시와 문장이 많이 들어 있다.

그 생애와 학문에 대해서 초윤(肖胤) 용채(龍埰) 장을 통해서 익혀 들어왔다. 용채 장이 지난해 겨울 이 『오산집』의 해제를 해 주기를 요청하기에, 그 문집을 읽고 그 생애와 학문 사상을 아래와 같이 밝히는 바이다.

Ⅱ. 생애와 성학과정

오산(吾山) 전봉수(全鳳遂)선생은 1882년(고종 19) 음력 10월 13일에 거창군(居昌郡) 부산리(鬴山里)의 집에서 태어났다.

선생의 휘(諱)는 봉수(鳳遂), 족보상의 휘는 병옥(炳玉)으로 되어 있다. 자(字)는 주보(周甫)요, 호는 초하(蕉下)였는데, 나중에 오산(吾山)으로 고쳤다.

본관은 성주(星州)이다. 성주전씨(星州全氏)는 본래 정선전씨(旌善全氏)였는데, 고려(高麗) 말기에 전순(全順)이 성산백(星山伯)에 봉해짐에 따라서 본관을 성주(星州)로 하게 되었다. 전순은 고려말 공조전서(工曹典書)를 지냈는데, 고려의 국운이 다하려 하자, 벼슬을 버리고 성주에 물러나 숨어 살았다. 그 이후로 사환(仕宦)하여 이름난 사람이 여럿 있었다.

선생의 고조 일휴재(逸休齋) 전필규(全弼奎)는, 학양(鶴陽) 박경가(朴慶家)의 제자였고, 증조 경와(警窩) 전치성(全致誠)은 학행(學行)이 있었다. 고령(高靈)에서 거창(居昌)의 가야산(伽倻山) 아래 부산리(釜山里)로 옮겨와 터를 잡았다. 조부는 만취(晩翠) 전두운(全斗運)인데, 그 조부 일휴재에게 수학하여 가학(家學)을 계승하였고, 나중에 사미헌(四未軒) 장복추(張福樞)를 사사(師事)하였다. 문학(文學)으로 유림에서 추중(推重)을 받았다. 모친은 밀양박씨(密陽朴氏)로 박경재(朴繁在)의 따님이다.

오산(吾山)은 어려서부터 타고난 자질이 순수하면서도 아름답고 심성이 순박하고 신중하였다. 어릴 때 어머니 등에 업혀 들판에 나갔는데 콩

몇 가지를 꺾어 주었더니, 선생은 바로 땅바닥에 던지며 말하기를, "제 것이 아닌데 어찌 가지겠습니까?"라고 하니, 보는 사람들이 기특하게 여겼다.

숙부가 선생보다 여섯 살이 적었는데, 늘 더불어 같이 어울려 놀았다. 어쩌다 할머니의 꾸중을 듣거나 회초리를 맞게 되면 얼른 옆에 와 땅에 엎드려 대신 처벌을 받기를 자청했다. 할머니의 노여움이 그치게 되면 그제사 비로소 일어났다.

7세 때 할아버지 일휴재(逸休齋)에게서 공부를 배웠는데, 세세하게 가르치고 감독하지 않아도 부지런히 글을 읽어 외웠다. 늘 할아버지 곁에서 모시고 공부했다. 부친은 집안 살림을 맡아서 꾸려나갔는데, 항상 오산으로 하여금 공부에 전념하게 하고 일을 거들지 못하게 하였다.

겨우 10세 남짓 했을 적에 문리(文理)가 날로 발전하여 능히 글을 지었는데, 친구들이 서로 이르기를, "학문이 진보하는 것은 부지런한 데 있지 재주에 있는 것이 아니로다. 우리들은 따라갈 수 없도다"라고 했다.

어느 여름날 날씨가 더워 시골 글방에 나가 여름철 과제를 할 때였는데, 마침 잡귀를 쫓아내는 광대들의 놀이가 있어 북소리가 시끄러웠다. 여러 아이들은 다투어 달려 나갔지만, 오산은 돌아보지도 않고 담담하게 홀로 자기가 과제로 받은 기록을 하고 있었다. 옆에 있던 사람이 괴이해서 물어봤더니, 오산이 "성인(聖人) 공자(孔子)의 '네 가지 하지 말라[四勿]1)'라는 훈계가 있습니다. 이 일은 예(禮)가 아닌 것인데, 어찌 가서 볼 것이 있습니까?"라고 대답했다. 그 사람이 오산의 조부에게 이 사실을 전하면서 칭찬하여 "이 아이는 어린데도 이러하니, 장래의 성취를 가히 알 수 있습니다"라고 했다.

처음에 조부가 과거(科擧)에 대비한 글을 공부하게 하여 날마다 과제를

---

1) 네 가지 하지 말라[四勿] : 공자가 그 제자 안연(顔淵)에게, "예(禮)가 아니면 보지를 말고, 예가 아니면, 듣지를 말고, 예가 아니면 말하지를 말고, 예가 아니면 움직이지 말라"라는 말을 하였다.

주었다. 오산이 자라자, 더 이상 과거 준비를 위한 글 짓기를 중지하게 하며 말하기를 "과거에 쓰이는 글은 부화(浮華)하고 지엽적인 말이니, 취할 바가 못 된다"라고 했다. 오산은 그 말을 들은 이후로 지식을 넓히고 사람 되는 공부에 힘썼다. 오산의 행실에 나타난 것은 오직 자신을 미루어 남을 이해하려는 것이었고, 가식적인 행동이나 남에게 돋보이기 위한 일은 하지 않았다. 스스로 말하기를 "나는 선비다. 착한 일과 옳은 일 하는 것이 나의 직분이다"라고 하고는, 터럭만큼이라도 착하지 않거나 옳지 않은 것은 마음으로 차마 하지 못했다.

그 당시 조선(朝鮮)은 말기로 접어들어 국가의 형세가 날로 쇠약해지고, 세상의 도덕은 날로 퇴폐해져 갔다. 조부는 오산이 세속에 물들거나 사악한 데 정신이 혼란하게 될까 걱정하여 철저하게 그 몸과 마음을 단속하고 면려하였다.

1904년(光武 8) 오산은 33세의 나이로 조부의 서신을 받들고서 가북면(加北面) 다전(茶田)에서 강학(講學)하던 면우(俛宇) 곽종석(郭鍾錫)선생의 문하에 찾아가 집지(執贄)하였다. 면우는 "효도와 공경은 큰 근본이고, 충(忠)과 서(恕)는 으뜸 되는 요결이다[孝悌大本, 忠恕元符]"라는 가르침을 손수 글씨로 써 주었다. 면우가 오산에게 거는 기대가 컸음을 알 수 있다. 오산은 면우의 문인이 된 이후로 "내 몸은 내 개인의 사유물이 아니다. 스스로 더욱 신중하게 처신하여 그 책임을 다하고 가르침을 받은 효과가 조금이라도 있기를 생각하지 않을 수 있겠는가?"라고 하여 주야로 더욱 근고(勤苦)하게 공부하였다. 사서(四書)와 『시경(詩經)』, 『서경(書經)』, 『사기(史記)』 등을 자기 말 외우듯이 익숙하게 읽었다. 또 천하의 책은 다 봐야겠다는 생각을 가지고 여러 종류의 서적을 널리 읽고 그 내용에 두루 통하여 그 깊은 뜻을 음미(吟味)하였다.

면우선생(俛宇先生)이 한 번은 유풍(儒風)을 일으키기 위하여 각지를 다니면서 강회(講會)를 열고 선비들을 시험하였다. 원근의 선비들이 가남(加南)의 도촌(道村)에 모였는데, 공은 「도수찬(島樹贊)」을 지어 응시하였다. 면우선생이 오산의 글을 읽어 보고 크게 칭찬을 하자, 여러 선비들은 붓을 감추고 뒤로 물러나 버렸다. 이로부터 오산의 명성이 날로 자자해졌다.

오산은 평생 할아버지의 극진한 배려 속에서 학문을 하였다. 당시 밀려오는 외래문물(外來文物)의 충격이 있었고, 신문물에 관심을 가져보자는 친구들의 권유가 없지 않았지만, 굳은 마음으로 거절하고 유학 공부에 전념하였다.

1910년 뜻을 같이 하는 친구 이병태(李炳台), 최학환(崔鶴煥) 최훈교(崔薰敎) 등과 안의(安義) 모리(某里)로 가서 동계(桐溪)의 유적을 답심(踏尋)하고 그 충절(忠節)을 흠앙(欽仰)하였다. 다시 북쪽으로 개성(開城) 평양(平壤) 등을 둘러보고 돌아왔다. 또 남쪽으로 삼가(三嘉), 진주(晋州), 사천(泗川) 등지를 경유하여 조국산천의 풍물(風物)과 백성들의 생활상을 직접 답심(踏尋)하여 견문을 넓혔다.

1919년 면우선생이 파리평화회의(巴里平和會議)에 한국(韓國)의 독립을 청원하는 장서(長書)를 발송하는 유림대표로 활동하다가 대구(大邱) 감옥에 구속되었다가 병을 얻어 출옥하였으나 8월 24일 서거했다. 공은 만사(挽詞)와 제문(祭文)을 지어 치전(致奠)하여 스승을 잃은 슬픔을 다하고 그 뒤 또 심상(心喪)을 입었다. 늘 면우로부터 받은 가르침을 가슴에 새기고 있지만, 다 실천하지 못하는 자신을 부족하게 여기는 마음이 간절하였다.[2]

면우선생 장례 후 『면우집(俛宇集)』을 편집하여 간행할 때 오산(吾山)은 시종 참여하였다. 1922년 다천서당(茶川書堂)의 유계(儒契)를 창설하고 석채례(釋菜禮)를 거행하여 면우의 교은(敎恩)에 보답하는 사업을 할 적에 오산은 정성을 다하여 주선하지 않은 것이 없었다.

칠곡(漆谷) 사람인 유병헌(劉秉憲)의 문집 『만송집(晩松集)』을 그 손자

---

2) 『吾山集』 권6 23장, 「祭俛宇郭先生文」.

가 1941년경에 간행하여 반포했는데, 그 문집 안에 스승 면우(俛宇)를 심하게 무욕(誣辱)한 서신이 들어 있었다. 공(公)은 분연(奮然)히 일어나 유병헌을 성토하는 글을 지어 칠곡 유림들에게 발송하여 유병헌의 서신 내용은 사실이 아니라는 것을 밝혔다. 문사(文辭)가 근엄하고 논리가 정연하여 읽는 사람으로 하여금 정신이 번쩍 들게 하는 글이다.

1955년에는 조부 만취공(晩翠公)의 유고를 편집 간행하여 세상에 반포하였다.

오산(吾山)은 평생 향리에서 경사(經史)를 열독(閱讀)하고 제자들을 양성하였고, 또 윤리도덕을 수호하며 풍속과 민심을 교화(敎化)하는 데 성력(誠力)을 다했다. 때때로 시문(詩文)을 창작하며 선비로서의 전형적인 생애를 보냈다.

고을 선현들의 행적을 천양(闡揚)하는 데 앞장섰으니, 동계(桐溪) 정온(鄭蘊)선생을 '천지간의 강상(綱常)과 의리의 주인'이라고 존앙(尊仰)하면서 동계선생이 친구들과 결성했던 용산범국계(龍山泛菊契)의 후손들을 모아 다시 계를 결성하여 선현들의 고상한 기풍과 아름다운 자취를 계승하려고 노력하였다.3) 영조(英祖) 무신란(戊申亂) 때 토역(討逆)에 공훈이 있는 신씨(愼氏) 가문의 다섯 충절(忠節)을 기리는 창충사(彰忠祠) 수계(修契)를 위하여 주도하였다. 또 무신란의 공신 금호(琴湖) 오공(吳公)을 위한 금호재(琴湖齋) 수계(修契)도 주도하였다.

1961년 7월 15일 축시(丑時)에 별세하니 향년 80세였다. 제자들이나 문인들이 "큰 선비가 세상을 떠났다"하며 만사(挽詞)와 제문(祭文)을 지어와 조문하며 슬퍼하지 않는 사람이 없었다.

평생 새벽에 일어나 밤 늦게 잤는데 손에서 책을 놓아 본 적이 없었으며, 간혹 책을 읽느라 밥 먹는 시간을 잊은 적도 있었다. 매일 경서(經書)를 몇 편씩 암송하는 것을 일과로 삼았다.

---

3) 『吾山集』 권6 2장, 「龍山泛菊契複案序」.

오산이 성년이 된 때는 이미 일본이 우리나라를 강점(强占)한 시대인지라 자신의 쌓은 경륜(經綸)을 펼칠 수 있는 시대상황이 아니었다. 부득이 임하(林下)에서 자신을 수양하면서 제자를 양성하여 다음 세대에 인재로 쓰일 것을 기대하였다. 원근의 젊은이들이 학문을 배우려고 하면 오산은 배우는 사람의 자질에 맞추어 독실하게 그들에게 길을 제시했다. 오산 자신은 세상에 나가 포부를 펼치지는 못했지만 자신이 명교(名敎)를 부지(扶持)하려고 노력하였고, 후학(後學)들을 인도하고 유학(儒學)을 널리 전파할 수 있었던 것을 다행으로 생각했다.4)

시대상황이 초야에 묻혀 살 수 밖에 없었지만, 오산은 진정한 은자(隱者)는 실력이 있고 난 뒤에 은자라 할 수 있는 것이지 실력도 없으면서 숨어 지낸다고 다 은자는 아니라는 생각을 갖고 있었다.

평생 양성한 제자가 300여 명에 이르렀다. 제자들이 오산의 교은(敎恩)에 보답하고자 겸목계(謙牧契)를 결성하여 매년 봄에 채례(菜禮)를 거행하며 그 학덕(學德)을 추모하고 있다.

학문을 강마(講磨)한 사우(士友)로는 참봉(叅奉)을 지낸 구재(苟齋) 정재성(鄭載星), 후남(后南) 강인수(姜寅洙), 동산(東山) 최훈교(崔薰敎) 등이 있었는데, 모두 면우(俛宇) 문하의 동문으로 가까이 살면서 자주 어울렸다. 또 합천(陜川)에 살던 직와(直窩) 심두환(沈斗煥)도 마음이 통하는 친구였다.

Ⅲ. 人品과 德行

오산(吾山)은 용모가 빼어나고 기상은 고매(高邁)했다. 천성(天性)은 후중(厚重)하고 재주는 출중했다. 거지(擧止)가 신중하고 말은 간결하면

---

4) 『吾山集』 권6 12장, 「崇誼契案序」.

서도 주도(周到)하였다. 기쁨이나 노여움을 얼굴에 나타내지 않았다. 마음
가짐은 정직하고 엄격하여 큰 절개를 지켜야 될 때에는 자신의 뜻을 빼앗
기지 않을 굳센 지조가 있었다.

평소에 거처할 때는 재계(齋戒)하는 듯 근엄하였고, 말하거나 웃는 것을
때에 맞게 하였다. 매일 아침 일찍 일어나 세면하고 머리 빗고 나서는
바르게 앉아 있었는데, 벽에 기대거나 나태하거나 싫증내는 모습을 보인
적이 없었다.

천리(天理)에 순응하여 궁통(窮通)과 득실(得失)에 괘념(掛念)하지 않
았으며, 아주 참혹한 일을 당해도 운명이라 생각하고 이치로써 슬픔을
발산하고 구슬퍼하는 얼굴빛을 보인 적이 없었다. 안분지족(安分知足)하
여 만족과 불만은 마음가짐에 달려 있다는 것을 잘 알고 실천하였다.

> 사람의 거처가 넓은 천하를 다 차지한다 해도 무릎 하나 들여놓을 데가
> 없는 경우가 있나니, 그 마음에서 구차하고 까다롭게 여기기 때문이다. 사람
> 이 혹 깨진 옹기 조각으로 창문을 만든 좁은 집에 살아도 만 개의 나라보다
> 더 넓게 여기는 경우가 있나니, 그 마음이 넉넉하고 펴져 있기 때문이다.[5]

처신하는 것이 아주 겸허(謙虛)했고 너그러운 마음으로 다른 사람들을
동정했고, 이해하는 마음으로 사물을 포용하였다. 그래서 그 기상은 위엄
이 있으면서도 사납지 않았다. 친하지 않은 사람들도 그 인품에 기꺼이
감복하게 만들었고, 간혹 사람을 책망하거나 징계해도 당하는 사람이 싫어
하지 않았다.

형통하고 곤궁한 것에 구애되지 않았다. 목숨을 바쳐야 할 어려운 일을
당해서 마땅히 해야 할 바를 하는 사람이 위대한 선비라는 생각을 갖고
있었다.[6]

---

5) 『吾山集』 권 6 25장. 「麻湖別業記」. 人之爲居也, 或以九宇之廣, 而莫容一膝, 其心之苟艱
也. 人或圭竇之窄, 而恢於萬邦, 其心之優舒也.

사(邪)와 정(正)의 구분에 철저히 엄격하였는데, 착하지 않은 일을 하면 비록 존귀한 사람이라도 흙탕처럼 천하게 보았고, 착한 일을 하면 비록 남의 하인이라도 귀하게 생각하였다.

효성(孝誠)이 지극하였는데, 친상(親喪)을 당하여서는 삼년상(三年喪)을 치루면서 상복(喪服)을 벗은 일이 없었고, 대문 밖으로 나간 일이 없었다.

자신의 환갑(環甲)이 다가오자, 자녀들이 술과 음식을 마련하여 손님들을 초청하려고 하였으나, 허락하지 않으며 말하기를, "나를 낳아 길러준 부모님의 노고를 생각한다면 이 날은 마땅히 두 배 더 비통해야 할 것이다"라고 했다.

공은 세상을 떠날 때 자제들에게 "장례를 거창하게 하지 말라"고 당부를 하였다.

천성이 산수(山水)를 좋아하여 독서하거나 강학(講學)하는 여가에 산수 간을 거닐면서 시가(詩歌)를 읊조려 심성(心性)을 깨끗하게 가졌다.

Ⅳ. 學問과 思想

오산(吾山)은 평생 할아버지 일휴재(逸休齋)의 극진한 배려 속에서 학문을 하였다. 당시 밀려오는 외래문물(外來文物)의 자극적인 충격이 있었고, 신문물에 관심을 갖자는 친구들의 권유가 없지 않았지만, 굳은 마음으로 거절하고 유학(儒學) 공부에만 전념하였다.

오산은, 성인(聖人)의 학문은 거경(居敬)과 신독(愼獨)을 제일로 삼는다는 것을 알았다.

성인의 학문은 오직 거경(居敬)과 신독(愼獨)을 제일의 공부로 삼는다. 지금은 세상이 혼잡하여 거경과 신독을 보기를 한번 쓰고 나면 바로 버리는

---

6) 『吾山集』 권 8 27장, 「從仕郎晚悟金公墓誌銘」.

꼴로 만든 개나 한번 쓰고 마는 갓이나 머리덮개로 여긴다.[7]

그러나 세상 사람들은 거경이나 신독의 가치를 모르고 지속적으로 유지하지 않는 것을 개탄하였다. 오산은 평생 거경과 신독을 공부의 주된 원칙으로 삼고 공부를 계속하였다.

오산은 독서는 반드시 실천이 따라야지 실천이 따르지 않는 독서는 아무런 소용이 없다는 것을 인식하였다.

> 세상은 점점 못해지고 풍속은 각박해져 뭇 사람들이 서로 입으로 떠들어대지만, 성현의 글을 읽은 사람이 과연 몇 사람이나 되겠는가? 또 글을 읽는 것은 장차 실천하기 위해서다. 실천은 어떤 것이 중요하겠는가? 효도와 우애가 중요한 것이다. 실천을 하지 못한다면, 비록 날마다 다섯 수레의 책을 읽는다 해도 무슨 도움이 되겠는가?[8]

당시 세상에는 성현의 글을 읽는 사람도 거의 없었지만, 읽고서 실천하는 사람은 더욱 드물었는데도 세상 사람들 가운데는 다 아는 듯이 이런저런 주장을 하는 실상을 개탄하였다. 참된 선비는 성현의 글을 읽고 실천하는 것이라는 것을 오산은 명확히 인식하였다.

오산은 스승 면우(俛宇)의 학설을 따라 역시 그 학문은 주리(主理)의 경향을 띄었다. 그는 「상구재정장서(上苟齋鄭丈書)」에서 이기(理氣)의 관계를 나름대로 설정하였다.

> 이 리(理)는 참되고 순수하여 천고에 빛나는 것이니, 기(氣)의 힘으로 없앨 수 없는 것으로, 천하에 두루 펴져 있어 사물에 따라 변화하는 것입니다.[9]

---

7) 『吾山集』 권6 19장, 「栗峯序」. 聖賢之學, 惟以居敬謹獨爲第一功. 目今九字混淆, 人之視敬謹, 如芻狗之已陳, 弁髦之已棄.

8) 『吾山集』 권6 30장, 「石圃書室記」. 世降俗漓, 衆喙交咻, 讀聖人書者, 果幾人哉? 且讀書, 將以行之, 行孰爲大? 孝友是已. 行之未則, 雖日讀五車, 而奚益哉?

　오산은, 도(道)는 어지러운 세상과 상관 없이 그대로 존재하여 구하면
얻을 수 있다고 보았다. 세상 사람들은 도를 깊이 구해보지도 않고, 얻지
못하면 세상 사람들은 "천하에 도(道)는 이미 없어진 지 오래 되었다"하고
는 자신의 노선을 바꾸어 버린다. 그래서 세상에는 도를 구하다가 아는
데 이르지 못한 사람도 있고, 혹 알기는 해도 실천하지 못하는 사람이
있고, 또 어떤 사람은 행하기는 해도 성숙해지지 못한 사람이 있다[10]고
세 가지로 나누어 파악하였다.

　세상에는 학문에 뜻을 둔 사람은 많으나 대부분이 결과적으로 학문을
이루지 못한 것은 다음의 이유 때문이라고 보았다.

> 　대개 학문하는 데 있어서의 병통(病痛)은, 중간에서 그만두는 것과, 다음
> 에 다음에 하고 미루며 기다리는 것이다. 배워서 그치지 않으면 뜻은 더욱
> 굳어지고 기운은 더욱 안정된다. 행동하는 데 있어 나아가고 나아가 앞으로
> 가면 나이가 많다는 것도 알지 못하고 항상 젊고 씩씩한 때와 같이 될 것이다.
> 　배우기를 그만두면 뜻이 흩어지고 기운이 퇴보되어 마치 서리 맞은 풀처
> 럼 곧 시들어 떨어지는 것을 보는 것이 멀지 않게 될 것이다.[11]

　공부를 하다가 중간에 그만두는 사람도 있고, 다음에 다음에 하면서
미루는 사람도 있다. 그러나 배우기를 시작하여 중단하지 않으면 점점
뜻이 굳세어지고 기운이 더욱 안정되어 진보가 있게 된다. 만약 공부하는
것을 포기하면 뜻도 분산되고 기운이 퇴보하여 곧 시든 풀처럼 아무 능력
없는 사람이 되고 결국 노년이 되도록 아무런 성취(成就)가 없게 되고

---

9) 『吾山集』 권1 「上荀齋鄭丈書」, 此理眞純, 千古光明, 非氣力之所可殄滅, 而九宇淸離, 隨物
　而隨化.
10) 『吾山集』 권1 「上姜丈景益書」.
11) 『吾山集』 권4 16장, 「與崔復經」. 盖學之病, 在間斷也, 等待也. 學而不已, 則志益堅, 氣益定,
　動作做造, 進進向前, 不知年數之大, 而恒是少壯時日. 學之廢, 則志散氣退, 如中霜之草, 立
　見萎苶而枯落無日矣.

말 것이다. 학문을 이루는 데 있어서는, 결국 자신의 뜻을 세우는 것이 중요하다는 점을 강조하였다.

오산(吾山)은 문학만이 모두라고 생각해서는 안 되고, 문학보다는 진정한 학문에 진력(盡力)할 것을 강조하였다. 「여신덕홍(與愼德弘)」에서 이렇게 말했다.

> 고금의 시문(詩文) 작자들의 법도는 그 나름대로 자질구레한 일은 아니지만 모기나 파리가 항아리 안에서 나는 것과 같을 따름입니다. 무릇 사람이 천지 사이에 태어나 머리에는 머리카락을 가지고 입에는 이빨을 가져 그 형체를 온전히 하였고, 성명(性命)과 정지(情志)는 그 타고난 바를 갖추고서 천고의 성현들이 비밀리에 전하고 조심스레 전해준 광명의 보물들을 사람 사람마다 마음속에 갖고 있습니다. 그런데 도리어 이런 것을 버린다면 어찌 슬픈 일이 아니겠습니까? …… 바라건대 눈의 힘을 크게 하고 발을 굳게 딛고 근본 되는 바탕에서 힘써 공부하기를 바랍니다. 미세하다고 하여 혹시라도 소홀히 하지 마시고, 원대하다고 하여 스스로 두려워하지 말고 나아가고 나아가기를 마지 않으면 저절로 이르는 바가 있을 것입니다.[12]

시를 잘 짓고 문장을 잘 한다는 것은 문학적 재능은 뛰어났을지 몰라도 사람 되는 근본적인 공부는 될 수가 없다. 사람은 누구나 타고난 형체와 본성을 갖고 있는데, 그 가치를 모르고 스스로 포기한다면 애석한 일이다. 그래서 훌륭한 자질을 타고나 고상한 뜻을 가진 신덕홍(愼德弘)에게 무슨 일이든지 할 수 있다는 자신감을 갖고 안목을 크게 하고 발을 굳게 딛고서 근본 되는 공부를 힘써 할 것을 당부하였다. 너무 미세한 일이라고 소홀히 해서도 안 되고, 원대한 일이라고 미리 겁을 먹어서도 안 된다. 계속해서

---

12) 『吾山集』권4 16장, 「與愼德弘」. 古今作家繩尺, 亦非細事, 而亦不過蚊蚋之翺翔於甕盎之間耳. 夫人生於兩間, 戴髮含齒, 旣全其形, 性命情志, 旣備其賦. 千古聖賢密傳謹授之光明寶藏, 自在於人人之一片靈臺, 而反舍棄者, 豈非可哀歟? …… 幸望大眼力, 牢脚跟, 作辛苦工夫於本根田地, 勿以細微而或忽, 勿以遠大而自憚, 進進不已, 自有所至矣.

간단없이 공부해 나가면 결국은 성취하는 바가 있다는 것을 일러 주었다. 목표를 바르게 크게 세우고 끊임없이 공부를 해 나가는 것이 중요하다는 것을 밝혔다. 당시 오산(吾山)에게 와서 공부하던 사람들 가운데도 마음을 안정시켜 일로매진하는 사람이 드문 것을 탄식하였다.

이름과 실제와의 관계에 대해서 오산은, 실제로 존재하는 것이 있으면 이름이 나는 것은 당연한 것으로 억지로 이름을 감출 것은 없다고 보았다. 단지 실질(實質)이 없으면서 허명(虛名)만 나는 것을 경계하였다.

오산(吾山)의 시(詩)에 대한 관점은 이러하였다.

> 대저 선비가 세상에 태어나서 성스러운 조정에 신하가 되어 공을 이루고 덕을 세워 생활에 여유가 있고 말과 용모가 기뻐하고 윤택하면 시로 나타내는 것이 조화되고 맑고 편안하고 즐거워 사람의 마음과 눈을 격앙되게 할 수가 없다. 그러나 시대를 만나지 못해서 추위에 떨고 굶주리고, 초야의 바위 틈에 홀로 살아가며 행하고자 하여도 베풀 곳이 없고 거처함에 꾀하는 바가 없이 근심과 원한 속에 살면서 구름과 노을과 달과 이슬 속의 적막한 곳에서 읊조리면서 그 울적한 것을 발산한다면, 그 시는 더욱 좋게 될 것이다. 한유(韓愈)가 조주(潮州)로 귀양간 것과 유종원(柳宗元)이 영주(永州)로 좌천되어 간 것과 두보가 촉(蜀) 땅에서 피난하며 지낸 것이 다 이런 경우이다.[13]

오산(吾山)은, 구양수(歐陽脩)의 '사람이 곤궁하게 된 뒤에라야 시를 잘 지을 수 있다[人窮而工於詩]'라는 주장을 전적으로 동의하면서, 좋은 시를 창작하는 데는 창작 환경의 영향이 크다는 점을 인정하였다. 시인의 뼈저린 경험이 좋은 시의 밑거름이 된다고 생각했다.

오산은 문장과 도(道)가 원래 두 갈래가 아니었다고 보았다.

---

13) 『吾山集』권6 4장, 「金秋岡詩稿序」. 夫士生于世, 委臣聖朝, 功成德立, 起居優舒, 言貌悅澤, 發之題詠者, 沖澹泰怡, 無足激人心目, 而若其不遇于時, 寒餓夯處于草茅巖穴, 行無所施, 居無所謀, 憂愁怨恨, 嘯詠于雲霞月露寂寞之濱, 而鳴其鬱悒者, 其詩, 乃益工. 韓之於潮, 柳之於愚, 杜之於蜀, 皆是已.

문장과 도는 두 갈래가 아니지만, 옛날에서 점점 멀어지자 문장이 도(道)
에서 이탈함이 날로 심해져간다. 오직 타고난 자질의 돈후(敦厚)함에서 나와
서 성인(聖人)의 경전(經典)의 가르침에 뿌리를 둔 것이라야 이에 능히 도에
서 어긋나지 않을 수 있다.[14]

후세에는 문장하는 사람과 도학(道學)하는 사람이 완전히 분리되어 있
는데, 오산(吾山)은 두 가지가 나누어지지 않은 상태가 정상적인 상태라고
보았다. 그래서 좋은 문장이란 것은 자질이 돈후한 사람이 성인의 경전에
뿌리를 두고 지은 문장이라고 결론을 내렸다. 경박한 문장가의 문장은
진정한 문장이 될 수 없다고 보았다.

학문 하는 데 있어서 스승과 제자의 관계를 오산(吾山)은 이렇게 보았다.

도(道)가 있는 곳이 곧 스승이니, 스승은 학문을 전수하는 사람이다. 배우
는 사람 가운데는 우러러 흠모하는 정성이 있지 않는 경우가 없는데 오래되
어도 더욱 잊지 않는 것은 떳떳한 본성(本性)이 있기 때문에 그런 것이다.[15]

스승은 어떤 것보다도 도(道)를 간직하는 것이 중요하다. 그리고 배우는
사람들도 정상적인 마음의 안정이 필요한 것이다. 그래야만 스승을 진정으
로 오래도록 흠모할 수 있는 것이다.

세상에서 남편이 죽으면 부인이 따라 죽는 것을 칭송했지만, 오산은
꼭 부인이 시부모의 봉양을 버리고 자식들을 포기한 채 따라죽는 것만이
능사가 아니라고 보았다.[16] 그 시대의 유학자로서는 대단히 합리적인 사
고를 가졌다고 볼 수 있다.

---

14) 『吾山集』 권6 6장, 「梅峰集序」. 文與道, 非二致, 而邃古已遠, 文之離道日甚矣. 惟出於天賦
   之厚, 而本於聖經之訓者, 其文乃能不畔于道.
15) 『吾山集』 권6 10장, 「聯繫契案序」. 道之所存曰師, 師所以授學也. 其學焉者, 無不有仰慕之
   誠, 而愈久不忘者, 彝性之攸在也.
16) 『吾山集』 권9 30장, 「烈婦金氏傳」.

V. 문집의 내용과 시문(詩文)의 특징

선생의 시(詩)와 문장(文章)은 이치를 위주로 하였지 부화(浮華)한 수식을 일삼지 않았다.

선생의 문집은『오산집(吾山集)』이라고 서제(書題)를 붙였는데, 모두 9권 4책으로 되어 있다. 이는 전체 원고 가운데서 산절(刪節)하여 좋은 글만 골라 편집한 것이고, 문집에 수록되지 않은 초고(草稿)가 본가에 아직도 많이 남아 있다고 한다.

『오산집(吾山集)』의 책머리에는 면우(俛宇) 문하의 동문 후배인 중재(重齋) 김황(金榥)의 서문이 실려 있다. 4책 말미에는 초윤(肖胤) 용채(龍埰) 장이 지은「가장(家狀)」, 제자 최만권(崔萬權)이 지은「행록(行錄)」, 동문 후배 삼주(三洲) 이기원(李基元)이 지은「행장(行狀)」, 굴천(屈川) 이일해(李一海)가 지은「묘갈명(墓碣銘) 등 부록(附錄)이 실려 있고, 책 끝에는 면우의 아들인 곽정(郭淵)의 발문(跋文)이 붙어 있다.

권1에는 276제(題) 351수의 시가 실려 있다. 한시 작품 가운데는「면우곽선생만(俛宇郭先生輓)」,「만대계이선생(挽大溪李先生)」,「만문장겸산(挽文丈謙山)」,「만송장항재(挽宋丈恒齋)」,「만이수산자강(挽李壽山子剛)」,「만회봉하장(挽晦峰河丈)」,「만송장공산(挽宋丈恭山)」,「만김사문(挽金士文)」 등의 만사(挽詞)가 실려 있는데, 면우(俛宇) 곽종석(郭鍾錫), 대계(大溪) 이승희(李承熙), 겸산(謙山) 문용(文鏞), 항재(恒齋) 송호곤(宋鎬坤), 수산(壽山) 이태식(李泰植), 회봉(晦峯) 하겸진(河謙鎭), 공산(恭山) 송준필(宋浚弼), 창계(滄溪) 김수(金銖) 등 유림(儒林)의 대학자 및 문사들의 서거를 애도한 시이다. 이들은 강우(江右) 유림의 대표격으로 오산(吾山)이 지은 일련의 이 만사 작품들은 강우 유림의 인물사(人物史)라고 할 수 있을 정도로 인물에 관한 자료가 풍부하여 문학작품일 뿐만 아니라 사료(史料)로서의 가치도 크다.

전체 시 가운데서 만사가 166수를 차지하는데, 면우(俛宇) 문하의 동문이거나 거창(居昌) 합천(陜川) 등지에 거주하던 유사(儒士)들의 작고(作故)를 애도한 시들로서, 유림계(儒林界)의 흐름을 알 수 있는 자료들이다. 그 가운데서 「면우곽선생만(俛宇郭先生輓)」은 이러하다. 38구 190자로 된 장편이다.

하나의 이(理)가 마음의 오묘함 전하나니,	一理傳心妙
천년의 창성한 운수에 응했습니다.	千年應運昌
성대한 덕은 정말 하늘이 낳은 것이고,	盛德眞天挺
아름다운 말씀은 세상의 법도 되었습니다.	嘉言爲世綱
뜻 둔 사업은 삼대(三代)를 뒤쫓았고,	志業追三代
명성은 세계만방에 진동하였습니다.	聲名動萬邦
산악이 쌓은 정기는 깊어 다함이 없고,	嶽蓄深無盡
바다가 함축한 건 넓어 헤아릴 수 없습니다.	海涵濶莫量
여러 성인(聖人)의 심오한 것을 나타내었고,	闡揮群聖奧
많은 학자들의 장점을 다 포괄하였습니다.	收括百家長
그 범위는 우주를 다 싸안았고,	範圍苞宇宙
정채(精彩)로움은 산수를 장식했습니다.	精彩賁林塘
우리 유림의 뛰어난 인물로 비중이 무거웠고,	斯文龍象重
세상에 드문 봉황새 같은 상서로움이었습니다.	曠世鳳凰祥
임금님의 폐백은 이윤(伊尹)17) 초빙하듯 자주했으나,	束帛煩莘聘
선생께선 도성(都城) 문을 과감하게 잊었습니다.	晨門亦果忘
대궐 섬돌에서 야인의 복장으로 올라가니,	玉墀升野服
천하 사람들이 그 빛을 우러러보았습니다.	九宇仰輝光
본래 실천해온 건 요행과 염치없는 것 싫어했기에,	素履恥僥冒
꺼리낌없이 당장 벼슬 버리고 숨어버렸습니다.	浩然卽舍藏
벼슬에 나가는 것과 물러나는 것 자유롭게 했는데,	出處恔游刃
지각 없는 사람들은 어쩔 줄 몰랐습니다.	蜀犬謾蒼黃
소나무와 잣나무는 추워지면 더욱 굳세어지고,	松栢寒愈勁

---

17) 이윤(伊尹) : 은(殷)나라의 어진 정승. 본래 (莘野) 땅에서 농사지으며 살았으나, 탕(湯)임금의 여러 차례에 걸친 간곡한 초빙으로 벼슬에 나갔다.

지초와 난초는 홀로 있어도 더욱 향기를 냅니다.	芝蘭獨益芳
도연명(陶淵明)처럼 전원으로 돌아와 어울리면서,	田園栗里社
공자(孔子)처럼 봄날 행단에서 고전 강론했습니다.	詩禮杏壇春
세속의 길은 놀랍게도 험난하여,	俗路驚崎嶬
왜적의 감옥에서 육십일을 보냈습니다.	燕幽又六旬
갈아도 갈리지 않았고 검게 물들여도 흰빛이었으니,	磨涅奈堅白
느긋하여 멀리 티끌 세상에서 뛰어났습니다.	優遊逈出塵
하늘이 우리 유교를 없애려고 했는지,	天欲喪斯文
어느날 뒷짐을 지고 노래하셨습니다.18)	居然負手歌
한 시대의 으뜸 되는 스승 떠났으니,	一代元龜去
세상의 도리를 그 어이 하리오?	其於世道何
옷 단 들고 제자의 예(禮) 차리는 일 다시 없으리니,	摳衣念不復
만사는 제 마음의 정성을 저버렸습니다.	萬事負心香
어둠 속에서 길을 찾지 못해 괴로워하며,	冥冥摘埴苦
저 홀로 어정거릴 것이 슬퍼집니다.19)	哀我獨伶仃

면우(俛宇)의 서거를 애도한 여러 사람들의 만사(挽詞)가 많았지만, 그 가운데서도 가장 잘 된 것이라 생각된다. 스승 면우의 학문적 특색과 명망, 시대적 역할, 자신과의 관계, 면우 이후 세도(世道)에 대한 우려, 자신과의 관계, 스승을 잃은 자신의 아픔 등을 거작(巨作)으로 표출해 내었다. 간절하면서도 애절(哀絶)한 아픔이 구절구절 배어 있다.

고향 주변이나 여행지의 산수자연을 읊은 시, 자신의 심정을 토로한 시, 자신의 수양과 관계된 시, 여행에서 보고들은 것을 읊은 시, 친구들과 어울려 수창(酬唱)한 시 등이 대부분이다. 이 가운데는 평양(平壤)에 가서 모란봉(牡丹峯), 부벽루(浮碧樓), 연광정(練光亭), 기자릉(箕子陵) 등의 풍광을 유람하고 묘사한 작품도 들어 있는데, 당시의 역사문물에 대한

---

18) 공자(孔子)가 73세 되던 해 어느 날 아침 뒷짐을 지고, "태산(泰山)이 무너지는구나! 대들보가 부러지는구나!"라는 노래를 부르더니, 며칠 지나지 않아 세상을 떠났다.

19) 『吾山集』 권1 4장, 「俛宇郭先生挽」.

정보를 많이 제공하고 있다.

오산(丐山)은 경치 묘사에도 아주 능한 솜씨를 발휘하고 있다. 그의 「見南亭文會」라는 시는 이러하다.

시인의 지팡이 천천히 가을 푸른 산에 들어가니,	吟筇徐入碧山秋
길가의 맑은 새소리 흐르는 듯하여라.	一路禽聲淡欲流
돌틈의 폭포는 티끌 세상과는 이미 멀고,	石竇飛泉塵已遠
나무 사이로 지는 해에 비 처음으로 개였네.	樹間斜日雨初收
구름과 노을을 고상한 친구로 반기는 눈빛이요,	雲霞雅契來青眼
자연 속의 여러 신선은 모두 허연 머리라네.	湖海群仙摠白頭
사물 바깥의 맑은 놀이 즐길 만한데,	物外清遊堪可樂
가을 바람 매미 소리는 사람 근심스럽게 하네.[20]	西風蟬語故人愁

초가을에 아직 단풍이 물들기 전에 지팡이를 짚고 천천히 자연 풍광(風光)을 완상(玩賞)하면서 자연 속으로 흡입되어 들어가고 있다. 새 소리를 듣고 너무나 애정 어린 정감(情感)을 느껴 새소리 한 마디 한 마디가 흘러내리듯 귓가에 전달된다. 돌틈의 폭포와 나무 사이의 석양 모두가 작자의 관심을 끌어간다. 산 속 정자에서 만난 친구들은 머리 허연 신선인데, 속세의 얽매임을 벗어던지고 하루를 즐긴다. 자연과 사람이 완전이 하나로 합쳐지는 경지에 이른 작품이다. 그러나 마지막 구절은 파격(破格)을 이룬다. 자연과 친화(親和)하면서 즐기는데, 가을 매미 소리가 마음에 걸린다. 가을 매미는 곧 이미 노년에 이른 작자와 작자 친구들의 운명을 상징하기 때문이다.

표현도 아주 평이하면서도 자연스럽고 깔끔하여 뛰어난 시 작품에 들 수 있겠다.

권3, 권4에는 서신 81통과 문목(問目) 2통이 들어 있다. 스승인 면우(俛

20) 『丐山集』 권1 10장, 「見南亭文會」.

宇) 곽종석(郭鍾錫)에게 올린 서신 5통과 문목 1통을 위시하여 동향의
선배인 교우(膠宇) 윤주하(尹冑夏)에게 올린 서신 2통과 문목 1통이 들어
있다. 이 밖에 서신을 주고받은 대표적인 사우(士友)로는 구재(苟齋) 정재
성(鄭載星), 면우의 조카 곽윤(郭奫), 배병한(裵炳翰), 문존호(文存浩), 김
수(金銖), 김황(金榥), 면우의 아들 곽전(郭澶), 회봉(晦峯)의 아들 하영윤
(河泳允), 최만권(崔萬權) 등이 있었다.

　면우에게 올린 서신에서는 공부하려고 하나 집중하여 침잠(沈潛)하지
못하는 자신의 문제점을 고백하는 내용, 문학과 이학(理學)의 관계, 유교
경전(經傳)과 외서(外書)와의 관계, 외국서적에 대한 태도, 당시 신문물과
전통학문 사이의 갈등에 대한 문답, 면우에게 유학의 일맥(一脈)을 보존하
시라고 요청하고 싶은 자신의 의견 등이 들어 있다.

　면우에게 올린 문목(問目)은 『예기(禮記)』에 관한 문목 하나만 문집에
실려 있고 『대학(大學)』, 『근사록(近思錄)』 등에 대한 문목을 올렸으나
지금 『오산집(吾山集)』에는 실려 있지 않다.

　교우(膠宇) 윤주하(尹冑夏)에게 올린 서신에서는 학문에 진척이 없음을
고민하고, 『예기(禮記)』를 읽고서 의문 나는 점을 질문하는 문목(問目)을
뒤에 붙였다. 두 번째 서신에서는 당시 학문의 경향이 명예를 얻는 것이나
화려한 문장을 짓는 것이 치중해 있음을 개탄하였다.

　글은 진실에 바탕을 두어야 하는데, 그 당시 지어지는 비문(碑文) 등에
는 사실보다 과장된 것이 많았음을 개탄하고, 오산은 사실에 부합되는
진실된 글을 지으려고 노력하였다.[21]

---

21) 『吾山集』 권8 3장, 「學生徐公墓表」.

VI. 結語

오산(吾山)은 면우(俛宇)의 문하에서 공부한 뛰어난 제자로 근세를 대표할 대학자였으나, 왜인(倭人)이 국토를 강점한 시대상황에서 세상에 나가 자신의 포부를 펼칠 수 있는 어떤 일을 할 수 있는 여건을 얻지 못했다. 해방 이후에도 서양문명의 세찬 조류(潮流) 속에서 전통학문을 한 유학자는 참여할 기회가 전혀 없었다.

초야에 묻혀서 자신의 학문을 계속하면서 배움을 청하는 후진들에게 한학(漢學)을 전수하고 세상의 윤리도덕을 유지하고 풍속을 교화하면서 자신의 생각과 감흥을 시나 문장으로 나타내는 것으로 생애를 마감하였다. 시대적으로 보면 불우한 생애라 할 수 있지만, 자기가 처한 시대 상황에서 자기가 할 수 있는 역할을 다한 것이다. 3백여 명에 이르는 제자를 양성한 것은 우리나라의 전통학문이 계승되게 하는 데 큰 힘이 되었을 것이다.

『오산집(吾山集)』에 실린 시는 서정성(抒情性)과 서사성(敍事性)이 풍부한 문학작품일 뿐만 아니라 거창(居昌)을 중심으로 한 강우(江右)지방의 인물사(人物史)와 유학사(儒學史)의 자료로서도 중요한 기능을 할 것이고, 그 문장은 유림들의 의식구조(意識構造), 활동상, 학술사(學術史), 생활습속, 세시풍속(歲時風俗) 등을 연구하는 데 중요한 자료가 될 것이다.

『오산집(吾山集)』이 한문(漢文)으로 쓰여졌다는 이유만으로 그 가치 있는 내용이 연구되지 않은 채 도서관의 고서(古書) 더미 속에 매몰되어 있을 것이 아니라 그 안에 담긴 선비정신, 문화의식, 역사의식, 도덕정신 등을 오늘날에 현대인들의 정신적 양식으로 되살려야 할 것이다.

『五書古今注疏講義合纂』-『論語』 解題

　　崔左海(一七三八--一七九九)의 저술. 저자의 本貫은 隋城, 字는 伯下, 號는 山堂·草堂·龍巖·尙志·乃菴, 堂號는 古書齋, 士林에서 정한 私謚는 淵正先生이다.

　　隋城崔氏는 신라 경순왕의 후손으로서 王氏 성을 가졌다가 王永奎란 사람이 隋城을 식읍지로 받고 崔氏 성을 하사 받음으로써 생겨난 성씨다. 그의 조상들 가운데서 고려시대에는 현달한 인물도 있었으나, 조선시대에 들어와서는 사환이나 학문에 있어서 두드러진 인물은 없었다. 조선 中宗시대 이후에는 강원도 춘천 楊花村에 世居하였고, 저자도 그곳에서 태어나 자랐다.

　　어려서부터 才氣와 局量이 대단하여 향리에서 칭찬이 자자하였고, 十五,六세 때는 벌써 옛 성현의 도에 뜻을 두었다. 자라서는 渼湖 金元行을 배알하고 제자가 되었다. 金元行이 기뻐하며 말하기를, 『내가 사람을 얻었다. 이로부터는 우리 道를 맡길 수 있겠다. 그 시와 문장도 아주 훌륭하다』라고 하였다. 그러나 金元行의 文集에는 崔左海와 관계된 기록이 전혀 없다. 아마 수학한 기간이 길지 않아서 그런 것 같다.

　　얼마 지나지 않아서 『孔孟은 나의 스승이다. 돌아가서 학문을 구해야지 하고 元通山 속으로 돌아와 書室을 짓고 古書齋라고 이름하고서 杜門독서하였다. 이때부터 벌써 그의 학문을 듣고서 제자들이 수많이 모여 들었다.

　　그후 原州·楊根·鰲州 등지로 옮겨 살면서 제자들을 가르쳤는데, 그 가르치는 법도는 李栗谷의 隱屛學規를 본받았다.

그는 早年에 과거를 포기하고 제자양성과 학문연구로 일생을 보냈다. 만년에 經典의 뜻이 통일되지 못함을 걱정하여 <五書古今注疏講義合纂 -論語>를 저술하다가 완성을 보지 못한 채 죽었다. 다행히 그에게서 수 학한 문인들이, 그의 講義를 기록한 <五書古今注疏講義合纂-論語> 등 으로 보충해서 편찬했다.

그는 栗谷 李珥, 沙溪 金長生, 尤庵 宋時烈 계통의 학맥을 계승하였다고 볼 수 있겠다. 그에게도 門人錄이 있었다고 하나 일실되어 지금은 전하지 않아 그의 학문이 어떻게 계승되었는지는 추적할 수가 없다.

이 <五書古今注疏講義合纂-論語>는 四十卷 十冊의 방대한 분량인데 현재 필사본으로 서울대학교 규장각에 소장되어 있다. 본래 <五書古今注 疏講義合纂>과 그 부록인 <五書諸注竊意>라는 저자의 經典注釋 가운데 서 『論語』부분에 해당되는 것이다.

이 주석서에서 저자는 『論語』의 篇者를 孔子의 손자인 子思로 추정하 고 있다. 저자가 주장하는 근거는 이러하다.

첫째, 子思는 世道가 더욱 떨어지고 聖人의 道가 밝아지지 않는 것을 걱정하여 大學을 지어 先王의 心法을 전수하고자 하였고『中庸』을 지어 孔子의 가르침을 밝혔다. 그 내용은 孔子가 평소에 講明하던 것이다. 孔子 가 弟子들과 문답할 때 그 詳密한 뜻은 精微하고도 曲暢한데, 『論語』를 편찬하여 그 내용을 다 담았다. 『論語』란 책은 『中庸』을 통해서 그 체계를 세우고, 『大學』을 통해서 그 요점을 모으는 상호유기적인 관계에 있다. 『論語』란 책만 있고 『中庸』・『大學』이 없다면 쓸모 없는 책이 될 것이고, 『中庸』・『大學』만 있고 『論語』가 없어도 역시 쓸모없는 책이 될 것이다. 그러므로 이 세 가지 책은 모두 子思 한사람의 손에서 나왔음을 알 수 있다.

둘째, 程子는, 『論語』는 有若과 曾參에 대하여만 「子」라고 존칭을 붙였 으므로 『論語』는 有若과 曾參의 제자들의 손에서 편찬되었다고 주장했고, 朱子는 曾子의 제자인 子思와 樂正子春의 손에서 이루어졌으리라 추정하

였다. 그러나 著者는 樂正子春이 子思의 동시대의 어진 사람이지만, 子思
를 제껴두고서『論語』편찬의 임무를 맡을 수 없으며, 또 그 구성체제의
광범위함이나 편찬의 정밀함에 있어서 子思같은 훌륭한 현자가 아니면
편찬할 수 없다고 보았다.

  셋째,『論語』에서 有若을 字로 일컫지 않고 有子나 有若으로 일컬은
것은 有若의 字가 子有이고 冉求의 字도 子有이므로 혼돈을 막기 위해서
有子라고 부른 것이지 존칭한 것은 아니다. 冉求도『論語』에서 冉子라고
일컬은 경우도 있다. 曾參만이 시종일관 曾子라고 존칭하였지 有子의 경
우는 존칭하기 위한 것은 아니다.

  넷째,『論語』는 그 책속에 한줄기 命脈이 있는 것으로 봐서 여러 사람들
이 合成한 책은 아니다. 그 篇章의 구분이나 次序를 정한 것은 반드시
子思 한 사람의 손에서 이루어졌다. 종전의 학자들이 子思라고 단정해서
말하지 않은 것은 신중을 기했기 때문이라고 했다.

  위의 네 가지 근거 이외에도 세세한 주장이 있지만 생략한다. 이처럼
저자는 상당한 근거를 대서 지금까지 없었던 독창적인 주장을 하고 있다.

  이 책의 모두에 朱子의 <論語序說>을 싣고『春秋左氏傳』·『史記』·
『孔子家語』·『孔子年譜附錄』·기타 諸子百家 등을 참고하여 詳細한 주
석을 붙였다. 그 다음에다가 孔子 弟子들의 姓名, 出身地, 字, 孔子와의
나이 차이를 綱으로 삼고, 그 일생의 행적을 目으로 삼아 상세히 기술하
고 있다.『論語』에 나오는 弟子는 물론이고,『史記』의『仲尼弟子列傳』
및 諸子書 등에 보이는 弟子들도 모두 수록하였다. 莊子등 寓話 속의 기
록마저도 사실로 기록한 흠도 있지만, 孔子 弟子들의 이력을 일목요연하
게 볼 수 있는 고금의 가장 자세한 책이다.

  이 책의 체제는『論語集注大全』과『論語注疏』(魏 何晏 註, 宋 邢昺疏)
를 바탕으로 하여 註를 再編成하였다. 예를 들면, 大全의 朱子注를 細注로
내리기도 하고, 大全의 細注를 大注로 올리기도 하였다. 대체로 朱子說을
옹호하였지만 墨守하지 만은 않았다. 陸象山에 대해서도 수용할 만한 說

은 과감히 수용하고 있다. 또 朱子의 注에서 두 가지 說을 남겨 놓은 것을, 著者는 예증을 다양하게 들어 한 가지 說로 재단하고 있다. 朱子說을 따르지 않은 예를 보면, 「賢賢易色」에 대한 注釋에서 朱子는 『어진이를 어진이로 여겨 대접하기를 여색을 좋아하는 마음으로 바꾼다(賢人之賢而易其好色之心)』라는 范氏의 說을 따랐다. 朱子의 弟子가 질문하기를, 『伊川先生은 「어진이를 보고서 얼굴빛을 바꾸는 것(見賢而變易顏色)」이라 했는데 왜 范氏의 說을 따르십니까?』라고 하자 朱子는 『孔子가 「德을 좋아하기를 여색을 좋아하는 것 같이 하는 사람을 아직 보지 못했다(未見好德如好色)」라는 말을 두 번 했고, 『中庸』에서도 여색을 멀리하는 것으로 어진 것을 권면하는 일로 삼았으니, 그뜻이 이미 분명하다. 얼굴빛을 바꾼다는 말은 거짓으로 하는 수도 있으므로, 여색을 좋아하는 마음으로 바꾼다고 해석하는 것이 더 성실하다. 그러므로 范氏의 說이 낫다』라고 했다. 著者는 『여색을 좋아하는 마음으로 바꾼다』처럼 「色」자를 女色으로 해석하는 것은 引用이 미흡하고 또 文勢가 窘迫하므로, 『어진이를 어진이로 여겨 얼굴빛을 바꾼다』라고 해석하는 것이 더욱 온당하다고 했다.

또 每章마다 總論이 있어 그 章의 大旨를 포괄적으로 요약하고 있는 것도 여타 주석에서 드물게 보이는 특징이다.

著者는 이 注釋書를 짓는데 있어서 『論語定義』(魏 何晏注, 宋 邢昺 疏)·『論語集注大全』·『論語或問』·『論語精義』(朱熹)·『論語解』(宋 張栻)등 종래의 論語注釋書를 망라하여 참고하였고, 『四書家引』(明 蔡淸)·『論語講義困勉錄』(淸 陸隴其)·『讀論語箚記』(淸 李光地) 등 明淸의 새로운 학설을 많이 참고하고 있다. 또 淸初 반체제 학자로서 그 저술을 모두 압수·소각 당한 晩村 呂留良·李都梁(?), 明의 王肯堂의 說을 특히 많이 引用하고 있어 특이하다. 呂留良의 著書는 현재 전혀 남아 전하지 않는데, 그의 『論語』에 대한 學說을 대량으로 채택하였으니, 文獻的 가치가 대단하다 하겠다. 李都梁이란 인물의 학설을 대단히 많이 인용하였으나, 어떤 인물인지 아직 알 수가 없다.

우리나라 학자의 著書는 星湖 李瀷의 『論語疾書』만이 유일하게 인용된 論語注釋이다.

앞에서 言及한 바와 같이 著者는 이 책을 완성하지 못하고 죽었다. 평소 그에게서 강의를 들었던 제자들이 <聽講錄>을 만들어 두었는데, 그것을 취사 선택하여 이 책을 완성하였다. 이 책 속에 자주 보이는 「退錄」·「佐錄」·「胤錄」·「極錄」·「弘錄」·「迪錄」·「性錄」·「寅錄」 등은 各 弟子들의 <聽講錄>의 略稱인듯 한대, 그 弟子들의 인적사항은 알아볼 수가 없다.

이 注釋書의 특징은 著者의 裁量에 의하여 古今의 論語注釋書를 포괄적으로 정리 綜合한 업적이 있고, 또 著者 자신의 의견이 상당히 실려 있다. 특히 우리나라에서는 희귀하던 明·淸의 學者들의 學說을 많이 참고했던 점은 朱子學이 支配理念으로 군림하던 시대에 있어서 상당히 참신한 사고에서 나온 것이라 할 수 있겠다.

그러나 의미상 큰 차이도 없는 注釋들을 너무 번거롭게 나열하여 著者의 注釋이 취하는 태도를 파악하기 힘든 면이 적지 않다.

본래 著者에게는 많은 著述이 있었으나, 하나도 간행되지 못한 채로 있다가 중간에 잃어버렸다. 현재 奎章閣에는, <論語注疏講義>(四十卷 十冊), <孟子注疏講義>(八冊), <五書諸注竊意>(十六冊), <龍巖書齋退錄>(二十二卷 十一冊), <龍巖書齋日講記>(一冊), <雜錄>(六冊), <雜識>(二冊) 등이 소장되어 있다.

이 가운데서 특기할 자료는 <雜識>로서 그 내용은 「深衣制度說」, 「深衣經文解」, 「星湖李氏深衣辨證」, 「算朞圖注解」, 「約算朞術示兒附布算圖」, 「四七新篇」, 「千秉萬秉解」, 「西浦漫筆」, 「語孟子義」, 「論語微」 등이다. 비록 <雜識>라 했지만 著者의 중요한 학술적 견해들이 담겨져 있다.

우리나라 學者로서는 유일하게 그의 저서에 인용된 『論語疾書』의 저자인 星湖 李瀷과 유사한 점이 많다. 평생 벼슬않고 著述과 弟子養成에 힘을 기울인 점, 經書에 대한 주석서가 많다는 점 등을 들 수 있겠다. 또 深衣에

대한 反對意見도 있으니, 서로 관계지어 연구해 보는 것도 의미가 있으리
라 생각된다.

한 가지 아쉬운 점은 그의 詩文集이 전해오지 않아 그의 생애의 전모를
알 수 없다는 점이다. 혹 그의 문집이 발견된다면 앞으로 많은 연구가
있으리라 생각된다.

『龍潭集』 解題

Ⅰ. 導言

　용담(龍潭) 박이장(朴而章 : 1547-1622)은 남명학파(南冥學派)에 속하는 대표적인 학자관료의 한 사람이다.

　그는 문과에 급제하여 관직에 진출하여 부제학(副提學), 대사성(大司成), 대사간(大司諫), 대사헌(大司憲), 도승지(都承旨) 등의 청요직(淸要職)을 역임하는 등 중앙정계에서 크게 활약하였고, 경연관(經筵官), 시강원(侍講院) 보덕(輔德) 등직을 맡아 선조(宣祖), 광해군(光海君) 등 당시 군주들을 교육하면서 가까이에서 모신 적이 있다.

　그는 23세 때 남명(南冥) 조식(曺植)을 만나 뵌 이래로 남명학파와 인연을 맺어 남명의 제자들을 스승이나 벗으로 삼아 어울리면서 학문을 하였고, 늘 남명학파에 관심을 두었다. 나중에 정권을 잡은 대북파(大北派)와는 거리를 두었지만, 서울이나 경북지역에서 남명학을 전파하는 위치에 있었다.

　세상에 한강(寒岡) 정구(鄭逑)의 제자로 알려져 있지만 그의 연령으로 볼 때 한강의 제자로 보기는 어렵다. 그는 나중에는 내암(來庵) 정인홍(鄭仁弘)과 관계가 악화되었지만, 젊었을 때는 정인홍의 문하를 출입하였으니, 그의 제자인 것을 부인하기 어렵다.[1] 또 소재(穌齋) 노수신(盧守愼)의 제자이기도 하다.

---

1) 李相弼『南冥學派의 형성과 전개』2003년, 와우출판사.

그의 시문은 원래 많았을 것이나 그가 만년에 강학하던 모덕와(慕德窩)에 화재가 나는 바람에, 대부분의 원고가 소실되어 버렸다. 장기간 후손들이 수집하여 1911년에 가서야 겨우 출간하여 세상에 반급(頒給)될 수 있었다.

본 해제에서는 그의 생애를 편년식으로 자세히 소개하고, 그의 사우관계(師友關係), 학문사상, 문집의 체재와 내용 등을 차례로 밝힌다.

지금까지 두 종의 『용담집(龍潭集)』애 대한 해제가 두 종 나와 있다[2].

Ⅱ. 생애에 대한 고찰

박이장의 자는 숙빈(叔彬), 호는 용담(龍潭), 본관은 순천(順天)으로 1547년 11월 27일 합천군(陜川郡) 남교리(藍橋里)에서 태어났다. 순천박씨는 원래 고려 개국공신 박영규(朴英規)의 후손이다.

용담의 선대는 대대로 개성(開城)에서 살았는데, 그의 6대조 박가권(朴可權)이 성주(星州) 수륜동(修倫洞)으로 옮겨와 살아 미로소 경상도 사람이 되었다. 고조 박예손(朴禮孫) 때 남교리로 옮겨와 살았다. 부친은 복재(復齋) 박량좌(朴良佐)인데, 승지를 지냈다. 한훤당(寒暄堂) 김굉필(金宏弼)선생의 학문을 계승하여 후학들을 가르쳤다. 모친은 상의원(尙衣院) 별좌(別坐)를 지낸 배은(裴垠)의 따님인데, 본관은 성산(星山)이다.

용담은 1553년 7세 때부터 공부를 시작하였다. 가끔 조자(造字)의 의미에 대해서 묻기도 하고, 또 "하늘은 어디에 붙어 있느냐? 땅은 어디서 끝나느냐" 등등의 질문을 하니, 부친이 주자(朱子)가 "하늘 위에는 무엇이 있느냐?"라고 질문한 것과 비교하여 매우 기특하게 생각했고, 용담을 본 사람들은 원대한 인물이 될 것으로 기대했다.

---

2) 徐廷文『龍潭集』해제, 民族文化推進會『解題 2』수록, 1998년. 文虁针『龍潭集』해제, 『南冥學 關聯 文集 解題(Ⅱ)』, 慶尙大學校 南冥學硏究所, 2008년.

1569년 23세 때 진주(晋州) 덕산(德山)으로 가서 남명(南冥) 조식(曺植)
을 만나 뵈었다. 이때 덕계(德溪) 오건(吳健), 옥계(玉溪) 노진(盧禛), 개암
(介庵) 강익(姜翼), 죽각(竹閣) 이광우(李光友), 동강(東岡) 김우옹(金宇
顒), 한강(寒岡) 정구(鄭逑), 수우당(守愚堂) 최영경(崔永慶), 각재(覺齋)
하항(河沆) 등 남명의 제자들과 강학을 하였다.

1573년 27세 때 진사와 생원에 다 합격하였다.

1574년 성균관 동쪽에서 소재(穌齋) 노수신(盧守愼)을 뵙고 소재가 지
은 「인심도심변(人心道心辨)」에 대해서 토론했다.

1576년 30세 때 기자전(箕子殿) 참봉에 제수되었으나 나아가지 않았다.
『관혼촬요(冠婚撮要)』를 지었다.

1577년에 영숭전(永崇殿) 참봉에 제수되어, 처음으로 관직에 나갔다.
관직에 있으면서 주자서(朱子書)와『주역』을 강독하여 마지 않으니, 사람
들이 '독서참봉'이라 일컬었다.

1780년, 34세 때『이정전서(二程全書)』가운데서 성리학과 밀접한 관계
가 있는 내용을 뽑아서 『정서절요(程書節要)』를 만들었다.

1582년에는 육경(六經)의 요점을 뽑아『육경려해(六經蠡海)』를 지었다.

1583년에는 부친을 모시고 고령(高靈)의 용담리(龍潭里)로 옮겨가 살
았다.

1586년 40세 때 문과에 급제하여 승문원(承文院) 정자(正字)에 제수되
었다. 상촌(象村) 신흠(申欽), 유천(柳川) 한준겸(韓浚謙) 등과 동방급제
하였다. 곧 한림(翰林)이 되었다. 선조(宣祖)를 야대(夜對)하였는데 선조
가 임금의 덕(德)에 대해서 물었다. 용담은, "백성의 고락(苦樂)은 임금의
덕에 달려 있는데, 덕이란 것은 마음에 도리를 갖추는 것입니다. 사욕이
그 도리를 덮어 버릴 수 있으니, 항상 존양(存養) 성찰하는 노력이 없으면
마음의 도리를 회복할 수 없습니다"라고 대답했다. 그리고 성(誠)과 경(敬)
의 요점을 이야기했고, 성색(聲色)과 교일(驕佚)에 대한 경계와 간사한
인간들이 임금을 막는 것에 대한 우려 등에 대해서 언급했다. 또 왕도(王

道)와 패도(覇道), 경(敬)과 태(怠)의 관계 등에 대해서도 상세히 이야기해
주었다.

선조가 궁중의 좋은 술과 귤을 선물하고 내시들로 하여금 돌아가는 길
을 인도하라고 명하였는데, 그 당시 사람들이 아주 영광으로 생각하였다.

1588년에는 예문관 대교(待敎)에 제수되었다.

이 해 소재(穌齋)를 만나 『의례(儀禮)』를 강론하였다.

1589년 43세 때 홍문관(弘文館) 수찬(修撰), 지제교(知製敎), 경연(經
筵) 검토관(檢討官) 시독관(侍讀官) 등에 임명되었다.

1590년 2월에 한강(寒岡) 정구(鄭逑), 모계(茅谿) 문위(文緯) 등과 마암
(馬巖)에서 『심경(心經)』을 강론하였다. 3월에는 호남(湖南)의 민심을 선
부(宣撫)하는 역할을 맡아 성공적으로 문제를 해결하고 돌아왔다.

1591년 5월 하절사(賀節使)의 서장관(書狀官)이 되어 명나라에 갔다.
당시 왜인들이 조선 조정에 글을 보냈는데, "명나라를 정벌하러 갈 것이니,
조선은 길을 빌려 달라"라는 내용이었다. 이런 내용을 명나라에 사실대로
알릴 것이냐 숨길 것이냐로 조정에서 논란이 있었는데, 용담은 사실대로
왜의 사정을 바로 알릴 것을 주장했다. 황제가 사실대로 보고한 것을 기뻐
하여 몇 수레의 서적을 하사했다.

1592년 1월에 사간원 정언에 제수되었으나, 병으로 나가지 않았다. 4월
에 왜적이 대규모로 침략해오자, 창의하여 왜적을 쳤다. 용담은 향병(鄕兵)
을 모아 송암(松菴) 김면(金沔), 내암(來庵) 정인홍(鄭仁弘) 등과 연합하
여 왜적의 흉봉(凶鋒)을 막아 경상도 지방을 보호하였다. 가을에는 초유사
(招諭使) 김성일(金誠一)의 종사관(從事官)에 임명되어 군무를 논의하였
다. 9월에 호남(湖南)에서 군량 1천 포를 가져와 경상우도 지역의 군민(軍
民)들을 구제하였다.

1593년 6월 평안도 영유현(永柔縣)으로 가서 국왕의 행차를 호종(扈從)
하였는데, 10월에 한성(漢城)으로 돌아왔다. 홍문관 부응교(副應敎)에 임
명되었다. 11월 이후로 이조좌랑, 의정부 검상(檢詳), 사인(舍人) 등에 임

명되었다. 이조판서 김응남(金應南)은 용담을 '영남의 제일가는 인물'이라
하여 추천했던 것이다.

1594년 정언(正言)에 제수되었다. 이때 전라감사가 '일본과 강화(講和)
를 해서 백성들을 살리자'고 요청했다. 용담은 상소하여 일본과의 화의를
배척하였고, 안변기무(安邊機務) 8조를 올렸다. 팔조는 '감사와 수령을 잘
선택할 것', '장수를 잘 선발하여 군사를 훈련할 것', '둔전을 만들어 곡식을
창고에 쌓아둘 것', '지형을 잘 살펴 험요한 곳을 차지할 것', '세금을 적게
거두고 재물을 아껴 쓸 것', '군인과 백성들을 어루만져 죽을 힘을 다해서
싸우도록 할 것', '인재를 등용하되 품계에 얽매이지 말 것', '신의를 세워
간사하고 교활한 자를 막을 것' 등이었다.

11월에는 동강(東岡) 김우옹(金宇顒)에게 편지를 보내 최수우당(崔守
愚堂)을 신원(伸冤)하는 일에 대해서 논의했다. 수우당(守愚堂)은 남명(南
冥)의 제자 가운데서 선배 그룹에 속하는 개결한 선비였는데, 기축옥사(己
丑獄事) 때 억울하게 걸려 희생 당했기 때문이었다.

1595년 순창부사(淳昌府使)에 제수되어 부임하러 가다가, 한강을 건너
기 전에 홍문관 교리에 제수되었다. 비변사(備邊司)에서 "박이장은 재주
와 덕이 아울러 갖추어졌고 학식이 풍부하니, 그를 경연(經筵)에 있게 해
서 고문에 응하게 해야 합니다. 조그만 고을원을 맡기는 것은 조정을 실망
하게 하는 것입니다"라고 아뢰었으므로 선조가 바로 불러와 교리를 맡긴
것이었다. 그때부터 경연 강관(講官)의 임무를 수행했는데, 선조에게 『주
역』을 강의하였다.

1597년 11월 수원부사로 제수되었다. 그 이듬해 『수원지(水原志)』의
편찬을 마쳤다.

1599년 부친상과 모친상을 연달아 당하여, 『주자가례(朱子家禮)』그대
로 준행하여 예법이나 인정이 다 잘 갖추어졌다.

1601년 여름에 탈상하고 11월 성균관 전적(典籍)에 제수되었다가 한
달여 만에 병으로 귀향하였다. 호성원종공신(扈聖原從功臣), 선무원종공

신(宣武原從功臣)에 모두 책록(策錄)되었다.

1602년 정월 사헌부 집의에 제수된 이후로 1614년까지 홍문관 부응교(副應敎), 전한(典翰), 직제학(直提學), 부제학(副提學), 시강원 필선(弼善), 보덕(輔德), 동부승지(同副承旨), 우부승지(右副承旨), 좌승지, 도승지, 대사성(大司成), 대사간(大司諫), 이조참의, 참판, 대호군(大護軍), 예조참판, 대사헌 한성부(漢城府) 좌윤(左尹) 등직을 역임했다.

세자시강원에서는 『서경』「무일편(無逸篇)」을 강의했는데, 안일하게 지내는 잘못과 궁중에서 물자를 허비하고 세금을 과중하게 거두는 폐단 등에 대해서 아뢰었다. 마음을 바로잡아 뜻을 정성스럽게 하고 간쟁을 받아들이고 다스리는 도리를 강구하고 정일(精一)의 공부에 힘을 쓸 것을 요청했다.

전한으로 있으면서, 수우당(守愚堂) 최영경(崔永慶)의 신원(伸寃)을 계청(啓請)하였다.

1603년 3월 충청도 목천(木川)에 물러나 한강 등과 예설에 대해서 강론했다.

6월에는 동지사(冬至使) 부사(副使)가 되어 중국을 다녀왔다. 개성에 이르러 포은(圃隱) 정몽주(鄭夢周)의 사당에 참배하였다.

1604년 58세 때 회재(晦齋) 이언적(李彦迪)이 무함 당한 것을 신변(伸辨)하였다. 당시 오현(五賢)의 문묘종사(文廟從祀)에 대한 논의가 있었는데, 회재와 퇴계를 비판한 사람이 있었기에, 용담이 신변에 나섰다.

1605년 붕당의 폐단을 논하다가 시의(時議)를 거슬려 영해부사(寧海府使)로 좌천되었다. 『영해지(寧海志)』를 편찬하였다. 겨울에 다시 병지참판 겸 승문원(承文院) 부제조(副提調)에 제수되었다.

1606년 봄에 다시 단양군수(丹陽郡守)로 좌천되었다. 학교를 일으키고 향약을 실시하여 효제(孝悌)를 돈독히 하였다.

이 해 서울에서 증광시(增廣試)를 주관했다. 김주(金輳)라는 선비가 '퇴계의 의리지학(義理之學)이 간악한 자들에게 무해(誣害)를 입고 있다'라는 취지로 결론을 내렸는데, 용담이 뽑으려고 하자, 권력을 잡은 자의 측근으로 시관이 된 자가 반대하자, 용담은 선현에게 해가 미칠까 염려되어 뽑지 않았다.

1607년 성주 무흘산(武屹山)에서 강학하였고, 한강과 예설을 논했다. 현풍(玄風)에 이르러 도동서원(道東書院)과 한훤당(寒暄堂)의 묘소를 참배하였다.

1608년 진보(眞寶) 삼매촌(三昧村)으로 옮겨 임시로 살았다.

1609년에 덕천서원(德川書院)을 참배하였다. 이때 한강, 동계(桐溪) 정온(鄭蘊), 부사(浮査) 성여신(成汝信), 송정(松亭) 하수일(河受一) 등과 함께 서원록(書院錄)을 중수하였다.

1614년 1월에 영창대군(永昌大君)을 구출하려는 상소를 했다가 청송(靑松) 감무관(監務官)으로 좌천되었다가, 가을에 파면되었다.

아들을 보내어 대정(大靜)으로 유배되는 동계(桐溪) 정온(鄭蘊)을 전송하였다.

1615년 영창대군을 살해했고, 또 인목대비(仁穆大妃)를 폐위하자는 논의가 나왔다. 항의하는 뜻으로 만언소(萬言疏)를 올렸는데 비답을 듣지 못하고, 삭탈관작되어 방축되었으므로 진보로 돌아갔다.

1617년 고령 용담리(龍潭里)로 돌아갔다. 향약과 동규(洞規)를 지었고, 매월 초하루마다 강회(講會)를 개최했다.

1619년 성주 연봉촌(延鳳村)으로 옮겨가 살았다. 향리의 사람들이 강학할 수 있는 집을 지어 주었는데 모덕와(慕德窩)라고 이름을 걸었다.『심경요의(心經要義)』를 지었다.

1622년 향년 76세로 고종하였는데, 사림들이 모여 성주 위곡(蝟谷)에 안장하였다.

1625년 용주(龍洲) 조경(趙絅)이 행장을 지었고, 1726년 백각(白閣) 강현(姜鋧)이 신도비를 지었다.

1678년 성주의 청천서원(晴川書院)에 위패를 봉안하였다.

1911년 후손 박인현(朴寅鉉) 등의 주관으로『용담집(龍潭集)』이 간행
되었다.

1990년에 민족문화추진회(民族文化推進會)에서 『용담집(龍潭集)』을
표점 영인하여 한국문집총간(韓國文集叢刊) 제56집에 수록하여 간행하
였다.

II. 사우관계(師友關係)

용담(龍潭)은 영남에서 생장하였고, 그의 성학과정에 크게 영향을 끼
친 사람들은 남명학파(南冥學派)와 퇴계학파(退溪學派)의 인물이 대부분
이다.

23세 때 덕산(德山)에서 남명(南冥) 조식(曺植)을 만남으로 해서 남명
학파와 인연을 맺었다. 이때 남명의 주요문인들과 관계를 맺었다. 덕계(德
溪) 오건(吳健), 옥계(玉溪) 노진(盧禛), 동강(東岡) 김우옹(金宇顒), 한강
(寒岡) 정구(鄭逑), 수우당(守愚堂) 최영경(崔永慶), 각재(覺齋) 하항(河
沆) 등 남명의 제자들과 강학을 하였다. 특히 경학(經學)과 예학(禮學)에
관심이 많았다.

1574년 소재(穌齋) 노수신(盧守愼)을 뵙고 스승으로 섬겼다. 노재는 화
담(花潭) 서경덕(徐敬德), 회재(晦齋) 이언적(李彦迪), 퇴계(退溪) 이황(李
滉) 등의 제자로서 성리학에 조예가 깊은 학자이자, 대제학(大提學)을 지
내는 등 조선(朝鮮)의 관각문학(館閣文學)의 대표적 문인이었다. 성리학
과 문학을 겸비한 인물이었는데, 용담이 경학에 조예가 깊으면서 문학에
뛰어난 것은 소재의 영향이 컸다고 생각된다. 소재와 인심(人心)과 도심에
대해서 논변하고, 또 예서(禮書)도 배웠다.

관직에 있을 때는 오리(梧里) 이원익(李元翼)을 따랐고, 이조판서 김응
남(金應南)의 지우를 입었고, 1591년 그를 상사(上使)로 하여 서장관으로

북경(北京)에 사행을 다녀온 적이 있었다. 춘호(春湖) 유영경(柳永慶)과도 친밀한 관계를 유지하였고, 정치적인 노선도 가까웠다. 설사(雪蓑) 남이공(南以恭)도 조정에서 노선을 같이하며 가까이 지냈다.

학봉(鶴峯) 김성일(金誠一)이 임진왜란 직후 초유사(招諭使)로 왔을 때 그의 종사관(從事官)이 되어 모셨다. 1593년 4월 학봉이 진주(晉州)에서 병사하자 조문하였다.

한강(寒岡) 정구(鄭逑)와 동강(東岡) 김우옹(金宇顒)은 같은 고을에 산 선배로서 가까이 지냈다. 한강에게는 어떤 일이 있거나 의문이 나면 반드시 물었고 백매원(百梅院), 봉비암(鳳飛巖) 등지에서 도학(道學)과 예학(禮學)을 강론했다.

내암(來庵) 정인홍(鄭仁弘)은 용담이 젊은 시절 배웠으나 나중에는 정치적 노선을 달리했다.

남명학파의의 동계(桐溪) 정온(鄭蘊), 모계(茅谿) 문위(文緯), 영무성(寧無成) 하응도(河應圖) 등도 남명학파 내의 학자로 긴밀하게 지냈다.

경정(敬亭) 자암(紫巖) 이민환(李民寏), 이민성(李民宬) 등과 절친하게 지냈다.

또 사명대사(四溟大師)의 문집에 서문을 쓰는 등 승려들과도 교유가 있었고, 시도 주고받았다. 여타의 유학자들과 달리 불교에 대해서도 이해가 깊었던 것으로 보인다.

Ⅲ. 학문사상

31세 때부터 관직에 나가 관원 생활을 시작했지만, 『주역(周易)』과 주자(朱子)의 글을 읽어 독서랑(讀書郎)이라는 별명을 얻을 정도로 독서를 좋아하였다.

1780년 34세 때 『이정전서(二程全書)』 가운데서 성리학과 밀접한 관계

있는 내용만 뽑아서『정서절요(程書節要)』를 만들었다. 1582년 36세 때는
육경(六經)의 요점을 가려 뽑아『육경려해(六經蠡海)』를 지었다.

그는 학문할 자질을 타고난 사람이었으나, 40세 이후로는 관직에 종사
하는 바람에 학문에 전념하지 못한 아쉬움이 컸다. 그가 환갑을 맞이했을
때 이런 심경을 「자경음(自警吟)」이라는 시와 그 서문에서 밝히고 있다.

> 내가 조정에 오른 이래로 두 번 전쟁을 겪었고, 두 번 천자의 조정에 다녀
> 왔다. 어정어정하는 사이에 세월을 헛되어 다 보냈다. 일찍이 시를 지어 뜻을
> 나타내 보였다.
>
> 한평생도록 처음 뜻 이루지 못 하여 부끄럽나니,　　深愧平生作遂初
> 해마다 허둥지둥하며 세 가지 남은 여가를 저버렸다네. 經年役役負三餘
> 풍진 세상에서 쉰살 나이 잘못 보내버렸고,　　　風塵枉過知非日
> 예순살 거백옥(蘧伯玉)의 나이 공연히 다 되었네.3)　空逼行年六十蘧

경서 가운데서 가장 많이 읽혔던『논어(論語)』에 대해 이렇게 보았다.

> 『논어』라는 책은 성인(聖人)의 말씀과 행동을 기록한 것으로 만세의 모범
> 이다. 임금에게 충성하고 부모에게 효도하는 도리와 나라를 다스리고 백성
> 들을 부리는 방법 등이 갖추어지지 않은 것이 없다. 사람들이 글을 읽으면서
> 『논어』를 두고 다른 데서 구할 것이 없다. 군자다운 사람은 성인의 언행이
> 담긴 책은 스승으로 삼을 만하다는 것을 알고서 그 내용을 즐기고 뜻을 찾아
> 서 체득하면 군자의 일상적인 행실이 되니, 어찌 칭찬할 것이 있겠는가?
> 소인이 성인의 언행이 담긴 책을 보면 사악함을 제거하고 간교함을 멀리하
> 는 말로 자기의 사욕을 물리치는 규범을 삼을 수 있고, 명분을 바로잡고
> 나쁜 것을 꾸짖는 논의로 자기를 죄주는 형구를 삼을 수 있다. 하나 하나의
> 교훈이 모두 소인들이 꺼리는 것이다.4)

---

3)『龍潭集』권5「年譜」.
4)『용담집(龍潭集)』권4「조보독논어론(趙普讀論語論)」.

『논어』의 가치와 그 책을 읽음으로 해서 얻게 되는 효용을 잘 정리하여 소개하였다.

제자백가에 대해서 용담은 이렇게 평했다.

> 허탄한 것으로는 장자(莊子)와 열자(列子)의 이야기가 있고, 잡된 것으로는 부처와 노자(老子)의 이야기가 있다.[5]

노장이나 불가의 설을 근본적으로 인정하지 않았음을 알 수 있다.

용담은 백성의 고락(苦樂)은 임금의 덕에 달려 있다고 보았다. 덕이란 것은 마음에 도리를 갖추는 것인데 사욕이 그 도리를 덮어 버리는데, 항상 존양(存養) 성찰(省察)하는 노력이 있어야 마음의 도리를 회복할 수 있다고 보았다.

용담은 비록 사환을 오래 했지만 천성적으로 산수를 아주 좋아했다. 그가 청송(靑松)에 우거하면서 지은 「방언(放言)」이라는 시에서 이렇게 읊었다.

사람으로서 산을 좋아하지 않으면,	人有不愛山
어진 사람이 아니고,	定是非仁者
사람으로서 물을 좋아하지 않으면,	人有不愛水
지혜로운 사람 아니라네.	定是非智者
나는 산을 좋아하고 물도 좋아하니,	而我愛山兼愛水
비록 어질고 지혜롭다 해도 괜찮으리라.	雖謂仁智亦可也
……	
세상에서 산수를 좋아하지 않는 사람은,	世之不愛山水者
그 뜻을 보면 누가 거칠지 않던가?[6]	觀其意思孰不野

---

5) 『용담집(龍潭集)』권4 「조보독논어론(趙普讀論語論)」.
6) 『용담집(龍潭集)』권1 「放言」.

용담은 단순히 산과 물을 좋아한 것이 아니라 인(仁)과 지(智)를 기르기 위한 수양의 차원에서 산수를 사랑했음을 알 수 있다. 곧 천인합일(天人合一)의 경지를 체득한 것이었다.

면우(俛宇) 곽종석(郭鍾錫)은 용담의 학문과 행실을 이렇게 전반적으로 평했다.

> 충정(忠貞)의 전통이 있는 가문을 이었고, 사우(師友)들 사이에서 훈도를 받아 뜻은 전일(專一)하고 기개가 매서웠고, 학문은 넉넉하고 행실은 닦이어졌다. 안으로 쌓은 것이 크고 넓고도 두터웠으므로 밖으로 나타난 것이 툭 트였으면서도 빛났다. 출처진퇴(出處進退)에 있어서 평탄하거나 험하거나, 다스려진 세상이거나 어지러운 세상이거나 간에 시종 한결같이 의리를 따르며 구차하지 않았다. 터럭만한 개인적인 이익 때문에 영합하는 바가 없었다. 깔끔한 마음에 확고하게 빼앗을 수 없는 지절(志節)이 있었다.
>
> 집안을 다스릴 때는 효도와 공경을 하고, 자신을 단속하는 데는 장엄하면서도 긍지가 있었고, 관직에 나가서는 맑고 신중했다. 백성들을 사랑하여 측은하게 여기는 것 등에서 그 학문의 공력이 헛되지 않았음을 알 수 있다.
>
> 문장은 법도에 맞으면서도 아름다웠다. 원래 저술이 아주 풍부했다. 지은 책으로는『관혼촬요(冠婚撮要)』,『정서절요(程書節要)』,『육경려해(六經蠡海)』,『심경촬요(心經撮要)』,『상재만록(桑梓漫錄)』등이 있었으나, 그의 서재인 모덕와(慕德窩)』가 불타는 바람에 다 없어지고 말았다.[7]

Ⅳ.『용담집』의 서지적 고찰

지금 전존하는『용담집(龍潭集)』은 7권 3책인데, 1911년 9대손 박인현(朴寅鉉), 박윤현(朴允鉉) 등에 의해서 목활자로 간행되었다. 매면 10행 매행 20자로 구성되어 있고, 상하 이엽화문어미(二葉花紋魚尾)로 판심이

---

7) 郭鍾錫「龍潭墓誌銘」.

되어 있다.

본래 용담이 지은 시문의 10분의 1정도 수록된 것이라 한다. 그의 저서 『정서절요(程書節要)』 등도 수록되지 않았다.

책머리에 정래석(鄭來錫)이 1911년에 지은 서문이 있고, 그 다음에 목차가 있다.

권1에는 부(賦)와 시가 수록되어 있다.

권2에는 시가 수록되어 있는데, 양차의 중국 사행 때 창작한 시들이다.

권3에는 교서(敎書), 소(疏), 차(箚), 계(啓), 연설(筵說), 책(策) 등이 수록되어 있다.

권4에는 서(書), 서(序), 논(論), 제문(祭文), 행장(行狀) 등이 수록되어 있다.

권5는 연보이다.

권6에는 사우(師友)들의 증시(贈詩), 서간, 제문, 만사 등이 수록되어 있다.

증시는 소재(穌齋) 노수신(盧守愼), 이수재(二水齋) 이덕연(李德演), 죽천(竹泉) 이덕형(李德泂), 유천(柳川) 한준겸(韓浚謙), 오봉(五峰) 이호민(李好閔), 해고(海皐) 이광정(李光庭), 백암(柏巖) 김륵(金玏), 황암(篁巖) 박제인(朴齊仁), 설계(雪溪) 문려(文勵) 등의 시 11수가 실려 있다.

서신으로는 한강(寒岡) 정구(鄭逑)의 서신 3편이 있는데, 두 번째 서신은 선조(宣祖)의 국상에 함께 참석할 것을 약속한 내용을 담고 있다. 모계(茅谿) 문위(文緯)의 서신 1편이 실려 있다.

만사는 완정(浣亭) 이언영(李彦英), 자암(紫巖) 이민환(李民寏), 경정(敬亭) 이민성(李民宬), 모계(茅谿) 문위(文緯), 검간(黔澗) 조정(趙靖), 동산(東山) 문경진(文景珍), 무민당(无悶堂) 박인(朴絪) 등이 지은 7수가 실려 있다.

제문은 오봉(五峯) 이호민(李好閔), 남계(枏溪) 이중무(李重茂)가 지은 2편이 실려 있다.

권7에는 조경(趙絅)이 지은 행장, 신익황(申益愰)이 지은 유사(遺事), 강현(姜鋧)이 지은 신도비명(神道碑銘), 곽종석(郭鍾錫)이 지은 묘지명, 여팔거(與八擧)가 지은 봉안문(奉安文), 상향축문(常享祝文), 황중형(黃中炯)이 지은 「청정시상언(請贈諡上言)」, 구석검(具錫儉)이 지은 「부청시상언(復請諡上言)」 등이 수록되어 있다.

책 말미에는 장석영(張錫英)이 지은 발문과 후손 박인현, 박윤현이 지은 발문이 있다.

Ⅳ. 문집의 주요내용

권1에는 중국 사행 때 지은 시를 제외한 모든 시가 들어 있는데, 대체로 연대순으로 편성되어 있다. 모두 각 체의 시 99수가 들어 있다.

그 가운데 「응제광국지(應製光國誌)」라는 두 수의 시는 명(明)나라의 『대명회전(大明會典)』에 조선 태조 이성계(李成桂)가 고려의 권신 이인임(李仁任)의 아들로 오록(誤錄)된 지 오래되었는데도 시정되지 않았다. 1584년(선조 17) 종계변무주청사(宗系辨誣奏請使) 황정욱(黃廷彧)이 이를 시정하고 돌아왔고, 1587년 종계시정사은사(宗系是正謝恩使) 유홍(兪泓)이 명나라에서 개정한 『대명회전』을 가지고 온 것을 기념하여 『광국지(光國誌)』를 편찬한 모양인데 종계변무를 기념해서 그 책을 두고 지은 시다. 오랫 동안 문제였던 왕실의 세계가 바로잡힌 것을 경하했다.

「제김학봉해사록(題金鶴峯海槎錄)」은 학봉의 일본 사행 시집인 『해사록(海槎錄)』을 두고 지은 시인데, 학봉의 충의가 민멸되어서는 안 된다는 뜻을 담았다.

「문서궁지보(聞西宮之報)」는 인목대비(仁穆大妃)가 서궁에 유폐되었다는 소문을 듣고서 슬퍼하며 선조(宣祖)를 그리워한 내용이다.

「만정한강(挽鄭寒岡)」은 한강의 기백, 총명이 뛰어났고, 효우가 바탕이 되어 충성이 속에서 우러나왔고, 경서를 해석한 공로와 주역에 대한 조예가 깊었음을 칭송하였다. 한강의 서거는 우리 동방에서 유학이 단절되는 것이라고 슬퍼하고 있다. 한강의 학행에 대한 존모하는 마음을 알 수 있다.

「만박덕응(挽朴德凝」 3수는 대암(大庵) 박성(朴惺)이 뛰어난 자질을 타고났으면서도 강직한 성격으로 불우하게 지낸 사정과 용담 자신과 아주 절친한 우정이 있었음을 밝혔다.

「기아공(寄兒狂)」은 천리 밖에 있는 아들을 그리워하며 편지를 보내는 간곡한 심정을 담고 있는데, 부자간의 짙은 정을 잘 나타내고 있다.

「시아공(示兒狂)」은 아들 박공구(朴狂衢)에게 독서를 권유하는 시인데 인내심을 갖고 백가서(百家書)를 널리 읽어야 하고, 문장을 지음에 있어서 육경(六經)에 뿌리를 두어야 한다는 것을 가르치고 있다.

권2에는 중국 사행 때의 시 171수가 들어 있다. 1591년 서장관으로 갔을 때의 시가 4수이고, 1603년 부사로 갔을 때의 시가 167수이다. 당시 명나라의 문물, 역사, 지리, 풍속 등을 알 수 있는 중요한 자료이다. 간혹 창작순서가 배열이 잘못된 것이 있다.

「서회(書懷)」는 중국에 사신으로 떠나는 사명감와 중국문화와 풍토에 대한 기대, 예상되는 왕복에 따른 고생 등을 묘사하였다.

「고평도중문변경(高平途中聞邊警)」은 중국 사행 도중에 고평(高平)에서 만주족(滿洲族)의 소란으로 급히 군사정보가 전달되는 것을 보고 앞길을 걱정하는 내용이다. 우리나라에서 임진왜란이 일어나기 전에 중국에서 벌써 만주족이 명나라의 우환이 되어가는 조짐을 보인 것을 용담이 간파한 것이다.

「어양교억천보고사(漁陽橋憶天寶故事)」는 북경 동북쪽 교외에 있는 어양교를 지나면서 지난날 어양절도사(漁陽節度使)로 있던 안록산(安祿山)이 반란을 일으켜 당 현종(玄宗)이 피난했던 옛 일을 회상하면서 후세의 군왕들은 현종의 일을 감계(鑑戒)로 삼아야 한다는 교훈의 뜻을 붙였다.

「제이제묘(題夷齊廟)」 2수는 백이(伯夷) 숙제(叔齊)를 흠모해 오다가 그들과 연고가 있는 그 곳을 지나자 더욱 존경하는 마음이 깊어진다는 것과 이 세상의 강상윤리(綱常倫理)가 백이 숙제의 유풍에 영향을 받아 바로설 수 있다고 믿고 있다.

「통주(通州)」는 통주의 번화한 광경을 묘사하고 있다. 통주는 경항운하(京杭運河)의 북쪽 끝 지점으로 선박을 통해서 중국 천하의 산물들이 집산하고 상업이 발달한 곳으로 당시 번화의 극치에 이르렀다.

「견석탄희작장단구구화(見石炭戱作長短句求和)」는 북경 교외에서 석탄을 처음 본 사실을 밝혔다.

「원일(元日)」은 북경에서의 설날 풍속을 보고 자신의 감회를 펼쳤다.

2권에 실린 시는 모두 중국 사행시로서 많은 중국 사행 문학 가운데서도 명나라 말기에 본 북경의 문화, 풍속 풍물 등을 고스란히 간직하고 있어 문학작품으로서 뿐만 아니라 역사자료로서도 가치가 크다.

권3에는 교서 1편, 소(疏) 2편, 차(箚) 2편, 계(啓) 5편, 연설(筵說) 3편, 책(策) 1편이 수록되어 있다.

「척남서방백청화소(斥湖南方伯請和疏)」는 왜(倭)와 강화(講和)하여 전쟁을 끝내자는 전라도 감사의 권의를 반박한 글이다. 강화한다는 말이 나오자마자 안일하게 대충 대충 하려는 분위기가 일어나 온 나라가 전쟁의 위기상황인 것을 모르게 되어 사졸들은 해체되고, 관료들은 태만하고, 중국 군사들은 돌아가려고 할 것이니, 원수를 갚지 않고 강화를 하려고 해서는 안 된다는 내용이다. 1594년 전쟁 중반에 강화하려는 사람들의 생각을 반박한 것이다.

「만언소(萬言疏)」는 비록 「만언소」라 했지만, 지금 남아 있는 글은 3천 자도 되지 않는다. 1615년 올린 소로서 영창대군(永昌大君)의 억울함을 하소연하고 인목대비(仁穆大妃)를 핍박하는 것을 반대하는 글을 올렸다 영창대군을 구제하려다가 유배가게 된 오리(梧里) 이원익(李元翼)을 구제하기 위해 올린 소이다. 소 전체에서 광해군(光海君)의 난정을 비판하고 있다. 용담의 충정(忠貞)한 자세를 알 수 있다.

「설립성균관학제(請設立成均館學制箚)」는 1602년 성균관 대사성으로 재직 때 올린 차자이다. 성균관에서 한갓 형식적인 글만 숭상하고 실용적인 면모가 없으니, 이런 식으로 해서는 이익을 추구하는 무리만 양성할 뿐 어진 인재를 기를 수 없으므로 임금이 주가 되어 종일(精一)한 학문을 면려할 것을 요청하였다. 임진왜란 직후 성균관이 퇴폐한 상황을 바로잡으려고 용담이 노력한 것을 알 수 있다.

「청직주왜정소(請直奏倭情疏)」는 풍신수길(豐臣秀吉)이 조선에 글을 보내 "명나라를 치러갈 것이니까 조선에서 길을 빌려 달라"라고 했다. 당시 조정에서는 양론으로 갈라져 "저들이 감히 중국을 치지 못 할 것이니까, 명나라에 아뢸 필요가 없다"는 주장과 "왜가 이미 난리를 일으킬 기미가 보이고 있는데, 숨기면 명나라를 속이는 결과가 된다"라는 주장이 맞섰다. 용담은 이미 나타난 모든 상황을 모아 보고해야 한다고 건의했고, 용담의 건의가 받아들여졌다. 결국 올바른 선택이었다.

「의국책(醫國策)」은 사람의 병을 다스리는 것이나 나라의 병을 다스리는 것이나 한 가지 원리인데, 모두 다 병의 근본을 찾아서 치료하는 것이 중요하다는 내용이다. 또 병을 치료하는 데는 순서가 중요하다는 것을 밝혔다. 국가의 병을 다스리려면 먼저 조정부터 바로잡아 혼탁한 기운이 없어지게 해야 하고 맑고 밝은 정사가 있어야 하는데, 그렇게 하려면 임금의 마음이 중요하다고 주장했다.

권4에는 서(書) 10편, 서(序) 5편, 논(論) 3편, 제문 3편, 행장 1편이 실려 있다.

서신은 오리(梧里) 이원익(李元翼), 춘호(春湖) 유영경(柳永慶), 한강(寒岡) 정구(鄭逑), 설사(雪簑) 남이공(南以恭), 동계(桐溪) 정온(鄭蘊), 모계(茅谿) 문위(文緯) 등에게 준 것이다.

「여오리이원익서(與梧里李相國書)」는 찾아뵙고 세금과 군포의 감면을 건의하겠다는 내용이다.

「여춘호유상국서(與春湖柳相國書)」는 당시 조정에서 당쟁이 점점 격화

되어 가는데, 정승의 자리에 있는 유영경(柳永慶)이 조정을 잘 하라고 권의를 한 내용이다.

「여남자안(與南子安)」은 남이공(南以恭)에게 준 서신으로, 영창대군을 구제하는 일에 다 같이 힘쓰자고 권유하는 내용이다.

「여정휘원(與鄭輝遠)」은 제주에서 귀양살이하고 있는 동계(桐溪) 정온(鄭蘊)이 어려운 상황에서도 섬 백성들에게 교화를 펼치고 있음을 위로하고 있다. 또 덕계의 외아들인 사호(思湖) 오장(吳長)이 황해도 유배지에서 작고한 소식을 전하면서 슬퍼하고 있다.

「김학봉해사록후운서(金鶴峯海槎錄後韻序)」는 학봉의 일본 사행 시집인 『해사록』이 전쟁에서 전존하게 된 기구한 과정을 서술하고 있다.

「송운대사시집서(松雲大師詩集序)」는 승병대장 사명당(四溟堂)의 시집에 붙인 서문이다. 당시 사명당은 사대부들과 교유가 많았는데, 용담이 그 시집의 서문을 썼다.

「산해관시집서(山海關詩集序)」는 중국 사행 때 만리장성의 동쪽 출발점인 산해관(山海關)으 웅장한 모습을 보고 읊은 시를 모은 시집에 붙인 서문이다.

「조보독논어론(趙普讀論語論)」은 송(宋)나라의 대신 조보(趙普)가 평생 여러 가지 악행을 자행했지만, 『논어』 읽기를 좋아하여 조정에서 논의가 있을 때는 반드시 『논어』를 살펴서 해결방안을 찾았다. 그러나 그가 평소에 좋지 않은 짓을 많이 했다 해서 『논어』 읽기를 좋아하는 것까지도 나쁘게 보면 안 된다. 좋지 않게 보는 것은 사람을 논하는 것이 편협한 것이고 다른 사람을 인정하는 도리가 각박한 것이다. 『논어』를 좋아하는 마음을 확산시켜서 자신을 단속하면 온몸의 나쁜 점이나 두 왕조에 변절한 것이 후세에 아무런 말썽거리가 안 될 것이라고 보았다.

「제정도가문(祭鄭道可文)」은 한강(寒岡) 정구(鄭逑)의 뛰어난 자질, 인격, 학문 등은 자신과 비교가 되지 않을 정도로서 일이 있거나 의문이 있으면 반드시 달려가 물었고, 같이 학문을 강론했는데 지금은 먼저 세상을 떠나 다시는 만날 수 없게 된 슬픔을 말하고 있다.

「제박덕응문(祭朴德凝文)」은 아름다운 자질에 뛰어난 학문을 갖춘 대암(大庵) 박성(朴惺) 같은 사람은 임금이나 왕세자의 스승이 되어야 하는데, 초야에 묻혀 포의로 일생을 마치게 되어 안타깝다. 자기와 절친했는데, 벼슬길에서 방황하다 보니 자주 만나지 못하고 영결하게 되어 아쉽다는 뜻을 밝히고 있다.

Ⅵ. 결어

용담(龍潭) 박이장(朴而章)은 문과에 급제하여 중앙관계에서 대사성, 대사간, 대사헌 이조참판, 도승지, 부제학(副提學) 등 요직을 역임하면서 크게 활약하였고, 또 선조(宣祖) 광해군(光海君)에게 교육을 한 적이 있는 중요한 학자 출신의 관료이다.

그가 홍문관(弘文館)의 실제적인 책임자인 부제학에 네 차례 임명된 것이라든지, 두 차례 명나라 사행에 참여한 것 등으로 볼 때 그의 학문이나 시문이 당대에 크게 인정을 받았다는 것을 알 수 있다.

그의 시는 담담한 구성 속에 서정성이 풍부하고, 문장은 평이하면서도 간명하였다. 그리고 그는 시문에 능하면서도 경학에 조예가 깊었고, 특히 역학(易學), 예학 등을 깊이 연구하여 5종의 저서를 하였다.

또 고을원을 맡으면 그 지방의 인문지리서인 지방지를 편찬하였는데 『수원지(水原誌)』, 『영해지(寧海志)』 등을 편찬했으나 남아 있는 것은 하나도 없다.

그의 서재가 화재를 만나는 바람에 시문은 10분의 1 정도 남아 있고, 다른 전저(專著)는 하나도 남아 있지 못하다. 이것은 그의 불행이자 한문학계의 불행이다.

그러나 남아 있는 글도 적지 않고 그의 학문과 사상을 파악할 수 있는

내용이 있어 앞으로 연구하면 그에 대한 학문과 사상의 새로운 면모가
밝혀질 것이다.

『月川集』解題

Ⅰ. 序言

月川 趙穆은 退溪의 대표적인 제자로서 퇴계가 사는 곳과 가까운 月川에 살면서 가장 오랜 기간 동안 퇴계로부터 親炙를 받았다. 陶山書院 尙德祠에 從享될 정도이고, 또 퇴계 사후에 『退溪文集』 간행을 주도하고, 퇴계의 일대기인 「退溪先生言行總錄」을 저술하였으니, 退溪門下의 대표격이라 할 수 있다.

그런 月川이 南冥學派와도 상당한 관계가 있다. 南冥 在世時 월천이 남명을 뵈온 일은 없지만, 南冥 사후, 南冥이 生長하여 講學한 三嘉의 인근 고을인 陜川郡守로 부임하였고, 남명의 대표적인 제자인 德溪 吳健과 교분이 두터웠고, 鄭仁弘과도 관계가 있었던 것으로 알려져 있다. 또 鄭仁弘의 제자였던 桐溪 鄭蘊이 월천의 제자가 되었고, 월천 사후 동계가 월천의 神道碑銘을 지었다.

그리고 南冥과 동갑으로 우리나라 儒學界의 兩大山脈을 이루고 있는 退溪의 學問과 死後事業에 대한 자료로서 『月川集』만큼 중요한 것도 드물다. 본고에서 간략하게 月川의 生平과 學問, 문집의 간행과 체재, 문집의 내용 등의 순서로 소개하고자 한다.

Ⅱ. 生涯와 그 學問

月川 趙穆은 1524년(중종 19)에 경상도 禮安縣 月川里(지금 慶北 安東郡 陶山面 月川里)에서 태어났다. 자는 士敬, 본관은 橫城으로, 그 조상들은 본래 횡성에 살았는데, 월천의 5대조가 聞慶으로 옮겨와 살다가 월천의 부친이 예안(禮安 : 지금 안동시 예안면, 도산면 일대)으로 장가들어 안동에 살게 되었다.

월천은 5세 때부터 글을 읽을 줄 알았다. 그 아버지가 품에 안고서 입으로 『大學』을 가르쳐 주었는데, 듣고서 계속 외웠다. 비록 밤이 깊어도 자려고 하지 않고, "왜 저를 가르치기를 게을리 하십니까?"라고 하며 계속 가르쳐 달라고 졸랐다. 가르쳐 받은 내용은 반드시 백 번 이상 외웠다. 이런 식으로 철저하게 공부하여 12세 때까지 사서삼경을 완전히 배웠다.

15세(1538) 때부터 退溪 문하에 나아가 가르침을 받았는데, 퇴계는 그 자질과 실력이 뛰어난 것을 보고서, 耆之(月川 부친의 자)는 아들이 있다고 말할 수 있겠구나"라고 칭찬하였다. 이때부터 보지 않은 책이 없었고, 행동은 예법에 맞지 않은 것이 없었다.

18세 때 鄕試에 합격하였다. 22세 때 豐基(지금의 영주시 풍기읍 일원)의 향교에 가서 공부했는데, 당시 군수로 있던 愼齋 周世鵬이 월천이 지은 글을 보고서, "이 글은 長江大河 같아 끝이 없구나. 唐나라의 대문장가 韓愈보다 못하지 않도다"라고 탄복하고는 시를 지어주며 격려하였다.

23세 때 어머니 상을 당하였는데, 매우 슬퍼하였는데 장례를 마친 뒤 무덤 밑에 움막을 짓고 거처하며 상주 노릇을 했다. 움막에서도 禮書를 읽었고, 읽다가 의문이 나는 것이 있으면 걸어서 퇴계에게 찾아가 질문하였다.

26세 때 다시 풍기로 가서 군수로 있던 퇴계를 만나뵙고 그대로 白雲洞書院에 들어가서 공부했다. 퇴계가 풍기군수에서 물러난 이후로는 주로 고향에서 학문연구와 제자양성에 전념하였다. 계속 퇴계를 찾아뵙거나 서신 왕래를 통해서 학문에 대해서 물었다. 당시 사람들은 일반적으로, 『孟子』「梁惠王上篇」에 나오는 "觳觫若無罪(벌벌 떨면서 죄가 없이)"라는 구절 가운데서 '若'자를 밑으로 붙여 "죄가 없는 것 같으면서"라고 해석했는데, 월천은 독창적으로 '약'자를 위로 붙여 부사화접미사로 처리하여 "죄가 없이"라고 해석하니, 퇴계가 듣고 매우 옳다고 여겼다. 이 이외에도 이전에 해 오던 경서 해석을 비판 없이 따르지 않고, 독창적으로 해석하는 것이 많았다. 그 이후로 퇴계 제자 가운데서 의문 나는 것을 질문하는 사람이 있으면, 퇴계는 반드시 "마땅히 趙士敬에게 보여 봐야겠다"라고 말할 정도로 그 실력을 인정하였다. 가끔 퇴계를 모시고 芙蓉山 등을 소요하면서 학문에 관한 질문을 주고받고, 심신을 수양하였다.

29세 때 生員試에 합격하였고, 그 다음해에 成均館에 가서 공부하였는데, 같이 공부하던 유생들이 옛 사람의 기풍이 있다고 하였다. 오래지 않아 고향에 내려와 공부하며 지냈다. 자주 陶山書堂으로 가서 스승을 모시고 지내며 학문을 강론하기도 하였다. 주로 사람의 心性에 대해서 깊이 다룬 『心經』에 대한 질문을 많이 했다. 그러나 벼슬하여 녹을 받는 것도 아니고 공부만 하니, 집이 매우 군색하였다. 때때로 양식을 잇지 못했지만, 월천은 태연하였다. 그 소식을 전해들은 스승 퇴계가 도리어 양식을 보내주기도 하였다.

43세 때 이조의 추천으로 恭陵 叅奉에 제수되었지만, 자기의 공부가 아직 부족하다고 사양하고 부임하지 않았다. 2년 뒤 다시 集慶殿 참봉에 제수되자 서울로 가서 부임했지만, 당시 사람들과 뜻이 맞지 않아 4개월만에 사임하고 돌아와서는 다시 나가지 않았다. 고향에 있으면서 퇴계를 도와 易東 禹倬을 모실 易東書院 건립하는 일을 위해 많은 노력을 했다.

1570년 11월 퇴계가 병으로 누웠다는 것을 알고 달려가 곁에서 약 시중을 들었으나, 이해 12월에 퇴계가 숨을 거두었다. 월천은 스승을 잃은 슬픔으로 하늘이 무너지는 것 같았으나, 슬픔 속에서도 장례를 위해서 여러 가지 일을 주선하여 그 다음해 2월에 퇴계가 생시에 지정해 놓았던 搴芝山

에 안장하였다. 장례를 끝마치고 3개월만에 처음으로 집으로 돌아갔다. 스승의 서거를 애도하여 1년 동안 베 띠를 띠고 있었고, 3년 동안 마음으로 상주 노릇하면서 부인과 한 방에서 자지 않았고, 잔치에 일체 참석하지 않았다.

스승이 떠난 2년 뒤 동문의 벗들을 모아 논의하여 1572년 4월에 도산서당 위에 퇴계의 신주를 모실 尚德祠를 건립하기로 하였다. 5월에는 퇴계의 일생과 학덕을 상세히 기술한 「退溪先生言行總錄)」을 지었고, 동문들과 논의하여 『退溪年譜』의 초고를 만들었다.

50세(1573) 때 부친상을 당하였는데, 너무나 슬퍼한 나머지 뼈만 남은 것처럼 몸이 수척하였다. 무덤 밑에 움막을 짓고 거처하면서 상주노릇을 했다. 옛날부터 나이 50이 되면 상례를 엄격히 지키지 않아도 되도록 예법이 정해져 있었지만, 월천은 철저히 예법을 지켰다.

53세 때 도산서원이 완성되어 퇴계의 位牌를 尚德祠에 봉안했는데, 월천이 奉安文과 常享祝文을 지었다.

月川이 학덕이 높다는 것이 알려지자 조정에서 계속 관직을 내렸으나, 계속해서 사양하였다. 53세 되던 10월에 인근 고을인 奉化의 현감으로 제수하였다. 월천은 다시 사양했으나, 宣祖 임금은 허락하지 않았다. 그래서 부임하였는데, 맨 먼저 鄕校를 중수하는 등 교육에 힘썼다. 이후 계속해서 내외의 관직을 내렸지만, 대부분 다 사양했는데, 부임한 것으로는 충청도 都事, 工曹정랑 겸 校正廳 郎廳, 陜川郡守 정도였다. 최후의 관작은 嘉善大夫에까지 이르렀다.

1584년부터 퇴계의 文集을 만들 시문을 모아 정리하여 편집해 나갔는데, 동문들을 廬江書院에 모아 원고를 교정하도록 했다.

壬辰倭亂이 일어났을 때 월천은 69세의 고령이었음에도 불구하고, 나라를 위해서 군사를 모으고 군량미를 모아 왜적을 토벌하고자 노력했다.

임진왜란이 끝난 1600년 마침내 『退溪文集』의 간행을 마쳤다. 많은 동문들이 도산서원에 모여 문집의 완성을 퇴계의 영혼에게 고했는데, 이때 월천이 文集告成文을 지었다.

1606년 11월 83세를 일기로 월천은 숨을 거두었다. 선조는 월천의 서거를 애도하여 賜祭文과 禮官을 보내어 致祭하였고, 조정의 많은 관원들은 제문이나 挽詞를 지어 애도하고, 부의를 보냈다.

1614년 유림들이 월천을 퇴계를 모신 도산서원 尙德祠에 從享할 것을 조정에 요청하여 윤허를 받았다. 그 뒤 醴泉의 유림들이 퇴계를 모신 鼎山書院에 종향하였고 奉化의 유림들이 昌海書院에 종향하였다.

시문집『月川集』과 朱子의 글을 뽑은『朱書抄』와 선현들의 훈계를 모은『困知雜錄)』등의 책을 지었으나 지금은 전하지 않는다.

월천은 벼슬에는 뜻을 두지 않고 평생 자신의 수양을 위한 학문에 전념한 참된 선비였다. 그리고 스승 퇴계의 서거후 陶山書院을 세워 享祀하고 그 문집을 정리하여 출판하는 등 퇴계의 학문과 사상이 후세에 온전히 전승되게 하는 일에 주도적인 역할을 하였다. 스승의 학문적인 은혜를 잊지 않고 보답하려고 한평생 노력하였다.

그러나 그는 임진왜란 때의 和議를 반대하여 동문인 西厓 柳成龍을 공격한 적이 主和誤國이라는 말로 비판한 적이 있었는데, 이로 인하여 西厓와 사이가 좋지 않았다. 이에 관해서『宣祖實錄』에 다음과 같은 기록이 있다.

  전 정(正) 조목(趙穆)도 퇴계의 제자로서 학행이 그 문하에서 높았다. 일찍이 성룡에게 편지를 보내 말하기를, "그대가 선생에게서 평소 배운 것이 단지 화친을 주장하여 국사를 그르치는[主和誤國] 네 글자뿐입니까? 나는 당신이 성현의 글을 알면서 이런데 이를 줄은 생각하지 못했습니다"라고 했다.[1]

그러나『선조실록』은 光海朝에 北人들이 주도하여 만들었기 때문에 鄭

1)『선조실록』(CD본) 30년 10월 16일조.

仁弘과 사이가 나쁜 柳成龍을 의도적으로 나쁘게 서술한 면이 없지 않다.
퇴계의 제자들을 폄하하려는 의도에서 月川만을 높이려는 서술의 자세를
볼 수 있다. 『실록』을 읽을 때 염두에 둘 일이다.

　月川과 西厓 사이에 壬辰倭亂 때의 講和問題로 약간의 의견대립이 있
었으나, 兩門에 출입한 金應祖 등의 노력으로 별문제 없이 兩賢 사후 아무
런 문제 없이 해결되었다.

Ⅲ. 문집의 간행과 書誌狀況

　『月川集』은 1662년에 쓰여진 眉叟 許穆의 序文에 의하면 禮安縣監으로
있던 李碩寬의 요청에 따라 月川의 아들 趙錫朋이 소장하고 있던 草稿
4권을 刪正하여 편찬했다고 되어 있다. 그 뒤 1666년에 목판으로 간행되었
다. 初刊本은 本集 6권, 年譜와 附錄 각1권 모두 3책으로 총 173板이다.
每面 10행, 每行 20자, 가로 16.3cm, 세로 20cm이고, 四周雙邊에 界線이
있고, 上下二葉花紋魚尾이다. 원본은 현재 奎章閣 등에 소장되어 있다.[2]

　책의 첫머리에는 眉叟의 親筆을 摸刻한 序文이 3장 들어 있고, 그 다음
에 문집목록과 世系圖가 들어 있고, 그 다음에 제자 金澤龍이 편찬한 『月
川年譜』 17장이 들어 있다.

　본집은 6권인데, 제1권에는 詩 116수가 들어 있다. 道學者의 문집체재처
럼 시를 詩體別로 나누지 않고 지은 연대순에 따라 편집하였다. 제2권에는
疏章 6편이 수록되어 있다. 제3권에는 23편의 書簡이 수록되어 있다. 제4
권에는 辨疑라 하여 經書의 내용 가운데서 의문나는 것을 退溪에게 질문
한 글 4편이 수록되어 있다. 제5권에는 「退溪先生言行總錄」 등 雜著 4편
이 들어 있다. 제6권에는 跋, 祝文, 祭文, 墓碣, 墓誌, 論 등 22편이 들어

---

2) 민족문화추진회의 『月川集』 해제를 많이 참고하였다.

있다. 문집에 수록된 散文은 모두 59편에 불과하다.

　附錄에는 맨 첫머리에 桐溪가 지은 神道碑銘이 실려 있는데, 月川의 외손인 金碏 형제의 요청에 의한 것이었다. 月川의 行狀이나 墓誌銘은 애초에 지어지지 않은 것 같다. 그 다음에 宣祖의 賜祭文, 陶山書院 從享時 賜祭文이 있다. 그 다음에 鄭逑 등이 지은 祭文 7편과 李山海 등 12의 輓詞 15수 수록되어 있다. 문집 맨 뒤에 鶴沙 金應祖의 跋文이 붙어 있다.

　月川은 83년의 장수를 누렸고 대부분 林泉에서 讀書와 講學으로 일생을 보냈기에 원래 많은 詩文을 남겼으나, 兵火에 대부분이 散逸되어 전체의 10분의 1도 남지 못했다.[3] 예를 들면 退溪의 『陶山全書』에는 月川과 與答한 서신과 別紙가 140통이 수록되어 있으나, 『月川集』퇴계와 與答한 시신이 5통에 불과하니 월천의 글이 얼마나 많이 없어졌는지 짐작할 수 있다.

Ⅳ. 문집 내용 簡介

　제1권의 시 가운데는 「挽退溪先生」이 있는데, 退溪의 學脈이 宋代 濂溪 周敦頤 洛陽의 程子의 正脈을 이었음을 밝히고 있다.

　시 가운데 「偶見鄭仁弘南冥集跋語」라는 것이 있는데, 그 시는 다음과 같다.

> 조정에서 옥처럼 우뚝하게 선 몸이시고,　　　　　亭亭玉立廟堂身
> 환하게 자연 속의 자유로운 사람이라.　　　　　皎皎烟霞自在人
> 우습다! 인간의 괴이한 귀신무리여.　　　　　　堪笑人間怪鬼輩
> 감히 桀의 개가 어진 堯를 보고 짖는구나.[4]　　敢將桀犬吠堯仁

---

3) 金應祖 「月川文集跋」.

4) 『月川集』 권1 16장.

鄭仁弘이『南冥集』을 간행하면서 맨 뒤에 退溪를 誣毀하는 글을 실었다. 南冥과의 是非 때문에 남명의 문인들로부터 공격을 받아 궁지에 몰린 龜巖 李楨이 자신의 심정을 하소연하자, 퇴계가 구암에게 위로하는 서신을 보냈다. 내용 중에 그런 사람들과 갚지 말라는 내용이 포함되어 있는데, 이를 퇴계가 남명을 공격한 자료로 제시하기 위해서였다. 정인홍은 이 서신을『남명집』뒤에 수록했다. 퇴계가 자신의 스승 남명을 비난했기 때문에 세상 사람들이 남명을 老莊에 물던 사람으로 간주하게 되었다는 것이다. 月川은 이 글을 보고 정인홍의 태도를 못마땅하게 여겨 이 시를 지은 것이다.

세상에는 "月川은 평소에 鄭仁弘과 가까이 지냈다. 陶山書院 尙德祠에 從享된 것이 北人의 덕이다"라는 謠言이 전해 내려 오지만, 그렇지 않다는 사실은 이 시에 나타나 있다. 이 시를 보면 月川이 鄭仁弘을 桀犬에 비유할 정도로 나쁘게 생각하였던 것이니, 月川 사후에 鄭仁弘이 월천의 從享을 도와주는 일을 주선할 이유가 없었을 것이다.

권2에 실린「丙戌辭職疏」에서는 당시 국가가 校正廳을 설치하여 주관하던 四書와『小學』의 번역사업의 진행상황을 알 수 있다. 그리고 辭職을 윤허해 주면 고향에 돌아가 스승 退溪의 문집 발간 사업을 진행하겠다는 내용이 들어 있다. 1586년 당시의『退溪文集』원고 수집과 편찬의 진척정도를 알 수 있고, 月川이 주도적인 역할을 하는 모습을 알 수 있다.

「甲午陳情疏」는 아무런 까닭 없이 백만의 군대를 끌고 와 우리 백성들을 屠戮한 왜놈들과는 講和를 해서는 절대 안 된다는 뜻을 담고 있다. 이런 주장은 강화를 주도한 西厓의 의견과는 완전히 달랐던 것이다.

권3에 실린「答退溪先生書」에서는『周易』공부의 어려움과 陽明學의 문제점 등에 대해서 자기의 의견을 개진하였다.

「答李宣慰書」는 李山海의 사위인 宣慰使 李德馨에게 답하는 것으로, 李山海가 정승 자리에 있으면서 일본과 通信使를 파견하며 日本과 講和하는 태도에 대해서 반대하는 뜻을 분명히 하고 있다.

「與同門諸契論朱書節要刊本曲折」은 退溪의 편저인 『朱子書節要』를 간행하면서 책의 체재와 활자의 모양 등에 대해서 자신의 견해를 제시하고 있다.

「與同門諸契論退陶先生碣文誌文未穩處」는 高峯 奇大升이 지은 退溪 自銘의 後序와 역시 高峯이 지은 退溪의 壙銘에 대하여 문제점을 지적한 것이다. 後序의 "중년 이후에는 바깥으로 사모하는 것에 마음을 끊었다[中年以後, 絶意外慕]"라는 구절에 대해서 月川은 "선생은 어려서부터 沈靜하여 학문을 좋아하였고, 세상의 이익과 번화한 것에 대해서는 淡泊하였는데, 중년 이후가 되기를 기다려 名利나 權勢 등 바깥의 것에 뜻을 끊었겠느냐?"라고 하여, 高峯의 서술이 退溪의 眞面目을 왜곡하고 있다고 지적하였다. 高峯이 "孔子 孟子 程子 朱子의 말씀에 맞추어 보아 합치되지 않는 것이 적다[揆諸孔孟程朱之言, 其不合者, 寡矣.]"라고 서술한데 대해서, 月川은 "그렇다면 오히려 합치되지 않는 것이 있다는 말이 되니, 盡善하다고 할 수 없다"라고 지적하였다. 高峯이 지은 後序는 "전체적으로 볼 적에, 精神도 있고 氣力도 있어 선생의 一生 大要를 잘 개괄했지만, 그의 생각은 窮理 格物 論議 處事 등을 주로 하였기에 先生이 평소의 독실한 실천과 확실한 공부방법 등에 대해서는 자세하게 이야기하지 않은 것 같다"라고 그 전반적인 문제점을 지적하였다. 高峯의 壙銘에 "옛날 사람과 비교해 볼 때, 누구와 더불어 앞서거니 뒤 가거니 하겠는가?[視古先民, 孰與先後]"라고 한데 대해서, 月川은 "이 구절은 범범하여 맺힌 데가 없다"라고 지적하였다.

제4권에는 『心經』, 『朱書節要』, 『尙書』, 『家禮』 등에 대해서 退溪에게 한 질문과 퇴계의 대답을 수록해 놓았다. 月川의 원고는 이미 兵火에 蕩失했으므로 『退溪集』의 것을 그대로 옮겨 놓은 것이다.

제5권에는 「退溪先生言行總錄」이 수록되어 있는데, 이는 퇴계에 관계된 傳記文字 가운데 가장 詳密한 것으로서 주로 퇴계의 成學過程 등 정신세계에 비중을 두고 서술하였다. 「易東書院事實」은 易東 禹倬을 모신 易

東書院의 건립 동기와 그 과정을 상세히 기술하고 있다. 月川은 退溪를 도와 직접 易東書院 건립의 일을 맡아서 했다. 朝鮮中期 서원 연구에 중요한 자료가 될 것이다.

권6에 소록된 「理學通錄跋」은 退溪가 정리한 性理學史라 할 수 있는 『理學通錄』의 체재와 明나라 학자들의 학문상의 문제점을 지적하고 있다.

「易東書院尙賢祠常享祝文」은 易東 禹倬의 학문과 인품을 16자로 압축하여 표현한 것이다. 「陶山書院尙德祠常享祝文」은 退溪의 학문과 사상을 16자로 압축하여 표현하였다. 이 글을 지은 것을 볼 때, 당시 많은 제자들 가운데서 가장 주도적인 위치에 있었음을 알 수 있다. 그 내용은 이러하다.

마음은 孔子 孟子로부터 전해졌고,	心傳孔孟
道는 朱子 程子를 계승했습니다.	道紹閩洛
동쪽 나라에서 집대성했으니,	集成大東
儒學의 으뜸가는 법도이십니다.	斯文準極

「祭退溪先生文」에서는 退溪의 학문이 程朱의 嫡統을 이었다는 것과 퇴계가 逝世함에 依仰할 데 없는 슬픔을 호소하고 있다. 「祭吳子强文」은, 德溪 吳健의 갑작스런 죽음을 애도하는 글인데, 小科에 同榜及第한 뒤 陶山書院에서 함께 退溪의 가르침을 듣던 옛일을 회상하고 있다. 「陶山書院奉安文」은 陶山書院이 완공된 뒤 退溪의 位牌를 奉安할 때 告由한 글이다. 퇴계의 학문과 인격을 追仰하고 있다. 「祭李逢原文」은 退溪의 장손 李安道의 죽음을 애도한 글이다. 퇴계의 死後事業을 맡아 해야 할 장손이 죽은 것에 대해서 哀痛해 하고 있다. 「退溪先生文集告成文」은 1604년 『退溪文集』이 완성되었을 때 陶山書院 尙德祠에 告由한 글이다. 退溪의 原稿 정리과정과 板刻時의 과정을 서술하였다.

V. 結語

이상에서 간략하게 趙穆의 生平과 學問 및 『月川集』에 대해서 살펴보았다. 월천은 어린 시절 퇴계를 만남으로 해서 학문의 바른 길을 얻을 수 있었다. 退溪의 학문은 月川 같은 제자를 얻음으로 해서 정리되어 후세에 전해지게 되어, 영원히 빛을 발할 수 있게 되었다. 退溪의 年譜 작성, 퇴계 원고의 수집, 정리, 편집, 교정 등의 과정을 거쳐 『退溪文集』 완성을 보게 되었는데, 처음부터 끝까지 이 일을 주도한 제자가 바로 月川이었다.

『月川集』은 그 자체로서도 중요한 자료적 가치를 갖지만, 退溪學의 연구에도 필수불가결한 자료라 할 수 있다.

『竹林冷談』解題

이 책은 不分卷된 一冊의 筆寫本으로 모두 三三張으로 되어 있고, 各張
의 行數와 一行의 字數는 일정하지 않다. 原本은 현재 日本의 東洋文庫에
收藏되어 있다.

주로 朝鮮朝 開國以後부터 編者 在世當時까지의 野史·說話·政界의
幕後談·奇事·奇聞·諧謔·占卜·詩話 등 一五四條가 실려 있다.

編者는 밝혀있지 않으나, 내용을 검토해 보면 憲宗朝의 인물인 趙鎭恒
(生卒年 未詳)이 長者들을 따라 놀면서 들은 것을 모아 한 책을 만들었는
데, 원책을 遺忘하였던 바 이 筆寫者가 그 가운데 남은 십분의 일을 분량과
野乘을 보면서 옛날 趙鎭恒의 글과 합치되는 것을 되는대로 적어 모아
『竹林冷談』이라 이름한 것이라고 했다. 그러니, 趙鎭恒이란 분이 남겼던
記錄이 이 책의 土臺가 되었다고 할 수 있겠다.

趙鎭恒은 本貫이 楊州이고 號가 三川이며 어릴때부터 文望이 있었다는
것 밖에는 알 수가 없다.(竹林冷談 末尾의 筆寫者 附記 參照)

編者는 記事 가운데서 少論인 尹拯을 배격하고 老論인 宋時烈을 편드
는 것으로 봐서 老論系의 人物임을 알 수 있겠다. 그는 또 黨論에 尖銳한
관심을 가졌고 佛敎에도 상당한 조예를 가졌음을 알 수 있겠다.

이 책의 編纂年代는 정확히 알 수 없지만 憲宗때 이후인 것만은 알
수 있다.

이 책은 一五四條의 길고 짧은 記事를 대체로 時代順으로 편찬했다.
第一條에서 八〇條까지는 『大東野乘』 등에서 발췌한 것이 많고, 뒷 부분

은 洪萬宗의 『旬五志』에서 옮겨온 記事가 一六條나 된다. 그 이외에 黨論
에 관한 記事는 編者가 직접 先輩長者들로부터 들은 것을 記錄한 것 같다.

중요한 내용으로는 맨 첫머리에 우리 東國의 歷數가 中國과 같다는
『筆苑雜記』의 記事를 싣고 있는데, 이는 우리 歷史가 中國에 比하여 조금
도 遜色이 없다는 긍지에 起因한 것 같다. 中國에 큰 인물이 났을 때 우리
나라에서도 그에 대응하여 큰 인물이 났으니, 예를 들면 堯임금이 나라를
세웠을 때 檀君이 나라를 세웠고 周武王이 일어났을 때 箕子가 封해졌고,
漢나라가 일어났을 때 衛滿이 왔고, 宋나라가 서자 高麗가 섰고, 明나라가
서자 朝鮮이 세워졌다는 것 등이다. 이는 朝鮮王朝에 대하여 정당성을
부여하려는 의식도 볼 수 있지만, 우리의 민족국가에 대한 自尊心을 볼
수 있는 것이다.

그 다음으로 李太祖의 王者로서의 資質이 있음과 그 革命의 필연성을
이야기한 記事가 실려 있다.

또 國初의 名宰相 尹淮·許稠·黃喜등의 逸話와 度量에 관한 記事를
실었다. 爲政官吏로서의 모범이 될만한 이들의 이야기를 실어 당시 政治
人들이 이글을 읽고 그들의 훌륭한 점을 본받게 하려는 의도가 있었을
것이다.

또 編者는 端宗의 遜位·寧越安置·絞殺·死六臣들의 復位運動 실패
등을 상세히 싣고 있는 것으로 봐서 端宗의 죽음과 死六臣의 被殺을 마음
속 깊이 애석해 하고 있음을 알 수 있겠다.

그의 特出한 人物들의 奇行·奇談·忠臣의 高尙한 행실·占卜의 奇
驗·士大夫들의 사랑이야기·深山에서 鍊丹하는 사람의 이야기·道術부
리는 중 이야기·黨爭의 發端·그 分裂에 대한 이야기가 실려 있다.

記事 選別의 특별한 기준은 없는 것 같고, 舊時代에 화제거리가 될만한
것을 주로 뽑아 모은 것 같다.

이 책의 記事는 대부분 『大東野乘』·『旬五志』 등에 실려 있지만, 구시
대에는 書籍을 구해 보기가 지극히 어려웠으므로 이 정도 서적으로서도

많은 가치가 있었을 것이다. 또 이 책 마지막 부분의 黨論에 관한 여러 記事는, 종래 일반적으로 전해지는 黨論과는 시각을 달리하는 사람의 기록이라는 점에서 중요성을 인정할 수가 있다.

이 책을 부록으로 흥미있고 유익한 中國의 故事·成語 一二一條가 실려 있어 구시대 지식인들의 참고에 도움이 되었을 것으로 생각된다.

『愚聞日記』 解題

Ⅰ. 도언(導言)

　　요즈음 우리나라 학계에는 각종 일기(日記)류의 책이 많이 발굴되어 간행되고 있다. 발굴된 일기들은, 원본 그대로 영인해서 간행하는 경우가 대부분이고, 간혹 구두(句讀)를 끊고 표점(標點)을 찍어 간행하기도 하고, 번역까지 해서 내는 경우도 있다. 그러나 공통적으로 아쉬운 점은 대부분의 일기가 내용이 너무 간단하다는 것이다.

　　구시대의 학자들은 관습적으로 시문을 모은 문집만 중시할 뿐, 일기류 등의 책은 별로 중시하지 않아 간행하지 않거나, 간혹 일기 가운데서 필요한 일부 내용만 뽑아 문집 등에 넣었다. 일기류의 기록은 간행하지 않았을 뿐만 아니라, 도리어 감추기까지 하였다. 왜냐하면 개인의 사생활이나 가정사 등이 너무 세세하게 기록되어 있어, 후세 사람들이 보면, 어떤 대단한 인물의 학덕(學德)에 흠이 된다고 생각했던 것이다.

　　그 결과 문집의 내용은 문학이나 학문에 관한 것, 조정이나 유림사회의 공식적인 내용에 관한 것만 선택하여 수록했기 때문에 어떤 인물이나 시대상에 대한 연구자료로서는 부족한 점이 많았다. 대표적인 문집인 퇴계(退溪) 이황(李滉)선생이 집안 경제에 관해서 그 아들에게 지시하여 준 서간문은 『퇴계집(退溪集)』에는 다 빠져 있다. 문집이나 일기류가 많이 간행되었지만, 이런 측면에서 보면 연구에 부족한 점이 많았다. 일기는 어떤 인물의 가장 독특하고 절실한 사건이 기록되어 있어 연구자료로서는 더없이 좋은 것이다.

　　이번에 번역 간행되는 『지문일기(咫聞日記)』는 일기류 가운데서 가장 내용이 풍부한 것이라 할 수 있다. 그래서 조선 숙종조(肅宗朝)를 전후한 후기 사회의 선비나 관리의 처신, 가정생활, 교유관계, 생활상, 관직생활 등을 알 수 있는 아주 중요한 자료이다. 특히 왕릉 참봉(參奉)의 임무와 역할, 근무방식, 다른 관원과의 관계 등을 알 수 있는 면에서는 거의 독보적인 자료이다.

　　본래 원본은 저자의 친필 초서(草書)로 되어 있어 일반인들이 접근하기 어려웠다. 역자는 내용이 다양하고 풍부하여 열람하다가 그 중요한 가치와 의의를 인식하고 탈초(脫草)를 할 필요가 있어 탈초하기 시작했다. 그러다가 번역하여 일반에게 공개할 필요가 있다고 생각하여 마침내 번역, 주석까지 하게 되었다.

　　책 머리에 저자에 관한 전기자료와 이 책의 가치와 의의를 밝히고, 특히 참봉생활의 실상과 역할에 대한 아주 좋은 기록임을 소개하는 간단한 해제를 붙여 독자들의 참고에 이바지하고자 한다.

II. 저자의 전기(傳記)

　　『지문일기(咫聞日記)』의 저자 김두벽(金斗璧)은 1658년(孝宗 9) 충청도 서산(瑞山)에서 태어났다. 자(字)는 위첨(衛瞻)이고, 처음의 자는 자화(子和)이고, 호는 괴와(槐窩)이다. 일생을 대부분 향리 서산(瑞山)에서 생활하다가 51세 되던 해 참봉(參奉)으로 벼슬에 나와 중앙관서와 고을원을 지내고, 향리로 돌아가 살다가 1724년(景宗 4)에 세상을 떠났다. 향리의 선비와 추천을 받은 하급관료로서의 그의 생활이 일기 속에 고스란히 녹아 들어 있다.

1. 가계(家系)

그의 본관은 경주(慶州)로, 신라(新羅) 경순왕(敬順王)의 후손인데, 고려(高麗) 태자태사(太子太師) 김인관(金仁琯)이 중시조이다.

그 이후 고려와 조선(朝鮮) 교체하는 시기의 절신(節臣) 상촌(桑村) 김자수(金自粹)가 있었는데, 고려의 신하로서 조선 태종(太宗)의 부르는 명령을 받고 가다가 추령(楸嶺)에서 자결하여 그 절개를 밝혔다. 상촌은 곧 김두벽의 10대조이다.

상촌의 후손으로 안주목사(安州牧使)를 지낸 김연(金堧)이 서산(瑞山) 대교촌(大橋村)에 자리를 잡았다. 그 손자 찰방(察訪) 증참판(贈參判) 김적(金積)이 광해군(光海君)의 정치가 어지러운 것을 보고서 거두어 서산(瑞山)으로 돌아가 살았다. 곧 저자의 고조이다.

조부 학주(鶴洲) 김홍욱(金弘郁)은, 문학과 언론이 선비들 사회에서 모범이 되었다. 인조(仁祖) 때 문과에 급제하여 벼슬에 나가 내외의 현요직(顯要職)을 두루 지냈다.

효종(孝宗) 때 황해도(黃海道) 관찰사(觀察使)로 있으면서 소현세자(昭顯世子)의 빈(嬪)인 강씨(姜氏) 옥사(獄事)의 원통함을 상소했다가, 효종으로부터 극심한 참화(慘禍)를 당했다. 효종이 곧 후회하며 그 충절(忠節)으로 높이 평가하였고, 우암(尤庵) 송시열(宋時烈)과 동춘당(同春堂) 송준길(宋浚吉)의 건의로 인하여 관작(官爵)이 복구(復舊)되었다. 숙종(肅宗) 때는 또 판서(判書)에 추증(追贈)하고, 문정(文貞)이라는 시호(諡號)를 내렸다.

부친 운천(雲川) 김세진(金世珍)은 집안의 환난(患難)으로 배척을 받아 과거의 길이 막혔다. 우암(尤庵)의 문하에서 공부하여 사림(士林)들 사이에서 명망이 있었다. 전후에 관직에 임명되었는데, 마지 못해 잠시 나갔다가는 곧 버리고 돌아왔다. 우암 등의 권유로 감역(監役), 찰방(察訪) 등을 지냈다. 나중에 손자 김흥경(金興慶)이 영의정에 오르자 좌찬성(贊成)에 추증되었다. 문집을 남겼다. 학주(鶴洲)의 가장(家狀)을 지어 함경도(咸鏡道) 덕원(德源) 유배지로 우암(尤庵)을 찾아가 학주의 신도비명(神道碑銘)을 받았다.

모친은 완산이씨(完山李氏)인데, 부제학(副提學) 증판서(贈判書) 이지항(李之恒)의 딸이자, 참판(參判) 송교(松郊) 이공무(李公楙)의 손녀이다.

김두벽의 가문은 조선 영조조(英祖朝)에 와서 극도로 번창하였다. 그는 다섯 아들을 두었는데, 현감(縣監), 참봉 정도의 벼슬에 그쳐 직계 후손들은 그렇게 현달하지 못 했지만, 형제의 후손들이 아주 번창하였다.

맏형 김두성(金斗星)의 아들 김홍경(金興慶)이 영의정을 지냈고, 김두성의 증손 김이주(金頤柱)가 병조판서, 현손 김노응(金魯應)이 병조판서, 김노경(金魯敬)이 육조의 판서, 5대손 김도희(金道喜)가 좌의정, 추사(秋史) 김정희(金正喜)가 병조참판 등을 지냈다.

둘째 형 김두정(金斗井)의 아들 김용경(金龍慶)이 도승지(都承旨), 손자 김한철(金漢喆)이 형조판서를 지냈다.

그의 종형 김두광(金斗光)의 손자 김한구(金漢耉)가 영돈녕부사(領敦寧府事)를 지냈고, 그 딸이 곧 영조(英祖)의 왕비 (정순왕후(貞純王后)이다. 김한기(金漢耆)는 공조판서, 김한로(金漢老)는 공조판서, 증손자 김면주(金勉柱)는 공조판서, 김관주(金觀柱)는 좌의정, 증손자 김노충(金魯忠)이 동지의금부사(同知義禁府事) 등을 지내는 등 공경(公卿)들이 일문에 가득하였다. 그리고 일국의 명문들과 혼사를 맺어 가문의 위상(位相)이 아주 높았다.

2. 위인(爲人)과 학문

김두벽(金斗璧)은 기상과 용모가 맑고 빼어났다. 그는 타고난 자질이 총명하였고, 기억력이 비상하였는데 한번 본 책은 잊지 않았다고 한다. 맑고 밝고 용기 있고 결단력이 있었으며, 어질고 후하였다. 고요하고 그

욱한 것을 사랑하여 조용하게 지냈으며, 가난한 생활 가운데서도 느긋하였다.

고을을 맡아 다스릴 때는 치적(治績)이 있었다. 만년에는 벼슬에서 물러나 고향에서 살았다. 평생 남들이 흠잡을 만한 행실이 없었고, 크게 이름이 나지 않아도 안타까워하지 않았고, 자신의 평소의 원칙을 바꾸지 않았다.

시문(詩文)에 관한 생각이 넘쳐나 문구가 사람을 놀라게 하였는데, 특히 변려문(駢儷文)에 뛰어나 당시 사람들로부터 "당(唐)나라 송(宋)나라 시대의 변려문 체(體)다"라는 칭찬을 들을 정도였다. 학문으로도 명성이 널리 나 있었다.

서예에 뛰어나 예서(隷書) 필법이 정교하고 굳세고 아름답고 정돈되어 있었다. 『지문일기(咫聞日記)』는 전부가 초서(草書)로 되어 있는데, 유려(流麗)한 필치로 성가(成家)하였다.

효성과 우애가 지극하였다. 1686년(肅宗 12) 서울로 과거 시험에 응시하러 갔다가 부친의 부고(訃告)를 듣고 달려 돌아왔다. 이를 지극히 애통해 하면서 아침저녁으로 모친 이부인(李夫人)을 모시고 책과 역사를 읽어드리고, 이야기하고 웃고 하여 매우 즐겁게 해드렸다.

1710년(숙종 36) 변려문으로 향시(鄕試)에 좋은 성적으로 합격하였으나, 회시(會試)에는 합격하지 못했다. 그 이후에도 여러 차례 응시했으나 과거에 합격하지는 못했다.

문집 3권을 남겼다고 족보에 기록되어 있으나 아직 발견되지 않았다. 영정(影幀) 두 벌도 종가에 보관되어 있는 것으로 족보에 기록되어 있다.

그는 집안을 다스리는 데 있어 법도가 있었는데, 쓰임새를 절약하여 비축해 두었다. 한 해의 수입을 보고서 한해의 쓰임새를 정했고, 절대 관가에서나 개인에게 빚을 내지 않았는데 자손들에게 "혹 그 약속한 기한에 갚지 못하면 수치와 욕이 따라온다"라고 말했다. 늘 자손들에게 당부하기를 "너희들은 가난한 선비 집안에서 태어났으니, 맛난 음식을 먹을 생각은 하지 말아라"라고 하였다. 비록 어린애라도 맛난 음식을 가까이하지 못하도록 하여 괴로움을 참는 습관을 들이도록 했다.

가까운 데 사는 일가친척들끼리 혹 서로 따지거나 하면 그는 "관여하지 마라"라고 하는 등 시비를 논하지 않았고, 이기지 못하는 것을 이긴 것으로 보았는데 이런 방식이 스스로 처신하는 길이었다.

향리의 친구에게 착하지 못 한 일이 있으면 반드시 온화한 말과 얼굴빛으로 고치고 뉘우칠 것을 권유하였다. 친구들도 모두 알고서 감동하여 원망하거나 성내는 뜻이 없었다.

부친을 장례한 뒤로 일찍 죽는 자손들이 많아지자, 집안 사람들이 풍수가(風水家)의 말을 듣고 여러 번 의논을 하여 다투어 산소를 옮기려고 하였다. 그가 정색을 하여 "후손들의 화복(禍福)을 위해서 조상의 산소를 옮기는 일이 옳은가?"라고 말하자, 이로부터 이장하려는 논의가 잠잠해졌다.

개령현감으로 재직할 때 충청도 황간(黃澗) 다수동(多水洞)의 산수자연이 맑고 그윽하고, 또 충청도와 경상도의 경계에 자리 잡았고 병화(兵火)가 들어오지 않은 것을 보고는 살 만하다고 생각하고 거기에 집 몇 간을 마련해 두고서 은거할 계획을 하고 가끔 가서 머물다가 돌아왔다.

1724년(景宗 4) 4월 어느 날 황간에서 돌아오다가 공주(公州) 주막에 이르러 갑자기 병이 위독해져 주막에서 세상을 떠나게 되었다. 해미(海美) 몽웅역(夢熊驛) 진좌(辰坐 : 西向에서 15도 북쪽)의 언덕에 안장하였다. 향년 67세였다.

배위(配位)는 숙인(淑人) 창원황씨(昌原黃氏)로, 숙인은 도정(都正) 증찬성(贈贊成) 진구(盡耈)의 따님이다. 내조의 공이 많았다.[1]

---

1) 본고에 인용된 자료는 거의 대부분 『경주김씨학주공파세보(慶州金氏鶴洲公派世譜)』와 생질인 윤봉조(尹鳳朝) 소찬 「계구현령김공묘갈명(季舅縣令金公墓碣銘)」에 의거하였다. 이하 여기서 인용한 경우에는 따로 주명(註明)하지 않는다.

3) 환력(宦歷)과 치적(治績)

1709년(숙종 35) 어사(御史)의 추천으로 정릉(靖陵) 참봉(參奉)에 임명되었다. 식견 있는 사람들이 말하기를 "문장 실력으로 하지 않고 추천을 받아 음관(蔭官)이 된 것은 이미 억울한데, 이 억울한 일마저 늦었으니 더욱 아깝다"라고 했다.

동료 황봉사(黃奉事) 가운데서 법을 범한 사람이 있어 대간(臺諫)의 탄핵 논의가 나오게 되었다. 그가 연루되어 들어갈까 염려한 사람이 그에게 자신의 의견을 아뢰어 죄를 면하라고 권했다. 그는 사절하여 말하기를 "동료로서 의리가 중요하니, 내 의견을 아뢰는 것은 마땅치 않소. 이미 범한 자가 있으니, 비록 나에 대해서 폭로한다 해도 무엇을 걱정할 것 있겠소?"라고 했다. 그 뒤 과연 그 말과 같았다.

그 뒤 영릉(英陵) 봉사(奉事), 장악원(掌樂院) 직장(直長)을 거쳐 제용감(濟用監)으로 옮겼다가 별제(別提)로 승진하였고, 금오랑(金吾郎 : 義禁府 都事)으로 옮겼다.

1725년(英祖 1) 개령현감(開寧縣監)으로 나갔다. 공정하고 자상하고 민첩하여 원근에 명성이 널리 알려졌다. 이웃 고을에서 소송이 있으면 모두 그에게 맡겼는데, 판결하는 것이 아주 명쾌하니 진 사람들도 감히 원망하지 못했다. 살인 사건으로 원통하고 답답한 사람이 있었는데, 그가 힘써 주장하여 살려주자는 논의를 펴기를 "감옥에서 죽게 되면 옥사(獄事)를 다스리는 체모(體貌)에 관계가 있으니, 또한 어질게 사랑하는 하늘의 뜻이 아닙니다"라고 했다. 백성들을 다스리기를 집안 다스리듯이 했다. 검약하여 쓰임새를 아꼈는데, 관아에 있는 가족들에게 훈계하여 "혹 미미한 물자라도 백성들에게서 얻지 말라"라고 했다.

마침 크게 흉년이 들었는데 스스로 곡식 천여 섬을 마련하여 널리 구호를 하여 그로 인하여 온 고을 사람들이 살아날 수 있었다. 관찰사(觀察使)가, 그가 마련한 곡식이 얼마인지 상급관청에 보고하게 했으나, 그는 보고

하지 않으면서 "이는 관리의 직분이오. 스스로 잘했다고 그 능력을 자랑하는 것은 내가 할 바가 아니오"라고 자신의 의견을 견지했다. 온 고을에서 칭송하고 흠모하여 큰 길가에 비석을 세웠다.

개령현감으로 있으면서 조부 학주(鶴洲) 김홍욱(金弘郁)의 문집『학주집(鶴洲集)』을 3권으로 편집하여 목판으로 간행하였다.

조정에서 이런 흉년의 구제사실을 살펴서 알아 해주(海州) 판관(判官)으로 승진시켰다. 그는 "해주 판관은 감영(監營)에서 근무하는 자리로서 많은 것이 생길 수 있는 좋은 자리니, 깨끗한 곳이 아니다"라고 하여 힘써 사양하여 부임하지 않았다.

훈련도감(訓鍊都監)으로 들어가 낭관(郞官)으로 있었다. 제용감(濟用監) 판관(判官)으로 옮겼다가 평안도(平安道) 영유현령(永柔縣令)으로 옮겼다. 그때 평안도의 풍속은 방탕하고 놀기를 좋아했고, 선비들도 공부하는 방법에 어두웠다. 그는 자주 시험을 부과하였는데, 먼저 시(詩), 부(賦) 등 과거시험에 쓰이는 문체(文體)로써 마음을 감동시키니, 선비들이 비로소 문예(文藝)를 닦는 일에 힘써 나가 뚜렷하게 모양이 바뀌는 사람이 있었다.

그는 고향이 아주 먼 것을 생각하고 또 벼슬하는 것이 즐거운 일이 아니라서, 어느 날 갑자기 아프다는 이유로 벼슬을 버리고 고향으로 돌아왔다. 그 뒤 다시는 벼슬에 나가지 않았다.

Ⅲ.『咫聞日記』의 가치

『지문일기(咫聞日記)』는 김두벽(金斗璧)이 1708년(숙종 34) 1월 1일부터 1713년(숙종 39) 9월 10일까지 쓴 일기이다. 상하 2책으로 되어 있는데, 세로 25.5센티 가로 22cm센티의 필사본으로 저자 친필로 추정된다. 상권인 건권(乾卷)에는 1708년 정월 1일부터 1711년 4월 18일까지의 생활이 기록되어 있고, 하권인 곤권(坤卷)에는 1711년 4월 19일부터 1713년 9월 10일까지의 일을 기록되어 있다.

김두벽은 충청도 서산에 거주하였다. 그의 5대조 안주목사(安州牧使) 김연(金堧)이 서산(瑞山) 대교촌(大橋村)에 터를 잡은 이래로 서산 일대에 세거해 왔다. 서산 일대에는 그의 형 김두성(金斗星), 김두정(金斗井), 김두규(金斗奎)와 김유경(金有慶) 등 여러 조카들이 살고 있었으며, 이들과의 왕래가 잦았다.

일기에는 매일 날짜 다음에 간지와 날씨를 기록하였다. 매일의 날씨뿐만 아니라 홍수, 한발, 일식, 월식, 지진 등에 관하여 상세히 기록하였다.

일기는 향촌 양반가문의 일상생활, 가족들의 안부 상태, 친척 지인의 내방과 환담 내용, 농사 상황, 제사 문중행사, 성묘, 장례, 친구들과의 유람, 자기 고을과 인근고을의 원과의 회동 서신왕래, 세금 납부 방법, 신년 운수 보는 일, 도박, 물고기 잡는 일, 서울 왕래, 고을원 교체, 전별, 암행어사 출두 상황 등등에 관한 일이 상세히 기록되어 있다.

또 관가의 소식이 비교적 자세히 기록되어 있다. 조카 김흥경(金興慶)이 이때 이미 문과에 급제하여 조정에서 벼슬하고 있었고, 또 숙부 김계진(金季珍)도 황간현감(黃澗縣監) 등으로 있었고, 자신도 계속 과거에 응시하고 있었고, 아들이나 조카들도 과거에 응시하고 있었으므로, 조정의 정치에 관심이 많았다.

1708년 이세덕(李世德)이 병조판서 조태채(趙泰采)를 폄척한 상소와, 이의현(李宜顯)이 승지에, 윤세기(尹世紀)가 판서에 임명된 일, 1711년 동래부사(東萊府使) 이정성(李正聖)이 올린 장계(狀啓) 등을 특별히 기록해 두었다. 이때는 김두벽이 관직에 있을 때였으므로 더욱 정계의 동향에 대해서 예의주시할 필요가 있었던 것으로 보인다.

일기에 자주 등장한 사람들로는 김유경(金有慶), 김사성(金士成), 이세무(李世茂), 이공서(李公瑞), 이윤보(李允輔), 김헌장(金憲章) 등인데, 저자는 이들과 자주 내왕을 하며 어울리고, 인근 개원사(開元寺) 등지로 함께 유람을 가기도 하였다.

홍산(鴻山), 서천(舒川), 해미(海美), 니산(尼山), 서산(瑞山), 덕산(德山), 아산(牙山)의 고을 원 등과 자주 만나고, 서신왕래도 있었다.

권말에는 지황(地黃)의 제조법과 재료를 적은 「지황전법(地黃煎法)」이 부록으로 붙어 있다.[2]

이 『지문일기』의 가장 큰 가치와 특징은 왕릉 참봉(叅奉)의 생활을 상세히 기록해 둔 것이다.

능참봉은 임무는 왕릉 내의 산림을 수호하면서 주변 백성들의 경내 침범, 불법 경작, 비밀 매장, 비밀 벌채 등을 방지하는 일이다.

김두벽은 1709년 4월 16일 정릉(靖陵) 참봉을 제수 받은 뒤 22일 서산 집을 출발하여 궁궐에 들어가 사은숙배(謝恩肅拜)를 하고, 다음 달 3일 정릉에 도착하여 본격적인 능참봉으로서의 업무를 시작하였다. 그는 1709년 4월 정릉 참봉을 제수받아 1년 9개월, 1711년 1월 영릉으로 옮겨 1년 10개월을 근무하였다. 그가 능참봉으로 지낸 3년 7개월 동안의 기록이 이 『지문일기(咫聞日記)』의 중심 내용을 이루고 있다.

능참봉 근무방식은 두 사람이 매월 15일씩 나누어 교대로 근무하면서 출근부인 공좌부(公座簿)를 작성하였다. 그러나 실제로는 당사자 간의 합의에 따라 근무기간을 융통성 있게 서로 조정할 수 있었다. 김두벽은 1, 2개월을 주기로 서산 집과 왕릉을 왕래하면서 교대근무를 하였다.

능참봉의 주된 임무는 능역을 수호하고 산림을 보호하는 일이다. 조선 후기 사회에서 보편적으로 유행하고 있던 비밀 벌채의 피해는 왕릉도 예외가 아니어서, 인근 백성들이 능역에 몰래 들어와 땔나무를 하거나 목재를 베어가는 일이 빈번하였다. 당시 정릉에도 비밀 벌채 문제가 매우 심각한 상황이었다. 그래서 그는 참봉으로 부임한 이후로 능역(陵域) 수호를 위하여, 능졸(陵卒)이나 하인들을 동원하여 산을 순찰하게 하고, 자신도

---

2) 김남기 『咫聞日記』 해제, 규장각.

때때로 순시하면서 문제가 발생하지 않도록 만전을 기하였다. 그러나 능졸들이 아무리 열심히 지켜도 도벌 사건은 막을 수 없었다.

심지어는 능역을 수호해야 하는 능지기가 도벌을 자행하기도 하였다. 1709년 7월 헌릉(獻陵) 봉사(奉事)가 능졸들과 결탁하여 나무를 팔아먹은 사건은 이러한 상황을 잘 보여 준다. 이는 헌릉에 국한된 문제만은 아니었다. 김두벽이 근무하던 정릉(靖陵)에서도 동일한 유형의 사건이 발각되어 조정에서 논란이 일었다. 김두벽의 상관 황봉사(黃奉事)가 근무 기간중에 나무를 베어 팔아먹은 것이다. 그가 황봉사의 도벌사건을 처음 들은 것은 비번으로 고향에 내려갔다가 다시 정릉으로 돌아온 지 한 달 쯤 지난 1710년 6월 28일이었다.

당시 능관들이 조정의 눈을 피해 관할 구역의 나무를 베어다 파는 행위가 관행적으로 자행되고 있었음을 확인할 수 있다. 그런데 황봉사가 죄를 벗어나려는 과정에서 오히려 김두벽이 위태로워지는 상황에 처하게 된다. 즉 황봉사는 도벌한 이유를, 측간 및 집사청(執事廳)의 문간을 개조하기 위해서였다고 변명하였을 뿐 아니라 또한 원정(原情)을 내어 김두벽에게 죄를 전가시키려 하였던 것이다. 사건은 곧바로 해결되지 못하고 장기화하였다. 의금부에서 사건을 담당하였는데 8월 20일야 판결이 이루어졌다.

의금부의 결정은, 황봉사가 나무를 팔아먹었는지의 여부에 관계없이 처벌해야 한다는 것이었다. 결국 황봉사는 장(杖) 100대를 맞고 충주 가흥(嘉興)으로 유배되었고, 능졸 이계웅 등은 장 80대를 맞고 직산(稷山)으로 도배(徒配)됨으로써 사건은 마무리되었다. 그리고 후임으로 새문 밖에 사는 이덕소가 임명되어 9월 8일 정릉에 도착함으로써 정릉은 정상화될 수 있었다.

정릉 사건을 계기로 예조에서는 왕릉에 대하여 일제히 점검 작업을 실시하였다. 각 능의 공좌부를 가져오게 하여 근무 상황을 점검하고, 예조에서 직접 낭관(郎官)을 파견하여 각 왕릉에 대한 범죄행위를 적발하였다.

김두벽은 사건이 진행되는 동안 마음 고생이 매우 심하였을 뿐만 아니

라 사건이 마무리될 때까지 교대하지도 못하고 장기간 근무를 계속해야
했다. 5월 30일에 입번(入番)하였다가 117일, 약 4개월을 계속 정릉(靖陵)
에서 머물러야 했던 것이다. 그는 후임자 이덕소가 정릉에 도착한 9월
8일에야 비번이 되어 고향에 갈 수 있었다. 김두벽은 계속되는 도벌 사건
을 겪으면서, 도벌 문제에 대해서는 매우 엄격한 태도를 유지하였다.

그러나 그런 가운데서도 왕릉에서 생산되는 땔나무, 숯, 횃불, 말꼴 등
능역(陵域)에서 산출되는 물자를 개인적으로 활용하였다. 특히 도성에 사
는 친지들에게 수시로 땔나무, 숯, 꼴 등을 실어 보냈다. 그가 1709년 한
해 동안 친지들에게 물자를 보낸 횟수는 총계 74회에 이르렀다.

그가 정릉 참봉으로 부임한 직후부터 친지들의 요청이 쏟아져 들어왔다.
감당할 수 없을 지경에 이르자, 그는 1709년 5월 15일에는 친구들의 청을
모두 거절하고 물리치기로 결정하였다. 실제로 그 다음 날 전임관이었던
정봉사(鄭奉事)가 노비를 보내 말꼴을 베어가려 하였을 때, 단호하게 거절
하였다. 그러나 김두벽은 친지들의 요청을 모두 들어줄 수도 매정하게
거절할 수도 없는 난처한 입장이 계속되었다.

겨울철이 되면서 도성의 사대부들 가운데서 숯과 땔나무를 구하기 위해
서 사람을 보내는 경우가 더욱 급증하였다. 이 기간의 횟수는 1개월에
25회, 22회로 급증하고 있는 것은 이러한 상황을 잘 보여주는데, 날씨가
추워져서 난방용 수요가 급증하였기 때문이었다.

1709년 11월 6일 일기는 이러한 상황을 잘 보여주고 있다.

> "아침부터 숯을 구하는 사람들이 답지하였다. 이공서, 김차산, 황내가, 이
> 천장, 장내가, 이귀천 들에게 각각 1가마씩 주었다"(『지문일기』 1710년 11월
> 6일)

그는 급증하는 땔나무와 숯에 대한 요청에 대하여 적극적으로 청을 들
어주었다. 비축해 둔 것이 없어서 주지 못할 경우에는 자신이 안타까워하

였고, 숯이나 땔나무를 주지 못하면 낙엽이라도 모아 실어 보냈다. 또한 경우에 따라서는 인근 봉은사(奉恩寺)에서 빌려다 주기도 하였고, 자신이 쓰려고 아껴두었던 숯을 내주기도 하였다.

이『지문일기(咫聞日記)』의 기록을 통해서, 당시 한성부(漢城府)에서 거주하던 사대부(士大夫)들의 가문에서 도성에서 생활하면서 연료가 얼마나 절실히 필요하고 말의 사료 구하는 일이 얼마나 절실했는지 알 수 있다.

또 능참봉은 종9품 말단직이지만, 흔히 세속에서 상당히 권한이 있는 것으로 이야기되어 왔는데, 실제로 왕릉 주위의 광활한 임야의 생산물을 거의 마음대로 처분할 수 있는 권한을 가진 것은 녹봉과 상관없이 엄청난 이권이었고, 한성부의 사대부들에게 환심을 살 수 있었던 자리였음을 알 수 있다.

김두벽이 물자를 실어 보낸 대상은, 대부분 도성 안에서 관직 생활하는 관료층이었다. 친지들의 물자 요청이 빈번하였고, 그들에게 물자를 보내는 회수가 빈번하였던 것은, 정릉(靖陵)의 위치가 도성에서 가까웠기 때문이다. 반면 여주의 영릉으로 옮긴 후에는 정릉에서처럼 빈번하게 친지들에게 능역에서 나오는 물자를 보내지 않아도 된 것은 도성에서의 거리가 멀어졌기 때문이었다.

김두벽이 능역에서 생산되는 땔나무, 숯, 마초 등을 친지들에게 보내면서 그 스스로 불법이라고 생각하거나 전혀 마음으로 불편해하지 않는다는 점이다. 오히려 당연하게 생각하고 있으며, 부탁을 받았는데도 쌓아둔 것이 없어 주지 못할 때에는 안타까워하였고 다른 곳에서 빌려다 주기도 하였다. 이러한 그의 태도는 참봉(叅奉)이나 봉사(奉事)가 능역에서 생산되는 물자를 사적으로 사용하는 것에 대해서는 어느 정도 용인되고 있었으며, 그 당시 보편적으로 행해지던 관행이었음을 짐작할 수 있다.

능역에서 나오는 물자를 어느 정도 개인적으로 사용하면서 친지들에게 보낼 수 있었던 점도 능참봉이 누렸던 관직상의 특성이자 현실적 권한이었다. 이러한 권한을 통하여 능참봉은 평소에 친지들에게 혜택을 베풀고 인망을 얻어 인적 관계를 긴밀하게 할 수 있었을 것이며, 이는 그가 관료생활을 해 나가는 데 있어서 매우 중요한 자산이 되었을 것이다. 그가 황봉사의 도벌 사건으로 난처한 상황에 처하였을 때 친지들로부터 계속적으로 정보와 도움을 받을 수 있었던 것도 이러한 인적 관계망이 있었기 때문에 가능하였을 것이다.[3]

Ⅳ. 결어(結語)

김두벽(金斗璧)은 17세기 후반에서 18세기 전반까지 충청도 서산(瑞山) 일대에서 생활했던 사족(士族)으로서 52세 때부터 추천을 통해서 벼슬하기 시작하여 중앙관서와 지방관을 역임하였다. 그는 1708년(숙종 34) 1월 1일부터 1713년(숙종 39) 9월 10일까지 5년 9개월간의 생활을 기록한 일기를 남겼다. 51세 때부터 56세 때까지의 일기인데, 참봉(叅奉)으로 있었던 3년여의 기록이 다 남아 있다. 그가 사족으로서 향촌에서 살아가는 생활이 상세히 기록되어 담겨져 있을 뿐만 아니라, 특히 왕릉참봉으로서의 생활이 상세히 담겨져 있다. 그래서 왕릉 참봉의 임무와 역할, 근무제도, 왕릉관리 내역, 왕릉 경내에서 생산되는 연료 사료 등을 서울 도성에 사는 친지들에게 어떻게 제공하느냐 하는 내용 등이 상세히 실려 있어, 참봉생활을 연구하는 데 더없는 자료이다.

다른 일기보다 상세하면서 참봉생활을 집중적으로 다룬 이 일기가 이번 번역을 계기로 본격적으로 연구되면 우리 역사의 내면이 더 깊이 있게 밝혀질 것이다.

그리고 그의 일기는 5년 9개월치 이외에 더 존재할 가능성도 있다. 하루

---

3) 김경숙, 「조선후기 능봉참의 관직생활과 왕릉수호 : 김두벽의 『지문일기』」, 장서각 아카데미, 2012년.

도 빠지지 않고 일기를 기록하는 습관을 가진 저자가 5년 9개월치의 일기
만 쓰고 말았을 것 같지 않기 때문이다. 나머지 일기가 다 발견되어 그의
일생 전반이 더 상세히 복원될 수 있을 것이다. 그리고 그의 문집도 발견되
어 그의 학문과 사상에 대해서도 알 수 있게 되기를 바란다.

『芝窩集』解題

Ⅰ. 서언(序言)

오늘날 우리나라에서는 전통문화(傳統文化)를 계승하고 발전시키자는 논의가 상당히 일어나고 있다. 그러나 눈으로 볼 수 있는 조형예술(造形藝術)의 유물(遺物)이나 재미가 있는 놀이문화는 괄목할 정도로 보존도 잘 되고 있고, 일반대중들이 관심을 쏟고 있고, 이의 전승(傳承)·발전(發展)을 위해서 국가에서도 많은 지원을 아끼지 않고 있다.

그러나 정작 중요한 정신문화(精神文化)의 유산인 우리 조상들이 남긴 전적(典籍)이나 그 전적 속에 담긴 학문(學問)과 사상(思想)에 대해서는 일반대중들의 관심도 적고 국가의 지원도 거의 없는 실정이다. 특히 우리 조상들은 세계에서도 그 유례를 찾기 힘들 정도로 많은 책을 지었고, 오늘날까지 많은 책이 남아 있다. 이 책 속에는 우리 민족(民族)의 정신문화(精神文化)가 고스란히 담겨져 있다. 그런데도 이런 책들은 도서관이나 고가(古家)에 수장되어 있어 일반대중들이 접근할 수가 없다. 몇몇 국가기관이나 대학(大學) 문중(門中)에서 간행(刊行)하고 번역(飜譯)하는 일을 하고 있지만, 너무나 미미한 편이다. 하루 빨리 국가적으로 힘을 기울여 발굴·정리·간행되어야만, 우리의 민족문화가 뿌리를 내려 영원히 살아남을 수 있을 것이다. 더구나 21세기 세계화시대에는 우리의 정체성(正體性)을 갖고 있는 문화만이 국제사회에서 살아남을 수 있는데, 우리 문화 가운데서는 전적(典籍)이 그 중요한 부분을 차지한다.

경상우도(慶尙右道)는 고려(高麗) 말엽 이후로 학문이 번성한 지방이었다. 조선(朝鮮) 중기에 이르러 남명(南冥) 조식(曺植)이 굴기(崛起)함으로써 경의(敬義)를 중심으로 한 실천위주의 학문을 폈는데, 그의 많은 제자들이 그 학문을 계승·전파함으로써 이 지역에 학풍(學風)이 크게 일어나게 되었다.

그러나 1623년 인조반정(仁祖反正) 이후로 남명(南冥)의 제자 및 재전제자(再傳弟子)들이 된서리를 맞게 됨으로 인해서 경상좌도의 학문은 위축되어 겨우 명맥을 유지해 왔다. 조선 후기에 이르러 정조(正祖)가 경상우도(慶尙右道)에 관심을 갖는 것을 계기로 학문이 다시 일어나기 시작하여 18세기 이후 많은 학자들이 배출되어 경상좌도에서 학문의 부흥기를 맞이하게 되었다.

남명 조식의 연원(淵源)과는 별도로 인조반정(仁祖反正) 이후 서울로부터 이주해 들어온 농포(農圃) 정문부(鄭文孚)의 후손들로 구성된 진주(晋州)를 중심으로 한 강우지역(江右地域)의 해주정씨(海州鄭氏) 가문은, 문한(文翰)과 사환(仕宦)으로 한 문호(門戶)를 형성하여 많은 학자와 선비들을 배출하였고 문집(文集)도 많이 남겼다. 지와(芝窩) 정규원(鄭奎元)은 이런 분위기 속에서 자라난 경상우도의 대표적인 학자로서 선두주자의 역할을 하였다.

이제 그의 생애, 학문·사상, 시문(詩文) 및 그의 문집『지와문집(芝窩文集)』을 학계에 정식으로 보고하여 우리 한문학사(漢文學史)에 상장(上場)하고자 한다.

Ⅱ. 생애

지와(芝窩) 정규원(鄭奎元)은 1818년(純祖 18) 8월 6일 진주(晋州) 기곡(基谷)에서 태어났다. 자(字)는 국교(國喬), 또는 치조(穉朝)이고, 지와(芝窩)는 그 호(號)이다. 휘자(諱字)는 규원(奎元) 이외에도 면교(冕敎), 한교

(漢敎)가 있다.

　부친은 죽은(竹隱) 정가인(鄭可人)인데 효행(孝行)이 탁절(卓絶)하여
고을의 유림(儒林)들이 정려(旌閭)를 요청할 정도였다. 모친은 안동권씨
(安東權氏)로 현감(縣監)을 지낸 사병(思秉)의 따님이다.

　본관은 해주(海州)로, 고려조(高麗朝)의 시중(侍中) 정숙(鄭肅)을 시조
로 삼는다. 조선조(朝鮮朝)에 들어와 정역(鄭易)은 좌찬성(左贊成), 집현
전(集賢殿) 대제학(大提學)을 지냈고, 시호(諡號)는 정도(貞度)였다. 이
분은 바로 효령대군(孝寧大君)의 악장(岳丈)으로 조선 태종(太宗)과는 사
돈간이었다. 그 이후 자손들이 대대로 사환(仕宦)하여 현달한 지위에까지
이르러, 국내 굴지의 명문거족(名門巨族)으로 성장하였고, 혼반(婚班)도
대부분 다 한양(漢陽)을 중심으로 한 훈벌(勳閥) 가문이었다.

　정역의 7대손이 바로 농포(農圃) 정문부(鄭文孚)인데, 문과(文科)에 급
제하여 관직에 나아갔다. 문무겸전(文武兼全)하여 문관(文官)이면서도 임
진왜란(壬辰倭亂) 때 왜적(倭賊)을 격파한 공훈(功勳)이 있어 선무원종일
등공신(宣武原從一等功臣)에 책록(冊錄)되었다. 임진왜란이 끝난 이후 병
조참판(兵曹參判)에까지 이르렀으나, 인조반정(仁祖反正) 그 이듬해인
1624년 이괄(李适)의 난에 연루되어 억울하게 옥사(獄死)하였다. 그 뒤
신원(伸冤)되어 충의(忠毅)라는 시호를 받고 좌찬성(左贊成)에 추증되었
다. 시문(詩文)에 능하여『농포집(農圃集)』을 남겼고, 진주의 가호서원(佳
湖書院), 함경도 경성(鏡城)의 창렬사(彰烈祠), 의정부(議政府)의 충덕사
(忠德祠) 등에 향사(享祀)되고 있다.

　농포(農圃)가 옥사할 때 "진주로 내려가 살아라"라는 유언에 따라 그
두 아들 정대영(鄭大榮)과 정대륭(鄭大隆)이 진주(晋州)로 내려와 정착함
에 따라 지와(芝窩)의 조상들은 진주 사람이 되었다. 진주에 정착한 이후
로 소과(小科)와 대과(大科) 급제자를 많이 배출하였고, 문집을 남긴 이만
도 50여 명에 이를 정도로 문한(文翰)과 환업(宦業)이 혁혁한 성벌(盛閥)
로 성장하였다.

   농포(農圃)의 가문은 비록 대대로 서울을 중심으로 거주하면서 사환(仕
宦)한 명문세가(名門世家)였지만, 그 조부가 경상감사(慶尙監司)를 지냈
고, 농포 자신은 창원부사(昌原府使)를 역임하였다. 그리고 그가 한강(寒
岡) 정구(鄭逑)의 문인이고, 또 남명학파(南冥學派)에 속하는 동계(桐溪)
정온(鄭蘊)과 절친하게 지내는 등 이 강우지역(江右地域)과 인연이 없지
않았으므로, 진주로 옮겨와 오래지 않아 문세(門勢)가 창성할 수 있었던
것이다.

   지와(芝窩)는 태어날 때부터 남달리 총명하여 6,7세 때 이미 글을 지을
수 있었고, 10세 때는 경사(經史)와 백가(百家)에 널리 달통하여 그 당시
사람들이 모두 신동(神童)이라고 일컬었다. 15세 때는 고모부인 참판(參
判) 유하(柳下) 강태중(姜泰重)의 문하에 나가서 의리(義理)의 학문을 익
혔다. 유하(柳下)는 봉화(奉化) 법전(法田) 사람이었으므로, 인(仁)을 숭상
하고 저술(著述)을 중시하는 경상좌도(慶尙左道) 지역의 학풍(學風)의 영
향도 어느 정도 받았다고 볼 수 있다.

   16세 때 사인(士人) 최제묵(崔濟默)의 따님에게 장가들었다. 장가갈 적
에 다 읽지 못한 성리학(性理學) 관계 서적과 경서 몇 책을 휴대하여 장가
가는 가마 속에서 읽었고, 처가에서는 밤에 지와(芝窩)의 소재를 잃어버려
당황했는데, 나중에 찾고 보니, 깊은 골방에서 촛불을 밝히고서 혼자 책을
읽고 있었던 것이다. 독실하게 공부하는 태도가 이 정도였다.

   22세 때 모친상(母親喪)을 당했는데, 물 한 모금 입에 넣지 않고 울부짖
어 거의 생명이 위태할 지경에까지 이르렀다. 아버지가 살아계시다는 사실
을 생각하고는 억지로 미음을 마시고 여묘(廬墓)살이를 하면서 고례(古
禮)의 절차를 다 따랐다.

   1847년 30세 때 아버지의 명에 따라서 매산(梅山) 홍직필(洪直弼)에게
나아가 집지(執贄)를 하고 공부했는데, 매산은 그 당시 율곡(栗谷)의 학통
(學統)을 이은 노론계열(老論系列)의 대표적인 학자였다. 매산은 지와를
준재(俊才)라고 늘 칭찬하였다. 그리고 매산에게 요청하여 5대조 고조 증

조 등 상대(上代)의 묘도문자(墓道文字)를 받아 자기 가문(家門)의 학문적(學問的) 전통(傳統)을 공인받았다.

그 사이 과거공부(科擧工夫)에도 힘을 써 공령문(功令文)에 아주 뛰어나 과거장에서 이름이 있었으나, 1850년 향시(鄕試)에 합격하는 것으로 그치고 대과(大科)에는 급제하지 못하고 말았으니 안타까운 일이다.

1861년 권력에 아첨하는 일군의 사람들이 진주와 관계없는 안동김씨(安東金氏) 세도가의 중심인물인 김수근(金洙根)의 서원을 진주에 세우려고 계획했는데, 권력을 등에 업은 그들의 세력이 대단하여 누구도 감히 저항하지 못했다. 지와가 「남강통문(南岡通文)」을 지어 배포하여, 이치에 입각하여 저들의 비이성적인 행위를 규탄하여 그 일을 막았다.

1862년 진주(晋州) 등 각지에 민란(民亂)이 있어 폭정에 시달린 농민들이 양반(兩班) 토호(土豪)들의 집을 습격하여 재물을 탈취해 갔으나, 그들이 지와가 사는 마을을 지나가면서 절을 하고, "군자가 영향을 미친 곳은 범할 수 없다"라고 존경의 뜻을 표시했다. 아들 정희석(鄭曦錫)이 "대단한 명성을 너무 오래 누리고 있을 수는 없으니 세상을 피해 살 계획을 하시지요"라고 청하기에, 1863년 봄에 안의(安義 : 지금의 咸陽郡) 덕유산(德裕山) 아래 노천동(蘆川洞)으로 옮겨가 살았다. 노천동(蘆川洞)은, 숙종(肅宗) 때의 대표적인 학자인 동춘(東春) 송준길(宋浚吉)이 병자호란(丙子胡亂) 이후 은거하며 강학(講學)하던 곳이다. 그런데 거기에 이미 살아 오던 사족(士族)들이 인근 백성들에게 토색(討索)질을 심하게 하여 백성들이 견디지 못할 지경이 되어 있었다. 지와 부자는 그 곳으로 이사한 뒤, 문을 닫고 열심히 글을 읽고 지내자, 인근의 백성들이, "저 분들은 양반이 아닌가? 어찌하여 요구하는 것이 없는지"라고 할 정도였다. 마을 사람들 가운데서 차차 방문하러 오는 사람들이 있게 되었는데, 지와는 그들을 아주 정성스럽게 대하며 대화를 나누었는데, 모두가 효우(孝友)와 공검(恭儉)에 관한 내용이었다. 그 인근의 백성들이 매우 기뻐하여, "이 분이야말로 참된 선비다"라고 말하며 감동하였다. 1865년 지와 부자가 다시 진주(晋州)로 돌아오려고 하자, 인근의 백성들은 길을 막으며, "왜 우리를 버리고 가려 하시나이까?"라고 할 정도였으니, 지와(芝窩) 부자의 올바른 처신(處身)이 백성들에게 얼마나 큰 감화(感化)를 주었는지를 알 수 있다.

1866년 기곡(基谷) 구장(舊莊)으로 돌아와 좀 안온한 생활을 하고 있을 때, 충청도(忠淸道) 화양동(華陽洞)의 만동묘(萬東廟)가 훼철(毁撤)되었다. 이를 반대하는 영남(嶺南) 쪽의 상소(上疏)가 두 차례 있었는데, 지와는 상소문 제작의 책임을 맡은 유생으로서 소장(疏章)을 가지고 한양(漢陽)으로 들어가 일을 처리하였다. 또 만동묘의 창설과 훼철에 관계된 자료를 수집하여 『감은창의록(感恩彰義錄)』이라는 책을 지었다. 그러나 이 책은 오늘날 전하지 않는다.

당시 조선(朝鮮) 말기의 정세는, 열강(列强)의 침략으로 인하여 시국은 날로 혼란하였고, 국가의 운명은 위태로웠다. 그래도 지와는 조금도 낙담하지 않고, 아들과 손자의 교육에 관심을 쏟았다. 그러나 1872년에 아들 희석(曦錫)이 먼저 세상을 떠났고, 그 이듬해에는 둘째 아들 기석(驥錫)이 세상을 떠났고, 이어 부인 최씨(崔氏)도 세상을 떠났다. 지와의 자애로운 마음에 견디기 어려운 상황이었으나, 본래 자품(資稟)이 양강(陽剛)하였기에 조금도 좌절하지 않고 의연(毅然)히 순리(順理)대로 애통함을 절제하고서, 막내 아들 준석(駿錫)과 손자 태연(泰淵)에게 기대를 걸고서 더욱 열심히 교도(敎導)하였다.

1877년 12월 21일에 기호(基湖)의 옛집에서 별세하니 향년 60이었다. 진주(晋州) 금산면(琴山面) 기동(基洞) 모좌(某座)의 언덕에 안장하였다. 묘갈명(墓碣銘)은 증손 수근(秀根)의 요청에 의하여 추연(秋淵) 권용현(權龍鉉)이 지었다.

지와(芝窩)는 큰 뜻을 품고서도 조선말기(朝鮮末期)의 어지러운 시대를 만나 그 학문(學問)과 경륜(經綸)을 현실에서 펼칠 기회를 얻지 못하고서 일생을 마치고 말았다. 과거(科擧)에서도 뜻을 얻지 못했고, 관찰사(觀察

使)가 그 인물됨을 알아보고서 추천을 하지 않아 현실정치에 참여하지
못하였다.

그러나 지와(芝窩)는, 처사(處士)로서의 일생을 살았지만, 세상을 등지
고 혼자만 깨끗하게 조용히 지낸 그런 소극적인 인사는 아니었다. 나라에
큰 일이 있을 때는 자신의 견해를 표방하였고, 또 진주(晉州) 지역의 사림
(士林)의 논의(論議)를 주도하여 정대(正大)한 데로 이끌었고, 잘못된 예
속(禮俗)을 바로잡으려고 노력하는 등, 이 지역의 정신적(精神的) 지도자
(指導者)로서의 역할을 충실히 수행했다고 할 수 있다.

III. 학문과 사상

지와(芝窩)는 영남(嶺南)에 살면서도 매산(梅山) 홍직필(洪直弼)의 문
하에 나아가 학업을 전수받음으로서 기호학파(畿湖學派)의 학통(學統)을
계승하게 되었다. 매산은, 근재(近齋) 박윤원(朴胤源)의 제자로서 우암(尤
庵) 송시열(宋時烈)을 통해 율곡(栗谷) 이이(李珥)의 학문에 연원(淵源)이
닿아 있다. 당시 산림(山林)으로서 명망이 매우 높아 임금의 부름을 여러
차례 받았으나 끝내 벼슬에 나가지 않았다. 정주(程朱)의 성리학뿐만 아니
라, 제자백가(諸子百家) 등 여러 학문에 두루 박통(博通)한 대학자였다.

지와는 30세 때 매산(梅山) 문하에 나아가 뵈옵고 집지(執贄)하여 그
귀의(歸依)할 곳을 얻었다. 찾아가 뵈옵고 문하에 머물면서 아뢰기도 하고,
편지로 학문을 토론하기도 하였는데, 한 해도 빠진 적이 없었다. 성명(性
命)1) 의리(義理)의 학문에 대한 학설(學說)을 반복하여 강론(講論)하였는
데, 더욱더 널리 배운 것을 거두고 예(禮)로써 요약하는 데로 나가갔으니,
옛 사람들의 공부하는 길을 그대로 밟아나간 것이었다. 42세 때 스승이

---

1) 성명(性命) : 사람의 본성(本性)과 천명(天命).

서거하자 제문(祭文)을 지어 그 죽음을 애도하고 또 자신과의 학문적 인연을 회상하였다.

　매산(梅山)의 문하(門下)에는 크게 덕(德)을 갖추고 학문에 조예가 깊은 선비가 우뚝하여 전후에 서로 이어져 한 시대의 성황(盛況)이라고 일컬어졌다. 그 가운데서도 뛰어난 재주와 깊은 학문으로 매산의 칭찬을 듣고 크게 기대를 받았고, 사우(士友)들의 중망(重望)을 입은 사람이 바로 지와(芝窩)였다.

　지와는 시문(詩文) 창작하는 방법은 어린 시절 유하(柳下) 강태중(姜泰重)에게서 먼저 배웠고, 도학(道學)은 매산의 학문을 전수받았다. 그리고 스스로 독서(讀書)를 폭 넓게 하여 학문적으로 대단히 해박하였다. 지와와 절친하여 그를 잘 아는 월고(月皋) 조성가(趙性家)는 "가슴 속은 넓어 만 권의 책을 잘무리했네.[胸虛萬卷藏.]"[2]라고 그의 학문이 해박(該博)을 칭찬하였다.

　그러나 지와는 자신의 뜻을 펴고 가문(家門)의 중흥을 도모하기 위하여 과거(科擧)에 합격할 필요성을 절실히 느끼고서 적극적으로 응시하였으나, 뜻을 이루지는 못했다.

　성격이 굳세고 엄하여 스스로 지조를 지켰고, 세상의 분위기에 맞추어 흔들리지 않았으므로 권세 있고 벼슬 높은 사람들의 대문에 발을 들여놓은 적이 한번도 없었다. 누구에게 벼슬 자리를 청탁하는 일은 아예 염두에도 없었다. 그런 까닭에 때를 만나지 못하여 생활이 어려워도, 후회하지 않았다.

　지론(持論)이 항상 격앙(激昂)하여 '비록 천만 사람이 막을지라도 나는 가겠다'는 그런 식의 뜻을 갖고 있었다. 도내(道內)의 재산이 많은 인사(人士) 가운데서 일 만들기 좋아하는 사람이 있어, 안동김씨(安東金氏) 세도가(勢道家)의 핵심인물인 김수근(金洙根)을 위해서 진주(晋州)에 서원(書

---

2) 조성가(趙性家)『월고집(月皋集)』권3 7장,「鄭國喬輓」.

院)을 만들어 권력에 아첨을 하려고 일을 추진하였다. 김수근의 아우 김좌근(金佐根)은 철종(哲宗)의 장인이고, 김수근의 아들 김병학(金炳學)과 김병국(金炳國)은 모두 정승에 올라 있었다. 김수근은 진주와 아무런 인연이 없는데도, 그 사람이 한 번 그 의견을 내놓자마자, 여러 사람들이 호응(呼應)하여 그 기세가 대단하였다. 그러나 지와(芝窩) 혼자서 「남강통문(南岡通文)」을 지어 통척(痛斥)하여 꺾어버리자, 마침내 그 일을 할 수 없게 되었다. 이로 말미암아 눈을 흘기는 사람들이 많았지만, 선비들 사이의 논의(論議)는 이 때문에 지와를 더욱더 훌륭하게 여겨, "진양의 호걸다운 선비 정규원은, 농포 집안에서 가장 훌륭한 자손이라네.[晋陽豪士鄭奎元. 農圃家中克肖孫]"라는 시가 전해질 정도로 사람들이 통쾌하게 여겼다.

그 당시 국가를 좌지우지하는 권세가에 맞서 대항했다는 것은, 지와가 얼마나 철저히 선비정신을 지켜 정도(正道)를 걸었던 인물인지를 알 수가 있다.

당시 사도세자(思悼世子)를 추존(追尊)하여 종묘(宗廟)에 향사(享祀)하려는 움직임에 대해서도, 지와(芝窩)는 의리(義理)에 준거하여 반대하는 의견을 분명히 내놓았다[3]. 월고(月皐) 조성가(趙性家)는, "한결 같은 마음으로 호랑이를 때려잡으려 의도했도다.[一心期搏虎.]"라고 하여 그 기개(氣槪)가 엄의(嚴毅)했음을 칭도(稱道)하였다.

당세의 대학자(大學者)들에게서 글을 받아와 선대(先代)의 산소에 비석을 세우는 일에 있어서도 성력(誠力)을 다하여 추진하여 혹시라도 빠뜨린 곳이 없었다. 한평생 조선(祖先)을 받들고 후손을 넉넉하게 하는 데 힘을 다 쏟았다.

원근(遠近)에서 와서 따라 배우는 사람들과 도(道)를 강론(講論)하고, 예(禮)를 익혀 전해 오는 전통(傳統)을 떨어뜨리지 않았으니, 사람들은 그 안정(安定)된 기력(氣力)에 감복(感服)하였다.

---

3) 『지와집(芝窩集)』 권1 75, 76, 77, 78장, 「답조직교(答趙直敎)」.

지와(芝窩)는 과거(科擧)를 통한 사환(仕宦)의 의지가 실현되지 못했지만, 권세가(權勢家)의 집을 출입하여 득관(得官)의 기회를 엿보려는 생각은 추호도 없이 고상한 처사(處士)로서의 생활을 하면서 성리서(性理書) 연구 등 학문연구에 매진하였다. 그의 성리학적 학문체계는 고모부 유하(柳下) 강태중(姜泰重)에게서 비롯되었고, 학문적인 심화(深化)는 매산(梅山) 홍직필(洪直弼)에 의하여 형성되었다고 볼 수 있다. 매산은 성리학적 우주관(宇宙觀)의 본질적인 접근을 위해서는 먼저 경전(經傳)에 대한 치밀한 검토가 선행(先行)되어야 한다는 점을 제자들에게 강조하였다. 우선 『소학(小學)』을 읽어 체험적(體驗的) 학문을 실감한 다음 『대학(大學)』을 읽어야 한다는 원칙에 따라 순서에 따른 체계적인 공부방법을 제시하였다.

지와(芝窩)는 매산의 제자로서 율곡(栗谷)과 우암(尤庵)의 학맥(學脈)에 속하지만, 성리설(性理說)에 있어서는 율곡계열의 주기적(主氣的)인 주장과는 약간 다른 심(心)과 리(理)를 하나로 보았는데, 이는 조선 후기 한주(寒洲) 이진상(李震相)과 노사(蘆沙) 기정진(奇正鎭) 등이 주장한 주리적(主理的)인 주장과 상당히 접근해 있다.

지와(芝窩)는 남명학(南冥學)의 본거지인 강우지역(江右地域)에서 자라나 살아갔지만 남명학파(南冥學派)와는 직접적인 관계는 없었고, 남명학(南冥學)에 대한 특별한 연구도 없었다. 그러나 남명(南冥)의 학문을 존경하는 마음은 열렬하여 "선생의 성성(惺惺)에 대한 가르침은 영원한 참된 학문방법[惺惺之訓, 永世眞詮]"[4]이라고 말할 정도였다.

지와(芝窩) 당시에 서학(西學)이 들어와 나라 안에 만연(蔓延)해 나갔다. 그보다 앞서 정조(正祖)가 서학의 확장을 막기 위해서 서학에 물들지 않은 영남(嶺南)을 찬미하여 "이는 선정신(先正臣) 회재(晦齋) 이언적(李彦迪)과 퇴계(退溪) 이황(李滉)이 후학(後學)들에게 끼친 공로 때문이다"

---

4) 『지와집(芝窩集)』, 卷2, 「與曺亨七書」.

라고 하였다. 지와는 "서학은 윤기(倫紀)를 파멸시키고 예의(禮義)를 훼손(毀損)하고 재물(財物)을 탐내고 여색(女色)을 더럽히는 금수(禽獸)다"라고 단정하여 거기에 물들지 말라고 당부하고 있다. 이 사악(邪惡)한 것을 막는 방법은 인의(仁義)를 위주로 하는 우리 유도(儒道)를 밝히는 길 밖에 없다고 생각하였다.[5] 서학(西學)에 대해서는 철저히 반대하였고, 거기에 물들지 말라고 통문(通文)을 만들어 돌릴 정도였으니, 우리 유학(儒學)을 지키려는 열정(熱情)이 어떠했는지를 알 수 있다.

　지와(芝窩)는 과거(科擧)에 여러 차례 실패하여 관계(官界)에 나가지는 못했지만 "공자(孔子)가 이 시대에 다시 태어난다 해도 과거에 응시했을 것이다"라는 주자(朱子)의 말을 인용하면서 과거를 매우 긍정적으로 생각하였다. 학문과 과거를 이분적(二分的)으로 나누어 서로 대립적인 관계로 보는 것을 옳지 못하다고 생각하여 "과거공부를 하면서도 바르게 공부하면 그 역시 학문의 한 분야가 될 수 있다"라고 주장하였다. "과거를 포기하고서 유학자(儒學者)인체 하면서도 한자(漢字)의 고저(高低), 청탁(淸濁)도 모르면서 남의 묘갈명(墓碣銘)이나 짓기를 좋아하고, 성명(性命)의 체용(體用)과 원류(源流)도 모르면서 호론(湖論)과 낙론(洛論)의 논쟁에 끼어들고, 진부(陳腐)한 말을 모방하여 위선적인 글이나 짓고, 자기 본심을 숨기고서 관직(官職) 얻기를 도모하는 사람들은, 과거에 응시하는 사람들보다 훨씬 못하다"[6]라고 생각하였다. 실제로 그들은 관직(官職)과 명예(名譽) 뜻이 없는 듯이 위장하고 있지만, 마음속으로는 관직과 명예를 얻기를 간절히 갈구하는 언행(言行)이 어긋난 썩은 선비들에 불과했던 것이다. 그래서 지와(芝窩)는 차라리 "나는 과거에 응시하여 유학자(儒學者)라는 이름을 벗어나고자 한다"라는 말까지 하였다. 또 어떤 사람이 만동묘(萬東廟)와 서원이 훼철됐으니 과거에 응시할 때가 아니라고 말렸지만,

---

5)『지와집(芝窩集)』권2, 67, 68장.「척사흥학통문(斥邪興學通文)」.
6)『지와집(芝窩集)』, 권2 49, 50, 51장,「應擧論」.

지와는 "내가 과거에 합격하여 뜻을 얻으면 혹 의리(義理)가 다시 밝아지고 유풍(儒風)이 다시 일어날 수 있을 지 어찌 아느냐?"라고 하면서, 자신의 처음 먹은 뜻을 변하지 않고 과거에 응시하려고 한다. 그러나 스승 매산(梅山)의 가르침에 따라 과거에 응시하더라도 자신의 마음은 잃지 않으려고 노력하였다.[7]

지와는 춘추대의(春秋大義)에 바탕을 둔 존주사상(尊周思想)이 철저하여 명(明)나라의 은혜를 잊어서는 안 된다고 생각하였고, 청(淸)나라에 대해서는 강한 적개심을 갖고 있었다.[8] 이런 생각에 바탕하여 명(明)나라 신종(神宗)과 의종(毅宗)을 모신 만동묘(萬東廟)가 있는 화양서원(華陽書院)의 복원(復原)할 것과 홍익한(洪翼漢) 등 삼학사(三學士)를 대보단(大報壇)에 배향(配享)할 것을 요청하는 상소를 하였다.

지와는 당시 세력가나 관직에 있는 사람들이 토지를 겸병(兼倂)하여 하층민들이 날로 빈궁(貧窮)해지는 것을 목도하고서 토지 소유의 상한선(上限線)을 정하여 세상을 안정되게 만들자는 논의를 펼쳤다.[9]

지와는 국방(國防)의 중요성(重要性)의 깊이 인식하고서 당시 군대(軍隊)는 인원수도 점검되지 않았고, 무기도 갖추지 못하고 훈련도 하지 않고 있는 상황을 보고서 깊이 개탄하고 있다. "천하가 비록 안전해도 전쟁을 잊어버리면 반드시 위태롭다"는 손자(孫子)의 말을 인용하면서, 편안할 때 위태로움을 잊지 않는 방법은 군사를 훈련하여 미리 대비하는 데 있다고 역설하고 있다.[10]

지와(芝窩)는 비록 벼슬에 나가지는 않았지만, 국사(國事)와 세도(世道)에 관심을 갖고서 걱정하는 유자(儒者)로서의 우환의식(憂患意識)을 갖고 있었다. 세상의 의리(義理)가 혼란스러워지는 것, 학문이 점차 수준

---

7) 『지와집』 권2 49, 50, 51장.
8) 『지와집』 권2 53, 54장, 「존주론(尊周論)」.
9) 『지와집』 권2 59, 60, 61장, 「균전론(均田論)」.
10) 『지와집』 권2 62장, 「연병론(練兵論)」.

이 낮아져 가는 것, 세금이 고르지 못한 것, 국방이 소홀한 것 등등을 특히 많이 걱정하였다. 지와 서거 후 얼마 지나지 않아 조선(朝鮮)이 일본(日本)에게 망했는데, 지와가 우려하던 바가 하나도 개선되지 않았기 때문이었다.

Ⅳ. 사우관계(師友關係)

매산(梅山)의 문하에 대표적인 제자로는 고산(鼓山) 임헌회(任憲晦), 계전(桂田) 신응조(申應祖), 중암(重庵) 김평묵(金平默) 등을 들 수 있다. 이 가운데서 지와(芝窩)는, 고산(鼓山)과 특별히 친하게 지내며 서세동점(西勢東漸)의 시국에 대응하려는 자신의 자세를 밝히기도 하고, 복상문제(服喪問題) 등 예설(禮說)에 관하여 질의하기도 하는 등 학문적 동반자로서 돈독한 관계를 유지하였다[11]. 그리고 조상의 묘갈명(墓碣銘)도 요청하여 받은 적이 있다.

지와의 가장 친밀한 벗으로는 월고(月皐) 조성가(趙性家)를 들 수 있다. 지와(芝窩)와 뜻이 맞았고, 가까운 마을에 살면서 자주 만났고, 많은 시(詩)를 주고받았고, 서신 왕복(往復)도 자주 하였다. 월고는, 지와의 인품을 흠모(欽慕)하여, "맑은 도랑이 흐린 도랑에 비추는 것 도리어 부끄러워하노라.[却愧淸溝映濁渠.][12]"라는 시구를 읊었을 정도였다.

비록 학문적 연원과 당색은 달랐지만, 강우지역(江右地域)에 많은 제자를 갖고 있던 한주(寒洲) 이진상(李震相)과 서신을 교환했고, 한주가 지와를 방문한 적도 있었다. 학문적 견해에 있어서는 지와가 한주에게 너무 박학(博學)에 치중하지 말라고 은근히 충고하였고, 또 묘갈명(墓碣銘)을

---

11) 설석규(薛錫圭), 「芝窩 鄭奎元의 現實認識과 對應」, 『南冥學硏究』 제17집. 慶尙大學校 南冥學硏究所. 2004.
12) 조성가(趙性家) 『월고집(月皐集)』 권1 11장, 「入州學會芝窩」.

부탁할 정도로 긴밀한 관계를 유지하였다.

　당색(黨色)은 달랐지만, 단계(端磎) 김인섭(金麟燮)과 교분이 두터워 서신(書信) 왕복(往復)이 있었다. 단계가 1862년 임술(壬戌) 농민란(農民亂)에 연루되어 어려움을 겪고 있을 때 그에게 서한을 보내어 위로하는 마음을 전달했다.

　남명(南冥)의 후손으로서 남명 현창사업에 심혈을 경주하였던 복암(復菴) 조원순(曺垣淳)과도 서신을 주고받으며 절친한 관계를 유지하였다. 산처재(山天齋)에서 하루 저녁을 같이 지내면서 학문을 토론하기도 하였다.

　집안 아우로서 매산(梅山) 문하(門下)에 같이 출입하였던 쌍주(雙洲) 정태원(鄭泰元)과 아주 친밀하였는데, 둘이서 "스승의 가르침에 누를 끼치지 말자"고 다짐하기도 하였다13). 쌍주는, "정으로는 친형제보다 더하고 의리로는 엄한 스승, 어려서부터 늙어서까지. 오십여 년 동안 한결 같았으니, 마음이 뼈에 사무치고 또 피부에 닿았네.[情踪同氣義嚴師. 自我齠齡暨老衰. 五十餘年如一日, 心心夏骨又磨肌.]14)"이라고 할 정도로 정의로는 친형제처럼 지내면서 엄한 스승으로 모셨다. "말을 하기 전에 뜻을 서로 알았고, 일에 앞서서 생각이 같았으니, 몸은 달라도 한 몸과 같고, 몸은 둘이지만 마음은 하나였네15)."라고 할 정도로 절친했다. 그리고 "농포(農圃) 이후 진주(晋州)에 정착한 우리 집안이 지와(芝窩) 때문에 가문의 명성이 전해진다."고 하여 지와의 명망(名望)을 높이 평가하였다. 지와가 만년에 자신의 "사후의 일을 맡길 사람은 다른 사람은 없다"라고 말하며, 자신의 사후 일을 암묵적으로 부탁했지만, 지와 사후 겨우 3년 뒤에 쌍주(雙洲)가 세상을 떠나 버리니, 사실 지와를 위한 문집(芝窩) 편찬, 지장문자(誌狀文字) 찬술(撰述) 등의 일에 쌍주는 아무런 역할을 하지 못하였다.

---

13) 『지와집』 권1 66장, 「답족제순문서(答族弟舜聞書)」.

14) 『쌍주집(雙洲集)』 권2 181페이지, 「지와족형만(芝窩族兄輓)」.

15) 정태원(鄭泰元) 『쌍주집(雙洲集)』 권6 p.798, 「祭族兄芝窩國喬文」.

쌍주의 갑작스런 서거는, 곧 지와의 초고(草稿)가 제대로 수습되어 문집의 모양을 갖추지 못한 원인의 하나라 할 수 있다.

족제(族弟)인 죽성(竹醒) 정은교(鄭誾敎)는, 지와를 가장 오래 측근에서 모신 제자로서 지와의 총애를 받았다. 죽성 스스로, "선생은 나의 스승이자 형님이다"[16]라고 말하고 있다. 그를 위해서 「죽성재서(竹醒齋序)」를 지어 그의 학문을 면려(勉勵)하였다. 죽성은 지와가 세상을 떠났을 때 만사(挽詞) 2수를 지어 그의 죽음을 애도하였고, 그 뒤 「지와집서(芝窩集序)」와 「지와행장(芝窩行狀)」을 지었다.

역시 족제인 석와(石窩) 정성교(鄭聲敎)는, 지와를 따라 배웠는데, 자와와 주고받은 시가 있고, 또 지와가 「석와소서(石窩小序)」를 지어 그를 "세상을 갈 수 있는 숫돌", "옥을 간직하고 있는 돌"로 칭찬하며 기대를 걸고 있었다.

이 밖에 족제인 정택교(鄭宅敎), 정헌교(鄭憲敎), 정현교(鄭顯敎) 등도 다 지와를 따라 배운 제자들이다.

"사방에서 부지런히 책상자를 지고 왔고, 천리 밖에서도 양식을 싸가지고 왔다.[四方勤負笈, 千里尙贏糧.][17]"라는 월고(月皐)의 기록을 볼 때, 지와(芝窩)의 제자가 원근(遠近)에 많았다는 사실을 알 수 있으나, 지금 정리된 문인록(門人錄)이 없고, 또 시문(詩文)도 많이 산일(散佚)되어 그들과의 사제관계(師弟關係)를 찾아내기가 매우 어렵다.

이 밖에 진주목사(晋州牧使) 정현석(鄭顯奭), 삼가현감(三嘉縣監) 신석홍(申錫洪), 이행익(李行益) 등과 교유(交遊)가 있었다.

16) 정은교(鄭誾敎) 『죽성집(竹醒集)』 권3 27장, 「芝窩文集序」.
17) 조성가(趙性家) 『월고집(月皐集)』 권3 7장, 「鄭國喬輓」.

V. 시문(詩文)의 특징과 『지와집(芝窩集)』의 가치

지와(芝窩)는 도학(道學)이 높았지만, 시문(詩文)에도 아주 뛰어났다. 그래서 죽성(竹醒)은, 『지와문집(芝窩文集)』의 서(序)에서, "도학(道學)은 매산(梅山) 홍문경공(洪文敬公)의 고제(高弟)이고 고산(鼓山) 임장석(任丈席)의 절친한 벗이었고, 문장은 그 당시 사마천(司馬遷), 반고(班固), 한유(韓愈), 유종원(柳宗元), 구양수(歐陽脩), 소식(蘇軾)에 견주는 논의가 있었다"[18]라고 했다. 지와의 문장은, 한(漢)나라의 역사가이자 대문장가인 사마천이나 반고에 견줄 수 있었고, 당송팔대가(唐宋八大家) 가운데 당(唐)나라의 한유와 유종원과, 송(宋)나라의 구양수와 소식에게 견줄 수 있다 했으니, 대단한 찬사(讚辭)라고 할 수 있다. 그의 문장이 대단히 뛰어났음을 알 수 있겠다.

그의 족제이자 제자인 쌍주(雙洲) 정태원(鄭泰元)은, 지와(芝窩)의 시문(詩文)을 다음과 같이 평가하였다.

> 굳세고 꽉 자인 문사(文詞)는 스스로 일가를 이루었고,
> 훨훨 나는 구절은 정화(精華)를 맺었네.
> 「남강통문(南岡通文)」이 나오자 다투어 전송하는 사람이,
> 촉석강(矗石江) 남쪽에 넘실거리는 물가의 모래알 같았네.
> [遒緊文詞自一家. 翩翩句語結精華. 岡章一出爭傳誦, 矗石江南滾滾沙.]
>
> 좋은 금 아름다운 옥 같은 지와(芝窩)의 유고(遺稿)를,
> 후세에 어떤 사람이 다시 교정을 할꼬?
> [精金美玉芝窩藁, 來後何人更校讎.][19]

지와(芝窩)의 글은 힘이 있고 결구(結構)가 좋아 정화(精華)가 그 속에

---

18) 『죽성집(竹醒集)』 권3 27장, 「芝窩文集序」.
19) 정태원(鄭泰元) 『쌍주집(雙洲集)』 권3 p. 180, 181, 「芝窩族兄輓」.

포함되어 있어 일가(一家)를 이룬 글로 평가하였고, 수많은 사람들이 그의 글을 좋아하여 다투어 외울 정도로 인기가 있었음을 알 수 있다. 그 수준 높은 글을 후세 사람 가운데서는 교정할 사람이 없을 것이라고 걱정하고 있다.

쌍주(雙洲)는 다시 지와의 문장을 평가하여 이렇게 서술하였다.

> 본령(本領)이 이미 두터웠기에 그 것을 글로 나타내니, 민달(敏達)하기는 흘러가는 물이 세찬 것 같고, 화려하고 넉넉하기는 하늘의 꽃이 어지러이 떨어지는 것 같았다. 무릇 문자로 나타내는 것은 각각 그 체재(體裁)를 갖추었고, 의리(義理)에 관계되는 것은 감히 대충 다루지 않았다. 화양서원(華陽書院)을 회복해야 한다는 상소문(上疏文)은 장엄(莊嚴)했고, 「남강통문(南岡通文)」은 준엄(峻嚴)하면서도 잘 정돈되어 있어 사람들이 다 전하여 외워, 거의 인구(人口)에 회자(膾炙)될 정도로 빛났다.[20]

지와는 도학(道學)이 이미 높은 수준에 이르렀고 문장의 기본이 갖추어져 있었으므로 자신의 생각을 표현하기만 하면 훌륭한 글이 되어 자연스러우면서도 문채(文彩)를 나타냈던 것이다. 모든 글을 지을 때 대충 짓는 법이 없이 정성을 다하였으므로 장엄하면서도 잘 정돈되어 있었던 것이다. 사람들이 그 글 자체를 좋아하여 전하여 외웠던 것이다.

월고(月皐) 조성가(趙性家)는 지와의 시문(詩文)을 이렇게 평가하였다.

> 필력(筆力)이 높아 바다와 산의 구름 걷을 수 있고,
> [筆力高攘海岳雲.][21]

> "그대의 아름다운 시구 외우면 내 마음 상쾌하게 하나니,
> [誦君佳句爽吾心.][22]

---

20) 정태원(鄭泰元) 『쌍주집(雙洲集)』 권6 p.796, 797, 「祭族兄芝窩國喬」.
21) 조성가(趙性家) 『월고집(月皐集)』 권1 11장, 「蓮桂齋酬芝窩五首」.

　　위대한 책문(策文)은 능히 서한(西漢)과 같고,

　　굉장한 시는 성당(盛唐)에 견줄 수 있도다.

　　[大策能西漢, 宏詞媲盛唐.][23]

　　지와의 책문(策文)은 사마천(司馬遷)이나 동중서(董仲舒) 등 전한(前漢)시대의 문장가에 견줄 만하고, 시는 굉장하여 이백(李白)이나 두보(杜甫) 등 성당(盛唐)시대의 시인들에게 견줄 수 있고, 글이 힘이 있어 읽으면 읽는 사람의 가슴이 시원하다고 극찬(極讚)을 하였다.

　　지와(芝窩)는 60년의 일생 동안 한우충동(汗牛充棟)의 많은 글을 남겼으나, 아들이 먼저 죽는 등 가운(家運)이 비색(否塞)해진 가운데 지와(芝窩) 서거 이후 대부분 다 흩어져 버렸다. 그 뒤 지와의 제자인 죽성(竹醒)의 아들 연석(淵錫)이 흩어진 원고를 수습하고 족질(族姪) 되는 진사 인석(麟錫)의 도움을 받아, 1916년 2권 2책으로 편집하여 목활자(木活字)로 간행하였다. 모두 224판(版)인데, 앞에는 죽성(竹醒)이 지은 서문이 있고, 뒤에는 족질 인석(麟錫)이 지은 발문(跋文)이 있어서, 간행의 경위를 어느 정도 알 수 있게 해 준다. 지와가 세상을 떠난 지 실로 40년 만이었다.

　　그러나 시문(詩文)을 수집하는 대로 간행하였기에 문집의 체재(體裁)를 갖추지 못했고, 분류나 편집이 안된 상태였다. 그리고 만사(挽詞) 제문(祭文)과 행장(行狀) 등 부록문자(附錄文字)가 붙어 있지 않아, 지와(芝窩)의 생애를 알 수 없는 불완전한 형태였다. 더구나 제자인 죽성(竹醒)은 이미 지와(芝窩)의 행장(行狀)을 지었으므로, 『지와문집(芝窩文集)』의 서문(序文)은 그 당시 지와를 잘 아는 대가(大家)에게 요청했으면, 더욱더 지와를 객관적으로 서술할 수 있었을 것인데, 혼자서 두 가지 글을 다 지음으로서 후세 사람들이 지와(芝窩)를 이해하는 자료의 폭을 줄인 셈이 되었다.

　　이 간행본(刊行本)『지와문집』에 수록되어 있는 시(詩)는 84篇 162수이

---

22) 조성가(趙性家)『월고집(月皐集)』권1 3장,「和芝窩鄭國喬五心字韻」.

23) 조성가(趙性家)『월고집(月皐集)』권3 7장,「鄭國喬挽」.

고, 문장(文章) 모두 198篇인데, 서(書) 138편, 서(序) 12편, 기(記) 3편, 발(跋) 4편, 논(論) 5편, 설(說) 4편, 고문(告文) 1편, 통문(通文) 2편, 축문(祝文) 1편, 전문(箋文) 1편, 상량문(上樑文) 1편, 제문(祭文) 15편, 묘표(墓表) 2편, 묘갈명(墓碣銘) 2편, 묘지명(墓誌銘) 1편, 소(疏) 2편, 행장(行狀) 4편, 애사(哀辭) 1편, 찬사(贊辭) 1편 등이다.

이 밖에 간행되지 않은 『지와집(芝窩集)』이라는 제목이 붙은 필사본(筆寫本) 속에 지와의 직계조상(直系祖上)과 두 아들의 행장(行狀) 10편이 들어 있다.

현재 남아 있는 『지와집(芝窩集)』은 양적으로는 많지 않으나, 이 속에는 중요한 글이 많이 들어 있다. 스승 매산(梅山)과 주고받은 서신에는 학문하는 자세와 성리설(性理說)에 관한 내용이 많아 후학(後學)들에게 참고될 만한 내용이 많다.

동문(同門) 선배인 고산(鼓山) 임헌회(任憲晦)와 주고받은 서신에는 예설(禮說)에 관해 토론하는 내용이 많다.

논(論) 5편은 모두 다 중요한 글인데, 그 가운데서 「응거론(應擧論)」은 과거공부와 참된 학문 사이에서 고민하는 많은 학자들에게 처신(處身)해 나갈 노선을 명쾌하게 제시하였고, 지와(芝窩) 자신의 출처관(出處觀)도 밝혔다.

「존주론(尊周論)」은 명(明)이 망한 뒤 청(淸)나라에 대한 조선(朝鮮) 지식인들의 정신적 자세를 알 수 있는 글인데, 지와는 청나라를 오랑캐 나라로 철저히 배척하고, 높은 정신문화(精神文化)를 향유했던 명나라를 동경하며 지지하고 있다.

「균전론(均田論)」은 세력가(勢力家)들에 의한 토지겸병(土地兼倂)을 막아야 만이 국가경제가 유지되고, 하층민들이 굶주리지 않을 수 있다는 자신의 견해를 밝힌 경제학적 탁견(卓見)이 담긴 글이다.

「연병론(練兵論)」은 전쟁이 없을 때도 군대를 철저히 훈련해야만 나라를 유지해 나갈 수 있다는 국방(國防)의 중요성을 역설한 글이다. 당시 유명무실한 조선의 군대의 실상을 보고 우려하는 마음을 담았다. 일반적인 선비로서 국방의 실태를 잘 모르는 사람이 대부분인데, 지와는 국방의 중요성을 인식하고, 그 당시 우리나라 국방의 문제점을 구체적으로 지적하였다. 그가 음풍농월(吟風弄月)적인 선비들과는 다른 현실적(現實的) 안목(眼目)을 갖춘 지식인임을 이 글을 통해서 알 수 있다.

「척사흥학통문(斥邪興學通文)」은 조선후기(朝鮮後期) 우리나라에 들어와 점점 세력을 확대해 가던 서학(西學), 즉 천주교(天主敎)를 단호하게 배척하면서 유학(儒學)을 진흥시켜야 함을 역설하여 여러 사람들에게 호소한 글이다. 여기서 이단(異端)을 배척하고 유학을 부호(扶護)하려는 지와(芝窩)의 열정을 볼 수 있다.

「남강통문(南岡通文)」은 권세가에게 붙어 명리(名利)를 추구하려는 사이비 선비들의 서원(書院) 남설(濫設)의 계모(計謀)를 격파한 준엄(峻嚴)하면서도 명쾌한 논리로 일관된 명문장(名文章)으로 그 당시 이미 인구(人口)에 회자(膾炙)된 지와의 대표작(代表作)처럼 된 글이다.

「청복화양서원소(請復華陽書院疏)」는 대원군(大院君)에 의하여 맨 먼저 혁파(革罷)된 만동묘(萬東廟)를 모신 화양서원(華陽書院)을 회복시켜 달라는 호소를 담은 건의문이다. 이는 노론(老論) 전체의 간절한 염원이었는데, 지와(芝窩)가 그 상소문의 제작을 맡았다는 것은 노론, 특히 우암학통(尤庵學統) 안에서 지와의 위상(位相)이 어떠했는가를 말해 주고 있다.

「청삼학사제배대보단소(請三學士躋配大報壇疏)」는 병자호란(丙子胡亂) 이후 청(淸)나라에 끌려가 끝까지 청 태종(淸太宗)에게 항복하지 않고 순절(殉節)했던 삼학사(三學士)를 명(明)나라의 은혜에 보답하기 위해 설치한 대보단(大報壇)에 배향(配享)할 것을 건의한 글이다. 지와(芝窩)의 존주의리(尊周義理)를 알 수 있는 글이다.

현존하는 간행본(刊行本)은 지와(芝窩)의 많은 글 가운데 극히 일부에 불과하지만, 독자들이 주의 깊게 읽어 보면 심상한 일반 선비들의 시문집(詩文集)과는 차별성(差別性)을 느낄 수 있을 것이다.

학자로서의 치학방법(治學方法), 출처관(出處觀), 행신방법(行身方法),
교육방법(敎育方法), 교유방법(交遊方法) 등이 들어 있을 뿐만 아니라, 국
가의 경영에 참여할 수 있는 경륜(經綸)과 정책(政策) 등이 포함되어 있다.
지와의 글은 현란(絢爛)한 수식(修飾)이나 고사(故事)의 인용 등이 거의
없는 담담(淡淡)하면서도 자연스러운 글이다. 도학(道學)이 내면으로 함
축(含蓄)된 시문(詩文)인지라, 침잠(沈潛)하여 저작(咀嚼)하면, 그 이면의
깊은 맛을 알 수 있을 것이다.

VI. 결어(結語)

지와(芝窩)는 조선후기(朝鮮後期) 진주(晉州)를 중심으로 한 경상우도
(慶尙右道) 유림사회(儒林社會)에서 지도자적 위치에 있던 중요한 인물로
서, 그의 생애(生涯)와 학문(學問)과 사상(思想)은 반드시 연구되어야 할
필요가 있다.

그러나 지금까지 우리나라 학자(學者)들은 우리 것에 관심을 갖지 못하
고 지내 온 것이 사실이었다. 1970년대 이후 전국 각대학에 한문학과(漢文
學科)가 설치되면서, 우리나라 학자와 그들이 남긴 전적(典籍)에 대해 관
심을 갖고 연구하기 시작했다. 그러나 일손이 모자라 연구해야 할 대상은
많은데, 연구의 성과는 아직도 미미한 상태다.

이런 사정인지라, 지와(芝窩) 같은 중요한 인물에 대해서도 연구의 손길
이 미치지 못했다. 더구나 지와의 경우는 불완전한 문집이나마, 거의 보급
이 되지 않아『지와문집(芝窩文集)』을 얻어 보기가 지극히 어려웠다. 그러
니 자연히 학자들의 관심에서 멀어질 수 밖에 없었다.

그러다가 2004년 4월 16일에 이르러서야 경상대학교(慶尙大學校) 남명
학연구소(南冥學硏究所)에서 농포(農圃) 가문(家門)의 인물들을 집중적
으로 다루는 학술대회를 개최하게 되었고, 여기서 한국국학진흥원(韓國國

學振興院)의 설석규(薛錫圭)박사에 의하여 「지와(芝窩) 정규원(鄭奎元)의 현실인식과 대응」이라는 논문이 최초로 발표되어 학계에 정식으로 소개되게 되었고, 그 논문은 남명학연구소의 학술지『남명학연구(南冥學研究)』제17집에 수록되어 전국에 배포되었다.

이에 앞서 3월 17일에는 산청군(山淸郡) 시천면(矢川面)의 구곡산(九曲山) 기슭에 명덕사(明德祠)를 짓고, 명암(明庵) 정식(鄭栻)과 함께 지와(芝窩)를 배향(配享)함으로서 전국 유림(儒林)의 존모(尊慕)의 대상이 되게 되었다.

선조에 대한 정성(精誠)이 지극한 지와(芝窩)의 증손 수근(秀根)장은 『지와집(芝窩集)』을 문집답게 다시 한 번 간행하여 세상에 반급(頒給)하려는 염원을 오래 전부터 갖고 있었다. 금년 여름에 필자를 찾아와 문집 간행의 일을 상의를 하기에 필자도 오래 전부터 그런 생각이 있었던 터라, 즉각 찬성하고서 재간행의 일에 착수하였다.

다시 완전히 기존의 문집을 새로 완전히 뜯어고쳐 체재(體裁)를 잡는 일은 품과 시간이 많이 들기에 단시일에 일을 이루기는 불가하기에, 우선 기존의 간행본(刊行本) 지와문집(芝窩文集)과 필사본(筆寫本)『지와집(芝窩集)』을 합쳐서 영인하여 싣고 상세한 목록을 앞에 붙이기로 하였다. 그리고 용전(龍田) 김철희(金喆熙)옹의 서문(序文)을 새로 얻어 그 번역문과 함께 실었다.

그리고 문집의 뒤에 사우(師友)들의 만사(挽詞)와 제문(祭文)을 모아 만제록(挽祭錄)을 만들어 싣고, 그 다음에 죽성(竹醒) 정은교(鄭闇敎)가 지은 「지와행장(芝窩行狀)」, 필자가 지은 「지와묘지명(芝窩墓誌銘)」, 추연(秋淵) 권용현(權龍鉉)이 지은 「지와묘갈명(芝窩墓碣銘)」을 실었다. 그 다음에 「명덕사상량문(明德祠上梁文)」, 「숙세정사기(淑世精舍記)」, 「명덕사봉안문(明德祠奉安文)」, 「명덕사상향축문(明德祠常享祝文)」을 차례로 실었다.

그 다음에 사우들이 지와에게 준 시(詩), 서간(書簡) 등을 싣고 마지막에 증손 수근(秀根)장의 발문(跋文)을 실었다. 이번 재간행에 있어서 수근(秀根)장은 誠力을 다 하였는데, 그 효간(孝懇)에 감동되지 않을 수 없었다.

책이 다 되어갈 즈음에 수근장이 해제(解題)의 필요성을 이야기하기에 필자가 지와(芝窩)에 대해서 늘 관심이 없지 않았고, 지난 봄 명덕사(明德祠)에 봉안(奉安)할 때 봉안문(奉安文)과 상향축문(常享祝文)을 짓고, 묘갈명(墓碣銘)을 번역한 일이 있었고, 학술대회를 준비한 인연이 있어 굳이 사양하지 않고, 지와의 생애와 학문 사상 및 『지와집(芝窩集)』에 대해서 이와 같이 서술하여 지와(芝窩)를 학계(學界)·유림계(儒林界) 제현(諸賢)에게 정중하게 소개하는 바이다.

『知足堂趙先生內外忠烈記』 解題

I. 知足堂의 生平

趙之瑞(1454-1504)는 朝鮮 前期의 文臣이다. 자는 伯符, 호는 知足堂, 忠軒, 본관은 林川이다. 아버지는 司憲府 監察 趙瓚이고, 어머니는 生員 鄭參의 따님이다.

그는 나면서부터 빼어나고 특이하여 용모는 옥이나 눈과 같았다. 총명함이 뛰어나 입을 열었다 하면 기특한 말을 하니, 당시 사람들이 神童이라고 여겼다.

8세 때 아버지에게 배웠는데, 그때는 晉州의 螺淵村에서 살았다. 당시의 方伯이 공의 이름을 듣고서 진주에 이르러 바로 위연촌으로 가서 韻字를 불러 시를 짓도록 했다. 공은 곧 바로 律詩를 지어서 대답했다. 그 시는 『晋陽誌』에 실려 있는데, 이러하다.

> 螺山의 산 아래는 깊은 못이 있는데,
> 잔잔한 물결에 해질녘의 하늘 박혀 있구나.
> 흰 구름 조각은 거울 같은 물속에서 생겨나고,
> 높고 높은 단풍든 붉은 나무 물가에 비추이네.
> 채찍 휘두르는 나그네 돌아가는 그림자 잠겨 있고,
> 나무 베는 아이의 쫑긋한 어깨 거꾸로 보이는구나.
> 몇 포기 푸른 부들의 많은 마디 보이는데,
> 고개 돌려 옛날 苻堅을 생각한다네.

방백이 크게 기특하게 여기며 손을 잡고서 탄복하여 칭찬하기를 "이 아이는 반드시 세상 사람들 사이에서 이름을 날릴 것이다"라고 했다. 자라게 되자 문장이 날로 성취되어 소문이 널리 퍼져나갔다.

趙之瑞는 1474년(成宗 5)에 生員試에 1등으로, 進士試에 2등으로 합격하였다. 이해에 文科에 丙科로 급제하여 權知承文院正字에 除授되었다.

1478년부터 그 다음 해까지는 通信使 李季仝의 軍官이 되어, 使行에 참여하여 日本을 往還하였다.

1479년(26세) 承文院 著作으로 있으면서 重試에 1등으로 합격하여 刑曹正郎로 발탁되었다. 이해에 建州衛 정벌을 위해서 파견된 西征大將 魚有沼의 從事官이 되어 野人征伐에 참여하였으니, 재주와 명망이 그 당시 세상에서 推重을 받았기 때문이다. 魚有沼의 罷兵과 관련된 傳命을 잘못하여 告身을 몰수당하고 外方에 유배되었다.

1481년(38세) "文學에 뛰어난 인물이니 叙用하라"는 成宗의 特旨에 따라 西班으로 復職 되었다. 그 뒤 弘文館 校理, 持平, 應敎, 侍講院 弼善을 역임하였다. 世子侍講院 輔德으로 있을 때, 그 당시 世子인 燕山君의 스승이 되었다.

成宗이 조정의 신하 가운데서 端嚴하고 方正하면서도 文學이 있는 사람을 골라 연산군을 가르치도록 했다. 趙之瑞는 許琛과 함께 侍講官이 되었다. 공은 천성이 강직하였으므로 매양 進講할 때 깨우쳐 타이르는 것이 간절하고 지극하여 연산군의 문제점을 바로 지적하였다. 연산군이 매우 싫어하였는데, 때로는 燕山君 앞에다 책을 집어던지면서 "邸下께서 배우기에 힘쓰지 않으니, 신은 마땅히 大王께 아뢰어야 하겠습니다"라고 말했으므로, 연산군은 늘 趙之瑞를 원수처럼 보았다.

하루는 東宮에서 시중드는 官員이 講義가 있어서 들어가 모시면서 벽 사이를 쳐다보니 "趙之瑞는 큰 小人이고, 許琛은 큰 聖人이다"라고 써 붙여 놓았다. 그 이야기를 들은 사람들이 모두 趙之瑞를 위태롭게 여겼다.

1495년에 燕山君이 즉위하자 燕山君이 世子 때 하던 정신자세로 보아 아무 기대할 것이 없으니, 임금 노릇을 잘하지 못하리라는 것을 미리 알고서 外職을 자청하여 昌原府使로 나갔다. 부임하여 백성들을 자식처럼 사랑하여 추호도 괴롭히는 일이 없었다.

얼마 지나지 않아 벼슬을 버리고서 돌아와 지리산(智異山) 아래에 터를 잡아 정자를 짓고 '지족(知足)'이라고 이름을 붙였다. 좌우에 책을 쌓아 두고서 그 가운데서 읊조리면서 스스로 즐겼다. 그렇게 한평생을 마칠 것처럼 하면서 10여 년을 지냈다.

1504년 甲子士禍가 일어났는데, 燕山君은 자신이 세자였을 때 집요한 進講과 강직한 諫言에 유감을 품고 있다가 이때 체포해 와서 저자거리에서 處刑하고, 그의 집터에다 못을 파버렸고, 시체는 강물에 던져 버렸다.

1506년에 中宗反正이 일어나 燕山君이 쫓겨나고 중종이 즉위하여, 趙之瑞에게 通政大夫 承政院 都承旨를 贈職하고, 淸白吏로 錄選하였다.

趙之瑞의 재취부인인 鄭氏는 생원 允寬의 따님인데, 윤관은 鄭夢周의 증손이다.

갑자사화 때 이 鄭氏부인은 籍沒되어 변방의 성 쌓는 勞役에 끌려갔다. 그때 아들 琛은 포대기 속에 있었고, 理는 뱃속에 있었다. 손으로 나무 열매를 주워 오지 그릇에 삶아서 조석으로 上食하여 三年喪을 마쳤다. 中宗朝에 旌閭를 내려 포상하였다. 그의 旌閭는 지금 河東郡 玉宗面 桐谷에 있다.

趙之瑞가 잡혀갈 때 술잔을 들어 이별하면서 말하기를 "나는 이번 걸음에 반드시 돌아오지 못할 것이오. 할아버지와 아버지의 神主를 어떻게 해야 하겠소?"라고 하니, 부인이 울면서 대답하기를 "마땅히 죽음으로써 보전하겠습니다"라고 했다.

趙之瑞가 이미 죽임을 당하고 가산은 籍沒된 뒤 그 親庭 아버지가 말하기를 "집안이 이미 패망했는데, 어찌 하여 친정으로 돌아가지 않겠는가?"라고 하자, 부인이 말하기를 "良人이 저에게 신주를 부탁하기에 저가 죽음으로써 허락하였습니다. 중도에 저버리는 것이 어찌 옳겠습니까?"라고 대답하고는 끝까지 貞節을 지켰다.

II. 趙之瑞의 爲人

趙之瑞는 어버이를 섬김에 있어서는 스스로 일찍 아버지를 여읜 것을 평생의 슬픔으로 생각하여 돌아가신 아버지의 제삿날이 다가오면, 하루 전날 저녁에 반드시 몸채에다 神位를 설치하여 성대한 의복으로 잘 차려 입고 심신을 가다듬고서 단정하게 신을 대한 듯이 앉아 있었는데, 날이 새도록 눈을 붙이지 않았다.

政事를 맡음에 있어서는 정성을 다하여 세상의 道義를 유지하고 사람이 지켜야 할 기강을 지키는 것으로써 자신의 뜻으로 삼았다. 일찍이 "선비가 이 세상에 태어나서 마땅히 힘을 다해야 할 바는 오직 忠과 孝일 따름이다. 利害와 榮辱 등에 대해서는 헤아릴 것이 없다"라고 말하였다. 주고받는 것에 있어서는 더욱 근엄하여 옳은 것이 아니면 하나라도 다른 사람에게서 취하지 않았다.

明나라에서 翰林 벼슬하던 龔用卿이 우리나라에 사신으로 왔다. 簡潔하고 嚴正하여 자신의 體貌를 잘 지켜, 비록 미미한 물건이라도 취하지 않았다. 그때 우리나라 사람들이 가만히 말하기를 "공은 결백하다 하여 스스로 고상한 체하지 마소서. 우리나라에도 趙之瑞와 鄭誠謹이 있습니다."라고 했다고 한다.

III. 趙之瑞의 文學

趙之瑞는 어렸을 때 힘써 배워 문장을 지음에 있어서 그 명성이 널리 퍼졌고, 시는 더욱 老蒼하고 雅健하였다. 그가 지은 「漫興」이라는 시는 이러하다.

맑은 밤에 근심스레 앉았으니 물시계 자주 시간 알리는데,
아침 되어 휘장 걷으니 뾰족한 산봉우리 마주 서 있구나.
꾀꼬리는 저녁 빛을 머금고서 깊은 나무 속에서 울고,
제비는 가벼운 그림자를 스치며 낮은 처마로 들어오네.
조용하게 누웠으니 몸에 게으른 습관 붙은 것 알겠고,
집이야 가난하지만 내가 청렴해서 그런 것은 아니라네.
내 한평생의 씩씩한 뜻이 모두 다 사그러들고 나니,
거울 가지고서 늙은 수염 비춰보는 것이 부끄럽도다.

이 詩만이 『續東文選』에 실려 있고, 지어둔 詩文들은 家産을 籍沒할 적에 모두 다 흩어져 없어져 버려 전하지 않는다.

IV. 新塘書院 건립전말

知足堂을 享祀하는 서원이 晉州 동쪽에 있었는데, 1708년(肅宗 34) 慶尙道 儒生 河世鳳 등이 上疏하여, 조정의 인가를 얻어, 1713년 知足堂을 모시는 書院을 건립하였고, 그 이듬해 位牌를 奉安하고, 1718년 新塘書院으로 賜額을 받았다. 그러다가 1868년 書院毁撤令에 의하여 훼철되었다.

V. 『知足堂內外忠烈記』의 구성과 내용

『知足堂內外忠烈記』는 不分卷 單冊으로 되어 있는데, 知足堂 趙之瑞의 忠節과 그 부인 鄭氏의 貞烈에 관한 기록을 다 수집하고, 뒤에 知足堂을 享祀한 新塘書院 관계기록을 첨부하여 편찬된 것이다.

1624년(仁祖 2) 지족당의 증손인 鳳岡 趙瑊이 知足堂과 그 부인 鄭氏와 관계 되는 기록을 수집하여 『忠烈記』라 하였다. 책 뒤에 趙瑊의 知友인, 姜大遂, 河溍, 河璿, 李之馩, 韓夢參, 成鎤의 跋文을 첨부하였고, 끝에 趙瑊

자신의 跋文이 있고, 그 뒤에 刊局 有司를 맡았던 南冥의 증손이고 知足堂
의 외현손인 曺昺의 간행의 전말을 적은 記文이 붙어 있다.

1647년 본손과 외손들이 약간의 米布를 釀出하여 그 자금을 바탕으로
하여 木板으로 간행해 냈다. 그 木板은 新塘書院에 보관되어 있었다.

1733년 후손 趙明震이 陜川郡守로 부임하여 新塘書院에 참배하고, 산
소에 성묘하고, 퇴락한 貞夫人 鄭氏의 旌閭를 重建하였다.

1760년(英祖 36) 후손 趙德常이 晋州牧使로 부임하여, 新塘書院의 門樓
를 세우고, 正水里에 있던 旌閭를 桐谷으로 이건하였다.

그리고 趙璪이 수집한 이후 다시 수집된 자료까지 첨부하여 晋州의 朝
陽閣에서 重刊을 하고, 書名도 『知足堂趙先生內外忠烈記』라고 하였다.

이 책 속에 수록된 글은 다음과 같다.

> 南冥 曺植 작, 「中訓大夫侍講院輔德贈通政大夫承政院都承旨趙公墓碣銘」
> 金墳 작, 『海東名臣錄』
> 『林川趙氏家乘』
> 金正國 작, 『思齋摭言』.
> 『武定寶鑑』
> 『晋州誌』
> 曺植 수집, 「遺事」
> 「建院事實」
> 肅宗 작, 「賜祭文」
> 鄭尙說 작, 「水月軒上樑文」
> 鄭栻 작, 「水月軒記」
> 鄭尙說 작, 「題詠三首」
> 李𥙿 작, 「陰崖雜記」
> 「東國輿地勝覽」
> 曺植 작, 「遊頭流錄」
> 姜大邃 외 6인 작 「跋文」 7편.
> 曺昺 작, 「刊行記」

趙明震 작, 「旌閭重建記」
趙德常 작, 「桐谷旌閭重建記」
趙德常 작, 「水月樓重建記」
「春秋享祀祝文」

趙之瑞에 관계되는 文籍이 워낙 없기 때문에 南冥이 지은 「墓碣銘」·
「思齋摭言」·「陰崖雜記」·『海東名臣錄』 등의 기록만이 자료적인 가치
가 많을 뿐, 나머지 글들은 요식적인 글이 대부분이라 특별한 자료적 가치
가 없다. 趙之瑞란 인물의 비중에서 볼 때 이 『忠烈記』의 내용은 아주
빈약한데 文獻이 부족하기 때문이다.

이 책은 목판본으로 1면 10행, 1행 20자로 되어 있다. 현재 원본은 아주
구해 보기 어려운 책이 되었는데, 서울대학교 奎章閣에 소장되어 있다.
1999년 許捲洙가 번역한 것을 후손 趙漢哲이 간행하여 배포하였다.

『學愚集』解題

I.

지금으로부터 二十餘年前, 어떤 學者 한 분이 건너 편 마루에서 學生들에게 『孟子』를 가르치고 있었는데, 講義를 해 가다가 章句를 잘못 解釋하여 가르치자 저 건너 다락 마루에서 바둑을 구경하고 계시던 老人 한 분이 "그렇게 解釋해서는 안 되네"라고 指摘하였다. 그러자 講義하던 그 분이 자기의 解釋이 맞다고 우기자, 그 老人은 여러 말하지 않고 그 部分에 해당되는 朱子集注를 좍 외워내림으로써 講義하던 분의 反論하던 말문을 막아버렸다. 이 光景을 目睹하고서 나는 그 분의 漢文實力을 欽羨하였고, 그 簡嚴한 言行에 歎服하였다.

그 뒤에 알고 보니 이 분이 바로 學愚 權泰根(1912-1990)公이었다. 朱子集注를 막힘 없이 외워내리던 그 印象이 오래도록 나의 머리 속에 깊이 새겨져 있었는데, 이제 學愚公의 文集에 敢히 序文을 쓰고 解題를 하게 된 責任을 맡고 보니, 그때의 光景이 다시 눈앞에 선하다. 寡默한 印象에 重厚한 風采를 가진 분이었다.

II.

學愚公은 愚川 權克有公의 十三代 宗孫으로서 어려서부터 家學의 薰染 속에서 자라났다. 愚川家는 霜嵒 權濤의 第二子 愚川이 丹城 江樓里로

移居함으로부터 形成되었고, 그 宗家는 十八世紀頃에 水害를 우려하여 다시 校洞으로 移居하여 오늘에 이르렀다. 代代로 文翰이 燦然하고 儒行이 端嚴한 많은 人物들이 輩出되어 江右의 한 名門으로 우뚝이 자리잡았다. 好學務行하는 傳統을 유지해온 家門의 선비들은, 많은 文集을 남겼고, 또 尤庵 宋時烈, 蘆沙 奇正鎭, 勉庵 崔益鉉, 淵齋 宋秉璿, 月皐 趙性家, 老栢軒 鄭載圭, 俛宇 郭鍾錫, 東江 金寗漢, 晦峯 河謙鎭, 重齋 金榥 등 國內 屈指의 名賢들과 交往이 끊어지지 않았다.

學愚公은 이런 學問的 雰圍氣에서 生長하여, 어려서부터 從曾祖되는 松山先生에게 가르침을 받아 學問의 基本功이 잘 갖추어졌다. 또 淵齋의 弟子인 澹山 河祐植은 公의 外祖父이고, 晦峯의 高足인 雲石 河龍煥은 公의 岳丈이었으니, 本家 外家 妻家 三黨이 모두 學問하는 家門인지라, 公의 學問은 그 淵源이 이미 깊었다. 이런 바탕 위에 다시 重齋에게 就正하였다. 겸하여 晋州高普 및 日本大學에 진학하여 新學問도 흡수하였다. 公은 數千年의 歷史를 가진 傳統漢文學의 知識體系와 新學問을 간직한 분이라 할 수 있겠다. 傳統儒家의 敎養과 範節을 한 몸에 지녔고, 거기다 漢文學에 대한 깊은 造詣를 갖추었으니, 兩班선비의 典型이 되기에 充分한 분이었다.

그러나 士大夫가 世上을 살아가면서 現實世界를 度外視할 수 없기에 傳統學問에만 安住하지 않고, 新學問에도 關心을 기울여 晋州高普를 卒業하고 잠시 日本大學에서 修學한 적이 있었다. 그 同代의 다른 선비들과는 달리 學問에 있어 新舊를 兼通한 特長을 갖추었다고 할 수 있다. 그리고 醫藥과 風水 등에도 관심이 많아 造詣가 깊었다. 특히 1970년대초 서울大學校가 冠岳山 밑으로 옮길 때, 그 터를 잡아 준 것으로 유명하다.

Ⅲ.

그러나 公이 在世한 時期는, 倭人들의 壓制와 西歐物質文明의 混亂이 繼續된 시대였으므로, 그 蘊蓄한 바를 베풀 곳을 얻지 못하고 말았으니, 歎惜을 금할 수가 없다. 결국 公의 最終歸宿處는 역시 傳統學問을 통한 自身의 修養과 世敎의 扶植이었다. 年歲가 들수록 家學을 繼承해야겠다는 使命意識이 漸漸 濃厚해져 갔고, 頹廢한 倫理道德을 恢復하려는 努力을 잠시도 중단하지 않았다. 自身의 學問思想을 담은 著述도 거의 全部 漢文을 使用하여 創作하였다.

公이 지은 詩文은, 分類되지 않은 不分卷 狀態의 親筆草稿로 남아 있다. 草稿를 文體에 따라 分類해 보면, 詩가 155首로 諸體가 두루 갖추어져 있고, 文은 모두 134篇인데, 書 12篇, 籲文 2篇, 發起文 1篇, 通文 2篇, 褒文 1篇, 記 13篇, 說 3篇, 解 1篇, 序 8篇, 跋 8篇, 祭文 14篇, 告由文 11篇, 奉安文 5篇, 上樑文 6篇, 碑文 3篇, 墓碣銘 및 墓表 31篇, 行狀 3篇, 家狀 1篇이다. 平素에 公은 著述로 自任하지 않았기 때문에 量的으로는 豊盛하다고는 할 수 없고, 또 還甲 이전의 글은 전혀 남아 있지 않지만, 篇篇마다 公의 肺腑에서 우러나온 氣魄이 스며들어 있다. 詩는 溫雅恬淡함을 爲主로 하여 浮華한 修飾이 전혀 없고, 文은 簡明樸素함을 爲主로 하여 虛誇한 病弊는 아예 찾아볼 수 없다. 內的인 修養이 된 端雅한 양반선비의 글이라고 할 수 있다. 讀者들이 잘 읽으면 公의 學問과 思想의 精粹를 吟味할 수 있을 것이다. 특히 이 가운데서 「丹城鄕校重修記」는 丹城鄕校의 歷史와 傳統을 알 수 있는 중요한 글이고, 또 世道를 扶植하려는 意志가 베어 있다.「道川書院重建時籲政府文」은 儒敎를 中興시키려는 公의 熱誠을 感知할 수 있다. 또 많은 양의 墓道文字는 江右 儒林의 動向과 人物들의 歷史를 알 수 있는 重要한 歷史資料로서 그 價値가 있다. 여러 편의 詩에는 公의 文學的 情緖가 잘 우러나 있다.

Ⅳ.

이제 公이 逝世한 지 올 해로써 於焉 十周年이 되는 바, 令胤 榮福氏 및 公의 敎惠를 입었던 여러 後生들이 精忱을 모아 公의 遺稿를 整理하여 公刊하려고 한다. 刊役을 始作하면서 榮福氏가 山淸文化院長 鄭泰守氏 等 諸公들과 함께 不肖를 訪問하여 그 解題와 序文을 謬囑해 왔다. 人微學淺한 眇末後生으로서 不敢當의 뜻을 밝혔으나 받아들여지지 않아 猥濫됨을 무릅쓰고 公의 人品, 學問淵源, 詩文의 特徵에 대해서 敍述하여 宇內 諸公들에게 公의 詩文을 眞摯하게 紹介하는 바이다.

『學圃集』 解題

　學圃 鄭暄은 字가 彦昇, 본관은 迎日로 1589년(선조 23) 합천군 宗澗里의 집에서 태어나 1647년(인조 25) 晋州에서 세상을 떠났다.

　그는 圃隱 鄭夢周의 8대손인데 정몽주의 손자인 雪谷 鄭保가 死六臣을 구제하려다가 世祖에게 거슬려 처형을 당하게 되었으나, 충신의 후손이라 하여 감형되어 丹城 文泰村에 付處되었고, 그 증손 世弼이 다시 합천 종간리로 옮겨 살았다.

　그는 본래 鄭仁弘의 제자였으나, 1618년(광해 10) 廢母論이 일어나자 정인홍과의 관계를 끊었다. 1622년(광해 14) 단성의 飛津 선영 아래로 옮겨 살았다. 그뒤 1631년(인조 9) 진주 대평의 孤山으로 옮겨 살았다.

　그는 20세 되던 해부터 과거공부를 버리고서 자신의 수양을 위한 공부에 정진하였다. 당시 이 지역의 이름있는 인물인 謙齋 河弘度・寒沙 姜大遂・无悶堂 朴絪・東溪 權濤・台溪 河溍・林谷 林眞怤・雲牕 李時馣 등과 교유를 맺고서 講磨하였다.

　그의 문집인 『學圃集』은 5권 3책으로 되어 있는데, 제1권은 詩이고, 제2권은 書이고, 제3권은 雜著이고, 제4권은 祭文・告由文・祝文이다. 제5권은 附錄文字로서 挽章・祭文・諸賢詩章・行錄・行狀・墓誌・墓表・奉安文으로 구성되어 있다. 끝에 年譜가 붙어 있다.

　이 문집을 통해서 당시 이 지역의 지식인들과 주고받은 서간문에서 그들의 학문경향과 처세방법・시국관・교육방법・독서방법・지식인들의 사명감・교유관계・정인홍 일파와의 갈등 등을 고찰할 수 있고, 당시 이

지역의 역사적 사실과 지리적인 여건 등도 알 수가 있다.

　『學圃集』은 그의 사후 200여년후인 1859년(철종 10) 진주 玉山書院에서 목판으로 刊布하였고, 그 목판을 고산정에 보관하여 왔다. 그러나 1906년(광무 10) 화재로 목판이 소실되었으므로, 1956년 목활자로 다시 刊布하였다. 여기 영인하는 책은 초간 목판본이다. 상태가 양호하고 목활자본보다 내용도 더 풍부하다.

『晦汀遺稿』解題

Ⅰ. 도언(導言)

영남(嶺南)은 본래 우리나라 학문의 발원지다. 문묘(文廟)에 종사(從祀)된 신라(新羅) 고려(高麗)시대의 선현(先賢)이 모두 영남 출신이고, 동방오현(東方五賢) 가운데서도 정암(靜庵) 조광조(趙光祖)를 제외하고는 모두 영남 출신이다.

조선 중기에 이르러 같은 해에 영남에서 대학자 두 분이 나셨으니, 곧 퇴계(退溪) 이황(李滉)선생과 남명(南冥) 조식(曺植)선생이다. 우리나라 학문사상(學問史上) 양대 산맥을 형성하신 분으로, 높고 깊은 학문으로 많은 제자들을 양성하였다. 조선 후기의 실학자 성호(星湖) 이익(李瀷)선생은 "이 두 분이 우리 동방(東方)에 태어난 것은 하늘의 뜻이다"라고 했다.

남명이 평생 벼슬에 나가지 않고 실천을 위주로 한 학문으로 경상우도(慶尙右道)에서 많은 제자들을 양성함으로 해서 조선 중기에 경상우도 지역에서는 많은 선비들이 배출되었고, 학문이 크게 일어났다. 임진왜란(壬辰倭亂) 때 국가민족을 구제한 의병장(義兵將)들은 대부분 남명의 제자들이고, 그 공로로 선조조(宣祖朝) 후반부터 광해조(光海朝)까지 조정을 주도하였다.

그러나 1623년 인조반정(仁祖反正)이 있은 이후로 광해군(光海君) 때 정계를 주도했던 남명학파(南冥學派)는 완전히 축출·괴멸되었고, 그 이후 200여 년 동안 경상우도의 학문은 적막함을 면하지 못했다.

그러다가 1800년대 중반 이후 많은 학자들이 배출되어 경상우도의 학문이 크게 중흥하게 되었다. 만성(晩醒) 박치복(朴致馥), 단계(端磎) 김인섭(金麟燮), 후산(后山) 허유(許愈), 물천(勿川) 김진호(金鎭祜), 면우(俛宇) 곽종석(郭鍾錫), 노백헌(老栢軒) 정재규(鄭載圭) 등 기라성 같은 학자들이 나와 많은 학문적 업적과 저술을 남기었다. 그 뒤를 이어 회봉(晦峯) 하겸진(河謙鎭), 송산(松山) 권재규(權載奎), 담헌(澹軒) 하우선(河禹善), 중재(重齋) 김황(金榥) 같은 학자들이 나와 그 뒤를 이었다.

이로 인하여 조선 말기 일제시대에는 이들의 제자로 이루어진 천여 명의 학자들이 진주(晋州)를 중심으로 한 단성(丹城), 삼가(三嘉), 초계(草溪), 안의(安義), 거창(居昌), 함안(咸安), 의령(宜寧) 등지에서 각자 학문연구와 제자양성에 성력(誠力)을 경주하였다. 해방 이후까지도 전통학문의 분위기가 가장 많이 남아 있는 지역이 진주를 중심으로 한 경상우도 일원이었다.

회정(晦汀)은 이런 학문적 분위기 속에서 생장하여 근년까지 평생을 선비로 살다간 인물이었다. 포은(圃隱) 정몽주(鄭夢周)와 학포(學圃) 정훤(鄭暄)의 직계 후손으로서 그 가학(家學)의 전통을 계승한 바탕에서 담헌(澹軒)과 중재(重齋)의 학문에 접맥(接脈)되어 최근 강우(江右) 유림(儒林)의 장석(丈席)의 위치에 올라 유림을 주도하였다. 그는 평생 한문으로 저술활동을 한 선비다.

여기서 회정의 세계(世系)와 생애(生涯), 성학과정(成學過程), 학문사상(學問思想), 시문내용(詩文內容) 등을 살펴보고, 현대사회에서 유학자(儒學者)로서 어떤 위상(位相)에서 어떤 역할을 하였는가를 살펴보고자 한다.

II. 가계(家系)와 생애

회정(晦汀) 정직교(鄭直敎)는, 1916년 경남(慶南) 하동군(河東郡) 옥종면(玉宗面) 동곡(桐谷) 마을에서 태어났다. 옥종(玉宗)은 본래 진주목(晋州牧)에 속했던 지역으로 진주 가운데서도 선비가 많이 나는 지역으로 유명한 곳이다. 옥종은 1910년에 이르러서 진주에서 하동군으로 이관되었으므로, 지금까지도 옥종의 선비들은 진주문화권에 속하여 활동하고 있다.

회정의 자는 경원(景元), 회정은 그 아호인데, 주자(朱子)의 호가 회암(晦菴)인 것을 따라 그 학문과 덕행을 흠모한다는 뜻도 있고, 또 스스로 학문에 어둡다는 겸양의 뜻도 담고 있다.

본관은 영일(迎日)인데, 오천(烏川)이라고도 한다. 족보상에 나타난 시조는 고려(高麗) 의종(毅宗) 때 추밀원(樞密院) 지주사(知奏事)를 지낸 정습명(鄭襲明)이다. 그 10대손이 곧 포은(圃隱) 정몽주(鄭夢周)선생이다. 그 충절(忠節)은 물론이고, 성리학(性理學), 시문(詩文), 외교능력, 행정능력 등 모든 방면에서 뛰어났다. 특히 주자(朱子)의 『사서집주(四書集注)』가 고려말기 처음으로 우리나라에 전해졌을 때, 대부분의 학자들이 그 심오한 의미를 몰랐는데, 포은이 혼자서 연구하여 그 깊은 의미를 터득하여 성균관(成均館)에서 강의하였으므로 '동방이학지조(東方理學之祖)'로 추앙되고 있다. 당시 성균관 대사성(大司成)으로 있던 목은(牧隱) 이색(李穡)이 포은의 학문에 감복하여 "횡적으로 설명하나 종적으로 설명하나 이치에 맞지 않는 것이 없다.[橫說竪說, 無不當理.]"라는 극찬을 하였다. 포은은 고려왕조(高麗王朝)를 위해 충절을 지키다가 순사(殉死)하였다. 그러나 조선왕조(朝鮮王朝)는 건립한 이후 왕조의 존속을 위하여서는 포은 같은 충절(忠節)을 가진 인물이 필요하다는 것을 절감하여 태종(太宗) 때 신원(伸寃)하여 영의정(領議政)에 추증(追贈)하고 문충(文忠)이라는 시호(諡號)를 내렸다. 세종(世宗)은 직접 『포은집(圃隱集)』의 간행을 명하여 국가적 사업으로 간행하였다.

포은의 손자 설곡(雪谷) 정보(鄭保)는, 사육신(死六臣)의 옥사(獄事)가 한창 진행되고 있을 때, 서매부(庶妹夫) 한명회(韓明澮)에게 '사육신을 처형한다면 만고의 역적이 됨을 면하지 못할 것'이라고 경고하였다. 한명회가 세조(世祖)에게 고발하여 환형(轘刑 : 수레에 달아매어 찢어죽이는 형벌)을 당하게 되었다. 세조(世祖)가 충신의 손자라 하여 특별히 감형하여 경상도(慶尙道) 단성현(丹城縣)으로 유배를 보냈다. 그는 결국 귀양지에서 생을 마감하였다.

그 막내 아들 정윤관(鄭允寬)이 아버지의 명을 받들어 그대로 단성에 머물러 살게 되었는데, 경상우도 일원의 영일정씨(迎日鄭氏)들은 대부분 이 분의 후손이다. 그 손자 임헌(林軒) 정세필(鄭世弼)은 경상병마절도사(慶尙兵馬節度使)를 지냈는데, 간신 윤원형(尹元衡)이 좋은 벼슬로 유혹하였지만, 벼슬을 버리면서까지 끝까지 지절(志節)을 지켰다.

임헌(林軒)의 증손자 학포(學圃) 정훤(鄭暄)은 문학(文學)과 행의(行義)로 유림에 추중(推重)을 받았고, 천거를 받아 영산현감(靈山縣監)에 제수되었다. 합천(陜川)으로부터 진주(晋州)로 옮겨와 살았는데, 진주 서쪽 남강(南江) 가운데 있는 섬인 고산(孤山)에 고산정(孤山亭)을 짓고, 무민당(无悶堂) 박인(朴絪), 겸재(謙齋) 하홍도(河弘度), 태계(台溪) 하진(河溍) 등과 학문을 강론하였다.

그 아들은 타석재(他石齋) 정계(鄭枅)도 유림에서 이름이 있었다. 그 손자 정홍수(鄭洪壽)에 이르러 진주(晋州)의 서쪽 동곡(桐谷) 마을에 복거(卜居)하였다. 그 손자 수선당(守先堂) 정광익(鄭光益)은 뛰어난 지절(志節)과 학행(學行)이 있었는데, 그 학행이 『진양지(晋陽誌)』에 올라 있다. 수선당이 곧 공의 8대조이다.

부공(父公) 동와(桐窩) 정연조(鄭然助)는, 처음에 집안의 학자인 수재(守齋) 정봉기(鄭鳳基)에게서 배우고 그 뒤 물천(勿川) 김진호(金鎭祜), 평곡(平谷) 김영시(金永著) 등에게 종학(從學)하였다.

또 공의 어머니는 단성(丹城) 법물리(法勿里)의 상산김씨(商山金氏)인데, 그 당시 상산김씨 집안에는 저명한 선비들이 제제(濟濟)하였다. 공의 외조부인 행암(杏庵) 김영구(金永龜)는 강우(江右)의 대학자 만성(晩醒) 박치복(朴致馥)의 사위이니, 만성으로부터 전수받은 영향도 적지 않을 것이고, 회정도 외조부를 통해서 만성(晩醒)의 학맥(學脈)에 접속되었을 것으로 생각된다.

회정이 태어난 동곡 마을은 포은(圃隱) 후손들로 이루어진 70여 호 정도의 동족마을이었는데, 마을에는 선비 학자들이 연수(淵藪)를 이루어, 진주 등 강우(江右)에 널리 알려진 유촌(儒村)이었다.

회정은 이 집안의 7대 종손으로 태어나 어려서부터 자질이 영오(穎悟)하고 언행이 중후(重厚)하였다.

그러나 13세 되던 1928년에 부공(父公)이 갑자기 서세(逝世)하자 집안의 살림을 맡아나가야 할 어려운 처지가 되었다. 조부 우재(愚齋) 정면화(鄭冕和)도 조세(早世)한 데 이어, 부공마저 36세로 요절하니, 7대를 전해 온 종가(宗家)의 가세가 하루 아침에 기울기 시작했다. 어린 나이지만 『주자가례(朱子家禮)』에 준거해서 상례(喪禮)를 마쳤다. 3년 동안 아침 저녁으로 산소에 가서 곡을 하며 절하였는데, 사나운 비바람 등 궂은 날씨에도 한번도 빠진 적이 없으니, 인근의 사람들이 "옛날 거상(居喪) 잘 하던 사람이라 해도 이 아이보다 나을 수는 없을 것이다"라고 칭탄(稱歎)해 마지 않았다.

홀어머니를 위로하며 생계를 유지해야 하니, 이때부터 학문에만 전념할 수 있는 형편이 못 되었다. 그래도 학문을 포기하지 않고, 주경야독(晝耕夜讀)의 간고(艱苦)한 생활을 영위해 나가야 했다. 얼마 남지 않은 전답을 수습하여 농사 일에 힘을 다 쏟았지만, 생계는 날이 갈수록 어려웠다. 할 수 없이, 인척이 살고 있는 고성(固城) 갈전리(葛田里) 진양정씨(晋陽鄭氏) 마을로 이주하였다.

거기서 약간의 토지를 얻어 농사를 지으면서 어머니를 봉양하고 어린 아우들을 기웠다. 그 어려운 속에서도 어머니에게 효성을 극진히 하였고,

조상 제사를 정성을 다하여 모셨는데, 제사가 다가오면 반드시 재계(齋戒)하였다. 거기에 살면서 밤이면 진양정씨의 서숙(書塾)을 출입하면서 글을 읽고 글 짓는 것도 배웠다. 또 그 인근의 제씨(諸氏) 성을 가진 분으로부터도 글을 배웠다. 이때 진양정씨 가문으로 장가들어 집안을 이루었다.

그 뒤 어떤 친구의 권유로 같이 만주(滿洲)로 옮겨가서 잠시 생활의 방도를 강구한 적도 있었다. 어머니를 두고 홀로 이국에서 생활하는 것이 효성스런 마음에 편치 않아 오래지 않아 귀국하였다. 그러나 이때 익힌 중국어(中國語)와 이때 보고들은 중국의 산하와 중국인의 생활풍속 등이 나중에 한시문(漢詩文)의 창작(創作)과 학문적 사고(思考)에 적지 않은 도움을 주었다.

20세 조금 지나 다시 진주 시내로 돌아와 한의원(韓醫院)에 취업하여 생계를 이어나가니, 생활이 조금은 안정되었다. 생활이 어려운 가운데서도 잠시도 시간을 허비하지 않고 공부에 전념하였다. 어느 날 "위대한 우(禹) 임금은 촌음(寸陰)을 아꼈는데, 나는 마땅히 분음(分陰)을 아껴야겠다"라고 생각하고서 시간을 황금처럼 아껴 쓰기로 결심하고 실천하였다. 틈만 나면 경서(經書) 역사서, 당송팔가문(唐宋八家文) 등을 열심히 읽었다. 기억력이 비상하니, 주변에서 같이 공부하던 사람들이 "경원(景元)은 천리마(千里馬)다. 우리는 따라갈 수 없다"라고 하며 칭찬을 아끼지 않았다.

1945년 해방을 맞이하게 되자, 감격하며 말하기를, "'북쪽 오랑캐 땅의 말은 북쪽에서 불어오는 바람에 의지하고, 월(越)나라 새는 남쪽으로 뻗은 가지에 둥우리를 짓는다[胡馬依北風, 越鳥巢南枝.]'라고 옛 시에서 읊은 것처럼 새나 짐승도 제 고향을 찾는데, 사람이 짐승만 못해서야 되겠는가?"라고 생각하고 고향으로 돌아왔다. 정수리(正水里)에 새 집을 짓고 정착하니, 실로 고향 떠난 지 20여 년 만의 일이었다.

고향에 정착하여 생활이 어느 정도 안정되자, 더욱 문한(文翰)을 가까이 하고, 널리 사우(師友)들과 관계를 맺어 어울리고, 유림단체인 이이계(二以契), 난국계(蘭菊契) 등에 참여하여 학문을 강론하고 시를 주고받았다.

이때 가까운 곳에 사는 사장(查丈) 되는 담헌(澹軒) 하우선(河禹善)의 문하와 중재(重齋) 김황(金榥)의 문하를 출입하며 훈도(薰陶)를 많이 입었다.

또 타고난 필재(筆才)가 뛰어났는데, 이 시기에 특별히 연마를 열심히 하여 유필(儒筆)로서 자신의 서체(書體)를 형성하여 원근에서 인정을 받았다.

덕천서원(德川書院), 도산서원(陶山書院), 덕곡서원(德谷書院), 옥산서원(玉山書院) 등 강우(江右) 지역에 있는 원사(院祠)와 소산서원(蘇山書院) 등 경기지역 서원의 제관(祭官) 등으로, 혹은 원임(院任), 원장(院長) 등으로 참여하여 유교부흥운동에 헌신하였다.

중간에 동암(東菴) 정태수(鄭泰秀)와 함께 담헌(澹軒)을 모시고 남계서원(灆溪書院), 광한루(廣寒樓), 계룡산(鷄龍山), 낙화암(落花巖), 서울 고궁(故宮) 등을 유람하며 시를 창수(唱酬)한 적이 있고, 그 뒤 또 한산도(閑山島), 충렬사(忠烈祠), 남해 금산(錦山) 등을 유람하면서 옛 역사를 회고하면서 시를 지은 적이 있었다.

공의 학덕이 높아지고 명성이 사방으로 퍼지자, 청문(請文)하는 사람과 청서(請書)하는 사람이 쇄도하였다. 공은 항상 겸손하기 때문에 청문하는 것은 대부분 인근의 병필가(秉筆家)들에게 소개해서 보내고, 정의(情誼)로 봐서 사양하기 어려운 경우에만 저술하였다. 자신의 글씨를 필요로 하는 경우에는 크게 사양하지 않고 썼다.

1980년 이후 유림(儒林)의 원로가 되자, 성균관(成均館)에서 전의(典儀)로 추대하였다. 이해 가을 중국 공자사상연구회(孔子思想研究會)의 초청으로 몽매에도 그리던 중국 대륙을 장유(壯遊)하였다. 먼저 유교의 성지(聖地)인 곡부(曲阜)로 가서 공자(孔子) 사당인 공묘(孔廟)에서 한국 성균관(成均館)의 석전의절(釋奠儀節)에 따라 치제(致祭)하였다. 그 이후 태산(泰山)에 올라 중원천하(中原天下)를 조감(鳥瞰)하였고, 악양루(岳陽樓)에 올라 동정호(洞庭湖) 7백리를 요망(遙望)하면서 시를 지었다. 이어 계림(桂林), 서안(西安), 곤명(昆明), 장사(長沙), 소주(蘇州), 항주(杭州),

상해(上海), 광주(廣州)의 풍물(風物)를 주람(周覽)하고서 많은 시를 지어 홍콩을 거쳐 돌아왔다. 이때의 여행으로 문적(文籍) 속에서만 보던 중국의 역사유적이나 산천풍물을 직접 목도하고서 견문(見聞)을 크게 넓혔다.

1980년 이후에는 진주(晉州) 시내에 우거(寓居)를 정하여 사우(士友)들과 자주 교왕(交往)하고, 내방객들을 접견하였다.

회정(晦汀)은 부조(父祖) 양대 모두 수(壽)를 누리지 못했기 때문에, 환갑(環甲) 칠순(七旬)을 지나면서도, 육아지감(蓼莪之感)을 이기지 못하여 일절 연회를 베풀지 않고 부조를 추모하는 심정으로 지냈다. 팔순(八旬)이 되던 1995년 봄에는 자제들과 친지들의 권유로 진주(晉州)에서 설연(設宴)하였다. 평소 후덕(厚德)하여 남에게 베풀기를 좋아하는 인품 덕으로 연민(淵民) 이가원(李家源)선생을 비롯한 5백여 명의 하객이 모여 성황을 이루었고, 쌓인 축하시가 2백 여 수에 이르러 모아서『회정팔순축하시집(晦汀八旬祝賀詩集)』을 간행하여 반포하였다.

1984년에는 회정에게 배운 제자나 종유(從遊)한 사람 70여 명이 모여 회정의 문한생활(文翰生活)을 도울 수 있는 방안 마련을 위해서 청림계(菁林契)를 결성하였다. 이때 한학(漢學)의 태두(泰斗)인 연민(淵民) 이가원(李家源)선생이『청림계안서(菁林契案序) 2004년에 이르러서는 청림계원들이 주축이 되어 장수지소(藏修之所)인 청림정사(菁林精舍)를 건립하여 회정이 독서하고 강학(講學)할 장소를 제공하였는데, 필자가 그 기문(記文)을 지었다.

회정은 만년까지도 비교적 건강을 잘 유지하였고, 문한생활(文翰生活)도 정상적으로 하다가 89세 되던 2004년 음력 3월 16일 고향 집에서 고종(考終)하니, 많은 사람들이 유림의 원로의 서거를 아쉬워하였다.

경향(京鄕)의 유림(儒林) 수백 명이 모여 개좌(開座)를 하여 유림장(儒林葬)을 치렀는데, 그 명정(銘旌)에는 처사(處士)라고 썼다. 하동군(河東郡) 옥종면(玉宗面) 재인동(才人洞) 건좌(乾坐)의 언덕에 안장하였다. 배위 진양정씨(晉陽鄭氏)의 묘와 쌍분을 이루었다.

III. 성품과 행신(行身)

회정(晦汀)은 성품이 소박하고 풍신(風神)이 단중(端重)하여 옛날 군자의 분위기가 있었다. 언사(言事)를 경솔하게 한 적이 없었고, 희로(喜怒)를 신중히 하였다. 앉거나 서 있을 때 기대거나 비뚤어진 적이 없었다. 자신은 엄정하게 단속하면서 남에게는 봄바람처럼 온화하게 대하였다.

지극한 효자로서 홀어머니를 봉양함에 그 뜻을 잘 받들었으며, 음식과 의복을 성미에 맞게 해 드리려고 노력했다. 형제간에도 우애가 극진하여, 어린 나이에 가장(家長)이 되어, 세 아우와 두 누이를 때맞춰 혼인시켰고, 그 뒤에도 정성을 갖고 돌봤다. 아우들도 회정을 아버지처럼 따랐다. 부부간에도 금슬이 좋아 서로 예절을 지키며 공경스럽게 대했다.

매일 아침 일어나 경서(經書)를 암송하였고, 후배나 자질들이 경사(經史)나 예법(禮法)의 의문 나는 것이 있어 질문을 하면 정성을 다해서 답변해 주었다. 기억력이 비상하여 한번 보고 한번 들은 것은 대부분 기억하였다.

제갈량(諸葛亮)의 "고요함으로써 몸을 닦고, 검소함으로써 덕을 기른다[靜以修身, 儉而養德]"을 좌우명(座右銘)으로 삼아 집안을 다스리고 자질들을 훈계하였다. 늘 검소하게 살아갔고, 사치스러운 물건을 가까이하지 않았다.

관후하고 정대(正大)함으로써 사우(士友) 사이에 처신하였고, 무슨 어려운 일이 있으면 회정의 의견을 따라 결정하는 경우가 많았다.

7대 종손으로서 충효(忠孝)와 인경(仁敬)을 근간으로 하는 가법(家法)을 잘 유지하였고, 포은(圃隱), 임헌(林軒), 학포(學圃), 수선당(守先堂) 등 조선(祖先)의 훌륭한 행적을 욕되게 하는 일이 없이 잘 계승하려고 매우 노력하였다.

천성이 인자하여 이웃에 곤궁하여 장례나 혼사를 제 때 못 치루는 사람이 있거나, 갑자기 어려움을 당한 사람이 있으면, 집안의 형편은 따지지 않고 재물을 기울여 도와주었다.

Ⅳ. 사우관계(師友關係)와 성학과정(聖學過程)

회정(晦汀)은 포은(圃隱), 학포(學圃) 등의 가학적(家學的) 전통이 면면히 흘러 전해오는 서향문제(書香門第)의 자제로서 7대 종손의 위치에 있었다. 70여호 동족부락의 유교적(儒敎的) 분위기에 어려서부터 유염(濡染)되어 성장하였다.

이런 분위기에 자연스레 영향을 받아, 어린애였을 때, 집에서 멀리 떨어지지 않은 포은(圃隱)의 영당(影堂)에 명절 때나 삭망 때면 새벽에 자발적으로 가서 참배를 하고 돌아왔다. 부로(父老)들이 알고서 그 이유를 묻자, "사람의 자제로서 그 선조의 위대한 행적과 뛰어난 충절(忠節)을 알지 못한다면 어떻게 세상에 설 수 있겠습니까?"라고 대답하여, 부로들을 경이(驚異)케 하였다.

보통아이들과 어울려 장난치며 놀지 않고, 다른 학동(學童)들이 글 읽는 소리를 듣고 학교에 가게 해달라고 동와공(桐窩公) 졸랐다. 그래서 처음에 삼종숙 금헌(琴軒) 정연홍(鄭然洪)에게서 『소학(小學)』을 배웠다. 단순히 글로만 배우는 것이 아니라, 배운 것을 매일매일 실천하려고 노력하였다. 그러자 금헌은 "지금 사람들은 윤리도덕(倫理道德)을 다 버리려고 하는데, 너는 혼자 독실하게 좋아하고 힘써 실행하니, 우리 집안의 희망이 모두 너에게 있다"라고 말하며 격려하였다.

그 뒤 재종숙 일재(一齋) 정연준(鄭然準)에게 나아가 계속 배웠는데, 문리(文理)가 크게 향상되었다. 이때부터 스스로 경사(經史)를 숙독하며 날로 학력이 증장(增長)하였다. 나중에 고향에 돌아온 뒤로도 계속 일재에게 나아가 배웠다.

해방 이후 생활이 안정된 뒤로 담헌(澹軒) 문하에 자주 나가 친자(親炙)

를 받았다. 또 당대의 석학인 중재(重齋) 김황(金榥)에게 나가서 치학(治學)의 지결(旨訣) 얻어 들었다. 나중에 중재의 종손녀(從孫女)가 회정의 자부가 되어 인척의 연을 맺어 더욱 가까이 모시게 되었다.

1975년 담헌(澹軒)이 별세하고 나서, 그 시문 원고의 편마(編摩)와 정사(淨寫)를 맡았고, 담헌의 묘지명(墓誌銘)을 지어 스승의 생애를 정리하였다.

중재가 생전에 자신의 시문(詩文) 원고를 정리할 때 회정이 자주 가서 도왔고, 정사(淨寫)하는 일의 일부를 맡았다.

담헌(澹軒)의 문하생인 동암(東菴) 정태수(鄭泰秀), 우당(愚堂) 하동근(河東根)과 중재(重齋)의 제자인 진암(振菴) 허형(許洄), 진와(進窩) 이헌주(李憲柱), 정헌(定軒) 성재기(成在祺) 등과 도의지교(道義之交)를 맺어 조석으로 어울려 시문(詩文)을 창수(唱酬)하고 유림의 대소사를 논의하였다. 만년에는 당대 우리나라 한문학(漢文學)의 대가인 연민(淵民) 이가원(李家源), 우인(于人) 조규철(曹圭喆), 용전(龍田) 김철희(金喆熙), 동초(東樵) 이진영(李鎭泳), 노촌(老邨) 이구영(李九榮) 등과 사귐을 맺고 학문을 강론하며 안목을 넓혔다. 회정이 서울에 가면 반드시 이 분들을 초청하여 시회(詩會)를 열어 시를 창수(唱酬)하였고, 서울 교외의 선현(先賢)들의 유적지나 이름난 산천을 함께 답심(踏尋)하였다.

특히 연민(淵民)과는 절친하였는데, 연민이 남쪽지방으로 내려올 때는 꼭 회정(晦汀)에게 연락하여 동행하면서 시를 주고받아 두터운 시축(詩軸)을 이루었다.

V. 유림사업과 종사(宗事)

회정(晦汀)이 태어난 때는 우리나라가 이미 일본(日本)에게 망한 뒤였고, 해방됐을 때는 회정은 이미 30세의 장년이었다. 식민지 청년지식인으로서 좌절을 뼈저리게 맛보았고, 해방 이후에는 전통학문(傳統學問)을 필요로 하는 데가 없으니, 회정은 사회에 진출하여 자신의 경륜(經綸)을 펼칠 기회를 얻을 수가 없었다. 그래서 그런 상황에서 자신이 할 수 있는 역할을 찾아 자신의 공부한 바를 현실생활에서 실천하였다. 향리(鄕里)에서 배우러 오는 사람이 있으면 물리치지 않고 가르쳤고, 고을의 풍속을 선도(善導)하고, 예법(禮法)을 권장하였다.

40대 초반에는 담헌(澹軒)을 도와 덕천서원(德川書院)에서 진행된 『덕천사우연원록(德川師友淵源錄)』 편찬에 참여하여 자료정리와 정사(淨寫)하는 역할을 담당하였다. 이후 수많은 서원과 사당의 집례(執禮), 축관(祝官), 헌관(獻官) 등으로 선현의 존숭(尊崇)에 참여하였고, 많은 서원과 사당의 원임(原任) 혹은 원장(院長)으로 유교문화 진흥을 위해서 정성을 기울였다. 대표적인 것만 들어도, 도산서원(陶山書院), 소산서원(蘇山書院), 동락서원(東洛書院), 덕곡서원(德谷書院), 신산서원(新山書院)의 원장을 지냈고, 덕천서원(德川書院) 등의 원임을 지냈다. 그리고 성균관(成均館) 전의(典儀), 퇴계학부산연구원(退溪學釜山研究院)의 고문으로 추대되었다.

80년대 덕천서원의 정화(淨化)와 문화재지정(文化財指定) 등을 위하여 노력하였고, 의령(宜寧)의 미연서원(嵋淵書院), 덕곡서원(德谷書院), 함안(咸安)의 신암서원(新巖書院) 등의 복원(復原)에 공이 많았다.

1986년부터 경상대학교(慶尙大學校)에서 남명학연구소(南冥學研究所) 창립을 위하여 남명학연구후원회(南冥學研究後援會)를 결성하였는데, 회정은 그 창립요원으로 참여하여 연원가(淵源家) 후손들을 규합하여 연구소의 창설과 연구기금 조성을 위하여 많은 땀을 흘렸다. 이로 인하여 남명학이 부흥하는 데 큰 공헌을 하였다.

종사(宗事) 가운데 중요한 것을 들면 다음과 같다. 포은종약원(圃隱宗約院)의 창립과 운영을 주도하여, 포은의 학문과 사상을 오늘날에 되살리는 기능을 할 수 있게 하였다. 포은을 향사(享祀)하는 옥산서원(玉山書院)

을 복원하고, 그 향사의절(享祀儀節)을 확정하였다.

설곡(雪谷)의 유허비(遺墟碑) 개수(改竪), 참의공(參議公) 묘표(墓表) 찬서(撰書) 등 선산(先山)의 석의(石儀)를 갖추었고, 남간재(南澗齋) 건립, 대동보(大同譜) 및 파보(派譜) 편간(編刊) 등의 일을 주도하였다. 조상의 훌륭한 점을 알아 높이고, 일족들과 족의를 돈독히 하는 일에 앞장섰다.

VI. 시문(詩文)의 개관(槪觀)

회정(晦汀) 유가(儒家)에서 태어나 문한(文翰)에 종사(從事)하는 부로와 친척어른 들 사이에서 자연스럽게 시문창작(詩文創作)의 길로 접어들게 되어 있어 대성할 수 있는 여건이 갖추어져 있었다. 그러나 13세 때 갑자기 부공(父公)의 별세로 인하여 가세가 기우는 바람에 공부에만 전념할 형편이 못되었다.

한창 공부가 잘 될 시기에 주경야독(晝耕夜讀)으로 어렵게 공부하다 보니, 남들보다 공부에 투자하는 시간이 적어 그 성취가 부족할 수도 있다. 그러나 이때 경험한 여러 가지 어려운 생활에서 오는 경험과 생각이 그의 문학적 밑거름이 되었고, 또 20대 전후해서 중국(中國)에서 생활한 것이 한문(漢文) 작문의 감각을 키우는 데 도움을 주었다고 할 수 있겠다.

본래 천성적으로 겸허한 성품이라 자신의 것을 자랑하는 법이 없었고, 또 몇 년간의 공부의 공백으로 자신의 작품에 대한 자신감의 결여로 60대 이전에는 작품을 지어도 수습하지 않았고, 그 당시로서는 자신이 문집(文集)을 낼 것이라고는 전혀 생각도 하지 않았다. 그래서 현재 남아 있는 작품은 거의 대부분이 노년기의 것이고, 숫자도 많지 못하여 아쉬움을 금할 수 없다.

현재 남아 있는 작품의 숫자는, 시가 제체(諸體)에 걸쳐 204제(題), 271수의 시가 실려 있다.

　문장으로는 서(書) 5편, 서(序) 3편, 기(記) 20편, 발(跋) 9편, 설(說) 1편, 명(銘) 1편, 고유문(告由文) 2편, 제문(祭文) 6편, 비문 2편, 묘지명(墓誌銘) 3편, 묘갈명(墓碣銘) 42편, 묘표(墓表) 16편, 행장(行狀) 및 행록(行錄) 16편, 유사(遺事) 3편, 전(傳) 1편으로 모두 130편이다.

　시는 평순(平順) 담아(淡雅)하여 유가(儒家)의 시교(詩敎)를 그대로 따르고 있고, 기이하거나 험벽(險僻)한 경향을 전혀 띠지 않았으니, 그 인품을 그대로 드러내고 있다. 그러면서도 시의 서정성(抒情性)은 깊이 유지하고 있다.

　팔순(八旬)을 맞이하여 지은 「팔십생조유감(八十生朝有感)」이란 시는 자신의 일생과 생각을 개괄하는 시로 볼 수 있다.

미천한 나이 어느 듯 여든 살인데,	賤齒於焉八耋年
지난 자취 뒤늦게 생각하니 절로 아련하네.	追思往跡自慣然
형제간에 잘 지내 마음 항상 즐거웠고,	塤篪幷奏心常樂
부모님 여의고 나니 한스러움 떠나지 않네.	風樹相違恨莫遷
아들 손자들이 조상 일을 이어 아주 즐겁고,	剩喜兒孫承祖業
손님과 벗들 시 짓는 자리 함께 해 가장 사랑스럽네.	最憐賓友共詩筵
오동나무 있는 동곡(桐谷) 고향마을 아무 탈 없으니,	梧桐故里今無恙
조상의 좋은 점을 지켜 백세토록 전하리.	聊守先徽百世傳

　회정(晦汀)의 뇌리에는 훌륭한 조상의 자취를 계승해서 자손들에게 전해 주는 것이 가장 큰 사업이었다. 부모에게 효도하고 형제간에 우애 있게 지내면서 문호(門戶)를 유지해 나가는 것이 가장 큰 즐거움이었다. 맹자(孟子)가 말했던 군자삼락(君子三樂)의 첫째 즐거움과 서로 통하는 생각이다.

　유교(儒敎)에서는 화(和)를 강조하고, 화가 이루어지는 것이 인류의 가장 이상적인 상태로 보았다. 부모와 자식, 조상과 후손, 윗사람과 아랫사람, 젊은이와 노인, 친구와 친구, 남자와 여자 등 화합이 있어야만 인류사회는 정상적인 활동이 가능하다. 나아가 동양과 서양, 자연과 인간 등등 화합은 인류가 존속하기 위해서는 필요한 요소다. 회정의 시에서는 유교의 화합의 사상이 깊게 배어 있다. 가정의 화목이 국가 사회의 주춧돌이다.

그리고 이 시에는 명리(名利)에 초연하여 안분지족(安分知足)하는 회정의 마음가짐이 그대로 나타나 있다.

서정(抒情)과 서사(敍事)에 아울러 성공한 시로는, 「여이이계제우회음해인사(與二以契諸友會吟海印寺)」라는 다음 시를 들 수 있다.

깨끗한 기운 남쪽으로 와서 이 산에 모였나니,　　　淑氣南來莘此山
이름난 곳 한번 구경하곤 돌아갈 것 잊어버렸네.　　名區一賞却忘還
많은 산봉우리 속에 우수수 떨어지는 잎이요,　　　蕭蕭落葉千峰裏
셀 수 없는 나무 사이에 상큼한 맑은 시냇물.　　　灑灑清溪萬樹間
단속교(斷俗橋) 어귀에는 염불소리 고요하고,　　　斷俗橋頭禪語靜
홍하루(紅霞樓) 위에 나그네 감정 한가롭도다.　　紅霞樓上客情閒
가야산에서 다시 만날 기이한 인연 있었나니,　　伽倻再會奇緣在
많은 선비들 모두가 옛날부터 아는 얼굴이네.　　濟濟衿紳總舊顏

홍류동(紅流洞) 계곡을 한참 올라가 가야산(伽倻山) 자락에 있는 해인사(海印寺)는 속세의 홍진(紅塵)과 아주 멀리 떨어진 것으로, 맑은 기운만이 존재한다. 속세에 살다가 이곳을 한번 구경하면 다시 발길을 돌리기 싫을 정도로 그 깨끗한 환경에 몰입하게 된다. 지금은 교통이 너무 발달하여 쉽게 갈 수 있지만, 옛날 걸어서 올라갈 때면 홍류동이라는 정말 아름다우면서도 그윽한 계곡이 길게 펼쳐진다. 봄에는 주변 산의 진달래가 반사되어 물이 붉고, 가을에는 단풍이 반사되어 붉기 때문에 홍류동이라 이름한 것이다. 회정이 찾아갔을 때는 계절이 마침 가을이었는데 단풍이 한창이었다. 가야산(伽倻山)의 단풍과 홍류동 계곡물이 조화를 이루어 한 폭의 풍경화처럼 아름다웠던 것이다.

속세와 인연을 끊는다는 단속교(斷俗橋)라는 다리 이름과 붉은 놀 속에 가리어진 누각이라는 홍하루(紅霞樓)는 해인사(海印寺) 주변의 절경을 대변해 주고 있다. 떨어지는 붉은 단풍잎, 맑은 홍류동 시냇물, 스님들의 염불소리, 나그네의 시정(詩情)이 잘 조화를 이루어 시각적인 요소와 청각적인 요소에 나그네 마음까지 곁들여 시의 맛을 더하고 있다.

이런 깨끗한 지역에 모인 사람 역시 속세에 때 묻지 않은 심성(心性)의 수양에 힘쓰는 선비들이라 시 전체가 깨끗하면서도 고아(高雅)한 정취를 담고 있다.

오랫동안 지녔던 중원천지(中原天地)를 여행하는 염원을 이루어 동정호(洞庭湖)가의 악양루(岳陽樓)에 올라 두 수의 시를 지었다. 그 가운데 둘째 수는 이러하다.

명승으로 중화에서 제일가는 누각인데,	名勝中華第一樓
절기마저 가을이라 가장 구슬프도다.	最憐節序又當秋
동정호 칠백 리 천 가지 경치는,	洞庭七百千般景
눈길 끝까지 보아도 아득하여 거둘 수 없네.	極目茫然正不收

서경(敍景)과 서정(抒情)이 잘 조화된 시다. 책에서만 읽었고, 이야기만 들었던 악양루(岳陽樓)에 올라 동정호(洞庭湖)를 굽어보니, 온갖 감회가 자신의 가슴에 가득 차다. 그리고 계절은 악양루의 경치가 가장 좋은 가을이다. 시를 지어내려니, 무슨 말로 시작해야 될지 막막하다. 그러나 실마리를 쉽게 풀어나갔다. 가을이라 구슬픈 느낌을 감출 수 없는데, 또 여정(旅程)이 촉박하여 발길을 돌리지 않을 수 없었다. 다시 올 수 없는 마지막 기회라 생각하니, 경치 하나라도 더 자세히 보고 가야하겠다는 생각으로 눈길을 멀리 주어 바라보지만 넓디 넓고 많고 많은 동정호 경치를 어떻게 다 담겠는가? 결국 시의 마지막 구절은 아쉬움으로 끝났다. 그러나 아쉬움은 무한한 여운(餘韻)을 남기기에 시로써 성공한 것이다.

자기 한 몸만 깨끗하게 살면서 국가민족을 잊고 편안히 지내면, 옳은

선비라 할 수 없다. 회정은 비록 벼슬에 나아가 경륜(經綸)을 펼친 적은
없지만, 늘 세상의 윤리도덕을 걱정하였다. 「방우당계산서당서회(訪愚堂
桂山書堂叙懷)」라는 시의 미련(尾聯)에서,

> 우리들이 죽을 때까지 할 일 그대로 있나니, 　　吾儕自有終身事
> 여생을 잘 활용해서 바른 도리를 붙드는 것이라.　好把餘年正道扶

늘그막에 이르기까지도 이 세상의 도리를 바로잡아 세상을 옳은 길로
가도록 해야겠다는 유자(儒者)로서의 책임의식을 철저하게 갖고 있었다
는 것을 알 수 있다. 선비는 특별한 권력을 손에 쥐고 있지 못하다. 단지
자신의 행실로 모범을 보일 뿐이다. 공자(孔子)께서 말씀하신 대로 "그
자신이 바르면 명령하지 않아도 사람들이 따르고, 그 자신이 바르지 못하
면 비록 명령해도 따르지 않는다[其身正, 不令而行. 其身不正, 雖令不從.]"
라는 말처럼, 자신이 바르게 행동하는 것이 바로 세도(世道)를 바로잡는
길이다. 이런 점을 염두에 두고 회정은 바르게 살아감으로서 세상을 바로
잡으려고 노력했다.

담아(淡雅)하게 자신의 회포를 읊은 시, 여행하면서 남긴 시, 정자나
재실 등의 낙성을 축하하는 시, 친지(親知) 등의 작고를 애도한 시 등이
있는데, 그 특징이나 시적인 정취(情趣)는 문집을 읽어보면, 느낄 수 있을
것이다.

산문은 130편이 남아 있다. 그 가운데 서간(書簡)은 일생 동안 많이
지었으나, 필요할 때 지어 보내고, 부본(副本)을 남기지 않아 남아 있는
것이 거의 없다. 남아 있는 것은 우인(于人) 조규철(曺圭喆), 연민(淵民)
이가원(李家源) 등과 주고 받은 것인데, 대가들과의 친분과 학문적 견해를
알 수 있어, 회정(晦汀)의 위상을 가늠케 한다.

기문(記文) 가운데는 재실(齋室)의 기문이 많은데, 대부분이 자기 집안
과 처가인 진양정씨(晋陽鄭氏) 집안을 위해서 지은 것이 많다. 조상을 받

드는 정신과 후손들의 화합의 필요성과 세교(世敎)에 도움을 주어야 한다
는 취지가 많이 담겨 있다.

제문(祭文) 가운데서 「제재종숙일재공문(祭再從叔一齋公文)」에서는
회정(晦汀) 자신과 일재(一齋)와의 관계와 일재로부터 받은 교은(敎恩)
등을 회상하며 그의 서거를 슬퍼하고 있다.

「제담헌하선생문(祭澹軒河先生文)」은 담헌(澹軒) 하우선(河禹善)의
학문과 덕행과 유림에서의 역할을 서술하고, 자신이 받은 교은(敎恩)을
회상하며 그 서거를 애도를 슬퍼하고 있다.

「제중재김선생문(祭重齋金先生文)」은 중재의 뛰어난 총명과 뛰어난 학
문을 부각시켰고, 자신과 자기 집안과의 관계를 서술하고, 갑자기 세상을
떠난 것을 아쉬워하고 있다.

「제자씨하부문(祭姊氏河婦文)」은 담헌(澹軒)의 자부로 출가한 누님의
심성과 품덕(品德)을 서술하고, 부군(府君)을 일찍 여의고서 하씨(河氏)
집안 종부(宗婦)로서 조상을 받들면서 집안을 잘 다스려간 현숙(賢淑)한
여인상(女人像)을 서술하였다.

비갈(碑碣), 묘지(墓誌), 행장(行狀) 등 전기문자(傳記文字)가 회정(晦
汀)의 글 가운데서 가장 많이 남아 있는데, 이는 응수문자로서 대부분
금석(金石)에 새기거나 문집(文集)의 부록(附錄) 등에 수재(收載)되어 있
어 대부분 수습할 수 있기 때문이다.

이 가운데서 「사천진병마첨절제사장공사적비(泗川鎭兵馬僉節制使張
公事蹟碑)」는 사천현감(泗川縣監)으로 부임해서 치적(治績)을 남긴 장우
(張俁)의 사적을 기록한 비석이다. 장우는 유명한 학자 여헌(旅軒) 장현광
(張顯光)의 선조다.

「담헌하선생묘지명(澹軒河先生墓誌銘)」은 근세 강우(江右) 유림(儒林)
을 대표하던 담헌(澹軒) 하우선(河禹善)의 일생과 학문 사상을 정리한 묘
지명으로, 남명학파(南冥學派)의 학문을 연구하는 데 중요한 자료가 된다.

「십삼대조비문씨묘갈명(十三代祖妣文氏墓碣銘)」은 학포(學圃)의 배

위(配位)인 남평문씨(南平文氏)의 행적을 적은 글로써 학포(學圃) 정훤(鄭暄) 집안의 상황을 알 수 있는 중요한 기록이다.

「성균진사사천이공묘갈명(成均進士泗川李公墓碣銘)」은 구암(龜巖) 이정(李楨)의 재종제 이번(李蕃)의 생애를 적은 기록인데, 조선 중기 경상우도(慶尙右道) 유림계(儒林界)의 정황을 알 수 있는 내용이 있다.

「선조참의공묘표(先祖參議公墓表)」는 설곡(雪谷) 정보(鄭保)의 아들 정윤관(鄭允寬)의 일생을 적은 기록인데, 설곡(雪谷)이 단성(丹城)으로 유배되게 된 경위와 그 아들 정윤관이 경상우도(慶尙右道)에 정착하게 된 과정을 서술하였다.

「사와하공행장(士窩河公行狀)」은 사와(士窩) 하재도(河載圖)의 학행을 기록한 글로서 조선말 일제시대의 경상우도 유림의 상황을 알 수 있는 글이다.

「사헌부감찰이공행장(司憲府監察李公行狀)」은 일신당(日新堂) 이천경(李天慶)의 손자 이정(李挺)의 일생을 적은 글이다. 이정은 한강(寒岡) 정구(鄭逑), 동강(東岡) 김우옹(金宇顒) 양문(兩門)에 출입하였고, 학포(學圃)와도 교유가 있어, 조선 중기 경상우도 유림의 상황을 알 수 있는 글이다.

「삼종숙금헌공행장(三從叔琴軒公行狀)」은 회정(晦汀)이 맨 처음『소학(小學)』을 배웠던 금헌(琴軒) 정연홍(鄭然洪)의 일생을 적은 글이다. 조선 말−일제 초기 유림의 상황과 회정 집안의 상황을 알 수 있는 기록이다.

「재종숙일재공행장(再從叔一齋公行狀)」은 회정(晦汀)의 스승 일재(一齋) 정연준(鄭然準)의 일생과 학행을 정리한 글이다. 조선 말기−일제 초기의 유림의 상황과 회정 집안의 상황을 알 수 있는 기록이다.

「선고동와부군가장(先考桐窩府君家狀)」은 회정의 선장(先丈) 동와(桐窩) 정연조(鄭然助)의 일생과 학행을 정리한 글이다.

회정(晦汀)이 지은 문장은 경상우도(慶尙右道) 일원의 전기문자(傳記

文字)와 문집 족보의 서문, 재사(齋舍) 누정(樓亭)의 기문(記文)이 대부분인데, 근세 유림(儒林)의 상황과 향토사(鄕土史)의 자료로서 상당한 가치를 갖는다고 할 수 있다.

Ⅶ. 결어(結語)

세속적인 사람들의 안목으로 보면, 선비는 하는 일 없이 지내는 사람으로 생각하기 쉽다. 선비가 때를 만나면 얼마든지 그 경륜을 펼칠 수 있다. 평소에 쌓은 공력(功力)이 많기 때문이다. 그러나 때를 만나지 못하여 벼슬하지 않고 시골에 사는 선비라 해도 그 역할은 많고 그 영향은 크다. 맹자(孟子)가 선비가 시위소찬(尸位素餐)하지 않음을 밝혀, "국가가 선비를 쓰면 그 국가가 안정되고 부유하게 되고 존귀하게 되고 영화롭게 되고, 젊은이들이 선비를 따르면 효도하고 공경하고 충성하고 신실하게 된다. 거저 밥 먹지 않는 것이 이것보다 더 큰 것이 있겠는가?"라고 하여 선비의 역할과 영향에 대해서 일찍이 잘 이야기했다. 조선시대 진사(進士)가 사는 고을에 흉악한 범죄가 발생했다 하면, 그 진사는 원근의 선비들로부터 호되게 비난을 받는다. 사회의 교화(敎化)와 후진들의 선도(善導)에 실패했기 때문이다. 우리 조상들이 선비에게 거는 기대가 얼마나 컸는지를 알 수 있는 증거다.

손으로 농사짓고 노동하는 것만이 대단한 것이 아니다. 물론 그 것도 중요하지만, 선비 한 사람이 살면서 주변에 끼친 교화(敎化)는 물질적으로 계산할 수 없는 것이다. 많은 사람들을 사람답게 이끌고, 사회를 사람이 살 만한 인간미 넘치는 사회로 만든다. 오늘날 이렇게 사회가 혼란한 것은 지식인은 많지만, 참 선비가 없기 때문이다.

회정(晦汀)은 우리 시대의 몇 안 되던 전통적 학문을 한 선비이다. 그가 살았을 때는 선비로서의 역할을 충실히 하였다. 이제 그는 세상을 떠났지

만, 그의 생애와 사상이 담긴 『회정유고(晦汀遺稿)』이 출간되어 세상에
퍼지면 두고두고 세상에 교화를 끼칠 것이다.

회정의 초식(肖息) 의림보(義霖甫)가 장기간에 성력(誠力)·물력(物
力)을 경주하여 상자 속에 묻혀 있던 부공의 시문고(詩文稿)를 정리하여
한 권의 책으로 간행하는 일을 완성했다. 책이 다 되어 갈 무렵에 교정(校
正)을 부탁해 왔고 또 서문까지 요청하였다. 서양 물질문명의 범람으로
우리의 것을 천시하는 세태 속에서도 부공(父公)의 뜻을 잘 계승한 그
효성에 감동하여 사양하지 않고, 문집에 실린 내용과 필자가 평소에 공에
게서 보고 느낀 것을 정리하여 『회정유고(晦汀遺稿)』의 서문으로 삼는다.

21세기 최첨단 정보화사회에 전통적인 모양의 문집이 간행되었다. 물질
문명 속에서도 우리 전통문화가 단절되지 않았음을 보여주는 하나의 장거
(壯擧)다. 독자 제현들께서 『회정집』을 정독하여 그 생애와 사상을 더듬고
나아가 우리 전통 선비의 모습을 찾아보기 바란다.

『后山集』 解題

Ⅰ. 序說

이 后山文集의 저자인 后山 許愈(1833-1904) 先生은 朝鮮末期 嶺南 主理學派를 대표할 만한 大學者였다. 선생이 살았던 19세기는 性理學을 統治理念으로 삼아 450여 년간 지속되어 온 朝鮮王朝의 基本秩序가 안에 서 서서히 붕괴되어 가기 시작했고, 밖으로는 日本과 西洋列强이 侵略의 마수를 뻗치기 위해서 開放을 요구해 왔다. 이에 따라 서양의 새로운 物質 文明도 함께 밀려 들어와, 禮를 바탕으로 하여 기본질서를 유지해 왔던 朝鮮은 극도로 혼란스럽게 되었고, 사람들의 價値觀도 복잡하게 되었다.

이런 때를 당하여 선생은 올바른 學問을 통해서 사람들의 마음을 바로 잡고, 세상의 秩序를 회복하고, 수준 높은 文化를 가진 우리와 오랑캐와의 差別性을 유지하게 만들려고, 숨을 거둘 때까지 最善을 다하여 노력했던 것이다.

高麗後期 性理學이 수입된 이후로 武臣亂 이후 새로운 知識人層을 형 성한 新興士大夫들이 이를 受容하여 자신들의 理念으로 삼았다. 이들이 朝鮮 건국에 기여함으로써 性理學은 朝鮮의 統治理念으로서의 확고한 위치를 차지하게 되었다. 이 이후로 出仕를 했거나 草野에 묻혀 있거나를 막론하고, 朝鮮의 學者들은 性理學을 필수적인 학문으로 간주하여 이의 硏究와 敎育에 全力을 경주했다고 할 수 있다.

이러한 學問的 분위기가 계속됨에 따라서 性理學에 대한 연구의 방법은 계속 치밀해지고 그 수준은 날로 높아져 갔다. 그 결과 16세기에 들어와 우리나라 學術史上 最高·最大의 학자인 退溪 李滉과 南冥 曺植 같은 분들이 출현할 수 있었던 것이다. 이 두 분의 大學者는 공통되는 점도 많았지만, 學問的 傾向을 약간 달리하였다. 退溪는 學術的 硏究를 중시하여 많은 著述을 남긴 반면, 南冥은 儒學의 實踐的 側面을 중시하여 저술은 별로 남기지 않았다.

南冥이 이러한 學問的 態度를 가지게 된 데는 개인적 氣質에 연유한 바가 없지 않겠지만, 당시의 性理學이 벌써 空疏한 理論 쪽으로 흘러 實踐을 도외시한 學問을 위한 學問으로 변질되어 가는 시대적 상황을 올바른 方向으로 전환시키려는 의도에서 그렇게 했던 것이다. 實踐을 重視한 南冥의 가르침으로 말미암아, 壬辰倭亂 때는 南冥의 門人들은 모두 義兵活動에 참여하여 國家民族을 救出하는 데 큰 功勳이 있었다. 그 결과 南冥學派에 속한 사람들이 壬辰倭亂 이후로 朝鮮의 朝廷을 主導하게 되었다.

그러나 1623년에 있었던 仁祖反正으로 말미암아 南冥學派는 급격히 沈滯하게 되었고, 이 이후 中央集權層의 遠隔操縱에 의하여 慶尙右道 지역 儒林들의 분열로 인하여 學問硏究나 人才養成의 측면에서 점점 쇠퇴하여 갔다. 더욱이 1728년(英祖 4) 戊申亂 이후로는 慶尙右道 지역에 대한 감시와 탄압이 더욱 심해졌다. 그래서 仁祖反正 이후로부터 英祖 말기까지는, 이 지역에서 배출된 學者·文人들의 숫자는 아주 적었고, 그들이 남긴 著述도 극히 少量이었다.

1776년 正祖가 즉위하여 嶺南地域에 대하여 얼마간의 配慮를 하기 시작하자, 이 지역에 다시 文運이 興隆하여 많은 學者·門人들이 배출되어 一大 學問的 復興期를 열게 되었다. 19세기에는 이 지역에서 晩醒 朴致馥(1824-1894), 月皐 趙性家(1824-1904), 雙洲 鄭泰元(1824-1880), 端磎 金麟燮(1827-1903), 梨谷 河仁壽(1830-1904), 溪南 崔琡民(1837-1905), 老栢軒 鄭載圭(1843-1911), 勿川 金鎭祜(1845-1908), 俛宇 郭鍾錫(1846-1919), 膠宇 尹胄夏(1846-1906) 月淵 李道樞(1847-1921), 尼谷 河應魯(1848-1916) 등등 많은 학자들이 綺羅星 같이 등장하였다. 곧 文星이 이

지역을 비추었던 것이다.

이런 學問的 復興期에 中樞的인 位置에서 활약한 분이 바로 后山 許愈 (1833-1904) 선생이다.

선생은 일생 동안 草野에 묻혀 學問 研究와 弟子 養成에 모든 힘을 기울였다. 특히 主理論的인 學說을 바탕으로 한 그의 著作은 一生 동안 蘊蓄한 바가 들어 있다. 先生의 深奧하고 淹博한 學問世界는 오늘날 後生들의 凡眼으로는 이해하기 어려운 바가 적지 않을 것이다. 先生은 學問을 통하여 人心을 敎化하여 世道를 바로잡으려고 많은 노력을 不斷히 하였다. 그리고 沈滯된 南冥의 學問을 밝혀 그 본래의 位相을 회복시키는 일에 앞장섰다.

1910년 朝鮮이 망한 이후로 우리의 훌륭한 傳統文化를 歪曲·抹殺하려는 日本의 植民地政策으로 말미암아 우리의 傳統文化는 심하게 屈折되고 損壞되었다. 光復 이후로 西歐文明의 狂瀾이 밀어닥치자 너도 나도 앞장서서 熱狂的으로 歡迎하여 우리의 傳統文化를 唾棄하여 버렸다. 가장 큰 문제는 우리나라의 知識人들이 우리 傳統文化의 價値를 모르고 있는 것이다. 學問한다는 學者들 대부분이, 西歐 學問의 輸入商 내지 紹介商의 역할밖에 하지 못하고 있다.

그 결과 나라는 나라의 主體性이 없고, 백성들 개개인은 精神的인 破綻의 위기에 직면하게 되었다. 오늘날 만연하고 있는 享樂主義, 物質萬能主義, 生命輕視風潮, 自然界破壞 등은 그 원인이 여러 가지가 있겠지만, 우리 傳統文化, 더 정확히 이야기하자면 우리의 傳統學問을 장기간 廢棄한 채 研究와 普及하지 않은 것이 가장 큰 원인이라고 생각된다.

사람답게 살 수 있는 세상을 만들기 위해서는, 사람 되는 길을 가르치는 우리의 學問을 해야만 한다. 이제 우리 先祖들이 남긴 우리의 나아갈 길을 제시하는 우리의 책을 읽어야 할 시기가 도래하였다. 우리의 책을 읽기를 게을리 하면 게을리 할수록 우리나라는 더욱 더 國魂이 없어져 걷잡을 수 없는 混亂 속으로 빠져들 것이다.

이러한 때에 『后山集』을 影印・普及하는 일은 아주 큰 意義가 있을 것이고, 이 책을 잘 읽는다면 우리나라의 主體性을 회복할 수 있고 우리 사회를 救濟하는 데도 크게 裨益되는 바가 적지 않을 것이다.

II. 家系와 生涯

선생의 姓은 許氏, 諱는 愈, 字는 退而, 號는 后山 또는 南黎이다. 諱字가 唐나라 韓愈와 같고, 韓愈의 字는 退之, 호는 昌黎인 것이 선생과 비슷한 바가 없지 않다. 선생의 先公이나 伯氏가 선생에게서 韓愈와 같은 역할을 期望한 것 같다. 선생 자신도 "한 손으로 미친 파도 막는 일은 昌黎가 아니면 어렵다네(隻手障狂瀾, 非昌黎則難)"[1]라는 시를 읊었는데, 孟子 이후로 쇠퇴해진 儒學을 일으키려고 韓愈가 노력하였듯이 主氣說이 儒學을 왜곡하는 세상에서 바른 학문을 진작시키겠다는 의지를 선생이 갖고 노력했다는 것을 알 수 있다.

許氏의 本貫은 金海로 駕洛國 首露王의 후예이다. 高麗 後期에 政丞을 지낸 駕洛君 有全이 開城에서 仕宦했는데, 그 손자인 中郎將 麒가 辛旽을 탄핵하다가 처벌을 받게된 諫官 李存吾를 구제하려다가 固城으로 유배되었다. 그 뒤 朝鮮王朝에서 여러 차례 官職으로 불렀지만 나아가지 않고 그대로 固城에 머물러 살았다. 그래서 그 자손들이 固城에 世居하게 되었다. 오늘날 固城, 陜川, 宜寧 등지에 분포해 사는 許氏는 대부분 許麒의 후예들이다.

麒의 현손 珣은 郡守를 지냈는데, 비로소 固城으로부터 三嘉縣(오늘날 陜川郡 嘉會面)으로 옮겨 살았다. 그 증손 燉은 文科에 올라 正郎을 지냈는데, 光海君의 亂政을 보고 벼슬을 사퇴하고 시골로 돌아와 지냈다. 仁祖

---

1) 『后山先生文集』 권1 30장, 「障瀾嚴」.

反正後 여러 차례 불렀지만, 다시는 관직에 나아가지 않았다. 호를 滄洲라고 했는데, 선생의 8대조가 된다. 그 손자 鎬는 호가 臥龍인데, 큰 經綸을 가지고서도 處士로 지냈다. 俛宇 郭鍾錫이나 李家源敎授는 燕巖 朴趾源이 지은 「許生傳」의 주인공은 바로 臥龍 許鎬라고 주장하고 있다.

증조는 익, 조부는 國履, 皇考는 정인데, 대대로 儒行을 갖추고 있었다. 本生祖父는 조부의 아우인 澹이다. 모친은 海州鄭氏로 鄭山毅의 따님이다.

1833년(純祖 33) 4월 5일 三嘉縣 서쪽 吾道里 집에서 태어났다.

8세(1840, 憲宗 6); 先公이 여러 아들들에게 韻字를 내어 시를 짓게 했는데, 말이 떨어지자마자 곧바로 "松端白鶴和雲立, 籬下黃鷄向日啼(소나무 끝의 흰 학은 구름과 어울려 서 있고, 울타리 아래 노란 닭은 해를 향해서 우네)"라는 시를 지었다.

10세(1842년); 先公의 喪을 당했는데, 哭하고 禮를 지키기를 伯氏 隱齋公과 꼭 같이했다. 백씨가 항상 말하기를 "우리 집안을 대단하게 만들 사람은 우리 아우일 것이다"라고 하면서, 가르치기를 더욱 게을리하지 않았다.

13세(1845년); 伯氏의 가르침을 따라 『詩經』과 『書經』을 읽었다.

15세(1847년); 처음으로 『小學』을 읽고 마음에 喜悅을 느끼고서 "이 책 속에 실린 내용과 같이 하지 못하면 사람이 될 수 없다"라고 생각했다. 그리하여 『小學』을 읽을 뿐만 아니라 반드시 그 내용을 실천에 옮기려고 노력하였다.[2]

이때 고을 사람들이나 일가들이 벼슬에 나갈 만한 재주라 하여 科擧工夫에 종사하도록 했다. 비록 선생 자신의 뜻은 아니었지만 어쩔 수 없어 따랐다. 그래서 10년을 기한으로 삼아 되지 않으면 단념하기로 하였다.

34세(1866년); 이해 가을 性齋 許傳(1797-1886)이 宜寧 嵋淵書院을 방

---

2) 『后山先生文集』 권3 29장, 「答柳學善」.

문하였다. 선생은 이때 性齋를 찾아뵈었는데, 性齋는 곧바로 그 당시의 큰 선비로 인정했다. 이해 겨울에 다시 寒洲를 찾아뵈었다.

38세(1870, 高宗 7년); 봄에 처음으로 星州의 寒洲精舍로 寒洲 李震相(1818-1886)을 찾아가 主理說의 요지를 얻어들었는데 즉각 이해가 되었다. 사흘 주야 동안 太極, 動靜, 人物性同異 등에 대해서 討論하여 마지 않았다. 寒洲는 일생 동안 연구하여 얻어낸 心卽理說을 이때 선생에게 처음 이야기한 것이었다.

39세(1871년); 晩醒 朴致馥, 紫東 李正模 등과 開城을 유람하였는데, 글을 지어 善竹橋 위에서 圃隱에게 제사를 올렸다. 이때 지은 詩들이 人口에 膾炙되었다.

40세(1872년); 이해 여름에 俛宇 郭鍾錫, 李正模와 함께 寒洲를 다시 찾아뵈었다. 이때부터 선생은 寒洲에게서 받은 가르침을 벗들에게 講義해 주었다. 寒洲가 선생을 그리워하여 "吾道將南望蔚然, 百斤擔負想頹肩(우리의 道가 남쪽으로 갔기에 바라보니 홍성한데, 백 근이나 되는 무게 지느라고 어깨가 붉어졌겠네)"라고 하는 시를 지었으니, 寒洲가 선생에게 얼마나 큰 期望을 걸었는지를 알 수 있다. 明德·達道에 대해서 寒洲와 書信을 통해서 토론했다.

45세(1877년); 이해에 寒洲가 吾道로 선생을 방문하였다. 이때 이 지역의 이름난 선비들이 많이 모여들었다. 晩醒 朴致馥, 端磎 金麟燮, 老栢軒 鄭載圭, 勿川 金鎭祜, 俛宇 郭鍾錫 約軒 河龍濟 등이 모였다. 함께 南沙村에서 鄕飮酒禮를 행하고, 德川書院에 參拜 頭流山을 유람하였다. 다시 南海 錦山에 올라갔다가 돌아오는 길에 矗石樓에서 놀았다.[3]

50세(1882년); 母夫人의 命으로 鄕試를 보아 합격하였다. 서울에 들어가 會試를 보려고 했으나, 당시 軍亂이 있어 선생은 應試하지 않고 나라 일을 탄식하면서 돌아왔다.

---

3) 『寒洲先生文集』附錄 권1 年譜 23장.

이해 가을에 桐溪 鄭蘊의 故居가 있는 某里를 尋訪하였다.

52세(1884년); 縣監 申斗善이 儒敎의 敎化를 일으키고자 하여, 고을의 젊은 선비 20명을 선발하고 鄕校에서 學業을 익히게 할 계획을 갖고서 선생을 스승으로 초빙하였다. 선생은 老栢軒 鄭載圭를 추천하여 함께 大學을 講義하였다. 이때 강의한 내용을 講錄 1권으로 남겼다.

이해 겨울에 賊臣들이 日本軍을 인도하여 대궐을 침범하였다는 소식을 듣고는 밤중에 급히 縣監 申斗善에게 書信을 보내어 國王에게 奔問하라고 요청했다. 선생은 비록 草野에 묻혀 지냈지만, 나라를 걱정하는 마음은 철저하였다. 선생의 이런 정신자세를 보고서 申斗善은 感歎해 마지 않았다.

53세(1885년); 겨울에 縣監과 함께 鄕校에서 講學하다가 退溪선생이 지은 「雙明軒詩」를 외우고는 板刻을 하여 雙明軒에 걸도록 요청했다. 雙明軒은 三嘉의 客舍였다. 그리고는 그날 여러 학생들을 데리고 雙明軒을 둘러보고서, 선생이 "雷龍亭 쪽으로 머리 돌리고서 구슬퍼한 지 오래 되었나니, 옛 소나무는 주인 없고 새만 공연히 우는구나(回首雷龍怊悵久, 古松無主鳥空啼)"[4]라는 시를 지었다. 雷龍亭은 南冥先生이 학문을 연구하면서 제자들을 가르치던 집이었는데, 이때는 없어지고 그 터만 남아 있었다. 縣監 申斗善이 先生의 詩에 感歎하고서 雷龍亭을 重建하기로 논의를 결정하였다. 집이 다 완성되자 學資를 마련하고 講規를 정하였다. 선생은 艾山과 더불어 번갈아 가면서 講長을 맡아 많은 인재들을 양성하였다.

54세(1886년); 이해 10월에 스승 寒洲 李震相의 喪을 당하였다. 달려가 治喪하였고 또 心喪을 입었다. 또 스승의 心卽理說을 講明하여 그 學統을 계승해 나가는 것을 자신의 임무로 삼았다. 高靈縣에 會輔契가 옛날부터 있었는데 寒洲가 講長을 맡아 왔고, 寒洲가 세상을 떠나자 선생이 뒤를 이어 講長을 맡아 講學하고 行禮를 하였다.

4) 『后山先生文集』 권1 19장, 「申侯斗善揭退陶詩於雙明軒邀諸生設酌二絶」.

56세(1888년)에 母親 海州鄭氏의 喪을 당했다. 선생은 연세가 많다 하여 居喪하기를 추호도 소홀히 함이 없었다. 三年 동안 비가 오나 바람이 부나 단 하루도 빠지지 않고 省墓를 하였다.

60세(1892년) 되던 해 겨울에 雷龍亭에서『南冥集』을 校正하였다. 곧 重刊하려고 하였으나, 여러 사람들의 論議가 일치되지 못하여 중지하였다.

62세(1894년) 되던 해 봄에 膠宇 尹胄夏와 함께 寒洲가 編輯한『理學綜要』를 三嘉縣의 幷木書堂에서 校正하였다. 또 寒洲가 남긴 詩文을 星州의 大浦 書齋에서 校正하여 五個月의 노력 끝에 文集의 體裁로 편집하였다. 校正하는 餘暇에 仁同縣의 角山으로 四未軒 張福樞(1815-1900)를 찾아 뵈었고, 善山 林隱도 방문하였다.

이 해 이른 바 甲午更張이라 하여 나라에서 服制를 바꾸자, 오랑캐로 되는 것이라 하여 개탄해 마지 않았다.

63세(1895) 봄에 丹城縣 法勿村에 있는 麗澤堂에서 선생을 모셔다가 講長으로 삼았다. 이 이후로 해마다 선생을 講長으로 모셨는데, 많은 인재들이 양성되었다.

이 해 여름에 居昌의 原泉亭에서 스승의 文集인『寒洲集』을 刊行하였는데, 선생은 직접 그 곳에 머무르면서 간행하는 일을 감독하였다.

65세(1897년)에 星州 大浦의 三峯書堂이 완성되었다. 이 서당은 寒洲를 위해서 지은 것이다. 落成할 때 선생은 講長이 되어서 鄕飮酒禮를 거행하였다.

67세(1899년)에 晋州 靑谷寺에서 다시『南冥集』을 교정하였다.

70세(1902년)에 慶尙南道 觀察府 안에 樂育齋를 처음 設立하여 道內의 선비들을 양성하였다. 鄕飮酒禮를 거행했는데, 선생을 訓長으로 초빙하였다. 禮를 마치고서 여러 학생들을 위해서 講學하였는데 이때 講學節目을 만들었다.

71세(1903년)에 朝廷에서 선비를 優待하는 취지에서 숨은 선비를 찾아 벼슬을 내렸는데, 선생에게 慶基殿 參奉을 除授하였다. 세 차례나 계속

除授하였지만, 선생은 끝내 나아가지 않았다.

72세(1904년) 되던 4월 7일에 后山書堂에서 세상을 떠나니, 享年 72세였다. 세상을 떠나기 바로 직전까지도 大溪 李承熙, 勿川 金鎭祜 등과 學問을 토론하였고, 弟子들에게 마지막 당부하는 말씀도 學業에 勉勵하라는 내용이었다. '죽은 뒤에라야 그만둔다'는 諸葛亮의 말처럼, 선생이야말로, 學問에 대한 精進을 숨이 붙어 있는 한 中斷하지 않았다. 遠近의 사람들이 선생의 訃告를 듣고서 눈물을 흘리면서, "德星이 떨어졌도다"라고 말했다.

이 해 6월에 后山의 서쪽 기슭에 丁坐의 언덕에 장사지냈다. 선생의 行錄에 해당되는 「敍述」은 門人 履齋 宋鎬彦이 지었고, 行狀은 同門後輩이자 스승 寒洲의 아들인 大溪 李承熙가 짓었고, 墓碣銘은 同門後輩인 俛宇 郭鍾錫이 지었고, 墓誌銘은 同門後輩인 晦堂 張錫英이 지었다.

선생이 세상을 떠난 지 22년이 지난 1926년에 門人들이 后山書堂을 지어 매년 봄 士林들이 享禮를 거행하고 있다. 그리고 后山先生儒契가 결성되어 있는 바, 선생의 學德을 추모하는 많은 後學들이 참여하고 있다.

선생이 在世했던 기간은 時代的으로 우리나라가 대단히 혼란하고 어려웠던 시기였다. 안으로는 安東金氏 一族에 의한 勢道政治와 각지방 守令들의 貪虐으로 나라가 나라답지 못했고, 밖으로는 日本을 위시한 列強들의 침략으로 나라가 편안할 날이 없었다. 급기야 선생이 돌아간 지 6년 뒤에는 나라가 日本의 손에 의하여 망하고 말았다.

이런 시대를 당하여 선생은 벼슬에 나갈 수가 없었고, 설령 나간다 해도 아무런 經綸을 펼치지 못할 것이 뻔하기 때문에 벼슬을 단념하고 學問 硏究와 人材養成에 전념했던 것이다. 그 當代에 뜻을 펼 수 없으면, 구차하게 벼슬하려고 權門을 기웃거리지 않고, 學問 硏究를 통하여 다음 世代에 쓰일 人材를 養成하는 것이 선비의 바른 삶인 것이다. 선비는 옛부터 出處의 大節을 매우 중시했는데, 선생의 일생도 出處의 大節에 어긋남이 조금도 없었다.

  우리나라의 學術史를 위해서는 선생의 宦路에 나서 俗務에 시간을 빼앗긴 것보다는 著述에 전념할 수 있었던 것이 더 다행한 일이라고 할 수 있다.

Ⅲ. 資稟과 德行

  선생은 태어나면서부터 學問을 좋아하였고, 이런 자세는 세상을 떠나기 직전까지도 변함이 없었다. 理學을 밝히는 것을 일생의 使命으로 삼았다. 병이 위중하여 틀림없이 이 세상을 마칠 것으로 생각되는 순간에도 朱子와 退溪의 宗旨를 세상에 밝히지 못한 것 때문에 慷慨하여 마지 않았다.[5]
  선생은 度量이 아주 넓었고, 德器가 태어날 때부터 갖추어졌다. 大溪 李承熙는 선생의 人品을 이렇게 묘사했다.

  공을 바라보면 마치 큰 산이 우뚝 솟은 듯하고, 가까이 다가가면 마치 봄 햇살이 만물을 녹이는 것 같았다. 가슴 속은 텅 비어 아무 것도 없는 듯했는데, 오직 惻怛・仁愛한 뜻만 속에 가득 차 있어 필요한 곳에 쏟아 부었다. 따스한 그 마음은 마치 張橫渠의 「西銘」에 나오는 뜻[6]이 있었다. 處身을 하거나 사물을 대할 적에 바로 어린애 같은 순수한 마음에서 흘러나 왔지, 세상에서 흔히 보는 底意가 있거나 괴이한 행동을 하거나 偏黨을 짓거나 남을 해치려고 하는 그런 사사로움이 전혀 없었다.[7]

  사람을 감싸줄 수 있는 그 德을 갖춘 度量과 가식 없는 純粹한 마음가짐

---

5) 『后山先生文集』 권7 18장, 「答宋羽若」.

6) 「西銘」에 나오는 뜻; 「西銘」의 맨 첫머리에 "하늘은 아버지이고, 땅은 어머니인데 조그마한 자식이 그 사이에 거처한다(乾稱父, 坤稱母, 子玆藐焉, 乃渾然中處)"란 구절이 있다. 여기서는 后山의 人品이 하늘과 땅이 그 사이에 살고 있는 사람을 감싸는 것과 같다는 의미로 썼다.

7) 『后山先生文集』 續권8 6장, 「行狀」.

에 대해서 극도로 칭찬을 했다.
老栢軒 鄭載圭는

> 어리석은 나는 退而公과 일생 동안 始終 같이 지냈지만, 그 德量은 따라갈
> 수가 없다[8].

라고 하여, 선생의 德量에는 도저히 따라갈 수 없다고 자신이 까까이서
지켜 본 바를 말했다.
膠宇 尹冑夏는 선생의 온 몸 전체가 德으로 되어 있다고 말하여 선생의
德을 강조하였다.

> 옛날 勇氣 있는 사람은 온 몸이 모두 다 膽으로 되어 있는데, 내가 보건대
> 退而先生은 온 몸이 모두 다 德으로 되어 있도다.[9]

俛宇 郭鍾錫은 德量에 있어 선생을 제일로 쳤다.

> 산에 있어서는 金剛山을 제일로 치고, 戒律을 잘 지켜나가는 중으로는
> 金溪를 제일로 치고, 理學에 있어서는 寒洲를 제일로 치고, 德量에 있어서는
> 退而翁을 제일로 친다.[10]

이 분들은 평생토록 선생을 가까이서 보아 왔기 때문에 선생에 대한
평가는 사실대로 정확하게 내렸다고 볼 수 있다.
선생의 가슴은 넓고 툭 트여 마치 맑은 하늘이나 깊은 바다 같아 그
끝을 측량할 수가 없었다. 세상의 利益, 名譽, 官爵 같은 것은 그 마음을
흔들 수가 없었다. 敬을 위주로 하는 工夫가 한평생 계속되어 마음이나

---

8) 『后山先生文集』 續권8 4장, 「敍述」.
9) 同上.
10) 同上.

擧動에 두루 나타나 있었다.

선생은 風采가 훤칠하고 피부가 맑았으며, 얼굴은 豐厚하였다.[11] 말씨는 정성스럽고 아무 꾸밈이 없었고 平易하여 알기 쉬웠으나, 그 담긴 의미는 아주 深奧하였다.

선생은 事物을 보는 判斷力이 매우 높고 정확하였다. 모든 事案에 대해서 根本的인 判斷이 서 있었기 때문에 似而非的인 것으로서 선생의 眼目을 속일 수가 없었다. 평소 談笑하는 중에는 그렇게 嚴格하게 옳고 그름을 구분하지 않는 것 같았지만, 天理와 人欲의 구분에 있어서는 明確한 境界가 있어 한 발짝의 넘나듦도 용납하지 않았다.

평소에 새벽 일찍 일어나 세수하고 머리 빗고 端嚴하게 꿇어앉아 있으면 思索하는 듯한 모습이었는데, 和樂한 氣運이 顔面과 全身에 가득하였다. 사람을 맞이하거나 사물을 대할 때는 의젓하고 여유가 있어 모를 드러내지 않았고, 자연스럽게 法度를 이루었다. 偏頗的이거나 駁雜한 결점이 없이 渾厚하였다.

선생은 사방에서 몰려드는 선비들을 가르치는 데 있어 즐거워하면서 정성을 다해 가르치며 피로한 줄을 몰랐다.

집안을 다스리는 데 있어서는 오로지 恩慈를 義斷보다 우선하였는데, 孝悌와 愛敬의 道理를 어기지 않도록 했다. 온 집안이 淸貧하여 거친 음식을 잇지 못할 지경일지라도 근심스러운 얼굴을 한 적이 없었다.

일가들이나 고을 사람들에게는 溫和한 얼굴빛으로 정성스럽게 대했다. 다른 사람의 착한 점을 보면 마치 자신에게 있는 듯이 하여, 다른 사람들이 모를까 오히려 두려워하였고, 다른 사람의 나쁜 점을 들으면 病痛이 마치 자신에게 있는 듯이 하여, 고치기 전에 널리 알려지게 될까 오히려 두려워하였다. 다른 사람에게 결과적으로 속임을 당하게 될지라도 처음부터 미리 의심하려고 하지는 않았다. 다른 사람을 敎導하다가 따르지 않으면 어쩔

---

11) 『后山先生文集』 續권8 11장, 「墓碣銘」.

수 없었지만, 차마 敎導할 필요가 없다 하여 관계를 끊어버리고서 말을 하지 않지는 않았다.

다른 사람을 위해서 일을 圖謀하는 데 있어 털끝만큼이라도 자신의 最善을 다하지 않은 부분이 있을까 염려하였다. 道義之交를 맺은 관계에 있는 사람일 경우에는 더욱 더 은근히 간절하게 대하여 허물이 없게 만들려고 하였다. 사람들이 善한 것을 지향하려는 마음을 잘 啓發하여, 조급하고 거칠고 사나운 생각이 저절로 녹아 없어지도록 만들어 冲和하고 平坦한 境地로 나가도록 했다.

그러나 선생은 소극적인 安逸한 思考方式을 가진 분이 아니고, 아주 적극적이고 활동적인 분이었다.

> 禪家에서는 일 없는 것을 가지고서 福을 삼는다. 그러나 人生을 살아가면서 어떻게 일이 없을 수 있겠는가? 다만 일 위에서 最善을 다해서 하는 것이 福의 터전이다.[12]

사람이 이 세상을 살아가면서 아무런 일이 없기를 바랄 수는 없는 것이다. 선생의 지론은 일에 정면으로 부닥쳐서 일을 처리해 나가야 한다는 것이다. 옛날 선비들 가운데서 名利를 멀리한다는 美名 아래 아무런 使命感도 없이 現實逃避的인 자세로 세상을 살아간 사람들도 적지 않았던 태도와는 정반대였다.

선생은 비록 草野에 묻혀 지냈지만 나라를 걱정하고 時俗을 慨歎하는 마음을 갖고 있어, 때때로 말로 표현하다가 慷慨하여 흐느끼기까지 하면 듣는 사람들이 눈물을 흘릴 지경이었다. 1919년 儒林에서 巴里平和會議에 長書를 보낼 때 선생의 제자들이 儒林代表로 서명한 분들이 많은 것이나, 抗日運動에 투신한 분이 많은 것도 선생의 이런 정신에 영향을 받았다고

---

12) 『后山先生文集』 권11 15장, 「隨錄」.

볼 수 있다.

선생은 襟懷가 瀟洒하여 평소 山水를 아주 좋아하였는데, 마음에 드는 경치 좋은 곳을 만나면 종일토록 거닐면서 그 情景을 詩로 남겼다.

이런 資質과 德量을 가졌으므로 선생의 風貌를 들은 사람들은 진실로 悅服하게 되었고, 선생의 德量을 직접 본 사람들은 心醉하게 되었다. 간혹 學問의 길을 달리하는 사람들 가운데는 先入見을 갖고 선생에 대해 批判的으로 보는 사람이 없지 않았지만, 나아가 선생을 한 번 보고 또 물러나 혼자 있을 때를 살펴 본 뒤에는 선생을 君子다운 사람이라고 여기지 않는 이가 없었다. 선생이 하늘로부터 받은 資稟이 完全하고 豊富하였지만, 學問을 하는 과정을 통해서 修養해서 그 德器를 더욱더 完熟하게 만들었다고 할 수 있다.

Ⅳ. 學統과 師友

선생은 8대조 滄洲 許燉으로부터 전해 내려 온 家學을 계승하였다. 滄洲는 退溪와 南冥 兩門 出入하였던 寒岡 鄭述의 門人이다. 선생의 6대조 臥龍 許鎬는 退溪學派에 속하는 葛庵 李玄逸의 門人이었다. 선생의 學統은 39세 때 寒洲 李震相을 찾아가 弟子가 되기 이전에 이미 退溪學派와 밀접한 관계가 있었다. 또 退溪가 선생 자신의 집안인 許氏 家門의 사위가 된 것을 매우 영광스럽게 생각하고 있었고, 退溪의 학문으로써 許氏 家門의 家學으로 삼자고 주장하기도 했다.

> 退溪李先生이 사위로서 우리 族譜에 참여한 것은 실로 우리 족보의 영광입니다. …… 退溪를 존경하여 우리의 家學으로 삼는다면 친척과 친하게 지내는 道에 거의 가까울 것이니, 각자 명심하소서.13)

---

13) 『后山先生文集』 권13 1장, 「金海許氏世譜序」.

　　寒洲의 門人이 되기 이전에 退溪에 대해 아주 친근감을 갖고 退溪의 學問을 자신의 家學으로 여겨 배우고 있었음을 알 수 있다.

　　寒洲는 退溪學統의 嫡傳인 定齋 柳致明의 제자였으므로 退溪學派의 正脈에 속하는 學者라고 할 수 있다. 寒洲의 心卽理說은 退溪의 主理論을 더 發展·深化시킨 것이라고 할 수 있다. 그러니 선생이 退溪의 學問을 평생 尊慕하는 것은 당연한 현상이라고 할 수 있다.

　　退溪는 孔子와 朱子의 學統을 계승한 우리나라를 대표하는 학자이다. 退溪의 평생 用功한 결과가 「聖學十圖」에 다 들어 있으니, 「聖學十圖」는 聖學의 標準이자 王道의 極致라고 선생은 평가하였다. 그 깊은 뜻을 闡揚하고 學者들이 쉽게 이해하도록 하기 위해서, 선생은 역대로 「聖學十圖」의 각 圖와 관계되는 글을 여러 책에서 찾아 뽑아 모아서 『聖學十圖附錄』이라는 著述을 남겼다.

　　선생이 지은 「光明遺墨跋」에 다음과 같은 내용의 글이 있다.

> 　　아아! 나는 陶山을 자나깨나 그리워하는 소원이 있으나 지금은 늙었다. 비록 몸을 光明室 안에다 두고서 夫子의 遺風을 생각해 보고자 해도 할 수가 없다. 이 남긴 글씨를 끌어안고서 평생 높이 景慕하는 마음을 붙이니, 그 心情은 슬프도다.[14]

　　退溪를 지극히 尊慕하면서도 陶山書院을 한 번 참배하지 못한 것을 늘 한스러워하면서 애오라지 退溪의 遺墨에다 대신 景慕하는 마음을 붙이고 있다.

　　退溪가 34세 때(1534) 晋州 靑谷寺를 다녀간 적이 있다. 晋州의 선비들이 退溪를 景慕하는 마음을 붙이고자 하여 召村驛(지금의 晋州 文山) 자리에 退溪의 祠宇를 지으려고 하자, 선생은 이 일을 적극적으로 권장하면서 자신은 곧 세상을 떠날 사람이지만, 祠宇가 이루어져 거기서 退溪의

---

14) 『后山先生文集』 권14 11장, 「光明遺墨跋」.

학문을 강론하기를 강력하게 희망하고 있다.[15]

또 畿湖地方의 학자인 重庵 金平默과 艮齋 田愚가 退溪에 대해 그렇게 宗仰하지 않는다는 이야기를 듣고 이렇게 비판했다.

> 朱子 이후로 세상에 나온 學者들이 헤아릴 수 없이 많겠지만, 朱子를 독실히 믿은 사람으로는 退溪만한 분이 없습니다. 後學들 가운데서 退溪를 버려두고서 "나는 朱子의 학문을 한다"라고 말한다면, 사다리 없이 누각에 오르려는 것에 가깝지 않겠습니까?[16]

退溪는 朱子 이후 제일 가는 우리나라의 學者인데,[17] 朱子學에 나아가는 階梯로서 退溪의 학문을 소홀히 해서는 안 된다는 뜻이다.

선생은 南冥에 대해서도 退溪와 다를 바 없이 꼭 같이 尊慕하였다. 선생이 世居한 곳이 바로 南冥이 출생하여 61세 때까지 살았던 三嘉縣이었으므로, 선생은 "우리 三嘉는 南冥이 살던 고을이다",[18] "우리 고을은 비록 남쪽 아래 지방에 있지만, 南冥先生이 60년 동안 道를 講論한 곳으로 다른 고을과 비교하면 특별한 것이 있다"[19]는 말을 종종 하여, 南冥이 살던 고을에 사는 것에 대단한 자부심을 갖고 지냈다.

당시 學者들 가운데는 南冥의 學問을 잘 모르고서 "南冥은 學問을 모른다",[20] "老莊에 가깝다"라는 등의 말로 헐뜯는 이가 없지 않았다. 이런 誤解를 받고 있던 南冥의 學問을 선생은 깊이 硏究하여 發揚하려고 했다. 특히 南冥의 學問思想의 核心이라 할 수 있는 「神明舍銘」과 「神明舍圖」에 대해서 "이것은 老先生의 心學의 大全인 바, 이 뜻이 세상에 밝혀지지

---

15) 『后山先生文集』 권9 35장, 「答河聖權」.

16) 『后山先生文集』 권3 34장, 「答申三嘉」.

17) 『后山先生文集』 권6 29장, 「與李大衡」.

18) 『后山先生文集』 권13 15장, 「四美亭重建記」.

19) 『后山先生文集』 續권5 25장, 「黌堂講會時示諸生」.

20) 尤庵 宋時烈의 門人인 金昌協, 金昌翕 형제 등이 이런 말을 했다.

않았기 때문에 배우는 사람들의 거짓스럽고 각박함이 날로 심해진다",[21]
"山海先生의 眞詮은 다만 여기에 있나니, 神明舍 속에서 함께 찾아 보세
(山海眞詮秖在此, 神明舍裏共推尋)"[22]이라 하여 心學을 밝힌 「神明舍銘」
과 「神明舍圖」를 중시하고, 精深·緻密하게 분석하여 「神明舍圖銘或問」
이라는 상세한 註釋을 붙여 그 깊은 뜻을 밝혀 내었다.

또 "南冥의 心學이 세상에 크게 밝혀지는 것은 곧 儒學의 행복이다"[23]
라고 하여, 南冥의 學問이 올바로 연구되어 傳承될 때 儒學의 발전이 올
수 있다고 말할 정도로 南冥의 學問의 가치와 그 영향력을 크게 보았다.

『南冥集』을 校正하여 重刊하려고 노력했다. 南冥의 學問을 널리 펴기
위해서는 먼저 文集이 바로 정리되어야 하기 때문이었다. 書院 훼철로
인하여 南冥을 奉祀하는 곳이 없어지자 본래 晦山書院이 있던 遺墟에다
精舍를 지어 景仰하는 뜻을 붙이려고 계획을 해서 俛宇와 논의한 적이
있었다.[24] 그리고 南冥을 享祀하던 三嘉의 龍巖書院이 毁撤된 뒤로 南冥
을 추모하는 뜻을 붙이고자 하여 雷龍亭을 復元하는 데 주도적인 역할을
했고, 「雷龍亭上樑文」을 지어 南冥의 影響力, 成學過程, 敬義思想, 出處
觀, 氣象 등을 정리하여 서술하였다.

"壬辰·癸巳年의 전란에 倡義한 諸賢은 대부분 南冥先生의 문인들이
다"[25]라고 말하여, 壬辰倭亂 때 義兵을 일으켜 나라를 구하는 功勳을 세운
사람들의 대부분이 南冥의 門人이었음을 이야기하여 선생의 교육적 효과
를 밝히고 있다.

선생의 이런 생각과 자세는 모두 南冥에 대한 지극한 尊慕와 南冥 學問
을 繼承하겠다는 意志에서 나온 것이라 할 수 있다.

---

21) 『后山先生文集』 권6 23장, 「與曺衡七」.
22) 『后山先生文集』 권1 29장, 「雷龍亭-次崔元則二絶」.
23) 『后山先生文集』 권12 13장, 「神明舍圖銘或問」.
24) 『后山先生文集』 續권2 23장, 「與郭鳴遠別紙」.
25) 『后山先生文集』 권16 9장, 「佐郎源堂權公墓碣銘」.

그리고 退溪와 南冥 두 大學者가 生前에 서로 對立的인 관계에 있는 것처럼 後世의 사람들이 잘못 알고 있는 점에 대해서도 그렇지 않다는 것을 밝혀, 대립구도를 조장하려는 일부 사람들의 의식을 바로잡으려고 하였다. 「謹書退陶與南冥書後」에서 다음과 같이 말하였다.

> 退溪先生의 이 書信은 구절마다 글자마다 가슴 속 깊은 곳에서 흘러나오지 않은 것이 없다. 南冥이 벼슬길에 나서지 않은 것에 대해서 깊이 欽慕하고 稱歎하는 마음을 다하였다. 또 자기는 물러나려고 해도 되지 않는 데 대해서 南冥先生에게 좋은 方道를 묻고 있다. 다른 사람과 더불어 착한 일을 하려는 뜻과 道 있는 사람을 바라보기만 하고 만나지 못한 탄식이 言辭 밖으로 넘쳐 흐른다.

선생은 38세 처음으로 寒洲 李震相을 寒洲精舍로 찾아뵈었다. 寒洲로부터 主理說에 대해서 듣고서 자신이 지금까지 공부하여 터득한 바와 일치가 되었기에 즉각 그 취지를 이해하였다. 삼일 주야 동안 太極, 動靜, 人心의 본질, 人物性, 華夷와 王道 覇道의 구분 등에 대해서 두루 講論했다. 寒洲가 평생 동안 공부하여 정립한 學說을 이때 처음으로 선생에게 전수해 주었다. 또 程子의 致知와 居敬에 대한 學說도 전수해 주면서 "千古의 心學은 오직 이것을 가지고서 要點으로 삼는다"라고 말했다. 또 寒洲가 지은 『漫錄』을 빌려 와서 읽고 思索하니, 이치에 꼭 들어맞았다. 선생은 "극도로 크고 극도로 정밀하다. 朱子·退溪 이후로 전해지지 않던 秘訣이 여기에 다 있다"라고 寒洲의 學問을 파악하고는 더욱 더 寒洲의 學說을 믿게 되었다.

寒洲는 선생이 氣質이 溫醇하고 言辭가 典雅하고 뜻이 遠大하고 識見이 敏妙한 것을 깊이 인정하였다.[26]

선생은 18년 동안 寒洲를 따라 배우면서 그 主理說을 적극적으로 전수

---

26) 『寒洲先生文集』 권15 1장, 「答許退而」.

받아 전파하였다. 寒洲 門下의 여덟 명의 유명한 제자를 洲門八賢이라고 하는 데 그 가운데서 선생이 가장 선배였다. 그 가운데서도 선생은 寒洲와 가장 密切한 관계를 유지했다. 그래서 大溪는 "선생의 마음은 곧 우리 先親의 마음이었다"[27]라고 했다.

寒洲는 선생의 성격이 너무 느긋한 것을 고치게 하려고 하여 활시위를 차고 다니라고 여러 차례 권유하였다. 활시위를 보고서 마음가짐을 긴장되게 가지라는 뜻이었다.

선생은 寒洲가 세상을 떠난 이후 寒洲가 編輯한 『理學綜要』를 三嘉縣의 幷木書堂에서 校正하였고, 그 끝에 跋文을 써서 寒洲의 理學의 特性과 그 업적을 밝혔다. 또 寒洲가 남긴 詩文을 星州의 大浦 書齋에서 校正하여 五個月의 노력 끝에 文集의 體裁로 편집하고 「文集校正後告墓文」을 지었다. 居昌의 原泉亭에서 『寒洲集』을 刊行할 때 선생은 직접 그 곳에 머무르면서 간행하는 일을 감독하였다.

『寒洲集』이 刊布된 이후로 退溪의 說과 다르다 하여 사방에서 攻斥할 적에 평소 寒洲를 따르던 知舊‧門人들 가운데서 寒洲의 說에 등을 돌린 사람이 많았지만, 선생은 조금도 흔들리지 않고 寒洲 說의 수호에 心力을 다하였다.[28]

선생은 寒洲 門下에 나아가기 1년 전에 性齋 許傳을 뵈었다. 性齋가 큰 선비로 인정하였으므로 그 弟子가 될 수 있었다. 그리고 주변의 선배인 晩醒 朴致馥, 端磎 金麟燮과 후배인 斗山 姜柄周, 膠宇 尹冑夏, 勿川 金鎭祜 등이 다 性齋의 제자가 되었지만, 선생은 제자가 되지 않았다. 선생은 비록 性齋를 "文章과 道德이 지금 세상의 儒宗이다"[29]라고 극찬을 했지만, 心學을 바로 밝히는 공부가 근본적인 공부로서 價値觀이 전도된 세상을 구제하고, 천하를 침몰시키는 異說인 主氣論을 잠재울 수 있다고 생각

---

27) 李承熙 『大溪先生文集』 권33 36장, 「祭許后山文」.

28) 李承熙 『大溪先生文集』 권33 36장, 「祭許后山文」.

29) 『后山先生文集』 권13 22장, 「麗澤堂記」.

하여 평생 心學이 연구와 보급에 헌신하였다. 그래서 오직 寒洲 한 분만을 스승으로 삼았던 것이다.

寒洲는 退溪學派 가운데서 鶴峯系列의 嶺南學派의 學統을 계승해 왔고, 性齋는 退溪學派 가운데서 寒岡 鄭逑, 眉叟 許穆을 통해서 畿湖地方에 전해진 近畿學派의 學統을 계승해 왔다. 두 學派 사이의 學風上의 차이점은 嶺南學派는 精嚴하여 原理를 밝히고 心性의 수양에 注重하는 데 비해서 近畿學派는 宏博하여 주로 응용을 위주로 하여 세상을 救濟하는 일을 급선무로 삼는 경향이 강했다. 선생의 學問的 趣向은 嶺南學派의 學風에 가까웠던 것이다. 이런 점도 寒洲만을 스승으로 삼은 이유라고 할 수 있다.

性齋는 선생에게 서신을 먼저 내려 '바른 길을 붙들어라[扶正]'는 敎訓을 내려 선생을 勸勉하였다. 性齋가 晚年에 吏曹判書에 除拜되었을 적에 선생은 君子의 出處大節을 잘 지킬 것을 부탁하고 있다. 性齋의 아들 許익은 선생이 母親喪을 당했을 때 직접 와서 선생을 弔問하였고, 그 뒤에도 선생을 두 차례나 방문할 정도로 관계가 密切하였다.

또 丹城縣 法勿里에 許性齋의 影堂을 짓고, 그 곁에 晚醒의 주도와 勿川의 노고에 힘입어 性齋를 尊崇하여 釆禮를 지낼 麗澤堂을 지었을 때 선생은 그 집을 짓게 된 동기와 性齋의 學問을 요약한 「麗澤堂記」를 지었다.

四未軒 張福樞의 문하에 당시 많은 사람들이 출입하였으나, 선생은 한 번 찾아뵙기만 하고 제자가 되지는 않았다. 그렇지만 「祭張四未軒文」에서 "선생이 계실 때는 우리 儒學이 의지할 데가 있었으나, 선생이 돌아가시니 우리 무리들은 무엇을 우러르겠습니까? 孝誠과 友愛는 神明에게까지 통했고, 그 명성은 온 나라에 다 알려져 있습니다"[30]라고 하여 극도로 欽仰하고 있다. 그리고 또 "문장의 아름다움과 德儀의 盛함은 둘 다 欽誦할 만하다"[31]라고 그 문장과 德行을 칭송하였다. 그러나 "發하기 전에 氣質

---

30) 『后山先生文集』 권15 26장.
31) 『后山先生文集』 권6 20장, 「答張舜華」.

의 性이 있다"는 四未軒의 學說에 대해서는 인정하지 않았다.

晚醒 朴致馥은 선생과 아주 가까운 동네인 淵洞에 살면서 자주 만나 학문을 토론하였다. 晚醒이 세상을 떠나면서 선생을 보지 못하고 죽는 것을 안타까워하여 눈물을 흘렸을 정도였다.[32]

晚醒이 "氣도 본래 善하다"고 주장하는 것에 대해서

> 사람이 태어날 때 하늘의 밝은 命을 받았으므로 理는 본래 純善한 것입니다. 또 그 떠다니는 氣를 받았으므로 氣에는 善과 惡이 있는 것입니다. 진실로 배우는 사람들로 하여금 理를 主宰者로 삼아 氣를 다스린다면, 氣의 善한 것은 진실로 理를 따르게 되고 氣의 惡한 것도 理의 命令을 들어 그 惡함을 멋대로 부릴 수 없게 될 것입니다[33].

라고 하여, 晚醒의 說을 인정하지 않았다. 理氣說에 있어서는 두 분이 최후까지도 서로 學說上의 거리를 좁힐 수가 없었다.

또 선생이 『南冥集』을 교정하는 일에 대해서도 "大賢의 文集을 後生이 손대는 것은 옳지 않다"고 하여 晚醒은 반대하였다.

晚醒이 세상을 떠난 후 晚醒集을 간행할 적에 勿川 金鎭祜와 함께 그 詩文을 교정하였다.

端磎 金麟燮은 丹城縣 丹溪에 살았는데, 文科에 及第하여 司憲府 掌令을 지냈다. 선생은 "그대가 일찍이 名利를 超脱했다는 것을 안다네(名利知君擺脱早)"[34]라고 端磎를 인정하였다. 그러나 端磎는 寒洲學派의 心卽理說을 佛敎와 陽明學說과 다를 바 없다고 격렬하게 비판하였고, 『南冥集』을 교정하는 일도 절대 불가하다고 자신의 주장을 굽히지 않았다.

老栢軒 鄭載圭는 三嘉縣 平邱에 살았는데, 蘆沙 奇正鎭(1797-1876)의

---

32) 『后山先生文集』 권15 23장, 「祭朴晚醒薰卿文」.

33) 『后山先生文集』 권3 23장, 「答朴薰卿別紙」.

34) 『后山先生文集』 권1 21장, 「九日金正言聖夫以書約遇於三峯」.

문인이다. 寒洲나 蘆沙 둘 다 우연의 일치로 主理說을 밝혔으므로, 선생과 老栢軒은 크게 보면 다 主理派에 속한다고 할 수 있다. 그러나 마음을 主宰하는 것을 老栢軒이 氣라고 한 것에 대해 선생은 이를 인정하지 않았다.

그리고 三嘉 縣監이 儒學을 진흥하려는 계획으로 鄕校에서 講會를 열었을 때, 선생은 老栢軒을 추천하여 함께 초청하도록 하여 같이 강의를 맡았고, 같이 협력하여 雷龍亭을 중건하였다.

勿川 金鎭祜은 丹城縣 法勿里에 살았는데, 선생보다 12세 후배였는데 같이 寒洲의 문하를 출입하였다. 寒洲가 1877년 三嘉로 선생 댁을 방문했을 적에 처음 寒洲를 拜謁하였다. 선생은 勿川을 "篤實한 자질로써 樹立한 바가 확고하여 退溪와 大山의 學脈이 江右에 있을 수 있겠다"[35]라고 하여 크게 期望하였다. 勿川이 "배우는 사람들이 實心으로 실행하지 않고, 理氣 두 글자를 가지고 알려지려고 하고 명예를 얻으려고 합니다"라고 실천이 중요하다고 문제를 제기하자, 선생은

> 모르겠소. 理氣說을 말하지 않는 사람은 물 뿌리고 비질하는 일을 할 줄 아는데, 理氣說을 말하는 사람은 물 뿌리고 비질할 줄 모르는지요? 형 같은 사람이 처신할 바는, 다만 마땅히 理氣의 근원을 궁구하여 後生들로 하여금 사람과 사물의 구별, 儒敎와 佛敎의 구별을 알게 해야 합니다. 이것은 하나의 큰 일입니다.[36]

라고 하여, 실천만 중요한 것이 아니고 理氣에 대해서 정확하게 연구하여 밝혀내는 일이 대단히 중요한 일이라고 주장하였다. 또 勿川은 선생이 主理說을 너무 지나치게 주장한다고 생각했다.[37]

---

35) 『后山先生文集』 권5 3장, 「答金致受」.
36) 『后山先生文集』 권5 13장, 「答金致受」.
37) 『后山先生文集』 권5 33장, 「答尹忠汝」.

勿川은 또 性齋 문하에도 출입하였는데, 麗澤堂을 지을 때 晩醒을 도와
큰 역할을 하였고 麗澤堂記를 선생에게 부탁하였다.

膠宇 尹冑夏는 居昌郡 箭項에 살았는데 선생보다 13년 후배로 함께
寒洲의 문하를 출입하였다. 膠宇는 性齋와 四未軒 문하도 출입하였다. 선
생은 膠宇와 함께 寒洲가 編輯한『理學綜要』를 三嘉縣의 幷木書堂에서
校正하였다.

俛宇 郭鍾錫은 丹城縣 南沙에서 태어나 慶北 奉化郡 등지를 옮겨다니
다가 나중에 居昌郡 茶田에 정착하였다. 俛宇가 젊은 시절부터 聰明이
絶倫하고 涉獵한 책이 한량없다는 말을 사람들이 자주 하는 것을 듣고서,
선생은 "英才가 되기는 쉽고 成就하기는 어렵나니, 일찍이 그대를 위해서
걱정하지 않은 적이 없었소"[38]라고 하여, 젊은 사람이 총명한 것을 믿고서
성취를 하지 못할까 警戒하였다. 또

> 그대는 德宇가 깊숙하고 辭氣가 莊重하여 高遠한 데로 가까이 가지도
> 않았고 卑俗한 데로 흐르지도 않았으니, 진실로 능히 聖賢의 事業에 뜻을
> 둔다면, 옛날의 훌륭한 분들의 경지에 이르지 못할까를 어찌 걱정하겠소.
> …… 더욱 篤實하게 더욱 精密하게 하여, 우리 儒林의 책임을 저버리지 마
> 시오.[39]

라고 하여, 선생은 俛宇에게 크게 期望을 걸었다.

俛宇는 "지금 세상에 우리 儒學의 희망은 오직 寒洲先生과 어르신에게
있을 따름입니다"[40]라고 하여 선생을 유학을 이끌어 나갈 만한 인물로
쳤다. 俛宇는 性理學에 대한 자신이 發明한 견해를 정리하여 寒洲를 처음
만났을 적에 올렸던 책을『贅疑錄』이라고 이름하고 先生에게 그 序文을

---

38)『后山先生文集』권5 24, 25장,「答郭鳴遠」.
39)『后山先生文集』권5 35장.「答郭鳴遠」.
40)『俛宇先生文集』권16 12장,「與許后山」.

부탁했을 때, 선생은 不敢當의 뜻을 표하다가 나중에 지어 준 적이 있었다.

두 분은 자주 만나거나 빈번하게 서신 왕래를 통해 학문을 토론하였고 많은 시를 唱酬하였다. 선생이 서거한 뒤에 俛宇가 선생의 墓碣銘을 지었다.

大溪 李承熙(1847-1916)는 선생이 스승으로 모시는 寒洲의 아들이었다. 선생보다 14세 후배였는데, 자주 서신 왕래를 하여 학문을 토론하였다. 선생은, 大溪에게 "顔子의 어리석음을 배울 것이지, 孟子의 英氣는 배우지 마시오"[41)라고 하여, 銳利한 기질을 厚重하게 만들 것을 권유하고 있다. 大溪는 선생이 세상을 떠난 뒤 선생의 行狀을 지었다.

晦峯 河謙鎭(1870-1946)은 晋州 士谷에서 태어나 살았는데, 17세 때 선생을 拜謁하고 스승으로 삼았다. 26세(1895) 때 선생에게 서신을 올려 학문의 바른 길을 물었을 때, 선생은 학문의 宗旨는 主理에 있다고 하였다. 1940년 后山書堂이 이루어졌을 때 「后山書堂記」를 지어 선생의 학문의 系統과 特性을 밝혔다.

三嘉 縣監으로 재직했던 申斗善은 判書 申斗善의 친형이었는데, 선생의 학문을 존경하여 선생을 초빙하여 鄕校에서 講學하게 하였고, 선생의 자문을 받아 雷龍亭을 중건하는 일을 맡아 처리하였다.

이상에서 언급한 분 이외에도 約軒 河兼洛, 敏窩 李驤相, 月皐 趙性家, 晚求 李種杞, 斗山 姜柄周, 農山 張升澤, 溪南 崔琡民 芝窩 鄭奎元 등은 學問的 同志로서 사귀었고, 恒窩 金聖鐸, 梅下 金基周, 紫東 李正模, 一山 趙昺奎, 月淵 李道樞, 晦堂 張錫英, 惠山 李祥奎, 復菴 曺垣淳 등은 學問的 後輩라고 할 수 있다. 西川 趙貞奎, 思軒 河龍濟, 弘窩 李斗勳, 一軒 趙昺澤, 明湖 權雲煥, 克齋 河憲鎭, 李道容, 宋鎬文, 崔正愚, 宋鎬完, 許燮, 許秉律, 權命熙, 河鳳壽, 南廷瑀, 李炳憲, 曺兢燮, 李泰植, 金在植, 金永蓍, 河經洛, 金在洙, 沈鶴煥, 李敎宇, 柳海曄, 許喆, 文正浩 등은 선생에게서 직접

---

41) 『后山先生文集』 권6 3장, 「與李啓道別紙」.

배우거나 혹은 서신을 통해 質疑를 한 이들 가운데서 비교적 잘 알려진 사람들이다.

Ⅴ. 學問과 思想

선생의 대표적인 學問은 理學이라고 할 수 있는데, 그 가운데서도 寒洲로부터 전수 받은 主理說을 연구·발전시켜 보급한 것이었다. 선생의 학문의 要點을 밝혀 이렇게 말하였다.

사람이 禽獸와 다른 것은 義理의 마음이 있기 때문이다. 聖賢들이 '마음을 간직한다'라고 이른 것은 이 理다. 배우는 사람들은 반드시 이 主宰하는 理를 간직한 그런 뒤에라야 天德이 온전해지고 王道가 행해질 수 있다. 우리 儒學이 異端과 다른 까닭은 오로지 여기에 있다. 저 氣라는 것은 부림을 당하는 것인데, 어찌 氣로써 마음의 本體라 할 수 있겠는가? 또 사물의 본체나 發하는 곳의 機微로부터서 그 위치에 따라서 說을 세운다면, 진실로 각각 합당한 바가 있게 되는데, 한 쪽만 폐지할 수는 없는 것이다. 만약 큰 本體가 침입을 당하여 잃게 된다면, 본래 趣旨와 어긋나는 것을 면하지 못한다. 그 流弊는 각각 그 실마리에 기인한다. 本體를 바꾸는 폐단은, 반드시 멋대로 하는 佛教의 禪이나 覇道로 돌아가게 된다. 發하는 것을 하나로 하지 않는 폐단은, 의리가 없는 고분고분한 데로 돌아가게 된다. 모두다 풍속의 성쇠에 관계가 있다. 參禪과 覇道의 習氣는 오히려 機械와 칼날이 있어 事功을 일으켜 세우지만, 고분고분한 習俗은 혹 어물어물하여 구분을 짓지 못하므로 아무런 세우는 바가 없게 된다. 지금 세상의 선비들이 만약 聖人의 道에 뜻을 둔다면 이 두 가지 올가미를 먼저 벗기고서 한결같이 義理의 바른 것을 主宰로 삼아 그 本體를 端嚴하게 하고 그 根源을 맑게 하여, 내 마음의 本體와 사물에 존재하는 理가 피차간에 서로 다 어울리고 안팎이 훤히 꿰뚫어 통한 그런 뒤에라야 일을 만나면 시원스레 널리 곡진하게 대응하여 節度에 맞지 않는 것이 없을 것이다.[42]

선생은 마음의 本體를 꿰뚫어보고서 마음의 본체는 理이지 氣는 될 수 없고, 이것이 異端과는 다르다는 것을 밝혔다. 그리고 儒學은 곧 事物에 나아가서 理를 밝히는 것이라고 주장했다. 理와 氣는 본래 서로 떨어진 것이 아니므로, 사실 "합해져 있다"라고 말해도 괜찮다고 생각했다. 옛날부터 聖賢들이 나와 여러 가지 學說을 주장했지만 그 귀착점은 主理였다. 朱子가 죽고 난 이후로는 陸象山, 王陽明, 陳白沙, 羅整庵 등의 학문이 크게 세력을 펼쳐 천하의 학문을 禪學으로 몰아가 儒學을 크게 왜곡시켰는데, 그 가장 큰 문제점은 '主氣'라는 두 글자라는 주장이다.

선생은 역대 儒學史上 主理의 가치를 발견한 宋儒들의 공로를 크게 인정했고, 특히 朱子는 集大成했다고 극찬하였다. 우리나라의 退溪가 시대적으로 차이가 있지만 孔子와 朱子의 學統을 계승했음을 밝혔다. 孔子·朱子의 道를 구하려면 退溪를 먼저 배우지 않으면 안 된다고 말하여, 退溪의 儒學史上의 位相을 확정하였다.

　　孟子가 세상을 떠나게 되자 荀況, 揚雄, 董仲舒, 韓愈 등이 理를 보았지만 참되게 보지 못했고, 그들이 한 모호한 몇 마디 말들은 결국 氣 쪽으로 돌아가 버렸소. 1500년의 세월이 지나서 宋나라의 여러 賢者들이 나와서 太極의 이치와 理一分殊의 宗旨를 해나 별처럼 환하게 밝히게 되었소. 그 가운데서 朱夫子는 가히 集大成했다고 말할 수 있소. 그 뒤 陸象山·王陽明의 무리가 나와 氣를 주장하고 理를 장애로 생각하였는데, 그 세력이 점점 천하를 물들이게 되었소. 하늘이 우리 동쪽 나라를 돌보았기에 退陶李先生이 그 중간에 태어나시었소. 그 學問은 理로써 위주로 했고, 敬으로써 그 것을 간직하였는데, 우뚝이 孔子와 朱子의 學統을 뒤늦게나마 계승할 수 있게 되었소. 이제 그 남긴 글을 읽어 보면 그것에 의거하여 알 수가 있소. 만약 지금의 학자들이 孔子의 道를 배우고자 하면 진실로 마땅히 朱子로부터 시작해야 하고, 朱子를 배우려면 마땅히 退陶로부터 시작해야 하는 것이오. 退陶를 배우지 않고서 孔子와 朱子의 道를 구하고자 한다면, 이는 문을 통과하지 않고서

---

42) 『后山先生文集』 續권8 9장, 「行狀」.

방에 들어가려는 것과 같소[43].

우리나라에서 退溪가 나와 孔子와 朱子의 學統을 계승하여 主理說을 펴 學問을 바른 길로 인도하고, 主氣說의 잘못된 점을 비판하고 글을 지어 聖賢의 취지를 밝혔다. 그런데 退溪가 세상을 떠나고 난 뒤로 후세에 학자들이 또 다시 主氣說을 주장하여 유학의 참된 모습을 점점 잃어 朱子와 退溪의 宗旨에 크게 어긋나 있었다. 이에 寒洲가 "마음의 큰 근본은 하나일 따름이고, 내 마음을 主宰하는 것은 곧 理일 따름이다. 우리의 儒學은 主理다"라고 주장하였다.

그 당시 寒洲의 主理說에 찬동하는 사람이 거의 없었는데, 선생이 맨 먼저 앞장서서 寒洲의 主理說을 깊이 믿고 독실하게 지키면서 硏究·發揚시켜 나갔다. 이 主理說을 發揚시키기 위해서 선생은 많은 학자들과 토론을 벌이며 그들에게 이 學說이 옳다는 것을 인식시키려고 노력하였다. 심지어 아주 가까이 지내는 사람들에게서 비난을 받기도 했다.

寒洲의 心卽理說을 陸王의 心卽理說과 다를 바 없다고 의심하는 사람이 적지 않자, 선생은 朱子의 말을 끌어와 이렇게 明辨하였다.

> 陸王이 이른바 '心卽理'는 氣를 理로 여긴 것이지만, 우리 儒學에서의 '心卽理'는 마음의 本體로써 이야기한 것입니다. 『大學』의 첫머리의 "致知는 格物에 있다"라는 한 구절이 바로 心卽理說의 으뜸되는 취지입니다. 朱子께서 格物致知를 논하여 "마음이 곧 理이고, 理가 곧 마음이다"라고 말씀하셨고, 또 "사람이 학문을 하는 것은 마음과 理를 밝히기 위해서일 따름이다"라고 말씀하신 것이 바로 이것입니다.[44]

朝鮮時代 性理學은 主理論과 主氣論 사이의 論爭이라고 할 수 있는데,

---

43) 『后山先生文集』 권12 28장, 「書贈李孟源」.
44) 『后山先生文集』 권7 12장, 「答宋子三問目」.

그 始源은 退溪와 栗谷 李珥에게 있다. 理氣說에 대한 退溪의 결론은 "理가 發하면 氣가 따르고, 氣가 發하면 理가 그 것을 탄다[理發而氣隨之, 氣發而理乘之]"라는 것인데, 栗谷이 退溪가 서거한 뒤에 이를 잘못됐다고 바판하고 나섰다. 이로 인해서 朝鮮 末期까지 論爭이 계속되었다. 선생은 이에 대해 이런 見解를 가졌다.

> 退溪의 '理와 氣가 서로 發한다는[理氣互發說]'을 栗谷이 잘못됐다고 여겼다. 그러나 서로 '互'자는 사실 "理는 하나인데 나누어지면 다르고, 나누어지면 다르지만 理는 하나이다[理一而分殊, 分殊而理一]"라는 奧妙함을 잘 형용한 것이다. 朱子의 "물이 흐를 때 이쪽 저쪽이 없지만, 地勢에는 東西가 있다네. 만약 나누어질 때의 다름을 안다면, 합쳐질 때 같다는 것을 알 수 있다네[水流無彼此, 地勢有西東. 若識分時異, 方知合處同]."라는 詩 역시 '互'자의 모양입니다. 대개 理가 하나라는 奧妙함을 안다면, "人心과 道心이 섞여 나온다"고 말해도 괜찮고, "四端과 七情이 서로 發한다"라고 말해도 괜찮습니다.45)

마음의 本體인 理가 하나라는 것을 알고 있다면 각각의 나누어진 現狀 모두가 理의 변형된 모양이기 때문에 여러 가지로 말해도 관계가 없다는 것이다.

南塘 韓元震과 巍巖 李柬 사이에 있었던 人物性의 同異에 대한 湖洛論爭에 대해서 선생은 이런 理論을 제시하였다.

> 사람과 사물의 本性이 같으냐 다르냐에 대해서도 마땅히 '理는 하나인데 나누어지면 여러 가지[理一分殊]'라는 說로써 斷案을 내려야 합니다. 理는 하나이기에 사람이나 사물의 本性이 같은 것이고, 나누어지면 다르기 때문에 사람과 사물의 本性은 다르다고 할 수가 있습니다. 寒洲先生께서 "本性이 어째서 같은고 하니, 性이 곧 理이기 때문에 같은 것이다. 어째서 다른고

---

45) 『后山先生文集』 권11 1장, 「隨錄」.

하니, 氣로 인해서 달라지는 것이다. 비록 氣로 인해서 달라지긴 해도 달라지는 實體는 理인 것이다"라고 하셨는데, 이 24字는 斷案이라고 할 수 있습니다46).

선생의 理論은 결국 人性과 物性이 같다는 것이다. 理 하나가 각각의 현상으로 나타날 때 달라지는 것을 진정으로 다르다고 보지 않은 것이다.
理學의 중요성을 쉬지 않고 강조한 선생이지만, 學問的 기초가 아직 확립되지 않은 初學者들이 心이 어떠니, 性이 어떠니 하고 논하는 것은 올바른 學問方法이 아니라고 경계하였다.

배우는 사람의 급선무는 九容과 九思보다 중요한 것이 없고, 四勿과 三貴보다 더 절실한 것이 없다. 心性 등에 관한 說은 초학자들이 갑자기 논할 바가 아니오. 지금 사람들은 겨우 구두만 통하면, 心性에 관한 說을 가지고서 학문에 입문하는 路脈으로 삼는데, 옳지 않은 일이오.47)

선생은 學問하는 데 있어 가장 급선무가 뜻을 세우는 것이고, 뜻은 크게 굳게 세워야만 어떤 일을 이루어낼 수 있다고 생각했다.

무릇 학문하는 데는 뜻을 세우는 것보다 앞서는 것이 없는데, 뜻은 크게 세우지 않을 수 없고, 굳세게 세우지 않을 수 없소. 만약 "나의 뜻은 단지 좋은 사람되는 데 있을 따름이다"라고 생각한다면, 점점 뜻이 사그라들게 되어, 마침내는 앉은 자리에 붙어버려 떨쳐 일어날 수가 없게 되오. 그러니 어떻게 일을 이루어내겠소? 모름지기 내가 하늘로부터 받은 바는 본디 光明正大하다는 것을 생각하여, 이렇게 하고 말아서는 안되오 내 本性 위에 나아가서 일을 지어나가 최종지점에 도달한 그런 뒤에 그만두어야 하오. 뜻을 세워 확실하게 유지해 나가야만 비로소 펼쳐나가 廣大하게 열어 나가는 까

46)『后山先生文集』권11 1장, 「隨錄」.
47)『后山先生文集』권10 18장, 「答李文擧」.

닦으로 길게 나아갈 수가 있소. 그러나 공부하는 절차는 居敬만 한 것이
없소. 敬이란 것은 마음의 主宰이자 모든 일의 綱領으로, 聖人의 學問의
전체적인 體系요.[48]

學問은 곧 理를 추구하는 것인데, 理는 높고 먼 데 있는 것이 아니라
일상생활에 있는 것이니, 마음을 가다듬어 가까운 것에서 착수해야 한다는
점을 강조했다. 그리고 학문하는 방법으로는 居敬, 窮理, 克己, 存誠 네
가지를 들었다.

　　멀리 가서 놀려면 반드시 가까운 데서부터 시작해야 하는 것이오. 그대는
　　모름지기 보고 듣고 말하고 움직이는 것 속에서 종사하고, 章句와 訓詁의
　　사이에 마음을 沈潛시켜서, 급급해 하지도 말고 느릿느릿하지도 말고 長久
　　한 공부를 해 나간다면, 자신도 모르는 사이에 저절로 옛날의 훌륭한 분들의
　　경지에 도달하게 되오, 어찌 재주나 능력이 미치지 못하는 것을 걱정할 것이
　　있겠소? 理는 高遠한 것이 아니고, 단지 일상생활 속에서 익숙해지는 데
　　있소. 居敬하여 그 뜻을 간직하고, 窮理하여 앎을 확실히 하고, 자신을 이겨
　　서 私慾을 없애고, 精誠을 간직하여 忠實함에 이르러는 것 이 네 가지는
　　여러 성현들의 理學의 宗旨요. 이 밖에는 다른 길이 없소.[49]

學問하는 사람은 먼저 자기 마음을 잘 간직하고서 時間을 허비하지 않
는 것이 중요하다고 강조했다. 寸陰도 허비하지 않겠다는 자세가 되어
있어야 성취를 할 수 있는 것이다. 아무런 이룬 것이 없는 생애는 태어난
가치 자체가 없는 것이 되고 만다고, 선생은 공부하는 사람들의 경각심을
불러 일으켰다.

　　배우는 사람이 자기 일생의 뜻을 이루려면 마음을 간직해야 한다. 하루

---

48) 『后山先生文集』 권9 30장, 「答金瑞九」.
49) 『后山先生文集』 권10 18,19장, 「答李致善」.

十二時의 대부분은 흐릿한 채로 보내고, 그 나머지 시간도 게으름 피우거나 아무렇게나 해서 날을 보낸다. 이렇게 어정어정 시간을 보낸다면 비록 백년을 살아도 태어나지 않은 것과 다름이 없으니, 애석하지 않겠는가?[50]

學問하는 데는 勇氣가 필요하다는 것을 강조했다. 南冥의「神明舍圖」에 "나라의 임금은 社稷을 위해서 죽을 수 있다"라는 구절이 있는데, 선생은 이것을 약간 變容하여 學者가 學問에 임하는 마음의 태도를 제시했다.

　　한 나라의 임금이 사직을 위해서 죽을 마음이 없으면, 그 나라를 보전할 수가 없다. 배우는 사람이 道를 위해서 죽을 뜻이 없으면, 그 마음을 보전할 수가 없는 것이다. 孔子는 "죽음을 지키고 道를 착하게 만들어야 한다"라고 말씀하셨고, 孟子는 "생명을 버리고 義理를 취한다"라고 말씀하셨고, 程子는 "굶어죽는 일은 작은 일이고, 節操를 잃는 것은 큰 일이다"라고 말씀하셨고, 朱子는 "배우는 사람은 항상 모름지기 죽임을 당하여 그 시체가 도랑이나 골짜기에 버려질 경우를 잊지 않는 것으로서 마음을 삼으면, 道義를 귀중하게 여기게 되고 죽고 사는 것을 따지는 마음이 가볍게 된다"라고 하셨다. 聖賢의 心法은 옛날부터 이러했다.[51]

공부를 하는 학자의 자세도 決然해야만 세속의 名利에 흔들리지 않고 자신을 지켜나가면서 자기의 學問을 蘊蓄해 나갈 수 있는 것이다. 학자의 勇氣는 남과 싸워서 이기는 용기가 아니고, 자기와의 싸움에서 이길 수 있는 용기를 말한다. 그것은 쉬울 것 같아도 실제로는 더 어렵다. 朱子가 "中原의 오랑캐는 쉽게 쫓을 수 있지만, 자기 마음속의 私慾은 제거하기 어렵다"라고 말한 것에서 그 어려움을 잘 알 수가 있다.

배우는 사람이 安逸하고 解弛한 자세로 學問에 임해서는 발전이 있을 수가 없고, 悲壯한 決心을 갖고서 임해야 한다는 것이다. 學問하는 데는

50)『后山先生文集』권15 1장,「心易圖銘」.
51)『后山先生文集』권12 3장,「神明舍圖銘或問」.

대단한 精神的인 勇氣가 필요하다는 것을 강조했다.

> 요즈음 寒岡先生의 「無題詩」를 얻어서 읽어보았더니, 이러합디다. "달빛
> 침침한 빈 골짜기에서 호랑이를 만난 듯, 바람 어지러이 부는 너른 바다에
> 돛단배를 띄운 듯. 萬事는 平易한 데서 이야기하지 마소서. 人生이 이런 경지
> 에 도달하면 어떠하겠소."[52]

이런 자세라야 자기의 學說을 당당하게 主張할 수도 있고, 주변의 誘惑
에도 흔들리지 않아 올바른 선비가 될 수 있는 것이다.

學問을 하는 데는 다른 사람의 講義만 들어서는 안 되고, 자기가 自得을
하는 것이 중요하다는 것을 강조했다.

> 너희들이 학문에 진보가 없는 것은 다른 이유가 없고, 오로지 다른 사람이
> 講義해 주는 것에만 의지하고 자기 자신이 理解를 하지 않기 때문이다. 이처
> 럼 대충대충 해서야 어떻게 長足의 進步가 있을 수 있겠는가?[53]

그러나 자신의 주장만 옳다고 여겨 남의 견해를 받아들이지 않는 것을
큰 병통으로 여겼다.

> '自是[스스로 옳다고 여기는 것]' 이 두 글자가 배우는 사람의 큰 病痛입니
> 다. 만약 자기의 주장만 고집하고서 다른 사람을 인정하지 않는다면, 주변에
> 아무리 훌륭한 인물이 있어도 아무런 도움이 되지 않을 것입니다. 바라건대
> 모름지기 마음을 비우고 기운을 和平하게 가져서 다른 사람의 견해를 많이
> 수용하여 그 길을 따르기 바랍니다.[54]

---

52) 『后山先生文集』 권7 18장, 「寄宋羽若」.
53) 『后山先生文集』 續권5 25장, 「書示諸生」.
54) 『后山先生文集』 續권3 8장, 「與金夏見」.

마음을 비우고 기운을 화평하게 가져 남의 의견을 많이 받아들여야 배우는 사람이 발전이 있다는 것이다.

見聞이 넓지 못하여 자기 자신만 옳다고 여기는 사람들에게는 孤陋한 病痛이 있는데, 學問하는 사람들에게 孤陋한 것이 옛날부터 존재했던 문제점인 것을 지적하고서, 이를 극복하기 위해 노력해야 한다는 것을 강조했다.

> 孤陋한 病痛은 고금에 두루 있는 걱정거리입니다. 子路 같은 賢人으로서도, 孔子께서 가르치실 때 다른 사람과 어울리지 못하고 홀로 떨어져 있다는 탄식이 있었습니다. 하물며 우리들은 두메산골에서 태어났고, 학문이 단절된 세상을 만나 仁을 도와주고 善을 권해 주는 사람이 전혀 없으니, 다른 사람보다 열 배로 노력하지 않으면 功을 이루기 어렵습니다.[55]

지역적으로 궁벽한 지역에서 시대적으로 學問이 단절된 시대에 태어났기 때문에 다른 사람보다 열 배 이상 노력하지 않으면 孤陋함을 고치기 어렵다는 것을 강조하여, 주변의 학자들에게 좋은 시절 환경이 좋은 곳에서 태어난 사람보다 몇 배나 더 노력할 것을 촉구했다.

역대로 논란이 있어 諸說이 분분해 왔던 知와 行의 관계를 선생은 이렇게 설정하였다.

> 무릇 배움의 先後를 가지고 말한다면 아는 것이 행하는 것보다 앞이지만, 배움의 輕重을 가지고 말한다면 행하는 것이 아는 것보다 중요하다.[56]

學問하는 하는 것이 오로지 讀書하는 것만은 아니지만, 心志를 유지하고 義理를 배양하는 방법은 讀書가 아니면 안된다고 생각했다.[57]

---

55) 『后山先生文集』 권3 26장, 「答柳學善」.
56) 『后山先生文集』 권10 39장, 「答永孫」.
57) 『后山先生文集』 권8 15장, 「答文定夫」.

讀書하는 자세와 마음가짐에 대해서 선생은 이렇게 제시하였다.

무릇 독서할 때는 단정히 팔짱을 끼고 바로 앉아서 글을 외우는 듯 생각하
는 듯 하면서 옛날 聖賢들의 氣像을 상상하면서 聖賢의 생각에 푹 젖어들어
야 한다. 마치 입으로 아름다운 맛의 음식을 씹듯이 코로 향기로운 냄새를
마시는 듯하여, 책과 내 마음이 한 뭉치가 되어야만 장족의 발전이 있을
수 있다.58)

단정하게 앉아 글을 읽되 책 속에 나오는 聖賢과 자신이 일체가 되어야
만 讀書의 효과가 있다는 것이다.

讀書를 할 때는 거기에 專念해야 한다는 점을 강조했다.

너가 접때 "『論語』를 읽을 때는 다만 『論語』라는 책이 있다는 것만 알고,
『孟子』를 읽을 때는 다만 『孟子』라는 책이 있다는 것만 알아야 하겠습니다"
라고 이야기하던데, 이 의견은 매우 좋다. 정말 이렇게 하여 읽고 또 읽고
하기를 4,5년 동안 한다면 어떻게 學問을 이루지 않을 수 있겠느냐?59)

또 讀書는 쉽게 즐겁게 하는 것보다 고생하면서 어렵게 뚫고 나가야
큰 發展이 있다고 보았다.

옛 사람이 이르기를 "매우 고생스럽고 쾌활하지 않은 곳에서 곧 장족의
進步가 있다"라고 했다. 내 생각으로는 이때 다시 한번 더 이 책을 뜯어
읽어나간다면 '맛이 없는 가운데 맛을 얻는' 眞理를 쉽게 볼 수 있을 텐데.60)

그리고 讀書하는 실제적 방법으로는 범범하게 대충대충 읽어 나가서는

---

58) 『后山先生文集』 續권5 24장, 「書贈沈秀才鳳章」.
59) 『后山先生文集』 권10 41장, 「寄永孫」.
60) 『后山先生文集』 권10 42장, 「寄永孫」.

안 되고, 반드시 철저하게 따져서 읽고, 의심나는 것은 적어 모았다가 어른
에게 묻는 것이 좋다고 했다. 의심이 생기면 반드시 그것을 풀어야지 의심
을 풀지 않아서는 학문이 될 수 없다고 보았다.

> 무릇 讀書할 때는 반드시 의심을 해야 하오. 의심을 하면 그 의심나는
> 것을 곧 기록했다가 어른들에게 묻는 것이 좋소. 한갓 되는대로 읽어서는
> 유익함이 없소. 그러나 思索은 하지 않고서 의심만 하는 것 역시 病痛이니,
> 이 점을 경계할 것이오.61)

의심을 해도 思索을 통한 의심을 해야지 공연한 의심은 문제라고 했다.
그리고 억지로 의심을 일으키는 것도 역시 문제라고 했다. 熟讀하여 의미
를 자세하게 음미하여 의미가 마음에 베어들도록 해야 한다62)고 독서 방
법을 제시했다. 선생의 讀書하는 方法이자, 곧 治學의 방법이라고 할 수
있다.

그리고 讀書하는 방법에 있어서도 욕심을 부려 많이 읽으려고만 하고서
자세하게 따져 읽지 않는 것을 警戒하였다.

> 옛날 尹和靖이 程子의 문하에서 글을 배울 적에 반년만에 겨우 『大學』과
> 「西銘」을 배웠소. 지금 사람들은 반 년 동안에 아주 많은 책을 읽으려고
> 하고 있소. 이런 식으로 하면 많이 읽으면 읽을수록 더욱 흐릿해지는 것이니,
> 살피지 않을 수가 없소. 그대가 전에 『小學』을 읽을 때는 일찍이 앞에 배운
> 것까지 다 합쳐서 외워 나갔지만, 앞으로 나가려는 생각만 급하고 뒤를 돌아
> 보려는 뜻은 약했소. 만약 이런 식으로 하는 것을 그만두지 않는다면, 대충
> 훑어보고 마는 病痛을 면하기 어렵소. 절실하게 경계하는 것이 어떻겠소.63)

---

61) 『后山先生文集』 권9 45장, 「答李孔遇」.
62) 『后山先生文集』 권10 1장, 「答沈應章」.
63) 『后山先生文集』 권8 14,15장, 「與文定夫」.

욕심을 내여 많이 읽으려고만 하면 공부는 되지 않고, 읽으면 읽을수록 머리가 昏迷해진다고 했다. 진지한 자세로 읽어 실질적으로 얻는 것이 있는 讀書法을 강조하고 있다.

初學者가 熟讀해야 할 책으로는 『心經』, 『近思錄』, 四書 등을 꼽았고, 그 계획을 수립하여 실행해 나가는 방법을 구체적으로 제시하였다. 初學者가 바로 性命, 理氣에 관한 說부터 논의하려고 해서는 안 되고, 基本功力을 쌓을 수 있는 책을 꾸준히 열심히 읽어나가면, 心・性・情・意 및 理氣의 개념이 자연스럽게 마음속에 자리잡게 된다는 것이다. 물이 흐르면 저절로 도랑을 이루듯이 공부를 해야지, 물이 흐르지 않는 곳에다 힘들여 도랑을 파놓고 물이 흐르기를 바라는 식의 공부를 해서는 안 된다고 경계를 하고 있다.

> 보내 주신 心・性・情・意 및 理氣에 관한 說을 보니, 대체적으로 이해한 것 같소. 그러나 이런 것이 급선무가 아니오. 방 하나를 깨끗하게 청소하고서 『心經』, 『近思錄』, 四書 등의 책을 열몇 줄씩 지정하여 날마다 日課로 정해 외우는 것을 일상생활화 하시오. 게으름을 피우지도 않고 소홀히 하지도 않는다면 맛 없는 가운데 자연히 맛이 있게 되고, 이전에 이른바 心・性・情・意 및 理氣의 分界가 마음과 눈에 명확해질 것이오. 체험해 보고 실행해 보는 것이 좋겠소. 그렇게 하지 않으면 공연한 이야기가 되고 말 것이니, 무슨 유익함이 있겠소?[64]

선생은 또 讀書를 兵法에 비교하여 嚴正하고 體系가 있어야 함을 강조하였다.

> 讀書는 군사를 지휘하는 것과 같나니, 군사를 지휘하는 데는 嚴正함을 숭상한다. 엄정하지 않으면 싸우지도 않고서 패배하여 서로 밟히고 밟기에

---

64) 『后山先生文集』 권10 30장, 「答朴孔玉」.

겨를이 없는데, 어느 겨를에 적을 만나 무찌르겠는가? 옛날 孫子가 임금에게 兵法을 강론하고는 궁녀들을 내세워 陣을 만들었다. 궁녀 가운데서 앞에서 웃는 자가 있기에 곧 목을 베도록 명령했다. 이것이 병법이다. 시험 삼아 시행할 때도 오히려 이렇게 하는데, 하물며 실제상황에서랴? 제군들은 독서한다고 이름을 내걸었으나, 마치 장수 없는 졸병처럼 산만하고 어지럽게 계통이 없으니, 이것을 독서하는 사람이 할 일이라고 말할 수 있겠는가? 나는 말하노니, 여러분들은 지금부터 마음 가짐을 마치 적군을 마주한 병사처럼 가져 함부로 말하지도 말고 함부로 웃지도 말고, 孫子의 兵法을 두려워하기 바란다.65)

적군을 마주 대한 병사는 잠시도 한눈을 팔거나 긴장을 늦출 수가 없고 언제든지 싸울 준비가 되어 있다. 그리고 한 차례의 실수도 용납이 되지 않는다. 工夫하는 사람이 책을 대할 때도 마땅히 이런 정신자세라야만 공부가 된다는 것이다.

선생은 사람을 훌륭한 인물로 만드는 데『小學』과『大學』두 책이 그 效能이 있다고 주장했다.

천하제일의 인물이 되고자 한다면『小學』으로써 根基로 삼고,『大學』의 格物致知의 공부로 入門으로 삼아야 하오.66)

사람들이 학문을 이루지 못하는 이유는『小學』에 대한 공부가 결여되어 있기 때문인데, 이『小學』에서 得力하면 諸子百家의 책들도 노력을 반만 들이고도 쉽게 이해될 수 있다고 하였다.『小學』은 마치 집을 지을 때 터를 닦는 것과 같다고 하였다.67)

세상에서 讀書한 사람을 일반적으로 迂闊하다고 여기는 경향이 있는데,

65)『后山先生文集』권12 24장,「示諸生」.
66)『后山先生文集』권10 1장,「答心應章」.
67)『后山先生文集』續권5 24장,「書贈沈秀才鳳章」.

선생은 讀書를 잘못해서 그렇지 올바르게 讀書하면 經綸이 쌓인다고 이런 잘못된 俗見을 반박하였다.

> 張悅은 독실하게 배우고 힘써 실행했는데, 官職에 있을 때는 신중했다. 어떤 사람이 말하기를 "讀書를 잘 하는 사람은 관직을 잘 수행하지 못합니다"라고 하자, 張悅이 웃으면서 말하기를 "이는 정말 독서를 잘못해서 그런 것이오. 세상에 어찌 책을 따라 시행하는데 그릇되는 것이 있겠소?"라고 했다. 훌륭하도다! 張悅의 말이여. 무릇 독서했다고 이름하고서 관직을 잘못 수행하는 사람들은 모두 구슬을 사면서 구슬을 담았던 상자만 사고 정작 구슬은 돌려주어 버리는 격이다.[68]

책에 실린 내용을 정확하게 이해하여 현실에 활용한다면 무슨 일이던지 잘 처리해 나갈 수 있는 것이다. 맹목적으로 독서를 위한 독서를 하거나 남에게 보이기 위한 독서를 하는 사람이 있는데, 이런 사람들이 세상에는 적지 않다. 이런 사람들이 관직에 진출하면 政事를 처리하지 못하여 세상 물정에 어둡다고 사람들에게 사람들의 지탄을 받는다. 이런 사람들은 올바른 讀書를 한 사람이 아니라는 것이다. 明나라의 정승 張悅이 이미 진정한 讀書人은 迂闊하지 않다는 것을 밝혀 이야기했다. 역사상 學德이 뛰어나거나 큰 功績을 세운 人物들도 모두 讀書를 올바르게 한 사람들이다. 선비가 讀書하는 목적이 자신을 修養하고 나아가 다른 사람들을 다스리고, 나아가 天下를 사람이 살 만한 세상으로 만들려는 것인데, 讀書를 할수록 政事를 잘못 수행한다고 하는 것은 모든 讀書人을 모멸하는 말이기에 선생은 그렇지 않다는 것을 분명히 밝혔다.

우리나라에서는 일반적으로 學者나 선비는 세상물정에 어둡고 일을 모르는 사람으로 간주해 왔는데, 선생은 크게 그릇된 생각이라는 것이다.

선생은 學問은 학문 그 자체로서 대단히 중요한 가치를 지닌 중요한

---

68) 『后山先生文集』 권11 24장, 「隨錄」.

것으로 보았다. 곧 知·行 둘 다를 중시했다. 南冥이 退溪에게 보낸 서신에 "손으로 물 뿌리고 비질 할 줄도 모르면서 입으로는 天理를 이야기합니다"라는 말이 있다. 선생은 당시 세상 사람들이 이 말을 잘못 인용하여 학문을 가로막는 사례가 허다함을 보고서, 이런 분위기의 문제점을 지적하였다.

> 지금의 論하는 사람들은 걸핏하면 "손으로 물 뿌리고 비질 할 줄도 모르면서 입으로는 天理를 이야기합니다"라는 말을 하여 배우는 사람들이 윗 단계를 살피려고 하는 뜻을 막고 있소. 저는 일찍부터 이 점을 문제로 여기고 있소.69)

南冥이 退溪에게 서신을 보낼 때는 당시의 학문적 분위기가 空疏한 데로 흐르는 것을 경계하여 방지하려는 목적이 있었다. 實踐도 중요하지만, 學問硏究는 학문연구대로 중요하다. 실천만을 중시한 나머지 학문을 폐기한다면 큰 문제가 아닐 수 없다. 세상 사람들이 이 점을 모르고 무턱대고 남명의 말을 잘못 인용하여 학문적으로 한 단계 더 발전하려는 길을 막는 오류를 시정하려고 했다. 실천이 중요하긴 하지만 학문을 폐기한 채 실천만을 강조해서는 불가하다고 보았다. 선생의 識見은 진실로 보통 사람들이 따라가기 어려울 정도로 정확하다. 역대로 慶尙右道 지역의 많은 학자들이 南冥의 이 말을 옳게 여겨 자주 인용해 왔다. 그러나 선생은 南冥을 극도로 존경하면서도 그 말은 맹목적으로 따르지는 않았다. 南冥의 말은 空理空論을 일삼는 사람에게 一針이 되겠지만, 공부하는 모든 사람들에게 이 말을 해서 그들의 探究精神을 막아서는 안 된다는 것을 간파하였다.

그러나 선생은 學者라 하면 너나 할 것 없이 의례적으로 모두 理氣說을 내놓아 너무 지나칠 정도로 분분했지만, 정작 斬新하거나 正確한 學說이

---

69) 『后山先生文集』 권10 20장, 「答李致善」.

드물었던 朝鮮末期의 학계의 문제점을 이렇게 지적하였다.

> 후세에 와서는 학자들이 말이 많아지면 많아질수록 道에서 더욱 멀리 떨어져 간다. 이는 무슨 까닭인고? 내가 일찍이 혼자서 이 문제를 가만히 생각해 봤더니, 理에 가까운 듯하면서도 참된 것을 어지럽히는 說이 천하에 가득할 정도로 분분하니, 배우는 사람들이 혼미하여 방향을 알지 못하고 서로 빠져들어 이렇게 된 것이다.[70]

道의 本體에 접근하지 못하고 모호한 說을 내놓아 學者의 대열에 끼이려는 사람들이 적지 않았던 것이 사실이다. 이런 방향을 잡지 못하는 학자들을 바른 길로 인도하고자 하는 使命感에서 선생은 더욱 더 主理의 學問을 연구하여 보급해 나갔던 것이다.

19세기말 日本과 列強의 세력들이 침략의 마수를 뻗쳐올 때 선생은 선비의 處身의 방법을 이렇게 제시하였다.

> 지금의 세상에서 배우는 사람들은 마땅히 肝膽을 펼치고 눈을 밝게 뜨고서 '바른 것을 붙들고 사악한 것을 배척하는 것[扶正斥邪]'으로서 올바른 법으로 삼아야 한다. 그렇게 한 뒤에라야 자기의 몸과 마음에 樹立하는 바가 있게 될 것이다. 그렇게 하지 않고 단지 자기만 禽獸가 되는 것을 면하려고 하면 아마도 될 수가 없을 것이다.[71]

선비로서의 시대적 使命感을 갖고서 國家와 民族의 운명을 염두에 두고서 처신해야지, 자기 자신만 깨끗하게 간직하려고 해도 될 수가 없다는 것이다. 선생 서거 후 6년 만에 조선이 망했는데, 과연 선생의 예측처럼 모두 나라 없는 식민지 백성이 되고 말았으니, 금수와 다를 바 없게 되었다.

朝鮮時代의 性理學者들은 대부분 學問한다는 구실로 살림살이에 관심

---

70) 『后山先生文集』 권13 6장, 「豫庵集序」.
71) 『后山先生文集』 권10 36장, 「答珏兒問目」.

을 두지 않아 부모나 처자가 飢寒을 면치 못하는 경우가 많았고, 生業에 종사하는 것을 서로 수치스럽게 여기는 풍조가 있었다. 선생은 이것이 크게 잘못된 사고방식이라고 생각하였다. 학문하는 사람도 모름지기 生計를 돌보고 부모를 봉양하고 처자를 부양해야 한다고 주장했다. 선생은 性理學을 주로 연구했지만 實學者的인 思想도 겸비하고 있어, 그 문집 안에는 여타의 학자들과는 다른 면모를 보여 주는 자료가 적지 않다.

許魯齋가 "學問을 하는 사람에게 있어서 生業을 꾸려나가는 것이 가장 먼저 해야 할 일이다"라는 말을 했는데, 君子들 가운데 그를 비난하는 사람이 많다. 그러나 학문을 하는 사람이 생업을 꾸려나가는 것은 白圭처럼 자기에게 이롭게 하기 위해서 남에게 피해를 끼치는 그런 식의 것은 아니다. 하늘의 道를 쓰고 땅의 이로움에 바탕하여 신중하게 처신하고 쓰임새를 아껴서 부모를 봉양하는 것이, 학문하는 사람이 생업을 꾸려나가는 방식이다. 이것으로써 말한다면 魯齋가 "먼저 해야 할 일이다"라고 한 말은 지나친 것이 아니다. 가령 학문하는 사람이 생업을 꾸려서 위로 부모를 봉양하고 아래로 처자를 먹여 살릴 살림살이에 관심을 두지 않고서, "나는 학문하기 때문에 생업을 꾸려나갈 겨를이 없다"라고 말한다면 이 어찌 참된 학문이라고 할 수 있겠는가? 옛날 위대한 舜임금은 歷山에서 농사를 지었고, 河濱에서 질그릇을 구웠고, 雷澤에서 물고기를 잡았다. 이런 것은 모두 생업을 꾸려서 부모를 봉양하는 일이다. 학문하는 사람이 마땅히 무엇을 배워야 하겠는가? 舜임금님과 같이 할 따름이다. 지금의 학문하는 사람들은 그러하지 않다. 다른 사람들이 농사짓거나 질그릇을 굽거나 물고기를 잡거나 하는 것을 보면, 곧 말하기를 "비천한 사내의 일이니, 군자는 하지 않는다"라고 말한다. 아아! 그 또한 舜임금이 마음 쓰는 것과 다르도다. 저 생업을 꾸려나가는 데 힘을 오로지 다 쏟는 자는 盜跖의 무리로서 사실 말할 것이 못 되지만, 학문하는 사람의 본분에서 말한다면 착한 일을 하면서 생업을 꾸려나가는 사람은 舜임금의 무리이다. 비록 생업을 꾸려나가는 일을 먼저 해야 할 일이라고 말해도 지나친 것이 아니다.[72]

---

72) 『后山先生文集』 권12 46장, 「治生先務論」.

　　선비가 이 세상을 살아가면서 글을 읽지 않으면 농사짓는 것이 실로 그
직분이다. 그러나 농사만 짓고 글을 읽지 않으면 야만스러워지므로, 군자들
은 그 것을 비천하게 여긴다.[73]

　선비로서 讀書하지 않으면 농사짓는 것이 마땅한데, 농사만 짓고 독서
를 하지 않으면 비천하게 된다. 그러나 사실은 독서를 하면 농사에 신경
쓸 겨를이 없고, 농사지으려면 독서가 방해가 되기 때문에 두 가지 다
겸해나가는 사람은 드물다. 선생의 취지는 독서하는 사람이라도 농사일을
이해해야 하고, 농사짓는 사람들도 글을 읽지 않아 정신적으로 황폐하게
놔두어서는 안 된다는 것이다.
　儒學의 가르침에서는 學問하는 목적이 자신을 수양해서 세상을 구제하
는 데 있다고 할 수 있다. 입으로 ‘治國’, ‘平天下’를 부르짖으면서 자기
가정에 끼니를 이어가지 못한다면 그런 사람이 하는 學問을 어디에 쓰며,
그런 器局을 가지고서 무슨 經綸을 펼치겠는가? 자기 가정을 꾸려나가는
것도 결국은 세상을 다스려나가는 실험실습이라고 볼 수 있다. 올바른
마음가짐으로 착한 일을 행하면서 生業에 종사하는 것은 지극히 당연한
일이고, 선생의 주장은 현실에 바탕을 둔 아주 合理的인 사고라 할 수
있다.
　우리나라에 僧軍을 둔 制度는 그 用意가 매우 遠大한 것 같지만, 중간에
度牒制가 폐지되어 승려 되기가 아주 쉽기 때문에 軍人이 될 民丁이 다
절간으로 가버려 나라의 軍事力을 약화시키는 근본적인 원인이 된 문제를,
선생이 지적하였다.[74]
　소금은 백성들이 생활해 나가는 데 있어 필수품이므로 국가에서 그 생
산을 관리하여 백성들의 생활에 불편이 없도록 만들어 주어야 할 것인데
도, 국가에서 鹽戶에 과중한 세금을 부과하여 생산할 수 없도록 만들어

73) 『后山先生文集』 續권5 23장, 「書示同門諸生」.
74) 『后山先生文集』 권11 17장, 「隨錄」.

백성들에게 고통을 가중시키는 일을 비판하였다.

　　우리 동쪽 나라는 바닷가에 붙어 있어, 나라의 소금을 생산해서 얻어지는
　이익이 천하에 으뜸이다. 그러나 역대의 임금님들은 백성들이 마음대로 굽
　게 하였으니, 이는 매우 恩德을 베푼 일이다. 그런데 요즈음은 소금은 비싸졌
　고 장사는 적어져, 시골 가난한 백성들은 거의 죽을 지경이다. 내가 일찍이
　바닷가에 사는 사람에게 물어 보았더니, 이렇게 대답하였다. "해마다 곡식이
　익지 않아 백성들이 힘을 쓸 수가 없습니다. 게다가 바닷가에 있는 관아에서
　는 멋대로 세금을 징수하는 것이 점점 심해져서 소금을 구워도 이익이 되지
　않습니다. 그래서 소금 값이 아주 귀하게 된 것입니다". 무릇 소금은 나라의
　큰 보배로서, 農業이나 蠶桑의 다음이다. 백성들이 힘을 쓸 수가 없게 되었으
　면, 農業이나 蠶桑처럼 官吏들이 마땅히 힘을 내어 도와주고 권장해야 하는
　것이 옳다. 권장하지도 않고 세금이나 징수하고 착취하려고만 하니, 백성들
　이 어떻게 곤란하지 않을 수 있겠으며, 소금이 어떻게 비싸지 않을 수 있겠는
　가? 역대 여러 임금님들의 恩德스러운 뜻이 저러한데도 못된 관리들이 이렇
　게 막고 있으니, 담당관리들의 죄는 이루 다 처벌할 수가 없도다.75)

　소금을 생산하기 어려운 상황이 되면 나라의 관리들이 그 생산을 권장
하고 필요한 조처를 취하여 도와주어야 할 것임에도 불구하고, 과중한
세금을 거두고 착취를 일삼아 소금 생산의 길을 근본적으로 막아 백성들
을 고통스럽게 만들고 있으니, 이런 관리들을 처벌해야 한다는 주장을
하고 있다.

　술에 대해서도 국가에서 專賣하여 이익을 취하는 것도 타당하지 못하지
만 술을 과다하게 소비하는 것을 국가에서 방치해서는 안 되니, 국가에서
술을 節用하도록 권유해야 한다는 견해를 갖고 있었다.76)

　理學을 하는 학자로서는 드물게 선생은 우리나라의 鑛物質을 널리 채취

---

75) 『后山先生文集』 권11 18장, 「隨錄」.
76) 『后山先生文集』 권11 18장, 「隨錄」.

하여 잘 가공하여 國家經濟를 살려야 한다는 經濟思想을 갖고 있었다.

> 우리나라는 사방 백리 되는 고을이 360개인데, 高山峻嶺이 10에 7,8할을
> 차지한다. 이름은 비록 백 리라고 하지만, 평평한 땅은 30리에 불과하다.
> 저 우뚝 높이 솟은 큰 산이 사방을 둘러 있고 평지 면적의 3배나 되는데,
> 어떤 곳에서는 가끔 金・銀・銅・鐵이 나온다. 採鑛하는 방법을 알고 製鍊
> 하는 기술이 있다면 그것을 가지고서 천하에서 가장 부유하게 될 수가 있다.
> 그런데 우리나라의 習俗은 仁義를 숭상하고 농업 이외에 利益을 가져 올
> 수 있는 일에는 종사하지 않는다. 이 점이 땅에 버려진 이익이 있는데도,
> 백성들이 가난 대문에 고통을 당하게 되는 까닭이다. 요즈음 西洋사람들이
> 나 倭人들이 온 나라 안에 가득한데, 스스로 말하기를 "채광하는 방법이
> 고금에 뛰어났다"고 한다. 그런데도 특별한 이익이 있다는 것을 듣지 못했다.
> 혹 저들이 이익을 독차지하고서 우리나라 백성들로 하여금 알지 못하게 하
> 는 것일까? 아니면 우리 백성들이 알고자 하지 않는 것일까?[77]

산이 많은 우리나라에서는 鑛物資源을 잘 개발해서 國家를 부강하게
해야 하는데도 우리나라 사람들의 習俗은 仁義만을 숭상하고 産業은 천시
하기 때문에, 자원을 버려두고서 백성들은 가난에 시달리고 있다는 것이
다. 선생의 이런 당시의 일반 儒學者들에 비교하면 대단히 進步的이고
現實的인 思考라 할 수 있다. 그리고 國富를 가져올 이런 鑛物資源이 日本
이나 西歐列强의 손에 넘어가 몰래 이익을 챙겨가므로 우리에게는 아무런
이득이 없는 것에 대해서 우려를 표시하고 있다.

선생은 학자였지만 文만을 숭상하지 않고 武의 중요성도 인식하고 있
었다.

> 우리나라는 활 잘 쏘는 것으로 천하에 이름이 났었다. 그런데 최근 들어와
> 서는 글 하는 사람들은 태평스레 지내고 무사들은 장난질이나 하니, 여러

---

77) 『后山先生文集』 권11 18,19장, 「隨錄」.

고을의 射亭은 도처에 다 황폐가 되었기에 식견 있는 사람들이 탄식을 한다.
…… 朱子께서 말씀하시기를 "활은 성을 공격하는 도구인데, 그 기술은 반드
시 일이 없을 때 익혀 둔 그런 뒤에라야 상황이 발생했을 때 그 힘을 유용하
게 쓸 수 있는 것이다. 이 紅心亭을 중건하는 것도 이런 이유 때문이다.[78]

　　三嘉 고을의 射亭을 重建하고 重建記를 지으면서 선생은 射亭이 존재
하는 근본적인 이유가 國防力의 강화에 있다는 것과, 평소에 활쏘기 기술
을 익혀 두었다가 유사시에 대비하기 위해서라는 것을 밝히고 있다. 선생
은 학자지만 國防問題에 관심이 깊었다는 것을 알 수 있다.

　　1895년 高宗이 이미 머리를 깎고 斷髮令을 내렸을 때 선생은 「示同社
文」이라는 글을 지어 同志들에게 보냈다. 머리를 깎는 것은 부모가 물려
준 몸을 毁傷하는 것이고, 오랑캐로 변하는 것이라고, 임금의 명령이라도
협박을 받아서 내린 명령이기 때문에 따를 수 없다고 단호히 거절하였다.
그리고 임금을 협박하는 亂臣賊子들을 討伐해야 한다고 성토하였다.[79]

　　朝鮮末期 西歐에서 文明의 利器나 宗敎가 말려 들어왔는데, 선생은 그
것에 대해 정확하게 이해하고 있으면서 앞으로 그 세력이 불길처럼 크게
뻗어나갈 것이라는 것을 예상했다. 그리고 안이하게 儒敎의 空論만을 가
지고서는 그 것을 제압할 수 없다는 것을 진단하고 決然한 정신적인 자세
로 대처해야 할 것을 호소하였다.[80]

　　선생은 出處의 大節을 중시했지만, 나라에 어려운 일이 있을 적에 물러
나 자기 한 몸만 보전하는 것을 고상한 것으로 여기는 당시 선비들의 태도
에 대해서 反論을 제기했다.

　　근세의 士大夫들은 국가에 일이 없어 安樂·太平하면 벼슬길에 나서기에

---

78) 『后山先生文集』 권13 40장, 「紅心亭重建記」.
79) 『后山先生文集』 권12 24,25장, 「示同社文」.
80) 『后山先生文集』 권15 7장, 「續出師表」.

급하여 혹 기회를 놓칠까 두려워하지만, 나라에 일이 있게 되면 山林에 물러나 피해있으면서 비록 임금님의 명령이 있어도 나가려고 하지 않는다.[81]

생각해 보건대 나라에 어지러운 일이 많은 이래로 이른바 대대로 높은 벼슬하던 집안 출신의 신하들이 물러나 피하는 것으로써 고상한 情致로 여겨 느긋하게 일없이 지내는 것을 能事로 삼습니다. 社稷이 위태하여 망하느냐 마느냐 하는 것이 경각에 달려 있는데, 편안하게 돌아보지도 않고서 내 뜻을 얻었다고 여긴다면, 이런 무리의 사람들을 君臣間의 情分과 의리가 있다고 말할 수 있겠습니까? …… 그러고서 "몸을 깨끗이 보전하여 돌아가신 임금님에게 바친다"라고 말하는 것이 과연 義理上 어떠하겠습니까? 스스로 깨끗이 하는 것은 좋습니다만 만약 사람 사람마다 모두 다 자기 자신을 깨끗이 하려고만 한다면, 君臣間의 큰 倫理는 폐기되는 것이 아니겠습니까?[82]

선생의 憂國衷情이 잘 나타난 글이다. 나라가 평화로울 때는 喬木世臣이라 하여 門閥을 동원하여 온갖 要職을 독점하다가, 사태가 위급하면 깨끗하게 물러나는 것을 가장하여 國家와 民生을 외면하고서 한 몸의 안전만을 도모하는 무리들에게 예리한 비판을 가했다. 기회주의적인 고관대작들에게 강렬한 충격을 줄 수 있는 말이다.

선생은 日本이나 西歐列强들의 속셈을 정확하게 파악하고서 그 對處方案도 나름대로 강구하고 있었다. 당시 日本과 通商條約을 맺으려 하자 外勢를 물리쳐야 한다는 의견이 모아져, 慶尙道 儒林들이 대궐에 나아가 上疏를 하려고 했는데, 그 疏章을 짓는 일을 寒洲가 맡게 되었다. 선생은 寒洲에게 書信을 보내 疏章의 焦點과 强度를 어떻게 맞추어야 할 것인지에 대해 자신의 견해를 피력하였다.

---

81) 『后山先生文集』 권13 11장, 「送韓參領孝益之黃州序」.
82) 『后山先生文集』 권4 24장, 「答崔元則」.

疏章의 趣旨는 어떠합니까? 倭를 배척하는 것을 위주로 합니까? 西洋을 배척하는 것을 위주로 합니까? 어리석은 저의 생각은 이렇습니다. 倭를 배척한다고 말하면 그 것으로써 西洋을 배척하는 것이 되지만, 西洋을 배척한다고만 말하면 倭는 포함되지 않게 됩니다.

무릇 倭는 우리에게 있어서 원수입니다. 원수와 修好關係를 맺는다는 것은 전혀 말이 안됩니다. 하물며 저들의 公使가 서울에 駐在하면서 便殿에 출입하고 우리 임금님과 대등한 禮를 행한다고 하니, 어찌 나라에 사람이 있다고 말할 수 있겠습니까? 또 이른바 倭의 公使는 사실은 西洋의 앞잡이입니다. 밖으로는 修好라는 이름을 덮어쓰고 있지만, 안으로는 邪惡한 짓을 행할 뜻을 가지고 있습니다. 지난 해는 草梁을 요구하더니, 금년에는 仁川을 요구합니다. 명년에는 서울을 요구할 것입니다. 왜 공사의 온갖 작태는 다 西洋 사람들의 의도에서 나온 것으로써 俄羅斯가 위협하고, 美國이 미끼를 걸어서, 우리나라를 서양으로 만들고야 말 것입니다.

무릇 모난 깃의 옷을 입고 둥근 갓을 쓴 우리 儒林들이 더욱 마땅히 배척해야 할 것입니다. 이제 단지 범범하게 斥邪라고만 말할 따름이라면 늘 보는 평범한 상투문자에 불과할 것입니다. 어떻게 임금님으로 하여금 관심을 기울이게 하고 유림들로 하여금 反響을 불러일으킬 수 있겠습니까?

만약 修好關係를 맺는다면 倭를 우리나라로 끌어들이려는 사람이 있는 것입니다. 가령 세상에 宋나라 때 충신으로 上疏를 하다가 사형을 당한 陳東이나 歐陽澈이 있었다면, 그 논의가 결코 倭를 배척하는 것에만 머물지는 않을 것입니다. 세상에 그런 사람이 없는 것 같습니다. 만약 첫째 가는 正論을 내놓지 못한다면, 아마도 물러나 조용히 지내는 것만 같지 못할 것입니다.[83]

倭와 우리나라는 원수의 관계인데 修好條約을 맺어 결국 저들을 불러들여 나라를 넘겨주는 것이고, 나아가 西歐列强을 불러들이고 말 것이라고 예측했다. 선생의 예측대로 오래지 않아 朝鮮은 日本에게 나라를 빼앗기고 말았다. 선생은 上疏를 하되 상투적인 斥倭上疏로서는 아무런 효과가

---

83) 『后山先生文集』 권3 8장. 「上寒洲先生」.

없을 것이니, 좀 더 강렬한 상소를 할 것을 건의하고 있다. 여기서 보면 선생은 草野에 묻힌 선비지만, 국제관계도 자못 正確하게 판단하고 있다는 것을 알 수 있다.

高宗과 明成皇后의 총애를 믿고 無所不爲의 권력을 휘두르던 무당 출신의 關皇女가 橫恣를 계속하자, 이에 대해서 선생은 客과의 問答形式을 빌어 이렇게 비판했다.

> 客이 묻기를, 巫覡은 보잘 것 없는 方術이지만 또한 나라에 禍를 끼칠 수가 있겠습니다. 내가 답하기를 "漢나라 이래로 巫覡의 迷惑이 없는 시대가 없었나니, 갖가지 괴이한 짓을 한 것이 역사에 끊임없이 기록되어 있으니, 나라에 화를 끼치는 것이 심하지 않겠습니까?"라고 하니, 객이 말하기를 "지금 세상에 형편 없는 여인이 권력을 행사하여 나라가 나라 같지 않고, 외국 오랑캐들이 날뛰니 사람은 사람 같지 않습니다. 諫言을 할 책임이 있는 사람들은 마땅히 통곡하고 크게 탄식하기에 겨를이 없어야 할 것입니다. 그런데 요즈음 正言 安孝濟만이 글을 올려 淫祀를 革罷할 것을 요청했는데, 이는 아마도 오늘날의 급선무가 아닌 것 같습니다"라고 했다. 내가 말하기를 "孟子는 '나는 먼저 그 邪惡한 마음을 공격한다'라는 말을 했습니다. 사악함이 마음을 가리는 것으로는 淫祀보다 더 심한 것이 없습니다. 安君의 이 일은 먼저 해야 할 일을 안다고 말할 수 있습니다. 이제 백성들의 기름과 피를 말려서 밑 빠진 골짜기를 채우려고 하는 것은 무슨 까닭인지요? 아아! 오늘날의 朝廷에 安孝濟 한 사람밖에 없을 뿐인지요?"라고 했다.[84]

高宗이 明成皇后의 말을 듣고 關皇女를 眞靈君에 봉해 주었다. 서울 곳곳에 淫祀를 지내고, 궁중을 무상으로 출입하고, 심지어 朝廷의 人事問題, 利權請託 등에 개입하여 나라 전체의 紀綱을 혼란시키고 있었다. 高宗과 明成皇后는 백성들에게 과중한 세금을 거두어 關皇女 한 여인의 환심을 사려고 했다. 그런데도 諫官들은 묵묵히 자리만 지키고 있었고, 오직

---

84) 『后山先生文集』 권12 32장, 「客問」.

安孝濟만이 關皇女를 목베라고 상소했다가 高宗의 미움을 사 絶島로 귀양 가게 되었다. 그래서 선생은 온 조정에 安孝濟 한 사람 밖에 없는가라고 慨歎해 마지않았다. 온 조정의 모든 官員들은 자리만 보전하고 있을 뿐 자기 책임을 다 하려고 하는 사람이 없었던 것이다. 關皇女의 橫恣를 그냥 두고만 볼 수 없어 선생은 글로 지어 그 사실을 聲討하였던 것이다.

우리나라의 學者들이 대부분 黨派의 黨論에 구애되어 義理를 해치는 것을 선생은 걱정했다. 黨論에 물들고 나면 是非, 直邪에 대한 판단기준이 없어져 버려 자기 당파만 인정하게 되는 왜곡된 視覺을 갖는 것이 큰 문제였다.

> 近世에 이른 바 黨論이란 것은 어진지 어질지 않은지 묻지도 않고 忠直한지 邪惡한지 묻지도 않고, 오직 같은 당파만을 인정한다.[85]

자기 黨派의 사람만이 옳다고 인정하지만, 반대 당파의 사람은 무조건 나쁘다고 인정해 주지 않는다. 그러니 나라 안에 어느 누구도 완벽한 인물이 있을 수가 없다.

> 아아! 黨論이 나오고 나서부터는 천하에 흠 없는 사람이 없게 되었다. 邪惡한 사람이나 정직한 사람이 번갈아 진출하고 옳고 그름이 뒤섞여 착한 사람이 착한 사람이 될 수가 없고 악한 사람도 악한 사람이 되지 않았다. 같은 조정에서 벼슬하면서도 마치 蠻이나 蟊의 관계처럼 지내고, 한 집에 있으면서도 독사나 전갈이 되기도 하니, 똑똑한 사람이나 어리석은 사람이나 모두 다 몰락하게 되어 있다. 이런 때를 당해서 바른 것을 얻기가 또한 어렵지 않겠는가?[86]

서로 싸우다 보면 결국 다 함께 몰락하는 길로 가게 된다. 결국 나라를

---

85) 『后山先生文集』 권12 43장, 「人君爲黨論」.
86) 『后山先生文集』 권13 2장, 「潮溪先生柳公實記序」.

망치게 된다. 선생은 이 점을 걱정하였다.

東西分黨의 發端이 된 沈義謙과 金孝元의 反目에 대해 당시의 조정의
여러 士大夫들이 초기에 鎭定시키지 못하고 分爭을 조장하여 확대시켜
나간 것에 옳지 않은 일처리로 보았다.

> 우리나라의 黨論은 어떠한가? 唐나라의 牛僧孺와 李德裕 사이에 있었던
> 黨爭의 찌꺼기이니, 군자다운 사람은 말하지 않는다. 저 沈義謙이나 金孝元
> 의 得失이 人事에 무슨 관계가 있길래, 온 조정의 사대부들이 氣力을 내어
> 수 없이 많은 말을 쉬지 않고 지껄였는지? 그 당시 諸賢들의 행동은 아주
> 마음에 들지 않는다.[87]

沈義謙과 金孝元의 吏曹正郎 자리를 두고 벌어진 反目을 당시 朝廷의
重臣들이 조기에 鎭定시켰더라면, 이후 450여 년간 지속된 黨爭이 없었을
지 모른다는 것을 생각할 때 선생은 안타까운 생각이 들었던 것이다. 여러
다른 복합적인 요인이 없지 않겠지만, 당시 조정의 인사들의 행동 여하에
따라서 우리나라의 역사가 더 나은 쪽으로 바뀔 수 있었다는 것을 생각할
때 선생은 후세의 사람으로서 慨歎해 마지 않았다.

西厓 柳成龍과 鶴峯 金誠一은 둘 다 退溪 門下의 뛰어난 제자인데, 후대
에 와서 西厓와 鶴峯 두 분의 學德의 優劣을 두고 선비들 사이에서 오랫
동안 논란이 있어 왔다. 이를 두고 세상에서 甁虎是非라 이름하였는데,
나중에는 그 餘波가 嶺南 全域에 미쳤다. 이 문제에 대해 선생은 이런
見解를 피력하였다.

> 嶺南에서는 두 文忠公(西厓와 鶴峯 두 분 다 諡號가 文忠이다)先生에 대
> 해서 論議가 오르락내린다. 어떤 사람은 "金先生이 낫다"라고 하고, 어떤
> 사람은 "柳先生이 낫다"라고 하는데, 어떠한가? …… 두 분은 退溪 門下의

---

87)『后山先生文集』권11 19장, 「隨錄」.

兄弟와 같은 관계이니, 退溪의 처지에서 보면 누구를 낫다 누구를 못하다
하기 어려운 관계다. 후세의 사람들이 黨派를 세워 피나게 싸우는데, 이 또한
무슨 마음인가? 심하도다! 사람들이 論議를 좋아함이여. 나는 귀를 막고서
듣지 않고자 한다.[88]

   친척 관계나 師承 관계 등을 통해서 屛虎是非의 여파가 선생에게까지
미쳤던 것 같다. 선생은 사람들이 論爭하기를 좋아하여 黨派를 지어 목숨
을 걸고 싸우는 태도를 옳지 않게 보고서 귀를 막고 가담하지 않으려고
했다.
   이상에서 主理說을 핵심으로 한 선생의 學問과 思想 및 治學方法, 讀書
論, 現實問題 對處方案 등을 살펴 보았다. 선생은 主理說을 正學으로 보아
평생 이를 硏究·發揚하여 사람들의 心性을 바로잡아 세상을 구제하려고
노력하였다. 또 性理學者들 가운데서는 상당히 특이하게 현실문제에 대해
서도 관심이 깊었고, 그 대처방안도 상당히 합리적이라 할 수 있다.

VI. 文學觀 및 詩文의 特徵

   선생은 한평생 學問을 연구하고 弟子를 養成한 性理學者였다. 그래서
선생의 文集 속에는 文藝를 위주로 하는 화려한 詩文보다 일평생 學問硏
究에 바친 선생의 學問的 蘊蓄이 담겨 있다. 자연히 理學에 관한 선생의
學說과 師友間에 토론한 내용이 대부분이다. 한마디로 선생의 文集은 詩
文集이라고 하기보다는 論學書라고 하는 것이 그 내용과 부합될 것이다.
철저하게 學問硏究에 바친 일생이 반영되어 있다.
   선생의 詩文은 德性과 學問에서 우러나온 것을 자연스럽게 글로 옮긴
것이지, 인위적으로 名詩·美文을 지으려고 한 것이 아니다. 그래서 文彩

88)『后山先生文集』권11 19장,「隨錄」.

보다는 바탕에 더 치중한 詩文이다. 이른 바 '德을 갖춘 사람의 글'인 것이
다. 내용에 비중을 둔 것이지 문장의 형식에는 별관심을 두지 않았다. 그러
므로 한 번 훑쩍 읽어서는 그 깊은 뜻을 잘 알 수가 없다. 여러 차례 꼼꼼히
읽어야 그 깊은 맛이 우러나올 것이다.

　선생은 學問과 人格에 바탕한 자연스러운 文章이라야 가치가 있는 것이
지, 文章만을 익혀 문장을 위한 문장을 인정하지 않았다.

　　문장 역시 理로써 위주로 해야 하오. 理에 통하지 않으면서 "나는 문장을
　하는 사람이다"라고 하는 사람들을 나는 믿지 않소. 보내 온 서신의 내용을
　보니, 문장을 가지고서 학문에 들어가는 路脈으로 삼은 뒤에 여러 분들의
　文集을 가져다가 博文 · 約禮하는 공부로 삼으려고 하는 것 같소. 이는 淫亂
　한 鄭나라 衛나라의 音樂을 먼저 익힌 뒤에 風이나 雅의 바른 음악으로
　돌아가겠다는 꼴이 되는 것을 면할 수 없소. 어찌 될 수 있겠소.[89]

　또 "文章을 지음에 있어서는 무엇을 먼저 해야 합니까?"라는 사위이자
門人인 沈鶴煥의 질문에 선생은 이렇게 답변했다.

　　다만 理를 밝히려고만 해야 한다. 理가 밝으면 뜻이 바르게 되고, 뜻이
　바르면 말이 順調롭게 된다. 그러면 그 기운 찬 것이, 마치 강물을 터놓은
　것 같을 것이다. 저 文辭뿐인 것은 枝葉이고, 짐승 발자국에 고인 물과 같은
　것인데, 어찌 족히 말할 것이 있겠는가?[90]

　근본이 되는 이치를 깨우쳐 밝히면 문장은 절로 되는 것인데, 세상의
문장가로 자처하는 사람들이 내용은 도외시한 채 말단적인 문장의 기교만
익히려고 애를 쓰지만, 근본적인 것에 접근이 안된 문장인지라 선생은
言及할 價値도 없다고 보았다. 學問을 하겠다는 사람이 文章家니 訓詁學

89) 『后山先生文集』 권10 1장, 「答沈應章」.
90) 『后山先生文集』 續권4 22장, 「答沈應章近思錄問目」.

者라고 자신을 표방하는 것은 옳지 않고, 儒者의 학문을 떠나서는 사실
文章이나 訓詁學이 될 수가 없다고 했다.[91]

　문장 가운데서도 論理的인 글을 지을 때는 자연스럽게 論理가 들어맞아
야지 억지로 짜맞추어서는 안 된다는 견해를 갖고 있었다.

　　理致를 논하는 文字는 牽强傅會하는 것을 아주 꺼리나니 어떻게 하면
　　混融하게 되어 간격이 없을까를 다시 상세히 생각해야 한다.[92]

　또 "科擧試驗에 쓰이는 글, 즉 科詩나 科賦 등은 사람의 마음을 제일
많이 해치니 지어서는 안 된다"[93]고 배우는 사람들을 경고하고 있다. 科擧
試驗에 합격하기 위해서는 채점하는 考試官의 눈에 들어야 하기 때문에
화려하고 기발한 수사를 도원하여 자기의 생각이 담기지 않은 교묘한 문
장을 지어야 할 것이기 때문이다.

　선생은 文章만 잘 지어 세상 사람들에게 인기나 얻으려고 하는 사람들
을 아주 형편없게 보았다.

　　저 문장가로서 科擧試驗에 나올 것 같은 글귀나 외워서 남몰래 세상에
　　아첨하려고 하는 사람들을 어찌 족히 거론할 것이 있겠습니까?[94]

　선생은 唐나라의 대문장가인 韓愈와 諱字가 같고, 字와 號가 비슷하였
다. 그래서 그의 문장을 좋아하였다.

　　저는 어려서 韓子의 글을 읽기를 좋아했습니다. 그의 이름으로써 이름을
　　삼았으나, 아무 들림이 없는 것이 이러합니다.[95]

---

91) 『后山先生文集』 續권4 25장, 「答沈應章近思錄問目」.

92) 『后山先生文集』 권7 24장, 「答宋子敬」.

93) 『后山先生文集』 권5 26장, 「書示諸生」.

94) 『后山先生文集』 권3 26장, 「與柳學善」.

韓愈는 孟子 이후 쇠퇴해진 儒學을 진작시키려고 노력했을 뿐만 아니라 六朝時代로부터 성행한 내용은 빈약하면서 화려한 修辭와 整齊된 形式美를 중시하는 騈儷文을 배척하고, 내용이 충실하고 표현이 質朴한 古文을 쓸 것을 提唱하여 唐나라의 文風을 바꾸어 놓은 인물이다. 선생의 문장이 잡다한 修辭에 힘쓰지 않고 내용 위주의 直截·寬平한 것은 韓愈의 문장과 서로 통하는 데가 있다고 할 수 있다.

陶淵明의 문학작품인 「歸去來辭」에 대해서 이런 관점을 가졌다.

> 歐陽子(歐陽修)가 일찍이 말하기를 "晉나라에는 문장이 없는데, 오직 陶淵明의 「歸去來辭」 한 편만 있을 뿐이로다"라고 했다. 晉나라와 魏나라 시대에는 문장이 성했는데도 歐陽子가 이런 말을 한 것은 「歸去來辭」에서 무엇을 취한 것일까? 이제 내가 「歸去來辭」를 읽어 보니, 그 말은 平淡하면서도 남은 맛이 있고, 尋常하면서도 지극한 情趣가 있다. 「歸去來辭」 가운데 나오는 "남쪽 창에 기대어 오기를 피워 보고, 뜰의 나무가지를 돌아보고 얼굴을 즐겁게 가진다" 등의 구절은 더욱 蕭散하고 閒雅하여 事物의 얽매임이 한 점도 없다. 歐陽子가 이런 것에 감동이 되었을 것인저!96)

陶淵明의 글은 화려한 修飾이나 다른 사람의 名句를 인용해 쓰거나 인위적인 按配를 추구하지 않고, 자연스러운 형식으로 眞率한 心情을 글로 나타낸 것이다. 자기의 목소리이고 살아 있는 글이다. 얼핏보면 너무 平易하고 단순한 것 같지만, 그런 속에 지극한 의미가 있어 읽으면 읽을수록 맛이 나는 것이다. 歐陽修가 陶淵明의 이런 문장을 좋아했고, 선생 역시 마음에 들었던 것이다. 선생의 詩文이 자연스럽고 꾸밈 없는 점이 陶淵明의 시문과 비슷하다고 할 수 있다.

옛날 詩 작품으로는 李白의 「古風五十九首」, 杜甫의 「北征」 등의 시를

---

95) 『后山先生文集』 권12 12장, 「李靖允字說」.
96) 『后山先生文集』 권14 9장, 「南窓權公詩集跋」.

사람의 마음을 펴 줄 수 있는 시라고 評했고, 韓愈의 「南山」, 朱子의 「感興
詩」 등은 학자들의 必讀의 詩로 쳤다.

> 옛날에는 봄에는 현악기를 연주하고 여름에는 詩를 외웠다. 지금은 더운
> 계절이다. 李白의 「古風五十九首」와 杜甫의 「北征」 등 여러 詩 작품을 소리
> 내어 여러 번 익숙하게 읽어서 정신을 펴도록 하는 것도 한 가지 방법이다.
> 韓子(韓愈)의 「南山」이나 朱子의 「感興詩」는 배우는 사람들이 배우지 않아
> 서는 안 된다.97)

華麗한 技巧를 부려 일반 세속 사람들의 마음에 드는 그런 시보다는
진실한 내용 위주의 『詩經』 이래의 溫柔敦厚한 우수한 詩歌의 전통을
계승한 시를 배울 것을 권장하고 있다.

그래서 선생은 詩를 지으려면 마땅히 古詩를 지어야 한다고 가르치고
있는데,98) 이 역시 溫柔敦厚한 儒家 詩教의 정신이 古詩에 많이 나타나
있기 때문이다.

尤庵 宋時烈의 문장에 대해서 爽快하다는 평을 했다. 대학자 대정치가
답게 그의 글도 規模가 크고 시원스러운 게 사실이다.

> 尤翁의 「辭貂裘箚」를 아이에게 시켜 베껴서 보내 드립니다. 이 노인의
> 문자는 읽으면 아주 爽快합니다.99)

선생은 詩로써 자부하지를 않았다. 門人 河龍濟가 선생의 詩를 보고
싶다고 적어 보내달라고 요청하였을 때, 선생은 "비천한 이 사람의 詩는
족히 볼 것도 없소. 오직 紫東(李正模)의 詩 몇 수를 부쳐보내니, 보시면
아마 격려되는 바가 있을 것입니다"100)라고 하였다.

---

97) 『后山先生文集』 권5 26장, 「書示諸生」.
98) 『后山先生文集』 권6 26장, 「答河殷巨」.
99) 『后山先生文集』 續권2 20장, 「與郭鳴遠」.

大溪 李承熙는 선생의 文章에 대해서 다음과 같이 이야기했다.

> 선생은 일찍이 "世敎에 관계되지 않는 文章은 짓지 않아도 괜찮다"[101]라
> 고 말하였다. 이런 까닭으로 著述하는 데 신경을 쓰지 않았다. 지은 글은
> 모두 지엽적인 것은 잘라버리고 바로 핵심으로 들어갔는데, 마치 그 사람됨
> 과 같았다.[102]

文章은 세상 사람들을 敎化하는 데 기여할 수 있는 것이라야 존재할
가치가 있다는 것이다. 세상에 그 글이 있어도 아무런 도움이 되지 않는
글이 수없이 많다. 그래서 선생은 浮華한 修辭를 하지 않고 簡明하게 나타
내고자 하는 내용을 분명하게 전달할 수 있는 문장을 지었던 것이다.
또 門人 履齋 宋鎬彦은 선생의 문장을 이렇게 평했다.

> 약간의 저술은 모두 廣大・寬平하여 세세하거나 자질구레한 것에는 힘쓰
> 지 않았고 바로 핵심으로 들어갔으니, 그 사람됨과 같았다.[103]

履齋의 평도 大溪의 평과 거의 같다고 할 수 있다.
선생의 詩에 대해서는 大溪는 이렇게 평했다.

> 그 詩篇 가운데 남아 있는 것은, 어떤 상황을 만나면 그때마다 자신의
> 회포를 편 것이다. 淡泊하여 마치 玄酒와 같고, 天機가 자연스러워 『詩經』
> 國風詩의 남긴 뜻이 있다.[104]

---

100) 『后山先生文集』 권6 26장, 「答河殷巨」.
101) 『后山先生文集』 續권8 10장, 「行狀」.
102) 『后山先生文集』 續권8 9장, 「行狀」.
103) 『后山先生文集』 續권8 4장, 「敍述」.
104) 『后山先生文集』 續권8 10장, 「行狀」.

또 履齋는 선생의 詩를 이렇게 평했다.

그 시는 溫柔敦厚하고 沖澹·蕭散하여,『詩經』의 小雅나 國風의 남긴 뜻
이 있다.[105]

선생은 吟風弄月的인 그런 시는 짓지 않았고, 儒敎의 溫柔敦厚한 詩敎
에 바탕을 둔 자신의 性情이 자연스럽게 발로된 그런 시를 지었다. 소박하
고 꾸밈없는 詩想을 시로 옮겨 적은 것이다. 그래서 아주 華麗하거나 사람
을 깜작 놀라게 할 絶妙한 그런 詩보다는 眞實한 本性을 그대로 나타낸
작품이 많다. "시를 짓는 데 어찌 꼭 사람 놀라게 할 필요 있으랴?"[106]라는
선생의 이 시구에 선생 자신의 詩 傾向이 잘 나타나 있다.

선생의 대표적인 散文작품으로는 「續出師表」와 「六代祖臥龍亭公遺
事」를 들 수 있다.

「續出師表」는 왜곡된 主氣說이 판을 치는 朝鮮末期의 어지러운 학문적
분위기에다 西歐의 宗敎와 文明利器까지 들어와 세상은 더욱 어지러워
갔고, 人倫道義는 날로 頹廢해져 갔다. 이런 시대를 선생은 간악한 群雄들
이 날뛰는 中國의 같은 상황으로 보고 배우는 사람들이 자기의 私慾을
극복하고 뜻을 세우기를, 諸葛亮이 中原을 차지하고 있는 간사한 曹操의
무리들을 무찌르고서 漢나라 王室을 회복하는 것을 자신의 임무로 삼았던
그런 자세로 임해야 한다는 것을 깨우쳐 주기 위해서였다. 구차하거나
안일한 것을 바라는 그런 자세로는 학문을 할 수 없다는 것을 學問하는
사람들에게 경고하고 있다. 내용은 학문을 하거나 심신을 수양하려는 사람
에게 참된 가르침이 되기에 충분하고, 문장 또한 明快하고 剴切하여 좋은
文章을 지으려고 애쓰는 문장가들로서는 지어낼 수 없는 글이다. 「諸葛亮
의」 後出師表의 형식을 본떴다. 673자의 장편이지만, 여기 그 전문을 번역

---

105) 『后山先生文集』 續권8 4장, 「敍述」.
106) 『后山先生文集』 권2 31장, 「麗澤堂同諸賢守歲二首」.

하여 소개한다.

　先師(李寒洲)께서 理와 欲이 둘 다 같이 존재할 수 없고 마음의 本體는 한 구석에서만 구차하게 편안할 수 없다는 것을 걱정하시어, 어리석은 저에게 克己復禮의 일을 맡기셨습니다. 先師의 賢明함으로써 어리석은 저가 克己復禮하는 일에 있어서 재주가 약하고 적(私欲)은 강하다는 것을 진실로 아십니다만, 克己를 하지 않으면 마음의 本體 역시 없어져 버리기에 앉아서 망하기를 기다리기보다는 적을 치는 일이 낫다고 생각하신 것입니다. 이런 까닭에 어리석은 저에게 일을 맡기시고서 의심하지 않으셨던 것입니다.

　어리석은 저는 가르침을 받은 날로부터 잠을 자도 자리가 편안하지 않았고, 음식을 먹어도 맛이 달지 않았습니다. 극기복례의 일은 本性이 치우쳐서 이기기 어려운 곳에서부터 이겨나가야겠다고 생각되었습니다. 그래서 좌우의 곤경에 처하게 된 귀신들이 방해하나 아침저녁의 형편없는 음식도 여러 날만에 한 번씩 먹습니다. 어리석은 저도 저 자신을 아끼지 않는 것은 아니지만, 마음의 본체는 한 쪽 모퉁이에서 구차하게 편안해 있을 수 없다는 것을 둘러보고는 저의 죽을 힘을 다해서 先師의 남기신 가르침을 다하고자 합니다. 그러나 말하기 좋아하는 사람들은 옳은 계책이 아니라고 합니다.

　지금 적은 科擧試驗場에서 피곤해 있고, 또 입술과 혀 사이에서 곤경에 처해 있습니다. 사람이 누군들 허물이 없으리오마는 고치는 것이 중요한 것입니다. 지금은 바로 그 허물을 단단히 고쳐서 느껴 분발할 때입니다.

　이 일에 대해서 삼가 아뢰고자 합니다. 顔淵 같은 분은 亞聖이십니다. 孔夫子를 얻어서 歸依했습니다만 "스승의 道는 우러러 보면 더욱 높고, 꿰뚫으려 하면 더욱 단단하도다"라고 탄식하고서 어려움을 겪은 뒤에 학문을 이루었습니다.[107] 이제 어리석은 저는 顔淵에게 미치지 못하고, 또 스승으로 삼을 聖人도 벗으로 삼을 賢人도 없는데도 聖人의 경지에 들어가기를 바라고 있으니, 이 점이 저가 풀지 못하는 첫 번째 것입니다.

荀卿이나 揚雄이 각자 자기가 본 바에 의거해서 心이나 性에 대해서 이야기하면서 걸핏하면 聖人을 끌어댔지만, 선택한 바가 정밀하지 못했고 말한 바가 상세하지 못했습니다. 옳고 그름이 뒤섞이고 착한 것과 나쁜 것이 뒤죽박죽이 되었습니다. 申不害와 韓非子는 큰 迷惑 속에 빠져서 천하를 어지럽게 만들었습니다. 이 점이 저가 풀지 못하는 두 번째 것입니다.

이제 西歐의 지혜롭고 교묘한 것은 인류사회에서 아주 뛰어났습니다. 그들의 가르침은 귀신이나 도깨비와 비슷한데도 목욕하고 향을 피우고서 天主에게 머리 조아려 信이니 義니 하면서 죽어도 변하지 않는 그런 뒤에야 그 敎가 비로소 성립되었습니다. 그런데 하물며 어리석은 사람들은 道에 있어서 수고를 하지 않고서 이루려고 하니, 이 점이 저가 풀지 못하는 세 번째 것입니다.

西歐 宗敎의 信徒들은 까마귀나 까치 같은 보잘것없는 지혜로써 造化의 樞機를 빼앗으려고 합니다. 그들이 쓰는 기구는 정밀하고 예리하고, 그들의 術數는 神通합니다. 천하를 멋대로 다니면 천하 사람들이 그들에게 바람에 풀 넘어가듯이 쏠립니다. 그런데 우리나라의 역대 여러 임금님들이 聖學을 보호하고 道를 지키고, 西歐 종교의 기미를 막고 점점 베어드는 것을 방지하기를 할 수 있는 데까지 했습니다만, 저들의 기세는 이렇게도 불길이 치솟는 듯합니다. 그러나 하물며 어리석은 사람들은 기가 꺾여 스스로 떨쳐 일어나지 못하고 있으면서 空虛한 말로써 이들에게 승리를 거두려고 하니, 이 점이 저가 풀지 못하는 네 번째 것입니다.

배우는 사람이 학문에 뜻을 두고서부터 누가 중간에 몇 년 동안 질병이 없겠으며 난리를 겪지 않겠습니까? 물이 세차게 흘러가듯이 세상 사람 대부분이 부귀에 빠진 사람과 가난에 시달린 사람입니다. 이런 사람들이 가령 70, 80년을 산다고 해도 계산해 보면 그들이 안온하게 지내는 때가 얼마 되지 않는데, 공부할 만한 때를 놓치지 않고 힘써야 얼렁뚱땅 거저 그렇게 세월을 허송하다 보면 어느덧 말라 떨어지는 낙엽 같은 처지가 되고 맙니다. 그때 가서 늘그막의 정력을 수습하여 聖學을 공부하려고 해도 될 수가 있겠습니까? 이 점이 저가 풀지 못하는 다섯 번째 것입니다.

道는 없어졌고 글은 폐단이 많이 생겼고, 여러 異端이 한꺼번에 일어나고 있습니다. 학문하지 않으면 그만이지만, 학문을 한다면 마땅히 邪惡한 異端의 그릇됨을 지적하여 밝혀 물리치는 것을 위주로 해야 하겠습니다. 邪惡한 異端의 그릇됨을 지적하여 밝혀 물리치는 것은 자신의 사욕을 이겨내는 데 있습니다. 자기 속에 있는 적은 천하의 큰 용기가 아니면 대적할 수가 없습니다. 학문하는 사람들이 이 적을 무찌르기를 도모하기가 어렵다는 것을 알지 못하고서 조그마한 자기 한 몸으로써 이 적과 지구전을 벌이려고 생각하고 있으니, 이 점이 저가 풀지 못하는 여섯 번째 것입니다.

무릇 배우는 사람의 공부 가운데서 자기의 사욕을 이기는 것과 향상하는 것보다 더 어려운 것은 없습니다. 聖賢들이 두려워하고 조심조심하기를 마치 깊은 못 가에 다다른 듯 얇은 얼음을 밟는 듯이 하는 이유가 이 때문입니다. 그래서 朱夫子께서 宋나라 孝宗에게 고하기를 "中原의 오랑캐는 물리치기가 쉽지만, 자기 한 사람의 私慾은 제거하기 어렵습니다. 세상에 보기 드문 큰 功勳은 세우기는 쉽지만, 지극히 미미한 조그마한 마음은 지키기 어렵습니다"라고 했습니다. 그러한 즉, 군대를 출동시켜 마음의 적을 치는 일은 오늘날의 급선무입니다. 학문하는 사람들은 마땅히 心身을 다하여 전력을 다하다가 죽은 뒤에라야 그만두어야 하겠습니다. 성공하느냐 실패하느냐 이로우냐 이롭지 않으냐에 이르러서는 어리석은 저가 미리 논의할 바가 아닙니다.108)

선생의 일생은 바른 학문을 일으켜 세우고 보급하는 데 헌신했다고 말할 수 있다. 聖賢의 가르침과 다른 異端이 많이 세력을 확장하고 있었지만, 儒家에 속하면서도 荀子나 揚雄처럼 儒學을 올바르게 이해하지 못하여 바른 학문에 해를 끼치는 학파가 있었다. 朝鮮時代 내내 儒學을 연구했지만 主氣說에 구애를 받아 바른 학문에 접근하지 못한 학자들이 대부분이었고, 거기다가 科擧工夫에 정신이 빼앗겨서 진정한 학문을 할 겨를이 없었던 학자, 空理空談만을 일삼는 학자 등이 많아 올바른 학문을 진정으로 한다고 할 수 있는 사람은 극소수였다. 그러니 진정한 儒敎는 겨우 명맥만을 유지해 왔던 것이다.

108) 『后山先生文集』 권15 6,7,8장, 「續出師表」.

　　조선말기에 西歐의 天主教등이 밀려와 바른 학문을 어지럽히고 惑世誣
民하고 다니니, 儒教의 최대의 위기가 아닐 수 없었다. 이런 학문적 위기상
황에서 학자가 가져야 할 精神的 里程標를 선생이 나서서 제시한 것이다.
俛宇 郭鍾錫은 "후세의 사람들이 諸葛武侯(諸葛亮의 封號)의 일생을 알
려고 한다면 다만 「出師表」를 읽어 보면 충분하고, 后山先生이 어떤 분인
가를 알고자 한다면 역시 이 「續出師表」만 읽어보면 된다. 번거롭게 다른
글을 구해 볼 필요가 없다[109]라고 말했을 정도로 선생의 일생의 학문과
정신이 여기에 다 들어 있다고 보았다.

　　「六代祖臥龍亭公遺事」는 선생의 6대조 臥龍亭 許鎬의 秀異한 행적을
서술한 글이다. 그 가운데서 精彩있는 부분만 節選하여 번역·소개한다.

　　　공은 나면서부터 英秀하고 峻拔했다. 이미 자라서는 푹 잠겨들어 讀書를
　　좋아하고, 科擧工夫를 탐탁하게 여기지 않았다. 국가가 丙子·丁卯의 胡亂
　　의 부끄러움을 당한 것을 悲痛하게 생각하여, 항상 中國 北京지역까지 바로
　　공격했으면 하는 뜻을 갖고 있었다.

　　　공이 弱冠 때 忠淸道지방의 어떤 절에 놀러 갔는데, 한 늙은 중이 勇力이
　　있는 것으로써 자부하여 불법적인 일을 많이 저지르고 있었다. 관리들도
　　두려워서 감히 체포하지를 못했다. 공이 이르자 그 중은 젊은애라고 깔보고
　　매우 무례하게 굴었다. 공은 그 죄를 낱낱이 헤아리고서 몽둥이로 때려 죽였
　　다. 그 사실을 들은 사람들 가운데서 통쾌하게 여기지 않는 사람이 없었고,
　　옛날의 許愼이라고 여겼다. 애들 무리 몇 명이 공을 적으로 삼기에 거의
　　앞일을 예측할 수가 없었다. 공은 이에 바다 속 섬으로 피신하였다.

　　　얼마 지나서 서울 終南山 아래에 집을 빌려 살았다. 꺼적대기로 문을 한
　　움막이었는데, 서리와 눈이 차가와도 다 떨어진 의관을 하고서 『中庸』을
　　읽기를 그만두지 않았다.

　　　그때 조정에서는 비밀리에 北伐計劃을 논의하고 있으면서 인재를 발굴하
　　고 있었다. 그때 어떤 將臣이 공의 사람 됨을 듣고서 밤에 호위하는 무리들을

---

109) 『俛宇先生文集』 권157 26장, 「后山先生許公墓碣銘」.

물리치고 혼자 공의 집에 와서, 더불어 천하의 일을 논하였다. 공이 세 가지 계책을 내세워 따져 물었더니, 그 將臣은 어렵다고 생각했다. 공이 정색을 하고서 "이렇게 해 가지고 어떻게 무슨 일을 하겠는가?"라고 말하니, 그 將臣은 우물쭈물하다가 물러갔다.

공은 그 다음날 집을 철수하여 산 속으로 가서 움막을 치고 살았다.「撫劒歌」·「幕將歎」 등의 시를 지어 悲憤한 뜻을 붙였다.

아아! 자고로 영웅호걸이 때를 만나지 못하여 바위틈에서 초췌한 모습으로 말라 늙어죽은 사람이 어찌 한량이 있겠는가마는, 공은 큰 재주와 그릇으로서 뜻을 펴 보지 못하고 세상을 마쳤으니, 더욱 후세의 뜻 있는 사람의 눈물을 흐르게 만든다.110)

氣槪와 經綸을 갖고도 國家民族을 위한 일에 그것을 발휘해 보지 못하고 巖穴에 묻혀 일생을 마치는 인재가 헤아릴 수 없을 정도로 많았다. 선생의 6대조가 바로 그런 인재 중에 한 사람이었다. 그래서 선생은 안타까워하는 심정이 더욱 간절했을 것이다. 선생의 先祖가 顯達하지 못한 것을 아쉬워한 것이 아니라, 나라가 인재를 등용하지 않아 망해 가는 눈앞의 현실을 慨歎하는 마음을 아울러 붙인 것이다. 선생이 살던 當代 역시 經綸을 갖춘 人材는 經綸을 펼 기회를 얻지 못하고, 小人輩들이 기회를 엿보아 아첨을 하거나 세력자에게 붙어 높은 벼슬에 올라서 國事를 좌지우지하는 사례는 여전히 많았던 것이다.

이 문장 역시 豪快·雄厲하여 읽는 사람을 慷慨하여 振奮하게 만든다.

선생은 609 수의 적지 않은 시를 남겼는데, 한 사람의 한 가지 視覺에 기준하여 어느 詩가 代表作이다, 어느 詩가 제일 좋다라고 단정할 수가 없다. 다만 필자의 시각에 의해서 학자인 선생의 性情이 발로된 시 몇 수를 번역·소개하여 선생의 詩가의 面貌가 드러나지 않을까 생각한다. 시의 지어진 연대순에 따라 소개한다.

110)『后山先生文集』권19 28장,「六代祖臥龍亭公遺事」.

「曉起有感」이란 시는 이러하다.

천지가 어두컴컴한 가운데,	天地昏濛裏
닭 울음소리 사방에서 들리네.	鷄聲喚四鄰
그대 보게나! 마음의 착함을,	君看一念善
위대한 舜임금 어떤 사람인가?[111]	大舜亦何人

　낮에 온갖 정신을 쓰다가 밤에 잠을 자고 닭소리를 듣고서 아침에 깨어나면, 그때의 마음의 상태는 완전히 정화된 본래의 모습으로 돌아간다. 완전히 착한 상태이다. 孟子는 이를 '夜氣'라 했다. 밤 동안 길러진 깨끗한 기운이란 뜻이다. 이런 기운의 싹을 키워나간다면, 보통사람들도 舜임금 같은 聖人이 될 수 있다는 것이다. 반대로 이런 착한 기운의 싹을 키워나가지 못하면 禽獸에 가까워지는 것이다. 선생 자신의 수양방법이고 정신적 결심인 동시에 세상 사람들을 착한 올바른 길로 인도하려는 의지가 들어 있는 시라고 할 수 있다.
　「慕圃隱鄭先生二絶」 가운데 그 첫째 수는 이러하다.

평생 높은 산처럼 우르러보는 鄭夫子시여.	平生山仰鄭夫子
당당한 忠義 우리나라에서 으뜸이시네.	忠義堂堂冠我東
오늘 善竹橋 위에서 한 잔 술 들고서,	此日橋頭一杯酒
흐르는 물에 다다라 百世의 氣風 상상하옵니다.[112]	臨流想像百世風

　開城을 유람하다가 善竹橋에 찾아가 圃隱의 忠義를 칭송하고, 그 당시 圃隱의 風貌를 상상하면서 尊慕하는 뜻을 붙였다. 高麗朝를 위해서 殉節한 것은 단순히 순간적인 충동에 의해서 이루어진 것이 아니고, 평소 오랫

---

111) 『后山先生文集』 권1 5장.
112) 『后山先生文集』 권1 10장.

동안 축적해 온 仁의 힘에 근원한 것임을 안 것이다. 곧 공부를 한 힘인
것이다. 그래서 자신도 어떻게 하면 圃隱 같은 인물이 될 수 있을까를
염두에 두고서 포은을 상상한 것이다.

「偶吟」이라는 詩는 시골에 묻혀서 유유자적하는 생활을 읊은 작품이다.

평평한 내 위로 멀리 조그마한 누각이요,	遙遙小閣挹平川
쓸쓸한 속에 이지러지는 수 없는 산이라.	無數殘山寂歷邊
골짜기 새 한 번 울매 꽃이 땅에 가득하고,	谷鳥一聲花滿地
들비둘기 짝 지어 날아가니 풀은 하늘에 이었네.	野鳩雙去草連天
한가하게 대나무 숲에 가서 唐나라 法帖 펼쳐 보고,	閒臨竹隖看唐帖
해 질녘에 晉나라 어진이 陶淵明을 생각하네.	晚對松林憶晉賢
또 옥 같은 사람 있어 글자를 묻는데,	更有玉人來問字
한 잔의 좋은 술에 나이를 잊었에.[113]	一罇醽醁便忘年

자연 속에서 아무런 名利의 속박 없이 살아가는 즐거움을 읊은 시다.
물이 흘러가고 산이 솟아 있는 것은 天理가 구체적으로 나타난 한 現象이
요, 꽃이 피고 새가 우는 것도 天理의 운행이다. 그런 자연 속에서 시를
짓는 선생도 한 자연의 부분이 되어 혼연일체가 되어 있다. 세상 名利를
잊었을 뿐 아니라 자기 자신마저도 잊어 나이를 모를 경지에까지 가 있다.
사람을 피해서 숨은 것이 아니고 사람이나 다른 자연물 속에 同化가 되어
서 함께 사는 것이 老莊과는 다르다. 陶淵明이 田園生活을 읊은 시와 흡사
한 점이 많다.

「萬竹橋」라는 시는 고향의 山水와 그 속에서 살아가는 즐거움을 읊은
시다. 萬竹橋는 선생의 선조 滄洲의 시에 "萬竹橋邊一釣磯(萬竹橋 가의
한 낚시터)"라는 시에 나오는 그 곳으로 德村에 있다.

---

113). 「后山先生文集」 권1 24장.

옛날 우리 집안이 이곳에 맨 처음 자리잡았는데,	憶昔吾家此一初
지금까지도 동산의 대로 죽순 나물 해 먹을 만하다네.	至今園竹供筍蔬
이 다리 위로 退溪선생 지나갔으니 응당 귀중하고,	陶翁過去橋應重
滄洲선조 돌아와 낚시하던 돌 아직도 남아 있다네.	滄祖歸來石尙餘
집이 푸른 산에 가까워 사슴을 벗할 만하고,	宅近靑山堪友鹿
문은 푸른 물에 임해 있어 고기를 볼 만하다네.	門臨碧水可觀魚
주인은 또 농사짓고 뽕 키우는 즐거움 있으니,	主人又有農桑趣
바깥 세상의 번잡한 것 나와는 관계없다오.114)	世外囂塵不關渠

자기 집 주변의 분위기와 내력 등을 이야기하는 속에 은근한 마음의 풍요로움이 나타나 있다. 退溪와 滄洲를 거론함으로써 자기 학문에 대한 자부심이 담겨 있다고 할 수 있다. 푸른 산에 사는 사슴을 벗하고 푸른 물속의 물고기 노는 모습을 보는 것도 대자연의 질서에 대한 관찰로서 일종의 공부라고 수 있다. 선생이 평소에 선비도 생업을 등한시해서는 안된다고 한 주장처럼 농사 지어 밥 먹고, 뽕나무 길러 누에 쳐서 옷 입으니 더 이상 부러울 것이 없다. 名譽・官爵・利益 등을 두고 다투는 속세의 일에는 관계를 하고 싶지 않다. 여기가 바로 하나의 조그마한 별천지이니, 혹시 속세의 더러운 기운이 전파되어 올까 도리어 걱정하는 것이다.

「人日示姪孫永二絶」이란 시는 이러하다.

堯임금 舜임금도 사람이고 나 또한 사람인걸,	堯舜惟人我亦人
사람 자신이 스스로 포기한나면 사람 아니라네.	人惟自棄便非人
옛 聖賢 따라가기 정말 어렵다 말하지 말게나.	莫言古聖眞難及
『小學』 책 속에 사람 되는 법이 있는데.115)	小學篇中可做人

顔子나 孟子가 늘 공부를 할 때는 聖人되기를 기약할 것을 강조했다.

---

114) 『后山先生文集』 권1 26장.
115) 『后山先生文集』 권1 31장.

어느 누구든지 聖人을 따라 배우려고 노력하면 聖人이 될 수 있다. "나는
할 수 없다", "나는 아니다"라고 생각하는 사람은 자신을 포기하는 사람으
로서 그런 정신자세로는 정말 아무 것도 이룰 수가 없는 것이다. "堯임금
舜임금은 누구며 나는 누군가? 나도 요임금이나 순임금처럼 될 수 있다"라
는 마음가짐으로 시작하여 노력하면 사람은 누구나 다 聖人이 될 수 있는
것이다. 장래 희망이 있어 보이는 從孫子를 勉勵하기 위해서 지은 시이다.
意志가 薄弱하고 자신을 무시하는 후세의 많은 세상 사람들에게 좋은 箴
言될 시이다.

「次贈許英七」이란 시는 學問을 성취하는 과정을 登山에 비유한 시이다.

우리들이 학문하는 것은 산에 오르는 것과 같나니,　　吾人爲學類登山
천 길 뫼등성이도 한 걸음 한 걸음 걸어 올라야 하네.　千仞岡頭步步間
대개 나무 뿌리가 깊으면 꽃이 번성하게 피고,　　　　大抵根深花得燁
얕은 웅덩이 물에서 물결친다는 것 듣지 못했네.　　　未聞窪淺水能瀾
그대가 평범한 계획하지 않는다는 것 내가 아나니,　知君不作尋常計
구차하게 내 오십 평생 헛되이 보낸 것 부끄럽도다.　愧我虛儂半百閒
유행하는 글로써 속된 무리들에게 아첨하지 말게나.　莫把時文媚俗輩
먼저 뜻을 세우되 모름지기 顔子처럼 되기를 기약하길.116)

先須立志要希顔

　한편의 詩 속에 學問하는 방법이 다 들어 있다고 말할 수 있다. 높은
경지의 학문은 절로 이루어지는 것이 아니다. 산에 오르는 사람이 한 걸음
한 걸음 옮겨 최고로 높은 봉우리에 오르는 것과 같다. 뿌리 없는 나무에
꽃이 필 수가 없듯이 학문에는 기초가 튼튼해야 한다. 그리고 많은 蓄積이
있어야만 새로운 學說이 나올 수 있다. 큰 저수지에 물을 많이 저장시켜
놓으면 농사짓는 데나 마시는 데나 어디에도 유용하게 쓸 수가 있지만,

---

116)『后山先生文集』권2 12장.

몇 바가지 안 되는 웅덩이 물로는 아무 것에도 쓸 수가 없다. 한 마지기 논에 물대기에도 부족하다. 科擧試驗에 쓰이는 공부만 하여 考試官들의 눈에 들어 출세하려는 속된 생각을 하지 말고, 뜻을 크게 세워 자신을 聖人이 되게 만드는 공부를 하라고 勸奬하고 있다.

「松泉齋蓮花甚盛與蔡殷老共賦」는 연꽃을 두고 읊으면서 거기에 哲理를 붙인 시다.

연꽃은 바로 하나의 太極이라,	蓮花一太極
지극히 오묘한 이치 말할 만하네.	妙處正堪言
열렸다 닫혔다 하면 陰陽이 나타나고,	開闔陰陽見
모나고 둥근 것엔 體用이 존재하네.	方圓體用存
누가 알랴? 光風霽月의 氣象이,	誰知光霽象
더러운 흙탕 속의 뿌리에 있다는 것을.	自在汚泥根
원컨대 마음 맞는 사람과 더불어,	願與同心子
자세히 이 이치의 근원을 토론했으면.117)	細論此理原

연꽃을 보고서 단순히 외면에 나타난 현상만을 읊은 것이 아니라 그 속에 담긴 理致의 근원을 탐구하여 시로 나타내었다. 연꽃 전체를 하나의 太極으로 陰陽, 體用의 작용이 다 들어 있다는 것을 발견한 것이다. 더욱 중요한 것은 더러운 흙탕 속에 박힌 뿌리에서 깨끗하고 산뜻한 꽃이 피는 원리를 알고 싶어 한 것이다. 연꽃처럼 세상이 아무리 혼탁하여도 君子는 깨끗한 處身을 해나가는 것이다. 모든 일은 결국 자기 자신에게 달린 것이지 주변 환경에 탓을 돌릴 수 있는 것이 아니다. 연꽃을 보고서 거기서 군자의 行身의 방향을 제시한 것이다.

「朴淵瀑」은 朴淵瀑布의 絶勝을 묘사한 敍景詩로서 그 詩境의 含蓄的 意味와 표현의 技法이 專門的 詩人도 따라오기 힘든 작품이다.

---

117) 『后山先生文集』 권2 35장.

물길이 높이 매달려 멈추기 어려우니,	水勢高懸自住難
朴淵瀑布를 하늘에 기대어서 봐야겠네.	朴淵瀑布倚天看
우뚝 솟은 끊어진 벼랑에서 맑은 물이,	粼粼矗矗層崖斷
떨어지면서 바람에 흩날려 차가운 한 줄기.	落落飄飄一道寒
산새는 놀라 푸른 절벽 밖으로 달아나고,	山鳥驚跳蒼壁外
山神은 흰 구름 밖에서 북 치고 춤추는 듯.	嶽嶺鼓舞白雲端
어떻게 하면 다시 신선의 피리를 빌려서,	安能更借仙人笛
푸른 내 낀 天磨山 묏부리 뚫도록 불 수 있을까?[118]	吹徹天磨積翠燒

시의 초두에서 朴淵瀑布 물줄기의 세찬 기세와 깎아지른 절벽의 險絶한 분위기를 잘 묘사해 내었다. 절벽의 그 莊重한 배경 위로 폭포줄기의 動的인 흐름이 잘 조화를 이루고 있다. 사람만 이 폭포의 분위기에 압도되는 것이 아니고, 하늘을 나는 산새도 우레 같은 물줄기 쏟아지는 소리에 놀라 멀리 달아나고, 산신은 물줄기 소리를 음악으로 삼아 북을 두드리고 춤을 추듯 한다. 視覺的으로 音樂的으로 다양하게 표현하였다. 다시 신선까지 동원한다면 자연물 朴淵瀑布와 모두가 調和가 되어, 하나의 종합예술적인 장면을 연출해 내고 있는 것이다. 단순히 평면적이고 靜的으로 바깥에서 朴淵瀑布를 바라보는 그런 시가 아닌 시인 자신이 박연폭포와 일체가 된 살아 움직이는 시다.

Ⅶ. 文集의 內容과 그 價値

선생이 남긴 詩文 原稿를 그 門人들이 수습하여, 선생 逝世 6년 뒤인 1910년에 목판 19卷 10冊의 木版本 『后山先生文集』으로 간행하였다. 그로부터 55년 뒤인 1964년 文集에 들지 못했던 詩文 原稿를 정리하여 8卷 2冊의 『后山先生文集 續集을 鉛活字本으로 간행했다. 이때 선생의 대표

---

118) 『后山先生文集』 續권1 2장.

적인 저서인『聖學十圖附錄』도 2卷 1冊으로 다시 찍었다. 道學者의 文集
의 體例에 따라 原集에는 序文이나 跋文이 없다. 續集에는 뒤에 族姪이자
門人인 許祥奎의 跋文이 있고,『聖學十圖附錄』에는 뒤에 重齋 金榥의 後
識와 金錘浩의 跋文이 있다.

『后山先生文集』대부분의 道學者들의 文集과 마찬가지로『朱子大全』
의 體裁에 따라 分類·編輯되어 있다.

原集 권1,2에는 賦 2편, 詩 520수가 실려 있다. 그 가운데 대표적인 것
몇 수를 소개하면 다음과 같다.

「竹溪四章」은 선생이 살고 있는 주변의 경치를 詩經體의 四言詩로 읊
은 작품이다.

「某里歌」는 桐溪 鄭蘊의 故居가 있는 某里를 찾아가 桐溪의 忠節을
欽慕하고 있는 작품이다.

「慕圃隱鄭先生二絶」은 開城 善竹橋를 參觀하고서 圃隱의 忠節을 追慕
한 작품이다.

「看崇禎事有感句節」은 忠節을 지킨 사람 및 變節한 사람 등 아홉 명의
사적을 읊은 詠史詩이다.

「次郭鳴遠幽僑三十絶」은 俛宇의 詩에 次韻한 작품으로서 田園生活의
즐거움을 읊은 連作詩이다.

「與蔡殷老論性因賦示」는 本然之性이나 氣質之性이 모두 하나의 性에
속한다는 것에 대해서 토론한 작품이다.

「次贈許英七變」은 學問의 成就段階를 登山에 비유하여 읊은 작품이다.

「讀河孝子傳」은 俛宇가 지은 「河孝子傳」을 읽고 감동을 받아서 지은
長篇敍事詩이다.

「次杜詩贈金致受」는 學問이 혼란한 시대에 노력하여 바른 학문을 유지
하자는 勸勉하는 뜻이 담긴 시다.

「三峯書堂十二詠」은 스승 寒洲를 기념하는 三峯書堂의 풍경을 읊은
連作詩이다.

「聞李參判建昌云亡有感」은 朝鮮末期 名文章家로 이름을 날린 李建昌의 죽음을 슬퍼한 시이다.

「病枕命孫銓書贈沈應章」은 세상을 떠나기 직전에 읊은 絶筆詩로서 門人이자 사위인 沈鶴煥에게 주는 시인데, 마지막으로 '直'자를 학문의 眞詮으로 전해 주었다.

권3에서 권10까지는 書 398편이 실려 있다. 李寒洲, 許性齋, 張四未軒, 朴晚醒, 河約軒, 趙月皐, 金端磎, 李晚求, 姜斗山, 張農山, 崔溪南, 鄭老栢軒, 金勿川, 尹膠宇, 郭俛宇, 李大溪, 李月淵, 張晦堂, 朴沙村, 李惠山, 李紫東, 趙一山, 李月淵 曹復菴 및 門人인 西川 趙貞奎, 思軒 河龍濟, 弘窩 李斗勳, 一軒 趙昺澤, 明湖 權雲煥, 克齋 河憲鎭, 李道容, 宋鎬文, 崔正愚, 宋鎬完, 許燮, 權命熙, 河鳳壽, 南廷瑀, 李炳憲, 曹兢燮, 李泰植, 金在植, 金永蓍, 河經洛, 金在洙, 沈鶴煥, 李敎宇, 柳海曄, 許喆, 文正浩 등과 學問과 선비로서의 處身方法 등에 대해서 토론하고 의견을 교환한 내용 등이다.

권11에는 雜著 2편이 실려 있는데, 「隨錄」은 평소에 讀書나 思索을 통해서 얻은 견해를 기록해 놓은 것으로 主理說에 대한 주장과 程朱로부터 이어져 온 性理學에 대한 폭넓은 견해가 제시되어 있다. 아울러 우리나라 學術史에 관한 자료도 많이 들어 있다.

우리나라의 대부분의 학자들은 『通鑑節要』를 읽어 中國歷史에 대한 지식을 익히기 때문에 宋나라 이후의 역사에 대해서는 정통하지 못한데, 선생은 明·淸의 역사에 대한 해박한 지식을 갖고 있었다. 「隨錄」에는 明나라 역사사실이나 인물에 대한 평가가 많이 들어 있다. 이 「隨錄」은 선생의 學問思想을 알아보는 데 대단히 중요한 자료이다.

「后山問答」은 問答形式을 통한 主理說에 대한 해설로 사람들의 바른 이해를 얻기 위해 지은 글이다.

권12 역시 雜著로 되어 있는데 解, 說, 字辭, 祝, 書贈, 論 등의 文體를 모두 雜著에 포괄하였다.

이 가운데서 「神明舍圖銘或問」은 南冥의 學問思想의 核心으로서 완전한 體系를 갖춘 「神明舍圖」와 「神明舍銘」에 대하여 문답형식을 통해 상세하게 해석한 중요한 저술이다. 南冥의 학문에 대해서 이처럼 精深하고 緻密한 해석은 선생 이전에는 존재하지 않았다.

「心合理氣說」은 마음이 理와 氣의 合體라는 잘못된 설을 論破하여 마음은 理一元이라는 주장을 펴고 있다.

「聖學十圖附錄通論」은, 性理學의 精髓를 뽑아 退溪가 「聖學十圖」를 만들었는데, 各圖를 이해하는 데 필요한 역대 學者들의 著述이나 기록을 다 모아 各圖에 분류해 넣었다. 이 글은 各圖에 대해서 분분하던 諸說을 선생의 기준에서 정리한 글이다. 선생의 性理學 體系를 이해하는 데 중요한 자료이다.

권13에는 序 13편, 記 36편, 跋 31편이 실려 있다.

「后山書室記」는 선생 자신의 書室에 붙인 記文이다. 后山書室이 완성되자, 그 주변 경관과 자신의 정신자세 등을 간략하게 서술한 아주 단편의 글이다.

「四美亭重建記」는 南冥의 친구였던 文敬忠의 정자를 중건할 때 지은 記文이다.

「慕陶軒記」는 宜寧郡 陶山里에 있는 退溪 妻家의 齋室 存著庵의 난간에 건 記文인데, 退溪 妻家의 사람들이 退溪의 學德을 欽慕하도록 勸勉하는 뜻을 담은 글이다.

「麗澤堂記」는 許性齋를 기념하기 위해서 지은 집인 麗澤堂에 붙인 記文인데, 許性齋의 학문의 본질이 무엇이며, 後學들이 어떤 자세로 배울 것인가 하는 길을 제시하였다.

「謹書滄洲先祖文集後」는 선생의 8대조 滄洲의 文集을 간행하고서 붙인 발문이다.

「寒沙姜先生年譜跋」은 光海朝에 大北派에게 몰려 고생하면서도 끝가지 志節을 굽히지 않았던 寒沙의 精神을 잘 묘사한 글이다.

「理學綜要跋」은 寒洲의 理氣論 體裁가 정리되어 있는 『理學綜要』에

대한 跋文이다. 선생이 얼마나 寒洲의 學說을 깊이 이해했고, 服膺했는지를 알 수 있다.

권15에는 銘 8편, 贊 1편, 表 1편, 昏書 3편, 上樑文 6편, 常享文 1편, 祭文 18편, 哀辭 4편이 들어 있다.

「心易圖銘」은 마음 '心'자를 중심에 그려 두고서 그 주위에 十二辰과 주역 十二辟卦를 배치하고 辟卦 아래에 『周易』象辭를 써넣고, 十二辰 위쪽에는 教訓이 될 만한 구절을 써넣어 하나의 圖로 만들고, 거기에 銘을 붙여 座右에 걸어두고서 날마다 자신을 성찰하는 자료로 삼았다.

「誠存室銘」은 스승 寒洲를 기념하기 위한 精舍인 三峯書堂의 동쪽 방을 誠存室이라고 명명했는데 거기에 붙인 銘으로, 寒洲의 學問的 一生을 잘 요약해 표출했다.

「續出師表」, 「雷龍亭上樑文」은 권15에 실려 있는 선생의 대표작이라 할 수 있는데, 앞에서 이미 소개했다.

「嵋淵精舍釋菜常享文」은 眉叟 許穆을 享祀하던 嵋淵書院이 훼철됨으로 말미암아 眉叟에 대한 尊慕의 情을 붙일 곳이 없게 되자, 嵋淵精舍를 건립하여 菜禮를 치루게 되었을 때 사용하던 常享祝文이다. 眉叟의 學德을 압축해서 표현한 글이다.

「祭寒洲先生文」(葬禮時)은 寒洲의 학문적 업적과 자신과의 관계를 서술하고, 바른 學問이 밝혀지지 않는 것을 걱정한 글이다.

「祭朴晚醒薰卿」은 朴晚醒과 자신과의 절친한 관계를 먼저 서술하고, 「明德說」을 두고 學說上의 견해차가 있음을 밝히고 있다. 아무리 절친한 관계일지라도 學問的인 問題에 있어서는 구차하게 자신의 주장을 굽히지 않는 선생의 學者的 姿勢가 잘 나타나 있는 글이다.

「祭李聖養文」은 英俊한 자질을 타고났다가 요절한 동문후배 紫東 李正模의 죽음을 애도한 글이다.

「祭故室鄭孺人文」은 선생에게 시집와 평생 고생하다가 먼저 간 부인의 죽음을 애도한 글이다. 선생의 인간적 면모가 잘 나타나 있는 글이다.

권16, 17에는, 碑 3편, 墓碣銘 26편, 墓表 12편이 실려 있다.

「雪谷先生鄭公遺墟碑文」은 世祖朝에 貞節을 지킨 圃隱 鄭夢周의 손자 雪谷 鄭保의 유배지였던 丹城 文台村에 세운 遺墟碑文이다.

「昌寧曹氏遺墟碑文」은 南冥의 증조부 曹安習이 昌寧으로부터 南冥의 부친 曹彦亨 때까지 살았던 馬壯山에 세운 遺墟碑文이다. 南冥의 家系를 연구하는 데 참고가 될 자료이다.

「拙堂先生朴公墓碑銘」은 高麗末期의 節臣 松隱 朴翊의 아들 拙堂 朴聰의 墓碑銘이다.

「惺惺齋成公墓碣銘」은 浮査 成汝信의 아들 惺惺齋 成鑮의 學行을 밝힌 글이다.

「佐郎源堂權公墓碣銘」은 安分堂 權逵의 손자 權濟의 仕宦履歷과 倡義活動을 밝힌 글이다.

「梅軒先生李公墓表」는 桐谷 李晁의 손자이자 梧月堂 李惟誠의 아들이고, 雪壑 李大期의 사위인 梅軒 李轂의 學行과 倡義活動을 밝힌 글이다.

「松川金公墓誌銘」은 承文院 判校를 지낸 桐溪 鄭蘊의 門人 松川 金千鎰의 墓誌銘이다.

권18에는 行狀 11편이 실려 있고, 권19에는 行狀 6편과 遺事 6편이 실려 있다.

「紫東李公行狀」은 紫東 李正模의 일생의 행적을 서술한 글이다.

「養性先生陶公行狀」은 南冥의 門人인 養性軒 都希齡의 일생의 행적을 서술한 글이다.

「贈司憲府監察大瑕齋金公行狀」은 壬辰倭亂 때 軍功을 세운 大瑕齋 金景謹의 일생의 행적을 적은 글이다.

「一軒河公行狀」은 台溪 河溍의 아들이고 謙齋 河弘度와 眉叟 許穆의 門人인 一軒 河海寬의 일생의 행적을 적은 글이다. 당시 慶尙右道 일원의 儒林의 동향을 알 수 있는 자료가.들어 있다.

「通政大夫慶尙道水軍節度使梧潭權公行狀」은 東溪 權濤의 5대손 梧潭

權必稱의 仕宦履歷과 學問에 대해서 서술한 글이다.

「六代祖臥龍亭公遺事」는 선생의 6대조인 臥龍亭 許鎬의 행적을 적은 글이다. 許鎬는 바로 燕巖 朴趾源의 「許生傳」의 모델이 된 인물이라는 說이 있다. 앞에서 자세히 소개했다.

續集 권1에는 詩 89수가 수록되어 있다.

「障瀾巖以退陶夫子櫟灘詩更有何人續正聲分韻得有字」는 黃梅山 밑 月溪洞 시내 가운데 우뚝한 바위가 있는데, 선생이 障瀾巖이라 명명하고 왜곡된 學問이 휩쓰는 세상에서 바른 學問을 지키려고 노력하는 자기 자신의 상징으로 삼았다. 이 시는 왜곡된 學問을 막고 바른 學問을 지키겠다는 선생의 정신이 담겨져 있는 작품이다.

「回甲述懷韻」은 회갑을 맞이해 지난날을 돌아보고서 느낀 感懷를 읊은 시이다.

권2, 권3, 권4에는 書 157편이 실려 있다. 往復한 인사는 대부분 原集과 같다.

권5에는 雜著 43편이 수록되어 있다. 說, 講義, 錄, 論, 書示, 書贈, 辨, 節目 등의 文體를 모두 雜著에 포괄시켰다.

「明德說」은 세상의 학자들 대부분이 德을 形象이 있는 것으로 여겨 氣에다 소속시켰는데, 形象이 없고 理에 속한다는 것을 증명해 낸 글이다.

「釋言」은『寒洲集』이 간행·반포되자 곳곳의 儒林에서 朱子와 退溪의 說과 背馳된다 하여 배척을 당하자, 선생은 寒洲의 主理說이 결코 朱子와 退溪의 학설과 배치되지 않는다는 사실을 論證한 글이다.

「儒釋同異論」은 儒敎와 佛敎의 차이점을 明快하게 구분한 것이다. 가장 큰 차이점은 佛敎는 사물과의 관계를 끊고서 이치를 밝히려고 하는데, 儒敎는 사물에 나아가서 이치를 궁구하려는 것이라 하였다.

「頭流錄」은 1877년 8월 5일부터 10여 일 동안 郭俛宇·金勿川 등과 智異山을 등반한 行程과 보고 느낀 바를 적은 紀行文學이다. 佔畢齋 金宗直 嶺南의 선비들은 智異山을 많이 등반하고 遊記를 남긴 분이 많은데,

선생의 이 「頭流錄」도 그런 전통의 계승이라고 볼 수 있다.

「雷龍亭約會節目」은 雷龍亭에서 儒林들이 모임을 가질 때 지켜야 할 規範을 제정한 것이다. 당시 儒林社會 風習을 알 수 있는 중요한 자료이다.

권6에는 序 10편, 記 8편, 跋 8편, 銘 1편, 上樑文 3편, 祝文 1편, 祭文 3편이 실려 있다.

「指引錄序」는 門人이자 사위인 沈鶴煥이 선생 및 다른 학자들에게 들은 가르침을 정리하여 기록한 책인데, 선생은 거기에 序文을 붙여 그를 學問的으로 인도하고 勉勵한 글이다.

「餘沙約所記」는 晋州 餘沙村(지금의 南沙)에서 鄕約의 축소한 형태인 洞約을 수백년 동안 시행해 왔고, 洞約의 일을 관리할 집을 마련하여 約所를 만들었는데, 郭俛宇・朴沙村 등의 요청으로 선생이 거기에 쓴 記文이다. 朝鮮末期 鄕村社會를 연구에 관한 중요한 자료이다.

「台溪河先生文集重刊告成文」은 台溪 河溍의 文集을 重刊했을 때, 그 成事를 아뢴 글이다. 『台溪集』의 重刊 經緯를 알 수 있는 자료이다.

권7에는 墓表 5편, 墓碣銘 8편, 行狀 11편, 行錄 2편, 遺事 1편, 傳 1편이 수록되어 있다.

「晚松姜公行狀」은 南冥의 門人인 晚松 姜濂의 學問과 倡義活動을 서술한 글이다.

권8은 附錄인데 宋鎬彥이 지은 敍述, 大溪 李承熙가 지은 行狀, 俛宇 郭鍾錫이 지은 墓碣銘, 晦堂 張錫英이 지은 墓誌銘으로 되어 있다. 先生의 年譜가 갖추어지지 못했고, 挽祭錄을 보존하지 못한 것이 하나의 결함이라고 하지 않을 수 없다.

『聖學十圖附錄』은 선생이 세상을 떠나기 1년 전에 關係資料를 다 모아 鈔輯을 완료하였지만, 體裁가 완비된 것은 아니었다. 선생이 세상을 떠나면서 大溪에게 서신을 보내어 정리해 줄 것을 부탁했다. 그러나 大溪가 鈔輯된 상태의 책을 받아두고 있다가 몇 년 뒤에 中國으로 망명을 떠나 그 곳에서 일생을 마쳤으니, 전혀 손을 대보지 못한 것이었다. 선생의 아들

珪가 정리하여 간행하려고 노력했으나 뜻대로 되지 않았다.

그 뒤 1944년에 선생의 嗣孫 銓이 重齋 金榥에게 부탁하여 釐正·刪補하여 2책으로 만들었다. 1964년에 이르러 선생의 族孫 宗淑·泂 등이 士林과 協議하여 鉛活字로 간행한 것이다.

「后山先生文集」原集과 續集에 선생이 지은 대부분의 詩文이 수록되었지만, 그래도 선생이 지은 詩文의 상당량이 수습되지 못하고 散佚된 것같다. 예를 들면 『俛宇集』에는 선생과 往復한 書翰이 62편 수록되어 있는데, 선생의 文集에는 俛宇와 往復한 서한이 33편 밖에 수록되어 있지 않은것에서 얼마나 많은 詩文이 散逸되었는지 짐작할 수 있다.

그리고 남아 있는 詩文들도 대부분 著作年代를 알지 못하기 때문에 선생의 생애와 학문과 사상의 형성과정을 연구하는 데 한계가 없지 않다.

Ⅷ. 結語

선생의 일생은 바른 學問을 연구하고 전파하여 왜곡된 학문을 물리치고, 이 학문을 통해서 세상 사람들의 心性을 바로잡아 나아가 이 세상을올바른 사회를 만들려고 숨을 거두는 순간까지도 최선을 다한 그런 眞摯한 삶이었다. 이 목표를 달성하기 위해서 얻은 바른 學問은 바로 主理說이었다. 寒洲가 創發한 이 主理說을 맨 먼저 受容하여 篤信하고 다른 사람들에게 이해시키려고 노력했다.

앞에서도 말했지만, 선생의 文集은 단순히 詩書이나 應酬文字를 모아놓은 그런 책이 아니고, 學問을 연구한 學問硏究書라 할 수 있다. 우리나라에여러분들의 文集이 수없이 많이 나와 있지만, 이렇게 알찬 문집은 그리혼치 않을 것이다.

선생이 이 세상에 태어나서 바른 학문을 진작시키고 異說을 물리쳐 세상의 風氣를 바른 데로 돌리려고 노력하였다. 또 바른 학문으로써 많은 제자들을 양성하였다. 특히 慶尙右道지역의 學問은 선생으로 인하여 크게 復興되었고, 郭俔宇 등이 그 뒤를 이어 크게 번성하게 만들었다고 할 수 있다.

그리고 선생은 退溪와 南冥을 꼭 같이 尊慕하였는데, 선생은 퇴계의 學問研究方法과 南冥의 實踐的 면모를 잘 계승하여 선생의 한 몸에 融合시키려고 노력하였고, 이 『后山集』은 그 結晶體라고 할 수 있다.

우리의 傳統학문이 쇠퇴해 가는 오늘날에 선생의 文集을 잘 읽는다면 우리 문화에 대한 자부심이 생기고, 나아가 우리나라의 學問 發展이나 社會道德 회복에 많은 도움이 될 수 있을 것이다. 서양의 룻소나 칸트의 저서만 볼 만한 것이 아니다. 선생의 문집에는 읽어서 우리의 정신에 도움 될 내용이 더 풍부하다는 것을 읽어 보는 사람은 알 수 있을 것이다.

이제 선생의 肖曾孫 汪道氏가 淨忱을 기울여 文集 影刊의 경비 일체를 부담하여 세상에 널리 반포하려 한다. 이에 重刊推進委員長 河有楫, 副委員長 金煉, 鄭泰守 諸公이 解題가 필요하다는 것을 알고서 淺學의 不肖에게 집필을 위촉해 왔기에 외람됨을 무릅쓰고 붓을 들어 선생의 생애, 학문과 사상, 문집의 내용을 우리 學界에 정중하게 소개하는 바이다. 이 文集의 重刊을 계기로 后山先生의 學問과 思想 및 詩文에 대한 연구가 활발하게 일어나기를 기대해 마지 않는다.

허권수 許捲洙

1952년 경상남도 함안에서 출생하여, 國立慶尙大學校 師範大學 國語教育科를 졸업하고 韓國精神文化研究院 韓國學大學院 韓國學科 漢文學專攻으로 석사학위를, 成均館大學校 大學院 漢文學科에서 문학박사학위를 받았다. 1988년 國立慶尙大學校 人文大學 漢文學科를 설립하고 교수로 재직하여 천여 명의 제자를 양성하였으며, 2017년 2월 28일 정년퇴임을 하였다.

韓國漢文學史·韓國人物史·韓中文學交流史·경남지역의 南冥學 등을 집중 연구하여, 연구논문 103편을 발표하고 저역서 100여 권을 출간하였다. 특히 지역학 연구를 위해 1991년 校內에 南冥學研究所를 설립하고 '자료 수집 및 정리, 학술대회 개최, 학회지 간행, 지역유림과의 연대 강화' 등을 중심으로 운영하여 국내외의 명실상부한 대학 연구소로 성장하는데 크게 기여하였다.

許捲洙 全集 I-5
韓國文獻 解題

2017년 3월 3일 초판 1쇄 펴냄

저　자　허권수
발행인　김흥국
발행처　보고사

등록　1990년 12월 13일 제6-0429호
주소　경기도 파주시 회동길 337-15 보고사 2층
전화　031-955-9797(대표)
　　　02-922-5120~1(편집), 02-922-2246(영업)
팩스　02-922-6990
메일　kanapub3@naver.com / bogosabooks@naver.com
http://www.bogosabooks.co.kr

ISBN 979-11-5516-648-2
　　　979-11-5516-643-7 94810(세트)
ⓒ 허권수, 2017